彭雲生集

彭雲生 著

巴蜀書社

圖書在版編目（CIP）數據

彭雲生集/彭雲生著. --成都：巴蜀書社，
2023.2
（巴蜀文叢）
ISBN 978-7-5531-1626-6

Ⅰ. ①彭…　Ⅱ. ①彭…　Ⅲ. ①詩集—中國—民國 ②杜詩—版本—考證—中國—宋元時期　Ⅳ. ①I226
②I207.227.423 ③G256.22

中國版本圖書館 CIP 數據核字（2021）第 268219 號

彭雲生集

PENGYUNSHENG JI　　　　彭雲生　著

責任編輯　王承軍
出　　版　巴蜀書社
　　　　　四川省成都市錦江區三色路 238 號新華之星 A 座 36 樓
　　　　　郵編 610023　總編室電話：（028）86361843
網　　址　www.bsbook.com
發　　行　巴蜀書社
　　　　　發行科電話：（028）86361852　86361847
經　　銷　新華書店
照　　排　成都完美科技有限責任公司
印　　刷　成都國圖廣告印務有限公司（028—83420992）
版　　次　2023 年 2 月第 1 版
印　　次　2023 年 2 月第 1 次印刷
成品尺寸　170mm×240mm
印　　張　37.5
字　　數　540 千
書　　號　ISBN 978-7-5531-1626-6
定　　價　180.00 圓

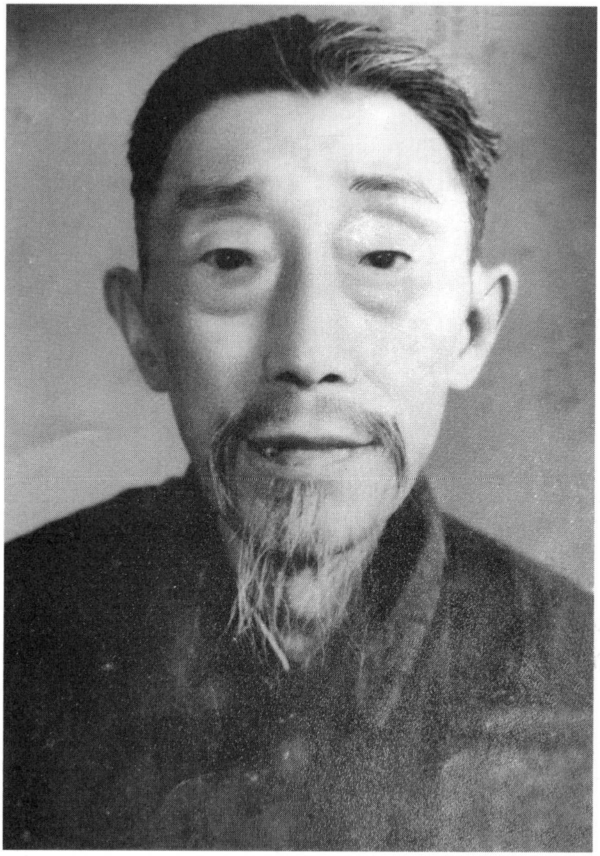

彭雲生（1887－1966）

1942 年游青城山時留影

1960 年代與家人合影

出版前言

彭雲生（一八八七—一九六六），諱舉，字雲生（學者亦以芸蓀、芸生、芸村稱之），號百衲小巢主，又號頑石子，四川崇州人。一九一三年考入成都國學院，師從井研廖平、名山吴之英、儀征劉師培等，同學中有鹽亭蒙文通、巴縣向宗魯等。一九一九年，加入少年中國學會。一九一八年至一九二六年，先後任教於成都聯中、重慶聯中、四川省立第二女子師範學校。一九二七年後歷任成都大學、四川大學、華西大學、大理民族文化書院、齊魯大學、尊經國學專科學校、東方文教學院教授。一九五〇年三月，辭去四川大學教職，專任東方文教學院教授。一九五二年十一月起任四川省文史館研究員。著有《辛未旅燕雜感》《薛濤叢考》《薛濤詩校正》《成都杜甫草堂文獻彙編》《杜詩宋元本考》等。本書係其生平著述彙編，主要收録《百衲小巢遺詩》《望江樓志》《成都杜甫草堂文獻彙編》《杜詩宋元本考》及輯佚之《雲生文録》。現將本書已收及未收的彭雲生先生存世著作簡單介紹於下，以便讀者參考。

一、已收著作

（一）《辛未旅燕雜感》及《百衲小巢遺詩》

《辛未旅燕雜感》係彭雲生先生生前唯一印行的詩集。據《自編年譜》，彭雲生先生於一九三一年八月四日起身赴北京，抵京值九一八事變，原擬東北之行作罷，遂留北京，作《旅燕雜感詩》付印，後又載於

《學衡》第七十七期。盧前稱其『夙以五言詩名於蜀』，其詩『感國土之淪胥，悼霸者之不作』，『哀而不怨，無殊杜陵詩史也』，唐君毅稱其詩『醇雅樸厚』。

二〇〇一年，經彭雲生先生孫女彭庸、門人王文才等搜集整理、編輯校勘，印行了《百衲小巢遺詩》。王文才在序言中説：『生平之作，凡七百餘首，釐爲七集：曰《江原》、曰《錦里》，民國二十年間，講席交游、南北紀程之什也；曰《旅燕》，東北淪胥，抒憤咏懷；曰《峨眉》、曰《蒼山》，名山覽勝、大理懷人之什也；曰《還蜀》，末世迍邅，朋輩酬和；曰《新居》，皆建國以來之新咏矣。』又説：『先生通目録，富藏書，工詩善書，爲世所稱。書得《谷朗》之神，詩近左謝之境，然不自以名家。顧嘗聆其教言：近世之詩，流品淆亂，作者混雜，要必論其體裁，法乎上者，無品最下。又謂：詩本性情，必寓於學，專任性情則墜晚明之俳諧流靡，以學爲詩則陷宋人之事理二障。循其次第，當自唐人五律漸進七言，上追魏晋，蓋湘綺以來蜀詩之正途也。以此讀先生之詩，所謂性情也，才學也，體格也，無不備焉。若乃傷時感事，憂從中來，興寄無端，友朋慶吊，尤難爲懷，哀愉含蘊。至於登臨懷古，幽思見焉，而有勃鬱之氣，園林閑適，理趣存焉，終無愁苦之容。皆以見其體裁平正，胸次清曠，驅策經史，筆力越俗，所以爲詩人之詩也。』

《百衲小巢遺詩》雖爲彭雲生先生遺詩總集，雖經王文才先生『編勘校對』，但『因遇浩劫，稿已半殘』，編校不無遺漏，故此次出版《彭雲生集》，我們雖然采用『百衲小巢遺詩』這一書名，但增補甚多，校改不少。如《旅燕集》，我們以日新印刷工業社本《辛未旅燕雜感》爲底本，校以《學衡》本，增補了《學衡》雜志編者注。又如《峨眉集》，《百衲小巢遺詩》僅收兩首，題作『峨眉集佚詩』，我們據《華西學報》一九三六年第四期、一九三七年第五期所載《峨眉詩》一卷，悉數收録。再如《蒼山集》，雖然此次增補不多，但是我們還是根據一九四五年《國論》第四卷第五期及相關資料，查漏補缺，逐一校正。

（二）《望江樓志》與《薛濤叢考》

一九八〇年四月，經四川師範學院（今四川師範大學）王文才教授整理，四川人民出版社出版了彭雲生先生的《望江樓志》，署名彭芸蓀。《出版説明》中説彭雲生先生『晚年曾應文化部門之請撰成《薛濤叢考》一稿，《望江樓志》即擷取該稿有關部分，由四川師範學院王文才同志整理而成』；彭雲生先生哲嗣彭鑄君在跋語中説『先君晚歲，嘗因文化部門之請，撰成《薛濤叢考》若干篇。文雖出其緒餘，事多關乎蜀故。六四年，予方寄寓行唐，父於病中囑王文才世兄爲之增損，釐爲《洪度本集》與《江樓小志》二書。又二年，四害横行，家藏舊籍，蕩然無存，先君鬱鬱而殁。家人不能保有父之手澤，此稿副本幸留諸世契處，乃得印行』。由此可知，《望江樓志》與《薛濤叢考》之關係。

二〇一七年三月，孔網曾拍賣過《薛濤叢考》，成交價一萬四千餘元。據孔網拍品描述，該稿成於一九五六年，并經彭雲生先生手校。其目爲：一、薛濤傳考釋；二、薛濤生卒年歲考；三、薛濤與元稹相會時間及地點考；四、十離詩辯正；五、十一節度使及其僚佐考，附薛濤與諸節度諸名人年歲比較表；六、薛濤箋考，附歷代題咏及圖像；七、薛濤井考，附歷代題咏及圖像；八、薛濤墓考，附歷代題咏及圖像。并有龐石帚題記一篇、彭雲生識語一篇，題記云『雲生兄撰《薛濤叢考》既成，要我寫幾句自己的意見，一時思索不得，偶然止想到這一點』云云，識語中云『復交與文通、石帚及副市長李劼人諸先生一閲。中間編輯時期，又得市文化局、省圖書館對於書籍之資助，省文史館諸同事予以考訂或搜輯，後以協編《成都草堂文獻彙編》，遂致中輟』，而後來出版的《望江樓志》不僅没有龐石帚先生的題記、彭雲生先生的識語，收文亦僅四篇，即：一、薛濤小傳考釋，附載薛濤題贈；二、望江樓建置考，附載江樓題咏；三、薛濤箋考，附載薛濤箋題咏；四、薛濤墓考，附載薛濤墓題咏。根據内容判斷，《望江樓志》實即《薛濤叢考》中的《薛濤井考》，則所刪改四篇爲《薛濤生卒年歲考》《薛濤與元稹相會時間及地點考》《十離詩辯正》《十一節度使及其僚佐考》。或亦有鑒於此，彭雲生先生的外侄陳剛於一九八一年、一九八三年整理發表了《薛濤生卒年歲考》《十離詩辯正》。此次編輯《彭雲生集》，我們雖然采用『望江樓志』這一書名，但是按《薛濤叢考》目録，將二文補入。至《薛濤與元稹相會時間及地點考》《十一節度使及其僚佐考》，因未見《薛濤叢考》原稿，無法補入，尚祈讀者見諒。

（三）《成都杜甫草堂文獻彙編》及新見《草堂書目》

一九六五年十月，成都杜甫草堂油印出版了《杜甫草堂史略》。該書雖題作『杜甫草堂史略』，實際上却是《成都杜甫草堂文獻彙編》中的三編，序言中説：『《草堂文獻彙編》的編纂，由四川文史館諸先生執筆，經時兩年，始告完成，其各編内容：首爲成都詩歌，對於詩題加以略解，作原始文獻資料的基礎；次爲草堂沿革，對於當年草堂的建置和歷代草堂的廢興，作了較詳的考證；次爲草堂題咏，對於歷代題咏的詩詞聯語，作了廣泛的搜選；次爲草堂書目，對於館藏的杜詩版本，作了必要的考訂；次爲草堂文物，對於現有的文物，作了概括的介紹。』并説『以上各編，都是初步的編寫，其中缺漏及以後續有搜集，尚有待於補編增修』，故《凡例》中説『題曰「成都杜甫草堂文獻彙編初稿」』，又説：『本編凡分五編：第一杜甫成都詩歌，第二草堂沿革，第三草堂題咏，第四草堂書目，第五草堂文物。』但實際上，當時印行的《杜甫草堂史略》并未全按《凡例》所云。《史略》分三編，即：上編　杜甫當時草堂的建置；下編　杜甫去成都後草堂的興廢；附編　益州草堂寺、梵安寺、冀國夫人祠。

至於彭雲生先生與《成都杜甫草堂文獻彙編》的關係，他在《薛濤叢考》的識語中説是『協編』。易艾迪在《李劼人與杜甫草堂博物館的籌建》一文中，引用林延年的回憶：『一九五五年杜甫紀念館開館後不久，即組織各方面有志之士，對館藏衆多的有關杜甫資料進行整理研究。當時彭雲生先生撰寫《草堂文獻彙編》《杜甫草堂詩集目録提要》等著作。其中，《草堂文獻彙編》是一部資料豐富、内容龐雜的巨篇。當《彙編》初稿完成時，劼人先生特邀請有關方面專家學者在文殊院寂寥軒内召開座談會，他與作者一起，虚心聽取與會人士的補充修改意見，對此部學術著作增色不少。』并指出，此後《杜詩目録》和《草堂文獻彙編》等均被列爲杜甫草堂一九五六——一九五七年工作重點。一九五九年七月，杜甫草堂工作人員王善政電話請示李劼人，請他爲即將排印的《草堂文獻彙編》一書作序，李劼人以『敬謝不敏』而未能作序，《草堂文獻彙編》亦因故未能如期印行，爲國慶十周年獻禮。

幸運的是，在我們編輯《彭雲生集》的過程中，得到成都川源書店郭雲龍先生的慷慨幫助，并無償提供了彭雲生先生《成都杜甫草堂文獻彙編》第四編《草堂書目上》、第五編《草堂書目下》手稿複印件。該部分亦即《文獻彙編》凡例中所説『第四草堂書目』，内容大致也是按《凡例》所云『首元、明、清三代刻本，次影印、鉛印、石印本，次抄寫本，次朝鮮、日本刻寫本。其書或全或選，或有注無注，均係專屬杜詩。至杜甫譜傳及詩話考釋之屬，以部數不多，即不分別木刻或鉛印、石印，總選、總評則不專屬杜詩，亦未分別板刻。其與杜甫交游，如李白、王維、高適、岑參等詩，及與杜甫有關方志，足以爲杜詩參考者，則列爲附録。黄庭堅、陸游二人皆善學杜詩者，而又配饗草堂，其詩集亦編入附録中。又草堂現存杜詩，無有宋代刻本，兹僅就國内各大圖書館攝來書影，并草堂所藏元明本書攝影，亦共編入附録中。至所收之書，其本較善者，并將書之行款、字數、前後序跋一一寫出』。至《草堂書目》未印之緣由，彭雲生先生也有説明，但因此次收入集中，需統一體例，未收入《草堂書目》的目録及彭雲生先生的説明，特附於此。目録爲：一、元明兩代刻本；二、清代刻本；三、影印、鉛印、石印本；四、鈔寫本；五、朝鮮、日本漢文刻寫本；六、詩話考釋本（集杜附）；七、譜傳史迹本；八、總選、總評本；九、杜甫交游及宋黄陸諸集；十、有關杜甫書志；十一、宋元明刻本杜詩書影。説明云：『右目一至五專屬杜詩，因書較多，分爲五類，并以刊印先後爲次。六至十一六類，因書較少，或未分木刻、排印，或鈔寫，只以編撰先後爲次，不以板刻先後爲次。至外文譯著、雜志刊物等類，尚待編輯，故未付印，特此附注。』

（四）《杜詩宋元本考》

與《成都杜甫草堂文獻彙編》『協編』不同，《杜詩宋元本考》屬於彭雲生先生重要的學術論文，集中體現了他在杜詩研究領域取得的重要成就，彌補了《草堂書目》缺失的杜詩宋元本信息。全文分《杜詩之散佚與哀集》《各本之編次與校訂》《現存全集板本與鈔本》《現存選注、批評及詩話本》《論宋元明治杜風尚之轉變》《辨僞注及千家注之訛誤》六部分。其中《現存全集板本與鈔本》分十個子題，詳細論述了影鈔宋刻王洙《杜工部集》二十卷、宋刻郭知達《九家集注杜詩》三十六卷、宋刻黄氏補注《杜詩》三十六卷、宋刻蔡夢弼《草堂詩箋》五十卷、宋刻《王狀元集百家注編年杜陵詩史》三十二卷、宋刻《分門集注杜工部詩》二十五卷、元刻《集千家注分類杜工部詩》二十五卷、元刻《集千家注杜詩》二十卷、宋刻《門類增廣十注杜工部詩》二十五卷、宋刻《集千家注分類杜工部詩》二十五卷；《現存選注、批評及詩話本》亦分十個子題，詳細論述了元刻劉須溪《批點杜詩》二十卷、明刻虞集《杜律注》二卷、明刻趙汸選《杜工部五言律詩》二卷、元刻范梈批選《杜子美詩》六卷、明刻黄庭堅《杜詩箋》一卷、明刻楊載《杜陵詩律》一卷、宋刻蔡夢弼《草堂詩話》二卷、鈔本方深道《諸家老杜詩評》五卷、胡仔《苕溪漁隱叢話前集杜甫》九卷《後集杜甫》四卷、李昉等編《文苑英華》及《唐人萬首絶句》。

在《杜詩之散佚與哀集》中，彭雲生先生指出，『至於北宋，文章風會一變，言杜者日多，績學之士始廣爲搜集』，『甫之詩至北宋仁宗朝，始漸顯於世。神宗熙寧、元豐之後，學杜之風，乃始大行。甫之集，自甫死後即行散佚，亦自仁宗朝王洙編定之後，始有完善之本；後雖有增補者，亦不過百之一二，以後言《杜集》者莫不以是爲宗』。在《各本之編次與校訂》中，他指出，『杜詩編次之體例，宋時約分三種：一曰分體；二曰分年；三曰分類』，『分體編次，發之元稹』，『分年編次，發自蘇軾』，『分類編次，見之樊晃』，并説：『分體則仁宗朝寶元二年之王洙本也；分類則神宗元豐時陳浩然之本也；分年則徽宗朝黄長睿之本也。至補遺則有英宗治平中之裴煜，鏤板則有嘉祐時之王琪，增注則又有政和中之王彦輔。若校讐之例，王洙則存異義於注中，王安石則擇善而定歸一辭。』則其識見之高，論定之確，是近世杜詩研究中少有的。《論宋元明治杜風尚之轉變》云：『由北宋至元明，其間風尚之轉變，約可分爲三個時期：一曰編校時期。蓋由杜詩初顯，人人始從事搜集，各以所得，條次編校，此北宋時然也。二曰注釋時期。編本既定，則有待於注釋，於是稽考史實，辨正名物，廣注集注，由是繁多，此南宋時然也。三曰評選時期。注釋既多，讀詩者厭其繁蕪，乃約取精華，專求作者性情與其詩之妙處，於是評選之風勃興，此元明時則然也。』則的論也。

（五）《雲生文録》

彭雲生先生存世遺文不多，二〇〇一年印行的《百衲小巢遺詩》曾附録遺文三篇，即《〈孟子大義〉跋》《鄭寅存先生遺詩聯語序》《公祭王光祈先生啓》。此次出版《彭雲生集》，新增文章數篇，計有《世界觀釋名》《宋明理學之流别》《〈禹聲集〉序》《評張森楷先生遺著〈史記新校注〉》等。其中又以《宋明理學之流别》最爲重要，蓋彭雲生先生深於宋明理學而著作不多，雖得錢穆、蒙文通等友人認同，但却缺乏明文證明。

二、未收著作

（一）《中國史學史》

據一九三六年《國立四川大學一覽》記載，彭雲生先生曾講授『中國史學史』必修課，『每周三小時，一學年，六學分』，課程綱要云：『本學程注重之點有四：一、探究古代史官之精神；二、叙明歷代史學之演進；三、評述歷代史家之得失；四、推闡近代史學之趨勢。』據郭書愚《官紳合作與學脉傳承中的四川存古學堂與國學學校》一文的注釋，彭雲生先生的中國史學史講義曾由成都彬明印刷社印行，注釋中説『此書爲蒙季甫藏本，今存蒙默老師處』。遺憾的是，二〇一五年十二月，蒙默教授去世後，家人未見此書。張伯齡《彭雲生先生事略》中説：『他對史學也有研討，任四川大學教授期間，曾寫過一本《史學史講義》作爲該校教材，今四川聯大仍有存書。』但檢四川大學圖書館館藏文獻，却未見彭雲生《中國史學史》一書，故未收入。

（二）《薛濤詩校正》

二〇一七年三月，孔網曾拍賣過彭雲生先生所著《薛濤詩校正》手稿，成交價二千五百元。根據孔網公布的圖片，書稿前有謝无量、劉蘆隱、劉孟伉、江子愚等人題詩。謝无量稱『雲生重校薛洪度集，考其事實，正其訛舛，遂爲佳本』，署名時間爲一九五六年九月；劉孟伉稱『雲生先生校定《洪度集》成，爰録五三年《薛濤井》舊作，以奉清教』，署名時間爲一九五六年十月二十一日，則《薛濤詩校正》約成稿於斯時也。

同時，根據孔網公布的圖片，《薛濤詩校正》分十部分，即圖像、例言、詩目録、詩、編後記、彙録各本序跋及各著録題記、彙録各本傳略、詩稿年表及附録《全唐詩》誤收三首、雜文。《例言》中云：『薛濤詩世無善本，其中以清康熙時所編之《全唐詩》本，較爲差勝。然猶以楊藴中《鬼詩》及薛書記《十離詩》攙入，其編次先後，亦多凌亂失倫。兹編對於僞竄之作，概行删除，可疑之作，附録編後。其確然可信之作，略依年代爲次，年代無稽者，則以義類相從，體例暫從舊本，先五言，後七言，正文一依《全唐詩》本，其間有附他本異文處，一併照録，新加校正處，則各簡稱書名。』

二〇〇四年七月，巴蜀書社出版了原成都薛濤研究會會長劉天文所著《薛濤詩四家注評説》。四家者，華東師範大學陳文華、日本學者辛島驍、成都張篷舟及彭雲生先生也。該書將彭雲生先生《薛濤詩校正》主要成果悉數收入，藉此可見《校正》的學術價值。同時，也是通過本書，我們才知道，成都薛濤研究會藏有彭雲生先生《薛濤詩校正》書稿。後來幾經波折，我們聯繫上成都薛濤研究會，希望可以收入集中，但被告知，僅供内部人士借閲。

（三）《彭舉日記》

《彭舉日記》係二〇一三年十月十七日上海工美第七十六届藝術品拍賣會古籍文獻專場拍品，但未確定著者，僅題爲『民國日記及鈔本』，提要云：『日記四册，渝人所寫，書法醇熟，此人供職學院，當爲名士，日記中多録與蒙裁成、惲代英等交游瑣事，其中與蕭楚女、鄧少琴交往頗深，與川地學者論道觀點、校務、學界新聞等，并親歷袁祖銘黔軍入渝等，渝地發生的歷史、軍事事件。兩份日記寫在民國十二年及二十三年，另有鈔本五册，爲讀書摘録，字迹與日記之行書不同。』後經湖北藏家陳琦考證，爲彭雲生先生的日記、鈔本。北京師範大學圖書館古籍與特藏部主任楊健所撰《新發現〈彭舉日記〉述略》有詳細介紹，見《榮寶齋》二〇一六年第七期。今僅摘録楊文，以見日記梗概：

《日記》四册，《讀書摘録》五册，均用商務印書館印製的綫裝記事本記録。封面印『歲寒三友』畫，題『歲寒三友，紫翔作於涵芬樓』，緑格，扉頁爲紅印，印『記事珠』三字。

《日記》按作者所題年、月、日記録，其中一册記事從甲戌年（一九三四）七月十四號起，迄十月二號，有間斷，記與鄧少琴等同游峨眉山及在四川大學、華西大學任教授課事宜。另外三册，爲民國十二年、十三年的日記：其一册，記事從民國十二年（一九二三）十月七號至次年（一九二四）二月八號，有間斷。另兩册僅題月、日，未題年代，但依《日記》中記事，亦可斷定其年代。一册記事從公曆八月八號迄至九月三十號，其中八月十五號記『近胡適之發表《一個最低限度的國學書目》篇，梁啓超又繼續發表《國學入門書要目及其讀法》一篇，均登載《清華周刊》，各報轉載者甚衆』。查《清華周刊》，胡適《一個最低限度的國學書目》登載於《清華周刊·書報介紹副刊》民國十二年第二期，而梁啓超《國學入門書要目及其讀法》登載於第三期。故此册日記應爲民國十二年（一九二三）所記。另一册記事從公曆十月十號始至十二月十七號，中闕十一月二十八、二十九兩日。按其記事，十月十七號『慕韓、舜生諸兄，發起辦一《醒獅》周報，專鼓吹國家主義。約予與小舷加入基本社員并附理由書及周報社條例各十份』。《醒獅》周報爲曾琦（字慕韓）、左舜生於一九二四年十月十日，在上海創辦的國家主義派的機關報；又十一月二十五號到十二月十三號，記德陽丸案後重慶各界之游行示威，也是一九二四年的歷史事件，故是册應爲一九二四年（民國十三年）日記。

《日記》中記載當時彭舉交往的友人中，蒙文通、唐迪風、楊叔明、蕭楚女、成榮章、盧作孚、周弗陵、唐毅、鄧少琴、韓文畦等均爲彭舉在重慶二師的同事，惲代英爲少年中國學會成員，孫少荆、李劼人爲少年中國學會成都分會成員，楊效春、左舜生爲少年中國學會南京分會成員。《日記》中有三位中國共産黨早期的重要領導人惲代英、蕭楚女、張聞天在重慶情况的零星記載。……《日記》摘録了數通蒙文通發自南京的書信。内容涉及蒙文通對於當時學人的評價及其經學見解、文學史觀等。這些文字均未見於《蒙文通全集》，亦未被《蒙文通先生年譜長編》所引用，對於研究蒙文通其人其學具有一定的文獻價值。

此次編輯《彭雲生集》，我們原擬收入日記，但經多方聯繫，方知藏家已捐贈給武漢革命博物館，只得作罷。

（四）《杜詩選注》

二〇二一年年底，川源書店郭雲龍先生告，彭雲生先生有《杜詩選注》一種，現存二十個筒子頁，每頁約八百字，注杜詩二十餘首。根據字迹判斷，當年參與之人，除彭雲生先生外，尚有劉夢伉。一九八二年四月，四川人民出版社出版了四川省社科院李誼研究員注釋的《杜甫草堂詩注》，《前言》中説：『本书係以仇兆鰲《杜詩詳注》爲依據，并參照浦起龍《讀杜心解》、楊倫《杜詩鏡銓》、錢謙益《錢注杜詩》諸本，以及王嗣奭《杜臆》和曹樹銘《〈杜臆〉增校》與《杜集叢校》等書，或者擇善而從，或者姑存其説。還參考了不少當代專家的杜詩選本和研究杜甫及其詩歌的專著，并采用了其中若干研究成果。』今舉《敬簡王明府》一詩兩注，見李誼《杜甫草堂詩注》與彭雲生《杜詩選注》之異同。

李注：

葉縣兩句，您似葉令王喬以郎中員外身份出任縣官，我則如太史公司馬遷滯留於周南。葉（音燮）縣，用王喬爲葉令事，這裏切王明府。宰，縣令。周南，洛陽。

神仙兩句，您這樣的仙才是可數幾人中的一個，而我流落蜀中的哀愁意緒却永無窮盡之日。神仙，傳説王喬即古仙人王子喬，比喻王明府。

彭注：

前兩韻　一三兩句稱頌王明府，用《後漢書・方術傳》葉縣令王喬事，二四句感嘆自己，用《史記・太史公自序》流滯周南事。

李注：

驥病兩句，生病的千里馬，特别想單獨在一個槽頭吃食，秋天自由翱翔的山鷹，最怕關在籠中。浦起龍云：『思秣，欲往就也。怕籠，厭此故思就也。』（《讀杜心解》卷三之三）思偏秣，思獨秣。

彭注：

五六兩句　用倒裝法，驥病猶病驥，鷹秋猶秋鷹，思偏秣，謂偏思秣，怕苦籠，謂苦怕籠。病驥伏櫪，正賴秣糧之養，故曰偏思秣；飢鷹當秋，正下掠狐兔之候，故曰苦怕籠。倒用爲思偏怕苦，則更深進一層。謂所思偏在糧秣，所怕苦閉籠中，此二句皆藉以自喻。

一九七九年八月，中華書局出版了徐仁甫所著《杜詩注解商榷》，根據《小引》，該書作於一九七六年六月之前，斯時『文革』尚未結束。一九八六年九月，四川人民出版社出版了徐仁甫所著《杜詩注解商榷續編》，根據《自序》，當作於一九八二年。值得注意的是，徐仁甫也是四川省文史館館員，他是在一九八四年八十七歲高齡時才加入的，比彭雲生晚三十二年。而自一九五二年十月以來，蜀人對杜詩之研究，經數代人努力，終成《杜甫全集今注》。彭雲生先生於其中之貢獻，真可謂篳路藍縷而肇其端。

以上簡單介紹了《彭雲生集》已收、未收著作的概況，旨在爲讀者、研究者提供參考，同時也希望將來有機會編輯出版《彭雲生集》的補編。特別需要感謝的是，本次出版《彭雲生集》，我們得到了彭雲生先生的後人，即彭庸女士的女婿，原崇慶圖書館館長肖俊先生的無私幫助，他既提供了諸如《百衲小巢遺詩》《杜詩宋元本考》及彭雲生先生照片等珍貴資料，更承擔了《草堂書目》初稿的録入工作。同時，我們也要感謝無償提供《草堂書目》手稿複印件的成都川源書店郭雲龍先生，提供《宋明理學之流别》的吴永勝先生，代爲校閲全稿的齊秋實兄。

王承軍

二〇二二年二月十四日

目録

二、有關杜甫方志……四三八

百衲小巢遺詩

百衲小巢遺詩序

予少即聞於鄉里，雲生先生海内之名儒也。及負笈成都，又聞於先生之前輩林山腴、謝无量，同輩龐石帚、蒙文通諸師，咸推其儒行博學。而其交游梁漱溟、錢濱泗先生，晚年憶舊録中，皆仰慕先生治學謹嚴，深邃宋學，尤敬其爲人寬樂，謙和淳厚。予從先生問業二十餘年，每侍燕閑，乃得稍窺其涯涘。蓋少習經史杜詩，循南皮《輶軒》之徑而入焉。及其出游，受陸王心學於曾習之，終生守之，繼受今古文説於廖季平、劉申叔，折衷大義。從吴伯朅、王晋卿爲《選》詩古文，承其法度，復從歐陽竟無治内學，兼融禪義。諸先生皆一代之名宿，故其學益閎肆矣。然所遭際，則多困蹇。先生早涉時務，憂國濟世，三十後執教成渝，奔馳燕滬，結交志士，篤於友情，竟罹掛誤。四十後歷教成都六大學，凡二十餘載，遍及四部，稍得發抒其積學，而人事錯迕，每不能容，況又世亂家艱，憂生寡歡。晚值國家新造，欣逢昌明盛代，庶得從容文史之業，而先迫於生計，後懾於浩劫，衰軀病榻，鬱鬱而歿，悲夫。

先生通目録，富藏書，工詩善書，爲世所稱。書得《谷朗》之神，詩近左謝之境，然不自以名家。顧嘗聆其教言：近世之詩，流品淆亂，作者混雜，要必論其體裁，法乎上者，無品最下。又謂：詩本性情，必寓於學，專任性情則墜晚明之俳諧流靡，以學爲詩則陷宋人之事理二障。循其次第，當自唐人五律漸進七言，上追魏晋，蓋湘綺以來蜀詩之正途也。以此讀先生之詩，所謂性情也，才學也，體格也，無不備焉。若乃傷時感事，憂從中來，興寄無端，友朋慶吊，尤難爲懷，哀愉含蘊。至於登臨懷古，幽思見焉，而有勃鬱之氣，園林閑適，理趣存焉，終無愁苦之容。皆以見其體裁平正，胸次清曠，驅策經史，筆力越俗，所以爲詩人之詩也。

生平之作，凡七百餘首，釐爲七集：曰《江原》、曰《錦里》，民國二十年間，講席交游、南北紀程之什也；曰《旅燕》，東北淪胥，抒憤咏懷；曰《峨眉》、曰《蒼山》，名山覽勝、大理懷人之什也；曰《還蜀》，末世迍邅，朋輩酬和；曰《新居》，皆建國以來之新咏矣。今距先生之殁已三十五年，諸孫共籌，將傳之梓，而稿已半殘，故詳著其目，以待拾遺，并檢篋中舊藏三文附之。謹綴述先生之學行詩説，以發其端，豈敢言序，聊充乘韋之先云耳。

辛巳初夏門人王文才拜書

百衲小巢遺詩卷一

江原集佚詩

陶然亭七夕游燕感作并序

丁巳歲，余旅居京邑，朋儔寥落，索索寡歡。聞陳君愚生自東瀛歸，館於江亭，緬焉神往。值太玄、潤瑜於七之夕，相屬過從。暝烟欲積，夕霞未收，寒蟬結響於疏柳，明月流光於綺席。清觴雜管，樂往悲興，感日月之不常，念二宿之難會。觸緒繁言，稱引無次，率爾書就，質之友朋。

大火馳西陸，天地忽已秋。茫茫吾何生，八表空沉浮。世俗競周容，欲追竊所羞。持此耿介姿，邂逅動離尤。不意京邑中，得遇陳與周。王子素所歡，相約爲兹游。清景渺難述，良會罕所求。日月無停輪，陰陽無流滯。人命等蜉蝣，百年成一世。登高望八荒，曠野渺無際。象齒既焚身，韓盧亦顛斃。不見南下窪，纍纍冢相蔽。胡爲觸與蠻，骨肉相吞噬。尼父欲無言，老聃貴玄默。潛神游太虚，簡易見天則。時俗乖其方，往往競雕飾。淳質日似灕，中逵日以塞。剛惡固群賊，柔惡亦巨慝。淮陰非强梁，陳平實鬼蜮。白日匿西山，遠樹孤烟起。漠漠生微凉，寒蟬鳴不已。初月出林端，清光度溪水。澹蕩慮方輕，夷猶心自喜。更兼濠梁侣，静對超無始。孰謂古風希，即兹已覺美。浮雲西北馳，悠悠千里道。征夫戒行役，閨人怨秋草。人生歡會稀，顏色易枯槁。長河徒漫漫，坐視女牛老。安得徙同居，百歲長相保。主人美良夜，清歡燕吾儔。明河揚素波，蟾影姿清幽。周子起三弄，微雲平不流。四座寂無言，芳醑無獻酬。遐思寄天末，傷遠增離憂。起視星斗光，爛爛已盈眸。蜀南劉延祺云：古樸沉鬱，魏晋嗣音。

陶然亭夜歸作

萬象涵碧虚，天命於以穆。中夜景色澄，微陽見來復。哲人貴知幾，君子當慎獨。鐘聲雲外來，端倪自兹卜。萬慮悠然清，凉飔動疏服。穿林步月歸，還向空齋宿。

都門留别

秋風吹客子，萬里作歸人。去去看雲氣，茫茫愧此身。逝車無緩轍，落日總傷神。揮袂獨長道，天涯安所親。男兒萬里志，歸思獨躊躇。野水連天發，山城帶月疏。蜀中烽火暗，客館夜窗虚。九日江亭望，西風更憶余。

附録

丁巳七夕同彭雲村周太玄在陶然亭寓所感而賦此　王光祈

客舍渾如夢，深閨漏正長。百年一彈指，千里九回腸。蟾影中天静，蟲聲永夜凉。西風吹白露，秋意已茫茫。

雲生尊兄將歸蜀都賦此贈别 王光祈

相對其如百感侵，暫離無奈别愁深。千秋風月名山業，七夕詩詞座右箴。此日親朋多遠隔，故園烽火正驚心。何時共步江亭路，疏柳寒蟬好再尋。

敬步雲笙兄留别原韵二首 陳愚生

亂離鄉信絶，杯酒送行人。劫火三秋泪，飄蓬萬里身。與君成契闊，對此别傷神。豈不懷歸意，高堂亦有親。

劇憐相見晚，欲别意踟躕。歸路關山隘，秋花水國疏。看雲思淡遠，對月想清虚。莫惜投珠玉，音書時啓予。

題彭雲生舉南窪七夕詩 林山腴

霒陰塞天地，志士多嵜崟。感彼匹耦意，成此悢悢吟。北游既崦迫，南行復阻深。登樓鬱羈孤，何以朗重襟。歸艎乘秋漲，渺渺及江潯。精魂接遥思，千里若飛沉。寤言不可執，高才嘆瑶琳。惟賢有緇衣，孰與賦苹芩。念别方在昔，軫懷適自今。苟生悟牢匽，冥翔無驚禽。保我歲寒期，希君弦外音。雲蓀書來，以八月還蜀，期而不至。其在京師，賦南窪七夕詩，侘傺凄宛，余誦而嘆之，因寄此篇，以廣其意。丁巳小雪，思進篝燈寫訖，時方二鼓。

百衲小巢遺詩卷二

旅燕集

辛未旅燕雜感自序

余以今秋九月，因事入燕，適遘水菑，重丁國難，憂心如棘，傷亂孔多。感國土之淪胥，悼霸者之不作，留滯三月，嘘唏纍篇。昔繁霜哀周，下泉思治，詩人之憤，見於風雅。余家零學墜，魯鈍無華，意涉莽粗，詞傷拙野。非敢儷阮公咏懷之章，攀陶令飲酒之什，亦祗候蟲節鳥，各抽哀吟，心灰泪痕，略紀悲悼。凡百有六首，都爲一卷，付諸印者，以代鈔胥。惟冀平昔師友，及邦國彥碩，惠我箴砭，矜其妄昧而已。民國二十年歲次辛未大雪節，崇慶彭舉自識於燕都之宣南别墅。

五古　八十四首

黄葉辭故枝，颯颯鳴前庭。秋風聲悲酸，那更客中聽。思欲歸故鄉，恨無雙飛翎。徘徊空宇中，遠望蜀山青。

北風刮地來，稍覺衣裳單。兀坐展書讀，古意生肺肝。霜筠有勁柯，松柏厲嚴寒。參也實我師，貧賤彌貞堅。
士重國乃重，士亡國亦亡。元氣須扶植，戒之在伐傷。不見東漢時，俊厨皆賢良。哀哀誅戮盡，漢室遂不張。
師儒道義樞，實乃國之幹。上以戢神奸，下以繫離涣。師尊國乃崇，儒賤國亦亂。三復蔚宗言，低回有餘嘆。
安石喜謀國，執拗自天生。善人一網盡，大錯遂鑄成。如何紹聖時，又復侈紛更。章蔡何足責，永痛五國城。
黨禍促明亡，明亡禍未已。國都已顛覆，金陵旦暮耳。可憐馬阮輩，猶日事傾毁。耿耿史可法，棄之如敝屣。
小雅日已廢，中國日已微。舉世不悦學，寧知是與非。在學戀彼姝，在官侈輕肥。滔滔斯世風，厥咎將誰歸。
干戈習春夏，射御在成童。誰知文教國，翻重武夫風。此義失千載，斯世誰能同。願作司馬篇，一以警憒聾。
我聞戰克語，乃出文宣王。瞿圃言猶在，童汪死勿殤。國門力可拓，夾谷意何强。卓哉春秋中，大義在撻張。
宋廷議未决，金兵已渡河。侂胄計非得，檜議寧足多。國本不能固，和戰皆由他。寄言當道者，知戰乃能和。
捐之棄珠崖，公亶遷岐山。我軍亦能讓，全師西入關。豈知今昔殊，國競真險艱。天津烽又至，遼瀋何時還。
晉陽城已陷，尚欲更從禽。將軍妾被執，棄關忽西侵。土地一何惜，美人良足欽。不見蝶衣輕，一宿三萬金。
司農嗟仰屋，錙銖罄水衡。公私既交竭，轉望只春耕。側聞遼師歸，寄食遍蚩氓。如何江米巷，日夜數錢聲。
平生讀宋史，頗怪張邦昌。以彼中朝官，反爲虎作倀。乃知利慾薰，甚喪心病狂。大義苟不明，千載踵相望。
箕滿靈何在，朝鮮非舊藩。哀歌金澤榮，喋血安重根。如何未三紀，遽爾忘其源。祖邦成仇讎，敵國乃爲恩。
遜清揖嬗時，彬彬多禮讓。干戈雖有稱，玉帛迄相向。津門豈南巢，閑居非逐放。嗟爾狡獪徒，復辟構癡妄。
吴楚果澤國，巨浸稽天流。魚鱉入市驕，禾黍安可收。嗷嗷鴻雁哀，積骨成高丘。所賴鄰國善，萬里肯泛舟。
洪水已爲灾，疫癘乘時起。秦晉及豫南，延蔓數千里。吾聞盛明時，民無夭折死。豈盡天數然，實由人致耳。
國際今何若，依然縱復横。公理徒虚飾，强權各力争。俄土既相結，德意亦同盟。弭兵徒有約，武力保和平。
有口向内宣，有力向内争。有威向民用，有財向外存。誰作百年計，心力爲蒼生。褰裳往從之，哲夫終成城。

關東司令誰，答云本莊繁。瀋陽市長誰，答云土肥原。市中何所有，日旗與町番。爾何株式徽，欲辯已無言。

歷歷金元事，外族主中華。可憐幽薊民，長陷在胡沙。往事不須悲，五族已一家。但恐日兵至，終作順民邪。

魯連耻帝秦，夫差終報越。壯志挾冰霜，肝膽照日月。拔劍出門去，寒風砭肌骨。生爲國士雄，死向沙場没。

嫠緯傷宗周，漆女亦泣魯。以彼弱婦人，憂國心猶苦。男兒志四方，平生侈威武。願共携頭顱，前敵死倭虜。

誰謂虎狼凶，平生稱射虎。誰謂胡虜驕，將軍號破虜。攻敵須攻堅，折屋先折柱。蕞爾一島邦，我視之如鼠。

樂莫從軍樂，苦莫亡國苦。軍勝父母歡，國亡爲奴虜。奔騰殺敵魁，奮擊如雷雨。捷書夜歸來，凱歌震寰宇。

寶刀日摩挲，駿馬日馳逐。我軍東出關，已過遼河曲。敵騎不敢驕，敵酋已懾服。從此東倭兵，不敢窺鴨緑。

回紇拜令公，朔方思李牧。郎署老馮唐，其言可采録。廉頗尚健飯，三百欣踴躍。莫聽郭開讒，蒼生齊拭目。

錦州城欲陷，榆關慎勿疏。人民紛竄奔，踉蹌集燕都。萬頭車站攢，哭聲騰路隅。哀哉錦州人，其爲亡國奴。
廣寧醫閭山，實爲幽州鎮。神祠禮秩崇，肇封自虞舜。卓卓賀克恭，江門同體認。結廬居山中，誠信化鋒刃。
寧遠孤竹墟，錦州亦秦縣。秋水織回文，春花明野甸。筆峰插三山，海霞流彩絢。獨喜孫承宗，佳句擅葱蒨。
采參長白山，養茸山中道。苴履冬復温，更有烏拉草。關東殊産多，實爲國之寶。惜哉虞人疏，相看入三島。
黑龍江之東，本爲中國地。不見廟爾碑，猶有永樂字。王者大無外，藩籬任捐棄。豈若歐洲邦，海空亦分治。
日軍遼河東，我軍遼河西。遼水不可禦，旋師趁馬蹄。道旁新骨多，曠野天雲低。白日無行人，惟有禿烏啼。
秦欲豈易填，薪盡火不止。寸土如寸金，得之亦難矣。自從黄帝來，拼戰惟一死。頭顱高積天，今日乃有此。
富弼外交才，一字不苟與。况乃財力艱，豈可肆相許。庚子患實深，創痍今未瘉。吾民膏血枯，歲幣安所取。
素月爲我悲，滄海爲我泪。海枯月落時，悲泪終無既。萬物盡虚僞，天地亦游戲。安得傾千鐘，瞑然一長醉。
公儀拔葵根，弘羊可就烹。此義不可見，轉日計虧贏。豈惟廣田宅，亦復鷹犬横。哀哀誅求盡，千家有哭聲。

鵲巢本鳩居，扃鑰爲盜積。慨慨昔人愚，如何有錢癖。人生如流波，百年無遺迹。白骨委蓬蒿，多藏竟何益。

國家乃大器，肉食豈能謀。武侯有薄田，齊相僅敝裘。淡食神能清，聚斂行堪羞。高位何足恃，布衣寡所尤。

古道在鄉村，好義出貧士。區區藜藿羹，欲以奉君子。蘋藻羞神明，玄酒亦清水。微物雖不豐，感之入肝胏。

接物須以誠，報國須以忠。忠誠不見信，當反求諸躬。誠至石可格，忠盡天亦通。巧詐雖有獲，久之道自窮。

世道交相喪，寧無究厥根。漢家尚黄老，爲政豈多言。欲令民歸樸，須求簡御繁。政平天下理，誰爲禮元元。

國亡不足憂，種亡實可畏。冠劍一世雄，亦復閹然媚。不見湘綺翁，鬚眉有霸氣。奈何今之人，風骨獨柔脆。

操莽既盜國，師昭尤欺衆。舉世日昏昏，視天亦夢夢。榱崩僑將壓，巢傾雛亦凍。阮公有心人，途窮能無慟。

鶉首賜秦人，天胡爲而醉。被髪祭伊川，感召非我類。飛鳥失平林，走獸號無地。謂我亦何求，潸焉有深泪。

繫頸蠻夷邸，懸首藁街頭。漢威騰朔漠，漢德東西流。衛霍勳名貴，張騫亦列侯。史臣有班固，著筆垂千秋。
蘇武老丁零，班超坐西域。丈夫各有志，萬里任追逐。生飲匈奴頭，死葬鳶鳥腹。一死爲國家，終勝老茅屋。
三户可亡秦，一夫能死敵。蕭蕭午夜風，神龍欲破壁。古來俠士心，豈徒逞一擊。荆軻與子房，忠憤千載激。
秦用韓非策，漢用董賈言。董賈終見棄，非死尤含冤。天道不可知，蒼蒼訴無門。欲持一卷書，歸卧舊丘樊。
三代法已衰，秦俗尤凋敝。漢家返純樸，端賴有良吏。牛犢勵歸耕，雞豚勞撫字。凜凜垂明詔，力田與孝弟。
唐俗濁以卑，其政則恢廓。宋俗清以淳，其政則迫弱。偉哉漢代模，政俗兩寬綽。救文須以忠，百世可斟酌。
吾讀後漢書，緬焉思林宗。一言成孟敏，二簋食茅容。偉哉太學生，感發及村農。詩書道可貴，千載想遺蹤。
做人匪識字，樵牧皆吾徒。象山與心齋，其言良非誣。鎸名耻石工，嗟來死餓夫。大義苟能明，豈在多讀書。
吾過積水潭，烈烈風聲勁。吾游昆明湖，淼淼寒波定。王梁雖愚忠，有耻實可敬。百讀其遺編，斯人乃先

正。海寧王静安先生（國維）自沉頤和園中昆明湖，桂林梁巨川先生（濟）自沉積水潭，并有遺書行世。編者增注。〔一〕

黄顧耿耿心，豈僅在考據。奈何乾嘉儒，老死逐末度。但恐百世下，無人發孤趣。嘉興沈子培先生（曾植）、海寧王静安先生（國維）。編者注。

餘杭一大師，抗志希炎黄。種族革命伸，大義立隄防。華胄有所託，其功何煌煌。小儒徒阿世，妄欲事詆傷。餘杭章太炎先生（炳麟）。編者注。

南海帝王姿，高步氣邁世。出入古教宗，羅馬與舍衛。悲願撼天龍，論書窮篆隸。渾渾大同書，惜焉太早計。南海康長素先生（有爲）。編者注。

義寧有陳先，至性發天然。神血凝斯文，道奥窮追鐫。豈惟涪翁嗣，直欲韓孟肩。高齋風雨中，三復峭廬篇。義寧陳伯巖先生（三立）。編者注。

吾蜀井研師，乃今靈光殿。皇霸論九州，天人追六變。風痺欣可書，旄期稱不倦。百年誰與繼，殷勤屬宋硯。井研廖季平先生（平），其時尚存，今已下世。編者注。

天南一瓣香，敬祝歐陽師。性相揭西竺，文字生古悲。衆生皆眷屬，諸佛爲護持。趨侍何時再，爲斷心中癡。宜黄歐陽竟無先生（漸）。編者注。

城西多隱居，陶廬與藏園。寂寂揚雄宅，門無衆賓喧。嫏嬛生古香，咳唾無陳言。借問高軒客，誰知儒道尊。新城王晋卿先生（樹枏）著有《陶盧叢書》，江安傅沅叔先生（增湘）著有《藏園群書題記》等。編者注。

明季國事非，鄒馮尚講學。宣武門東偏，首善有芳躅。心死實可哀，一陽傷已剥。救國先救心，庶幾剥

〔一〕編者注據《學衡》第七十七期文苑《辛未旅燕雜感》增補。後同。

可復。

步出德勝門，偶憶西巡事。踉蹌出兩宫，衣服皆布製。流離到懷來，三日未食寐。差喜小臣永，供迎遵體制。

道旁一老父，下馬親問之。海淀何所有，曾否記當時。圓明被燔燒，我及親見之。離宫四十所，瓦礫今無遺。

我喜王梅邊，生祭文丞相。今我來柴市，感鬱氣悽愴。烈哉千載心，齒髮負歸葬。百讀正氣歌，鬚眉凜以壯。

首陽今何許，乃在憫忠寺。龔生竟夭亡，蘭芝同焚棄。落落却聘書，千古想高致。獨自立寥天，梅花清到未。

昔哭故人宅，今勘故人書。故人在何所，開書與之俱。薑齋志可傷，蕺山言非迂。夫天未欲治，太息失真儒。唐迪風著《孟子大義》，见本志第七十六期。編者注。

憶昔張口游，煮酒炙肥肉。楊子興最豪，詩篇噴珠玉。有老忽旁嘆，此昔轉萬轂。自從棄外蒙，長衢走麋鹿。

豆腐江家法，烤肉正陽樓。潘魚既清美，伊麵亦嘉羞。衣冠競南渡，食譜無人搜。獨有東來順，雅俗還相投。

江亭葭葦深，十里烟蒼蒼。疏月來西山，寒蜩鳴晚塘。陳子既奄逝，王周天一方。幾回欲重過，踟躕空斷腸。

迢迢湘水深，遠望秋雲陰。美人弄瑶瑟，蕭蕭寒葉林。楚些不可作，蘭芷欲重尋。渺渺魂兮歸，千里傷余心。
有美天一方，由來在荆渚。秋月抱孤襟，微衷寄蘭杜。織錦不成章，采芝未盈筥。江漢隔千里，脉脉意相許。
孤館愁無似，喜見菊花開。故人殊落寞，應無載酒來。詩思客中苦，征鴻天外回。安得携兒女，歸剪北山萊。
桃李絢春姿，菊花凝秋節。熙熙物向榮，矯矯含芬潔。萬族各懷生，殷殷思往哲。陶公豈不才，柴桑甘守拙。
峨眉山上月，萬里來燕都。清輝欣更滿，照我城南廬。獨坐東窗下，悠然讀我書。萬慮豁以清，真返天地初。
虚館寂無聲，寒月中天映。是非兩相忘，物我了無競。一得齊一得，非垢亦非净。若不有死心，何由見本性。
布衾冷似鐵，衣服了無剩。適以謀生疏，非敢云道勝。明月入我窗，頗足發孤興。側聞讀書者，一清乃足稱。
美人天際遠，念之歲月深。贈我雙琅玕，報之以瑶琴。清月舒微波，悠悠千里心。勞思不成寐，展轉涕沾襟。
早聞楊紫峰，結廬青城顛。彈琴泞秋月，説劍倚流泉。惜未從之游，於今三十年。寂寂蕭齋中，想念空雲烟。
我家江水頭，送江東入海。跋涉來燕山，時序已復改。念彼幽蘭花，馥郁徑當采。如何久不歸，高秋爲誰待。父母生我時，望我侍晨夕。年年道路中，長作他鄉客。墳塋没蒿萊，更有未掩骼。哀哀如路人，生兒復何益。朔風吹庭户，颯然驚我心。時變忽已冬，枯木有哀音。落葉積頹丘，饑鳥鳴故林。莽莽天遼廓，悽愴泪沾襟。陽月已先至，臘梅花未開。探幽出郭門，且向籬邊來。一往無消息，生意難重回。蕭索枯壤中，颯然使心哀。

五律　二十二首

僕僕津門道，楊村復萬莊。乾坤悲戰伐，時序感滄桑。雲鳥應相識，風塵何太忙。自慚非尼父，奔走亦栖皇。

濁世天難問，微軀海欲填。江山仍寂寂，風雨自年年。傷亂悲今日，哀歌憶昔賢。無人知杜老，垂泪錦江邊。

國土今誰屬，中原一素民。九州看鼎沸，大道泣傷麟。士已知歸漢，人傳有避秦。萬方同渾渾，獨自立千春。

燕趙悲歌日，遼東失陷年。無人能救國，有泪欲回天。大業終當集，囚民待解懸。勉哉吾黨士，早着祖生鞭。

世界商場耳，何曾是國家。幸叨居保護，猶得號中華。獨立豈無術，依人莫漫夸。明明大道在，但恐日西斜。

上國聲名久，舟車海陸遥。島陬歸賓贐，殊域識天朝。象舌知重譯，匈奴不敢驕。百年猶未遠，誰繼霍嫖姚。

居庸關塞險，千里來太行。莽莽古雲度，沈沈萬木蒼。兒童拾箭鏃，客子問邊墻。摑帽今何自，駐馬望殘陽。

猶憶元太祖，提兵事八荒。和林成聖地，欽察盡邊疆。作戰驅牛馬，編年記兔羊。歐人至今怖，黃禍未能忘。

唐室聲威震，群尊天可汗。八方來職貢，萬國集衣冠。回紇兵堪使，高昌樂未闌。倭人亦令學，終是聖恩寬。

石晋兒皇帝，南宋小朝廷。幽燕穴蛇豕，河洛雜膻腥。士卒心猶壯，祖宗廟不靈。幸留殘骨在，遺匣樹冬青。

愁思滿天地，胡笳日夜聞。悲風生古木，孤雁入寒雲。塞北無完土，遼東有敗軍。津人正相泣，遷徙日紛紛。

十月龍江冷，將軍禦鐵衣。百身思報國，一旅突重圍。城破心猶壯，萁枯馬不肥。稍稍事休息，終欲振天威。

莫學袁金鎧，須爲馬占山。千秋留信史，一念别貞頑。大敵終當克，惡名不可删。貳臣誰與重，瓜鼻念衰顔。

太液池邊樹，滄桑幾度看。梳妝瓊島麗，弓劍鼎湖寒。無復蟬聲唱，空嗟月影團。明年此誰有，嗚咽泪汍瀾。
自昔幽州地，還爲王者居。雲山遼海繞，烟樹薊門扶。宫闕千年壯，琛瑰萬國輸。慎旃典守吏，所重在球圖。
燕都聲教遠，百國寶書存。天禄新楹絢，文津舊册尊。所探惟漢簡，直欲溯河源。庚款喜猶在，軍興未閉門。
憶昔來燕日，猶聞弦誦聲。干戈驚塞隧，擾攘到郊甍。博士都倚席，諸生行荷兵。釜炊渾欲斷，日日待呼庚。
故人今夜至，邀我城南隅。三載遠相隔，中情未覺疏。盤餐勞婦設，尊酒倩兒扶。世事只堪醉，歸還問狗屠。
燕山千里雪，吹作滿城花。翻喜客愁減，還憐詩思賒。高人無卧席，凍雀有栖椏。且酌一瓢出，前村訪戴家。
野净明無際，豁然天地開。人從太古至，山向雪中來。閬苑身先即，瓊枝手自栽。翻疑姑射子，終屬非仙才。
長空一雁過，天畔作勞人。磊落身猶健，江山氣不春。詩書閑可讀，風月喜相親。庾信哀時慣，生涯未厭貧。
百篇詩已就，萬里客歸家。知罪由人説，哀愁只自嗟。朋徒應待我，兒女亦呼爺。急急中宵發，天南月一車。

百衲小巢遺詩卷三

錦里集遺詩

聞崔輔臣翁逝世，行旅匆匆，未及往吊，賦此挽之

翁設旅館於郫縣北門外，余昔過郫，頻往投宿，挑燈話舊，賴解寂寥，偶述生平，亦多足記。誰言轉瞬成路人，蓋已數面成親舊矣。

少年曾殺賊，白髮尚精神。不羡同游貴，能全本性真。買書因教子，下榻爲留賓。憶昔頻投宿，歡言誼最親。重過鵑城路，凄然感慨新。遺孤猶識客，訪舊已辭塵。釋氏懷桑宿，宣尼悼館人。西風一灑泪，何日奠清醇。

導江別墅謁羅伯濟師

七旬猶矍鑠，物外得天全。老圃開三徑，新居葺數椽。著書多歲月，避世樂林泉。耕讀家風古，兒孫盡象賢。

今歲中秋月，仍從客裏看。東游淹北道，西望祝南山。八月十五爲師壽辰。大德原宜壽，高文早應刊。師所著有

《春秋通義》《静遠齋文集》《詩集》《駢文》《部首》《訓詁》《教育箴言》諸書。會當覓梨棗，更與壽人間。

楊致中惠詩原韵奉答

別離將兩月，猶記語依依。君久西山卧，我初北道歸。菊放秋懷淡，詩來逸興飛。何當過古寺，君宅近青城，常相約過上古寺。來訪謝玄暉。

恒惕侄加冠賦此勖之

解得琴書趣，翛然未染塵。十年勤向學，今日喜成人。莫逐潮流轉，當存面目真。崑崙峰頂立，勵志趁青春。

與友宴菊花

佳節頻年在異鄉，秋風幾度醉花黄。劇憐一樣樽中酒，飲到家山分外香。

百衲小巢遺詩卷四

峨眉集

初發成都

丙子七月，江津鄧少琴由昭化、廣元、劍閣散賑畢返成都，約游峨眉。灌縣曾直君亦由里來省，願與斯游。前夕偕集余宅，及曉出南門，經萬里橋右折登車就道。

早讀齊物書，頗有栖山願。世事苦相牽，流光急如箭。洪崖未得從，靈景常勞羨。倏届知非年，百歲已過半。既笑接輿狂，徒守原憲狷。大德本無名，至道那能見。鄧生劍閣來，每欲探靈變。曾子苦鄉里，亦思暫游宴。束裝共明發，烟樹晴葱蒨。望望峨眉巔，遥青開一片。

蘇祠公園

三蘇祠在眉山城内西偏，舊爲三蘇故宅，今則改題公園矣。

朝發錦水濱，夕訪蘇公宅。平生事遠游，常媿山林客。蘇家好兄弟，當代文章伯。忠愛立朝班，到老苦遷謫。空餘故里烟，無復舊時柏。樓閣峙崔嵬，軒窗映花石。誰識俊耳心，徒勝游人迹。欲尋馬券書，依希餘壞壁。

眉山蟆頤觀

蟆頤觀在眉山縣東五里蟆頤山上，江水别出爲玻璃江環繞之。觀内祠古仙翁，有羽流七人，相傳蘇明允禱於此山而生子瞻、子由。中有老人泉，甚甘洌。舊有白蟹出没其間，今則不復見矣。

落日穿林薄，言上蟆頤山。玻璃好江水，汀瀠如帶環。遠天一角明，霞采紛斑爛。畫裏點歸鴉，參差雲水間。我行似脱羈，到此心自閑。老人泉水清，終古流潺湲。白蟹不復出，紫芝空勞攀。靈景悵已矣，仙翁幾時還。

青神中巖寺

中巖寺在岷江左岸，距青神縣十里，臨江曰下巖，直上五里曰中巖，再上二里曰上巖。沿道有喚魚池、羅漢洞、石笋峰諸勝。巖壁佛龕駢列，皆唐代鑿也。中巖邱晞明先生館焉。

繫櫂江水隈，拾級登山麓。山寺俯臨江，居人數家竹。磴道窮百盤，曲徑入深谷。池清魚可數，風過蟬猶續。翠巘挂飛泉，叢巒攢古木。疏鐘天外清，石笋道旁矗。連嶂鑿佛龕，古洞窈苔緑。摹巖辨文字，瑶華紛悦目。橋回始見門，入寺意已肅。宜黄邱法師，東方老尊宿。研精三乘理，寄我書一束。惜哉塵鞅人，得之不能讀。白雲笑送我，回駕君無辱。

夜泊嘉州

合江王佩瑜、江津賴培英兩女士，自眉山女中校卸職返里，買船赴嘉州，約余等并乘焉。嘉州城，今樂山縣治也。

平生愛嘉州，山水多清麗。十畝桑柘間，思作終老計。江清夏鮀肥，秋熟盤雞脆。蒻酒對鵝黄，摘鮮飽緑荔。扁州數來往，今日復鼓枻。明星夜正高，孤舟泊始繫。不眠聽江聲，喜説明朝霽。

凌雲寺

凌雲寺在嘉州城對岸九頂山，當岷江及青衣、大渡三水之會。唐開元中，僧海通鑿彌勒佛像以當之，高三百三十尺。巖上有東坡讀書樓，俯瞰大江。寺則在其後面，亦甚幽静。

丹嶂瞰碧虚，長條垂朱藤。幽巖鑿巨佛，頂髻可攀登。江濤不敢逼，峭折氣崚嶒。坡髯讀書處，乃在山之棱。近水碧一潭，遠稼青千塍。西瞻三峨秀，東望九龍昇。日夕萬景歛，天清嵐氣澄。摩挲寺門碑，不復問山僧。

烏尤山

烏尤山在凌雲寺南里許，江水三面繞之，形如小孤。有寺甚幽敞，寺西即爾雅臺，爲此山之勝，犍爲文學舍人注《爾雅》處也。

群水西北來，合沓繞嘉州。北匯更東迤，奔崩下烏尤。兹山屹不轉，渺如螺髻浮。群本秀蒼蒼，環碧映中流。青翠宛一堆，明鏡三江收。寺角爾雅臺，清迴宜遠眸。千載舍人注，至今勞冥搜。緬想蟲魚功，令我增淹留。

附録

懷雲生　龐石帚

稚子報生客，翛然江海人。平生杜陵叟，幾日季鷹蒓。徑僻君能屈，山行句自新。君有游峨眉詩。還鄉無片瓦，今日始知貧。

五通橋泛舟

五通橋在嘉定城南四十里，地屬犍爲。溪水越橋，經楊柳灣、四望關至竹根灘入江。

青青楊柳灣，溪水明如鏡。夕陽含遠山，霞采相輝映。嘉樹蔽岡巒，層疊皆緑凈。小槳摇微風，乘流入幽敻。疑是武陵源，只少桃花勝。佩瑱見游女，采蓮願持贈。童稚相歡嬉，忘懷無争競。好鳥鳴關關，亦各遂情性。乘月晚凉歸，沿隄發清咏。

竹根灘憶舊

民國二年十月，余偕綿竹蕭公弼、富順范愛衆及舍弟雲翰，避地竹根灘六合桑園。主人爲同鄉李培之先生，典衣殆盡，以給余輩。今則物故人非，不勝滄桑之感矣。

舟出四望關，言尋舊游地。幾家門巷非，桑竹仍青翠。憶昔挂文網，亡命兹投庇。主人魯朱家，館我上賓位。賴彼夫婦賢，鬻月饔飧饋。斯實千金恩，豈僅一飯賜。當時違難人，蕭范兩把臂。蕭郎骨早枯，范生甑已棄。吾弟負傷來，今亦等閑置。回思舊游痛，一一怵心記。市朝幾興廢，低回成往事。寂寞鄰笛聲，悽愴山陽泪。

蘇溪道中

出嘉定城西至蘇溪鎮三十里，中經草鞋渡，里人相傳張獻忠勦川時，至此渡，居民懸草鞋一隻於樹，長丈餘，獻忠兵遂不敢渡，水西居民，賴以保全。蘇溪一曰蘇稽。

夙炊斑竹灣，晨發蘇稽鎮。沙間緩步行，差喜無險遴。沫水西北來，波平流亦順。鷺鷥江上飛，估客輕帆進。渡頭懸草鞋，居民免劫燼。父老相傳言，此事猶足信。翻思□匪殘，邊區遍蹂躪。所過無尺椽，殺戮到童齔。世變賊慘毒，孑遺半道殣。我行轉太息，萬事付時運。但信眼前賞，草木含清潤。

峨眉縣南望

蘇溪至此五十里，由成都經眉山、夾江馬路直來，則三百廿里。由此至山麓報國寺十二里，亦可通車。

天外峨眉秀，三峰鬱相連。大峨横雲出，二峨相隨肩。三峨若小妹，依依裙下眠。彎環眉黛掃，婉嫕逞姿妍。高寒不可極，曠古多列仙。我欲作茲游，積念三十年。兩過山下路，欲上了無緣。今來喜晴霽，瞻展即雲烟。有如春甕開，欲飲先流涎。明發躡芒履，會當凌其巔。

聖積寺

聖積寺在峨眉縣城南五里，即古慈福院，中有老寶樓。今則墻宇荒圮，惟一銅塔及一巨鐘尚存，蓋明代物也。

聖寺晚鐘清，聲震百餘里。恨不稍流連，静聽辨宫徵。巨梁絙旋蟲，鋭角蓮瓣似。銘辭已模糊，尚可辨三豕。更有華嚴塔，層層鏤佛子。上鎸華嚴經，一字無差徙。點畫如薤垂，深得黄庭旨。我行惜忽忽，未曾携一紙。欲搨數百本，驚嘆徒爲爾。

伏虎寺

由聖積寺五里至報國寺，入谷行三里即伏虎寺。寺前有虎溪橋，最爲幽勝。

入谷日西頹，蟬噪逾清響。曲徑轉深沉，巖溜出林莽。虎溪回左右，虹橋跨三兩。樵歌烟際渺，佛火檐前上。世情了欲盡，禪悟於兹朗。入山雖不深，懷幽已足賞。迷途慨昔非，攝念得今想。釋杖坐門前，即此謝塵鞅。

大峨寺

寺右有神水閣，水出巖石間，豬爲池，味最清洌，可療疾。隋智者大師居中峰三年，日游於此，一日入定，知神水來自西城，後於荆門玉泉，思飲此水。時有鉢盂錫杖寄中峰，神水遂浮鉢杖於玉泉洞口。出寺前二里，即中峰寺也。

神泉何處來，云與荆門并。絶竇響清音，空山瀉明鏡。娟娟巖花護，嫋嫋緑蘿映。甘證舌本清，爽澈心源淨。豈惟消俗疴，亦足捐禪病。如彼曹溪水，一滴有法性。浮鉢想當年，花乳中邊浸。回步入中峰，且隨智者定。

清音閣

由中峰寺經龍昇岡八里，即清音閣，閣在谷中，黑水自九老洞繞黑龍溪右出，白水自靁洞坪繞萬年寺左出，俱會閣前。閣之左右，各有一橋，相距數武，曰雙飛橋。下十餘武，兩水交會處有石，色狀皆如牛心，屹立水中，曰牛心石，所謂『黑白二水洗牛心』是也。閣上數武有白衣觀音樓，可留宿聽淙淙溪瀑聲。

雙龍落九天，挾山相飛奔。砉然山谷開，峆岈斷雙垠。曦月既蔽虧，洞壑亦陰昏。驚濤亞山魅，坤陸爲之翻。崩騰相搏擊，盤渦衝一門。一石屹中央，千古巍然存。噴雪如銀瀑，跳珠濺玉盆。聽此廣長舌，不復辨風旛。夜卧直到曉，聊以清營魂。

大坪

清音閣右上五里至牛心寺，越猴子坡十里至大坪寺，多虎。路傍有蛙曰仙姬彈琴，左下即蛇倒退。十里至三道橋，峨山之道，此爲險絶，游人至者鮮焉。

陡脊猱難度，懸梯蛇郤行。聳身膝齊首，仰目心摇旌。荒渺罕人迹，寒蛙紛琴鳴。一松高撑天，上與孤雲争。落落姑射懷，荒荒巢父情。烈風忽奔嘯，白日來虎聲。毒餤雖暫伏，驚波未盡平。愧彼老僧閑，長此觀無生。高險且回步，夜卧心猶驚。

洪椿坪

在寶掌峰下由清音閣右上經牛心寺，或沿黑龍溪，來至三道橋，俱十五里。三道橋至此五里。

大椿不知平，蟠屈寺門路。寶掌一峰擎，群山莽回互。繁枝密如幄，深壑積似霧。凄然坐晚雨，恍若墜清露。淅淅灑林疏，滴滴泫葉度。僧言此聲出，乃是山中樹。此聲雜梵聲，世間所稀遇。請食盤中蔬，明朝君且住。

萬年寺磚殿

由清音閣右上七里即萬年寺，寺創自晋代，唐名白水寺，宋改白水普賢寺，明改爲聖壽萬年寺。寺有三殿，曰磚殿，曰毘盧殿，曰新殿，寺僧各别。磚殿宋時物也，中有銅鑄普賢騎象像，高三丈許。

山寺多傾毁，兹爲魯靈光。巉巖驚敧峻，窈杳閟陰陽。窗疏盡瓴甓，粢棁廢楩樟。窿然如覆釜，不復施棟梁。上窺若穹天，夜可辨星芒。朱班皆睲眙，匠石失其良。普賢自西來，跨象立中央。萬姓雜膜拜，千佛參翱翔。猗惟斯殿尊，恒河閲滄桑。聖壽自永永，所以稱無量。

長老坪道中

由萬年寺廿里經大小雲壑即長老坪，再上五里爲簇店，今曰初殿，漢蒲公采藥處也。《華陽國志》：南安縣南有峨眉山，去縣八十里。《孔子地圖》言有仙藥，漢武帝遣使者祭之，欲致其藥，不能得。

策仗履雲壑，俯視千仞深。夾道垂藤蘿，一徑入高林。巖卉發幽香，喬木貯清陰。偃松如車蓋，下有寒猿吟。轉步陟高岡，螺黛湧層岑。歸雲度絶壑，飛淙鳴玉琴。豈惟泉石佳，即此足仙心。遠想蒲公宅，相期如在今。頗笑秦漢主，仙藥空勞尋。

華嚴頂

由簇店五里上華嚴頂。昔時游山者登此頂爲止，亦可窺峨山全勝也。

言登九嶺岡，喜到華嚴頂。人從劍脊行，雲撲衣袂冷。磴窄足苦垂，徑危步屢窘。悚息萬慮捐，專氣兩目眕。恍如峽棧中，更歷蓬壺境。峰巒時隱見，回換盡靈景。白雲斷前山，一壑出幽迥。頗欲誅茅庵，即此息塵影。歌鳳有遺蹤，何必問箕潁。

仙峰寺道中

由華嚴頂至仙峰寺約二十里，由洪椿坪上壽星坡來則三十里。壽星坡俗名九十九倒拐。

列嶂懸丹青，環峰開寶扇。高高青玉屏，中列仙人院。碧落貯清虚，紫霞流采絢。木蓮綴奇花，苔髮引長綫。半壁天門開，倒曳銀河練。白雲繡巖石，紫氣繞清殿。我從雲中來，嚴壑幾千變。縹渺逐雲烟，形神若飛練。采芝疑黄石，游戲尋曼倩。一笑五百年，世事安足戀。

天皇壇

在仙峰寺側半里，道書言：黄帝問道於天皇真人處也。一稱仙皇壇。

雲氣動巖壁，欻如海波翻。幻作蒼龍飛，瀉此百道泉。寳掌新沐青，玉笋紛班聯。趲如群后拜，萬笏争朝天。天皇始何代，壇石不知年。我欲凌風去，飄飄隨紫烟。相携廣成子，因之訪偓佺。

九龍洞

在仙峰寺右側巖下三里，寺僧一人，日往主之，以導游人。今則仙峰寺亦錫以九老洞之名矣。

磴道懸青峰，直下殊峻險。我行撫危欄，寸步驚失膽。左右窺無際，力乏悼周覽。入洞深杳冥，電炬光微閃。石燕喋喋鳴，巖穴栖已滿。森寒欲撲人，逼視殊未敢。九老已仙去，不復留雞犬。悵望出洞還，回首白雲掩。

仙峰寺猴

峨山猴有三族，仙峰寺其一也。餘二族則居遇仙寺、洗象池焉。

仙寺午鐘清，携杖出門首。静觀峰頂雲，閑憇石上柳。可笑猿居士，乞食亦伸手。老者貌清癯，儼若烟霞叟。壯者意獰然，騰擲飽貚貜。小者不能行，仰面猶抱母。倏忽百輩來，得食各分走，即此觀物情，屢厭小人口。人生百年間，滿腹亦何有。

洗象池

由華嚴頂來十里，由仙峰寺則三十里。自此寺南上，寺門皆西向矣。

已上白雲梯，鑽天垂一綫。頓覺物候殊，炎蒸却紈扇。秃杉盤虬枝，低篁密如箭。夕霞未盡收，西山時隱見。亭亭雙樹間，寂寂一禪院。疑是廣寒游，清虚近月殿。木魚發清響，山僧傳晚膳。新月淡一灣，恰印池水面。

卧雲庵

庵在金頂側，由洗象池經木皮殿、雷洞坪、接引殿至此約三十餘里。

萬折躋金頂，卧雲懸一庵。風高益凛冽，斗覺寒氣嚴。重棉冷不温，爐火爇頻添。荆州夏居士，山游飽所諳。五岳四道場，爲我細評談。頗忘筋力勞，苦盡知中甜。擁被初就卧，一夢猶未酣。僧言佛燈出，起視急披衫。始如點疏星，晶瑩見兩三。倏忽千百炬，流光昭蔚藍。呈露漸升高，不必勞遠瞻。始知天地功，大哉元氣含。

金頂

金頂之左爲祖殿及卧雲庵，下爲錫瓦殿。金頂後殿側即捨身巖，有銅碑，明代所立。

兹山朝百靈，粤爲西服鎮。陰陽欻開闔，欃槍掃如浄。崑崙固不讓，五岳亦失峻。仰視接斗柄，俯瞰彌雲陣。膚寸但觸石，萬里資浸潤。鬼魅走精靈，樓臺呈海蜃。仙閬自春秋，長算無曆閏。餐霞飲沆瀣，真息自調順。已不知羲軒，遑復論堯舜。所以穆滿心，周游恣八駿。

觀日出

破曉陟金頂，言觀朝旭興。蒼凉天宇高，嵐氣亦清澄。曙色發東方，稍見紅霞蒸。群峰漸微茫，朱輪已騰升。懸知浴扶桑，若華光層層。何必泰山封，乃睹擊海鵬。即此足蕩胸，赫曦快憑陵。平生好奇觀，咄咄嘆未曾。

雲海

躋頂禮千佛，回看下界雲。一峰兩峰間，扶寸隨屈伸。升者曲如笠，曳者圓如輪。靄靄忽湊合，勃郁如蒸饋。瀰瀰崗巒没，漫漫巖壑堙。天際露青衣，一角猶未吞。倏然千萬變，沆漭四無垠。恍若天地中，有此白玉盆。雪崖失窣堵，銀濤故飛翻。燦燦金波涌，斗若海鵬騫。乃知兜羅境，贊嘆絶名言。造物自多奇，難與俗士論。

佛光

朝隮嵐氣蒸，海底白雲現。陽烏側翅西，斜影射波面。浮光弄五色，圓樣千絲顫。的的彩虹明，滉滉金輝炫。環中一鏡清，人影當心見。此義固可了，縱觀實奇變。刹時隱見殊，俯仰足留盼。人命亦何常，流轉如波旋。色空本不異，勞君辨真幻。

望雪山

朝暾開雪嶺，千嶂無纖埃。西望極玉壘，廓然天宇開。燦爛初日高，映彼雪皚皚。浩潔麗層霄，借問誰安排。恍若白銀屏，間以群玉堆。瑶池彼一方，懸圃非浪猜。信有西王母，酌我流霞杯。長嘯向崑崙，便訪金銀臺。飄飄乘紫烟，一意凌九垓。雖非羡門子，豈愧方朔才。

萬佛頂

金頂右側五里爲千佛頂，再右二里即萬佛頂。此爲峨山最高處矣。

南望尖高山，西極崑崙峰。顥顥與天接，萬古超鴻蒙。瓦屋與曬經，如几列榻中。岷嶓出其後，有似相追從。三江勢回合，奔走更朝東。岡巒亘萬里，縷折如虯龍。山脉挺西南，天半何其雄。一頂獨争高，雲日蕩心胸。飛鳥不敢度，呼吸涵清空。俯視周八垠，一氣誰能窮。

明月庵

在萬佛頂下半里許。

下有白龍池，上有明月庵。池水清且美，庵月無纖曇。山田八九弓，春蔬味轉甘。倦游坐盤石，静看天蒼藍。物我兩相忘，不復羡彭聃。庵中小苾蒭，款款就我談。初不解世味，意態如憨憨。撫心對之嘆，勞勞真自慚。笑借老坡語，爲我留一龕。

傳播上人禪房

鹽亭蒙文敦約同來金頂訪傳播上人，待之半月不至。

久聞播上人，言登四禪地。一室超空有，雙扉杳深閟。趺坐毒龍伏，談經雨花墜。本自了夙因，有情更觀世。我友白雲期，遥遥久不至。日暮倚禪關，悵望寒山翠。

食笋

僧厨美嘉蔬，苦笋味尤清。不見幽篁中，犢角方抽萌。薦之白玉盤，飽此新炊秔。食罷聊漱齒，還覺餘清芬。人生無百年，誰見饑腸鳴。嗟彼食肉徒，甘受五鼎烹。一身不自保，錮疾徒勞争。我亦愛苦笋，請向涪皤評。

龍門洞

洞上距清音閣十二里，下至縣城二十里，范致能稱爲峽泉第一。自此而下，漸出谷矣。

雙溪洗中心，縈紆注深岫。懸壁青琅玕，奇文勝雕鏤。幽幽澗含芳，郁郁巖吐秀。千珠濺飛瀑，百泉瀉靈竇。峽門自天開，巉石驚龍鬥。深洞渺紺碧，懸棧接辰宿。我來正炎署，但覺凉飔透。巖刻多奇觀，沿流足清漱。坐聽峽泉鳴，有似笙竽奏。已得濠上趣，不知誰在宥。

靈巖寺

寺居大峨與二峨接壤之處。東北距縣城三十里，乃晋時寶掌和尚所建，爲峨山最古之寺。今則荒廢，僅仙峰寺三四僧人居此習静，游峨山者亦罕至焉。

探幽陟靈巖，回溪入山脅。古殿兩三重，甬砌籬援夾。中有一頭陀，槖履聳肩胛。緇錫不復施，蕭灑意不乏。眸子清炯光，慧劍新出匣。諄諄作津逮，示我一燈法。清蔬并日談，情意殊款洽。從來漸佛理，此行怪清霅。便欲破三關，或以消障業。皓月懸中天，鑒此無生劫。此地接峨邊，遠通西南夷。急當謀繁榮，豈僅游人歆。

紫芝洞

洞在二峨山，去靈巖十二里，北距縣城三十里。峨山諸勝皆佛刹，惟此洞爲道流所居。

壯歲思霞舉，高卧岷山頭。仙人白玉堂，清曠凌丹丘。今來紫芝洞，喜作玄冥搜。垂乳如猪肝，鳴泉戛玉璆。對景啓夙心，杳然深以幽。仙人吕洞賓，飄飄鸞鶴儔。五岳倦攬歸，高卧不復游。招我雲中住，一笑輕王侯。願謝世間人，黄金不可求。

龍池

在縣南九十里。李膺《益州記》『峨眉山下有龍池，廣長十里』，即指此。有藥市，黄連尤爲大宗。

鄧君恃足健，探幽到龍池。歸來爲我言，風俗及物宜。龍池周十里，四山嵌琉璃。紺碧不見底，冬夏無盈虧。錦鱗仙成族，菰蔣甘如飴。時有渡客船，往來東西涯。繞池半良田，青青禾黍垂。田家樂有秋，終歲不知饑。藥賈挾重資，囊橐相追隨。居人盡淳樸，儼若羲皇時。此地接峨邊，遠通西南夷。急當謀繁榮，豈僅游人嬉。

歸途中

出谷日未午，僕夫整歸輿。白雲送我還，靈氣尚沾裾。緬想昔賢游，艱阻嘆修途。石湖記吴船，萬里誠瘏痡。逸少思蜀山，一紙安石書。乃知雲山靈，韜隱牖仙如。我今快兹游，淹留半月餘。道將志華陽，子雲賦蜀都。嘉名雖見稱，靈景安可摹。還顧三峨顛，麗景軼寰區。那得摩詰手，爲寫名山圖。

百衲小巢遺詩卷五

蒼山集

大理咏懷古迹詩　八首

西來靈鷲認蒼山，迦葉曾經此駐顔。迦葉入定本在印度雞足山，雲南點蒼山及雞足山皆屬附會。羅窟浪傳王舍集，蒼山南有畢鉢羅窟，傳爲阿難結集之處。洱河空頌券文班。志載洱河邪龍羅刹數爲民害，觀音託爲一僧，與之借地立寺。先立一券，以袈裟所及爲限。觀音以袈裟一披，大理全在其内。羅刹翻悔，觀音誘入一洞，以石封閉之，今所傳羅刹封石是也。洱河中赤文島上，有赤文如科斗書，云即當時所立地券。翻思蒙氏封禋盛，蒙詔封點蒼山爲中岳。猶憶明皇敕詔還。霸業只今銷歇盡，往來唯見白鷗閑。

仁果當年入漢朝，欲通天竺制天驕。徒聞白飯留遺種，白子國王仁果，相傳出自阿育白飯王，漢武帝通西南夷，册封爲白子國王。歷代皆崇信佛教，今大理土著人民猶自稱白國之後。不見唐梅有舊條。唐梅在喜洲靈會寺，今已枯。彩石至今餘澗底，礎石出蒼山三陽峰及蘭峰，水墨花爲上，緑花次之，秋花最下。冷雲猶自束峰腰。蒼山蘭峰、中和峰之間，每當夏秋之際，白雲横拖如練，謂之玉帶雲。凄凉無限興亡事，雙鶴歸來話舊橋。相傳觀音降羅刹後，洱河水尚大，有雙鶴飛集淺處，居民遂於此築城。今大理城南有雙鶴橋，即記其事。

龜兹女樂出唐宫，來補滇南六詔風。歸義空施任國鈞，太和終樹大王雄。唐以龜兹女笛工二人賜蒙詔，并賜蒙王名歸義，以籠絡之。蒙詔仍大事兵備，築太和城。韋皋畢竟多英策，高駢徒能奏毒功。韋皋爲節度使，控制有方，蒙詔舉降。其後蒙詔遣親信三人來唐迎公主，高駢請鴆殺之，蒙詔遂弱。此日五華樓下過，殘陽還憶昔時紅。蒙詔旋爲鄭買嗣所篡滅，蒙氏八百餘人均被殺於五華樓下。

宋祖無能事息戈，獨揮玉斧畫金河。宋太祖以玉斧畫大渡河爲界，令王全斌不進攻大理，終宋之世，雲南爲段氏所有。天朝只許犀香貢，邊國空教錦繡過。豈意元兵來黑水，可憐驍將失高禾。高禾，段氏之將，與元兵戰於靈關，死之。車書統一思朱氏，滇嶠從兹海不波。

扶風太乙接崑崙，《漢書》云蒼山狀如扶風太乙。勢挾虬龍駿若奔。千峰瀉玉開天府，二水分雄會海門。蒼山東爲洱水，西爲漾濞江，同入瀾滄江歸海。獨惜勝朝無遠策，偏教殘礫積荒村。清時杜文秀之亂，大理人民死亡過半，廬舍焚毀甚多。民國十四年又遇大地震，今處處皆見頹垣敗瓦。只今倭寇南侵日，惆悵西陲憶重藩。

文物當時憶漢唐，傳經張叔有遺芳。張叔從司馬相如受經，盛覽從司馬相如學賦，今大理城南有文獻樓，祀此二人。百年喬木風霜老，十里山城雉堞荒。太史子孫驚落寞，明李元陽、趙汝濂之子孫，今存者寥寥無幾。鄭公書册感飄亡。鄭氏一門三進士，藏書甚多，今民族文化書院購得其家三千餘册。獨留廢壘殘碑在，下關有萬人冢，葬天寶時征蒙死亡士兵。大理城東北又有杜文秀所掘之戰壕，自大理城達洱海，長約六七里。大理石刻以南詔德化碑爲最古，文爲鄭回所撰，字爲蜀人杜光庭所書，惜多漫漶不可識。苦調伊歐唱夕陽。大理城外皆民家，語與漢人異，所唱之調，皆甚凄婉。

感通古寺鎖寒烟，感通寺在大理城南聖應峰，相傳漢時所建，爲大理最古之寺。明初無極大師入覲，明太祖御製詩賜之，僧徒甚衆，有庵院三十六所。龍女花開妙不傳。寺内有龍女花一株，相傳有龍女聽法得悟，化此爲花。杜文秀之亂砍去。戍客哀時空寫韵，楊升庵戍永昌，游大理，與李元陽相善，在感通寺作轉注例，李元陽爲題寫韵樓。孤臣失國只談禪。明亡，唐大來爲僧習禪，往來蒼山、雞足間，時以書畫自娱，其骨塔在感通寺後。獨倚玉局尋荒冢，玉局爲蒼山十九峰之一，杜光庭祠墓均在峰下。間訪香巖問舊緣。

香巖亦名香草巖，有釋迦遺迹。最是太和村畔過，那堪風月溯唐年。太和村即蒙詔太和城故址。四洲三島説仙都，水净沙明抱洱湖。洱海半月形如珥，中有四洲三島。天樂不聞吹鳳管，天樂臺云能聽仙樂聲。此身終擬在蓬壺。杜家弄戟憐新冢，杜文秀所殺人，葬洱湖邊者甚多。漢帝開池憶壯圖。漢武帝鑿昆明池，即仿此湖，非昆明之滇池。終古一輪吞萬象，蛟龍誰攫水中珠。

吴君毅録舊作浪淘沙詞四闋見寄

忽見南飛雁，新箋寫昔詞。瓊琚看不厭，歲月總相思。錦里春生早，蒼山雪散遲。明年花下約，空憶泛金卮。

贈沈芷馨先生

楚雄人，年已六十，任滇西廿餘縣高等法院院長。民國六年曾任四川高法院長，在蘇州任高法院長十七年，其妻蘇州人。

滇中文獻接鄉邦，人物風流今更長。決獄衆推于定國，談經我愛李元陽。高標未覺蒼山老，清饌常思玉藕香。此日客游何所恨，吟懷空自感殊方。

汪典存先生以初度即事詩見示感和

蘇州人，現任中央政治分校主任，年約五十。

沈腰潘鬢只堪憐，卧病蒼山已兩年。吴苑落花驚枕夢，渝州殘堞感峰烟。膝前同泪看嬌玉，海上孤鳴憶别弦。我亦姑蘇游慣客，何時共泛五湖天。

挽李佩可先生　二首

大理人，前清進士，歷任陝西、四川州縣各職。因聞敵機受驚病卒，年七十二，有詩文集。

氛烟萬里苦蹉跎，南北三年未靖戈。才説狼鋒趨越海，忽驚鳶艦列榆河。蒼山日冷雲無色，白子城空水不波。禮樂承平相看久，那知老泪泣銅駝。

幅巾藜杖到江村，猶記當時笑語温。正擬談經尋鹿几，那知乘氣入天門。朱幡一路喧簫鼓，白帽千人泣墓原。他日欲徵文獻在，無多耆舊與誰論。

和汪典存先生歲暮病吟　二首

憐君避地到滇池，故國殘年倍所思。殊方徒見山茶發，舊壘偏傷海燕離。日遣病魔唯誦偈，苦銷客悶强裁詩。燈前吟咏翻驚憶，此正嬌兒别我時。

中郎有女侍庭帷，我女亦無更可悲。萬水千山同此客，五年雙眼到今時。荒墳錦里依亡友，落木蒼峰感故知。天地寂寥霜夜永，那堪揮泪和君詩。

郊原即事

百里峰巒隱翠霞，桃源是處有人家。半江村舍懸漁網，十月山城見菜花。佛珠滿樹分紅白，仙掌隨垣任曲斜。牛背夕陽歸去晚，瓮頭酒熟不須賒。

櫻花插入瓶中

自折櫻花插乳瓶，小窗閑坐意惺惺。清茶細嚼無人會，静對蒼山一玉屏。

買礎石屏一架上題瓊林玉樹四字　二首

大理西來歷歲時，南湖鷗鳥盡相知。蒼山無限雲峰好，截取瓊林玉一枝。
買得蒼山玉樹屏，瓊林高聳半天青。他時載到家園去，留與兒孫作典型。

歲暮懷人詩　八十一首

向仙喬

般公老能健，步履得攖寧。結宅探龜穴，裁詩到果玲。幽芳滋蕙畹，勝迹綴山經。歲月閑中好，瓊枝庶養齡。

張真如

道出嘉州郭，停棹訪故知。古椎猶似昔，革命想當時。彝鼎燕都遠，壺觴錦日移。只今山水好，梁孟樂相隨。

朱懋實　前川大文學院長，現任武大教授

我愛嘉州好，山水繞園林。峰巒開秀色，鐘磬發清音。足慰詩人老，應無客子吟。江魚可佐酒，不用惜千金。

林山腴

天涯兵火滿，耆舊幾人存。每念霜柑閣，常懷碧玉尊。著書消歲月，倚杖繞兒孫。落日寒侵袖，江村早閉門。

能觀師 即程芝軒先生

魚山忠俠輩，老去盡披緇。愛我情偏厚，觀空悔獨遲。一庵塵外榻，千偈悟中詩。何日浣溪畔，相逢話舊時。

附録

昨到華大，獲睹惠贈佳什，欣感無比，僅步原韻 能觀

舉世人皆濁，何能涅不緇。敢夸聞道早，翻恨出家遲。老去身多病，閑來偈作詩。蒼山與錦水，相見在何時。

羅鈞任 即羅文幹

蒼山東佇望，大樹想風高。臺閣曾三入，功名付一毛。藏身隨老圃，撫景酌香醪。獨惜車公去，荒村日賦騷。

朱少濱

朱公情興永，老去若華年。梁苑追風雅，錦官韵曲弦。藝文清史在，詩句後生傳。三館書何處，還京意愴然。

魏時珍

自有高人致，寧嫌俗慮疏。傳家原洛閩，雅抱本詩書。小閣延賓晚，香厨出饌餘。一杯梁孟好，永念城

西廬。

李劼人

小説尋班志，常懷到李家。筆中偏有眼，舌上自生花。飲酒不嫌聖，鱣魚更及蝦。往來雞犬熟，食罷索新茶。

趙少咸、季琴昆仲

君家兄弟好，花萼共聯輝。絶學扶洨長，名方接慎微。鶺鴒嗟遠隔，滇蜀恨相違。每念習池酌，山公亦醉歸。

劉衡如、吴伯陶、高石齋 劉衡如，金陵大學文學院院長

成都經歲隔，忽奉錦篇傳。高子窮金石，吴君妙曲弦。風流追白下，客思滿西川。愧我身無似，長年只説禪。

楊潤六

摩詰原多病，涪翁妙解禪。相看冬又至，知否夜成眠。短榻孤燈外，漁歌夕照邊。桃花無限好，會取古靈賢。

蕭中侖

瀟灑風塵客，來從佛子家。絲絲牽鶴髮，朵朵醉桃霞。踏足翻鐺粒，輪空舞劍花。信知乘鹿馭，終必御牛車。

韓文畦 西康省教育廳長

狂流思宋硯，狷者憶文畦。愧我日無事，憐君身獨西。服官何礙道，識理自無迷。會取心空法，泯然萬

物齊。

張怡蓀　西陲文化院院長

已識曹溪意，無須問普賢。絲絲皆入扣，滴滴盡成圓。佛髻妙難説，詩心不可傳。離鈎能會取，法眼自無邊。

舊正二日書院雅集兼寄典存先生

蒼山積霧喜新開，仙侣聯翩引道來。繞郭芝蘭欣雅從，盈庭珠履强追陪。高談清茗當軒坐，小艇明湖落照回。獨惜吴門丹鳳客，風光閑却此中杯。沈院長、陳檢察官夫婦、李推事、沈陳二君之女公子均到，汪典存因病未到，唯其女公子隨沈、陳二夫人來。

三日偕游聖麓公園及大石庵　二首　距書院約十五里

日暖趁初春，相看恰七人。長橋容憩坐，淺草任横陳。原上驅黄犢，沙邊采白蘋。獵童歸市晚，皁鸖一肩新。

恰好山前店，遥當聖麓峰。清泉烹火活，香餌逐盤濃。破費勞袁老，支疲耐竹笻。更瞻天外石，歸去已聞鐘。

祝施友忠四十華壽

春來勞燕感分飛，鎮日蒼山望翠微。六翮天邊懷遠志，尺鱗海上念當歸。黄花作釀新添壽，玉碗盛鸞共食肥。齊祝夫人隨姐到，歐劉聯袂樂相輝。友忠近聽人言，嘗以遠志、當歸二味泡食，故詩中舉之。劉貢父與歐陽永叔爲連襟，友忠爲張君勱先生之襟弟，故以爲況云。

初度日酬飲書院同人 二首

客中殘曆已看完，人日相邀只自寬。村上家家聞吉語，席前草草具蔬盤。山花濃發春仍到，市酒深添意未安。差喜猶存故鄉味，諸公切莫笑沈寒。

五十才過歲未遲，敢言作壽飲金卮。況當母難驚心日，正是兒曹省過時。遼海珍鮮慚重錫，他山瓊玖感新詩。只應從此深加勉，莫擲光陰負所期。

無題

落日蒼山帶晚霞，烏衣人去燕無家。荒村徒灑新亭泣，邊草難忘出塞笳。碧海清鷗隨水泛，暮天衰柳逐風斜。何時鄧尉誅茅屋，霜月寒梅共結跏。

游雞足山詩 十三首

渡洱海

雞山西南勝，懷賞淹經秋。仲春陽氣和，相約爲茲游。同行有桐廬袁道冲、閩侯施友忠、泰興張仲友、漢口伍行之、長沙黄致中數人。亭午日色鮮，束裝理輕舟。解纜嬉微風，挂席横長流。漾漾碧波清，淼淼寒光浮。澄空天宇闊，頓覺朱明幽。渺然滄海思，安期庶可求。洲渚綴隈隩，巖壑依椒丘。漸睹沙上村，遠望賓川疇。洱海之東即賓川界。回首蒼山顛，烟靄隔中洲。

初至祝聖寺

寺距山麓十五里，距峰頂亦十五里，明時僅一小庵，至虛雲和尚時始擴修之。

朝發洱水濱，暮抵雞山麓。捨輿力攀登，策杖穿林壑。虬枝出巖陰，飛泉響深谷。數憩陟陵岑，曲紆入山腹。始見鉢盂峰，禪林繞深緑。上人曇遠儔，蓮社稱尊宿。杖錫來金山，法燈虛老續。相見但歡顔，款我香厨蔌。語玄疲頓舒，談深情更睦。夜久共還齋，細剪西窗燭。

悉檀寺

悉檀與石鐘、大覺、華嚴、傳衣，爲明時之五大寺。

悉檀古名林，遠距東支雄。後依九重巖，前臨大壑淙。階基積崇高，殿宇何玲瓏。我聞經始者，乃在明木公。麗江土司木公，今其世譜尚在寺内。本無開其席，法響振宗風。寺額書梵字，碑敕尊朝庸。尚有董謝書，董其昌書額在正殿，謝肇淛有碑記刻石。刻畫皆精工。宏辨四長老，霞客還久從。見《徐霞客游記》。只今法席衰，無人繼其蹤。空餘庭際花，相對夕陽紅。

華首門

又名迦葉門，在迦葉殿右側，亦名金襴殿，相傳迦葉藏金襴處。

迦葉入定地，相傳華首門。冥坐六百年，遥候彌勒僧。石壁平如圭，中餘一綫痕。上觀高撑天，下視杳無垠。鳥飛不敢度，猿猱不敢攀。遠憶小澄師，唐時人。就此求真源。石門劃然開，中有殿宇存。至今一穴水，瑩澈清心魂。我亦窮禪客，到此渾忘言。金襴無事問，刹竿徒倒翻。何必過曹溪，即此西江吞。曹溪泉在迦葉門北。

金殿

殿在雞足山峰頂，東望日出，西望洱海，北望麗江雪山，南望雲海及賓川一帶田疇。

仰攀胡孫梯，言陟雞山頂。山危心轉清，徑仄氣愈猛。直上躋層顛，四顧峰若黽。洱海一杯浮，雪山天外挺。上有楞嚴塔，層層如削笋。孤影淩清霄，仰望不敢昳。拾級未登半，天風颯然冷。杳如泛清虚，曠若游溟涬。沆瀣天與通，彌覺出人境。人生爲形役，塵網空自逞。名利爾何爲，百年徒鼎鼎。

華嚴寺

雞足山分三支，形如雞足，悉檀寺在東支，華嚴寺在西支，傳衣寺又在西支之南。

緩步下金頂，紆曲出慧燈。遠見華嚴寺，在彼西山岑。修徑入平林，不復勞攀登。佳樹鬱蒼蒼，寺門嵐氣澄。殿宇凄以清，空憶舊日僧。獨有西來像，游觀嘆未曾。後殿七佛皆印度式。

石鐘寺

寺在祝聖寺後面約半里許。

山中數日游，來往石鐘熟。鐘聲寂不聞，苔階依舊緑。中峰去已遠，法席今誰屬。空餘鈴鐸聲，微風吹殿角。

懷大錯擔當

錢邦芑號大錯和尚，唐大來號擔當和尚。

朱明祚不復，相携到禪林。魚山依南岳，黄岡熊開元號魚山。密之謝華簪。桐城方以智字密之。如何錢唐輩，亦寄兹山岑。勝志託孤蹤，錢邦芑曾修《雞足山志》。寒梅明素心。唐大來常畫梅花。時有方外至，相與發哀吟。耿耿空谷中，千載孰知音。

寂光寺巨釜金殿大爐

釜爲銅製，口徑約丈餘，明天啓時所鑄。

雞山古靈區，舊物今罕見。懷情每相問，而多因時變。惟餘明代物，零落亦傷散。寂光兩巨釜，精湛出百煉。臚列兩階前，光彩上凌漢。更有永曆爐，巋然存金殿。巨製奪天工，周匝勞回玩。翻思朱明亡，金帛有餘羨。中夜静以思，撫枕再三嘆。

獅子林訪舊

獅子林明時精舍甚多，爲各寺僧習静之所。

遠瞻羅漢壁，近躋獅子林。披榛閲荒翳，陟險歷嵚崟。凹流架斷本，敗葉積沉霪。上有高崗坪，僧塔列森森。慈懿墓其東，苔碣尚能尋。傍嶺窺龍湫，黝然森森沉。蘭陀餘廢墟，一碑尚稱琛。有《迦葉行實碑記》。緬想朱明季，静侣栖兹岑。精舍與雲房，花跗騈巖陰。茶果宴佳客，唱酬無俗吟。如何百世下，荒穢空鳴禽。日暮久延佇，悽愴傷我心。

尋放光、西來兩寺舊址

明寺三十六，庵院萃鱗羽。殿宇遥相望，只今惟餘五。存者皆蕭條，廢者無尺柱。放光稱雄傑，西來擅奇古。登陟勞攀躋，故址覓無所。翹思羅李坊，羅、李二先生坊，爲明羅近溪、李見羅先生立，今已廢。逍遥憶仙侣。俯仰嘆靈山，何人振法鼓。只今倭寇殘，禹域盡焦土。况爾方外居，廢興何足語。

傳衣寺

歸途出西岡，載訪傳衣寺。越澗依林行，叢篁接天翠。回瞻三摩峰，面我凸如鼻。岡巒漸紆垂，俯視轉幽邃。漸經八角庵，始歷寺門地。殿宇盡塵封，碑碣委荒砌。龍鱗既無睹，松臺亦捐棄。尚想中溪公，李元陽號中溪。規畫勞建置。如何近代僧，不解緇流事。緬懷洞上風，傳衣、大覺兩寺皆曹洞宗。長憶山中志。《雞足山志》刻在大覺寺，後板歸傳衣寺，即在傳衣出售。余等欲購一部，云僧已外出，後託人屢求之，卒不獲購。

沙址村 在雞足山南麓

出寺下雞山，松風送天籟。漸至沙址村，溪水明如畫。憶我初來時，雲霞成彩繪。雲南各地皆有五色祥雲，雞足及點蒼一帶猶多見之。今去沾幽香，彌覺身心泰。惜我行匆匆，未及聽清瀨。山下泉流交聚之處，有閣跨之。何時謝塵緣，靈山重一會。入山處有坊，題靈山一會四字。回頭望雲中，一峰插天外。

賓川道中

賓川氣候暖，二月見麥黃。沿山多馬櫻，夾道鬥紅妝。亦有蘭蕙花，幽澗挺孤芳。桃李滿溪谷，棠梨生路旁。山蔬色色新，山果纍纍裝。我聞下蒼魚，肥美甲滇疆。又聞海上梨，甜滑如蜜强。惜哉時不值，未及親平章。徒見下蒼海，十里烟茫茫。

小鳥

小鳥宿池邊，時來窗下語。清脆悅人心，宛若小兒女。有時枝上躍，時或筵前舞。憨喜樂其真，不羨高飛羽。

食蠶豆

蒼山冬未半，蠶豆已登新。自是氣偏暖，非關人獨勤。游蜂驚午夢，雜卉見春熏。更有江南好，榴花蘸女裙。

南湖花鴨一夕被人網盡，售與院中感作　二首

花鴨來何處，群飛集草廬。雙雙皆偶宿，兩兩自相呼。羅網一朝盡，毛衣十口俱。可憐湯火急，遺恨滿南湖。

逍遥湖上慣，一旦入牢籠。縱有冲飛翼，徒勞搏擊功。貪夫真可殺，微命亦何窮。寧爾堪憐惜，哀哀遍國鴻。

小魚莊

一冬常喜暖，閑步入漁莊。曲徑隨流水，孤村帶夕陽。人家多尚樸，民語漸能詳。隨意溪橋歇，臨風聽晚篁。

雪晴望蒼山

未覺蒼山老，休嫌白髮增。金光吞海日，雲氣吐鯤鵬。百道新泉活，横空瘦骨棱。神龍身已具，一擲任飛騰。

老農

一笠覆雙肩，牧牛度步年。燒田烘活火，引水得新泉。食飽隨沙坐，倦來枕石眠。胸中無個事，望望白雲天。

老漁

漁父不知年，披蓑坐釣船。一竿初入水，兩足已離舷。垂波隨手静，招月到篷眠。何日金鱗遇，翻身踏大千。

窗外草一夕被院役鋤去

絶似濂溪宅，窗前草不鋤。欣欣生意足，脉脉午陰初。冥坐觀天理，閑行讀道書。如何僮僕輩，一夕盡芟鋤。

送吴道南回川

蒼山千里道，風雨送歸人。歲暮遠爲客，還家欣及春。爐紅初釀熟，江暖早梅新。兒女相歡笑，應知此樂真。

百衲小巢遺詩卷六

還蜀集

連日老友文通及顧頡剛、錢賓四諸先生先後招飲明湖春，金静庵先生并記以詩，依韵和之

不是悲秋怨楚騷，雅歌今日急民勞。萬方多難人千里，兩載還家客二毛。佳士相逢宜白墮，明湖新薦喜琴高。尊前感激愁忘却，又向屠門學弄刀。

哭羅鈞任

夢魂長憶古滇西，黔水蒼山路復迷。八桂竟埋忠駿骨，五羊不返客輪蹄。舊聞日下談天寶，老泪燈前醉碧雞。後會何由空有約，蠻烟瘴雨哭聲嘶。

敵陷香港，懷潄溟、益三兩兄

烽烟珠港急，日夜望南雲。問訊今無自，死生不可分。五噫徒憤作，三島久名聞。珍重虞羅雁，天邊恐

失群。

聞益三脱險至惠州　二首

儋耳羈遲客，傳聞抵惠州。羅浮曾入夢，勾漏不須求。貰酒梅花下，題詩玉女頭。坡髯同命蹇，箕斗任春秋。

麻鞋何日至，皂帽幾人還。兵戈連歲月，愁思滿關山。回叠峰多礙，鈎輈語未嫻。料應相見日，已是鬢毛斑。

題大理石山水屏　二首

萬木青葱烟靄深，白雲遥望遠山岑。天然一幅倪迂畫，絶勝蘇州獅子林。

此石曾經出國回，點蒼峰上倚雲栽。故宫巨製徒濃染，輸此晴嵐秀色開。

題内侄介欽遺幀

神女洛波至，仙人姑射來。清曉玉階上，并作一叢開。水仙。

疏影弄清晝，翛翛三兩竿。不待瀟湘雨，能生夏簟寒。竹。

漸覺秋光老，風高九月天。擬招陶令至，同醉小軒前。菊。

剪取石上松，同烹雪頂茶。一枝横竹外，疑是戴顒家。松竹梅。

薛崇禮堂重印俞廷舉地理知止屬題

雅詁分明書相宅，九流原自出王官。楊公去後無人會，却賴俞君一指彈。

壽黄閏餘兄六十　二首

家世簪纓若散仙，獨將幽勝占林泉。江縈文井波光活，山帶青城秀色連。野鶴閑依階下石，園梅早放小春天。爐烟經卷知無事，一任珠璣繞膝前。

貔貅百萬數經過，人海抽身寄薜蘿。部曲盡教朱紱貴，笠蓑時傍白鷗多。風回翠巘收靈藥，日暖瓊芽養太和。只恐中原氛未靖，肯教廉李老烟波。

壽朱母七十

錦官城中春意足，梅花未過海棠續。枝頭小鳥報新晴，檻外春江作芳醁。朱母高年正七旬，康寧好德氣深肅。清儉不爲俗人妝，笑談時逑車挽鹿。有子能文且經武，明謨定國聲振蜀。并州常思郭細侯，峴首不忘晋羊叔。只今春暖正燈時，壽酒高張開錦幄。萊衣競慶一家春，部民隨拜八州督。惟慚百禄天保歌，聊誦下里巴人曲。

奉寄沈芷馨院長　二首

依舊山花發，春城百事幽。未知佳節至，何似昔年游。香惹羅浮夢，寒生杜宇愁。亂離傷未厭，湖上憶扁舟。
且喜多賢佐，公庭百草蘇。官清分鶴俸，身老得鳩扶。佳句時相和，春醪不用沽。鴻妻能伴飲，香饌預行厨。

人日奉懷宜黄師

天遠逢人日，江津憶我師。裁文知病後，撰杖及燈時。舊雨隨年減，新霜逐鬢滋。何時聞道要，生死不須疑。

奉寄吕秋逸先生、宜黄師

獨喜基師好，長年侍奘公。籍探龍窟秘，法樹象王雄。夜月流經席，春花落梵宫。蜀山青未已，撰述樂無窮。

人日飲東郊菱窠後，復偕文通、伯謙飲城南高莊，時已日暮，不及往王園觀梅，賦此以貽同游諸子

才自東郊倒酒樽，驅車又復過南原。一時賓客皆厨俊，滿院風光换曉昏。奇字有情探漢瓦，梅花無意問王園。裁詩爲報同游侣，元夜相邀只隔村。

元夜伯謙兄約飲城南別墅即賦

插棘爲籬槿作門，數家姻婭自成村。一畦寒菜霜多艷，幾樹梅花月有痕。洛下諸生爭御李，蜀中賓客獨留髡。他時謝政長鄉里，願共春醪舊瓦盆。

追憶程芝軒先生

法席花仍在，春江汩迸流。酬吟空斷簡，相會隔扁舟。塔冷斜陽外，鐘疏古渡頭。猶傳携履去，空自憶嘉州。

追憶羅鈞任

天邊有客傳司馬，南渡何人識李綱。風度獨存前輩典，布棉猶是舊時裳。鷹揚早憚諸驕貴，鶴舞終憐歉俸糧。到死此心還耿耿，十年空抱漢刑章。

慰曼公

巴山何必勝蒼山，失馬亡羊亦等閑。顧絳興亡徒有責，安仁鬢髮已先斑。只宜美酒沾唇舌，莫遣新愁上鏡顏。兒女長成終別去，老惟夫婦最相關。書院封後，時又有失子之痛。

挽内兄高壽山

太息塵寰萬事非，生男何補女何依。長成各自隨人去，垂老空憐抱影歸。五子龍騰思昔壯，一孫燈焰感今微。明朝泣送還山去，只恐相逢夢亦稀。

感事

老去徒能健，春光隔世看。舊游隨夢短，清泪與燈殘。忍讀桓靈紀，慚分苜蓿盤。關雲凍不解，無路問長安。

赴西安購書　五首

殘臘欲行未有期，新正又過看燈時。家家春酒留人醉，頓覺錦城花滿枝。

疏懶平生七不堪，一囊猶是入滇南。明朝真個長安去，急作家書報阿男。

帝都遥羡古長安，幾欲秦灰拾斷殘。慨自宋樓東渡後，官私書藏僅文瀾。

敵騎紛乘四載餘，中原難覓故家書。遺文行訪娜嬛客，收拾何人解助余。

匆匆蜀郭登車去，一路看山直到秦。爲愛舊都文物富，解裝先問打碑人。

偕戴治中過碑林訪曹□□先生不遇留贈　二首

帝京微雨歇，相與到碑林。雲逐城陰暗，宫隨樹色沉。貪看飛鳥疾，羅立玉山森。獨惜高人遠，徒懸問字心。

訪舊逾秦嶺，驚歡識李顒。守文周柱史，習禮漢儒宗。宅静居鄰聖，身潛道若龍。關中多理學，稅駕願相從。

奉贈宋菊塢、張扶萬、吴敬之諸先生

文獻中原在，耆英洛下多。匡時哀道喪，憂國念民訛。關學千年盛，堯天一氣和。六經懸日月，體用信無頗。

贈夏翁子欣叔侄　二首　侄字志傑

細雨城南路，尋碑識夏翁。竇經傳舊業，考古綴殘叢。步月閑中老，山川眼底空。何當託鄰曲，長與辨藏虹。

小阮亦賢俊，黽跌訪索勤。斷紋欣助我，蕭館獨思君。金石香盈席，龍蛇氣入雲。蜀中碑碣在，遲汝探斜曛。

挽彭椿仙煉師

忽披鸞羽去，上界作仙官。苔闞松門古，雲封石徑寒。丹經藏枕窟，茶臼隱花欄。遥憶青城侶，臨風誦石壇。

壽張潤蒼五十

行年五十初非老，頭秃居然似老僧。十里蒼松容白眼，一編黄卷足青燈。已銷劍氣成灰劫，剩有童心是壽徵。愧我入秦隨賈客，南山未許作三朋。

懷園兄招飲曉莊

每當毒暑炎蒸日，苦恨廛居乏澗泉。幸有劉伶來作主，不嫌阮籍伴談玄。座中佳客皆龍虎，竹裏鳴禽自管弦。看取夕陽紅盡處，彩雲無數叠天邊。

讀懷園曉莊宴集，并壽張潤蒼五十詩後感作

年來閱歷皆如夢，老去知交倍覺親。勛業已看兒女大，詩書留得性情真。常思諸葛終存漢，盡有桃源可避秦。今日相逢共樽酒，正須多飲莫傷春。

寄題金佛文物館，兼訊雨若　二首

南屏金佛隔江州，遠望年年悵未游。黔蜀風烟通咫尺，漢唐雲物記春秋。殘碑猶落胡兒膽，積雪遥憐季子裘。會赴君家兄弟約，筇枝草履共探幽。

曾向峨眉絶頂行，白雲處處杖頭生。未知金佛何年到，已辦青鞋十日程。高館雨來瞻黛色，小窗風過聽松聲。煩君静僻爲留榻，苦茗閑教石鼎烹。

秋初回縣游罨畫池

秋色生庭樹，微陰納晚凉。棋枰疏落子，茗碗静焚香。琴鶴人俱渺，壺觴興未忘。艱難戎馬際，栖息暫江鄉。

偶作

十月江聲冷，風烟淡物華。渡頭餘落日，原上集饑鴉。暮靄連天重，霜威逼歲加。梅花報消息，春已到鄰家。

喜牟中山至，因憶曼公

多難逢吾子，蒼山别泪盈。兩年幽憤積，千里客心驚。官酒聊堪煮，園梅喜已生。獨憐曲江叟，長滯渝州城。

懷汪典存兼憶院中諸友

兩年不踏蒼山路，汪子詩情今若何。梅蕊已從林際見，曉霜新上鬢邊多。雁分别浦書難問，眼望中原節易過。稍喜夢回風月在，肯將衰朽客烟蘿。

壽曼公五十有八　二首

曼公佳興近何如，知向汪山暫託居。老健不妨觀射獵，閑怡時可狎樵漁。泉炊竹筧堪烹茗，春到梅花好著書。世事蝸爭奚足問，一瓢容隱即吾廬。

北斗以南江漢西，高齋應與白雲齊。氣吞海岳占新作，字挾蛟龍拾舊題。迹此潞公徵鶴壽，老從篯叟見天倪。鴻妻雲女相歡笑，豈信人間有勃溪。

偶作

蜀國山川劇可哀，風流猶是舊秦淮。徵歌選部來三楚，買醉張燈盡百杯。饑鳥長憐依廢壘，閑雲空自掛高臺。干戈滿地身將老，一任昆明有劫灰。

癸未元日，培甫、中侖、潤六各有詩，多説吉語，余亦勉爲一章

朝日進湯團，諸孫繞作歡。語多題吉利，竹喜報平安。春酒容閑醉，天機許静觀。一階生意足，小雨上花欄。

贈齊大畢業諸生　六首

遵義李青

我愛柴翁詩，昕夕常展對。語語茁性真，字字裂肝肺。上摩昌黎壘，下撫陳晁背。如茗新試鐺，如粳初歷

碓。味之郁而清，生氣溢五内。君與柴翁鄰，蘭芷素充佩。學成返故廬，清迥越時輩。入門問高堂，次及諸弟妹。雞黍招近鄰，便訪翁之裔。家世幾播遷，兒孫今幾代。梅崖尚存無，經巢可荒穢。懷古引長謡，天然謝雕繪。空山六藝陳，寒光燭幽曖。君其誰與期，翁有典型在。

西安馬惠珍

秦地多膏腴，實曰帝王都。涇渭爲池隍，南山爲城隅。哲人代挺生，命世多大儒。在宋有横渠，在明有少墟。諸吕生其間，治世起良模。有清三百年，三李爲前驅。叔世猶有作，復齋與古愚。我昔游長安，爲訪關中書。恨未登華巔，遍覽古神區。君幸生其鄉，上繼關學餘。學有東西銘，行有人禽圖。無勞步邯鄲，寧抱魯生迂。

厦門白雪樵

白君來閩嶠，遠涉重洋險。四年太學中，粗糲飽所啖。歷身雖多屯，其光不可掩。如彼冰澗松，摧之實無敢。只此一寸丹，已奪萬人膽。有時念父母，亦有泪盈臉。山海隔西東，登樓徒勞覽。羈心託典墳，旅思依閔冉。古道在人心，矢志天可感。餘味自回甘，請君試橄欖。

巴縣孫蘭豐

巴山秀所鍾，挺生陶與向。如彼松柏堅，不徇世所尚。闓士宋儒徒，晚歲精法相。栖止宜黄師，身苦節彌亮。宗魯勤校勘，丁盧不相讓。於時所著書，深衷寡所當。懷道俱未伸，三年繼凋喪。君今歸巴山，令我心悽愴。感往戚既深，觸事中多悵。根蔓陶公墳，阡新向子壙。時縈魂夢中，亦復添泪漲。抵家各勞問，身後竟何况。江水逝滔滔，千里但相望。

荆門王居傑

天下動兵氛，生民弊鋒鏑。八方無寧區，川谷厭人血。死者百事休，生者哀蕩析。中原萬里域，五載困頑敵。猿鳥亦慣驚，樊籠安且悦。我亦偷生者，坎夷隨所適。風雨淡空階，時發太史策。緊誰楚南公，一語驚霹靂。乃思江漢間，自古多材傑。棄置而不用，隨風感飄蝕。君爲楚中人，喜復肝腸熱。莫續三閭騷，願賓荆山壁。

安岳李守秋

六經懸中天，厥爲斯人命。夷晦常光昭，萬古直而正。删述禮樂新，汲汲思孔孟。仁義啓吾心，剖白顯天性。吁嗟吾生晚，未及親問請。徒思周南美，但想唐虞盛。義禮契周程，典章譯董鄭。雖未蹈伊周，亦欲睎賢聖。諸子雖有明，渺若螢火映。如服烏附者，久試終不應。不韋陽翟賈，亦欲司文柄。著書懸千金，誑云不可更。大道在人心，豈爲力所勝。喜君能讀書，不隨邪説横。須知道遠艱，擔荷在剛硬。儒術重力行，無徒口舌競。

題翟道綱摹劉松年群仙高會圖

少時曾作青城游，攀幽陟險尋丹丘。去年復入長安市，擬問華陰一道士。歸來成都空兀兀，擊劍讀書偷歲月。寂寥時入趙公家，丹砂未肯奪凡骨。海山樓閣忽排雲，遥見仙人吕洞賓。十洲三島烟霞侣，乘螭馭鯉來繽紛。海天蒼蒼擁翠環，坐我百尺松巖間。挹瓊漿兮酌北斗，召雙成兮樂盤桓。酒闌樂罷仙人行，澗底惟聞松子聲。乃知畫手真奇絶，使我胸中萬壑鳴。翟君臨摹亦逼肖，筆勢參差臻道妙。安得徑入深山深，長與仙人開口笑。

題劉文淵山水畫册

劉侯跌宕思多奇，已搜仙術入丹匙。偶然落筆着五岳，丹青不數今畫師。我亦君平世所棄，此身未知何處置。桃源不見武陵人，蛙魚空食神仙字。忽然萬里烟水生，一片紅霞照眼明。村舍漁舟生意活，深林古寺道心清。瓶鉢穿雲脚尚能，丹巖碧嶂隨攀登。雲峰缺處松陰下，應須添我一跌僧。百歲光陰幾人有，世事浮雲幻蒼狗。羸顛劉蹶了不聞，詩成且盡杯中酒。

題汝明女公子高眉生詩册

平生最愛山水鄉，北走薊門南走杭。老來不復腰膂健，坐對錦里烟蒼茫。新詩數篇清入骨，知君歸自山水窟。袖裏猶藏九頂雲，囊中新貯龍泓月。老坡詩喜説嘉州，我恨嘉州不久留。買田陽羨今已矣，還須一舸住烏尤。

題綫雲平畫武則天步宮圖

我昔游秦中，道出葭萌關。扁舟徑訪皇澤寺，遺像剥落凋朱顔。中宗無能裴李死，武氏遂自爲天子。國事獨畀狄梁公，勛臣特禮劉仁軌。褒采陳劉諸諫章，希風皇古卑隋唐。簡拔姚宋登廊廟，尚欲垂衣静八方。如此才人天下少，一鶚霜秋毖林表。六郎五郎諸少年，不辭婢妾爲妖嬈。洛中女史綫雲平，神清氣遠嫻丹青。獨將當日金輪像，畫出深宮圖治心。

題佘叔平所藏吴三桂曆書　三首

曾記他時赴點蒼，有人金殿説吴王。不知漢運移胡虜，猶把衡陽擬晋陽。

永曆弘光事惘然，五華今亦鎖寒烟。空留朔閏書周號，已是康熙及盛年。

老懷狂悖豈堪聞，一紙珍藏獨賴君。争似黑龍江水畔，游人長拜薛家墳。

送别五首　擬作示齊大諸生

萬里橋邊路，年年送遠人。岸花沾泪發，江草逐愁新。以我讀書苦，悲君游宦貧。客中滋味盡，長憶故園春。

錦里百花明，嗟君獨遠行。堤楊牽恨短，江鳥曳舟輕。尊酒何年共，他鄉别思盈。征途宜早宿，莫使夢偏驚。

天遠同爲客，那堪君獨歸。斷雲依碧嶺，古驛下寒暉。歲晚行人少，山深落葉稀。到家書早寄，莫使雁空飛。

孤劍荆門去，春城向晚開。草深巴子國，花落楚王臺。破浪輕狂敵，横戈想霸才。奇功如可建，早晚寄詩回。

孤客劍門去，北風聲正悲。離情南浦酒，愁聽陽關辭。以我别時恨，知君他日思。長安居不易，應早計歸期。

挽嚴立三先生

高卧匡廬呼不起，飄然一笠蜀中來。青山有意藏龍種，黄屋無人識豹胎。彩翼肯教埋枳棘，奇文應許鬱風雷。靈均死後湘蘭歇，長憶驪歌落酒杯。

挽劉雨若　二首

金佛山頭雪未消，漫言游客繫詩瓢。已期天末收殘暑，來看雲間射早雕。豈意車翻傷日角，從知駕去接仙橋。眼中故舊多零落，又向春風賦楚招。

巖畔經營已十年，絲絲楊柳繫春烟。藥苗自種千株雪，池水新收百道泉。樓閣幾家官路永，雨晴隨處鳥聲鮮。他時若具登山興，游屐何人伴醉眠。

聞雨若逝世兼唁懷園

蜀江南望接天平，尚想懷園好弟兄。珠樹已教傷小缺，雁行又報失深更。夢回池上新詩熟，酒冷爐邊夕照明。哀樂漸多人漸老，鴒原悲泪莫頻傾。

聞曼公德配王夫人逝世作此　二首

蚌老珠驚剖，鸞飛鏡遽埋。雲依㫒母石，月冷望夫臺。佳句吴江遍，清徽蜀嶠哀。樓空蛛合網，烟斷麝成煤。天曙猿猶泣，山深瘴未開。何時槎上客，始逐海鳶回。

老去偏驚寡，艱危剩此身。欲爲天下士，肯作室中人。忍泪觀新國，含悲憶舊鄰。知歸頭已白，墳上血沾巾。

閏餘兄六十晋一書以爲壽

江送千巖月，山横六頂雲。秀從窗外見，清向水中分。老喜鳩爲伴，閑招鶴與群。塵緣隨意歇，烟裊坐微薰。

寧波周儒珍擬爲生壙，屬代題二絶，予亦題四首

少不如人老可知，空將白髮欲何爲。只應早作邠卿計，自起墳塋未死時。

一行松間一行梅，中有畸人土一堆。守冢不須除五户，他年自化鶴歸來。儒珍自號梅鶴翁。

遠徵蠡縣李剛主，近數上虞祝抱山。同有墓銘生自作，不將虚美示人間。

壙裏延賓傳表聖，冢中圖像溯邠卿。他年有客尋梅鶴，便是題詩一老彭。

送人

吴越山川壓錦囊，飄然一笠冒炎鄉。居民多問唐人事，客子重尋海嶠方。滿地荆榛傷典午，片帆烟月溯瞿塘。那堪十憶詩才作，又報胡兒陷洛陽。

高汝明宅見壁間懸宜黄師所書聯感作

長劍一杯酒，高樓萬里心。師所書聯語。春風吹噩耗，懸墨即遺琳。江遠迷芳草，庭昏下夕陰。凄然人日會，相望白雲沉。

偶作

到眼人看少，交親鬼覺多。榮枯隨草木，衰老泣兵戈。身顯夢難遇，家貧節易過。惟留殘力在，編簡任消磨。

甲申暮春劼人招飲菱窠賦成　二律

兩年足未涉菱窠，無那東風不繫何。喜有藥爐隨歲老，到來觴政得春多。人從叔世知方朔，天許吾曹繼永和。一畝近君須小築，衡門遥應太平歌。門額有坐歌太平四字。

懶向山陰學璧窠，劼人勸余作榜書，并約友人代出潤格，故首句及之。惟留周易事田何。鳥驚春夢啼偏早，樹入芳郊緑更多。佳節昨才過上巳，新詩今欲溯元和。主人有酒能延客，不惜花前一醉歌。

遣懷叠字韵　三十首

甲申春暮，劼人招飲菱窠，余偶就窠字爲韵，成詩二章，宇康見之，嘆其韵險。余以射虎無能，雕蟲有癖，因叠前韵爲三十章，羌無故實，漫曰遣懷云爾。

欲傍香山問鳥窠，幽居未築老侵何。身隨梁燕栖常暫，心比秋雲懶更多。檐網不除看露綴，園蔬有味肯鹽和。北窗鎮日常高卧，也學堯夫擊壤歌。

記曾射覆到蜂窠，爲問今春樂幾何。病後漸知花事了，尊前尚厭鳥聲多。山泉詩格研靈運，亥豕醫經校叔和。芳草滿庭風自暖，無人來往獨清歌。

一日千回逐鳥窠，當時猶記近如何。年衰始覺歸耕晚，老至惟嫌啖飯多。剩有山川供翰藻，喜無冰炭損天和。即兹樗散真堪賀，把酒尤應一笑歌。

亂峰缺處是雲窠，日飲無功計若何。午夢未消春晝永，溪聲猶戀故山多。一窗風月尋徐邈，半艇烟波訪志和。堪笑伯鸞依廡下，傷時猶作五噫歌。

傍巖臨水鑿高窠，魚鳥相親快若何。王質觀棋歸去早，龐公采藥到來多。閑敲石火供炊玉，時挈松枝自養和。深夜月明龍虎睡，半天鸞鶴起笙歌。

薜荔爲衣草作窠，玄珠不復問詹何。壺公春暖閑中老，船子月明江上多。午夜黄庭芬玉蕊，九天鈞樂響雲和。孫登無語嵇康逝，懶向蘇門一嘯歌。

是處青山即樂窠，漁樵相伴亦羊何。夕陽隨鳥窺魚子，野寺尋僧閲貝多。芝圃鹿過依澗飲，仙家鶴唳入雲和。緯蕭磨鏡皆吾事，一杖閑游足浩歌。

賺得門夫上鵲窠，風流刺史興如何。履穿常恨千層少，衣敝無嫌百結多。蛀葉細看分篆籀，瓦瓶徐聽審巢和。紙窗竹枕渾無事，戲作盲翁拍簡歌。

小閣新栽竹一窠，平安日日問如何。子猷行處寧能少，與可詩中不厭多。待取龍孫充玉饌，留將鳳食聽笙和。隃陰嶰谷良非遠，六六鐘聲協雅歌。

亂書堆處儼成窠，日日窮吟奈若何。門外有車來客少，庭陰無樹借鄰多。蓬頭子已夸王霸，笑口人還似采和。獨惜官醪賒不易，未容酩酊作高歌。

春風爛漫蝶成窠，杜宇聲喧可奈何。天外白雲歸雁少，門前流水落花多。殊方有客懷坡潁，竪疾無靈乞緩和。一卷離騷閑佐酒，女蘿山鬼共悲歌。

曲檻紅欄玉一窠，小詩新剪門陰何。花邊曬藥凝香久，月下鈎簾拂霧多。鳥語似聞穿上苑，柳枝微見舞靈和。升平舊事吾能説，誰聽江州白傅歌。

處處香雲覆鳳窠，袁絲日飲也無何。春來錦里晴偏早，路繞章臺柳更多。豪客自矜王武子，新聲翻唱鄭元和。夕陽無限留人意，似聽江南緩緩歌。

花心無限入蜂窠，醉把花枝喚奈何。越女五湖歸浪遠，鮑家一賦惜春多。摇鞭客散香塵絶，上冢人還笑語和。二十四橋君莫問，雷塘風冷鳥凄歌。

蜀錦吴綾艷作窠，賫金輦玉仰隨和。太師橋畔春風麗，西子湖邊甲第多。官柳新栽隋大業，秋鷹閑畫宋宣和。可憐乙丙知誰氏，雪夜西臺痛哭歌。

鶴有仙巢鳳有窠，梁間新燕妄猜何。開元諫草由來少，洞口桃花今更多。神藥徒聞求海島，輬車誰復見鸞和。茂陵日冷驪山火，愁聽荒原牧竪歌。

鼃蛙同穴鵲同窠，蜀水吴山恨若何。諸葛輔劉嗟運盡，孫權臣魏惜羞多。百年丘壠埋羅綺，一局棋枰賭戰和。臺榭荒凉狐兔窟，雍門誰爲孟嘗歌。

俯仰雲天共一窠，長吟不解舊愁何。登樓王粲哀時慣，入市唐衢涕淚多。黯淡夕陽催鳥下，綿蠻新曲趁風和。江山肯信無靈氣，嗚咽灘頭作壯歌。

不嫌老去客雞窠，無那滄桑百感何。避地早驚遼鶴盡，逢人只覺陸機多。銅駝此日應添恨，鐵馬如雲漫策和。更有閑愁消未得，夜深時聽鬼車歌。

巧婦徒夸葦係窠，北風日厲奈愁何。新亭對泣人都渺，同谷哀吟客更多。霸業無前思管仲，皇虞有後想田和。汨羅江冷蘭陵寂，三户誰能作楚歌。

蒼鷹側掌盼巖窠，氣壓春山俊若何。出谷豈知千里遠，凌霄自詡一聲多。商君恃法恩傷刻，安石矜才政失和。忽憶卷阿詩句好，高岡鳴鳳有雍歌。

鳥卵驚探到小窠，轉漕人想漢蕭何。饑民刮食根皮盡，豪户居奇粟帛多。七月尚聞豳頌美，五弦猶憶舜琴和。蓋公勿擾淮陽戇，善宦焉知畫一歌。

亂絲紛劇若堆窠，莫訝今朝重尹何。殺敵正須黄犢健，負車終賴老牛多。掛冠人已師逢慶，獻璞誰能惜卞和。南極一星終不見，細看銀漢獨傷歌。

草莽龍蛇競出窠，閲年無那甲申何。休夸古塞連天遠，坐覺妖氛撲地多。小雅聲銷傷阢隉，中原塵起變陽和。可憐南渡臨安日，還聽吴山立馬歌。

馬勃豨零聚一窠，桓侯不試越人何。楚天南望屯雲慘，汴水東流帶血多。回紇徒聞夸勇決，魯陽無力返羲和。不堪滿目伊川泪，再讀殷墟麥秀歌。

漫言篙眼若蜂窠，金石雖堅壽幾何。舟壑潛移人覺少，蟲沙瞥化鬼悲多。營將郿塢非長策，飲遍貪泉洗太和。底事齊奴終憒憒，絡絲一日也歡歌。

蜂群蟻隊各離窠，携鍤寧論道幾何。一路怕看丁壯少，幾回忍説秕糠多。共知王事催程急，不斷凄風送杵和。但願畢功歸去早，任他蒙賞競酣歌。

麥隴初齊雉覆窠，徵科又到奈苗何。應知戰地耕人少，莫訝官家轉粟多。蜀糈動關天下計，老農惟祝歲時和。年衰獨愧難供役，只待功成獻凱歌。

戴勝新看出木窠，采桑未了插秧何。林間布穀催耕急，陌上提壺勸客多。已買靈簽占蓏熟，更邀天女乞年和。收成倍入才充稅，那敢偷閑踏踏歌。

莫厭青苔印屐窠，宴游非復舊時何。人從白社歸來少，車過黃壚涕泪多。亂世已無徐邈介，端居只合展禽和。一編儻可成心史，風雨燈前且細歌。

甲申九月偕友登泥木拉噶山感賦 四首

閑居愛重九，把酒憶淵明。遠志羲皇侶，深懷故國情。折腰羞俸米，傲世薄功名。醉卧南山下，縱横百感生。

乍覺三秋至，重陽節又來。登山舒倦眼，倚杖立枯槐。雪嶺霞千丈，風林葉幾堆。横空無雁影，獨自鳥飛回。

病後詩思苦，臨風一舉觴。秋山紅樹老，溪水緑波凉。野草封新冢，寒鴉叫夕陽。故人今不見，憑吊感蒼茫。江夏洪翁師湯任省府顧問，西社齒最尊，去春失足墮河死，墓在泥木拉噶山下。

大陸秋風勁，乾坤盡戰場。烽烟摇五岳，鼙鼓動三光。古國山河壯，中原士馬强。羽書傳萬里，指日搗扶桑。

甲申秋自康定歸患瘧，分州蔣遲暉與余藥，一服即除，賦此謝之

少年曾習五禽術，健足如風追白日。中歲蹉跎身繞疾，咫尺舉步常縮瑟。炎蒸忽作西康客，尚喜猶能穿澗壑。歸來五日瘧間作，汗苦淋灕肌若灼。神癡目眩翻褥席，乃知此病真爲虐。故人蔣遲暉，餉我一丸藥。一服已身輕，再服神清廓。邇來更喜啜酥酪，羊脂乳餅還大嚼。他時若遇海上方，還向雲間控飛鶴。

廖仲宣屬題黄賓虹山水畫册

我生蜀中山水窟，却愛江南好烟月。黄山賓公畫山水，不畫江南翻畫蜀。江南二月草如烟，雜花飛處鶯聲妍。東坡老買陽羨宅，李白死傍謝公山。誰人不道江南好，誰人不愛江南老。料得賓公一片心，欲畫江南意先稿。幅巾藜杖走夔門，時畫荒江一角村。十幅殘山留剩墨，知有江南哀淚痕。

寄雅安徐允中，兼簡程穆庵、劉湄村

徐君儒吏天下稀，不事鞭棰民物宜。官閑無事足清興，好古欲刻高君碑。湄翁書矯如龍虎，穆老篆勁尤逼古。練裙棐几落人間，欲化西康比東魯。我游嚴道才五日，客中一見心莫逆。秋風千里惠書來，颯颯滿堂風雨疾。乃知勁腕天鑄成，霜枝不肯杏桃争。空山携杖閑同眺，有時獨與漁樵行。我與徐君亦有約，金鳳山頭爲掃閣。他時載酒許相過，還訪奇文思補郭。

壽趙少咸六十　二首

石室同經席，春風二紀餘。諸孫争長大，雙鬢共蕭疏。室有簪荆婦，門多問字車。羡君耆壽日，菊釀噴庭除。

文字窮朝夕，著書樂歲年。功多苴往哲，謬復訂時賢。已奪段王席，閑尋倉誦篇。亂離驚共覩，好自慰林泉。

挽鄧華民并唁晋公　二首　代劼人作

秦蜀生人寄，艱危仗老成。漢中新拜命，關上舊知名。并力驅殘敵，防秋奮遠征。莫因失子慟，稍使喪微明。

天上麒麟種，人間鷹隼雄。霜棱鋒骨峻，霄漢羽毛豐。大業人争羡，長才世所崇。如何歸去早，未克奏膚功。

挽潘汝必將軍

千家雷動避鯨吞，百戰東南壯海門。豈謂數奇同李廣，空教泪盡失劉錕。鉛山何處埋忠骨，楚些無方召客魂。屈指年來征戍苦，一時悲恨付哀猿。

佚題

漢業重光日，唐家再造年。妖氛開日月，喜氣溢山川。輔弼三臺貴，崑崙北斗懸。地高惟拱極，道勝力回天。俊乂新開府，騰驤舊控弦。武鄉深體國，德裕切籌邊。安遠來多士，虛懷集衆賢。功多常依樹，身老欲隨仙。時節梅花燦，肴珍鹿脯鮮。開樽飛玉斝，獻壽舞瓊筵。克壯瞻方叔，能文有孟堅。中興功在即，伫看勒燕然。

題懷園兄先大人雲衢公百歲冥壽紀念册

風木多悲恨，他鄉倍憶親。懷園千里目，陳草百年人。樽酒集朋舊，詩篇紀壽辰。孝思安可展，聊慰壠中春。

題南川吴大猷遺詩　二首

四載陵州長，狂吟一卷詩。嵇康多逸氣，鳳雛局今時。贏得鄭人誦，空留召國思。更憐許玄度，松檟共深悲。卷中多與余亡友許孟�唱和之作。

巴山風雨夜，十載憶能文。舊夢迷歸鳥，遺篇泣見君。江城烟漠漠，霜木葉紛紛。人事徒今昔，哀音孰忍聞。

題馬殤女玉昆墓田圖

余女玉君，年二十五死，葬成都東門外徐家巷，今已十年，余屢欲爲墓田未果。今睹此畫，不勝愴然，勉成一律，只足以增祥齋先生之痛耳。

共有潘生痛，難將此畫披。悲添繁上水，恨切雨中絲。幾見羊鐶覓，徒聞金鹿辭。明年寒食淚，又向墓田垂。

賀叔明太夫人楊伯母八十壽

民國三十四年臘月，文通、文敦先生同賀

國初交令嗣，拜母頻登堂。往來故侯門，共欽蘭桂芳。煌煌忠武公，垂像於紫光。後裔多賢俊，家規隆典常。先德璧生公，崛起焕文章。太夫人佐之，内外稱賢良。公晚病風痹，支體木而僵。賴母左右侍，起居勤扶將。漿酏并藥餌，饑飽及暄凉。護持七八載，竟夕寐不遑。有子號叔明，才藝尤夸長。三十蜚英聲，四十龍騰驤。五十參大政，勛名未可量。皆曰母教賢，啓迪多義方。惟母常懍懍，食蔬而敝裳。示儉無棄粒，服勤戒怠荒。勞則善心生，常稱古敬姜。今年壽八旬，乃如四十强。禮佛日不懈，積善身彌康。繞膝駢孫曾，彩衣戲蘭房。賓衆咸稱拜，願壽如山岡。爲作頌德篇，以侑母一觴。

壽張茂春先生七十

金山瑞色滿南屏，東閣筵開祝壽星。百尺喬松蒼入漢，千年元鶴健梳翎。掀髯笑古觴浮白，撫世懷才眼獨青。兒有騰龍孫有鳳，時携仙侣擷芝苓。

丙戌上元節諸友爲余供生竟成園，特賦此以答謝，并述余懷　九首

丙戌上元日，招我城南園。我友意良厚，相聚如弟昆。時值陽氣和，衆芳漸已繁。各引一觴酒，欲語心彌敦。我慚飲不勝，欲謝中無言。深情若拱璧，緘之千載存。

我生迂且拙，榮利未知慕。性愛幽獨居，耽玄理章句。早從皂江游，略喜聞道素。中師廖吴劉，間識窮經趣。晚復追宜黄，始悉身無住。芸芸六十年，常恐牽世務。餘生能幾何，終擬尋吾故。

向子知損益，莊叟悟鯤鵬。已過伯玉年，知非慚未能。我生一何愚，執德苦不弘。浮沉濁世間，碌碌無所稱。觀書昧至理，出言多葛藤。我友蒙文通，重玄啓孫登。欲共參其詳，擾攘今未曾。

文字勞神役，終歲爲人馳。願同龐居士，長依馬大師。口吸西江水，手挈破笊籬。日與丹霞游，聾啞兩忘機。團圞說家話，世事無所知。獨惜靈照女，物化已先時。

李斯相秦皇，威權擅八宇。一朝權勢移，税駕身無所。不韋陽翟賈，何功稱仲父。居奇竟無益，身幾斃刀斧。蘇秦夸舌雄，衛鞅矜變古。裂死齊秦市，怵焉甘椎魯。

萋斐成貝錦，蒼蠅變黑白。昔日刎頸交，今日成胡越。勢利奪人心，愛憎移朝夕。張陳竟凶終，蕭朱亦隙末。五交苟不審，三舋忽焉積。乃知廉藺賢，同心在趙國。

諸葛輔季漢，始終明素節。管寧竄遼東，皂帽厲冰雪。顯晦雖有殊，丹心共兹烈。廉勁百世師，謙光君子德。信道苟不移，死生侔旦夕。懸圃有琅玕，南山有松柏。堅貞萬古存，匹夫不可奪。

我友皆梁棟，不爲桃李姿。鵝鴨食相呼，鴻雁飛相隨。微物而同心，鷹隼莫擊之。患難易相合，富貴易相離。苟非堯舜時，焉能材盡施。國事如一家，彼爲即我爲。王貢奚足慕，管鮑今可師。

南國有佳人，携手願同游。徘徊崑崙巔，攬轡凌九州。鳳凰翔高岡，和鳴聲啾啾。詩書調鼎鼐，禮樂澄戈矛。膏露熙春臺，嘉穗盈田疇。孟軻言非欺，命世當誰求。勉哉吾同儕，矢志争千秋。

挽曹叔實先生

燕山渝水記陪行，三十年前舊友生。顧我已教羞短髮，憐公猶自請長纓。霜松貫日根愈古，老鶴拏雲氣未平。獨向衡廬瞻遺像，朔風吹泪意縱横。

挽曾直君

蠶叢北望泣春風，不信途窮即道窮。傲骨自超千仞上，吟魂長寄百篇中。江山我亦追游侶，俠義人誰繼此翁。爲語子由休灑泪，文章無命古今同。

潤六招飲竹林小舍，同座有懷園、文通、文敦、宇康諸兄　二首

少日交游老更親，梅花依舊錦城春。但相逢處且深醉，莫道今年少故人。

小阮清才更覺多，竹林尊酒許頻過。坐中同是傷時客，不惜花前一放歌。

擬卜居潤六竹林別舍側

老結疏籬依舊知，聊憑翰墨换營資。雲栖居士吾何敢，百納小巢隨一枝。

有感　四首

北海文章蓋世雄，豪情不讓酒杯空。炎劉一脉雖身繫，難起滔滔日下風。

四海共推孔文舉，遼東誰識管幼安。因人成事知非易，千古雄才想阿瞞。

爲圃爲農做亦難，任公垂老悔微官。萬端事莫身輕試，最好當年苜蓿盤。

貞下開元信有期，和平終古屬宣尼。但教一片人心在，春到梅花自滿枝。

重有感　三首

莫恨今年春意遲，漸看桃李鬥芳姿。年光只惜秋風早，轉緑回黄又一時。

盛名難副願難酬，進退由人擾不休。終是田家生意好，自耕自鑿足春秋。

花開花落事都虚，八尺匡牀樂有餘。未轉頭時皆是夢，坡公此語信非誣。

贈懷園

交誼久彌篤，壯心老倍雄。裁章依曲腑，救世發深衷。哀雁情何切，亡羊道不窮。此身流水外，萬死起頹風。

題易均室論畫絶句　二首

平生愛畫不知畫，却喜昔人觀畫詩。君句忽教吾眼净，未嫌今作畫師遲。

半生金石吟成癖，四海交游性最真。不識中朝名士貴，自删畫史作閑人。

菊　二首

問訊東籬菊，秋來着幾花。蕭齋疑積草，老樹憶栖鴉。誰醉重陽酒，空添兩鬢華。年年爲客遠，深愧野人家。

日夕閉門臥，驚看霜露滋。疏籬餘晚照，殘菊抱孤枝。裘仲無來迹，襄陽有舊思。但令新釀熟，深醉未嫌遲。

題虎丘山寺圖

閑向虎丘來，獨尋生公石。生公法席空，妙語追無迹。木葉下寒皋，歸鳥飛明滅。惟聞鐘磬音，高高發清夕。

題右軍觀鵝圖

矯矯彼群鵝，清池任游戲。出没空水中，行其所無事。卓哉王右軍，獨能窺此意。寥寥千載下，誰人識其秘。

題鄭板橋畫竹

平生耻作章句儒，朝從負販夕屠沽。年來漸復厭喧聒，始信此君不可無。寸田尺地亦無有，那更渭川一千畝。空將清興寄人間，短紙數竿於我厚。前有文與可，後有柯九思。近人又見鄭三絶，尺幅千金買不辭。安得移家住越州，蘭亭顧渚任遨游。與君兄弟日相對，頭銜共署瀟灑侯。

偶游杜公祠，見其享堂瓦墮壁穿，地積亂草，公像幸爲蓑笠遮蔽，得免坍塌，感而賦之

杜老平生厭兵革，老卧成都錦江側。屋破凍死不足憂，但願蒼生早蘇息。喪亂迄今千載餘，妖氛未靖人離居。身披蓑衣首戴笠，兩眼似爲生民枯。中原龍虎氣未已，洗兵欲傾東海水。旭日朝升鸞鳳鳴，會看我公廣厦萬間天半起。

友人結宅城西

春水城西一道斜，幽居合是野人家。營巢燕子初覘屋，解語鸚哥試喚茶。種菜閑來書有味，談玄客至酒堪賒。可教此地稱仙窟，未必安期定海涯。

送人

坐講南雍二十年，老隨士子閱東川。不堪百幅鵑啼血，并入歸時書畫船。

賀潤廬嫁女念德　四首

硯席交親四十年，兩家嬌小最相憐。文章真繼鳳池盛，族望同欽烏巷賢。擇婿定知稱白璧，嫁奩矜許有青

氊。媵詩二首尤堪味，乞與風人萬古傳。
喬木城南問故侯，百年人物接風流。已多清鳳鳴金闕，復有珍珠秘玉樓。師氏教成堪作婦，向平願了欲盟鷗。懸知坦腹東牀客，定是他時許狀頭。
茂漪解識鍾家法，伏女能傳虞氏書。階上才聞新奠雁，室中先教早烹魚。千條柳色拖裙帶，一路花香繞婿車。最是秦樓風月好，誰人不愛此仙居。
馬融有女夸才俊，簪紱家聲重錦南。畫閣筵開壺滿百，盈庭花發月當三。縹湘題與看書帙，鸞鳳交飛出鏡函。從此小郎休膽怯，可教青幛佐高談。

傅鳳樓九十冥壽，并頌其輸財辦學之舉　二首

關中吕氏稱鄉約，吴郡范公署義田。道德只從村里樹，事功不讓宰官先。彬彬子弟多循禮，穰穰禾稌盡有年。共道鳳樓公澤永，萬家相慶息烽烟。
傅公名德播西川，爲愛鄉邦廓誦弦。多士盡教沾化育，一門相慶有承傳。良知早重陽明學，村治應齊梁氏賢。九十只今冥壽永，禮堂定許滿佳篇。

賀嚴皋仙先生八十壽辰暨重游泮水重宴鹿鳴之慶　二首

四十辭榮踏妙玄，蕭然琴鶴早稱仙。已知身外無餘事，且付人間未了緣。是處金風餐菊蕊，有時東郭種芝田。只今八秩賓觴樂，笑説前朝折桂年。
家世湛冥説漢年，閬風高卧看桑田。新栽蘭桂多盈苑，舊屬簪纓半息緣。八百春秋身未老，五千文字道通

仙。丹經我亦曾研習，安得時來叩葛玄。

創起感賦兼贈羅裕生醫師　二首

垂老喜能步，西郊信所之。有車方轉軸，顧我忽顛危。瘦骨驚三折，寸心惟一知。死生難可卜，況乃事功爲。

羅叟華元化，當今一鳳毛。起人無廢疾，惠我有仙膏。折臂三公貴，傷胸百代豪。未應從此棄，長劍倚天高。

偶作

寒冰窖裏存真種，烈火坑中煉此身。出入死生千百轉，悠然還是一閑人。

臘月九日聞墨雲孫女病死白沙感賦　四首

學步漸能行，豐犀兩頰盈。眉分新柳緑，瞳剪碧波清。艷説祥麟種，欣聽雛鳳聲。閑尋乃翁抱，啼笑盡天成。

星日鍾文秀，蘭芽復玉枝。諸孫皆喜武，此女總能詩。插架書千卷，當軒酒一卮。正須偕汝讀，陶醉及清時。

依母白沙居，匆匆四月餘。那知年盡候，忽得病深書。天遠醫難問，時平道不除。瑩瑩一瑰寶，從此翳荒墟。

汝父客申江，夸兒氣不降。遥知噩耗至，應墮泪痕雙。入夜風飄瓦，開門月滿窗。頗疑魂影返，莫使吠聲龐。

戊子秋曼公來川講學數日即返

東南一柱擎天地，歷劫蒼茫剩此身。會有風驅千載翳，不辭衣涴兩川塵。春醪未飲人先醉，傾蓋重逢老更親。獨倚峨眉山月望，共君白首跨麒麟。

郊居偶作　六首

賣藥青羊肆，不須問海槎。時有仙人過，相攜入酒家。

日與生公居，自號頑石子。林泉解法音，共契無生旨。

繞宅一溪水，當軒九樹松。長年無個事，人號樂天翁。

隨步空庭中，身心共蕭散。時有白雲來，閑與翁爲伴。

江村日長至，新秧緑復齊。蛙聲出水中，泉溜繞東西。

朝看日東升，暮看日西落。世事任升沉，百年同一覺。

郊居雜詩　十二首

野蔬清脆頗堪餐，采擷終朝供一盤。肉食儻教知此味，黑頭應已掛朝冠。

形骸消瘦骨支離，病起精神喜足支。端笑癡肥肉食者，便便大腹亦何爲。

祖孫相伴亦相依，炊爨朝朝起不違。到晚倚門頻眺望，漫天風雨挾書歸。
百谷豐登歲不荒，懊憹我自感肌腸。何人菜把多供我，子美詩中黄四娘。
二水分流道士堰，一蹊獨接化成橋。秧田已滿溶溶水，柳岸新添裊裊條。
空齋岑寂雨冥冥，兩年此地廢談經。隔窗時見濃陰在，依舊葡萄滿架青。
兩株紅豆倚門栽，淺柏深松共一排。更有清溪遥帶竹，絶勝山遠送峰來。
刹竿未倒額猶存，竈舍無烟火自温。時有兒童來割草，折籬抽笋破苔痕。
禮堂隨處堆麥草，講舍無人終歲封。唯有野人多逸興，日閑來打數聲鐘。
居士講經創百年，深柳高風一綫延。歐陽去後惟王吕，只今壇席付寒烟。
老來事事似兒時，出入先教告父師。且喜癡頑能恕我，夕陽歸去不嫌遲。
昔時曾感夢中夢，今日更疑身外身。雞犬不驚風雨静，相看都是太平人。

慶吊雜什

壽夏母六十

十月寒梅正作花，北堂人起擁雲霞。盡教今日開紗幔，笑説當年挽鹿車。
桃核不勞偷禁苑，鮭坩未肯剥官家。萊衣競戲看兒輩，薄晚猶呼坐賜茶。

賀謝子結婚

節近迎春瑞繞堂，椒花柏葉遞傳香。樽追北海盈賓客，樂擬東山舊典常。
閑畫雙眉張敞筆，戲添新額壽陽妝。而今已是升平日，好共題詩報吉祥。

壽張君之父　二首

性寂耽幽僻，郊居繞北城。隨流栽竹木，無夢到公卿。歲以觀棋老，身從服餌輕。不知生可戀，況乃事名榮。

令子吾鄉彥，羅胸富五車。已承躅叟業，復注更生書。味道甘貧賤，潛心樂古初。即玆營壽釀，正喜菊盈除。

賀某結婚　二首

十月寒梅正作花，清香先透使君家。欣看彩繡迎新婦，喜侍翁姑遞早茶。艷福長如仙侶貴，詩才不向世人夸。料應早報諸親道，來歲庭蘭慶茁芽。

建節臨康域，開軒照錦城。喜隨梅信到，花向玉人明。真有公姑樂，遥占蘭桂榮。兩家原世好，締結自簪纓。

壽陳母七十

有子皆鸞鳳，清聲日播聞。和光依母德，芳酯晋慈芬。江畔梅迎臘，林間鶴戲雲。飛詩來玉屑，知共壽宣文。

壽某母八十　二首

回首師門四十年，只今身已老彭宣。顧惟松質趨堂拜，喜見遺編插架全。賴有紗橱傳禮樂，愧無修脯佐甘鮮。朝來八十精神好，坐任吾徒醉席前。

閲盡枯榮八十年，眼看東海變桑田。已知迎養無他貴，却喜承歡有子賢。長日念珠惟百八，虚堂賀客任三千。成都宅舊堪慰老，只許梅花伴永閑。

壽康母八十

迎養當年重板輿，萱幃新築錦江居。燈前笑挽歸鄉鹿，篋裏探存却鲊書。霞舞竟隨衣彩上，觴飛恰趁桂開初。登堂拜祝欣來熟，今日尤應侍玉除。

賀某結婚　二首

故家文藻驚猶在，中論篇章喜復傳。各有聲名騰上舍，共開尊酒集群賢。詩書已發千秋例，花月新吟十樣箋。我愧無能忝師席，昏昏垂老耗官錢。

馬融有女夸能辯，王粲多才解著書。宅第珠光相映發，文章鸞翼肯吹嘘。桐陰晝静攤金石，綺閣宵深校虎魚。自是齊眉夫婦好，任他烟島説仙居。

慰某喪子　二首

無兒悲伯道，有女慨中郎。童烏玄枉解，長吉句堪傷。我亦昔哀玉，君今莫喪明。死生原一貫，不必問蒼蒼。

舉世悲羅刹，英才枉殺多。衆生迷業網，老泪泣山河。誰作撑天手，能回挽日戈。哀哀諸佛種，長此葬群魔。

聞某續娶　二首

憂樂先天下，扶持仗内賢。况當身老病，值此歲烽烟。鼎味新烹貴，花光樂事全。歸來峨阜日，酬唱幾詩篇。

值此亂離日，復聞傷斷弦。别家千點泪，看月幾回圓。古驛人驚老，寒燈客廢眠。鸞膠應早續，知否卜今年。

壽某母八十

蓬溪山水清且奇，老人宅此清而怡。有子善畫今郭熙，獻壽能作蟠桃枝。諸孫環抱奉金卮，老人百杯笑不辭。剡藤尺幅書小詩，北堂長伴松鶴姿。

百衲小巢遺詩卷七

新居集

新居述懷　二首

我生無尺椽，挈家隨所適。廡下與冢間，是處皆安宅。人生壽幾何，忽焉如過客。華屋古所嗤，驕奢世所責。况兹斗室中，已足敷牀榻。居雖鄰市廛，亦覺塵囂隔。清風吹我窗，素月照我席。即此是幽居，何必問泉石。

宅近湛冥里，空取七賢名。七賢何足慕，沉酣非所程。人生天地間，勞則善心生。我身雖不强，尚可事筆耕。厠迹文史館，亦復窺書城。棄彼糟與糠，約取其菁英。惟勉日新志，庶慰平生情。

賀江梵衆續娶

老愛昉萱士女存，晴窗閑玩席堪温。蜂房一任開新户，燕壘重教覓舊痕。陡覺春多花信好，寧嫌客滿鵲聲喧。我來相賀還相問，酬唱工夫費幾翻。

挽林山腴先生

憶昔投公南窪詩，許我能繼名山師。只今倏過三十載，腸饑腹枵無一奇。前登石室後太學，深慚汲引糜官粟。倚席唯增識者憂，談經不抵狂鄰突。幸遇明時開新政，未死猶夸筋力勁。日携圖史喜公親，那知終厄龍蛇運。我無炙酒吊山阿，獨向霜柑一浩歌。清寂一編寄人世，長與少陵光不磨。

四川省圖書館以周孝懷先生餞經詩見示，勉依原韵和之

湘潭老人獨尊經，遠從西漢拾墜零。大擁臯比廖吴宋，後來弟子追影形。五十年來非所貴，秘書塵委無津逮。前有馬楊後范蘇，煌煌蜀學嗟誰繼。先生政閑經濟通，譯述早欲開群蒙。世人但夸歐化好，先生目睹心悲恫。閉户寫經探奥衍，不辭兔狼秃千管。篆隸書成金玉裝，熏香待貯琳琅館。革命高高旗拔地，軒乎蜚鼓人無棄。設局崇文訪遺珍，先生亦遂贈經意。我聞經至先向拜，伍穆兩長尤深愛。護持更有柱史聃，風雨不驚蟲無害。及今花放春正閑，大同遠景圖無難。先生高卧申江上，坐看甲子紀堯年。

一九五七年春節劉孟伉館長書來索詩，勉成數句奉政，并呈賓吾、舩公兩長暨館中諸老

神州元氣老不死，中有真人握地紀。黄河忽作萬年清，南海欣看波不起。萬里長逵倚天築，咫尺巉巖化平陸。山妖木怪盡驅除，神工鬼斧皆驚服。稻麥蒸雲占歲稔，年年喜見溢倉廩。百貨逢村布若棋，燈光隨處明如錦。池有靈龜園有芝，地不愛寶材無遺。腐臭神奇看變化，竹頭木屑各施宜。我亦五年文史館，親逢

文化掘遺産。散材愧未竭涓埃，又到渝州濫竽管。陡接劉公千里書，邀我作詩添興餘。但祝長年人盡好，遠景同看馭日車。

一九五七年渝州赴敬老會歸後賦此記盛

老去翻驚夕陽紅，相看歡樂坐春風。鳳簫鸞笛歌聲遠，玉斝金盤禮意隆。馬齒雖加心壯在，牛涔爲水勃溲同。開新已作苞桑計，獻力明時各奏功。

舊臘除夕有懷劫人及成都諸老友，仍用昔年窠字韵 二首

五年衰病怯萎窠，人日銜杯近若何。到此方知生意永，逢辰更覺好音多。萬家魚鴨酬佳節，舉世鸞皇競太和。我亦爐間烹活火，掀髯三碗拍清歌。

胸次原無安樂窠，新來始識快如何。不須醉裏詩篇好，已覺閑中歲月多。江柳欲黄催鳥囀，晴雲微裊送風和。錦城春色知無限，娱老應賡擊壤歌。

舊臘除夜異材招飲喜賦

衰齡猶自忝爲師，共話峨眉餞别時。民國廿九年春，余離川大赴滇，異材與殷孟倫爲余餞行。往事只堪成往夢，過去川大中文系暗争事，異材與余有同感。相逢多是夙相知。同座僅劉石銘與余二人，石銘爲異材同鄉，現在師專教化學。團年值我懸弧日，余以立春前五日生，今年除夕正是立春前五日。拈酒吟君擘海詞。嚴滄浪謂李杜詩如金翅擘海，異材出其詩，正學杜而近於義山者。意氣千金深可感，還齋未覺晚鐘遲。

寄唐至中蘇州

天畔微雲聚一窠，遥思吴下客如何。梅開鄧尉生春早，柳吐金閶繞郭多。侍母籃輿探景曉，養痾參術得陽和。燈前試着萊衣戲，慢誦兒時捉月歌。

昌經、世瑛、文英約舊正初八過我，以余生日故也，作此謝之

卅年成往夢，相見鬢多蒼。各有才名著，同看化日長。舌喑容我懶，步蹇覺人忙。空老何言壽，餘生欲寄莊。

寄杭州朱少濱先生

幾生修到西湖住，湖光山色供吞吐。遥想孤山處士梅。今年花發千萬樹。先生高風早絶塵，頤老合住西湖濱。寅翁矍叟時來往，詩句出手皆清新。傳經遺珍今所須，開緘發篋獨自鋤。有時舊編重易稿，前年惠我商君書。我本山陬一散木，五年濫食館中谷。去秋重到古渝州，廣厦崢嶸驚滿目。江城風景亦堪夸，西嶺晴雲帶晚霞。亦有詩人發新咏，百年老樹争春花。

成都公園觀盆景　五首

百株盆列輿偏睒，畫手親栽各一家。漢苑唐宫誰得似，任教肥瘦鬥春華。

峨岷秀色簇烟巒，泉石分明百道寬。萬水千山齊入供，休夸虎踞與龍蟠。

娟娟木石各生姿，古怪清癯盡得宜。應是瑶池阿母壽，衆仙同日獻瑰奇。
莊嚴樹石列千盆，偃仰皆成古佛尊。天女擎花還解笑，維摩兀坐更忘言。
舞鳳翔鸞序禮儀，紫芝朱草發華滋。十年偉績超千古，獻瑞呈祥共此時。

再游續成　四首

不是雲林便大癡，拈來畫稿盡新奇。鈎根拳石成靈種，創化真堪作我師。
老梅奇崛生新枿，怪石玲瓏作玉屏。獨吸甘泉飲甘露，天教長伴蜀山青。
松如老鶴翔天外，石似靈龜伏澗中。老鶴百年長不死，靈龜千載壽無窮。
到此渾疑別有天，虚舟坐泛思悠然。詩情畫意俱銷歇，頓覺浮生七十年。

望江樓觀竹石盆景展覽　六首

竹石蕭疏掛碧烟，幽居多是好林泉。高人無此結茅屋，知正唐堯極盛年。
泉石鳴禽繞翠巒，簫簫疏竹兩三竿。蒼苔碧蘚無人到，獨有陰風生暮寒。
巖溜淙淙響石門，老猿長此弄兒孫。砌石作老猿形，下有數小猿如索食狀。峰陰遥見堆殘雪，隱約銀潢漏一痕。
小寺幽深若畫圖，山半有寺，稍着色，門未啓。傍巖松竹自千株。鐘聲久歇門長閉，知是高僧已入都。
收拾珍奇供上苑，招來巖穴佐昌期。枯枝瘦石皆成瑞，始信今朝物不私。
依稀門巷認濤家，纖竹蕭疏意自賒。莫問當年諸使事，詩箋今好咏新華。

記昔游　十九首

杭州

靈隱貪看紺宇雄，飛來峰插寺門東。山形到此如龍轉，幻出流泉下峽中。
才登葛嶺湛翁榻，又到孤山處士家。今古高人同一致，淡烟疏雨釀春華。

蘇州

閶闔門前畫槳平，吴娘魚膾手親烹。軟風摇入荷花蕩，卧看垂虹夕照明。

南京

已澆茗碗雞鳴寺，又報催船玄武湖。半日五洲游屐遍，還看滄海出明珠。
秦淮河下閑分茗，秦淮河畔坐談經。同游此日人皆渺，依舊金陵山自青。

無錫

輕舟去蜀三千里，來試人間第二泉。笠澤釣徒空有約，梅園坐望五湖天。

鎮江

金山踏遍擬焦山，兩點江心咫尺間。呼渡欲尋銘鶴字，秋潮正滿又空還。

昆明

黑水神祠夏日寒，唐梅宋柏半凋殘。雙潭能作風雷吼，應是前明薛大觀。
昔年偕弟大觀游，百里滇池一望收。好事羅翁來作主，夜深招飲粤東樓。

留壩

停車留壩訪張良，欲問當年辟谷方。三卷素書成底用，四山松柏獨生香。

秦嶺

鳳州北上嶺橫陳，崗底巒頭一片新。欲問金元窺蜀道，虬螭萬里净無垠。

洛陽

處處名園傍洛河，雜花繞郭至今多。車人爲説邵夫子，遥指前村安樂窩。

長城

居庸山勢鬱蒼蒼，八達橫雲古戰場。無限駱駝關外至，漢家今不閉封疆。

察哈爾

威寧高迥接天寒，一海平鋪萬頃寬。烟火絶無山鳥寂，只有珠光徹玉盤。

北京

南海瓊花四面開，豢龍一水繞瀛臺。瑰奇更有太湖石，知是端從艮岳來。
姑射仙人費剪裁，瑶池一夜百花開。曾同小阮冲寒出，背立銀屏照影來。
宋槧元鎸覓寶書，家藏館皮辨訛魚。日斜更上琉璃廠，閑訪陶翁五柳居。

曲阜

少讀史公宣聖贊，今來孔廟竟登堂。杏壇泗水都非昔，獨有斯文日月光。
緗綺南皮開蜀學，遴才考雋比文翁。尊經遺老應含笑，已見新元繼大同。

四川文史館開館十周年紀念

長江天半擲青空，飛濤萬里驅群峰。驚沙走石開鴻濛，蜷曲騰躍如虬龍。百折千回凌紫穹，群流奔赴皆朝宗。大鋪肥壤産物豐，川原如繡春融融。鸞鳴嶰谷鶴舞松，琪花瑶草豐茸茸。地寶不愛金玉銅，閑游年少争趨農。家家牲畜携市供，芥薑芋韭甘薯菘。大都小邑百貨充，人文輻凑相磨礱。錦紋百段争玲瓏，珍肴多品奪天工。村村婚嫁喜重重，一胎更出雙芙蓉。廪有餘糧碓有春，盛事驚起白髮翁。老翁忽如五尺童，重生乳齒青雙瞳。不須丹砂問葛洪，相見都道好顔容。文史開館録菲葑，涓流不棄禮且隆。十年聚首欣奇逢，百家衆藝紛呈功。掀髯高舉酒千鍾，崑崙元氣光熊熊。

立春喜雨復見微雪　四首

好雨當春發，纖纖入户輕。衣沾任臂冷，風暗覺窗明。草潤生新色，泉流有活聲。兒童齊拍手，共喜腹長盈。

始識如酥貴，農人甚市人。不嫌珠點細，深喜玉鋪匀。蓑笠田中滿，桑麻隴上新。村村聞吉語，樂事見今春。

瑞雪乘時降，應書大有年。衆心能貫日，自力可回天。廪粟陳相襲，考工富且妍。不須投袂起，已令熄烽烟。

老去身多倦，三餐幸尚能。不辭衣帶緩，喜見歲時登。鞶帨工何益，輿謳庶可興。只慚非吉甫，作頌愧岡陵。

春日憶草堂　時與校注杜詩三年未竟

禮樂原芻狗，支軀甚木雞。手胝翻蛀簡，鉛槧逐筌蹄。碌碌三年邁，昏昏一室低。未能區亥豕，孰敢辨鹽虀。洙本非蘇刻，元刊失舊題。錢朱徒戮力，王鄭只苛詆。不識靈均哭，焉知杜宇啼。悲深陳變雅，痛切向烝黎。望鳳情何急，哀鴻意獨凄。精神回宇宙，魄力撥雲霓。詩思乾坤滿，光輝日月齊。山川新焕藻，水竹宕幽棲。春雨梅尤潤，江橋草正萋。何當扶杖出，爛醉浣溪西。

癸卯春節後三日，浦帆、霽明諸友約飲少霞家爲余供生，先至三洞橋小憩，孟莼、東籬亦至。少霞青城人，家善作菜，有山人風。歸後作此，致謝諸友

春風融泄錦官西，小雨新晴未作泥。遥憶草堂花解蕊。劇憐江店柳初稊。諸君有興談經史，獨我無端厭鼓鞞。最是山家清饌好，一杯還壽鮑宣妻。

成都草堂梅花以臺閣朱砂爲盛，今春出游喜見，特此賦之

一樹江邊半不禁，今朝千本燦園林。香隨鼻觀浮高下，色入霞紅鬥淺深。艷絶真疑丹换骨，繁開應許客狂吟。何當起壽杜陵老，共笑花前酒慢斟。

挽劉培芝

余識培芝僅十年，但恨相見晚。培芝長余二歲，有至性。博雅能文，富收藏，與林山公善。山公

屢欲約余與培芝在其家霜柑閣小聚，未果而山公卒。兩月前培芝録其送劼人、哲生出國詩示余，以二李皆余好也，亦先後凋喪。培芝病肺三年未出門，因預作告別親友詩云，死即送示我，今未見告謝，人死，遣人馳親友家告謝，是成都舊俗。而忽聞其死三日矣，作此挽之。

舊交零落不勝悲，況復當春運轉時。痼疾三年憂百結，楹書萬卷血千絲。相逢已恨相知晚，告別無如告謝遲。猶記霜柑同我語，茫茫後會更何期。

張館長賓吾成進士周甲之期，又值八十壽辰，作此奉賀

高步瓊宮六十年，驚看雪發未盈顛。身同華岳三峰秀，澤比香山九老全。閬苑舊經心似鶴，暖風新送酒如泉。升平一曲人長和，錦繡花開滿舜田。

社日同張賓吾、劉孟伉出游花會　四首

飽食西郊趁晚霞，雲看人影霧看花。青羊宮畔清風肆，清風茶社，在二仙庵。消得盧公七碗茶。

賓老行吟興不孤，看花時得老妻扶。夫人同行。歸來曲几爐香下，應有新篇咏蜀都。

孟老詩情濃似酒，作詩端的爲花忙。蜀中花事都能説，獨惜春風避海棠。劉老嘗謂，成都舊稱海棠香國，海棠當爲吾蜀省花。今園獨少海棠，故深惜之。

杜鵑風韵出塵埃，檻鳥盆魚費剪裁。只是滿園香未足，待看芍藥又重來。時牡丹、芍藥均未開。

二仙庵觀花鳥魚　五首

花會中，二仙庵殿前，陳列花鳥魚數百種，皆産自遠地，珍貴希見，以供賞玩。

小小梅花列錦盆，疏疏蘭蕙出芳根。美人半掩風前袂，高士猶留月下痕。

叢叢嘉植錫嘉名，門艷争春弄午晴。唯有水仙稱綽約，凌波顧影見輕盈。

紺檻雕籠四面環，翎黄羽翠有千般。咬咬唧唧齊歌弄，一曲春風到小鬟。

碧水朱盆點翠苔，錦紋百種亦悠哉。天池更有金鱗躍，解得東君送暖來。

盎然相聚喜相親，緑水丹山態各真。最是迎人花解舞，一般歡樂總緣春。

奉和劉孟伉館長七十自壽原韵

瘦骨嶙峋八尺身，深山麋鹿盡能馴。鶴爲老伴松爲友，蘭作詩心菊作神。早歲曾聞黄石術，前生應是謫仙人。西川坐擁風流地，到眼岷峨色色新。

楚僑屢惠書久未復戲答

終日昏昏睡未蘇，家人屢促報翁書。幾回伸紙則思卧，莫訝韋郎迹也疏。杜甫有『能使韋郎迹也疏』之句。

傅郁文爲文殊院重摹明人蕭彜蘭亭圖索題

無端繭紙入昭陵，艷説蕭郎賺老僧。已憾千秋傳野史，却將野史勒溪藤。

明人殘幅詎非誣，戲論何須辨有無。盡向僧堂添韵事，一天花雨伴文殊。

大慈寺觀玄奘法師頂骨

奘師頂骨出東吴，千里分賫到蜀都。海日金輪光百丈，何人會取髻中珠。

甲辰春節後農村偶步

烟霏積晨朝，隨雨散郊原。衆山增秀色，萬卉挺芳根。沃壤凝膏脂，和風開鬱煩。家家亟時起，相呼空里門。千鍤如雲興，萬畚如雲屯。東村才畢工，相率奔西村。平土無尺曠，剪埂及荒墩。鳴鉦收工歸，相聚酒盈樽。村村餘稻粱，社社充雞豚。菜麥盈前疇，桑柘羅後垣。相看緑野中，桃杏敷以繁。千花雲錦張，百鳥笙歌喧。詩情與畫意，目擊而道存。生氣鬱葱葱，浩蕩滿乾坤。何必問倪黄，高論宋與元。爲語武陵客，即此是桃源。

孟老以草堂觀梅所賦湘月一詞見示　二首

不見梅花又一年，夢魂常繞浣溪邊。穿林鳥過聲猶在，載酒人稀韵未傳。伏枕每疑高士渺，擁爐誰省玉雛憐。那知忽得劉公句，湘月横飛上九天。

老去坡髯豪興在，一時賓從有秦黄。海山月出珊瑚骨，錦水風生翰苑香。杜宅即今昭宇宙，蜀都終古擅文章。獨嫌衰病身多懶，未許花前酒共嘗。

驚蟄後二日偕侄女孫女同游草堂，時紅英半墜，緑萼方開，欣然有懷，率爾成韵　二首

出郊莫恨失芳辰，尚及雲英未嫁身。病榻喜酬經歲願，溪光幽勝昔年春。獨憐香徑花多掃，且藉蒼苔酒自陳。我亦少陵門下客，幾時江上作比鄰。

贏得看春意自驕，小孫扶我度溪橋。不辭鶴瘦穿花徑，且喜鶯嬌擲柳條。歸路漫尋江畔句，夕陽紅映酒邊潮。莫言老病猶多事，應識豐年百慮消。

草堂觀蘭苑及盆景　四首

桂子香銷菊未黄，只憑紅樹點秋光。猶嫌江上少顔色，更遣幽蘭伴夕陽。

大如車蓋小如釵，萬鉢千盆迤邐排。何必蘭亭勞想望，此中風日足清佳。

瘦石玲瓏繡碧苔，古松娟竹艶相偎。峰巒不斷如披畫，逸趣幽光潑眼來。

滿身衣袖有餘馨，歸去隨鴉度野亭。獨向小巢安筆硯，半窗斜月補騷經。

一九六四年國慶作　三首

寰海邦交遍亞非，三千賓侣集京畿。天安門外花如海，十五年來見國威。

萬叠烟巒擁上都，千層雲樹夾通衢。江山富有新文采，百國争翻夏政書。

高館齊開簇錦團，千門萬户任游觀。神州英俊班班出，佇看風雲萬里摶。

喜我國第一顆原子彈爆炸成功　二首

試聽春雷第一聲，萬方草木盡心驚。棱棱拔地新篁出，看取參天勢已成。

試聽春雷第一聲，友邦鄰國共心傾。炎方雪地花争發，不斷東風吹向榮。

北京師範大學部爽秋教授以其五十年置身社會教育事作爲長詩，達三千三百五十餘字，題曰《爽秋詩傳》，見示蜀中諸舊友，因題二絶奉正

以詩代傳沿騷雅，以傳爲詩首杜陵。九曲明珠驚巧貫，千尋嵐岫獨攀登。

心力半生酬教育，新來始見日天中。羞言七十即稱老，看取霜花百丈紅。

廖次山今春應省志編纂會約來成都，修其祖父井研師年譜未竣，因病復回雅安調養。去後余始聞之，作此寄贈　三首

廖師新説盈中國，家學承傳獨有君。六譯書多難盡讀，一編年譜待成文。

杯酒未歡君已去，匆匆又到晚秋天。相看白髮人皆老，回首城南五十年。

雅安風雨舊來多，珍重朝昏保泰和。病後更須衣食謹，閑眠閑步腹輕摩。

二仙庵喜逢曹清平　三首

江陽相别念年餘，到處逢人問起居。知在烏尤山下住，朝來每嘆食無魚。

二仙庵裏驀相逢，驚喜還疑是夢中。坐定細看皆老大，一杯粗記舊時容。
卅年往事莫尋思，只喜今時勝昔時。户足雞豚家足粟，加餐共勉到期頤。

二仙庵與文通同攝影

瘦骨支離恃短筇，秋光已在夕陽中。棱棱一影看猶健，絕似仙壇兩禿松。

甲辰十月偶作 三首

春風秋月苦相追，又見男婚女嫁時。男鑄君年五十，今年擬續娶。淦、滏兩孫女今秋皆結婚。一事無成身已老，菱花休照鬢邊絲。

夢中猶逐少年戲，舊業雖消未盡除。日向書叢忙裏過，老龐笑比作堯夫。石帚憶余詩有『莫道堯夫不出窩』句，注云：『雲生君所居斗室，卧起書叢中，真安樂窩也。』

幸有餘年樂太平，此身雖老眼粗明。饑能吃飯困能睡，無事胸中萬象清。

望江樓志

一　薛濤小傳考釋

考薛濤事迹，以元費著《蜀箋譜》、明曹學佺《蜀中名勝記》及萬曆洗墨池刻本《薛濤集》所載，較爲詳實可據。曹記與本集，皆采自費譜，譜所據爲《成都古今記》，其叙述濤一生事迹，首尾具備，文與《成都文類》薛濤詩後記同，當出自宋人手筆無疑。惟曹氏稱之爲濤集序，其實即濤之小傳，録於薛濤詩集前，與《唐音統簽》《全唐詩》體例正同。洗墨池本録此傳於書之大題下，亦未稱序，蓋仍是以傳視之。三書所載事迹全同，兹特定名爲《薛濤小傳》，文據洗墨池本，校以《成都文類》，逐一考釋如下。

薛濤，

宋李石《續博物志》濤誤作陶，祝穆《事文類聚》引《麗情集》，亦誤作陶，唐李匡乂《資暇録》亦有誤作陶者。宋本《鄭守愚文集》：『小桃花繞薛陶墳』，濤亦誤作陶。《全唐詩》及席氏《唐百家詩》内鄭守愚詩則仍作濤，不誤。

字洪度，

元陸友仁《研北雜志》謂，蜀妓薛濤字度弘，弘度二字誤倒。清陳矩刻靈峰草堂本《洪度集》附録，竟以《研北雜志》誤作度弘者爲是，反以各本之作弘度者爲非，可謂顛倒之至。至洪度之洪字，各本有作洪者，有作弘者，洪、弘二字本相通用。

本長安良家女。

案：薛濤原籍長安，其生地則在成都；或據濤集中《鄉思》一詩，以爲生在峨眉，詩係僞託，不足爲據。宋潘若冲《郡閣雅言》及章伯淵《稿簡贅筆》所説本長安良家女者，著其原籍也。費、曹二氏及洗墨池本所載此傳，即祖述其説。《唐音統籤》及《全唐詩》遂作隨父宦，流落蜀中。陳矩刻《洪度集》，竟題作長安薛濤撰。考當時名士，與薛濤相知者有元微之，微之《贈薛濤》詩：『錦江滑膩峨眉秀，生得文君與薛濤。』生得二字，一作幻出，一作化出，皆説薛濤得蜀中山水之秀而生，所以與文君比美。故王建《寄薛濤》詩稱蜀中薛濤，李肇《國史補》稱成都薛濤，以後《牧豎閑談》《鑒戒録》《宣和書譜》《齊東野語》《研北雜志》《唐才子傳》及《郡齋讀書志》《直齋書録解題》《四庫總目提要》等書，或稱蜀，或稱西蜀，或稱蜀中，或稱西川，皆是以濤爲四川人。故明何宇度《益部談資》稱蜀之文人才士，以薛濤與文君、花蕊夫人并列，近世江安傅沅叔《藏園群書題記》亦以《薛濤集》爲蜀人遺著也。

父鄖，

《郡閣雅言》及《稿簡贅筆》鄖皆誤作鄭。

因官寓蜀而卒。

案：濤父宦蜀，在德宗建中、貞元之間，是時長安有朱泚之亂，關中大饑，民食蝗蟲，饑凍死者，遍於道路，百官皆乘間請求外補。濤父之宦蜀，亦適此時。其卒當在貞元十一二年間，因濤八九歲時，尚傳其父有令續井梧吟之事。

母孀，養濤及笄，以詩聞外。

《蜀中名勝記》養作居，屬上句；《成都文類》詩上有能字。《郡閣雅言》及《稿簡贅筆》載：濤八九歲知聲律，其父一日坐庭中，指井梧示之曰：『庭除一古桐，聳幹入雲中。』令濤續之，應聲曰：『枝迎南北鳥，葉送往來風。』父愀然久之。父卒，母孀居。案：此詩出自傳聞，不足徵信，然亦略見濤於八九歲時，即解聲律也。又禮：男子年二十而冠，女子年十五爲及笄。是濤八九歲即能作詩，至十五歲，即有詩名流布於外。

又能掃眉塗粉，與士族不侔，客有竊與之燕語。

此説濤好修飾，喜交際。當時士族女子，閉處深閨，絶不與男子往還。濤雖出身宦家，而天才迅發，藝術絶倫，然已淪樂籍，故與人游宴，此傳所以謂其與士族不侔。

時韋中令臯鎮蜀，召令侍酒賦詩，

《郡閣雅言》及《稿簡贅筆》稱：韋臯鎮蜀，召令侍酒賦詩，遂入樂籍。案：韋臯於德宗貞元元年即爲西川節度使，至貞元十七年始加中書令，賜爵南康郡王。此傳稱韋中令，濤集中詩或稱韋令公，《唐詩紀事》稱韋南康欲奏之，則侍酒賦詩當是貞元十七年後事，濤此時應有十八九歲。濤先已有詩名流布，又常與人游宴，故爲韋臯所召。

僚佐多士，爲之改觀。

韋臯幕僚，有符載、司空曙、歐陽詹、陸暢、裴説、林藴、盧士玫、獨孤良弼及王良士、段文昌諸人。召令侍酒賦詩，尚以普通樂妓待之；爲之改觀，則以女詩人待之，故以後即有奏請爲校書之議。其歷事節鎮，文采風流，『以詩受知』，不緣色相。所作清新綿密，情致娓娓，亦有關乎時事，宜爲一時名流所推重。昔人評論，如李肇《國史補》謂：『濤乃樂妓而工篇什者，文之妖也。』景涣《牧豎閑談》謂：『元和中，成都樂妓薛濤善篇章，足辭辨，雖無風咏教化之旨，而有題花咏月之才，乃營妓中之尤物也。』辛文房《唐才子傳》謂：『濤之詩，稍窺良匠，詞意不苟，情盡筆墨，翰苑崇高，輒能攀附，不意裙裾之下，出此異物。』

期歲，中令議以校書郎奏請之，護軍曰不可，遂止。

護軍即監軍，係宦者爲之。何光遠《鑒戒録》謂：『自韋皋鎮成都日，令入樂籍，呼爲女校書。』計有功《唐詩紀事》：『或曰營妓無校書之號，韋南康欲奏之而罷，後遂呼之。』又傳爲武元衡事，晁公武《郡齋讀書志》謂『武元衡奏授校書郎』；辛文房《唐才子傳》『武元衡入相時，奏授校書郎』。王建《寄薛濤》詩稱爲『萬里橋邊女校書』，張君房《麗情集》謂：『濤又嘗辟爲校書。』陳振孫《直齋書録解題》則謂：『濤字洪度，號薛校書，世傳奏授，恐無是理，殆一時州鎮褒借爲戲，如今白帖借補之類。』《唐才子傳》又云：『蜀人呼妓爲校書，自濤始。』案：《鑒戒録》及《唐詩紀事》，薛濤呼爲女校書，自韋皋時始，與此傳合。《郡齋讀書志》《唐才子傳》以爲武元衡奏請授校書郎，非是。元衡入相，正值計畫平淮蔡時，决無暇奏請授濤爲校書。陳振孫以爲州鎮褒借爲戲，亦非是。即使此事，因護軍之言，竟未果行，然韋皋幕府，自可以校書辟之。故《麗情集》謂：『又嘗辟爲校書。』是濤校書之稱，雖未得奏授，當必由州鎮辟之。故以後王建贈詩，段文昌題墓，皆稱之曰校書，可知其非戲稱也。

濤出入幕府，自皋至李德裕，凡歷事十一鎮，皆以詩受知。

案：濤集有《上韋令公》詩，及高崇文鎮蜀，濤有《賊平後上高相公》詩。武元衡來川，其僚佐皆一時之選，裴度爲掌書記，柳公綽、楊嗣復、蕭祐皆在幕中，濤有《上武相國》詩，又有《和武相國嘉陵驛詩》，并有《摩訶池贈蕭中丞》詩。李夷簡時，少尹爲李程，濤有《寄張元夫》詩。王播鎮蜀時，僚佐有李固言、章孝標等，濤有《上王尚書》詩。段文昌初鎮蜀時，其子成式同來，濤有《段相國游武擔山病不能從題寄》一詩，又有贈段文昌子段校書詩。李德裕鎮蜀，濤有《棠梨花和李太尉》詩，又有《籌邊樓》詩。此即濤歷事十一節度使，皆以詩受知之明證。惟所云十一鎮，今集中有詩可見者，只有七鎮，其餘四鎮，則爲劉闢、袁滋、郭釗、杜元穎。劉闢叛誅，袁滋受命未果來，郭釗武人，時亦未久，惟杜元穎時無詩，或集中有所脱遺。

其間與濤唱和者，元稹、白居易、牛僧孺、令狐楚、裴度、嚴綬、張籍、杜牧、劉禹錫、吴武陵、張祜，餘皆名士，記載凡二十人，競有酬和。

案：何宇度《益部談資》云：『一時名士，如韋皋、李德裕、元稹、白居易、裴度、杜牧、劉禹錫、張祐咸與之唱和。』及此傳所説諸名士二十人，皆是確有所指。因宋元時，濤集尚有存者。惟楊慎《全蜀藝文志》稱二十一人，較此傳所稱多一人，所據爲《成都文類》引文。《唐才子傳》謂：『濤有《錦江集》五卷，今傳，多名公贈答。』《郡閣雅言》及《稿簡贅筆》皆説：『濤有詩五百首。』案：《郡齋讀書志》袁州刻本作薛濤《錦江集》五卷，衢州刻本則題作《薛洪度詩》一卷，《直齋書録解題》稱《薛濤集》一卷，明萬曆刻本亦只爲一卷。《蜀中著作記》謂：『《薛濤詩》一卷，出楊升庵家藏鈔本，皆從《萬首絶句》出。』《四庫總目提要》謂：『濤集晁、陳時一卷，今不傳，此本係後人鈔撮而成。』清康熙時編《全唐詩》收輯最備，濤詩亦只一卷，得詩八十八首，是則濤之詩亡逸甚多。當時與諸名士唱和之詩，今集中可見者，有《寄舊詩與元微之》，即元稹也；《和劉賓客玉蕣》詩，即劉禹錫也；《酬杜舍人》一首，即杜牧也；《酬雍秀才貽巴峽圖》詩一首，即雍陶也。又有《宣上人見示與諸公唱和詩》一首，宣上人即廣宣，姓廖氏，龍華山寺僧。元和初，游長安，賜居安國寺紅樓院，以詩供奉，元和末，還蜀。有《紅樓集》。與劉禹錫、元稹、白居易、韓愈、李益、楊巨源、鄭絪、王涯、章孝標、雍陶、段文昌俱有唱和，見諸人集及《全唐詩》中。諸名士集與濤詩者，亦亡逸甚多，或竟無一篇存者。今王建集中，有《寄贈西蜀校書薛濤》一首，《鑒戒録》誤爲胡曾作。《唐詩紀事》及《全唐詩話》有白居易與薛濤詩一首；范攄《雲溪友議》、景涣《牧竪閑談》、辛文房《唐才子傳》，并有元稹贈薛濤詩一首。

濤僑止百花潭，躬撰深紅小彩箋，裁書供吟，獻酬賢傑，時謂之薛濤箋。

潭水在成都浣花溪上游，《廣輿記》：『浣花溪在府城西南，一名百花潭。』《四川通志》：『浣花溪在縣南五里，《方輿勝覽》一名百花潭。』案：杜甫詩『萬里橋西宅，百花潭北莊』；又『萬里橋西一草堂，百花潭水即滄浪』，又云：『浣花溪水水西頭，主人爲卜林塘幽。』蓋浣花溪，係西自杜甫草堂，東至萬里橋一段江水之總名；百花潭在浣花溪之西頭，杜甫草堂南面，溪水之深碧處，始爲百花潭，今已積爲沙灘。溪旁村落，則謂之浣花里。《新唐書·杜甫傳》：『甫於成都浣花里種竹植樹，結廬枕江。』《益部談資》云：『杜少陵、薛濤皆買居潭側。』《唐才子傳》云：『濤居浣花里種菖蒲滿門。』九家集注《杜詩》引任弁《梁益記》云：『居人多造彩箋，故號浣花。』故杜甫自稱浣花老翁，薛濤所制箋，亦稱爲浣花箋。惟此傳云『僑止百花潭』，是濤當時别有住宅在城内，百花潭特其制箋處。濤制箋事，另有專篇。

又《唐才子傳》稱：『濤種菖蒲滿門。』《牧竪閑談》謂：『元公贈薛濤詩，「菖蒲花發五雲高」，濤好種菖蒲，故末句及之。』案：何明禮《浣花草堂志》云：『蒲有二種，水蒲可以供菹，石蒲用以入藥，元公所咏，則石蒲也。』今考《太平御覽》引應劭《風俗通義》云：『菖蒲放花，人得食之長年。』吴旦生《歷代詩話》云：『《本草》：「菖蒲無花實，有爲瑞。」故古詩云：「菖蒲花可憐，聞名未相識。」張籍詩：「深恩已去若再返，菖蒲花開月長滿。」《南史》：「張后方孕，見庭中菖蒲花開，光采非常。后曰：『常聞見菖蒲花者必貴。』因取吞之，遂生梁武帝。」故李長吉詩：「風采出蕭家，本是菖蒲花。」』據此，則菖蒲與五色雲皆是一種祥瑞之物，甚難得見，不僅云濤好種菖蒲，又藉以喻濤爲難得之人也。

濤善制箋，亦工書法。《宣和書譜》行書條云：『婦女薛濤以詩名當時，而有林下風致，故詞翰一出，則人争傳以爲玩。作字無女子氣，筆刀峻潔，其行書妙處，頗得王羲之法，少加以學，亦衛夫人之流也。每喜寫己作，詩語亦工，思致俊逸，法書警句，因而得名。非若公孫大娘舞劍，黄四娘花，託於杜甫而後有傳也。』注云：『今御府所傳行書一，《萱草》等書。』又《佩文齋書畫譜》引《悦生古迹》云：『宋賈似道家有薛濤《萱草詩》。』是濤之詩帖，至宋猶存。《唐才子傳》云：『濤性聰慧，精翰墨，意匠經營，一筆不苟。』似元時尚及見其遺墨，迄明以下乃無傳焉。清時，嘉興徐範女士得薛濤書陳思王《美女篇》墨迹一幀，甚爲珍襲，至與衛夫人、吴彩鸞、朱淑真、管仲姬等十家，裝爲一卷，朝夕展對。程璋大令又刻之浙中，并與馮登府皆爲之跋。此迹載《玉臺名翰》中，甚屬可疑。（一九二二年文明書局出版之《玉臺名翰》，即道光刻徐範收藏歷代仕女墨迹。自云：『承嫂氏贈余薛濤一箋。』程跋云：『此卷爲檇李女史徐範所藏墨迹。……爰從雲伯太史借勒上石。道光壬辰花朝，陽羨程璋跋於四明官舍。』馮跋云：『徐範爲我里白榆先生女兒，跛足不字，自號蹇嫒。夙工八法，禾城西

《關帝廟碑》，其手筆也，樊榭《玉臺書史》曾載之。……馮登府跋於四明窗，時壬辰花朝。』）然後人不以其有可疑而遽斥之，亦猶今薛濤井明知非舊日薛濤制箋處，而游其地者，輒題咏不置，儼如見其人也。

晚歲，居碧雞坊，創吟詩樓，偃息其上。

杜甫詩：『時出碧雞坊，西郊向草堂。』仇注引《梁益記》云：『成都之坊百二十，其四曰碧雞坊。』《輿地紀勝》云：『碧雞坊，今城之西南。』又《蜀中方物記》云：『漢宣帝時，方士言益州有碧雞神，可以醮祭而致。使諫議大夫王褒持節往求之，褒道病，竟不能致。成都有碧雞坊，蓋祠所也。老杜詩：「時出碧雞坊。」其後西川校書薛濤營宅於碧雞坊老焉。』案：唐碧雞坊應在城西，王灼《碧雞漫志》及蹇汝明《鈍庵記》皆以爲在城西北。宋時海棠最著，陸游詩云：『走馬碧雞坊里去，市人唤作海棠顛』；范成大《碧雞坊海棠花》詩云：『報道碧雞坊里來，今年花少似前回。』

《益都談資》云：『濤晚歲居碧雞坊，王建贈詩有「枇杷花裏閉門居」之句。』是濤於菖蒲花外，又別種枇杷花也。據《柳亭詩話》云：『駱谷有琵琶花，與杜鵑相似，後人不知，改爲枇杷。』然則濤所種者，乃琵琶花耶？《名媛詩歸》載王建贈詩正作琵琶。又《郡閣雅言》及《稿簡贅筆》謂：『濤暮年屏居浣花溪，着女冠服。』濤暮年係住碧雞坊，非浣花溪；着女冠服，自當在碧雞坊時。濤集有《試新服裁制初成》三首，中有句云：『長裾本是上清儀，曾逐群仙把玉芝。每到宫中歌舞會，折腰齊唱步虚詞。』此正是暮年着女冠服之明證。

後段文昌再鎮成都，太和歲濤卒，年七十五，文昌爲撰墓志。

《蜀中名勝記》文昌爲撰墓志句下，增補『題曰西川校書薛洪度之墓』一句。又《益部談資》

云：『卒年七十三，段文昌爲撰墓志，碑題唐女校書薛弘度墓。』案：段氏原碑，《輿地紀勝》碑目不載，是原碑在南宋時已没，明人所見，當爲後代補刻者。至於薛濤享年，舊記多異。《郡齋讀書志》《唐才子傳》只稱濤太和中卒，《蜀中名勝記》及洗墨池本濤集小傳、《名媛詩歸》濤傳皆作卒年七十五，《蜀箋譜》及《益部談資》則作卒年七十三。《直齋書録解題》又謂：『濤得年最長，至近八十。』《唐音癸籤》謂：『薛濤工絶句，無雌聲，自壽者相。』是仍以濤得年最長也。考濤之卒，是在太和六年秋冬間，其生當在貞元元年或二年，只得有四十七八歲，過去記載疑皆有誤。現於薛濤生卒，考訂附後。

《蜀箋譜》《唐才子傳》皆謂，濤在太和中卒。《箋譜》又云：『段文昌爲作墓志。』案：文昌再鎮蜀，在太和六年冬，文昌之死，在太和九年，則濤之死，必在太和九年以前。今考濤之集中，有《籌邊樓》詩，有《棠梨花和李太尉》詩。太尉即李德裕，德裕於太和四年十月來川，籌邊樓之築建，當在五年春夏間，至秋始落成，故濤《籌邊樓》詩有『平臨雲鳥八窗秋』之句，時濤尚存。至太和六年冬，德裕即離任，而濤之卒實在太和六年秋間，李德裕離任，段文昌未到任之時。蓋德裕曾有傷薛濤之詩，今已亡佚，但劉禹錫集中有《和西川李尚書傷韋令孔雀及薛濤》之什云：『玉兒已逐金釬葬，翠羽先隨秋草萎。唯見芙蓉含曉露，數行紅泪滴清池。』此可見德裕有傷薛濤之作，則濤之死必在德裕未離任時。故段文昌於是年十一月至蜀，即爲濤作墓志，所謂題其墓碣，應屬一事。由此可斷言，濤之卒在太和六年秋間也。

濤之生年，據本傳云：『濤及笄，以詩聞外，客有竊與之燕語。時韋中令臯鎮蜀，召令侍酒賦詩。』考韋臯貞元元年任西川節度使，至十二年加同平章事，始稱韋相國，或韋相公；至十七年兼中書令，始可稱韋中令，或韋令公。濤集中有《上韋令公》詩，可見侍酒賦詩，必在貞元十七年後，韋臯兼中書令時。傳云：『濤年始及笄，方十五歲，以詩聞外。』至韋公召見，或有一二年時間，則濤此時，亦只十七八歲。由此推證，濤生於貞元元年，或二年。

舊説濤年七十五，據文昌撰墓志之年上推，則生肅宗至德、乾元之間。至韋臯初入蜀時，濤已二十七八歲，不得稱爲始笄，何况召見在貞元十七年後。又傳薛濤曾與元微之會晤，附會其事在元和四年，微之以監察御史來東川時。事如屬實，微之此時年僅三十；今推證濤生於貞元元年或二年，則此時年適二十三四，始爲相合。如依《蜀箋譜》或濤集小傳作七十三或七十五歲，則濤此時已約五十歲，恐非其時。

濤之生卒既定，則其年歲，亦因此而决定。如生貞元元年，至太和六年爲四十八歲；如生貞元二年，則只四十七歲，必不能如舊説之七十三，或七十五，乃至謂近八十也。今檢説七十三者爲《蜀箋譜》，《益部談資》從之；説七十五者爲濤集小傳及《蜀中名勝記》，《全唐詩》小傳從之。濤集小傳及《名勝記》皆出自《蜀箋譜》，三字五字，必有一誤。惟《直齋書録解題》謂濤得年最長，至近八十，《文獻通考·經籍考》則全取陳録。考此種錯誤，由濤集中有《賊平後上高相公》詩，後人遂以高相公爲高駢，而不知此高相公是指高崇文。又《唐才子傳》及《事文類聚》引《芝田録》，載有濤與高駢行酒令事，而不知此行酒令之高駢，亦當爲高崇文。高駢係崇文之孫，其爲西川節度使，在僖宗乾符二年，距薛濤之卒，尚隔四十三年。濤死後，又歷十七節度使，即段文昌、楊嗣復、李固言、杜悰、崔鄲、李回、李景讓、白敏中、魏謩、李福、劉潼、蕭鄴、夏侯孜、盧耽、柳槩、路巖、王建立、牛叢，始爲高駢。因有高駢之誤，遂將濤之死，延後四十餘年。若使駢時濤尚健在，已近百歲，安得侍酒行令？

《唐才子傳》既謂濤在太和中卒，又説濤與高駢行酒令，一篇之中，自相矛盾。又王建贈濤之詩，何光遠《鑒戒録》、計有功《唐詩紀事》、辛文房《唐才子傳》皆誤以爲胡曾作。胡曾在懿宗咸通中舉進士不第，僖宗時始從高駢幕來川，又安能贈濤以詩？凡此皆因高駢、胡曾之誤，遂誤傳濤至僖宗時尚在。要以生於貞元初，享年四十八推論，較近情理。

附載薛濤題贈

寄贈薛濤　元稹

稹，字微之，河南人，仕終武昌軍節度使。元和四年以監察御史來東川，舊傳嘗與薛濤會晤，實出附會。然唱和寄贈，事自有之。

錦江滑膩峨眉秀，幻出文君與薛濤。言語巧偷鸚鵡舌，文章分得鳳凰毛。紛紛詞客多停筆，個個公卿欲夢刀。别後相思隔烟水，菖蒲花發五雲高。

寄薛濤　白居易

居易，字樂天，太原人。歷任刺史、河南尹，以刑部尚書致仕。

峨眉山勢接雲霓，欲逐劉郎意轉迷。若似剡中無路到，春風猶隔武陵溪。

寄蜀中薛濤校書　王建

建，字仲初，潁川人。大曆間進士，歷遷侍御史。太和中出爲陝州司馬，晚居咸陽。見《唐才子傳》。

萬里橋邊女校書，枇杷花裏閉門居。掃眉才子知多少，管領春風總不如。

和西川李尚書傷韋令孔雀及薛濤之什　劉禹錫

禹錫，字夢得，中山人。貞元九年進士，歷仕太子賓客。

玉兒已逐金鈈葬，翠羽先隨秋草萎。唯見芙蓉含曉露，數行紅泪滴清池。

答李搏　裴庭裕

《唐詩紀事》：『僖宗在成都，裴庭裕登第，李搏以詩賀。既而復謔之，裴有六韵答之云云。』

何勞問我成都事，亦報君知便納降。蜀柳籠堤烟矗矗，海棠當户燕雙雙。富秦不并窮師子，濯錦全勝旱曲江。高卷絳紗楊氏宅，半垂紅袖薛濤窗。浣花泛鷁詩千首，浄衆尋梅酒百缸。若説弦歌與風景，主人兼是碧油幢。

黄梅樵以薛洪度小像索題爲作二絶句　陳一津

一津，字卯生，金堂人，與兄一沺齊名。閬中陳秋坪登龍著《蜀水考》，卯生爲之逐段分疏，人服其綜核。有《收聲譜》《吾鼎齋詩集》。

名士最憐蘇小小，内廷曾識李師師。而今粉黛風流盡，畢竟留存一卷詩。

荳蔻葳蕤二月初，少時歌舞管弦餘。誰知老後吟樓上，賺得頭銜署校書。

樂山舟次戲題薛濤小像爲鑰仲平公子作　劉楚英

楚英，字湘芸，中江人。咸豐時進士，曾任梧州知府及道員。著有《石龕詩》。

節度誰知女校書，生來枝葉幾曾舒。無情却是枇杷子，落到人間亦餕餘。

花蕊夫人才貌全，樓中燕子有誰憐。胭脂井竭彩雲散，自汲寒泉學制箋。

爲友人題薛濤像　劉夢愚

夢愚，德陽人，諸生。

吟鞭幾過碧雞坊，剩照蛾眉目一方。不及枇杷花樹好，至今猶帶美人香。

蟬紗鴉鬢妙如神，又費輕紗爲寫真。筆到花心先自笑，已輸君是可傳人。

洪度像贊　陳矩

矩，字衡山，貴陽人。曾隨黎庶昌出使日本，官四川知府。刻《靈峰草堂叢書》，中有《洪度集》一卷，録自《全唐詩》，校以洪邁《唐人萬首絶句》本。

冰絲鮫綺，巧麗清奇。本良家女，比竹調脂。剪波采霞，光彩離離。詞壇酒壘，名重當時。夭桃艷李，忽化松枝。證明珠果，青燈古祠。臨流試茗，懷古生悲。遺詩流播，祥雲護持。

滿庭芳　爲沈乙盦題明刻本《薛濤集》　樊增祥

增祥，字嘉父，號雲門，又號樊山，恩施人。仕至江寧布政使，有《樊樊山詩文集》。

萬里橋邊，枇杷花底，閉門鎖盡鑪香。孤鸞一世，無福學鴛鴦。十一西川節度，誰能舍女校書郎。門前井，碧桐一樹，七十五年霜。　琳琅，詩半卷，元明槧本，佳語如簧。自微之吟玩，重付東陽。恨不紅箋小字，桃花色，自寫斜行。碑銘事，昌黎不用，還用段文昌。

柳梢青　題雲生重校《薛洪度集》　謝无量

无量，號嗇庵，樂至人。

細膩風光，掃眉才子，獨具詩腸。遺墨飄零，誰教鸚鵡，錯認宮商。　等閑不敢平章，唐國裏校書譽揚。點筆詞人，重斟細酌，憑仗丹黄。

玉樓春　薛濤制箋圖　張爰

爰，字大千，内江人。

長眉曲袖顰蛾碧，桂髮容華飄蜀國。翠筵芳酒酡朱顏，滯醉不知將鈿合。　浣花箋紙桃花色，簾外東風吹象筆。十離詩就泪痕乾，早託同心勝綰結。

案：《摭言》載《十離詩》乃元稹鎮浙東時幕下薛書記作，五代以來多誤傳爲薛濤詩。

二　望江樓建置考

薛濤井在成都東門外三里錦江之濱，舊名玉女津，爲明蜀藩仿製薛濤箋處，因稱此井爲薛濤井，後闢爲園林，習稱望江樓是也。在明中葉，已誤認此處爲薛濤製箋之故址，嘉靖二十年修纂《四川總志》云：『薛濤井在錦江之南濱，女校書薛濤以水製箋，故名。』當時實爲名勝之地，曹學佺《蜀中名勝記》云：『東門之勝，禹廟、大慈寺、散花樓、合江亭、薛濤井、海雲寺，其最著者。』蓋宋人以薛濤井上游合江亭爲宴餞之所，明時移此，故楊慎集中屢有江樓送客、錦津行舟之作。升庵詩稱『江樓』，則明時薛濤井已有樓館。沿清迄今，遞有修建，并取薛濤舊居及其故事以名之，如吟詩樓、濯錦樓、浣箋亭、五雲仙館、枇杷門巷等。惟崇麗閣則取左思《蜀都賦》語『既麗且崇』之意，而望江樓亦以此得名，且爲園林之總稱。園中舊有雷神廟及方公祠，今廢；與濤有關之建築，則煥然一新。薛濤於浣花溪製箋處，及其碧雞坊遺址，今皆不存，然借此地亦可繫游人之思。今備録樓館建置、蜀箋舊聞如後，以資考核。

蜀藩製箋於薛濤井，歷見明清記載。

何宇度《益部談資》云：『薛濤井舊名玉女津，在錦江南岸，水極清冽。久屬蜀藩，爲製箋處，有堂室數楹，令卒守之。每年定期命匠製紙，用以爲入貢表疏，市無貿者。』

王士性《入蜀記》云：『過濯錦橋三里至薛濤井，水味甘冽，異於江水。淬爲箋，比高麗特厚而瑩，名薛濤箋。』案：濯錦橋之名，五代已有之，當外郭之東。明時築城，環城四橋，東曰濯錦，即今東門大橋。

曹學佺《蜀中方物記》云：『予庚戌秋過此，詢諸紙房吏云：每歲以三月三日汲此井水，造箋二十四幅，入貢十六幅，餘者存留。』

包汝楫《南中紀聞》云：『薛濤井在成都府，每年三月初三日，井水浮溢，郡人携佳紙向水面拂過，輒作嬌紅色，鮮灼可愛，但止得十二紙，歲閏則止十三紙，此後遂絶無顔色矣。是紙用以奉貢，歲止獻六張，餘爲蜀府所留。此一段大奇事，校書文彩風流，特借井瀾見其春容歲歲耶？』王士禎《隴蜀餘聞》云：『蜀王府例以三月三日取薛濤井水，製箋二十四幅，以十六幅貢京師。近督撫監司仿製不能佳。予使蜀日，訪之井旁，石臼尚存，雕鏤精麗。』案：《池北偶談》及《蜀故》亦録此文。

張澍《邊州聞見録》云：『明藩府以三月三日汲薛濤井水，造箋二十四幅，以十六幅進御。又造小箋，僅容一詩，易深紅爲純白。吴中有仿其式者，而於蜀法皆不傳。』

陶澍《蜀輶日記》云：『井舊名玉女津，其水宜作酒，又宜造紙。明代蜀王府每以三月三日，汲水造箋二十四幅，以十六幅進御，顔色鮮麗，謂之浣花箋。其非上巳造者，則顔色頓減。今井旁有紙司，皆青梅紅紙，粗俗不入格。』

清初於井旁置石刻冀應熊書『薛濤井』碑及周厚轅書詩碑。

康熙修《成都府志》云：『薛濤井舊名玉女津，在錦江南岸，水極清，石欄周環。爲蜀藩製箋處，有堂室數楹，令卒守之。每年定期命匠製紙，因爲上進表疏。本朝知府冀應熊書「薛濤井」三字刻石。』案：康熙《成都府志》爲二十五年佟世雍修。冀應熊河南舉人，康熙六年任成都府知府，見

《四川通志》。

舊《華陽縣志》云：『出東門城外三里許薛濤井，翰林院編修江西周厚轅書王建詩一首，末附己詩一首。乾隆乙卯仲春立此兩碑，分在「薛濤井」三字左右旁，與「薛濤井」三字合爲一碑，今存，惟周厚轅詩已剥蝕，不能辨認矣。厚轅字載軒，由侍御來川任學使，有《蜀游草》。』

及清中葉，方積復於井旁增建亭榭。

舊《華陽縣志》云：『嘉慶十九年，布政使方積等於井旁修築亭臺，頗稱幽静。李專、董新策、顧汝修有詩。』陶澍《蜀輶日記》云：『出東門循錦水行五里，過雷祖殿，入修竹叢中，曲徑疏籬，有小亭，石刻「萬里橋邊女校書」一詩。井水芳甘，唯節署得用之，每日汲取十餘斛，猶循唐節度使例也。』

吴燾《游蜀後記》云：『光緒丙子正月二十六日，仲宣叔交卸總督關防，擇期三月十九日起程回籍。家眷由川江行者，先期二日登舟，泊雷祖廟，距府城七里。左爲方公祠，方公名積，安徽定遠人，右即薛濤井也。』案：《清一統志》：『方積，定遠人，嘉慶間累遷四川按察使，官蜀二十餘年。因築堤有功，又培修薛濤井，都人於井側建祠以紀念之。』

王培荀《聽雨樓隨筆》云：『安徽定遠方有堂先生積，以四川縣令歷官至方伯，刻有《敬恕堂詩集》。』

又有吟詩樓、濯錦樓。

何紹基於咸豐五年八月卸四川學使，去蜀入秦，有《寄蜀中士民》詩，中題薛濤井一首注云：『二十八日復偕同人茶憩於薛濤井之吟詩樓，樓爲嘉慶年間李松雲中丞所構。』案：松雲名堯棟，浙江山陰進士，嘉慶十九年爲成都府知府，後官至湖南巡撫。蓋修吟詩樓時，方積爲布政，堯棟爲知府也。

光緒時，馬長卿并建崇麗閣及五雲仙館、清婉室等。

新《華陽縣志》云：『崇麗閣在治東三里，江之南岸，即薛濤井故處也。據陶文毅公《蜀輶日記》所載，是昔時已爲名勝，後漸廢圮，澹秋館《薛濤井》詩序可證也。光緒初，縣人馬長卿以回瀾塔就圮，而縣中科第衰歇，乃創議於井旁前造崇麗閣。閣凡五級，碧瓦髹欄，觚棱璧當，井干六角，塔鈴四響。登高眺望，江天風物，一覽在目矣。閣成，因即其旁構吟詩、濯錦兩樓，及浣箋亭、五雲仙館、流杯池、泉香榭、清婉室諸勝。於是遂爲都人游宴餞別之所，而俗則呼爲望江樓。』

吴蜀尤《崇麗閣記》注云：『即成都東門江邊濯錦樓側，制府安徽廬江劉仲良建。』

案：濯錦、吟詩兩樓及浣箋亭，皆嘉慶十九年布政使方積、知府李堯棟所建。歷道咸時，漢州張懷溥、懷泗兄弟及道州何紹基皆有吟詩樓詩，紹基又有吟詩樓『花箋茗椀香千載』聯。咸同間漸廢圮，故毛澂《薛濤井》詩有『浣箋亭破詩樓毀』之句，林濤如《澹秋集》中有『樓臺都杳，竹樹全虚』之語；馬長卿《江樓工竣記事詩》附識亦云：『咸豐初年，遭兵燹毁拆，幾成荒土。』然濯錦樓遺址尚在，故吴蜀尤《崇麗閣記》注云，即濯錦樓側，劉仲良建。崇麗閣之籌建，爲光緒十二年丙戌，劉秉章仲良督川時，蜀紳伍肇齡、羅應旒、馬長卿等募款請建，由馬長卿主其事，長卿事迹見林山腴《華陽人物志》。至十四年落成，開樓爲四川學使趙以炯、重慶鎮總兵田在田，蓋文武兩狀元也。其時即重修濯錦樓，故光緒十五年釋含澈《重九日觀濯錦樓》詩有句云『崇麗齊雲接斗牛』，是時吟詩樓尚未修復，故含澈同時又有《經吟詩樓廢地有感》詩。計吟詩樓、浣箋亭之重建，五雲仙館、泉香榭、流杯池之新建，俱在光緒二十四年；清婉室則在光緒二十九年始添修成。流杯池上原有小亭，廖平篆額。

嗣又豎石刻薛濤道裝像於清婉室中，爲光緒二十九年華陽羅湘所立，像則江右馮協中所畫。貴陽陳矩有薛濤像贊，嵌刻壁間，并有趙熙集唐詩聯語。室前舊有小竹牌坊，上題『枇杷門巷』四字，楹聯爲涇陽伍生輝撰。

井水清冽，曾以釀酒，因名爲薛濤酒。陶澍《蜀輶日記》云：『井舊名玉女津，其水宜作酒。又宜造紙，粗俗不入格。唯酒味尚佳，謂之薛濤酒云。』乾隆時遂寧張問陶有咏薛濤酒詩，近時鄧雨人、趙堯生尚有薛濤酒唱和詞。因記井箋，附書於此。

附載江樓題咏

江郊亭新成賦二十三韵

楊咸亨

咸亨，號夜郎野老，北宋時人。

城東門外二十里，客去當送來當迎。藤梢橘刺密無路，短亭四壁荒榛荆。春風淡沲酌客處，我陪後乘同郊行。

案：此詩載《全蜀藝文志》。畢夔《次韵楊咸亨江郊亭新成二十三韵》云：『相逢來往問地主，太守詎敢忘將迎。白崖候館久茅蕝，近即野處披榛荆。屏修啓剔作廬舍，夙戒里旅遲留行。』夔，錢塘人，乾道中以奉議郎知湖州，見《宋詩紀事》。當時成都府吏迎送官船，近者在合江亭，遠則在二十里外。所謂江郊亭者，即乾道前所建官府之客館，藤橘迷路，四壁榛荆，舊館之荒僻可知。故明時建樓館於薛濤井上，以爲宴餞之所，升庵詩可證。至清沿之，乃擴建爲望江樓。摘録此詩，以存故事。

江樓曲摘句　楊慎

慎，字用修，號升庵，新都人。首輔楊廷和之子，正德狀元。嘉靖初以議禮貶永昌，卒於戍所。著述之富，爲明第一。

江上樓，高枕錦江流，雲霞連劍閣，烟樹出刀州。登樓送客秋色裏，旌旗影落清波水，眺望應隨牛斗遥，嘯歌直感魚龍起。

案：宋人詩篇所稱江樓，如劉兼《江樓望鄉寄内》、陸游《江樓吹笛飲酒》，多泛指錦江之樓館。此詩之江樓，則在薛濤井上。習稱望江樓，相沿已久。

别周昌言黄孟至　前人

長年三老試登艫，雙鬟小妓唱巴歈。重露桃花薛濤井，輕風楊柳文君壚。可憐鴻稽横四海，未許鴟夷浮五湖。銷魂從此渺然去，回首峨眉山月孤。

案：此詩爲楊慎謫戍中回蜀再返雲南時作，登舟之處即在望江樓前，第二聯記宴餞於薛濤井，故以文君酒壚作對。升庵集中尚有《錦津舟中對酒别劉善充》，亦作於此。

過薛濤故居　劉侃

侃，字正言，京山人。嘉靖三十二年進士，官成都知府。有《新陽館集》。

寂寂深林掃故居，江風江雨亂蘧篨。蛾眉自古應無數，猶説當年薛校書。

案：此詩實誤後世之薛濤井爲濤故居，濤故居浣花溪址，明時已無遺迹。

薛濤井　王士性

士性，字恒叔，號太初，天台人。萬曆五年進士，十七年典試四川，仕至鴻臚卿。有《五岳游草》。

爲染薛濤箋，來看薛濤井。新函楮葉精，古甃寒泉冷。轆轤架銀牀，百尺垂素綆。鮫綃出纖手，美人落清影。拂拭試冰紈，琅玕秀可餐。揮麈人如玉，徵歌氣若蘭。月明關塞曲，羌笛竹郎冠。萬里女校書，迷離顧所歡。嬋娟今寂寞，泪落滿欄干。

薛濤井　曹學佺

學佺，字能始，號石倉，侯官人。萬曆二十三年進士，官四川右參政、按察，明亡身殉。有《蜀中廣記》《石倉集》諸著。

七八百年間，陳事若俄頃。西川錦江畔，猶有薛濤井。朝發春花艷，夕沉秋月冷。所以可傳故，問人人不省。但云造新箋，直貢君王前。

薛濤井　王珙

珙，字廷珙，常熟人。明處士，有《竹居集》。

錦箋新樣出名娃，繞郭芙蓉潑粉沙。猶有一澄香積水，漂紅深淺似桃花。

薛濤井　楊一鵬

一鵬，明末人。事迹不詳。

古井臨江思有餘，荒亭寂寞傍樵漁。當年兔潁題都尉，此日鸞箋惜校書。總有黃鸝空自語，須教芳草亦憐渠。靈心黛色成幽賞，天外峨眉似不如。

薛濤井　戴爆

爆，明末人，事迹不詳。

寒泉翠篠午陰清，讀罷殘碑感慨生。不見玉顔窺照影，空餘金井轆轤聲。

題扇送吴衍入蜀　卞玉京

玉京，字雲裝，原名賽，字賽賽。本秦淮妓，能書，好作小詩，又善畫蘭鼓琴。晚年入道，吴梅村有《聽女道士卞玉京彈琴歌》。

剪燭巴山別思遥，送君蘭棹渡江皋。願將一幅瀟湘種，寄與東風問薛濤。

薛濤井　董新策

新策，字嘉三，號㮳齋，合江人。康熙庚辰進士，授翰林院編修，官至甘肅寧夏道。有《客子山人詩文集》。

碧甃銀牀不可探，井華清似百花潭。深紅小樣箋誰染，零落燕支三月三。

薛濤井　李專

專，字知山，江津人。貢生，雍正間與修《四川通志》，後移家遵義。

錦箋精彩似雲蒸，杵臼聞名見未曾。玉乳寒泉雖有色，柔荑如手亦多能。便宜節度高千里，錯過詩人杜少陵。此日招魂須用汲，相思不在酒如澠。

案：第五句誤引高駢，參詳《薛濤小傳》考釋。

薛濤井　彭端淑

端淑，字儀一，號樂齋，丹棱人。雍正癸丑進士，授吏部主事，官至廣東肇羅道，歸主成都錦江書院。與弟肇洙仲尹、遵泗磬泉齊名，時稱丹棱三彭。卒年八十一，有《蜀故》《白鶴堂文集》。

吾羡宋若昭，才堪宮中師。校書閨中秀，姱麗亦若斯。遺井落江邊，千載尚護之。汲來清且潔，人願携一匜。花箋雖失傳，想見揮毫時。唱和來群公，風流世共推。

薛濤井　張珽

珽，字孟奇，磁州人，乾隆六年知漢州。

錦江西畔草堂前，香井碑題尚宛然。小擘錦箋吟短句，可憐花樣似當年。

薛濤井　二首　葛峻起

峻起，字眉峰，河南虞城人。乾隆十四年任四川學使，有《使蜀稿》一卷。

十樣錦箋别樣新，風流遺迹幾經春。只今石甃埋荒草，漫向江頭吊美人。

蜀國佳人渺與儔，鉛華才伎一時收。可憐絶世風流盡，誰更添修五鳳樓。

薛濤井　吴省欽

省欽，字冲之，號白華。南匯人，第進士。乾隆三十七年任四川學使。

曹郎推校書，乃有良家女。塗粉兼掃眉，芳名動軍府。錦江春色多，閉門枕江滸。長波染短箋，紅采映霞縷。裁書固殷勤，得句亦妍嫵。英英枇杷花，昵昵鸚鵡語。志墓得鉅公，豈真爲歌舞。人去井到今，井存人益古。湛然竹林邊，汲綆禁携取。載訊碧雞坊，吟樓少遺礎。

薛濤井次蔡綺襄韵　二首　顧汝修

汝修，字息存，號容齋，華陽人。乾隆壬戌進士，授編修，歷官順天府府尹、大理寺少卿。歸掌錦江書院。與沈德潛、陳兆崙等善。有《味竹軒詩文集》。

琴臺草没錦無樓，尋到薛濤井尚幽。今古原泉依舊出，短長汲綆爲誰留。難將滴水銷沉痼，留得芳名占益州。好古何人探往迹，不饒清興與多愁。

花箋黛筆委高樓，唯有當年一井幽。落落軍持餘想像，蕭蕭露索任遲留。鳳皇刷羽傾詞客，姓氏傳香擅益州。消得相如渴也未，臨邛壚久不勝愁。

薛濤井偶成　録一首　楊芳燦

芳燦，字蓉裳，金匱人。乾隆丁酉拔貢，官甘肅靈州知州。弟揆，字荔裳，官四川布政使。延長錦江書院，兼修《四川通志》。蕆事後，往視其弟英燦安縣，署中病卒。有《芙蓉仙館集》。

雨過苔餞上井眉，石闌數點淡胭支。憑將十幅桃花紙，盡寫蒹葭水國詞。

咏薛濤酒　張問陶

問陶，字仲冶，號船山，遂寧張鵬翮之玄孫。乾隆庚戌進士，翰林院檢討。爲御史，有直聲，後官山東萊州知府。旋乞病，卒於蘇州。有《船山詩文集》。

浣溪何處薛濤箋，汲井烹泉亦惘然。千古艷才難冷落，一杯名酒忽纏綿。色香且領閑中味，泡影重開夢裏緣。我醉更憐唐節度，枇杷花底問西川。

薛濤井　吴升

升，字秋漁，錢塘人。乾隆癸卯舉人，署潼川知府，補資州知州。

我昔尋此井，一徑入深竹。蕭然地半弓，圍以萬竿緑。亭墓尚宛存，闌干盡摧剥。其泉冽而甘，汲之清可掬。不雨亦不枯，不治亦不濁。靈源無竭時，舊迹嘆綿邈。同游共延佇，美事擬修復。居室善苟完，分緑取初足。此松雲本意。華樸趣各殊，盛衰機互伏。竟從瓦礫場，幻出錦繡谷。茀茨竄盡夷，篁條斧更斸。飛檻枕長流，層樓俯雲木。花欄既曲通，琳宇復旁築。旁築神祠。豈曰小補之，志在愜所欲。冠蓋集河濆，金碧炫遐矚。來風可驅炎，近水宜聽曲。清嬉晝傳餐，豪宴夜燒燭。非不勝荒凉，時或病繁縟。我獨上孤亭，詩碣捫且讀。朱闌繞碧甃，真面在墻角。興廢固無常，風流更誰屬。但聞桔槔聲，昏旦綆缶續。

薛濤吟詩樓　張懷溥

懷溥，字雨山，漢州人。歲貢生，候選教諭。有《十笏山房文集》。

碧雞坊裹櫻桃花，欲開不開臨狎斜。花間婉轉雙黄鳥，交交似訴美人家。美人家本長安住，咳唾九天隨烟霧。偶吟桐葉落人間，始悔才名半生誤。風雨瑟居樓上頭，樓下車馬半諸侯。催拈銀管花初放，寫罷松箋腕更柔。錦城將軍夜撾鼓，酣歌那識沙場苦。法曲當筵試一吹，十萬征夫泪如雨。文章聲價五雲高，名流矜寵鳳皇毛。一時畫手知多少，不畫崔徽畫薛濤。傾國傾城今已矣，地下香魂呼不起。此地空傳百尺樓，當年誰念高千里。我昨枇杷門外過，門前春水緑於螺。拂波千絲萬絲柳，猶學風流當奈何。

薛濤吟樓　張懷泗

懷泗，字環甫，漢州人。乾隆己亥舉人，官懷來知府。卒年八十三，有《榴榆山房詩鈔》。

紅粉前因劫未消，佩聲依約水迢迢。吟成下界休喧聒，自建朱樓倚碧霄。

綺閣芳筵樂事稀，調宫協羽未全非。邊庭一曲尋常句，無數征人泪滿衣。

休將結習笑名姝，翰墨生涯亦甚都。賣履分香多少輩，斯人零落可憐無。

美人香草悟三生，却愧年來負此盟。幾度吟詩吟不得，欲將玉管乞卿卿。

玉女津　前人

江邊問校書，漠漠輕烟碧。隔岸雙枇杷，枝葉猶香澤。此女今已無，此津尚如昔。唤渡幾回來，春山雲脉脉。

薛濤井　録二首　劉沅

沅，字止唐，雙流人。乾隆壬子舉人，選授湖北天門知縣，改國子監典簿，歸家講學。有《槐軒全書》。此詩原爲四首，題下注云『咸豐甲寅三伏日』，又跋云『時年八十有七』。

十樣鸞箋此水中，欲尋佳製竟朦朧。才人落魄千秋恨，尚説風流有巨公。

風浪而今尚不平，江濤相伴有悲聲。寒泉獨表清芬意，欲訴當年薄命情。井水甘冽，都人争汲煮茶。

游東郊至薛濤井 近有祠於其地者置亭臺焉　王懷曾

懷曾，字魯之，大竹人。道光壬午舉人，官山東知縣。與弟懷孟小雲齊名，時稱大竹二王。有《待鶴樓詩鈔》。

亂緑叢中擁翠條，亭臺今日繫蘭橈。千年古水沈胥井，一角紅樓吊薛濤。修竹單寒疑日暮，枇杷零落也魂消。雷曹何用推車女，辜負桃花墓寂寥。

案：詩題注所謂祠於其地者，即指方公祠。亭臺即嘉慶十九年所建吟詩樓、浣箋亭等。

去蜀入秦紀事書懷却寄蜀中士民三十三首并叙 録一首　何紹基

紹基，字子貞，號蝯叟，道州人。道光丙申進士，咸豐二年官四川學政。有《東洲草堂詩鈔》。

割據營營古蜀州，一隅偏爲女郎留。當時節度争投縞，後代詩人補築樓。舊井尚供千汲户，名箋染遍萬吟流。由他壯麗紛祠宇，占斷城東十里秋。

原注云：『二十八日復偕同人茶憩於薛濤井之吟詩樓，樓爲嘉慶年間李松雲中丞所構。』案：紹基於咸豐二年八月簡放四川學政，十一月抵成都。至咸豐五年五月科試完竣，移居中協署；七月游峨眉、瓦屋；八月初二返省，憩武侯祠，二十七日宴集草堂寺，皆有詩。此注所云二十八日，即咸豐五年八月二十八日也。至九月十八日，則自成都啓程出川矣。

舟泛薛濤井　孫澍

澍，字雨田，號春皋，郫縣人。刻有《古棠書屋叢書》。

望江亭下大江東，倚檻臨流落照紅。畫舫官橋風景换，憐才好色古今同。千秋鶯燕知名妓，一樣江山占寓公。才子眼前增感慨，枇杷花下又春風。

薛濤井吟詩樓七絶八首咸豐丙辰秋季　録四首　鄒光綬

光綬，字策門，江西人。

回瀾閣下水東流，樹影蒼茫竹影修。亞字闌干之字路，偎紅倚翠吟詩樓。
百花潭上浣花溪，往事風流溯碧雞。出手名裁箋十樣，一般珍重紫金泥。
浪説長安有故鄉，傷心蘇小本錢塘。天涯一片流離泪，哀怨可憐是草堂。
桐葉題詩少小憐，繁華一夢已如烟。虚名落得江邊井，不在殘脂剩粉天。

薛濤井用坡公往岐亭道上韵　胡廷琭

廷琭，字星石，號玉汝，安徽祁門人。同治戊辰進士，歷署筠連、射洪、通江、威遠知縣。有《味經堂詩集》。

惆悵枇杷白板門，當年桃李不成村。美人黄土今千載，古渡青莎徑一痕。江水有情仍瀲灎，井泉不語自清温。名箋染就春無限，何必重招倩女魂。

吟詩樓有感　包汝諧

汝諧，字弼臣，南溪人。同治丁卯舉人，官資州學正。

濯錦溪頭玉館開，韋城武后孰憐才。閉門獨自調鸚鵡，那管高侯拾艷來。
幾見秋娘嫁牧之，羅虬空唱比紅兒。樓中痛泪知多少，一任花箋寫恨詞。
曾及臺門見阿龍，旆旌旋出浣溪東。枇杷花裏春無主，誰復吟詩上相公。
紅葉蕭蕭響一樓，凉雲團入錦江秋。美人香草情何限，茗椀臨風吊薛侯。

跋云：『吟詩樓有感四首，丙申秋舊作也，今十年矣，尚記得，因書以上石，附諸驥尾云。』

薛濤井并序　林毓麟

毓麟，字濤如，華陽諸生，有《澹秋館詩集》。

井爲錦里名勝之一，適送客經過。樓臺都杳，竹樹全虚，舊碣殘碑，亦蕩然無迹。惟重墻壘土，障蔽周遭，井井幾不可復識。低回往昔，慨然有作。

碧蘚空深故井斑，樓臺銷歇鳥聲闌。春風無地留詩碣，蹙煞香魂兩黛灣。
詩箋茗椀擅風流，零落胭脂土一坏。何似塘錢蘇小小，幾人澆酒墓門秋。
短夢醒回小劫天，枇杷凋謝不知年。當前莫問桃花水，寒繞墻陰太可憐。
繁華如夢復如塵，萬里橋邊黯不春。分付錦江江上月，休辭殘影照寒茵。

己丑重九日出成都東門觀濯錦樓　釋含澈

含澈，號雪堂，新繁龍藏寺主僧。與黄雲鵠、顧復初唱和，有《緑天蘭若詩鈔》《潛西精舍詩稿》《鉢囊游草》等著，并輯有《及見詩鈔》十二卷、《紗籠詩鈔》二十卷。

薛濤井畔倚江樓，崇麗齊雲接斗牛。面面山光如笏到，四圍環繞錦江秋。

經吟詩樓廢地有感　前人

吟詩樓廢想遺岑，仿佛當時曲徑深。叢篠芭蕉無限緑，回頭猶憶舊知音。

薛濤井　毛澂

澂，字叔耘，仁壽人。原名席豊，又字稚海。光緒庚辰進士，翰林院庶吉士，出任山東知縣，卒於滕縣任所。有《稚澥詩集》。

露甃蒼烟滿碧苔，桃花含笑倚闌開。浣箋亭館詩樓毀，來飲春江水一杯。

薛濤井　馮譽驤

譽驤，字薌浦，什邡人。尊經書院學生，光緒十七年辛卯舉人。著有《留飲草堂詩集》。

校書居址接江村，一水盈盈緑到門。鸚鵡詩詞名士夢，菖蒲烟水美人魂。雲封古甃清如許，箋浣桃花姓尚存。自昔成都傳妙製，燕支零落不堪論。

楊和甫招陪路廉訪飯薛濤別墅　楊鋭

鋭，字叔嶠，綿竹人。光緒壬午北闈舉人，客鄂督張之洞幕，爲戊戌死事六君子之一。

錦江水緑葡萄醅，詩樓吟作糟丘臺。川平無風雪浪滿，故艇中流弄清熌。主人好事羅群賢，小舟載酒如流泉。溪堂小飲拼一醉，越中晚飯盈芳鮮。五月江聲動塵壁，樓頭梅花壓玉笛。憑闌危嘯發興高，少長列坐皆英髦。同游訪古真意氣，席前喧語聲嗷嘈。上客一笑釂十觴，清談灑落神飛揚。洗觥獻酬迭賓主，滿筵回樽簇花舞。揭來金壺相爲傾，酒酣耳熱朱顔酲。醉者歡吟醒者起，水風入座衣泠泠。江干鳧鷖偶相狎，茗椀濃香盡一呷。哦詩不動月在船，且弄紈扇摇江天。

薛濤　方于彬

于彬，字頡雲，簡陽人。光緒乙酉拔貢，任貴州州判。有《觚齋詩存》二卷，集中多咏江樓之作，録此一首。

夢刀投筆本傳訛，染紙雠書自撫摩。莫作東西溝水看，妾心古井久無波。

江樓　趙熙

熙，字堯生，號香宋，榮縣人。光緒壬辰進士，授編修，官御史。有《香宋詩詞集》等著。

蜀國風流地，桃花似薛濤。將軍千里草，食客五陵豪。緑鳥吴音俊，紅樓酒價高。當筵令公喜，金屑小檀槽。

送楊昀谷使君之蜀 録一首 前人

春水香流萬里橋，枇杷門巷倚樓高。井泉艷過花箋色，便恐桃花是薛濤。

夏日宴江樓感賦 癸巳 徐炯

炯，字子休，號霽園，華陽人。光緒癸巳舉人，門人私謚爲剛介先生。

一聲孤嘯此登樓，雲表千峰雨氣收。未許情懷長似客，那堪風景已如秋。中原龍戰猶流血，世外鴻飛也坐愁。難望商山鬚鬢白，且從江上弄扁舟。

薛濤井宴集 王增祺

增祺，字師曾，一字也樵，華陽人。同治乙丑舉人，官韓城、石泉、洋縣知縣。有《聊園詩存》《樵説》，并輯《詩緣》正續編。

崇麗高閣臨江起，閣前萬里東流水。閣後銀瓶汲井華，爲是校書人鑿此。五雲吟館浣箋亭，掩映園林菜圃青。更引流杯池一曲，明年菡萏應留馨。不道是間卅年久，邛州先生笑携手。指看餘地建吟樓，洪度芳魂合消受。程材董役賴相如，諭蜀人才古不殊。華筵共酌金尊滿，茗椀新嘗玉液腴。美人名士聲華共，江山勝處尤增重。不見華清官道旁，温泉水活游人衆。我從關輔返蓉城，碧雞坊裏屢經行。閑尋樓址渺烟霧，徑移井畔良多情。夕照蒼茫未忍去，飽吸寒泉傾瓦注。新詩快寫薛濤箋，記得賢媛有題句。新詩七字，上句爲『古井平涵修竹影』，乃衡陽聶蓉峰學使銑敏配、九畹女史歐陽夢蘭撰，并書八分，曩刻聯懸井闌。爰語紹相，旋得於雷神廟道士所，亦一快事。重來會見井闌懸，三月三日修禊天。持箋好染燕支色，醉後詩成寫一篇。

跋云：『光緒二十四年戊戌重陽後四日，錦江院長崧生伍先生同馬紹相司馬、周寶臣太守，邀陪宴集薛濤井。是日寶臣緣事不至，羅雲鴻太守小座即去，席間客惟席子硯太守、文海雲比部、周君華圃暨予。飲歸，日已晡矣，不揣固陋，謹賦長句鳴謝。紹相屬存諸石，余益滋愧，爰倩雲鴻乃弟心魚代書報命。蜀西也樵并識。』

案：光緒間馬紹相籌建江樓既成，屢招宴集，賦詩刻石。今録其題，以存故事。王文謨《重陽後一日，馬紹相司馬邀同伍崧生先生、白崐山司馬小集江樓，先生有詩，勉步原韵》歌行二首，并《再次疊韵》。文謨字範堂，原名炳章，漢州人。光緒丙子進士，官工部主事。次爲伍肇齡《光緒戊戌十月二十二日，馬紹相司馬招同羅雲鴻太守、謝乾初、薛丹庭、李藍渙、包鐵孟、羅珥臣、諸廣文，江樓宴集，即事成五言十二韵》，及馬紹相《敬步嵩師江樓宴集原韵》。又次爲伍肇齡《十一月二十八日，馬紹相司馬來言，流杯池已引水滿注，吟詩樓諏吉明正十日上梁矣。曉枕初醒，偶成短句，柬範堂水部、也樵明府》歌行一首；王文謨《江樓浣箋亭、流杯池落成，明年復擬築吟詩樓，以還當年舊觀。恭步崧生姻伯原韵》二首。明年伍肇齡有《三月三日流杯池、吟詩樓落成，同人雅集》絶句七首；并王增祺《光緒己亥上巳，崧生先生、雲鴻太守、紹相大令，邀集群賢，修禊於薛濤井畔新建之吟詩樓，晚歸紀盛》歌行一首；劉咸滎《三月三日伍崧生夫子偕諸賢修禊江樓，侍從長者之列，因紀以詩》七律四首。此下擇録數章，聊備一格。

三月三日流杯池、吟詩樓落成，同人雅集　伍肇齡

肇齡，字崧生，邛州人。道光丁未進士，入翰林，授編修，歸主錦江書院甚久。有《石室詩鈔》。

青蓮少日錦城游，暮雨春江句早留。彩筆千年誰夢授，吟詩又起水邊樓。吟詩樓。

女子多才舊擅名，唐詩一卷可憐生。滌瑕蕩穢休明代，須信人間有正聲。吟詩樓，名雖仍是，事則更新，特標李杜，以示大雅扶輪之意。

自昔名傳女校書，浣花箋色艷環區。至今井水供烹茗，留得甘香醒酒徒。井前亭。

元相曾游錦水濆，題詩遥憶蕙蘭芬。而今却作非非想，樓閣玲瓏起五雲。五雲館。

上巳伍崧生太史、馬紹相司馬集飲薛濤井　録一首　文之蕃

之蕃，字翰臣，萬縣人。同治庚午舉人，汶川教諭。

人間萬事幾桑田，古井空餘舊日泉。楊柳樓頭三徑竹，枇杷巷口一溪烟。春風玉茗香何處，斜日桃花冷可憐。汲水祓除增昔感，誰爲城武鎮西川。

三月三日伍崧生夫子偕諸賢修禊江樓，侍從長者之列，因紀以詩

録一首　劉咸榮

咸榮，字豫波，雙流人，止唐裔孫。光緒丁酉拔貢，達縣教諭。有《静娱樓詩草》。

東風吹雨霽江城，一片雲霞照眼明。楊柳陰中裙屐影，桃花香裏棹歌聲。誰支危局思驍將，聊鬥春光

使酒兵。不盡盛衰今昔感，群賢應有濟時情。

江樓雜咏　八首録二　前人

裙腰芳草路三叉，女伴嬉春日未斜。折得一枝簪鬢好，薛濤墳畔小桃花。

驪歌唱罷酒初酣，流水桃花月正三。到此離情還小住，扁舟江北又江南。

江樓全局工竣，偶成五言二章　馬長卿

長卿，字紹相，華陽人，松潘廳教諭。

古井何澄清，十樣箋染成。吟樓肇唐代，花裏尤擅名。一自遭兵燹，精舍咸圮傾。偶讀朱公碣，補葺動予情。鄉人謀而合，鳩工共經營。崇麗閣高聳，濯錦樓平横。箋亭更新築，詩樓復峥嶸。落成未十載，死别幾吞聲。

吁嗟歲月流，今古一轉眸。譬如涉瀛海，虚舟任沉浮。才子每湮没，佳人譽尚留。花箋香侵月，茗椀静宜秋。當時幾節度，摛藻誰與儔。幸哉杜少陵，結鄰浣西幽。添修得五鳳，聲價推龍頭。大江任東去，爽氣還西收。

案：詩後有附識，記培修事，石刻漫漶，兹采其可辨認者，以資考訂云。『吟詩樓咸豐初年遭兵燹，毁拆幾成荒土。井畔竪有前邑令朱公鳳檉培修石記，末云：風消雨蝕，百年後頽敗，復興者不知又何人也。（案：朱知華陽縣事，《縣志·職官表》在咸豐九年。）卿於光緒甲申，由都門歸里，省墓便游，觸目生感。憶昔危樓聳翠，上出雲霄，飛閣□丹，下臨江水；傍井堂軒，疏疏落落；又有茂林修

竹，奇花異卉，掩映其間，洵足供游覽也。撫今思昔，能勿動予補葺之懷哉！爰約同年周伯□，請命於錦江院長伍嵩師、芙蓉院長葉夑生暨同事諸公，募貲創建崇麗閣、濯錦樓。丙戌興工，閱兩寒暑，崇麗閣告成，餘工多未竣也。戊戌春，復謀伍嵩師、□□□、劉文生等，添修浣箋亭、五雲仙館，鑿流杯池，□築吟詩樓，以復其舊。越年，卿又添修清婉室，刊□□□□道貌。廢者備舉，焕然一新。』

成都崇麗閣 薛濤井即此處　嚴光祖

光祖，字雁汀，新繁人，有《雁汀詩草》。

崇麗閣雄蜀江渚，望美人兮想歌舞。開軒俯看峨眉雲，歸帆遠帶巫山雨。波光雲影兩悠悠，春去春來夏復秋。昔日枇杷人不見，浣花江上水空流。

吊唐薛濤校書 光緒辛丑春　李斯煌

斯煌，德陽人。

良家嬌小失雙親，絶世天姿命不辰。濯錦江邊留艷迹，浣花溪畔寄芳鄰。吟詩底事如豪傑，作字何曾類婦人。表薦校書偏遇變，枇杷門掩避風塵。

己丑冬初，楊寅谷大令招同鄉諸友宴集江樓，即事限樓字韵，率成二律

録一首　李承鄰

承鄴，雲南人，游宦成都。

吟詩濯錦兩江樓，傑閣巍巍勢更遒。全蜀河山歸領袖，一川景物豁心眸。春風載酒懷猶暢，夜月凌波興倍幽。獨有香魂招不得，花箋空見艷名留。

薛濤井懷古　陳矩

案附記謂：『光緒甲辰，因公至開邑，天旱清江斷流，拜涸井，涌二泉』云云，故詩中及之。

無波古井因濤重，有色遺箋舉世珍。憶我清江曾拜井，今游井上吊詩人。

薛濤井　陶開永

開永，字仲淵，瀘州人，有《儀顧堂詩集》。

舞扇歌衫迹已陳，一泓長貯錦江春。華箋巧製留香澤，古井微波浣俗塵。楊柳當門誰繫馬，枇杷隔巷不逢人。緗奩幸獲披遺稿，珍重衡山影本新。前年陳衡山大令重刊《洪度集》。

錦江樓懷古　朱青長

青長，原名策勛，字篤臣，號還齋，江安人。光緒壬寅舉人，有《還齋詩文詞集》等著。

玉壘金城據上游，衣冠詩札古梁州。無多人物傳千古，如此江山在一樓。抗疏禄微鸚鵡老，夢刀才俚鳳皇羞。煌煌五大撐天地，近日誰當第一籌。

晚眺薛濤井懷古 宣統元年題　李學淵

學淵，字星橋，富順人。

狀元洲上晚鐘沉，遺迹空留歲月深。荒徑幾經名士步，香泉一瀉美人心。枇杷巷口都成夢，楊柳樓頭不似今。多少近來舊賓客，伴吟誰許是知音。

案：狀元洲在南門萬里橋下，舊金沙寺後，傳爲楊升庵泊舟之處。

壬子初秋登洪度吟詩樓　朱山

山，原名時昌，字雲石，江安人。清末民初歷任四川各報主筆，民國二年爲主川政者所害，年二十六。

簾外風來不上鈎，緑楊飛燕水邊樓。掃眉才子凌波去，香褪荷衣漸入秋。

陳幼學、楊南皋、艾緝光諸同人游江樓　吴虞

虞，字又陵，新繁人。有《秋水集》《吴虞文録》。

問柳尋花事久疏，幽栖擬釣錦江魚。杜陵老作諸侯客，愁對枇杷憶校書。

桐葉蕭蕭古井秋，名箋猶自見風流。陸沉多少神州感，莫認蘭亭是盛游。

游薛濤井　鄭家相

家相，字闇存，崇慶廪生。

一甃寒泉浸碧沙，詩箋茗椀盡堪夸。不知墳上春陰裏，可有小桃三兩花。

成都雜咏　録一　曾寶和

寶和，字道侯，温江人，有《磬齋集》。

錦江春色自年年，江上樓高水接天。棖觸千秋空艷迹，桃花紅讓女兒箋。

薛濤井　陳衍

衍，字叔伊，侯官人。光緒進士，官主事。有《石遺室詩文集》《石遺室詩話》等著。丙子游蜀，有詩一卷。

萬里橋邊渺故廬，晚來何處易華裾。雖無門巷枇杷樹，饒有亭臺水竹居。濯錦江流猶旖旎，浣花箋紙比何如。而今幕府多閨媛，可勝當年老校書。

薛濤井　金翮

翮，字天羽，號松岑，吴江人。有《天放樓詩鈔》。乙亥歲游秦蜀，有《秦蜀游草》。

叢竹娟娟語翠禽，枇杷門巷廢難尋。錦江春色原無價，古井苔錢緑到今。

爲人題江樓圖　謝无量

江樓夏淺雨如塵，詞客歸來百感新。把卷朗吟還獨笑，枇杷花底更無人。

鳳簫吟 薛濤井送别蘭蕤　顧復初

復初，字幼耕，又字子遠，晚號潛叟，長洲人。工書善畫。官四川縣丞，改光禄寺署正，歷參大幕。有《樂静餘廉齋詩文詞集》。

漾柔情一江春水，緑波細卷晴烟。青山圍不住，亂愁點點，分付晚峰尖。畫樓天樣遠，畫樓人隔幾重天。悵不見，征帆斜日，忽到尊前。　纏綿，迢遥水驛，桃根雙槳，羨爾歸船。殷勤舊夢，夢醒魂還去，却在誰邊。將心憑寄與，但臨風聽取啼鵑。似説道，相思不負，只負因緣。

蝶戀花 吟詩樓　前人

眼底長江波瀰瀰，雪嶺横眉，拂袖寒星倚。十萬樓臺斜照裏，暮葭聲斷炊烟起。　五色浣花箋上字，閣號吟詩，不見吟詩妓。勛業韋張人老矣，釣竿摇動江天思。

萬里鄉愁春正暮，殘夢零星，散入江城雨。曉日滿窗鶯亂語，夢兒也不容歸去。　數點桃花猶在樹，濃緑連天，撲面垂楊絮。家在東風初起處，東風裏有情和緒。

案：上詞三闋爲咸豐五六年作。

憶江南 胡延

延，字長木，號研孫，成都人。光緒癸未進士，有《苾芻詞》《長安宫詞》。

成都好，江矗薛濤樓。蟹潠烹泉揎翠袖，蠻箋研錦扐銀鈎。春入小桃愁。

徵招 薛濤井江樓小集，送堯生歸榮 鄧鴻荃

鴻荃，字雨人，號休庵，廣西臨桂人。官四川候補道，有《秋雁詞》。

樨香蓼影過秋半，連群雁飛江浦。入夢已多時，在萬松深處。憑欄吟緒苦，記沽酒買魚前度。忍把離尊，用情誰似，雪王龕主。　東去，一程程，供詩稿，迎人好山無數。我爲聽驪歌，觸仲宣懷土。新聲空按譜，恨楊柳係舟難住。到家後一紙安書，盼寄將天府。

徵招 薛濤井和休庵之作 趙熙

春風一片桃花井，離亭古今南浦。人到畫欄秋，吊香魂何處。漂零卿未苦，付身世唐家節度。世外埋愁，草間餘話，亂山無主。　前路，漢嘉程，人歸也，風聲水聲無數。莫唱桂華詞，剩月中田土。蕒洲漁笛譜，羡君在錦江頭住。儻重對茗椀花箋，念白頭開府。

翠樓吟 丙辰八月，僕歸榮州，江樓送别者三十九人，愴然賦此 前人

月過中秋，茶香碧井，登樓又訪洪度。木犀黄噴雪，醉金粟如來風露。高丘無女，試北望闌干，神州前

路。江聲怒，雪山西斷，海潮東注。　日暮，當代名流，合黨人遺耉，泪邊留住。枇杷門巷古，各澆取桃花人墓。明朝何處？算古塔官津，平羌烟樹。西風苦，酒醒人遠，一帆歸去。

惜黄花慢 自亂離來，不到江樓殆二十年。癸未之秋，偶有事過東郊，循江岸至薛濤井，睹其石刻小像。感往悵今，抽管賦之

林思進

思進，字山腴，華陽人。光緒癸卯舉人，内閣中書。有《清寂堂詩文詞録》《華陽人物志》。

塔聳回瀾，正水歸合尾，秋瘦江干。廿年不到，舊痕剩有，荒蘆蕩雪，禿柳摇灘。眼中多少新亭泪，只井干，甃深碧蘚，還認唐年。　當時萬里吴船，記緑波送遠，總在門前。小桃花樹，夕陽澹澹，枇杷人影，畫裹娟娟。翠樓占得吟詩處，艷芳迹，幾幅紅箋。待倚闌，可能月夜聞環。

高陽臺 江樓酒集，用沈紫曼韵

龐俊

俊，字石帚，綦江人。有《養晴室詩詞稿》《國故論衡疏證》等著。

醉總無名，愁惟有骨，舉杯剛制應難。吹鬢微霜，遲回錦瑟無端。枇杷花底留人處，對滄波閑送流年。莫凄然，南渡衣冠，北望關山。　登樓别有斯文感，奈高丘無女，遠水聞鵑。燈畔吟聲，男兒蟲是可憐。樓中洪度今何在，褪紅箋，古井苔斑。更消他，一曲青琴，掩抑弦弦。

聯語選輯

江樓門聯　林思進

夕陽紅到枇杷，閲古今過客詞人，苔荒洪度千年井；
春水緑生楊柳，觸多少離懷别緒，門泊東吴萬里船。

又　無名氏

一水繞當門，滚滚浪分岷嶺雪；
雙扉開對郭，熙熙人樂錦樓春。

薛濤井聯　歐陽夢蘭

古井平涵修竹影；
新詩快寫薛濤箋。

案：夢蘭號九畹女史，學使聶銑敏妻。

吟詩樓聯　何紹基

花箋茗椀香千載；
雲影波光活一樓。
案：李緒聯云『花影常迷客；波光欲上樓』，全仿此作。

濯錦樓聯　顧復初

引袖拂寒星，古意蒼茫，看四壁雲山，青來劍外；
停琴佇凉月，予懷浩渺，送一篙春水，緑到江南。

崇麗閣聯　李榕

開閣集群英，問琴臺絶調，卜肆高蹤，采石狂歌，射洪感遇，古賢哲幾許風流。忽攬起儋耳逐臣，哀牢成客，鄉邦直道尚依然。衰運待人扶，莫侈談國富民殷，漫和當年里曲；
憑欄飛逸興，看玉壘浮雲，劍門細雨，峨眉新月，峽口素秋，好江山盡歸圖畫。更憶及草堂詩社，花市春城，壯歲舊游猶在否。老懷還自遣，竊願與幽思麗藻，同分此地吟箋。

又　洪錫爵

返棹東來，看風景一新，從前碧玉深藏，仙客晚吟詩卷處；

憑欄北顧，正斗躔相映，定有朱衣暗點，何人先奪錦標歸。

案：李榕字申夫，劍州人，咸豐壬子進士，官至湖南布政使，罷歸講學。有《十三峰書屋集》。洪錫爵字尊彝，一字相雲，華陽人。同治丁卯舉人，官湖北知縣。有《雙翯館詩集》。又馬長卿亦有長聯，贊蜀中人物名勝，上半敘吟詩、濯錦二樓之廢興云：『斯樓爲蜀國關鍵，慨兵燹傾頹，人物凋謝，數十年滿目荒凉，遺風頓歇；此地是錦江要會，愛舟檣上下，烟浪縈回，幾多士同心結構，勝地重開。』

浣箋亭聯　頑仙女史

幽境忽詩來，十樣名箋供葉句；

餘甘留井冽，一甌春茗正花時。

案：劉咸滎亦有聯云：『此間尋校書香冢白楊中，問他舊日風流，汲來古井餘芬，一樣渡名桃葉好；西去接工部草堂秋水外，同是天涯淪落，自有浣箋留韵，不妨詩讓杜陵多。』

枇杷門巷聯　伍生輝

古井冷斜陽，問幾樹枇杷，何處是校書門巷；

大江横曲檻，占一樓烟月，要平分工部草堂。

案：生輝，字介康，涇陽人。咸豐元年以諸生參左宗棠幕，光緒初歷官四川知縣。

清婉室集聯　　趙熙

獨坐黃昏誰是伴；
怎教紅粉不成灰。

案：此聯乃集白居易詩句，以題室中薛濤小像。又有劉咸滎聯：『九天環珮翩躚，鐃他節度旌旗，那及長風乘鶴去；萬劫沙蟲空色相，試問麻姑滄海，還同一笑賦歸來。』

三　薛濤箋考

何宇度《益部談資》謂：『蜀箋古已有名，至唐而後盛，至薛濤而後精。』此述蜀箋之盛，由來已久。陸倕嘗謝安成王賜蜀箋萬幅，是古已有名；杜甫寄高適詩有『巴箋染翰光』句，至唐時已盛；及至薛濤，乃譽滿天下。

蜀紙之特色爲重厚，上品選料必用純麻。費著《蜀箋譜》云：『以木膚、麻頭、敝布、魚網爲紙，自東漢蔡倫始；今天下皆以木膚爲紙，而蜀中乃盡用蔡倫法。箋紙有玉版，有貢餘，有經屑，有表光。玉版、貢餘雜以舊布、破屨、亂麻爲之，唯經屑、表光非亂麻不用。』又云：『吾蜀西南，重厚不浮。故物生於蜀者，視他方爲重厚；凡紙亦然，此地之宜也。』重厚則堅實細密，唐人貴用麻紙，正屬此類。朱長文《墨池編》云：『蜀中多以麻爲紙，有玉屑、屑骨之號。江浙間多以嫩竹爲紙，北地多以桑皮爲紙，剡溪以藤爲紙，海人以苔爲紙，浙右亦以麥籐爲之者，尤脆薄焉。』此又蜀紙與江浙之大别也。

蜀中造紙中心，歷代皆在浣花溪上。《藝文類聚》云：『成都浣花溪造紙光滑，以玉箋名。』《志林》云：『成都浣花溪水，清滑勝常，以漚麻楮作箋紙，緊白可愛，數十里外便不堪造，信水之力也。』蜀紙之光滑緊白，正受水性而然，故造紙者多沿是溪。《梁益記》云：『浣花溪水居人多造彩箋。』《蜀箋譜》云：『府城之南五里有百花潭，支流爲二，皆有橋焉，其一玉溪，其一薛濤，以紙爲業者家其旁。錦江水濯錦益鮮明，故謂之錦江。以浣花潭水造紙故佳，以其水之宜矣。江旁鑿臼爲碓，上下相接，凡造紙之物，必杵之使爛，滌之使潔，然後隨其廣狹長短之制以造研，則爲布紋，爲綾綺，爲人物花木，爲蟲鳥鼎彝，雖多變亦因時之宜也。』據此，足見蜀中造箋紙處，自唐以來皆聚於浣花溪上百花潭側。宋初，薛田知益州，作《成都書事百咏》，中有句云：『紙碓暮春臨岸滸，祛商兼製研綾箋。』近年於錦江大橋之北，出土大石碓十七，且有木柱木板遺迹，或即紙坊之故址。

薛濤造紙，亦在溪上。明《寰宇通志》成都土産箋條云：『唐薛濤造十色箋。』下引李商隱詩『浣花箋紙桃花色』，及韓浦『十樣鸞箋出益州，寄來新自浣溪頭』，以證薛濤造箋亦在浣花溪西頭。《薛濤小傳》謂『僑止百花潭』，製深紅小箋；《蜀箋譜》謂，百花潭支流二橋，『其一薛濤，以紙爲業者家其旁』。是薛濤當時，造紙於百花潭上；所住之處，後代仍爲紙業作坊。玉溪、薛濤兩橋，今雖不存，然亦可見薛濤製箋之盛名，致後人以濤名其地也。《蜀箋譜》又云：『紙以人得名，有謝公，有薛濤。所謂謝公者，謝司封景初師厚，師厚創箋樣以便書尺，俗因以爲名。』案《宋詩紀事》：『謝景初字師厚，慶曆六年進士，屢遷益州路提點刑獄。』是師厚製箋亦在蜀中，然至今人知有薛濤箋而不知有謝公箋，則濤箋之精，非謝公所能及也。

至於濤所製箋之樣式及色彩，據唐李匡乂《資暇録》云：『松花箋，代以爲薛濤製，按《墨池編》引文『製』作『箋』。誤也，松花箋其來舊矣。元和初，薛濤尚斯色，而好製小詩，惜其幅大不欲長，《墨池編》長下有『剩之』二字。乃命匠人狹小《墨池編》下有『爲』字之。蜀中才子既以爲便，後減諸箋亦如是，特《墨池編》作『時』名曰薛濤箋。今蜀紙有小樣者皆是也，非獨松花一色。』濤箋精巧，較舊式狹小，是其特色之一。錢易《南部新書》亦云：『元和初，薛濤好製小詩，惜其幅大，不欲長剩，乃狹小之。蜀中才子既以爲便，後減諸箋亦如是，特名薛濤箋。』其後《唐詩紀事》《事文類聚》《唐才子傳》及徐炬明《事物原始》所載，皆與此同。故胡震亨《唐音癸籤·談叢》謂『詩箋始薛濤』，正謂薛濤惜舊式幅大，改爲小幅，以便於寫詩篇、作箋啓也。濤箋色彩，尚松花與深紅，又其特色之一。五代末，蜀人景涣《牧豎閑談》云：『自後元公赴京，濤歸浣花。浣花之人多造十色彩箋，於是濤别模新樣小幅，多用題詩，因寄元公百餘幅，元公於松花紙上寄贈一篇云云。蜀中松花紙、金沙紙、雜色流沙紙、彩霞金粉龍鳳紙，近年皆廢，惟十餘年綾紋紙尚在。』案：李石《續博物志》所載與此同，末句作『唯餘十色綾紋紙尚在』。《閑談》與《資暇録》皆謂，松花一色，尤爲重視。然浣花所造，本有十色之箋，是自濤後，特尚此色，又尚深紅，《稿簡贅筆》及《蜀箋譜》等并謂：『濤僑止百花潭，躬撰深紅小彩箋。』楊慎《丹鉛總録》謂：『《蜀志》載，王衍以霞光箋五百幅賜金堂令張蠙，霞光箋即深紅箋也。』韋莊《乞彩箋歌》云：『浣花溪上如花客，緑闇深藏人不識。留得溪頭瑟瑟波，潑成紙上猩猩色。薛濤昨夜夢中來，殷勤勸向君邊覓。』是五代之時，仍尚紅箋。又崔道融《謝朱常侍寄題剡紙》云：『百幅輕明雪未融，薛家凡紙漫深紅。』此皆謂濤所製箋，深紅一色尤爲普遍也。考紅箋舊已有之，《事物紀原》引《桓玄僞事》云『玄令平淮作青赤縹桃花紙』，桃花則取淺色。《天中記》引《北户録》云『《簡文帝集》謹奉紅箋二千幅，陸倕有謝安成王賜西蜀箋紙一萬幅』，紅箋當指深紅之色。范元凱《贈兄崇凱》詩云：『洛陽紙價因兄貴，蜀地紅箋爲弟貧。』范内江人，與李白同時。據此，則紅色一種，本遠在薛濤前矣。又唐李商隱《送崔夢之往西川》詩云：『浣花箋紙桃花色，好好題詩咏玉鈎。』明許友詩云：『春城御柳韓君句，錦水桃花薛氏箋。』是亦推賞桃花色粉紅箋也。此外尚有素箋，明方以智《通雅》云：『雲母箋，薛濤之遺也。濤本小箋。今則與連四同，但加礬石與雲母耳。』此又謂濤所製有瑩白色一種也。總之，浣花所造多十色彩箋，自濤以前即已有之，而濤所製亦多異色。

蜀箋十色之名，見《蜀中方物記》引段氏《蜀游記》云：『竹惟九種，箋惟十色。』又引趙抃《成都記》云：『蜀箋十種鮮，曰深紅，曰粉紅，曰杏紅，曰明黃，曰深青，曰淺青，曰深綠，曰淺綠，曰銅綠，曰淺雲。又有松花、金沙、流沙、彩霞、金粉、桃花、冷金之別，即其異名。』十色箋紙，唐時即已有名，李肇《國史補》云：『紙之妙者，則越之剡藤、苔箋，蜀之麻面、屑骨、金花、長麻、魚子、十色箋雲。揚州、六合、蒲州白薄重抄，臨川滑薄。』薛濤所製，亦稱十色箋。樂史《寰宇記》云：『益州舊貢薛濤十色箋，短而狹，才容八行。』祝穆《方輿勝覽》云：『浣花溪一名百花潭，唐薛濤家潭旁，以潭水造十色箋，名浣花箋。』屠隆《紙墨筆硯譜》云：『元和初，蜀妓薛洪度以紙爲業，製十色小箋，名薛濤箋，亦名蜀箋。』李石《續博物志》云：『元和中，薛陶按：濤字之誤。造十色箋，以寄元稹，稹於松花紙上寄詩贈陶。』是濤所製，實惟十色，非僅松花、深紅、桃花、雲母數種。十色箋習名鸞箋，又作蠻箋。《楊文公談苑》載韓浦《寄弟洎蜀箋》詩云：『十樣鸞箋出益州，寄來新自浣溪頭。』正謂薛濤箋也，故元人袁桷尚有句云：『十樣鸞箋起薛濤，黃筌禽鳥趙昌桃。』胡震亨《唐音癸籤》云：『詩箋始薛濤，濤好製小詩，惜紙幅長剩，命匠狹小爲之；時謂便，因行用。其箋染潢作十種色，故詩家有十樣蠻箋之語。』《蜀箋譜》以濤所製特深紅一色，誤十色箋出於謝公，且引韓浦詩爲證。考韓浦長安人，唐韓休之後，宋初舉進士，官司門郎中。楊億則於淳化中命試翰林，賜進士第，時在韓浦之後。師厚之祖謝濤，登淳化三年進士，與楊億爲同輩，而師厚更在韓浦之後。韓浦詩中之鸞箋，何能爲後世之謝公紙？師厚製箋事，《談苑》安得預爲載之？費著蓋失之深考耳。明人陳文燭《天中記》即祖《蜀箋譜》說，亦同此誤。十色鸞箋於薛濤前後皆有之，濤則別構巧思，裁小其式，而以松花、深紅、桃花、雲母數色爲著，不僅當時人以爲便，後世亦多仿效之者。

又：製箋之法，不僅染色，且多花樣，濤箋亦然。朱長文《墨池編》云：『蜀人造十色箋，凡十幅爲一搨，每一幅之尾，必以竹夾夾之，和十色水，遂搨以染之。繼棄置捶理，堆盈左右，不勝其委頓。逮乾，則光彩相宣，不可名也。然逐幅於文板之上研之，則隱起花木麟鸞，千萬其態。又以紺布先以面漿膠令勁。隱出其文者，謂之魚子箋，又謂之羅箋，今剡溪亦有焉。亦有作敗麵糊和以五色，以繩曳過，令沾濡流離可愛，謂之流沙箋。亦有煮皂莢子膏并巴豆油傅於水面，然後點墨或丹青於上，以姜揾之則散，以須拂頭引之則聚。然後畫之爲人物，舒之如雲霞，若鷙鳥翎毛之狀，繁縟可愛，以紙布其上而受采焉。必須虛窗幽室，明盤净水，澄神慮而製之，則臻其妙也。』此詳述蜀箋研花受采之法，花鳥隱形，繁縟可愛。《牧豎閑談》謂『濤則模新樣小幅』，意其所製新樣，當不止改小幅式，必有新創之圖案，如《蜀箋譜》所説，『爲人物花木，爲蟲鳥鼎彝』種種。故當時王建即有句云：『錦江詩弟子，時寄五花箋。』宋人石介詩云：『花映溪光色色奇，樣傳仍自薛濤時。』謝師厚所製，或不能過之。

明孔邇《雲蕉館記談》云：『浣花溪自唐薛濤後，能以溪水造箋者絶少。夏珍守蜀時，有郡人陸子良能之，巧過於濤。珍於溪上建搗箋亭，置箋户十餘家，令子良領其事。箋有桃花、鳳彩、雲祥、錦幅等名。夏亡，子良又死，今不復有矣。』是薛濤箋在元末時，陸子良猶能仿製之，其地仍在浣花溪上。及後，明蜀藩仿造，則改於玉女津，即今薛濤井，又只有瑩白一色。清初吴偉業《卞玉京墓》詩有云：『十色箋鈔貝葉書』。是薛濤箋自宋元以來，至於明清，成都坊間皆有仿製之者。惟不及薛濤所製之精，然價亦甚貴。明謝肇淛《五雜俎》云：『今世苦無佳紙，東紙腐爛不必言，棉料白紙頗耐久，然澀而滯筆，古人箋多研光，取其不留也。華亭粉紙，歲久模糊，愈不可堪。蜀薛濤箋亦澀，然着墨即乾，但價太高，尋常豈能多得耶？高麗繭紙，膩粉可喜，差易購於薛濤，然歲久則蛀。自此而下，灰者、竹者，非胥曹之羔雉，即剞劂之芻狗耳！不意剡溪子孫，不振乃爾。』王培荀《聽雨樓隨筆》云：『薛濤箋久無矣，明時蜀王猶取其井水造箋，入者異於常品，是未嘗絶也。今無知其遺法者，市間所鬻，亦冒薛濤之名，徒以胭脂水染成，易霉，無足貴。』迄清末，成都坊間亦有仿製售賣者，與王培荀道光時所見無異。近世蜀箋復行，雕板水印之精，或超越前人。謝无量《蜀箋譜序》云：『今藏書家竟推蜀本爲最古，不知蜀中箋紙之製，雕繪精絶。唐以來詩家以錦江箋託之吟咏，而薛濤作箋亦有名，實遠在雕板之前，宜視蜀本書爲尤重。豈非流傳較少，故往往尊書而遺箋耶？近選名畫百家，精鐫箋譜，深得古意。大雅君子，當有取焉。』斯亦濤箋以後一盛事也。

附載薛濤箋題咏

贈兄崇凱　范元凱

《全蜀藝文志》：『范崇凱，内江人。開元中奏《花萼樓賦》爲第一。其弟元凱，自負其才，故贈兄詩云。』李白《送友人》『青山横北郭』五律一首，亦傳是贈崇凱之作。

洛陽紙價因兄貴，蜀地紅箋爲弟貧。南北東西九千里，除兄與弟更無人。

都城從事蕭員外寄海梨花詩盡綺麗惠然遠及　羊士諤

《全唐詩》云：『羊士諤，泰山人，貞元元年進士。元和初拜監察御史，坐誣李吉甫，出爲資州刺史。詩一卷。』案：士諤刺資州，是武元衡爲西川節度使時，與元衡幕僚崔備、蕭祐、獨狐實皆有唱和。此詩所稱蕭員外即蕭祐也。『都城』，周弼《三體唐詩選》作『成都』爲是；又『海梨花』，詩選作『海棠花』。

珠履行臺擁附蟬，外郎高步似神仙。陳詞今見唐風盛，從事遥瞻衛一作魏。國賢。擲地好詞凌綵筆，浣花春水膩魚箋。東山芳意須同賞，子看詩選作著。囊盛幾日傳。原注：右軍書云，青李、來禽、櫻桃、日給藤子，皆囊盛爲佳，函封多不生。

寄江陵韓少尹　前人

别來玄鬢共成霜，雲起無心出帝鄉。蜀國魚箋數行字，憶君秋夢過南塘。

案：兩詩所稱魚箋，或在薛濤箋前。蓋濤製箋，似在武元衡去任，李夷簡繼之時也。録范元凱及羊士諤兩詩，足見蜀中箋紙，在薛濤以前即已著名於世。浣花溪水滑膩，宜於造紙，居人相習爲業，在薛濤前已然矣。

寄王播侍御求蜀箋　鮑溶

《郡齋讀書志》云：『鮑溶，字德源，元和四年進士。』《唐詩紀事》謂與韓愈、孟郊友善。王播嘗爲西川節度使。

蜀川箋紙彩雲初，聞説王家最有餘。野客思將池上學，石楠紅葉不堪書。

謝朱常侍寄題剡紙　崔道融

道融，荆州人。以徵辟爲永嘉令，仕至右補闕。

百幅輕明雪未融，薛家凡紙漫深紅。不應點染閑言語，留記將軍蓋世功。

酬周秀才　施肩吾

肩吾，字希聖，洪州人，元和十五年進士。

三展蜀箋皆郢曲，我心珍重甚瓊瑤。應緣水府神龍睡，偷得鮫人五色綃。

送崔珏往西川　李商隱

商隱，字義山，號玉溪，懷州河内人。開成二年進士，歷仕幕府，終於東川節度判官檢校員外郎中。

年少因何有旅愁，欲爲東下更西游。一條雪浪吼巫峽，千里火雲燒益州。卜肆至今多寂寞，酒壚從古擅風流。浣花箋紙桃花色，好好題詩咏玉鈎。

案：靈峰草堂本《洪度集》附録：『矩按：李義山詩云云。此二語乃送崔夢之往西川而作。《寰宇記》：浣花溪在成都西郭外，屬犀浦縣，地名百花潭。大曆中崔寧鎮蜀，其夫人任氏本浣花溪人。後薛濤家其旁，以潭水造紙爲十色箋。又按：玉鈎，《漢武故事》藏鈎之戲，後人效之爲玉酒鈎。當飲者以鈎引杯，即酒鈎也。』

蜀中　録一首　鄭谷

谷，字守愚，袁州人，僖宗光啓三年進士，官右拾遺，歷都官郎中。

夜多無雨草生塵，草色年光日月新。蒙頂茶畦千點露，浣花箋紙一溪春。揚雄宅在唯喬木，杜甫臺荒絶四鄰。却共海棠花有約，數年留滯不歸人。

狂題　十八首之一　司空圖

圖，字表聖，河中虞鄉人。咸通末進士，僖宗行在用爲知制誥、中書舍人。

芭蕉叢畔碧嬋娟，免更悠悠擾蜀川。應到去時題不盡，不勞分寄校書箋。

力疾山下吴村看杏花　十九首之一　前人

此身衰病轉堪嗟，長忍春寒獨惜花。更恨新詩無紙寫，蜀箋堆積是誰家。

謝人贈棋子彩紙　釋齊己

齊己，長沙人，俗姓胡氏，有《白蓮集》十卷。

陵陽棋子浣花箋，深愧携來自錦川。海畔琢成星落落，吴綾隱出鳳翩翩。留防桂苑題詩客，惜寄桃源敵手仙。捧受不堪思出處，七千餘里劍關前。

乞彩箋歌　韋莊

莊，字端己，杜陵人。昭宗乾寧元年進士，前蜀王建辟爲書記，後爲蜀相。此詩載朱長文《蜀池編》。

浣花溪上如花客，緑闇深一作暗紅。藏人不識。留得溪頭瑟瑟波，潑成紙上猩猩色。手把金刀擘彩雲，有時剪破秋雲碧。不使紅霓段段飛，一時驅上丹霞壁。蜀客才多染不供，卓文醉後開無力。孔雀銜來向日飛，翩翩壓折黄金翼。我有詩歌一千首，磨礱山岳羅星斗。開卷長疑雷電驚，揮毫只怕蛟龍走。斑斑布在時人口，滿袖一作軸。松花都未有。人間無處買烟霞，須知得自神仙手。也應價重連城璧，一紙萬金猶不惜。薛濤昨夜夢中來，殷勤勸向君邊覓。

燕支板浣花箋寄合州徐文職方　石介

《宋詩紀事》云：『石介，字守道，奉符人。天聖八年進士，歷嘉州判官。居憂躬耕徂徠山下，魯人號徂徠先生，有《徂徠集》。』

合州太守鬌將絲，聞説歡情尚不衰。板共嬌娘拍新調，箋供狎客寫芳詞。木成文理差差動，花映溪光瑟瑟奇。名得只從嘉郡樹，原注：燕支木，嘉州出。樣傳仍自薛濤時。有薛濤箋。奇章磊磊馳聲價，江令翩翩落酒巵。幾首詩成卷魚子，有魚子箋。誰人唱罷泣胭脂。紅牙管好同牀置，紫竹笙宜一處施。願助風流向樽席，杏花況是未離枝。

贈麻仲英　宋白

《宋詩紀事》云：『宋白，字太奇，開封人。建隆二年進士，擢左拾遺、翰林學士，歷刑部尚書。《皇朝類苑》：仲英幼有雋才，七歲能詩，侍父官鄜州。宋翰林白方謫鄜州，面召之，坐中賦詩十篇，宋大稱賞。翌日，宋以浣溪箋、李廷珪墨、諸葛氏筆遺之，仍贈以詩云云。』

宣毫歙墨川箋紙，寄與麻家小秀才。七歲能文天骨異，前身已折桂枝來。

寄弟洎蜀箋　韓浦

《楊文公談苑》云：『韓浦與弟洎皆有詞藻，洎語人曰：「吾兄爲文，譬如繩樞茅舍，聊蔽風雨；予爲文是造五鳳樓手。」浦因寄洎蜀箋，贈以詩云云。』

十樣鸞箋一作蠻箋。出益州，寄來新自浣溪頭。老兄得此全無用，助爾添修五鳳樓。

謝長安孫舍人寄惠蜀箋　魏野

《宋詩紀事》云：『魏野，字仲先，號草堂居士，蜀人，後居陝州。真宗聞其名，遣中使召之，野閉户逾垣而遁。天禧三年卒。』

彩箋一軸敵瓊瑰，喜見親題手自開。遠勝浣花人寄到，貴從視草客分來。百張重叠霞初卷，十色參差錦乍裁。紅藥篇章方雅稱，老夫無用擬封回。

江樓望鄉寄内　劉兼

《宋詩紀事》云：『劉兼，長安人，官榮州刺史，詩一卷。胡震亨曰：「其人蓋五代而入宋者。」』

獨上江樓望故鄉，淚襟霜笛共凄凉。雲生隴首秋風早，月上天心夜正長。魂夢只能隨蛺蝶，烽烟無計學鴛鴦。蜀箋都有三千幅，總寫離情寄孟光。

蜀箋獻太傅同年葉兄　司馬光

光，字君實，陝州夏縣人。官至左僕射，贈温國公，謚文正。

西來萬里浣花箋，舒卷雲霞照手鮮。書笥久藏無可稱，願投詩客助新篇。

寄人蜀箋　文彦博

彦博，字寬夫，汾州人。慶曆中知益州，官同平章事，封潞國公，謚忠烈。

素箋明潤如豐玉，新樣翻傳號冷金。遠寄南都豈無意，緣公揮翰似山陰。

送鈐轄館使王公　解程

《成都文類》録此詩及程戡、李畋等同題之什。戡於仁宗朝知益州，解與之同時。

武帳推恩詔十行，雍容鳴玉覲清光。四年愛日民謡浹，五月炎風驛路長。劍閣烟雲迷去旆，柳營笳鼓慘離觴。浣花紙貴傳新集，留得詩名繼許昌。

海棠　摘句　沈立

《全蜀藝文志》載此詩及序云：『海棠雖盛於蜀，人不甚貴。因暇偶成五言百韵一章，附於卷末，知我者無哂焉。』《宋詩紀事》云：『立字立之，歷陽人。舉進士，歷江淮運使，知越、杭二州。』并載此詩，注出《海棠譜》。

畫思摩詰筆，吟稱薛濤箋。

薛濤箋　二首　袁桷

桷，字伯長，慶元人。元大德初，薦爲翰林國史院檢閲官，累遷侍講學士。有《清容居士集》。

蜀王宫樹雪初消，銀管填青點點描。可是青山留不住，子規聲斷促歸朝。

十樣鸞箋起薛濤，黄筌禽鳥趙昌桃。浣花舊事何人記，萬劫春風磷火高。

錦花箋　張玉娘

玉娘，字若瓊，松陽人，有《蘭雪集》。見《元詩紀事》。

薛濤詩思饒春色，十樣鸞箋五彩夸。香染桃英清入觀，影翩藤角眩生花。涓涓錦水涵秋葉，冉冉剡波漾曉霞。却笑回文蘇氏子，工夫空自廢韶華。

送瀘州判官　管訥

訥，字時敏，華亭人。師事楊廉夫，友袁景文。洪武時爲楚王府紀善，升左長史。有《蚓竅集》十卷，丁鶴年爲序。

新除貳守向瀘川，西去長江萬里船。行李莫辭爲客遠，判官正喜得君賢。官鹽歲汲千家井，火米時收五月田。緩帶從容有佳興，寄詩細寫薛濤箋。

奉酬王司訓雲箋之貺　聶大年

大年，字壽卿，臨川人。景泰初，征入翰林卒。

雲箋新製出金溪，減送煩君手自題。寫得新詞誰解唱，薛濤墳上草淒淒。

錦箋仙蝶詩　楊慎

九月五日與客泛舟浣花溪，渫雲既開，秋陽始霞，倚棹花間，爲歐海蟾書薛濤箋詩卷。有采蝶集於墨痕，揮之良久始去。留碧痕如點，粘於字端，緑似蜻蜓，翠如鸚鵡，銀勾增麗，蕩櫛分華，亦奇事也。劉洱江取錢起詩中語，以錦箋仙蝶爲詩題，黄孟至欲余賦咏記之，并邀周昌言、張秋涯共和之。

粉蝶沾香蕊，魚箋點碧霞。墨香横左錦，華彩鬥江花。開幔娟娟過，回船嫋嫋斜。莊休渾未見，詎可笑黄夸。

周五津寄錦箋　前人

誰製鸞箋迥出群，雲英膩白粲霜氛。薛濤井上凝清露，江令筵前擘彩雲。窈窕翠藤盤側理，連環香玉剪回文。老來無復生花夢，錦字泥緘付墨君。

薛濤箋　劉侃

清泉瀝瀝瀉銀牀，百幅新成素練光。簾影日斜風易動，只疑重舞白衣裳。

送亢水陽左使之西川　張佳胤

佳胤，字肖甫，號居來山人，銅梁人。嘉靖二十九年庚戌進士，官至兵部尚書。卒於萬曆十六年戊子，年六十有二，所著有《居來先生集》。

留滯中原有歲年，因君鄉思繞青天。懷人賦得峨眉月，寄遠何須薛氏箋。

浣花溪　吴之皞

之皞，黄陵人，進士。萬曆中官四川巡按使。

路入緣江翠靄深，溪橋風度冷衣襟。濯錦剩有滄浪曲，飛羽偏宜楓樹林。十樣蠻箋猶藉薛，百花潭水不逢任。鳥聲細共江聲轉，吊古銜杯擊節吟。

浣花溪　馮任

任，慈溪人，進士。萬曆中官成都知府。

神僧曾此弄潺湲，染就蓮花十様箋。詞客向來矜著咏，濺珠贏得許澄鮮。

春日送馮吏部　許友

友，字有介，侯官人，有《米友堂集》。陳壽祺《許友傳》謂：『友師事會稽倪元璐，康熙中以諸生終，善書畫，詩尤孤曠高秀。』錢謙益《吾炙集》：『余在南京，爲牛腰詩卷所困，得許生霍然自開，每逢佳處，把玩不置。』朱彝尊《静志居詩話》：『先生才兼三絶，名盛一時，其詩篇章字句不蹈襲前人，正如俊鶻生駒，未可施以羈勒。』

吏持除目叩扉傳，瓮脚驚回一覺眠。書篋小童單馬後，酒家獨樹數雞邊。春城御柳韓君句，錦水桃花薛氏箋。滿路烟光堪入畫，先生叉手聳雙肩。

咏川扇　陳三島

《静志居詩話》云：『三島，字鶴客，長洲人，有《雪圃遺稿》。』《觚剩》云：『崇禎末爲博士弟子，有聲，國初晦迹教授。然故國黍離之感不去於懷，終以憂憤成疾，年三十有四而卒。』

險絶蠶叢地，由來宫扇傳。大都白帝竹，盡用錦官箋。出匣風初轉，垂輪月半圓。人間移玉柄，猶是漢宫年。

案：此詩所見，明時蜀中箋紙，尚可供製扇之用。《野獲編》謂：『其精雅宜士人，華燦宜艷女，至於正龍、側龍、百鳥之屬，尤爲宫掖所尚。』

游吴遇李校書，校書舊出楚宫　四首録一　侯方域

方域，字朝宗，商丘人。明末與桐城方以智、如皋冒襄、宜興陳貞慧稱四公子，持清議。著有《壯悔堂文集》《四憶堂詩集》。

一夜笳聲滿漢東，寧南歌舞當時空。從君紅袖徵遺事，費盡薛濤漉紙工。

浣花溪　林良銓

《四川通志》順慶大竹條：『良銓，廣西拔貢，雍正八年任大竹令，乾隆初任崇慶州，後任瀘州，有《睡廬詩草》。』又綏定大竹條及崇慶州條、瀘州條下，皆云『廣東拔貢』，此云廣西，恐誤。案《聽雨樓隨筆》云：『林良銓，廣東拔貢，雍正間任大竹令，有政聲，升崇慶州，告歸。詩取法皮、陸，得野逸之趣。』

浣花溪上錦成堆，謝柳潘桃曲曲裁。冀國衣冠潭裏濯，薛家箋向日邊裁。龍舟綵舫王衍出，蝶拍鶯簧杜甫來。一自白魚飛去後，大游江會畫圖開。

登錦城南樓　鄭日奎

日奎，字次公，康熙十一年與王士禎同典蜀試。

危樓高峙錦江邊，遠客登臨旅思牽。載酒難尋楊子宅，題詩空憶薛濤箋。霸圖迹已湮金馬，古帝魂猶泣杜鵑。更莫臨風懷往事，一時烟雨正凄然。

成都雜咏　十二首録一　李銮宣

鑾宣，字石農，山西静樂人。嘉慶二十一年由廣東按察升任四川布政，旋擢滇撫，未行遽卒。與法式善、洪亮吉以詩往還，蔣礪堂序刻其稿。

腰鐮影裏熟林檎，獵獵西風續斷砧。羽扇罷揮名士手，魚箋巧寫美人心。拒霜花映江波冷，檯樹陰移暮靄沉。莫向張儀樓上望，老年腰脚怕登臨。

簪花閣帖皆古今閨閣法書，長洲女士李紉蘭所集也　四首録一　陳文述

文述，字雲伯，錢塘人，有《碧城仙館詩鈔》。

玉臺書法知尤好，麝月金星衆妙傳。眉子香殘張遇墨，浣花春試薛濤箋。每從漱玉新詞上，親見珍珠小字圓。也擬雙鈎摹紫石，停雲佳話付他年。

九日懷人詩　四十首録一　劉楚英

錦城風雨暗花溪，君在花溪西復西。欲把青天作詩屋，薛濤箋好寄新題。向雨帆熙敏孝廉成都。

成都懷古八律，呈張蕉雲廉使　録一首　周誉虎

誉虎，字韜甫，陽湖人。

徙倚西樓極望遥，危欄俯瞰大江摇。桃花紅重環箋户，溪水波生暈笮橋。楊子亭邊車寂寂，君平簾外草蕭蕭。春來藥市知無恙，乞得桐君赤箭苗。

蜀箋　毛澂

浣花粉水流温香，玉女津西多紙坊。呼買尺半小學士，踏杆有聲潭北莊。榿陰籠井安砧石，松風蕭蕭漾苔碧。溪邊解玉鏡面平，過砑琅玕片如席。胭脂涴手腥血漬，千碓彤霞冷金地。桃花粉養肉色紅，膩理

烏絲作濤字。鴝眼墨氣浮松烟，鸚鵡傳呼金背箋。淺磬銅緑古彝鼎，綾紋布紋蟲鳥全。冉村玉骨冰紙薄，雪繭表光如厚錢。十色争夸謝家好，薛家小紅尤可憐。枇杷門巷百番絢，五鳳樓中真艷羨。風流雅制今翻新，印作佳人捧團扇。

浣花溪　馮譽驤

輕烟拂浪碧粼粼，製就鸞箋艷絶倫。十里晴沙原有路，一灣新漲了無痕。凝眸竹護參差影，着手花生頃刻春。試向水西頭上望，草堂樓閣峙嶙峋。

蜀游　鳳岐

鳳岐，字方舟，安化人。光緒甲午進士，廣西候補知府。有《茂園詩草》。

妾家北城隅，門對嘉陵水。枇杷繞墻陰，榴花照窗裏。辭家從我行，臨別彈緑綺。劉郎衛八君，詩寫薛濤紙。趙老歌且悲，手携兒女子。遠送燕飛南，涕泪情難已。我過雙魚坊，君猶一鶴跂。

齋中雜咏　十二首録一　李淑薰

淑薰，字倩芸，眉山人，有《春燕集》。

魚子松花錦繡鋪，薛濤風韵古來無。至今潭水濃於染，猶有佳名重蜀都。

雜感　摘句　黃遵憲

遵憲，字公度，嘉應人。以舉人入貲爲道員，充使日參贊。歷湖南長寶鹽法道，署按察使。著有《人境廬詩草》。

明窗敞琉璃，高爐爇香烟。左陳端溪硯，右列薛濤箋。我手寫我口，古豈能拘牽。

虞美人《草堂志》成，綴以俚詞　何明禮

明禮，字希顔，崇慶縣人。乾隆己卯解元，與李調元、張邦伸同榜。客游山東禹城，令署中病卒。所著除《浣花草堂志》尚存外，有《斯邁草》《心謂集》《愚廬正續集》，今皆不存。明禮撰《草堂志》成，因於各目下綴以小詞；濤於浣花溪上造箋，故志杜甫草堂亦并及之。兹録其與薛濤有關者一闋。

繁枝嫩蕊花蹊滿，都付東風管。嬌鶯戲蝶午間啼，笑指五雲深處畫樓西。　擲書閉户枇杷下，紙貴三都價。紛紛詞客浪揮毫，借問幾人分得鳳皇毛。

齊天樂三弟寄椒珠并蜀箋數種，賦此二闋示之　録一首　楊芳燦

文鱗六六巴江到，蠻箋百番相贈。海藻輪華，溪藤讓滑，幅幅琉璃光瑩。粉痕紅凝，更染透桃花，十分妍靚。韵事流傳，錦官城外薛濤井。　宫中曉寒曾賦，衍波題未了，仙夢催醒。冶習銷磨，香詞零落，不似當年吟興。舊游追省，把袍襖留題，遍鈔還剩。□仿銀鈎，撥燈銷夜永。

四　薛濤墓考

《四川通志》：『薛濤墓在（華陽）縣東十里。』《華陽舊志》：『薛濤墓在治東南四里黄家壩。』又《華陽新志》：『薛濤墓在縣東五里薛家巷。舊志云黄家壩，亦即其地。蓋鄉里小名，隨時異稱也。』此明清時所見之墓，因薛濤井所在，乃傳濤墓在其附近。

鄭谷詩云『小桃花繞薛濤墳』，不知唐時墓在何處。然谷詩有『朱橋直指金門路』句，金門即唐成都西郭金閶門。據此，則濤本居浣花溪，又築樓碧雞坊，俱在城西，似墓亦在溪坊近處。及明人置薛濤井於東郊，因以濤墓點綴名勝，是明時造墓於此可知。《蜀中名勝記》云：『文昌爲撰墓志，題曰西川校書薛洪度之墓。』此文出自宋人《薛濤小傳》，只言段文昌撰志，其文早佚；題碑一事，乃曹學佺據明碑補入，不知何人所書。《益部談資》云：『薛濤墓在江干，題碑唐女校書薛弘度墓，弘度蓋濤小字云。』何宇度所記之碑，亦嘉靖後立，故楊慎所撰《蜀碑目》中未能著録。何氏所見，當爲後人所書，銘文與後來曹氏所記，亦有不同，而此碑今并無存。清光緒九年十二月，浙西沈壽榕重新鎸石；越二年光緒乙酉冬，其子補書題記於碑陰云：『成都東郭外五里許，有唐時薛濤墓。道光庚子余訪碑過之，舊碣尚有存者；前瀕大江，則吟詩樓、浣箋亭在焉。今閲四十餘年，勝境已成曠壤，墓址幾不可辨。乃商諸易君家霖、辜君培源，重加修葺，墓碑題字，仍段文昌之舊云。光緒九年十二月浙西沈壽榕題并記。』沈氏所見舊碑，當即明人所刻者；所謂文昌之舊，實因曹氏《名勝記》語，誤爲唐碑。其吟詩樓、浣箋亭，則嘉慶時方積所建，詳見上篇。

至其墳冢亦迭經修復，觀乾隆時李調元《謁薛濤墓》詩云：『薛墳拋在麥田中，闢草全憑刺史功』；序云：『出東門踏青，遂登白塔寺，至薛濤井，并謁其墓。墓久蕪没，華陽徐明府始爲翦除』，可見一斑。光緒時貴陽陳矩刻《洪度集》，卷末有附録云：『《通志》薛濤墓在縣東十里。墓去井里許，在民舍旁。鄭谷《蜀中》詩有「小桃花繞薛濤墳」之句，今惟修竹千竿。近年，沈觀察壽榕爲題墓碑。光緒丙午秋八月，風日晴和，余與友人李君浣雲同止此地，浣雲擬補種小桃墓旁，以復其舊。惜《通志》所載濤紀事詩寥寥，而世人但知咏桐之作，不知開卷《雨後玩竹》一詩，何啻濤自寫照。千餘年來，猶緑雲深護其墓，足徵精靈戀戀此君也。』案：據鄭谷『渚遠江清碧簟紋，小桃花繞薛濤墳』之句，是唐時薛濤墓側，確係多種桃花。清初鄭成基詩云：『昔日桃花無剩影，到今斑竹有啼痕』；董新策詩云：『春江依舊流如簟，那有桃花繞着開。』是清時墓旁全無桃花迹影，只種修竹千竿而已。

鍾惺《名媛詩歸》載：『明洪武中，有進士田洙在府學讀書，薄暮歸，經薛濤墳側。值桃花盛開，仿佛見一女子，邀至其家，與之聯句，即以落花、秋夜等命題。』《青泥蓮花記》輯録濤傳，亦采此事。原出明人小説《剪燈餘話》，本不足信，詩亦李昌祺所僞託，猶宋人所傳獄中聞濤咏詩也。所云桃花盛開，當即據鄭谷詩想象爲之。萬曆間，鄧原岳有『三尺孤墳傍狹邪，門前流水繞桃花』之句，似亦擬想之詞，非真有桃花也。又王士禎《香祖筆記》載：『《漱石閑談》云：成都有耕者得薛濤墓，棺懸石室中，四圍環以彩箋，無慮數萬，顔色鮮好，觸風散若塵霧。夫濤死而以箋殉，箋在地下歷千年不壞，皆理之不可信者，殆好事者爲之耳。』録此傳説，以備異聞。

附載薛濤墓題詠

蜀中 録一首 鄭谷

渚遠江清碧簟紋，小桃花繞薛陶墳。朱橋直指金門路，粉堞高連玉壘雲。窗下斫琴翘鳳足，波中濯錦散鷗群。子規夜夜啼巴樹，不并吴鄉楚國聞。

薛濤墳 鄧原岳

原岳，字汝高，閩人。明萬曆四十四年進士，官至湖廣按察司副使，見《明史·文苑·鄭善夫傳》。有《西樓集》十八卷。

三尺荒墳旁狹邪，墳前流水繞桃花。花開花落春風老，惆悵空林栖暮鴉。

薛濤墳 鄭成基

成基，字静山，北京人，官建昌上南道。

迷漫遠樹野雲昏，曲徑荒凉過小村。昔日桃花無剩影，到今斑竹有啼痕。紅箋千古留香井，碧草三春繞墓門。流水斜陽空悵望，美人何處可招魂？

薛濤墓　董新策

三尺荒墳土半堆，千年埋没校書才。春江依舊紋如簟，那有桃花繞着開。

成都雜事　録二首　李調元

調元，字雨村，羅江人。乾隆癸未進士，由翰林歷官直隸通永道，後視學廣東。晚號童山老人，卒年七十一。生平喜聚書，多善本，築萬卷樓以藏之，毁於兵火。嘗刻《函海》，輯《蜀雅》，有《童山詩文集》等著。

清明郊外柳鬖鬖，車馬如雲有墮簪。莫向碧雞坊裏去，游人多在百花潭。

烏鴉啄肉紙灰飛，城裏家家祭掃回。日落烟村人不見，薛濤墳上一花開。

案：調元尚有《清明踏青謁薛濤墓》詩，序云：『三月初四日清明，華陰高君若愚同温漢臺，邀張桐軒、李延亭、潘東庵、蕭恒齋及余與杜耐庵，出東門踏青，遂登白塔寺，至薛濤井，并謁其墓。墓久蕪没，華陽徐明府始爲翦除，觀嘆久之。晚高君置酒於真武宫，即席得詩十首。』因事存序，其詩不録。

成都竹枝詞　録二首　王再咸

再咸，字澤三，温江人。咸豐壬子舉人，留京三十年，困頓以死。有《澤三詩鈔》。

昭烈祠前棟宇新，校書墳畔碧桃春。江山莫謂全無主，半屬英雄半美人。

尚書念舊太風流，一首新詩寄益州。數幅名箋經品定，傾城顏色亦千秋。

吊薛校書墓丙辰秋季　鄒光綬

秋風消息斷魂天，莫問空山未了緣。一代繁華何處著，鳥啼花落墓門烟。
碧雞坊下舊吟詩，浣麗花箋水一湄。金井紅樓誰是主，香銷玉燼夢難追。
抛落枇杷去不還，一區埋玉老荒山。西風夜月吟魂冷，磷火青青竹蘚斑。
楊花零落柳風狂，千古相思委道旁。金粉才華銷歇盡，一般斷送六朝香。

成都雜詩　録一首　毛澂

桃花水暖濺紅裙，山似春波浪似雲。記得年年寒食雨，畫船來上薛濤墳。

訪薛濤墳　三首　李淑薰

春草猶留舊燒痕，夕陽紅過井邊村。獨披細路尋荒冢，杜宇無聲欲斷魂。
江樓南去二三里，荒隴猶留土一坏。偶借花時約伴去，踏青同上薛墳來。
海棠無主映枇杷，石徑春深門巷斜。不及西泠橋下墓，年年油碧送香車。

薛濤井　摘句　孫錤

錤，字瘦石，號野史，郫縣人。與弟澍春皋齊名。

秋墳夜雨空荒草，古井春風自碧桃。

又　摘句　鄧鎔

鎔，字壽遐，成都人，優貢生。有《荃察余齋詩集》。

試看校書門巷在，秋墳寂寞冷枇杷。

彩雲歸　丙辰殘臘，小雪初霽，偕伍介康、江子愚出郭訪薛濤墓，途遇沈端臣，願爲先導。薛墓乃其尊人所重修者。不後不先，若或使之，洪度有靈，爲拈此解　鄧鴻荃

桃花閲歷幾滄桑，訪孤墳曲折江鄉。剛雪晴野館梅争放，還小憩駐馬村旁。怎知道，浪萍風梗，驀相逢沈郎。爲説廿年前事，碣補文昌。段文昌墓志失傳。　堪傷，當時節度，考遺蹤强半銷亡。一坏尚在，環佩依約，近土猶香。十色箋吟詩吊古，錯認蘇小錢塘。銷凝處，烟外寒鴉，巷口斜陽。

彩雲歸　和休庵訪薛濤墓次韵　趙熙

疑呼妙子過稠桑，小桃花，舊葬江鄉。看陌頭，草色唐年緑，魂夜夜，定到君旁。榮州郭，一聲風笛，可重吟夜郎。薛濤竹王祠詩，榮州作也。便幻作蕊珠仙子，路入唐昌。　堪傷，從銷石鏡，算人間，不盡興亡。古今一例，身世流落，銷骨埋香。爲井邊，風流艷史，艇子曾繫横塘。銷魂處，輸與芳銘，好事東陽。沈君立碣。

水龍吟 吊薛濤墳　　胡延

野鵑啼過清明，玉鈎夢斷東風峭。春烟冷處，香墳一點，門荒徑悄。幾日重來，烟花堪剪，小桃開早。想鸞箋染後，詞人如許，斷腸句，知多少。　竹外紅樓恁小，倚朱闌，井花空笑。如今漫説，松風蟹眼，瓶笙韵渺。翠燭勞光，銀泉咽恨，凄凉不了。縱韋郎好在，枇杷謝盡，也應愁老。

跋

先君晚歲，嘗因文化部門之請，撰成《薛濤叢考》若干篇。文雖出其緒餘，事多關乎蜀故。六四年，予方寄寓行唐，父於病中囑王文才世兄爲之增損，釐爲《洪度本集》與《江樓小志》二書。又二年，四害横行，家藏舊籍，蕩然無存，先君鬱鬱而歿。家人不能保有父之手澤，此稿副本幸留諸世契處，乃得印行。蓋十年治亂之迹，亦於是編之顯晦而見之矣。七九年夏，彭鑄君記於崇慶。

五　薛濤生卒年歲考

考薛濤之生卒年歲，宜先考薛濤之卒年，因爲過去的記載，説薛濤之死，較爲明白。《蜀箋譜》《唐才子傳》皆説薛濤在太和中卒。但唐文宗改元太和，共計九年，薛濤之死，究竟在太和哪一年？《蜀箋譜》又説：『段文昌爲作墓志。』段文昌重任西川節度使，在太和六年冬，文昌之死，在太和九年，則薛濤之死，必在太和九年以前。《薛濤集》中有《籌邊樓》詩，有《棠梨花和李太尉》詩。李太尉即李德裕。德裕在太和四年十月來川，籌邊樓之建築，當在五年春夏間，至秋始落成，所以薛濤作《籌邊樓》詩，有『平臨雲鳥八窗秋』之句。至太和六年冬，德裕即離任。是薛濤之卒，應在太和六年秋間，李德裕將離任，段文昌未到任之時。李德裕曾有傷薛濤之詩，李詩今已亡，但《劉禹錫集》中有《和西川李尚書傷孔雀及薛濤之什》，云：『玉兒已逐金環葬，翠羽先隨秋草萎。唯見芙蓉含曉露，數行紅泪滴清池。』此可見李德裕確曾有傷薛濤之詩。則薛濤之死，必在李德裕未離任之時了。故段文昌於這一年十一月來蜀，即爲濤作墓志，并題其墓碑。是濤之死，在李德裕將去之時；作墓志題碑，在段文昌新到之日。由此可斷言薛濤之卒，在太和六年秋天。

卒年既定，再考其生年。《薛濤集·序》説：『濤及笄，以詩聞外，客有竊與之燕語，時韋中令皋鎮蜀，召令侍酒賦詩。』韋皋是貞元元年任西川節度使，至十二年加『同平章』，始稱韋相國或韋相公，至十七年兼『中書令』，始可稱韋中令或韋令公。《薛濤集·序》稱韋中令，《薛濤集》中有《上韋令公》詩，由此可見薛濤侍酒賦詩，必在貞元十七年後，韋皋兼中書令時。女子年十五稱及笄，則薛濤被韋皋召令侍酒賦詩時，亦只可爲十七八歲，因濤『以詩聞外，客有竊與之燕語』，又必須有一二年時間。由此推證，則薛濤應生於貞元元年或二年。又薛濤與元微之會晤，舊説以爲在元和四年，微之任監察御史來東川時，如在元和四年，則微之此時，年僅三十，據現在推證，濤生於貞元元年或二年，則濤此時，年應二十三四，始爲相合，如依《薛濤集·序》《蜀箋譜》作七十三或七十五，則濤此時已約五十歲，怎麼會有三十歲之男子與五十歲之女子相戀愛呢？由此斷言薛濤之生，只能是在貞元元年或二年。

薛濤之生卒年既定，則其年歲也因此而決定。如謂生在貞元元年（七八五），至太和六年（八三二），爲四十八歲；如生在貞元二年（七八六），則只有四十七歲。由此可斷言濤之歲數，只能在四十七或四十八，必不能如舊説之七十三或七十五，甚至説近八十了。

舊説薛濤七十三的是《蜀箋譜》，何宇度《益部談資》采用此説；説薛濤七十五的是《全唐詩話》及《薛濤集·序》，《蜀中名勝記》《全唐詩》所録薛濤小傳采用此説。《蜀箋譜》及《蜀中名勝記》皆出自《薛濤集·序》，三字、五字，必有一誤。惟陳振孫《直齋書録解題》謂濤得年最長，至近八十，《文獻通考·經籍考》則全取陳振孫説。胡震亨《唐音癸籤》卷八三云：『薛濤工絶句，無雌聲，有壽者相。』也是遵循舊説，以薛濤爲高壽。這種錯誤，有兩種原因：一是往後延長，其誤由《薛濤集》中有《賊平後上高相公》詩，後人遂以高相公爲高駢。《唐才子傳》及《芝田録》又載有薛濤與高駢行酒令事。殊不知薛濤詩中之高相公是高崇文而不是高駢，行酒令之高駢亦當爲高崇文。高駢係高崇文之孫，他任西川節度使，在唐僖宗乾符二年（八七五），距薛濤之卒，尚隔四十三年，薛濤死後，又經過十七節度使，即段文昌、楊嗣復、李固言、杜悰、崔鄲、李回、李景讓、白敏中、魏謩、李福、劉潼、蕭鄴、夏侯孜、盧耽、柳槩、路巖、王建立、牛叢。西川節度使才爲高駢。因有高駢之誤，遂將薛濤之死，延長到後四十餘年。但《唐才子傳》既説薛濤在太和中卒，又説濤與高駢行酒令，一篇之中，自相矛盾。薛濤生在貞元元年，到乾符二年，高駢來川時，濤之年紀當已九十，即使尚在，又怎能到鎮署侍酒行令呢？王建贈薛濤詩：『萬里橋邊女校書，枇杷花下閉門居。掃眉才子知多少，管領春風總不如。』何光遠《鑒戒録》、計有功《唐詩紀事》、辛文房《唐才子傳》、高棅《唐詩品彙》皆誤以爲胡曾作。胡曾在懿宗咸通中舉，進士不第，僖宗時才作高駢的幕僚來四川，胡曾又怎能贈詩給薛濤呢？由於有高駢、胡曾之誤，遂誤傳薛濤至僖宗時尚在。因此，將薛濤之年歲，往後延長，乃至近百歲了。二是往前伸長。往後延長之説，於事理既不可通，就有根據薛濤太和中卒，段文昌爲墓志事，作爲鐵證，於是又將薛濤的年歲往前伸展到肅宗至德、乾元間。這種説法認爲貞元元年韋臯來蜀時，即召令侍酒賦詩；而不顧《薛濤集·序》所稱是韋中令，薛濤詩所稱是韋令公，是貞元十七年後事。即使召令侍酒賦詩事在貞元元年韋臯初來蜀時，然而上距至德、乾元之間，尚有二十七八年，則此時薛濤年已應二十七八歲，不得稱爲『始及笄』。又韋臯在貞元十七年前，專以攻拒吐蕃、招撫南詔爲事，觀其歷年用兵及屢上計畫圖表可見，怎麽能够有閑情議奏薛濤爲校書郎？又薛濤與元微之相見，濤不應長於微之二十餘歲。此於情理，皆不可通。

還有一造成誤解的原因，《薛濤集·序》稱：『濤晚歲居碧雞坊，創吟詩樓，偃息其上』；《郡閣雅言》及《稿簡贅筆》稱：『濤暮年屏居浣花溪，着女冠服』；又《薛濤集》有《寄泪詩與元微之》七律一首，謂『老大不能收拾得』。有人或根據『晚歲』『暮年』『老大』等語，推測必是出於年齡甚高之人。而不知唐人詩中，三四十歲的人，即稱老大，即稱衰老，這種情況不少。薛濤着女冠服，創吟詩樓偃息之時，當在杜元穎、郭釗爲節度使時。這時的薛濤，年紀已在四十以外，故亦可謂之『晚歲』『暮年』，也可用

『老大』等語了。造成誤解的種種原因，既然弄清楚了，那麼薛濤的生年應該在貞元元年或二年，以有『及笄以詩聞外，客有與之燕語』一段時間，則貞元元年之推測，似乎更爲確切。因此，薛濤的歲數應爲四十八歲。

附：現所傳薛濤詩集，其中題目，往往有爲後人誤改的。如《棠梨花和李太尉》一首，不當稱李太尉，李德裕爲西川節度使時，係檢校兵部尚書，故劉禹錫和李德裕《傷孔雀及薛濤之什》，稱『西川李尚書』。李德裕進太尉爵，封衛國公，是在唐武宗會昌四年（八四四），距薛濤之死已十二年，薛濤和李德裕《棠梨花》，安得預稱『太尉』？這顯然是後人妄改的。又《薛濤集》中《寄杜舍人》及《劉賓客玉蕣》兩首，題目也是後人妄改的。杜牧爲中書舍人，是在唐宣宗大中五六年間（八五一—八五二）。杜牧卒於大中六年，中書舍人是他最後官職，距濤之死已三十年。劉禹錫爲太子賓客，是在開成、會昌之間（八四〇—八四一），太子賓客也是他最後之職，距濤之死，也隔八九年。薛濤作詩時，皆不能預稱其最後之職。凡此種種都是後人編薛濤詩時，以其人最後官職妄改原詩題目造成的。恐有人誤據妄改之題，懷疑薛濤在大中時尚在，故附及之。

六 《十離詩》辨證

《薛濤集》中所載《十離詩》，是元稹任浙東觀察時，其幕僚薛書記所作。編薛濤詩者，誤收其詩入《薛濤集》中，後人不察，遂以爲真是薛濤所作，本文特辨證如下：

五代時，王定保《摭言》云：『元相公在浙東時，賓府有薛書記，飲酒醉後，因争令，擲注子擊傷相公猶子，遂出幕。醒來乃作《十離詩》上獻府主：《犬離主》《筆離手》《馬離廄》《鸚鵡離籠》《燕離巢》《珠離掌》《魚離池》《鷹離鞲》《竹離亭》《鏡離臺》。犬詩云：『馴擾朱門四五年，毛香脚净主人憐。無端咬着親情客，不得紅絲毯上眠。』筆詩云：『越管宣毫始稱情，紅箋紙上撒花瓊。都緣用久鋒頭盡，不得羲之手裏擎。』馬詩云：『雪耳紅毛淺碧蹄，追風曾到日東西。爲驚玉貌郎君墜，不得華軒更一嘶。』鸚鵡詩云：『隴西獨自一孤身，飛去飛來上錦茵。都緣出語無方便，不得籠中再喚人。』燕詩云：『出入朱門未忍抛，主人常愛語交交。銜泥穢污珊瑚簟，不得梁間更壘巢。』珠詩云：『皎潔圓明内外通，清光似照水晶宮。都緣一點瑕相穢，不得終宵在掌中。』魚詩云：『戲躍蓮池四五秋，常摇朱尾弄綸鈎。無端擺斷芙蓉朵，不得清波更一游。』鷹詩云：『爪利如鋒眼似鈴，平原捉兔稱高情。無端竄向青雲外，不得君王手裏擎。』竹詩云：『蓊鬱新栽四五行，常將勁節負秋霜。爲緣春笋鑽墻破，不得垂陰覆玉堂。』鏡詩云：『鑄瀉黄金鏡始開，初生三五月徘徊。爲遭無限塵蒙蔽，不得華堂上玉臺。』

元稹在浙東七年，薛書記亦在其幕中甚久，故詩中稱：『馴擾朱門四五年』，又稱：『戲躍蓮池四五秋』，又稱元稹爲『府主』。若是薛濤，則與元稹在江陵相處僅一年，若從舊説，元稹來東川時，則濤與稹僅會一面，詩中何得云四五年？又元稹在江陵，僅任士曹參軍，『府主』應爲荆南節度使嚴綬，何得稱稹爲『府主』？又王定保《摭言》明稱稹爲元相公，則是稹既爲相後，出刺越州而兼浙東觀察使時，决非爲江陵士曹參軍時即可稱相公。《摭言》又載：『薛書記去後，元公有詩云：「馬上同携今日杯，湖邊還折去年梅。年年只是人空老，處處何曾花不開。歌咏每添詩酒興，醉酣還令管弦來。樽前百事皆依舊，點檢唯無薛秀才。」』是薛書記去職，作《十離詩》後，元稹隔年於湖上游宴，尚思念之。南宋初，計有功《唐詩紀事》所載薛書記《十離詩》及元稹此詩，與《摭言》所載，完全相同。

其誤以此《十離詩》爲薛濤作者，始於何光遠《鑒戒録》。光遠是五代時人，《鑒戒録·蜀才婦》條下云：『吴越饒營妓，燕趙多美姝，蜀出才婦薛濤者，容色艷麗，才調尤佳，言語之間，立有酬對。大凡營妓初無校書之稱，自韋皋鎮成都日，令入樂籍，呼爲女校書。進士胡曾有贈薛濤詩曰：「萬里橋邊女校書，枇杷門下閉門居。掃眉才子知多少，管領春風總不如。」濤每承連帥〔一〕寵念，或相唱和，出入車輿，詩達四方。（下闕字）應銜命使車每届蜀，求見濤者甚衆，而濤性亦狂逸，（下闕字）遺金帛往往上納，韋公既知且怒，於是不許從官。濤作《十離詩》以獻，情意感人，遂復寵召。當時見重如此。』

《鑒戒録》文稱薛濤作《十離詩》，但只録出《犬離主》等五首。《四庫全書總目提要》又以爲《唐詩紀事》之《五離詩》、《唐摭言》之《十離詩》，乃一事訛傳。實則《唐詩紀事》所載薛書記之《十離詩》，與《摭言》全同，《提要》蓋誤以《鑒戒録》之《五離詩》爲《唐詩紀事》所輯。又韋莊《又玄

〔一〕『連帥』是節度使的俗稱。

集》録薛濤詩三首，中有《犬離主》一首，是韋莊亦誤以《十離詩》爲濤作。北宋末，阮閲《詩話總龜》於卷三十七《譏誚門》録《摭言》所載薛書記之《十離詩》，又於卷二十三《寓情門》録《鑒戒録》之《五離詩》，兩處皆注云：『未詳孰是。』惟引《鑒戒録》説『濤再爲連帥所喜，因事獲怒而遠之，作《五離詩》以獻，遂復喜焉』，與《鑒戒録》原文略有出入。高棅《唐詩品彙》亦暗襲《鑒戒録》與《詩話總龜》之文。查《鑒戒録》原稱《十離詩》，惟只録出五首，此則充題爲《五離詩》。《四庫提要》之誤，當即由此。又南宋末，祝穆《事文類聚》引此事，亦兩屬之，云：『元相公賓府有薛書記，飲酒醉後，因爭令，擲注子擊傷相公猶子，遂出幕，醒來乃作《十離詩》上獻。』又引：『或云蜀妓薛濤爲連帥所惡，作此以獻』，前後亦相矛盾。又詩中所謂『近緣咬着親情客』，則與薛書記醉後爭令事相合，與薛濤得罪韋臯之事不合。

《薛濤集》中有《罰赴邊有懷韋令公》二首，此詩又題作《陳情上韋令公》，其一云：『聞道邊城苦，今來到始知。羞將門下曲，唱與隴頭兒。』其二云：『黠虜猶違命，烽烟直北愁。却教嚴譴妾，不敢問松州。』此正是《鑒戒録》所舉薛濤於韋臯時不許從官一事。因薛濤入樂籍後，驟以詩名顯達，四方賓客來求見的很多。《唐才子傳》稱：『濤居浣花里，旁即東北走長安道也[一]，往來車馬留連。』因爲薛濤經常接見長安往來的客人，於是就遭到韋臯的忌恨。韋臯在蜀專制侈横，一再加以掩飾，不願意朝廷知道真

〔一〕當時薛濤所居在成都城北，不在西郊浣花里，此處有誤。

情〔二〕，所以命令薛濤不許從官，才有罰赴邊的事情。薛濤因而寫了這兩首詩陳情，韋皋見其情意動人，於是又召回寵信薛濤。所以當時雖然有罰赴邊之命，然而因薛濤陳情上詩，罰赴邊就没有成爲事實，只是給予薛濤一種警告：不得把韋皋在蜀侈横之事，泄露給長安往來的客人。何光遠係蜀人，知道薛濤在當時有得罪韋皋上詩陳情一事，而不知薛濤所上是《罰赴邊有懷》二首，就把薛書記的《十離詩》當作薛濤所作，這就不妥當了。後人對這兩首詩，更有題作上元相公的，《全蜀藝文志》又題作上高相公，并誤認爲是高駢，《升庵詩話》以爲在高駢筵上作，那就更錯了。《吟窗雜録》又另有薛濤《罰赴邊上武相公》七絶二首，《全唐詩》也收集了。一事訛傳，往往如此。

至於認爲《十離詩》是薛濤上元稹的説法，謬誤開始於趙宧光補洪邁《唐人萬首絶句》。洪氏原本載薛濤詩只有六十三首，没有《十離詩》，《十離詩》則題爲薛書記，編在卷末。趙宧光補本却把《十離詩》編入薛濤卷中，前無『十離詩』總題三字，也没有序文，只在詩的後題説：『右《十離詩》上元相公。』其他如鍾惺《名媛詩歸》本、萬曆洗墨池本、清《全唐詩》本，都在總題前寫了『十離詩』三字，又有序道：『元微之使蜀，嚴司空遣濤往侍，後因事獲怒，遠之，濤作《十離詩》以獻，遂復善焉。』展轉誤襲，與事實就更相違背。趙宧光説：『洪公旋録旋奏，略無詮次，或一章數見者有之，或彼作誤此者有之。』黄習遠説：『宋洪魏公集唐絶五千四百篇進呈，孝廟賞公博洽，於是更搜諸集，旁及傳記，期在盈數，隨得隨録，始於杜少陵，終於薛書記，時代先後，不復詮次，而收載重復，一人三四見之有之。』然而洪邁以《十

〔二〕《舊唐書·韋皋傳》説：『皋在蜀二十一年，重賦斂以事月進，卒使蜀大虚竭，時論非之。其從事累官稍崇者，則奏爲屬郡刺史，或又署在幕府，多不令還朝，蓋不欲泄所爲於闕下故也。』

離詩》屬薛書記不屬薛濤，還有抉擇，趙宧光竟把《十離詩》編入薛濤卷中，并題作《上元相公》。阮閱《詩話總龜》、祝穆《事文類聚》對於這件事的兩種記載，一是根據《摭言》，一是根據《鑒戒録》，都和元稹没有關係。趙宧光在《十離詩》後竟題作『上元相公』，一定根據某種誤傳隨便記下的。只有明嘉靖時張之象《唐詩類苑》認爲《十離詩》是薛書記所作，而不是薛濤的詩，這是真實情況的唯一保存者。薛濤詩萬曆洗墨池刻本，最没有選擇；鍾惺《名媛詩歸》上評論薛濤的詩，没有參考事實，因而産生錯誤，不足爲怪。至康熙時所編的《全唐詩》，號稱審核，既已錯把《十離詩》當作薛濤所作，又在《犬離主》一首下注道：『濤爲醉争令，擲注子誤傷相公猶子，去幕，故云。』簡直不可理解！劉師培《左盦集·讀〈全唐詩〉書後》説：『《全唐詩》一書，收輯甚富，然卷帙既繁，考核或未精，故誤收之作甚衆。如薛濤《十離詩》，據《唐摭言》以爲元微之幕僚薛書記作，則此非濤詩。』這也可説是了解真實情況了。

成都杜甫草堂文獻彙編

序　言

《成都杜甫草堂文獻彙編》，是爲了紀念我國唐代偉大的人民詩人杜甫而出版的文獻資料之一。

杜甫生長於盛唐時代，在天寶之亂後，離開朝廷，走向民間，流離秦隴，飄泊西南，凡所經亂離的詩歌，都充滿了人民的血泪，群衆的呼聲。他一生的創作，發揚了民族優良的傳統，集祖國詩學的大成，因而後世尊稱爲詩聖。他的『詩卷長留天地間』計一千四百多首，都是現實主義的作品，後人編爲《杜陵詩史》，已成定論。

他流寓成都時期，在浣花溪上苦心經營的草堂，前後住居不過五年，但離去成都時，依然留戀咏歌，終身不忘。後來文人墨士流連憑吊，題咏不絕。唐代以來浣花之游，由人心之趨向，轉爲人日草堂之游以紀念詩人。於是『萬里橋西宅，百花潭北莊』遂成爲千古詩人的聖地。

草堂建置千餘年來，隨朝代的治亂，屢經廢興，但歷來重建草堂者，都重在崇祀杜甫的形式，從無文獻的徵集。在反動統治時期，祠宇駐兵，任其摧毁，頹垣斷瓦，一片荒凉，杜甫祀像乃至不蔽風雨，游人過此，依然有『秋風怒號』『吾廬獨破』的感想。

解放之初，黨和政府本保護文物古迹、發揚優秀文化的政策，始培修草堂，擴充園亭，并從事於文獻的收集和紀念館的籌備，以應社會的需要，供學術的研討。同一草堂，而今昔性質迥殊，呈現出顯著的變化。

歷來杜詩盛行，注杜詩者號稱百家千家，但由於封建文人的傳統積習和偏見，多欣賞其字句之工，而曲解謬説，所在有之。直至解放之後，由於文化事業的發展和文學遺産的發掘，杜甫富於人民性的詩歌，其真正精神和面目，始得與廣大人民相見，正如郭沫若同志名聯所謂『世上瘡痍，詩中聖哲』；『民間疾苦，筆底波瀾』，概括了杜甫當年自述：『窮年憂黎元……浩歌彌激烈』『敢爲故林主，黎庶猶未康』的真實情感，也就道出了杜甫高度人民性的寫作精神。所以《杜陵詩史》實爲祖國和世界文學豐富的寶庫。在社會主義的建設和文化革命的高潮中，對於愛國主義和人道主義相結合的杜集，確有待於進一步的發掘和探討。由於服務對象的變化，今昔杜詩的研討，的確有本質的不同。

一九五二年，人民政府就荒廢的草堂，進行了全面的培修，不僅恢復了盛時的舊觀，并且擴充園亭，開放游覽。次年即籌備紀念館，新建展覽室兩所，并延建長廊以供人民游覽，同時指派專人出川，沿杜甫當年行蹤所及，於南北各大都會廣搜杜詩各種版本和有關文獻資料，於一九五五年開放展覽。草堂歷年的培修和園亭的擴建，規模之大，在歷史上爲任何時代所未有，館藏文獻資料歷年續有增加，截至現在，所有杜詩各種版本和少數有關册籍共二萬三千多册，有關文物計二千多件。在全國範圍内已成爲杜甫文獻資料收羅較富的一個單位，這是在舊中國所絶不能想象的。

在徵集文獻中承各地文化部門和兄弟單位給予甚多的支援和協助：如陝西文史館、中央圖書館、北京圖書館、故宫博物館、江蘇博物館、上海圖書館、上海文史館，以及本省文史館、博物館，成都、重慶北碚各圖書館，四川大學、西南民族學院等捐贈或代徵了各種珍貴杜集版本和有關文物，許多私家收藏也紛紛有所捐贈：如北京李一氓、鄭振鐸、邵章、邢之襄、齊白石諸同志捐贈了杜詩珍本和文物，或給予物質和精神的協助，這種無私的幫助和熱情的支援，都令人非常感謝。

至於國際朋友，也有熱情的協助：如蘇聯、匈牙利等兄弟國家和新西蘭友邦也捐贈了杜詩譯著版本，表現出深厚的國際友誼，從目前館藏十三個國家二十多種外文杜詩版本來説，可見世界勞動人民對於杜詩的愛好和杜甫的推崇，同時也説明杜詩在國際文化交流中的深厚影響。

《草堂文獻彙編》的編纂，由四川文史館諸先生執筆，經時兩年，始告完成，其各編内容：首爲成都詩歌，對於詩題加以略解，作原始文獻資料的基礎；次爲草堂沿革，對於當年草堂的建置和歷代草堂的廢興，作了較詳的考證；次爲草堂題咏，對於歷代題咏的詩詞聯語，作了廣泛的搜選；次爲草堂書目，對於館藏的杜詩版本，作了必要的考訂；次爲草堂文物，對於現有的文物，作了概括的介紹。以上各編，都是初步的編寫，其中缺漏及以後續有搜集，尚有待於補編增修。

草堂建置至今年建國十周年的獻禮，恰爲一千二百年，《文獻彙編》初稿適成於其時，在紀念杜甫草堂之中仍重在爲杜詩寶藏的研究與發揚作初步的準備，也可以説，只有在社會主義建設總路綫的光輝照耀下，才可能有彙編的問世。

草堂在十年來努力所作的一點微小貢獻，完全由於黨的領導重視和支持，以及各方熱情的協助和支援，才能够獲得。當前祖國的文化事業，隨社會主義建設的躍進而一日千里，杜甫當年『安得廣廈千萬間，大庇天下寒士俱歡顔』的宏願，已經成爲現實。我們相信，共産主義的遠景，即在不久的明天，草堂文獻的續編，杜詩研討的深廣，和人民文化生活的提高，都當隨社會飛躍的發展繼續躍進於無窮。

一九五九年十二月成都杜甫草堂

凡例

一、本編根據杜甫草堂籌委會的決定，應群衆的需要，特將杜甫成都詩歌、草堂建置和沿革、歷代草堂題咏及草堂現在所收書籍、文物等，分類編纂，題曰『成都杜甫草堂文獻彙編初稿』。

二、本編凡分五編：第一杜甫成都詩歌，第二草堂沿革，第三草堂題咏，第四草堂書目，第五草堂文物。

三、杜甫的詩純係寫實，凡當時政治社會情況，以及友朋自身之交往流離，無不一一寓之於詩，故昔人稱之爲詩史，又其所到之處，凡山川、風俗、人物，亦盡於其詩中見之，故其詩又可作爲圖經，因此寫成都草堂必須將杜詩作爲基本材料，其在他處涉及成都草堂者亦并録之。列杜甫成都詩歌第一。

四、草堂歷史，向無較完備、有系統的記載，以致杜甫去蜀後草堂的下落，梵安寺起源與草堂的關係，古代益州草堂寺與今草堂寺（即梵安寺）名稱的混淆，異説紛紜，莫知所衷。本編根據杜詩與歷史材料，加以考核説明，分爲上下兩編及附編，上編記述杜甫當年草堂的建置，下編記述杜甫去蜀後草堂的廢興，附編分述古代益州草堂寺、梵安寺和冀國夫人祠的史料，并繪成都附近草堂地形圖，以資參證。列草堂沿革第二。

五、草堂歷代題咏，多與草堂廢興有密切關係。惟宦游之人其詩文集散布各方，搜求不易，即蜀中之人，其詩文集已刊行者，近年亦不易得。兹僅將所獲見者分爲詩、詞、聯語三類，略依時代先後編次。惟所收之稿，優劣不齊，兹略加選擇，概照原稿録入，藉存其實。列草堂題咏第三。

六、草堂杜詩書目編次，首元、明、清三代刻本，次影印、鉛印、石印本，次抄寫本，次朝鮮、日本刻寫本。其書或全或選，或有注無注，均係專屬杜詩。至杜甫譜傳及詩話考釋之屬，以部數不多，即不分別木刻或鉛印、石印，總選、總評則不專屬杜詩，亦未分別板刻。其與杜甫交游，如李白、王維、高適、岑參等詩，及與杜甫有關方志，足以爲杜詩參考者，則列爲附録。黄庭堅、陸游二人皆善學杜詩者，而又配饗草堂，其詩集亦編入附録中。又草堂現存杜詩，無有宋代刻本，兹僅就國内各大圖書館攝來書影，并草堂所藏元明本書攝影，亦共編入附録中。至所收之書，其本較善者，并將書之行款、字數、前後序跋一一寫出，以爲訪求杜詩者探索之便。列草堂書目第四。

七、草堂所收集歷代對於杜甫有關文物甚多，兹分爲實物、真迹、拓片三類編次，於每件之下略加考釋，其有過去收藏家印記者亦略爲説明，於時賢書畫，所徵尤多，美不勝舉，兹暫從略。列草堂文物第五。

八、本編所引記載詩文皆照録原文，保存文獻本來面目，間有封建色彩濃厚者，亦未加删削，閲者當自辨之。其有關沿革事實記述有錯誤者，根據杜詩史實予以辨正，以去僞存真。其他與沿革考核無關錯誤，概置不論，以省煩瑣。

九、本編同人政治覺悟、文化水平都感覺不够；又以四川書籍有限，見聞未周，錯誤闕漏，知不能免。尚望閲者予以指示，以便補正。

四川文史館同人協編

一九五九年十二月

第一編　杜甫當時草堂的建置

成都草堂，爲唐代愛國詩人杜甫寓蜀時苦心經營的住所。其所作詩歌，記述草堂建置起止和流寓歲月甚詳。所述草堂位置形勝，園亭風物，歷歷如繪。至其居草堂時生活情感，見之於詩，有若自傳。兹特依杜詩材料，以叙述當時的草堂如次。

一　草堂建置和居住的歲月

考杜甫於天寶之亂後，流離秦隴，備歷艱辛，自乾元二年（七五九）由秦州（甘肅天水縣）經同谷（甘肅成縣）入蜀，十二月始達成都。上元元年（七六〇）春，卜居浣花溪，經營草堂，三月堂成，居之，灌園耕釣，詩酒自娱。是後續有修建，亭臺略備，至寶應元年（七六二）始告完成。詩中『經營上元始，斷手寶應年』（《寄題江外草堂》）即紀其事。是年七月，送嚴武還朝至綿州（四川綿陽縣），適成都有徐知道之亂，遂入梓州（四川三臺縣）。在成都寓居爲二年又七月，詩中『萬里清江上，三年落日低』。（《畏人》）所謂三年，蓋舉成數而言，詳見《年譜》。

朱鶴齡《杜工部年譜》：『肅宗乾元二年春，自東都回華州。關輔饑，七月棄官西去，度隴，客秦州，卜西枝村，置草堂未成。十月往同谷縣。寓同谷不盈月。十二月入蜀至成都。

上元元年，公在成都，卜居浣花溪。是年營草堂，公詩所云『經營上元始』是也。又云：『頻來語燕定新巢』，則三月堂成。

上元二年，公五十歲，居成都草堂，間至蜀州之新津、青城。

寶應元年，公居成都草堂，七月送嚴武還朝，到綿州。未幾西川兵馬使徐知道反，因入梓州。

廣德元年（七六三）秋，由梓州往閬州（四川閬中縣），以後數往返梓閬間。廣德二年（七六四），嚴武再鎮蜀，三月由閬州回成都草堂。自到綿州至此爲一年又八月。詩中『三年奔走空皮骨，信有人間行路難』（《將赴成都先寄嚴鄭公五首》）、『別來忽三載，離立如人長』（《四松》）、『一別星橋夜，三移斗柄春』（《贈王二十四侍御契四十韵》）。所謂三載，均就經過三個年頭而言。

《年譜》：寶應元年冬，復歸成都，迎家至梓。十二月往射洪南之通泉，皆梓州屬邑。

代宗廣德元年，公在梓州，春間往漢州，秋往閬州，冬晚復回梓州。是歲，公補京兆功曹不赴。

廣德二年春，自梓州復往閬州。嚴武再鎮蜀，春晚遂歸成都。

是年六月入嚴武幕中，永泰元年（七六五）正月辭幕府，四月嚴武卒，五月遂離成都南下。自閬州再回成都，至此爲一年又三月。夏由戎州（四川宜賓縣）而渝州（四川重慶），而忠州（四川忠縣）。秋至雲安（四川雲陽縣）寓居。大曆元年（七六六）春，由雲安至夔州（四川奉節縣）居之。

《年譜》：廣德二年六月，武表爲節度使參謀檢校工部員外郎，賜緋魚袋。

永泰元年正月辭幕府，歸草堂，五月遂離蜀南下，自戎州至渝州，六月至忠州，秋至雲安居之。

大曆元年春，自雲安至夔州居之。

自初入成都至離草堂南下，約爲五年又六月，詩中『愛惜已六載，茲晨去千竿』（《營屋》）、『迢遞來三蜀，蹉跎又六年」（《春日江村五首》），即概述其流寓時間。又『五載客蜀郡，一年居梓州』（《去蜀》），除往返梓閬時間而約計之。故杜甫先後兩度在成都及草堂居住，實爲三年又十月。

按：本編爲草堂而作，屬於局部資料。關於杜甫生平概略，特參照本傳、年譜，簡述如下，以供參閲。

杜甫於唐睿宗先天元年（七一二）生。其先世杜陵人，徙居襄陽，後又徙居鞏縣。祖審言，與射洪陳子昂齊名。玄宗開元二十五年（七三七）游齊、趙，有《望岳》《登兖州城樓》等作，時年二十六歲。天寶三、四載（七四四—七四五），在東都和齊州與李白、高適游，時年三十三四歲。天寶五載（七四六），居長安，時年三十五歲。天寶十載（七五一），進《大禮賦》，玄宗奇之，時年四十歲。此後三四年中，有《兵車行》《麗人行》《前出塞》等作。天寶十四載（七五五），任右衛率府胄曹參軍，有《後出塞》《奉先咏懷》等作。時年四十四歲。十一月，禄山反，玄宗出奔成都。至德元載（七五六）七月，肅宗即位靈武，甫赴行在，陷賊中。有《哀江頭》《哀王孫》等作。時年四十五歲。至德二載（七五七）脱賊，赴鳳翔，授左拾遺，疏救房琯，八月放歸鄜州，有《北征》《羌村》等作。時年四十六歲。乾元元年（七五八），任左拾遺。六月，出爲華州司功參軍，冬往東都。時年四十七歲。乾元二年（七五九），自東都返華州，途中有《三吏》《三别》等作。七月赴秦州，十月赴同谷，十二月入蜀至成都，卜居浣花溪。途中有紀行各詩，時年四十八歲。

寶應元年（七六二）六月，由成都赴綿州，旋入梓州，後數往返梓閬間。廣德二年（七六四），由閬中回成都草堂。代宗永泰元年（七六五）離蜀南下，至雲安，時年五十四歲。兩度在成都，有

《蜀相》《建都》《野望》《登樓》《石笋行》《石犀行》《入奏行》《茅屋爲秋風所破歌》諸作。在梓、閬有《冬狩行》《征夫》《咏懷》《傷春》《聞官軍收河南河北》諸作。大曆元年、二年（七六六—七六七），住夔州，有《諸將》《咏懷古迹》《秋興》《八哀》《洞房》《至提封》等作。大曆三年（七六八），出峽赴江陵岳州。大曆四年（七六九），在潭州、衡州。大曆五年（七七〇），自耒陽還，卒於潭岳之間，年五十九歲。旅殯平江。憲宗元和八年（八一三），歸葬河南偃師首陽山前。

二　草堂的形勝和景物

（一）草堂位置和江流形勝

草堂在成都西郊浣花溪西頭，

浣花溪水水西頭，主人爲卜林塘幽。（《卜居》）

時出碧雞坊，西郊向草堂。（《西郊》）

按：浣花溪爲大江西來自草堂起至笮橋一段江流的通稱（見《成都草堂附近地形圖》）。故草堂在溪水西頭。《益州記》：『司馬相如宅在州西笮橋北百許步。』《蜀記》：『相如宅在市橋西。』《成都記》：『相如琴臺在城外浣花溪之海安寺南，今爲金花寺。』又陸游詩：『浣花之東當笮橋，奔流嚙橋橋爲摇。』可見市橋（約在今少城金花橋附近，見《全蜀總志》）之西，笮橋（約在今西南較場城外江畔）之上，皆名浣花溪。又《梁益記》：『溪水出湔江，居人多造彩箋，故號浣花。』此浣花溪得名之由，亦即古代勞動人民生産創造的遺迹（碧雞坊詳後）。

萬里橋西，百花潭北。

萬里橋西一草堂，百花潭水即滄浪。（《狂夫》）

萬里橋西宅，百花潭北莊。（《懷錦水居止二首》）

按：萬里橋在今南門外，即南門大橋（見《草堂地形圖》）。《元和郡縣志》：『萬里橋架大江水，在縣南八里，蜀使費禕聘吴，諸葛祖之，禕嘆曰：「萬里之路，始於此橋。」因以爲名。』百花潭在草堂之南浣花溪中江水深處（見《草堂地形圖》），亦古代製造彩箋之所。後來，薛濤在潭上自製十色箋，故亦稱爲浣花箋。李義山詩『浣花箋紙桃花色』，鄭谷詩『浣花箋紙一溪春』都是咏此。所謂『百花潭北莊』與『浣花溪水水西頭』語異而地同。蓋溪有上下，故在西頭；潭在南端，故宅爲北莊。任正一《游浣花記》謂『遂泛舟浣花溪之百花潭』足以説明。總之，萬里橋西，百花潭北，一遠一近，爲草堂方位顯著的標志，故一再言之。如『西嶺紆村北，南江繞舍東』，一遠一近，同是一例。

地名浣花村，

奉乞桃栽一百根，春前爲送浣花村。（《蕭八明府實處覓桃栽》）

當時浣花橋，溪水纔一尺。（《溪漲》）

我有浣花竹，題詩須一行。（《送竇九赴成都》）

按：晚唐時章孝標《贈廣上人》詩，有『詩風又起浣花村』之句。足見浣花村之名，沿用甚久。

（浣花橋詳後）

去城十里，亦曰浣花里。

《蜀記》：『杜甫舊宅在浣花溪，去城十里。』

《舊唐書》：『甫於成都浣花里種竹植樹，結廬枕江。』

因此成都草堂又稱浣花草堂，并自稱浣花老翁。

成都亂罷氣蕭索，浣花草堂亦何有。（《相從行送嚴二別駕》）

江花未落還成都，肯訪浣花老翁無。（《入奏行贈西山檢使竇侍御》）

按：以上詩句，不僅溪、村、橋、竹與草堂悉名浣花，即草堂主人亦自稱浣花老翁，足見浣花溪爲草堂不易之地名，亦即現在草堂的地點。（見《草堂地形圖》）

浣花上游曰大江，亦曰清江。（今爲清水河）

西山白雪三城戍，南浦清江萬里橋。（《恨別》）

萬里清江上，三年落日低。（《畏人》）

按：《括地志》：『大江一名汶江，一名流江，一名清江，一名笮橋水，一名外江，西南自温江縣流來。』（見《草堂地形圖》）如李白詩『濯錦清江萬里流』，與杜詩清江義同。

亦曰南江，由温江西來，繞草堂而東，至草堂前爲浣花溪。

水檻温江口，草堂石笋西。（《絶句三首》）

西嶺紆村北，南江繞舍東。（《遺悶奉呈嚴公二十韵》）

按：成都西南有内外二江，内江爲郫江，外江爲流江。（見《括地志》）外江亦曰南江。（見

《水經注》）

下流至少城西南曰笮橋水，亦曰外江，亦曰錦江，故草堂所在亦稱濯錦江邊，或稱錦江，或稱錦水。

濯錦江邊未滿園。（《蕭八明府實處覓桃栽》）

幽栖真釣錦江魚。（《奉酬嚴公寄題野亭之作》）

别泪遥添錦水波。（《奉寄高常侍》）

亦稱錦官城，簡稱錦城，亦稱錦里。

我住錦官城，兄居祇樹園。（《贈蜀僧閭丘師兄》）

錦里烟塵外，江村八九家。（《爲農》）

錦里殘丹灶，花溪垂釣綸。（《贈王二十四侍御契四十韵》）

按：以上詩句都是借用古代地名來指明草堂所在。如『錦官城西生事微，烏皮几在還思歸。』（《由閬州歸成都途中作》）『我昨游錦城，結廬錦水濱。』『憶昔離少城，而今異楚蜀。』（《在雲安作》）『秋盡東行且未回，茅齋還在少城隈。』（《在梓州作》）均是離成都後懷想草堂的咏歌。所謂『錦城西』『錦水濱』『少城隈』都是同地異名。考錦江爲大江經過成都西南一段江流的通稱（見《草堂地形圖》），乃古代錦城人民濯錦之所。錦城在笮橋之南，即今西較場城邊錦江南岸。（見《草堂地形圖》）《華陽國志》：『夷里橋（即笮橋）南岸道西城，故錦官城也。錦工織錦濯其中則鮮明，濯以他江則不好，故命曰錦里也。』少城在大城之西。（見《草堂地形圖》）《元和郡縣志》：『少城一名小城，在成都縣西南一里二百步。』《蜀都賦》云：『亞以少城，接乎其西。』

少城西南之郫江（今爲油子河）在草堂之北，亦曰市橋江，亦曰内江。内外二江同繞城南，即所謂二江雙流。草堂位置，即在二江之間。二江上有七橋，亦曰七星橋，簡稱星橋。

三日無行人，二江聲怒號。（《大雨》）

一别星橋夜，三移斗柄春。（《贈王二十四侍御契四十韵》）

按：《括地志》：『郫江一名成都江，一名中江，一名市橋江，一名内江，西北自新繁縣流來，二江俱在成都縣界中。』（見《草堂地形圖》）内江今名油子河，外江今名清水河。當年均由西郊同繞城南，匯於東郭，即《蜀都賦》所謂『二江珥其前』。又杜詩『江從灌口來，東郭滄浪合』。於二江源委記述甚明，無異《水經》。如岑參《張儀樓詩》：『樓南兩江在，千古長不改。』李白詩：『暮雨向三峽，春江繞雙流。』都是城南二江的寫實。至於張籍《送客游蜀》詩：『行盡青山到益州，錦城樓下二江流。杜家曾向此中住，爲到浣花溪水頭。』簡直畫出草堂的位置和形勢。星橋即李冰在成都西南二江所造之七橋，上應七星，故曰星橋。（見《華陽國志》）杜詩中萬里橋及市橋，都在七橋之列。

草堂遠景，東有萬里橋，西有雪嶺。

西山白雪三城戍，南浦清江萬里橋。（《恨别》）

雪嶺界天白，錦城曛日黄。（《懷錦水居止二首》）

又東望少城，有百花高樓，有石笋，有琴臺，有揚雄宅諸勝迹。

東望少城花滿烟，百花高樓更可憐。（《江畔獨步尋花七絶句》）

水檻温江口，茅堂石笋西。（《絶句三首》）

片雲何意旁琴臺。（《野老》）

旁人錯比揚雄宅。（《堂成》）

按：少城南有張儀樓，高百尺（見《草堂地形圖》），即《石犀行》中所謂『泛溢不見張儀樓』。《元和郡縣志》：『城西南樓百有餘尺，名張儀樓，臨山瞰江，蜀中近望之佳處也。』石笋在當年州城西門外陌上，約當今少城東門街之西南。（見《草堂地形圖》）即《石笋行》中『君不見益州城西門，陌上石笋雙高蹲。』今大城西門外尚有石笋街之名，非當年石笋所在。琴臺在當年少城西南，石牛門外市橋之西（見《蜀記》），即今金水河金花橋附近。（見《草堂地形圖》）揚雄宅在少城西北，即在今青龍街原成都縣中學内。（見《草堂地形圖》）《寰宇記》：『揚子雲宅在少城西南角，一曰草玄堂。』（西南疑爲西北）張載詩：『鬱鬱少城中，岌岌百族居。借問揚子舍，相見長卿廬。』可見少城西南在漢唐爲人文極盛之區。以上詩句，都是草堂遠景中的勝迹，其方位大略與現在無別。

（二）園亭的布置和器物

當草堂經營之初，誅茅不過一畝，其後種地種樹，逐漸擴充，由十畝以至一頃有餘。

誅茅初一畝，種地方連延。（《寄題江外草堂》）

飽聞榿木三年大，與致溪邊十畝陰。（《憑何十少府邕覓榿木栽》）

有竹一頃餘，喬木上參天。（《杜鵑》）

草堂背郭面江，坐東北，向西南。

背郭堂成蔭白茅。(《堂成》)
臨江卜宅新。(《有客》)
柴門不正逐江開。(《野老》)
堂西有筍别開門。(《絶句四首》)
按: 草堂坐向,據『堂西有筍别開門』,則非正西向; 如果向南,則又不能背郭。如草堂東側之梵安寺(即今草堂寺),坐北向南,不是背郭。(見《草堂地形圖》)故當年草堂確向西南。現在方向,依然如故。

層軒面水,含影漾江,芳洲竹村,掩映其間。

層軒皆面水,老樹飽經霜。(《懷錦水居止二首》)
竹光團野色,含影漾江流。(《屏迹三首》)
杖藜徐步立芳洲。(《絶句漫興九首》)
野水平橋路,春沙映竹村。(《敝廬遣興奉寄嚴公》)

亭臺高下,敞豁臨江。亦有沙汀釣磯,可供垂釣。

亭臺隨高下,敞豁當清川。(《寄題江外草堂》)
汀烟輕冉冉,竹日静暉暉。(《寒食》)
楸樹馨香倚釣磯。(《三絶句》)
清江一曲抱村流,長夏江村事事幽。(《江村》)
田舍清江曲,柴門古道旁。(《田舍》)

落景下高堂，進舟泛回溪。（《泛溪》）

野老籬邊江岸回。（《野老》）

盡日蛟龍喜，盤渦與岸回。（《梅雨》）

按：大江西來，由温江蘇波橋七曲而至成都。草堂之南，爲最近西郊向南之一曲，所謂『茅齋還在少城隈』，亦指清江一曲之處。所以成都有關江村各詩，都指浣花村而言。陸游詩：『清江抱孤村，杜子昔所館。』『可惜城南杜，零落依澗曲。』都是草堂江景的重寫。至今形勢，依然如昔。

清江突出之南端，即百花潭，舉目在望，爲草堂所在特殊的標志。故自稱所居亦曰江潭，亦曰滄浪，亦曰江沱。

萬里橋西一草堂，百花潭水即滄浪。（《狂夫》）

時應念衰疾，疏書及滄浪。（《魏十四侍御就敝廬相别》）

閣道通丹地，江潭隱白蘋。（《奉送嚴公入朝十韵》）

爲我謝賈公，病肺卧江沱。（《送唐十五誡因寄禮部賈侍郎》）

按：『滄浪』『江潭』『江沱』都指『漁人網集澄潭下』之百花潭。所謂江沱，亦即是『盤渦與岸回』之處，所以清江一曲之南端爲百花潭所在。元代以後，江流淤積，地形稍變，形成一洲，百花潭遂不復可見。明代嘉靖間劉大謨於洲上建百花亭，以後何宇度、鍾惺均有記述。清初以後，沙洲亦不可見，但江流形勢，至今未改，花潭故址，一片沙灘，猶可辨認。（見《草堂地形圖》）清季黄雲鵠指草堂下游數里之寶雲庵江水深處爲百花潭，并建百花亭榭以實之，其説無據。

堂濱南江，故亦稱所居曰南溪。

南溪老病客，相看下肩輿。（《漢州王大録事宅作》）

草堂在江村中，四周皆水，有若水鄉。

日出籬東水。（《絶句五首》）

爲問南溪竹。（《送韋郎司直歸成都》）

草堂塹西無樹林。（《憑何十一少府邕覓榿木栽》）

塹北行椒却背村。（《絶句四首》）

舍南舍北皆春水，但見群鷗日日來。（《客至》）

江水夏漲冬落，因季節而不同，舟楫暢通，可釣可游。

當時浣花橋，溪水纔一尺。（《溪漲》）

一夜水深二尺强，數日不可更禁當。南市津頭有船賣，無錢獨買繫籬旁。（《春水生二絶》）

秋水纔深四五尺，野航恰受兩三人。（《南隣》）

移船先主廟，洗藥浣花溪。（《絶句三首》）

看弄漁舟移白日。（《嚴公仲夏枉駕草堂》）

按：《成都縣志》謂浣花橋，即今梵安寺東跨清水河之羅漢橋。（見《草堂地形圖》）南市在當年市橋之南（見《益州記》），笮橋之北，即今西較場至青羊宫之東江岸一帶。（見《草堂地形圖》）津頭爲市南外江渡頭。先主廟即南門外漢昭烈廟。（見《草堂地形圖》）杜詩所謂『丞相祠堂何處尋，錦官城外柏森森』即此，今仍通稱武侯祠。江流漲落，今不異昔，惟明代以後，河牀漸淤，江流漸狹，不如從前之暢通舟楫。

草堂結構，則甚簡樸，純履茅葦，亦曰草閣。

背郭堂成蔭白茅。（《堂成》）

敢辭茅葦漏，已喜黍豆高。（《大雨》）

百年地僻柴門迥，五月江深草閣寒。（《嚴公仲夏枉駕草堂兼携酒饌》）

按：杜詩中常用『茅齋』『茅棟』『茅宇』『茅屋』『茅茨』『茅舍』『茅堂』，名稱不一，然皆異名而同實。

臨江，有江亭二。一曰草亭，又稱茅亭。一曰棕亭，統稱江亭，亦稱野亭。

坦腹江亭卧，長吟野望詩。（《江亭》）

近根開藥圃，接葉製茅亭。（《高柟》）

元戎小隊出郊坰，問柳尋花到野亭。（《嚴中丞枉駕見過》）

藥條藥甲潤青青，色過棕亭入草亭。（《絶句四首》）

溪邊有水檻，亦曰茅軒。

新添水檻供垂釣。（《江上值水如海勢聊短述》）

茅軒駕巨浪，焉得不低垂。（《水檻》）

堂前有柴門，又稱蓬門。

柴門古道旁。（《田舍》）

蓬門今始爲君開。（《客至》）

四周有籬，有短墻。

鄰雞還過短墻來。（《王十七侍御掄許携酒至草堂奉寄此詩，便請邀高三十五使君同到》）

隔籬呼取盡餘杯。（《客至》）

園内有井、有塘，

鑿井交棕葉。（《絶句六首》）

主人爲卜林塘幽。（《卜居》）

有菜圃，有連筒，

自鋤稀菜甲，小摘爲情親。（《有客》）

接縷垂芳餌，連筒灌小園。（《春水》）

按：連筒即接連竹筒爲引水之用者，俗稱梘筒。

有藥圃，有藥欄，

近根開藥圃，接葉製茅亭。（《高柟》）

乘興還來看藥欄。（《賓至》）

有花徑，有竹徑，

花徑不曾緣客掃。（《客至》）

雪裏江船渡，風前竹徑斜。（《草堂即事》）

有藤架，有桂叢，

露裛思藤架，烟雲想桂叢。（《遣悶奉呈嚴公二十韵》）

門外繫有浮槎，有小艇。

故著浮槎替入舟。（《江上值水如海勢聊短述》）

晝引老妻乘小艇，晴看稚子浴清江。（《進艇》）

平生江海心，宿昔具扁舟。……船舷不重叩，埋没已經秋。（《破船》）

草堂經營之資，多出親友資助，故建築簡陋，形式低小。

畏人成小築，褊性合幽栖。（《畏人》）

敢謀土木麗，自覺面勢堅。（《寄題江外草堂》）

舍下笋穿壁，中庭茅刺檐。（《絶句五首》）

孰知茅齋絶低小，江山燕子故來頻。（《絶句漫興九首》）

宅内器物，農具中有鋤、有斧柯等。

荷鋤先童稚，日入仍討求。（《除草》）

獨繞虚齋裏，常持小斧柯。（《惡樹》）

坐卧經行之具，則有烏皮几，有藤輪，有藜杖，

錦官城西生事微，烏皮几在還思歸。（《將赴成都草堂途中有作先呈嚴鄭公五首》）

小睡憑藤輪。（《贈王二十四侍御契四十韻》）

杖藜徐步立芳洲。（《絶句漫興九首》）

倚杖看孤石。（《春歸》）

有牀，有粗席，

牀頭屋漏無乾處。（《茅屋爲秋風所破歌》）

振我粗席塵。（《太子張舍人遺織成褥段》）

有高枕，有布衾。

絶域惟高枕，清風獨杖藜。（《送舍弟潁赴齊州三首》）

布衾多年冷似鐵。（《茅屋爲秋風所破歌》）

常用冠服，有葛巾，有烏帽，有小冠。

呼兒正葛巾。（《有客》）

近髮看烏帽。（《漢州王大録事宅作》）

低頭着小冠。（《歸來》）

有短褐，有青袍，有黑裘。

今我一賤儒，短褐更無營。（《太子張舍人遺織成褥段》）

青袍白馬更何有。（《至後》）

開箱睹黑裘。（《村雨》）

亦有戎衣，有朱紱。

垂老戎衣窄。（《初冬》）

挈帶看朱紱。（《村雨》）

按：杜甫授工部員外郎，并賜緋魚袋，惟緋及魚袋，詩中未見，然有朱紱，則必有緋衣、有帶，當亦有魚袋，詩中既未見，故未敢擅入。

飲食之具，有瓷碗，有盤，有盞，

大邑瓷碗輕且堅，扣如哀玉錦城傳。君家白碗勝霜雪，急送茅齋也可憐。（《又於韋處乞大邑瓷碗》）

盤餐市遠無兼味，樽酒家貧只舊醅。（《客至》）

鳴鞭走送憐漁父，洗盞開嘗對馬軍。（《謝嚴中丞送青城山道士乳酒一瓶》）

有瓶，有壺，

童僕來城市，瓶中得酒還。（《早起》）

傾壺就淺沙。（《春歸》）

有滿眼酤，

爲君酤酒滿眼酤，與奴白飯馬青芻。（《入奏行》）

按：黄鶴注：『蜀人酤酒挈以竹筒，筒上有穿繩眼，其酤酒者曰滿眼酤，言其滿迫筒眼也。』仇兆鰲以『舊注謂蜀人以竹筒沽酒，酒滿筒眼，似近於俚』。不知杜甫此詩，正用土語，與下句『與奴白飯馬青芻』意正同。滿眼猶滿瓶、滿壺之意，蜀中以竹筒盛酒，蓋沿山濤郫筒酒之遺風，今猶有以竹筒盛醬油或醋者。

有杯，有杓，

隔籬呼取盡餘杯。（《客至》）

洗杓開新醖。（《歸來》）

有甕，有瓷罌，有瓦盆。

杯乾甕不空。（《遣悶奉呈嚴公二十韵》）

瓷罌無謝玉爲缸。（《進艇》）

莫笑田家老瓦盆。（《少年行》）

養生之具，有藥。藥有藥囊，有藥裹。

看題拾藥囊。（《西郊》）

書籤藥裹封蛛網。（《將赴成都草堂途中有作先寄嚴鄭公五首》）

娛樂之具，有琴，有書。書有書帙，有書籤。

銜泥點污琴書内。（《絶句漫興九首》）

傍架齊書帙。（《西郊》）

書籤藥裹封蛛網。（《將赴成都草堂途中有作先寄嚴鄭公五首》）

有壁畫，有東絹。

戲拈禿筆掃驊騮，歘見騏驎出東壁。（《題壁上韋偃畫與歌》）

我有一匹好東絹，重之不減錦繡段。

請君放筆爲直幹。（《戲韋偃爲雙松圖歌》）

按：東絹爲梓州鹽亭縣所産美絹，亦名鵝溪絹。

有柳癭。

長歌敲柳癭。（《贈王二十四侍御契四十韵》）

按：柳癭爲柳樹所生柳贅，中空，擊之有聲者，如古人之擊缶。

有棋，有漁竿。

老妻畫紙爲棋局。（《江村》）

白水漁竿客，清秋鶴髮翁。（《遣悶奉呈嚴公二十韵》）

常備用具，有明鏡，有木梳，有疏簾。

老罷知明鏡。（《懷舊》）

木冷髮堪梳。（《寄李十四員外布十二韵》）

江色映疏簾。（《晚晴》）

簾户只宜通乳燕。（《題桃樹》）

有鳥籠，有筠籠。

故作籠寬織，須知動損毛。（《鸂鶒》）

西蜀櫻桃也自紅，野人相贈滿筠籠。（《野人送朱櫻》）

（三）園林的風景和花鳥

草堂園林，最盛者爲緑竹，爲春笋。

北沙翠竹江村暮，相送柴門月色新。（《南鄰》）

竹寒沙白浣花溪，竹刺藤梢咫尺迷。（《將赴成都草堂途中有作先寄嚴鄭公五首》）

東林竹影薄，臘月更須栽。（《舍弟占歸草堂檢校聊示此詩》）

爲問南溪竹，抽梢或過墻。（《送韋司直歸成都》）

堂西有笋别開門。（《絶句四首》）

無數春笋滿林生。（《三絶句》）

有竹一頃餘，喬木上參天。（《杜鵑》）

按：杜詩有『懶性從來水竹居』、『嗜酒愛風竹，卜居必林泉』、『平生憩息處，必種數竿竹』之句，因而白沙翠竹的江村，與草堂并傳千秋。

最特出者爲高柟，其誅茅卜居，都由於此。

倚江柟樹草堂前，故老相傳二百年。誅茅卜居總爲此，五月彷彿聞寒蟬。（《柟樹爲風雨所拔嘆》）

柟樹向冥冥，江邊一蓋青。（《高柟》）

按：誅茅卜居總爲高柟，由於高柟所在，故卜居溪水西頭。

其他宅内外樹木中，有榿，有櫸柳，

榿林礙日吟風葉，籠竹和烟滴露梢。（《堂成》）

櫸柳枝枝弱。（《田舍》）

按：榿木易長，三年可以爲薪。詩中『飽聞榿樹三年大，與致溪邊十畝陰』，蓋對農家有實際需要，風景尚在其次。後來蘇軾有『芋魁徑尺誰能數，榿木三年飽足燒』之句。至榿木，隨處成林。

有楊，有柳，有榆，

糁徑楊花鋪白氈。（《絶句漫興九首》）

顛狂柳絮隨風舞。（《絶句漫興九首》）

種榆水中央。（《枯柟》）

有松，有柏，

入门四松在，步屧萬竹疏。（《草堂》）

有柏生崇崗，童童如車蓋。（《病柏》）

有棕樹，有梧桐，

蜀門多棕梠，高者十八九。（《枯棕》）

時放倚梧桐。（《遣悶奉呈鄭公二十韵》）

有楸、有雞栖等類。

楸樹馨香倚釣磯。（《三絶句》）

雞栖奈汝何。（《惡樹》）

按：《急就篇》注：『皂莢樹一名雞栖。』蜀中謂之皂角樹。

花果中，有桃，有李，

五株桃樹亦從遮。（《題桃樹》）

手種桃李非無主，野老墻低還是家。（《絶句漫興九首》）

有枇杷，有黄梅，

枇杷樹樹香。（《田舍》）

梅熟許同朱老吃，松高擬對阮生論。（《絶句四首》）

有橘，有橙，

群橘少生意，雖多亦奚爲。（《病橘》）

衰年催配黍，細雨更移橙。（《遣意二首》）

有棃，有柰，

行蟻上植梨。（《獨酌》）

宿陰繁李柰，過雨亂紅蕖。（《寄李十四員外布十二韵》）

有桂，有菊，

烟雲想桂叢。（《遣悶奉呈嚴公十二韵》）

松菊新沾洗，茅齋慰遠游。（《村雨》）

有荷，有芰，

園荷浮小葉，細麥落輕花。（《爲農》）

蛟龍引子過，荷芰逐花低。（《到村》）

有梅花，有麗春等類。

梅花欲開不自覺，棣萼一别永相望。（《至後》）

百草競春華，麗春花最勝。（《麗春》）

藥中，有枸杞，有椒，

枸杞固吾有，雞栖奈汝何。（《惡樹》）

竹皮寒舊翠，椒實雨新紅。（《遣悶奉呈嚴公二十韵》）

有梔子，有丁香，有菖蒲等類。

梔子比衆木，人間識未多。（《梔子》）

丁香體柔弱，亂結枝猶墊。（《丁香》）

渚蒲隨地有，村徑逐門成。（《漫成二首》）

耕地中，有桑，有麻，

舍西柔桑葉可拈。（《絶句漫興九首》）

桑麻深雨露，燕雀半生成。（《屏迹三首》）

有麥，有蔗芋，

江畔細麥落纖纖。（《絶句漫興九首》）

偶然存蔗芋，幸各對松筠。（《贈王二十四侍御契四十韵》）

有黍，有豆，

敢辭茅葦漏，已喜黍豆高。（《大雨》）

有藜，有芹，有各種佳蔬。

振我粗席塵，愧客茹藜根。（《太子張舍人貽織成褥段》）

芹泥隨燕咀，花芯上蜂鬚。（《徐步》）

悶能過小徑，自爲摘嘉蔬。（《寄李十四員外布十二韵》）

宅内禽畜中，有雞，有犬，

地偏相識盡，雞犬亦忘歸。（《寒食》）

有鵝，有鴨。

不教鵝鴨惱比鄰。（《將赴成都草堂途中有作先寄嚴鄭公五首》）

宅外禽鳥中，有鴛鴦，有花鴨，

池融飛燕子，沙暖睡鴛鴦。（《絶句二首》）

花鴨無泥滓，階前每緩行。（《花鴨》）

有燕，有雀，

自去自來梁上燕。（《江村》）

啅雀争枝墜，飛蟲滿院游。（《落日》）

有白鷺，有黄鸝，

兩個黄鸝鳴翠柳，一行白鷺上青天。（《絶句四首》）

有白鷗，有鸕鷀，

囀枝黄鳥近，泛渚白鷗輕。（《遣意二首》）

鸕鷀西日照，晒翅滿魚梁。（《田舍》）

有黄鶯，有鸂鶒，

便教鶯語太叮嚀。（《江畔獨步尋花七絶句》）

一雙鸂鶒自沉浮。（《卜居》）

有雁，有鳧，

腸斷江城雁，高高向北飛。（《歸雁》）

沙上鳧雛傍母眠。（《絶句漫興九首》）

有翡翠，有鷗雞，

竹高鳴翡翠，沙僻午鷗雞。（《絶句五首》）

有鴉，有鸛鶴，

兒意莫信打慈鴉。（《題桃樹》）

空庭步鸛鶴，隱几望波濤。（《大雨》）

有鳥，有杜鵑。

暫止飛鳥將數子。（《堂成》）

君不見昔日蜀天子，化爲杜鵑似老烏。（《杜鵑行》）

昆蟲中，有粉蝶，有蜜蜂，

風輕粉蝶喜，花暖蜜蜂喧。（《敝廬遣興奉寄嚴公》）

有蜻蜓，有飛蟲等。

無數蜻蜓齊上下。（《卜居》）

飛蟲滿院游。（《落日》）

塘中，有魚，有藻，

細雨魚兒出，微風燕子斜。（《水檻遣心二首》）

隔巢黃鳥并，翻藻白魚跳。（《絶句五首》）

有鼉，有萍，有白蘋等。

鳥下竹根行，鼉開萍葉過。（《屏迹三首》）

處處清江帶白蘋，故園猶復見殘春。（《將赴成都草堂途中有作先寄嚴鄭公五首》）

（四）草堂鄰里和往來道路

草堂鄰近，不過兩三家。

城中十萬户，此地兩三家。（《水檻遣心二首》）

江深竹静兩三家。（《江畔獨步尋花七絶句》）

其南鄰北鄰常見於詩中，

肯與鄰翁相對飲，隔籬呼取盡餘杯。（《客至》）

錦里先生烏角巾，園收芋栗未全貧。（《南鄰》）

走覓南鄰愛酒伴，經旬出飲獨空牀。（《獨步尋花七絶句》）

明府豈辭滿，藏身方告勞。……時來訪老疾，步屧到蓬蒿。（《北鄰》）

全村的田父野老，亦僅有八九家。

錦里烟塵外，江村八九家。（《爲農》）

按：草堂鄰居，詩中一再説明只有兩三家，則當年東鄰必無規模宏麗之古寺，可以想見。

草堂江邊柴門，即在古道之旁，近有浣花橋。

田舍清江曲，柴門古道旁。（《田舍》）

有客騎驄馬，江邊問草堂。（《魏十四侍御就敝廬相别》）

當時浣花橋，溪水才一尺。（《溪漲》）

野水平橋路，春沙映竹村。（《敝廬遣興奉寄嚴公》）

近門則小徑。

卧疾荒郊遠，通行小徑難。（《王竟携酒高亦同過》）

苔徑臨江竹，茅檐復地花。（《春歸》）

雪裏江船渡，風前竹徑斜。（《草堂即事》）

往返城中，都緣江路而行。

緣江路熟俯青郊。（《堂成》）

寒食江村路，風花高下飛。（《寒食》）

由城中到草堂，則出西郊，先過内江的市橋，再緣外江路綫西行而至草堂。

時出碧雞坊，西郊向草堂。市橋官柳細，江路野梅香。（《西郊》）

南京犀浦道，四月熟黄梅。湛湛長江去，冥冥細雨來。（《梅雨》）

按：宋孫壽有碧雞坊李氏石君詩，《成都縣志》載：『舊志碧雞坊在縣西南隅，即李氏石君處。』原詩題標『西郊』，玩『時出碧雞坊，西郊向草堂』語意，則碧雞坊當近西郊。黄庭堅詩：『碧雞坊外樹蒼蒼，萬里橋西問草堂。』陸游詩：『莫向碧雞坊裏去，游人多在百花潭。』都是坊近西郊的重述。又宋趙次公注杜詩：『碧雞坊在城北』，兹并存其説，以備參考。市橋在少城西南石牛門（即市橋門）外，跨内江上，即今西勝街第八中學内古石犀寺（即石牛寺）故址（見《草堂地形圖》），即内江故道所經。内江故道，當年從西北縻棗堰（即今九里堤）經今大西門附近南行，由長順街之西經西勝街（即石犀寺址），至南較埸東折經江瀆廟（即今醫士學校）前，由上蓮池、中蓮池、下蓮池以合於外江。内江北徙以後，江流故迹，至今猶可考見。羅城未築以前，少城在内江以東，現在西南較場，即當年西南郊。西郊詩中所記『西郊向草堂』，蓋必先過内江的市橋，然後緣外江西行而至草堂。與現在出新西門（通惠門），緣青羊宫江路而至草堂，方向路綫大致相同。不過内江改道，市橋不可復見，羅城擴建後，江路起點，距城更近。（見《草堂地形圖》）蘇軾詩：『拾遺被酒行歌處，野梅官柳西郊路。』是西郊詩的重寫。明代《天啓成都府志》圖，西郊沿江至草堂有緣江路，亦因杜詩命名（并見鍾惺《游浣花溪記》）。又《梅雨》詩中所謂『南京犀浦道』，亦指緣江同一路綫而言。南京乃李隆基（玄宗）幸蜀後改成都府爲南京（見《唐書》）。犀浦爲市橋下犀淵之别名，亦即在石犀渠附近（見《華陽國志》）。詩中拈用南京新名，犀浦舊地，仍是由西郊先過市橋的犀淵，再緣長江西行而至茅茨（即草堂），不是另指一路。由此可見，出西郊到草堂，市橋是必經之道。如依舊注解爲當年犀浦縣（即現在之犀浦），則犀浦大道，當出西門，距長江（即錦江）較遠，離開江路，更無由到草堂。

或跨馬出郊，或泛舟回溪，均屬歸路所經。

跨馬出郊時極目，不堪人事日蕭條。（《野望》）

落景下高堂，進舟泛回溪。（《泛溪》）

或由草堂入城，則早出晚歸，有時阻水，不能歸憇草堂。

秋夏忽泛濫，豈惟入吾廬。……兹晨已半落，歸路跬步疏。馬嘶未敢動，前有深填淤。……我行都市中，晚憇必村墟。（《溪漲》）

至於由少城北回草堂，則先出西門，經石笋街西行而後到。

石笋街中却歸去，果園坊裏爲求來。（《詣徐卿覓果栽》）

按：石笋街在當年西門外（見前），約當今少城東門街之西南（見《草堂地形圖》），今大西門外城邊尚有石笋街，非其舊處。當年羅城尚未擴建，内江亦未改道，州城西門在内江以東，即後來羅城以内，如是則石笋街當在今城西門（約當羅城西垣）以内，不如城外之遠。果園坊在少城北（見《草堂地形圖》），岑參《徐卿草堂》詩：『復居少城北，遥對岷山陽。』當年由少城北回草堂，石笋街爲必經之道，此爲城中到草堂的另一路綫。

以上各節，爲草堂位置，江流形勝，園亭佈置，園林風景，以及鄰里、道路的概略，即杜詩自述的一篇草堂記。千載以後，猶覺當年草堂，如在目前，今日草堂，依稀如昔。杜陵詩史，同時也是圖經。古人注杜詩者，多未身到草堂。對於草堂環境和古今地形，無從懸想，影響模糊之詞，乃至錯誤之見，俱不能免。兹據當年原始材料，分類排列，綜合叙述，可以解決後來一些實際存在的問題。

三　杜甫住居草堂的生活

（一）初到成都和經營草堂

杜甫流離秦隴，於『三年饑走荒山道』之後，乾元二年季冬，始由同谷入蜀至成都。

層城填華屋，季冬樹木蒼。（《成都府》）

初寓古寺，故人送米，鄰舍給蔬，旅中得此，稍足自慰。

古寺僧牢落，空房客寓居。故人分禄米，鄰舍與園蔬。（《酬高使君相贈》）

按：所寓古寺，詩題均無寺名，至北宋趙抃《玉壘記》載『公寓沙門復空所居』。復空當爲草堂寺僧履空之誤。（盧求《成都記》及趙抃《成都古今集記》，均作履空。）據此則所寓爲草堂寺，南宋黃鶴《杜詩補注》又謂：『公初到成都，寓浣花溪寺。』歷來記載無浣花溪寺之名，與西郊草堂寺是一是二，今無從確考。

次年春，即卜居浣花溪，經營草堂。

浣花溪水水西頭，主人爲卜林塘幽。（《卜居》）

按：詩中主人舊注有謂爲裴冕者，亦有不同之説。但草堂所占地畝，當時爲公地，無論直接間接，必須官府指撥始能建築，主人爲誰，不必深求。

但草創之初，多賴親友資助，如王司馬曾出郭相訪，贈送資金。

憂我營茅棟，携錢過野橋。他鄉惟表弟，還往莫辭勞。（《王十五司馬弟出郭相訪兼遺營草堂資》）

王録事亦許修草堂資。

爲嗔王録事，不寄草堂資。（《王録事許修草堂資不到聊小詰》）

復從蕭實處覓桃栽，從韋續處覓綿竹，從何邕覓榿木栽，從韋班覓松樹子栽，詣徐卿覓果栽，以及於韋處乞大邑瓷碗，俱有詩紀其事。在秦州謀建西枝草堂未成之後，於成都得償經營草堂之宿願。塵事既少，客愁頓消，在實現近景之中，仍有東行萬里之想。

已知出郭少塵事，更有澄江銷客愁。無數蜻蜓齊上下，一雙鸂鶒自沉浮。東行萬里堪乘興，須向山陰上小舟。（《卜居》）

又當四海風塵，胡騎長驅之際，依然是望鄉未已，欲歸未得，矛盾心情，隨處可見。

洛城一别四千里，胡騎長驅五六年。……思家步月清宵立，憶弟看雲白日眠。（《恨别》）

望鄉應未已，四海望風塵。（《奉酬李都督表丈早春作》）

故園歸未得，排悶强裁詩。（《江亭》）

及三月背郭堂成，緣江路熟，榿木、籠竹之景，飛鳥、語燕之來，草堂環境，氣象一新，始有從兹去國，爲農終老之志。

背郭堂成蔭白茅，緣江路熟俯青郊。榿林礙日吟風葉，籠竹和烟滴露梢。暫止飛鳥將數子，頻來語燕定新巢。（《堂成》）

卜宅從兹老，爲農去國賒。（《爲農》）

更因地僻草深，交游漸絶，無意軒冕，幽居自怡，海内風塵，天涯涕泪的矛盾心情，得到暫時的調和。

草深迷市井，地僻懶衣裳。（《田舍》）

漸喜交游絶，幽居不用名。（《遣意二首》）

薄劣慚真隱，幽偏得自怡。本無軒冕意，不是傲當時。（《獨酌》）

（二）耕釣灌園的生活

杜甫定居草堂後，同時開始耕釣灌園的勞作。

南京久客耕南畝，北望傷神坐北窗。（《進艇》）

看弄漁舟移白日，老農何有罄交歡。（《嚴公仲夏枉駕草堂》）

接縷垂芳餌，連筒灌小園。（《春水》）

幽栖真釣錦江魚。（《奉酬嚴公寄題野亭之作》）

如種竹栽樹，

綿竹亭亭出縣高，……幸分蒼翠拂波濤。（《從韋二明府續處覓綿竹》）

平生憩息處，必種數竿竹。（《客堂》）

欲存老蓋千年意，爲覓霜根數寸栽。（《憑韋少府班覓松樹子栽》）

植桑種麻，

舍西柔桑葉可拈，江畔細麥落纖纖。（《絶句漫興九首》）

青青屋東麻，散亂牀上書。（《溪漲》）

種麥栽花，

園荷浮小葉，細麥落輕花。（《爲農》）

草堂少花今欲栽，不論緑李與黄梅。（《詣徐卿覓果栽》）

種蔬種藥，

自鋤稀菜甲，小摘爲情親。（《有客》）

近根開藥圃，接葉製茅亭。（《高柟》）

除草伐樹，都是參加生産，熱愛勞動的實踐。

荷鋤先童稚，日入仍討求。（《除草》）

獨繞虚齋徑，常持小斧柯。（《惡樹》）

藥可贈人，亦可得價，園蔬自給以外，亦可换價沽酒，有濟年荒。

藥許鄰人劚，書從稚子擎。（《正月三日歸溪上有作，簡院内諸公》）

遠尋留藥價，惜別倒文場。（《魏十四侍御就敝廬相别》）

年荒酒價乏，日併園蔬課。（《屏迹三首》）

所以農月知課，未敢忘勤。心迹雙清，不耻賤貧。

农月須知課，田家敢忘勤。（《贈王二十四侍御契四十韵》）

杖藜從白首，心迹喜雙清。（《屏迹三首》）

浪迹共生死，無心耻賤貧。（《贈王二十四侍御契四十韵》）

按：杜甫離開朝廷，走向民間，在『黄獨無苗山雪盛』『步拾橡栗隨狙公』之後，間關入蜀，深知農村疾苦和稼穡艱難，故於飄泊西南時間，由成都至草堂一直到夔州草堂（東屯復瀼西，一種住青溪。來往皆茅屋，淹留爲稻畦），都是重視農業生産，同家人稚子直接參加田間勞動的實踐。

平居同農民往返親密，相處無間，農民對之，是邀嘗春酒，餽贈櫻桃；鄰家對之，是常賒美酒，贈送魚鱉。

步屧隨春風，村村自花柳。田翁逼社日，邀我嘗春酒。（《遭田父泥飲美嚴中丞》）

西蜀櫻桃也自紅，野人相贈滿筠籠。（《野人送朱櫻》）

鄰人有美酒，稚子也能賒。（《遣意》）

鄰家送魚鱉，問我數能來。（《春日江村五首》）

杜甫於田父則有邀皆去，相向不違；於貧人則高秋餽桃，初無吝惜；於鄰人則欄内藥物，許其自劚；於樵童則藩籬野徑，任其斧斤。

田父要皆去，鄰家問不違。地偏相識盡，雞犬亦忘歸。（《寒食》）

高秋總餽貧人實，來歲還舒滿眼花。（《題桃樹》）

藥許鄰人劚。（《正月三日歸溪上有作，簡院内諸公》）

藩籬生野徑，斤斧任樵童。（《遣悶奉呈嚴公二十韵》）

於農家留客真摯，指揮無禮，則體諒人情，不以村野爲醜。

朝來偶然出，自卯方及酉。……久客惜人情，如何拒鄰叟。高聲索果栗，欲起時被肘。指揮過無禮，未覺村野醜。（《遭田父泥飲美嚴中丞》）

按：《舊唐書》謂杜甫『縱酒嘯咏，與田父野老相狎蕩無拘檢』。認爲縱情詩酒，放浪形骸，而不知杜甫在農村勞動中，已同農民建立平等觀念，真正情感，不同於勞心者治人的傳統思想。此義非舊史家所能知。

於春農嗷嗷，夏雨滂沛，則欣喜黍豆之高，不辭茅葦之漏。

西蜀久不雪，春農尚嗷嗷。上天回哀眷，朱夏雲郁陶。……風雨颯萬里，澤沛施蓬蒿。敢辭茅葦漏，已喜黍豆高。（《大雨》）

（三）詩酒生涯和交游唱酬

灌園躬耕，與詩酒生涯，是相互協調，由農村環境的變化，過去沉鬱悲壯的詩歌，一變而爲清新中和的音調，與潼關道上，隴右流離，詩情意境，迥不相同。在此平靜生活中，歌咏自然較多，如描寫農村風物，情景逼真，有如畫圖。

蜀星陰見少，江雨夜聞多。（《散愁二首》）

三月桃花浪，江流復舊痕。（《春水》）

衣上見新月，霜中登故畦。（《泛溪》）

夕陽薰細草，江色映疏簾。（《晚晴》）

寫花鳥禽魚，體驗入微，栩栩如生。

園荷浮小葉，細麥落輕花。（《爲農》）

櫸柳枝枝弱，枇杷樹樹香。（《田舍》）

芹泥隨燕咀，花芯上蜂須。（《徐步》）

細雨魚兒出，微風燕子斜。（《水檻遣心二首》）

江畔尋花，寫萬紫千紅，湧現出一個百花世界。

江深竹静兩三家，多事紅花映白花。（《江畔獨步尋花七絶句》）

繁枝容易紛紛落，嫩蕊商量細細開。（《江畔獨步尋花七絶句》）

黄四娘家花滿蹊，千朵萬朵壓枝低。　流連戲蝶時時舞，自在嬌鶯恰恰啼。（《江畔獨步尋花七絶句》）

至於桑麻雨露，燕雀生成，村鼓時時，漁舟個個，簡直是一幅農家樂的畫圖，而『物情』『心迹』，俱在其中。

用拙存吾道，幽居近物情。　桑麻深雨露，燕雀半生成。　村鼓時時急，漁舟個個輕。　杖藜從白首，心迹喜雙清。（《屏迹三首》）

尤其是水流心静，雲意俱遲，寂寂春晚，欣欣向榮，更是天地無私，物我一體的胸懷。

坦腹江亭卧，長吟野望時。　水流心不競，雲在意俱遲。　寂寂春將晚，欣欣物自私。　故園歸未得，排悶强裁詩。（《江亭》）

按：『欣欣物自私』與『花柳更無私』語異而義同。

雖然是幽居閑適，而農耕生産，仍不足以自給，故在老病羈愁之中。

戎馬交馳際，柴門老病身。（《贈别鄭錬赴襄陽》）

衰疾江邊卧，親朋日暮回。（《雲山》）

多病所需惟藥物，微軀此外復何求。（《江村》）

依然不免饑寒貧困之苦。

厚禄故人書斷絶，恒饑稚子色凄凉。（《狂夫》）

失學從兒懶，長貧任婦愁。（《屏迹三首》）

强將笑語供主人，悲見生涯百憂集。（《百憂集行》）

按：杜甫旅中家庭，有老妻，有兩子：宗文、宗武，有兩女，有弟占，又有童僕，一家八口老弱居多。農耕生産，不足自給，流寓生活，仍有賴於親友之接濟。當時高適爲彭州刺史，嚴武爲西川節度使，都是長安的舊交，在蜀中最爲關心杜甫生活的人。如《因崔五侍御寄高彭州一絶》：『百年已過半，秋至轉饑寒。爲問彭州牧，何時救急難。』又嚴武送青城山道士乳酒及枉駕草堂兼携酒饌，均有詩紀其事，其交之深，可以想見。

但杜甫平生，安貧已久，只覺眼無俗物，多病身輕，疏狂自笑，詩酒自娱。

眼邊無俗物，多病也身輕。（《漫成二首》）

欲填溝壑惟疏放，自笑狂夫老更狂。（《狂夫》）

寬心應是酒，遣興莫過詩。此意陶潛解，吾生汝後期。（《可惜》）

家庭則老妻稚子，其樂融融。

老妻畫紙爲棋局，稚子敲針作釣鈎。（《江村》）

晝引老妻乘小艇，晴看稚子浴清江。（《進艇》）

鄰居則隔籬對飲，梅熟同吃，頻頻來往，相得甚歡。

肯與鄰翁相對飲，隔籬呼取盡餘杯。（《客至》）

梅熟許同朱老吃，松高擬對阮生論。（《絶句四首》）

白沙翠竹江村暮，相送柴門月色新。（《南鄰》）

時來訪老疾，步屧到蓬蒿。（《北鄰》）

有時故人來訪，或竟淹留，同餐粗糲，或遠留藥價，共惜生平。

竟日淹留佳客坐，百年粗糲腐儒餐。（《賓至》）

遠尋留藥價，惜别倒文場。（《魏十四侍御就敝廬相别》）

高適、嚴武亦時相過從，郊外相訪，或故人領客，携酒相看，或花間立馬，竹裏行厨，在四方多難之秋，有詩酒之樂。

故人能領客，携酒重相看。（《王竟携酒，高亦同過》）

元戎小隊出郊坰，問柳尋花到野亭。（《嚴中丞枉駕見過》）

竹裏行厨洗玉盤，花間立馬簇金鞍。（《嚴中丞枉駕草堂》）

雨映行宫辱贈詩，元戎肯赴野人期。（《中丞嚴公雨中垂寄見憶一絶，奉答二絶》）

按：李隆基（玄宗）行宫，一説在今青羊場（見《草堂地形圖》）附近基地，爲嚴武出郊過訪必經之道，遥望可見，故曰『雨映』。《通鑑》：『玄宗離蜀，以所居行宫爲道士觀。』（并見《舊唐書·崔寧傳》《郭英乂傳》）後來李儇（僖宗）幸蜀，詔改玄中觀爲青羊宫，樂朋龜奉勅作記，此爲青羊宫之所由來。道士觀與玄中觀，是一是二，尚待續考。

（四）關於人民性的作品

杜甫一生，以稷契自任，其熱愛人民，熱愛祖國，詩中隨處可見。對於苛政和侵略，更是痛恨異常，值此『蒼生未蘇息，胡馬半乾坤』之際，置身田間，目睹農民，處處有暴歛横徵、民不聊生之感。如對於軍食缺乏，一物盡取，由枯棕被剥感到生死同悲，形影俱乾。

傷時苦軍乏，一物盡官取。……有同枯棕木，使我沉嘆久。死者即已休，生者何自守。……念爾形影乾，摧殘没藜莠。（《枯棕》）

對長途重役，半死半生，由病橘枯葉，想到奔獻荔枝，百馬俱死。

群橘少生意，雖多亦奚爲。蕭蕭半死葉，未忍辭故枝。……憶昔南海使，奔騰獻荔枝。百馬死山谷，至今耆舊悲。（《病橘》）

杜甫在寫實中，表現出高度的人民性。對於蕭條九州，人少豺多，苛政猛虎，易子而食，

胡星墜燕地，漢地仍横戈。蕭條九州内，人少豺虎多。少人慎勿投，多虎信所過。饑有易子食，獸猶畏虞羅。（《送唐十五誡因寄禮部賈侍郎》）

以及十載軍食，萬方嗷嗷，誅求多門，庶官割剥，種種統治階級的罪惡，作了無情的暴露。

國步猶艱難，兵革未衰息。萬方哀嗷嗷，十載供軍食。庶官務割剥，不暇憂反側。誅求何多門，賢者

貴爲德。（《送韋諷上閬州録事參軍》）

他的願望是，欲救瘡痍，先去蝥賊。

當令豪奪吏，自此無顔色。必欲救瘡痍，先應去蝥賊。（《送韋諷上閬州録事參軍》）

按：《三吏》《三别》是在行旅中目擊征丁從戰，生離死别之苦，由個别可以推見一般。此二詩是身在田間，洞悉民瘼，概述誅求無厭，民不聊生之苦，由歸納情况而知一鄉一邑，都不外是。戰争必須戰費，誅求爲供軍食，相因而至，同是罪惡的淵藪。因時因地，寫實的方法，雖有不同，而暴露罪惡的實質，并無二致。

由鏟除害草，想到嫉惡如仇，痛加芟夷。

草有害於人，何嘗依阻修。芒刺在我眼，焉能待高秋。……芟夷不可缺，嫉惡信如仇。（《除草》）

由培制新松，想到惡竹萬竿，應須斬絶。都是熱愛人民，除惡務盡的主張。

新松恨不高千尺，惡竹應須斬萬竿。（《將歸成都草堂，途中有作，先寄嚴鄭公五首》）

對於人才在野，横被摧殘，由枯柟之蟲萃、雷折，覺雖有棟梁之具，無復霄漢之志。

枯柟歲峥嶸，慘慘無生意。……巨圍雷霆折，萬孔蟲蟻萃。……猶含棟梁具，無復霄漢志。良工古昔少，識者出涕泪。（《枯柟》）

由高柟被風雨所拔，感到虎顛龍卧，委諸荆棘，泪痕血點，交垂胸臆，推己及人，悲憤萬端。

虎顛龍卧委荆棘，泪痕血點垂胸臆。我有新詩何處吟，草堂自此無顔色。（《柟樹爲風雨所拔嘆》）

尤其是秋風破屋，長夜沾濕，寧願吾廬獨破，受凍至死，希求廣厦萬間，大庇天下寒士，此種忘我爲人的犧牲精神，確是人類最高的道德境界。

安得廣厦千萬間，大庇天下寒士俱歡顔，風雨不動安如山。嗚呼何時眼前突兀見此屋，吾廬獨破受凍死亦足。（《茅屋爲秋風所破歌》）

杜甫對於侵略性的戰争，站在人民方面，是極端反對。如『君已富土境，開邊一何多』，『殺人亦有限，列國自有疆。苟能制侵陵，豈在多殺傷』，是反對開邊的戰争。但是遇外寇入侵，站在民族方面，依然是愛護祖國，同仇禦侮。如對安史之亂，他希望中興，是急破燕趙，收復山河。

洛城一别四千里，胡騎長驅五六年。……聞道河陽近乘勝，司徒急爲破幽燕。（《恨别》）

百萬傳深入，寰區望匪他。司徒下燕趙，收復舊山河。（《散愁二首》）

對於吐蕃入侵西川，他主張平亂，是三城守邊，八州一戰。

北極朝庭終不改，西山寇盗莫相侵。（《登樓》）

兵革未息人未蘇，吐蕃憑陵氣頗粗。……八州刺史思一戰，三城守邊皆可圖。（《入奏行贈西山檢察使竇侍御》）

大麥乾枯小麥黄，婦女行泣夫走藏。東至集壁西梁洋，問誰腰鐮胡與羌。豈無蜀兵三千人，部領辛苦江山長。（《大麥行》）

所以嚴武在西山破虜，先收滴博，更奪蓬婆的戰績，是認同和贊許。

秋風嫋嫋動高旌，玉帳分麾破虜營。已收滴博雲間戍，更奪蓬婆雪外城。（《奉和嚴鄭公軍城早秋》）

此是杜甫反對戰争，與熱愛祖國思想的統一。

杜甫對於城西古迹，如石犀、石笋的歷來傳説，認爲石犀鬼怪，何參人謀，修築堤防，出諸衆力。

修築堤防出衆力，高擁木石當清秋。先王作法皆正道，詭怪何得參人謀。（《石犀行》）

石笋虛名，後人未識，應擲諸天外，使不再疑。

嗟爾石笋擅虛名，後人未識猶駿奔。安得壯士擲天外，使人不疑見本根。（《石笋行》）

雖詩中諷刺朝政，別有寓意，但都是否定神話，破除迷信的鮮明主張。

（五）再回成都和幕府生活

杜甫安居草堂，未及三載，寶應元年七月，嚴武回朝，成都兵亂，又復流亡閬、梓，飽經路難。

十室幾人在，千山空自多。路衢惟見哭，城市不聞歌。（《征夫》）

三年奔走空皮骨，信有人間行路難。（《將歸成都草堂，途中有作，先寄嚴鄭公五首》）

及至廣德二年三月，嚴武重來成都，甫始再回草堂。

殊方又喜故人來……不知旌節隔年回。（《奉待嚴大夫》）

其時雪山斥堠，喜無兵馬，清江故園，猶見殘春。

得歸茅屋赴成都，直爲文翁再剖符。但使閭閻還揖讓，敢論松竹久荒蕪。（《將赴成都草堂，途中有作，先寄嚴鄭公五首》）

處處清江帶白蘋，故園猶復見殘春。雪山斥堠無兵馬，錦里逢迎有主人。（《將赴成都草堂，途中有作，先寄嚴鄭公五首》）

入門四松猶在，萬竹依然，鄰里沽酒，賓客歡迎，更足自慰。

昔我去草堂，蠻夷塞成都。今我歸草堂，成都適無虞。……入門四松在，步屧萬竹疏。鄰里喜我來，沽酒攜胡盧。大官喜我來，遣騎問所須。城市喜我來，賓客隘丘墟（《草堂》）

舊地重游，風景不殊，琴臺石鏡，勝迹依舊。

重游先主廟，更歷少城闉。石鏡通幽魄，琴臺隱絳脣。（《贈王二十四侍御契四十韵》）

按：石鏡在城北五擔山，即蜀王開明妃冢上。（見《華陽國志》）又《寰宇記》：『冢上有一石厚五寸，徑五尺，瑩徹號曰石鏡。』

望鄉臺前，放生池畔，以及摩訶北池，都是游迹所及。

兄弟分離苦，形容老病催。江通一柱觀，日落望鄉臺。（《送舍弟潁赴齊州三首》）

梅花交近野，草色向平池。倘憶江邊卧，歸期願早知。（《送王侍御往東川放生池祖席》）

湍駛風醒酒，船回霧起隄。高城秋自落，雜樹晚相迷。（《晚秋陪嚴鄭公摩訶池泛舟》）

北地雲水闊，華館闢秋風。獨鶴無依渚，衰荷且映空。（《陪鄭公秋晚北池臨眺》）

按：望鄉臺在今北門外駟馬橋。（即古升仙橋，見《華陽國志》。）《寰宇記》：『升仙亭，夾路有二臺，一名望鄉臺，隋蜀王秀所建。』《成都縣志》：『望鄉臺在縣北九里。』（即今駟馬橋，見《草堂地形圖》）放生池在城東大慈寺東北。（當時寺在城外）《鑑戒録》：『大慈寺東北有池曰放生池，蜀人競以三月元日，多將鵝鴨放於池中。』今東門外沙河堡有放生池，在大慈寺東，是否當年放生池所在，尚待續考。摩訶池在今皇城西北角。（見《草堂地形圖》）《元和志》：『摩訶池在今州中城内。』北池一説即摩訶池，一説爲城北十里之萬歲池，在今鳳凰山。（見《草堂地形圖》）

惟茅軒傾頽，破船僅存。

滄江多風飆，雲雨晝夜飛。茅軒駕巨浪，焉得不低垂。游子久在外，門户無人持。（《水檻》）

船舷不重叩，埋没已經秋。（《破船》）

鄰人已非，故交零落，撫事懷人，感慨繫之。

鄰人亦已非，野竹獨修修。（《破船》）

素交零落盡，白首泪雙垂。（《過故斛斯校書莊二首》）

避地初歸，春草滿堂，由一己之得歸故林，想到黎庶未康。

敢爲故林主，黎庶猶未康。避賊今始歸，春草滿空堂。（《草堂》）

在登樓看花之際，想到萬方多難，憂國憂民，每飯不忘。

花近高樓傷客心，萬方多難此登臨。錦江春色來天地，玉壘浮雲變古今。（《登樓》）

更因天下未寧，腐儒無用。

天下尚未寧，健兒勝腐儒。飄飄風塵際，何地置老夫。（《草堂》）

世路多梗，吾生有涯。

世路雖多梗，吾生亦有涯。此生醒復醉，乘興即爲家。（《春歸》）

已是殘生老翁，永客殊方。

永作殊方客，殘生一老翁。（《寄司馬山人十二韵》）

又復天涯奔竄，白屋難留。

所悲數奔竄，白屋難久留。（《破船》）

至於天涯故交，生離死别，百感交集，於李白長流夜郎，感到世人欲殺，我獨憐才。

不見李生久，佯狂真可哀。世人皆欲殺，吾意獨憐才。（《不見》）

於鄭虔、蘇源明客死台州，感到豪俊何在，文章掃地。

存亡不重見，喪亂獨前途。豪俊何人在，文章掃地無。（《哭台州鄭司户、蘇少監》）

既慟逝者，復念自身。

瘧痢餐巴水，瘡痍滿蜀都。飄零迷哭處，天地日榛蕪。（《哭台州鄭司户、蘇少監》）

由曹霸之盛名途窮，終日坎壈，

途窮反遭俗眼白，世上未有如公貧。但看古來盛名下，終日坎壈纏其身。（《丹青引》）

自念昔日文章，曾驚海内，今日饑寒，轉趨路旁。俯仰身世，不勝同感。

豈有文章驚海内，漫勞車馬駐江干。（《有客》）

往時文采動人主，此日饑寒趨路旁。（《莫相疑行》）

雖由嚴武推薦，暫作幕賓，然自笑吏隱，本非所願。所謂白頭幕府，深愧平生，暫酬知己，還栖故林。

白水漁竿客，清秋鶴髮翁。胡爲來幕下，只合在舟中。（《遣悶奉呈嚴公二十韵》）

浣花溪裹花饒笑，肯信吾兼吏隱名。（《院中晚晴懷西郊茅舍》）

白頭趨幕府，深覺愧平生。（《正月三日歸溪上有作寄院内諸公》）

暫酬知己分，還入故林栖。（《到村》）

清秋幕府井梧寒，獨宿江城蠟炬殘。……已忍伶俜十年事，强移栖息一枝安。（《宿府》）

按：節度使署，即李隆基（玄宗）初幸蜀宣詔時所住之蜀都府衙（見《舊唐書》），在今皇城内。（見《草堂地形圖》）《九家注杜詩·晚秋陪嚴鄭公摩訶池泛舟》詩，公自注：『池在府内，蕭摩訶所開，因是得名。』《元和志》：『摩訶池在州中城内。』池址在今皇城西北，故府衙在其近

處。（見《草堂地形圖》）

更因垂老戎衣，有同桎梏，曉入昏歸，不堪束縛。

垂老戎衣窄，歸休寒色深。（《初冬》）

束縛酬知己，蹉跎嘆小忠。……曉入朱扉啓，昏歸畫角終。（《遣悶奉呈嚴公二十韵》）

永泰元年正月，遂辭去幕府，回到草堂。斬竹葺茅，稍寬衰病。

愛惜已六載，兹晨去千竿。……草茅雖薙葺，衰病方稍寬。（《營屋》）

猶以爲茅屋堪賦，桃源可尋。

茅屋還堪賦，桃源自可尋。（《春日江村五首》）

雖衣結履穿，茹藜飲蔗，

過懶從衣結，頻游任履穿。（《春日江村五首》）

振我粗席塵，愧客茹藜根。（《太子張舍人遺織成褥段》）

偶然存蔗芋，幸各對松筠。（《贈王二十四侍御契四十韵》）

依然花暖風輕，栽桃種竹，把酒深酌，題詩細論。

種竹交加翠，栽桃爛漫紅。（《春日江村五首》）

風輕粉蝶喜，花暖蜜蜂喧。把酒宜深酌，題詩好細論。（《敝廬遣興奉寄嚴公》）

不幸嚴武又亡，關塞道阻，遂於五月離蜀南下，轉作瀟湘之游。於白髮殘生，憂時忍泪中，結束了成都草堂的生活。

五載客蜀郡，一年居梓州。如何關塞阻，轉作瀟湘游。世事已黄髮，殘生隨白鷗。安危大臣在，不必

淚長流。(《去蜀》)

按：離蜀南下，途中有《哭嚴僕射歸櫬》詩：『一哀三峽暮，遺後見君情。』又《聞高常侍亡》詩：『獨步詩名在，只令故舊傷。』其去蜀心情之不堪，可以概見。

及至雲安，尚回憶草堂，形諸咏歌。

萬里橋西宅，百花潭北莊。層軒皆面水，老樹飽經霜。雪嶺界天白，錦城曛日黃。惜哉形勝地，回首一茫茫。(《憶錦水居止二首》)

草堂經營，爲杜甫一生精力所聚，『萬里橋西宅，百花潭北莊』。茫茫回首，長在詩人腦海中。從此成都草堂，遂成爲千古愛國詩人的聖地。

第二編　杜甫去成都後草堂的興廢

自杜甫離蜀（成都）南下（七六五），至今已一千一百九十七年。其間草堂屢經廢興，以宋代吕大防、明初朱椿、清初蔡毓榮等重建草堂，爲廢後復興的重要關鍵。據此分爲四期，分别記述，每期約爲三百年。若自草堂建置之年（七六〇）起計，至今年爲一千二百零二年。

第一期　唐代永泰至宋代元豐的草堂（約三百一十年）

杜甫自唐代宗永泰元年（七六五）五月離成都後，

《年譜》：廣德二年春，嚴武再鎮蜀。春晚，甫遂由梓州歸草堂。六月，武表甫爲節度參謀檢校工部員外郎。永泰元年正月，辭幕府歸草堂。四月，嚴武卒。五月，遂離蜀（成都）南下，自戎州至渝州。六月，至忠州。秋，至雲安。大曆元年春，自雲安至夔州居之。

成都草堂即爲崔寧妾任氏所居，

《通鑑》：大曆四月，以崔旰爲西川節度使。三年四月，崔旰入朝，賜名寧。瀘州刺史楊子琳帥精騎數千突入成都。秋七月，崔寧妾任氏出家財數十萬，募兵得數千人，帥以擊子琳破之。

任氏後捨宅爲寺，曰梵安寺。

鄭暐《蜀記》：梵安寺乃杜甫舊宅，在浣花溪，去城十里。大曆中，崔寧妻任氏居之，後捨爲寺，人爲立廟於其中。每歲四月十九凡三日，衆遨樂於此。（《成都文類》葛琳《浣花亭詩》注所引）

又：浣花亭在梵安寺，其先爲杜甫舊宅。（《四川通志》及《成都縣志》所引皆同）

《直齋書録解題》：《蜀記》，唐鄭暐撰，雜記蜀事、人物、古迹、寺觀之屬。

《蜀志補罅》：暐，成都人，復著有《天寶西幸略》云。

按：岑參有《早春陪崔中丞同泛浣花溪宴》詩：『紅亭移酒席，畫舸逗江村。花間催秉燭，川上欲黄昏。』（全詩已收入《草堂文獻彙編・題咏編》，尚未印行，以下簡稱見《題咏編》）崔寧節度西川，在大曆二年，岑參時任嘉州刺史。杜甫在雲安時，尚有《寄岑嘉州》詩。岑詩所謂『紅亭移酒』『花間秉燭』，足見杜宅是時已變成崔寧別墅，焕然一新。岑詩中仍用杜詩『清江一曲抱村流』之『江村』與『紅亭』相映，影射草堂野亭，今昔盛衰，隱寓感慨。詩人意境，非崔寧武夫所能曉，然明眼人自能知之。後來任氏捨宅爲寺，人爲立廟於其中。從此杜甫草堂與梵安寺、任氏祠同在浣花溪上，自唐至今，相爲終始，地址方位，并無變遷。（見《草堂地形圖》）《蜀記》所載，爲杜甫去蜀後草堂下落最明確的記載，亦即唐代遺留下來最早的史料。據此則梵安寺的起源可以肯定。後來所謂草堂與草堂寺比鄰而居，以及相因得名諸異説，均可得到正確之解答。

任弁《梁益記》：溪水出湔江，居人多造彩箋，故號浣花。公之别館，後爲崔寧宅，捨爲寺，今尚存焉。（《門類集注杜詩・將赴成都途中先寄嚴鄭公》詩注所引。《九家集注杜詩》亦同。）

《郡齋讀書志》：《梁益記》，任弁撰。天禧（宋真宗年號）中，弁游成都，以蜀記數家之言皆無據，乃引書傳刊正其謬。

《直齋書録解題》：《梁益記》，著作佐郎益州知録事參軍任弁撰。天禧四年（一〇二〇）自爲序。

按：宋何耕有龍華大像詩，題爲『龍華大像蓋冀國夫人所造，因成二絶』。又，《成都府志》載：『龍華大像，鑿山爲之，高一百尺，下臨大江。何耕詩序謂浣花夫人所鑿，與修覺、九頂稱西山三大像。』任氏造像規模宏遠，亦爲捨宅爲寺之旁證。

但至晚唐及宋初，草堂遺址猶在。蓋任氏當時對於甫宅，非全部占據，後捨爲寺，仍留甫當時一二臺宇，聽其荒廢蕪没。故至唐文宗太和四年（八三〇）李德裕來川，其從事張周封謂浣花亭在州之西南，杜甫有宅在。

張周封《華陽風俗録》：浣花亭在州之西南，有江流，至清之所也，其淺可涉。故中有行車，甫有宅在焉。（《門類集注杜詩・溪漲》詩注所引，《九家集注杜詩》亦同。）

《唐書・藝文志》：《華陽風俗録》，張周封撰。周封，字子望，西川節度使李德裕從事。

其先後時間，雍陶亦曾經杜甫舊宅。

雍陶《經杜甫舊宅》詩：萬古只應餘舊宅，千金無復换新詩。

雍陶，字國鈞，成都人，太和進士，大中間自國子毛詩博士出爲簡州刺史。

至唐宣宗大中九年（八五五），盧求爲白敏中從事，稱杜甫臺猶存。

盧求《成都記》：杜員外别業在百花潭，臺猶在。（《門類集注杜詩・狂夫》詩注所引。《九家集注杜詩》亦同。）

《唐書・藝文志》：《成都記》，盧求撰，求爲西川節度使白敏中從事。

《全蜀藝文志》：《成都記》，自序成於大中九年。

鄭谷稍後於盧求，其來成都亦見杜甫荒臺。

鄭谷《蜀中》詩：揚雄宅在惟喬木，杜甫臺荒絶舊鄰。（見《題咏編》）

鄭谷，字守愚，宜春人。光啓進士，乾寧中仕都官郎中。有《雲臺編》。

至唐昭宗天復元年（九〇一），韋莊爲西蜀奏記，於浣花溪尋得工部舊址，柱砥猶存，乃爲其地結茅爲室，以保存其舊處。

韋藹《浣花集序》：余家之兄莊，自庚午（廣明元年）亂離前，凡所著歌詩文章數十通，屬兵火迭興，簡編俱墜，唯餘口誦者，所存無幾。爾後流離飄泛，寓目緣情。子期懷舊之辭，王粲傷時之製，或離群軫慮，或反袂興悲，四愁九愁之文，一咏一觴之作，迄於癸亥歲，又綴僅十餘首。庚申夏，自中諫□□□□（四字缺，當爲『除左補闕』四字）。辛酉（九〇一）春，應聘爲西蜀奏記。明年（九〇二）浣花溪尋得杜工部舊址，雖蕪没已久，而柱砥猶存。因命芟夷，結茅爲一室，蓋欲思其人而成其處，非敢廣其基構耳。藹便因閑日，録兄之稿草中或默記於吟咏者，次爲□□□，目之曰浣花集，亦杜陵所居之義也。余今之所製，則俟爲别録，用繼於右。癸亥年（九〇三）六月九日韋藹集。

韋莊，字端己，杜陵人。乾寧進士，以左補闕宣慰四川，遂留蜀，事王建，累官吏部尚書。卒葬白沙。有《浣花集》。

《唐才子傳》：韋莊自來成都，尋得杜少陵所居浣花溪故址，雖蕪没已久而柱砥猶存，遂誅茅重作草堂而居焉。

《十國春秋》：拾遺韋莊爲奏記，於浣花溪得杜工部舊址，結茅爲室，故其弟藹以名其集。

後唐明宗時，何瓚至成都，有《書事》詩云：『閑步文翁坊裏月，閑尋杜老宅邊松。』時在韋莊結室後約二十餘年。

何瓚，閩人，唐末進士，後唐莊宗爲太原節度使，辟爲判官，代知留守事。建拜諫議大夫。明宗即位，以瓚爲西川節度副使，後蜀孟知祥稱帝，改瓚爲行軍司馬卒。

又僧可朋有《杜甫舊居》詩云：『傷心盡日聞啼鳥，獨步殘春空落花。』此又足見當後蜀時，杜宅、韋室皆不存，惟餘松樹及啼鳥、落花而已。

可朋，後蜀時丹棱人。好酒，自號醉髡。著有《玉壘集》。

惟杜宅雖不存而遺址故在，故當宋太平興國時（九七六—九八三），樂史謂：『杜甫宅在西郊外。』

《太平寰宇記》：杜甫宅在西郊外，地屬犀浦縣，接浣花溪，地名百花潭。

《郡齋讀書志》卷八：《太平寰宇志》二百卷，皇朝樂史等撰，太平興國中，盡平諸國，天下一統，史悉取自古山經地志，考正謬誤，纂成此書，上之於朝。

又任弁來成都在天禧中（一〇二〇），稱：『公之別館，後爲崔寧宅，捨爲寺，今尚存。』此皆指甫宅之遺址而言。

至宋祁《春日出浣花溪》詩謂：『少陵宅畔吟聲歇，柳碧梅香欲向誰？』自注云：『杜子美宅在浣花溪上。』似當嘉祐時，宋祁在成都，又見有一草堂。

宋祁《春日出浣花溪》詩，見《題咏編》。

宋祁，字子京，雍邱人，舉進士，知成都府，屢遷龍圖閣學士、史館修撰，有《景文集》《益部方物略》。

據趙抃《題杜子美書室》詩謂：『茅屋一間遺像在，有誰於世是知音？』則是確見有此草堂，有此遺像。

然趙抃四次入蜀，最初在慶曆時，最後在熙寧時，而吕大防重建草堂，是在熙寧後元豐時，吕大防尚未來成都之前，此一間茅屋之草堂，又係何人所建？

趙抃《題杜子美書室》詩，見《題咏編》。

趙抃，字閱道，衢州人，第進士，累官殿中侍御史，歷益州路轉運使，兩知成都府。著有《成都古今集記》及《清獻集》。

再查宋京《草堂》詩謂：『野僧作屋號草堂，不是柴門舊時處。』始明指出此茅屋一間之草堂爲野僧所作。又云『不是柴門舊時處』，則對於野僧所作草堂之地址，尚有懷疑。

宋京《草堂》詩，見《題咏編》。

宋京，字宏父，雙流人。崇寧五年進士，累官至户部員外，大府少卿，知邠州。

又吕陶《浣花溪泛舟》詩謂『詩翁舊隱知何在』，亦是與宋京同一懷疑野僧所作之屋。

吕陶《浣花溪泛舟》詩，見《題咏編》。

吕陶，字元鈞，號浄德，成都人。皇祐進士，熙寧時復登制科，歷官集賢院學士，有《浄德集》。

蓋杜宅遺址，原有少部分在梵安寺外，曾爲韋莊結室之所。當北宋慶曆、嘉祐時，國内學者皆喜言杜詩，推崇杜甫。梵安寺僧或即於其時應時人之趨尚，建此茅屋一間，并爲甫像，以示尊崇。惟所建甚苟，不久即廢。故至元豐中吕大防重建時，胡宗愈謂『先生故居松柏荒凉，略不可記』。此又足見寺僧所建之茅屋，至熙寧、元豐間，又不復存。

胡宗愈語，見後《新刻詩碑序》。

此草堂爲杜甫去後，吕大防未修以前，三百一十年之中，其間改變興廢之迹，尚有歷歷可尋者。

第二期　宋代元豐至明初的草堂（約二百九十年）

宋神宗元豐時（一〇七八—一〇八五），吕大防知成都府，始於杜宅舊址復作草堂，并繪甫像。哲宗元祐三年（一〇九〇），胡宗愈知成都府，復取杜甫在成都詩刻之壁内。

胡宗愈《成都新刻草堂先生詩碑序》：草堂先生，謂子美也。草堂，子美之故居，因其所居而號之曰草堂先生。先生自同谷入蜀，遂卜居浣花江上，萬里橋之西，爲草堂以居焉。《唐史》前後牴牾，先生至成都之年月不可考。其後有《寄題草堂》詩云：『經營上元始，斷手寶應年。』然則先生之來成都，殆寶應之初乎？嚴武入朝，送武之巴西，遂入梓州。蜀亂，乃之閬州，將赴荊楚。會武再鎮兩川，自閬州挈妻子歸草堂。武辟爲參謀。武卒，蜀又亂，去之東川，移居夔州，遂下荊渚，泝沅湘，上衡山，卒於耒陽。先生以詩鳴於唐，凡出處去就，動息勞佚，悲歡憂樂，忠憤感激，好賢惡惡，一見於詩，讀之可以知其世，學士大夫謂之詩史。其所游歷，好事者隨處刻其詩於石，及至成都則闕然。先生故居，松竹荒凉，略不可記。丞相吕公大防鎮成都，復作草堂於舊址，而繪像於其上。宗愈假符於此，乃録先生詩刻石，置草堂之壁間。先生雖去此，而其詩之意有在於是者，亦附於後，庶幾好事者得以考先生去來之迹云。元祐庚午（一〇九〇年）書。

吕大防，字微仲，汲郡人。皇祐初進士，元豐中（一〇七八—一〇八五）知成都府，元祐元年封汲郡公。著有《杜工部年譜》。

胡宗愈，字完夫，晉陵人。嘉祐四年進士，元祐初知成都府。

吕大防所建草堂，即梵安寺未占之杜宅遺址，亦即韋莊結茅之處，與梵安寺緊相連接，正對百花潭水，即現在杜甫草堂地址（見《草堂地形圖》）。元豐中重建草堂，爲杜甫去蜀三百年後草堂復興的重要關鍵。後來雖屢經廢興，然皆奠基於此，更無變遷。梵安寺内，自唐已有冀國夫人祠（即任氏祠），故任正一《游浣花記》謂：『入梵安寺，羅拜冀國夫人祠下，退而游杜子美故宅，遂泛舟浣花溪之百花潭。』其游覽次第，由東而西，可以見當年梵寺、任祠、杜宅之位置與現在無異（見《草堂地形圖》）。

任正一《游浣花記》全文見後《附編》。

任正一，北宋時蜀人，籍履未詳。

葛琳《和浣花亭》詩（見後《附編》）亦説：『旁縈浣花溪，中開布金地（指梵安寺）。杜宅鼂遺址，任祠載經祀。』其所述花溪曲抱、梵寺居中及杜宅、任祠相連的形勢，至今依然（見《草堂地形圖》）。

葛琳《和浣花亭》詩。

葛琳籍履待考。

梵安寺浣溪四老唱和詩，楊損之亦有『子美堂鄰願爲約』之句，足見吕氏所建草堂與梵安寺緊相連接。草堂雖未復杜甫昔時舊觀，然地址固未有改變。蓋梵安寺存，則草堂之遺址即存，寺外所餘之園林荒地亦存。

梵安寺浣溪四老唱和詩，見《宋詩紀事》卷十八引《成都文類》。

四老謂楊損之字益之，楊咸章字晦之，任傑字漢公，楊武仲字子藏，皆蜀人。

獨是趙次公注杜詩，謂甫之草堂在東岸，今土人謂葫蘆灘；西岸梵安寺之草堂，吕汲公想像典型爲之。趙氏蓋未見鄭暐、任弁兩人之載記，不知梵安寺傍正是草堂確定不易之地址。江水西來，只有南北岸，必清江一曲，江岸回轉，始有東西岸。杜詩『南江繞舍東』『日出籬東水』，明明指出宅在西岸，毫無疑義（見《草堂地形圖》）。趙氏對杜詩未加深考，故有在東岸之誤解。

> 杜詩《卜居》詩趙注：公之居在水之東岸，公詩所謂『田舍清江曲』是也。其址既蕪沒，本朝呂汲公鎮成都日，想像典型，於西岸佛舍梵安寺旁爲立草堂焉。（《九家集注杜詩》所引）
>
> 又《狂夫》詩趙注：蓋公之草堂在水東岸之曲處，今土人謂葫蘆灘者，乃其實也。西岸梵安寺之草堂，特本朝呂汲公爲帥日，想像典型爲之耳，本非在西岸也。（同上）
>
> 《分類蘇詩》王注：趙次公，字彦材，蜀人，任隆州司法。
>
> 《郡齋讀書志》：趙次公注杜詩五十九卷，吕微仲（即吕大防）在成都時嘗譜其年月，近時有蔡興宗者，再用年月編次之，而趙次公者又以古律雜次第之，且爲之注。
>
> 案：朱鶴齡及仇兆鰲注杜詩，皆節引趙氏此注，惟改東岸爲西岸，蓋亦覺東岸之説與詩不合。

惟修建後無人管理，則容易毁損。觀南宋初郭印《草堂》詩：『草堂何處尋？雲黯浣花溪。棟宇已非昨，松竹尚依依。』又葛琳詩亦有『杜宅巋遺址』之句。足見草堂在兩宋之際，已漸頹廢。

> 郭印《草堂》詩見《題咏編》。
>
> 郭印，字信可，成都人。政和進士，歷任銅梁、仁壽等縣令。有《雲溪集》。

至高宗紹興八年（一一三八），張燾知成都府，上距吕大防修建之時，僅六十年，見其有『鶩陊摧剥』之象，故又加培修，稱爲杜祠。并盡刻杜甫詩於石，置於堂之四周，置酒滄浪亭上以慶其成。喻汝礪爲文紀其事，趙次公亦有記以美之。

> 喻汝礪《杜工部草堂記》：紹興己未（一一三九），天子憫然念全蜀之民久弊於兵，會成都請帥，上問

於二三執政，欲掄文智武略閎博之士，俾之保惠而鎮綏之。……翼日宰相選第一二臣以聞，上弗許也，已而曰朕得其人矣，習先王之典章，重之以篤實任事，無易張燾者。……於是制中書門下以吏部尚書張燾爲寶文閣學士知成都府兼安撫使。……公建畫長利，存定窮寡。伐貪濁，扶起廢滯。……復念文翁以道訓蜀，諸葛武侯以義保蜀，張忠定公以鋤惡表善治蜀，乃即廟宫而治新之。又語其屬曰：『杜少陵詩歌一千四百餘篇，考其志致，未嘗不念君父而斯民是愛。顧其祠宇，距城不能五里，窶陊摧剥，何以昭斯文之光？予甚自愧。』乃斥公帑之餘費，弗匱府藏，弗勤民力，命僧道安董其事，增飾之。慮工一千五百，計泉八十萬有奇，創手於紹興庚申（一一四〇）八月丙戌，訖季冬之乙亥告成。斷石爲碑，二十有六尺，鑱其詞於堂之四周，次第甲乙，毛末不見。辛酉孟夏，汝礪以職事見公，授之次，飯於誠正堂，公曰：『蜀治草堂小異，吾儕盍往觀焉。』飯訖，肩輿出郊，謁先主武侯閟宫，遂入草堂，吊少陵之遺像，置酒滄浪亭。亭并浣花竹柏濯濯可愛，縱觀詩碣。公顧曰：『考石多所日矣，願得公文以紀其事。』汝礪謝。……辭不可，則論著之。

《宋史·張燾傳》：燾字子公，饒之德興人，宣和八年進士，紹興八年（一一三八）以寶文閣學士知成都府，兼本路安撫使。

《困學紀聞》：喻汝礪，字迪儒，仁壽人。第進士，有氣節，工詩文。靖康中，爲祠部員外郎，不附割三鎮之議。金人議立僞楚，汝礪捫膝曰：『此豈易屈者哉？』遂歸，隱於邛山之陽，自號捫膝先生，著有《捫膝集》。

案：吕大防重建草堂後，杜祠之名，始見於此，草堂中的滄浪亭亦始見，亭名蓋取『百花潭水即滄浪』之義。『苦無賓客僧來後』，『風移深竹見僧行』之句，都是堂寺相連的寫實。

趙次公《杜工部草堂記》：六經皆主乎教化，而《詩》尤關六經之用。是故《易》以盡性，而性情寄寓之咏，則《詩》通乎《易》。《書》以道事，而事變之達，則《詩》通乎《書》。《詩》與而禮立樂成，無《詩》則禮樂無以發揮。《詩》亡而後有《春秋》，有《詩》則《春秋》無復聖人之筆削。然則，《詩》之旨不其大乎。故孔子删《詩》之後，而爲二百四十二年之褒貶。孟子尤長於《詩》，而有七篇之書，其興風雅，明教化，無異也。自孔孟微言之既絶，而《詩》之旨不傳。區區惜别，已失於漢，華麗委靡，又失於六朝。唐自陳子昂、王摩詰沉函醖隱，稍爲近古，而造之未深，其明教化者無聞焉。至李杜號詩人之雄，而白之詩多在於風月草木之間，神仙虚無之説，亦何補於教化哉！惟杜陵野老，負王佐之才，有意當世，而骯髒不偶，胸中所藴，一切寫之以詩。其曰：『許身一何愚？自比稷與契。』又曰：『致君堯舜上，再使風俗淳。』此其素願也。至其出處，每與孔孟合。『尚鄰終南山，回首清渭濱。』則有遲遲去魯之懷。『勳業頻看鏡，行藏獨倚樓。』則有皇皇得君之意。晚依嚴武，未愜素心，狂駕再顧，赴期肯來，禮數非不寬也，而卒未免於嫌忌，致同胞有蜀道難之悲。吁！可慨夫。我公以甫氣味之同，神交於今日，而况閶闔有揖讓之風，松竹無荒蕪之嘆，在甫所得爲多，則甫之精爽凛然，宜安新宫之爽塏而樂之矣。儻甫無恙，其遇公也，受知之篤，始終不渝，嚴公視之，得無怍乎？彼之疇昔論詩，孰與今者刻詩之意也！天下後世，由是識曲阜之履，愛甘棠之木，誦其詩以知教化之源，豈不自我公發之耶！

按：《四川通志》誤以趙次公此記爲吕大防修建草堂作。考次公爲南宋初人，與張燾同時，去元豐幾五十年。文中所稱之公，係謂張燾，故特爲校正。

至吕大防所繪之杜甫遺像，陸游在成都猶獲見之，并有《拜少陵遺像》詩：『至今壁間像，朱紱意蕭散。』

陸游《拜少陵遺像》詩見《題咏編》。

陸游，字務觀，號放翁，山陰人。乾道六年入蜀，八年適成都。淳熙二年（一一七五），范成大帥成都，與游爲文字交。

又陸游有杜甫在成都有兩草堂之説，此蓋偶然之誤，錢謙益、何明禮皆已辨正之。

陸游《老學庵筆記》：杜少陵在成都有兩草堂，一在萬里橋之西，一在浣花，皆見於詩中。萬里橋故居遂湮没不可見，或云房季可園是也。

按：杜甫詩謂：『萬里橋西宅，百花潭北莊。』是説草堂在萬里橋之西，百花潭之北，不是説有兩個草堂。又《狂夫》詩説『萬里橋西一草堂，百花潭水即滄浪』，其意更爲明顯。陸游特一時誤會之耳，不足深辨。錢謙益《杜詩箋注》亦引杜詩以證成都實無二草堂。何明禮《浣花草堂志》引《成華合志》謂：『浣花舉近而言，萬里橋舉遠而言，此爲得之。』錢氏、何氏辨正全文具見原書，兹不繁引。（雍正《四川通志》亦誤采陸游之説。）

至楊甲詩謂：『永懷堂中翁，回首千歲迹。』

楊甲《與客游滄浪亭》詩見《題咏編》。

楊甲，字鼎卿，乾道二年進士。

邵博詩謂：『萬里橋西宅，幽居今尚存。』

邵博《游杜子美草堂》詩見《題咏編》。

邵博，字公濟，洛陽人。紹興時知梁州、眉州。卒於犍爲。

馬偁詩謂：『溪邊三重結茅屋，松蘿翳疏晚雨時。』

馬偁《游子美草堂》詩見《題咏編》。

馬偁籍履待考。

京鏜詞云：『錦里先生，草堂築浣花溪上，……橋西潭北留佳賞，况依然一曲抱村流，江痕漲。』

京鏜《題子美草堂·滿江紅》詞，見《題咏編》。

京鏜，字仲遠，豫章人。紹興進士，曾任四川安撫制置使兼知成都府。

此皆張燾培修後所見草堂之景象。

又祝穆謂梵安寺與杜甫草堂相接，吕大防建草堂，繪少陵像，張燾盡取少陵詩刻石，足見南宋末草堂内繪像與詩石皆存。

祝穆《方輿勝覽》：梵安寺在成都縣南，與杜甫草堂相接，每歲四月中澣前一日，太守宴集於此。吕大防建草堂繪少陵像，張燾盡取少陵詩勒石刻置焉。

祝穆，初名雨，字和南，歙人。與弟癸同從朱熹受業，有《事文類聚》四集。

宋理宗端平三年（一二三六）成都兵亂後，謝采白猶聞草堂無恙。

謝采白《密齋筆記》：蜀郡西門外可六七里，有杜工部草堂，潭以百花名。初未有花，乃唐冀國夫人在父母家時，有異僧墜污渠中，夫人爲浣衣而百花浮水上。工部嘗賦浣花流水之句。夫人歸西川節度使崔寧爲小婦。節度入奏，主人能散財破賊之楊子琳，邦人德之，即所居祠夫人。後草堂與祠并稱。端平丙申（一二三六）遭亂，群城焚蕩，此等遺迹，聞自無恙。

謝采白，字元若，台州臨海人。嘉泰二年進士，有《密齋筆記》《續記》。

按：説百花潭之得名，係襲吴中復之誤，辨見《附編·冀國夫人祠》下。

元代以蒙古族入主中國，紐憐大監尚於草堂建立草堂書院，并爲甫請謚曰文貞。

張雨《句曲外史集·贈紐憐大監》詩自注云：大監請以文翁之石室、揚雄之墨池、杜甫之草堂，皆列於學宫。又爲甫得謚曰文貞，以私財作三書院，遍行東南，收書三十萬卷及鑄禮器以歸。虞奎章紀其事，邀予賦詩如左：『論卷聚書三十萬，錦江江上數連艘。遠追教授文翁學，重嘆徵求使者勞。石室譚經修俎豆，草堂迎詔樹旗旄。也知後世揚雄宅，獻賦爲郎愧爾曹。』

張雨，一名天雨，字伯雨，錢塘人。與趙孟頫、虞集爲文字交，自號句曲外史。撰有《茅山志》。

《元史·紐憐傳》作紐璘，又作耨埒。從元憲宗入蜀，有大功，子孫三代皆仕於蜀。

王圻《續文獻通考》：至正二年（一三四二）追謚杜甫曰文貞，蓋從大監之請也。草堂書院亦創於其時。陸深《豫章雜鈔》：元至正初，史館遺屬官馳驛求書東南，異書頗出。時有屬帥紐鄰之孫盡出其家貲，遍游江南，四五年間，得書三十萬卷，溯峽歸蜀，可謂富矣。

趙孟頫《送杜伯玉四川行省都事》詩有『浣花溪上草堂存，會見能詩幾代孫』之句，虞集有『杜甫溪頭花匼匝』及『草堂長憶蜀西郊』之句。宋无亦有《杜公祠》詩。

趙孟頫、虞集、宋无等詩，俱見《題咏編》。

趙孟頫，字子昂，吴興人，仕至翰林學士承旨，謚文敏。有《松雪齋集》。

虞集，字伯生，仁壽人，後徒臨川，仕至奎章閣侍書學士。有《道園學古録》。

宋无，字子虚，蘇州人，舉茂才不就。有《寒齋冷語》等。

此草堂自吕大防重建後，與梵安寺、任氏祠并列，至元末尚存，且無大改變，亦無大毀損。惟寺宇則有僧徒隨時修葺，草堂則無專人管理，易致傾頽。明人劉球謂草堂『作於唐者毁於唐，作於宋元者毁於宋元』，實此之故。

以上第一、二期搜集史料，重在草堂興廢。自韋莊結茅爲室，中經野僧作屋，更由吕大防復興草堂，以至張燾、紐憐的重修，可考者僅只五次。文獻不足，若續若斷。爰徵引詩人題咏中有關資料，夾叙其中，貫穿一綫，於是杜甫去後六百年間草堂的沿革，得以相續不斷，成爲信史。

第三期　明初至清初的草堂（約二百九十年）

明洪武二十六年（一三九三），蜀獻王朱椿來成都，復更作祠，左右有廡，後爲草堂。方孝孺有文紀其事，朱椿亦有祭杜甫文。《寰宇通志》亦載之。

方孝孺《成都祠堂碑》：（前略）成都浣花溪之上故有草堂，廢於兵也蓋久。大明御四海，賢王受封至蜀。以聖賢之學，施寬厚之政，既推先生之心以惠斯民，貧無食者，賜之以粥，陷於夷者，贖之以布，歲所活者萬計，歡聲達於遐邇。復謂先生爲萬世所慕者，固不專在乎詩；而成都之民思先生而不忘，亦不在乎草堂。然使士君子因睹先生之居而想先生之爲心，咸有願學之志，則草堂不可終廢。乃於洪武二十六年冬十二月，命臣工更作之，不逾月而成。中爲祠以奉祀，廡其左右，而門其後前爲草堂，以存其舊。高傑華敞，皆昔所未有，下教俾臣某記其事。（後略）

方孝孺，字希直，一字希古，寧海人。從宋濂學，洪武中任漢中教授，蜀獻王朱椿聘爲世子傅，待以賓師之禮。名其讀書之齋曰正學，方正學之稱以此。朱椿之重建草堂，當由方孝孺有以促成之。

朱椿《祭杜甫文》：維洪武二十六年，歲次癸酉，十二月某日，遣官以牲醴之奠，致祭於草堂先生杜公曰：先生距今日之世數百餘年，而成都草堂之名，至今日而猶傳。予嘗縱觀之，萬里橋之西，浣花溪之邊，尋草堂之故址，黯衰草兮寒烟，是以不能無所感也。於是命工構堂，闢地一廛，匾舊名於其上，庶幾過者仰慕乎其賢。然人之所傳者，先生之遺編也。而予之所美者，蓋以先生一飯之頃，而忠君愛國之念惓惓。雖其出巫峽，下湘川，固不戀戀於此。而先生之精神，猶水之在地，無所往而不在焉。爰矢辭於翰墨，寫予心之悁悁，臨風釃酒，尚其來旃。

朱椿，明太祖朱元璋第十一子，封於蜀，是爲蜀獻王。博綜典籍，雅尚儒素。

《寰宇通志》：杜甫祠在府城西南浣花溪上，宋吕大防建，後廢。國朝洪武二十五年重建。

按：朱椿重建草堂在吕大防後約三百年，據成化年間草堂八景碑：『蘭若名提古梵安，草堂相近枕江街。』是當年重建的草堂，仍是吕氏所定梵安寺旁的舊基。

正統中又加培修。

嘉靖修《四川總志》：草堂，府治西南五里浣花溪上，即杜甫宅也，甫詩『萬里橋西宅，百花潭北莊』謂此。

又：杜甫祠浣花溪上，宋吕大防建。本朝洪武正統中重建。

景泰元年（一四五〇），薛瑄游草堂，見當時門匾署杜工部祠，入門三間，奉子美之神，中堂三間，爲游者宴息之所，最後堂三間，覆之以茅，象子美當時之草堂。

薛瑄《游草堂記》：景泰元年（一四五〇）九月某日，僉都御使李匡，約予洎大理少卿張固、監察御史羅俊，同爲草堂之游。草堂乃唐杜甫子美避地蜀中時，裴冕爲作於浣花溪者，子美詩所謂『萬里橋西一草堂』是也。當時之草堂廢已久矣，而後世作堂以象之者，則纍纍不廢焉。至蜀獻王崇尚子美之忠賢，一新其堂。每歲時良辰勝日，蜀之衣冠士庶，與夫戴白之叟，垂髫之童，皆知草堂之名，而出游其地。人物車馬雜遝，道路至填溢，草堂不能容。由是草堂遂爲蜀中之勝迹，朝之縉紳大夫有事於蜀者，亦必至其地焉。予與四人者，皆以事在蜀，既爲斯約。是日早，出中和門，度萬里橋，循錦江西上。時霜降水落，江流之湍急鏘鳴金石者，有以清人之耳；其洄澤之澄碧涵虛者，有以清人之目。與凡近岸之踈篁折葦，遠波之浴鳬飛鷺，皆足以娱心意而供出游之觀。西行可五六里，有橋曰遇仙，過橋有宫曰青羊，乃道家者言老子降於蜀青羊肆云，後人因即其地以爲宫。宫西行約一里，過溪橋，曰草堂寺者，蓋自子美之草堂而得名也。寺西行僅半里，門匾曰杜工部祠。入門有堂三間，以奉子美之神；中堂三間，以爲游者宴息之所；最後堂三間，覆之以茅，蓋象子美當時之草堂也。予四人者，相與觀子美詩刻，中有所謂雪嶺、錦江者，蓋皆在今草堂之西南，然江山雖如故，而詩中所咏當時之物，蓋有不同者矣。方徘徊間，諸公皆至，具小酌中堂，有絲竹之聲。酒半而起，還過青羊宫，復留小酌，至暮而歸。予惟子美草堂，不過江村一漏室耳。今去唐垂千餘年，當時之草堂已化爲塵土，後世作堂以象之者，年愈久而名愈新，是豈徒以子美詩之工而凌跨古今、冠絶百世哉？蓋唐至中葉，爲女子小人蠱惑君心，竊弄權柄，紀綱大壞，逆賊横發，黄屋出奔，四海潰亂。其人臣平時載高位，食厚禄，號爲親信，而近幸者率多頓顙賊庭，受其僞職。子美在當時一布衣耳，亦嘗陷賊中，乃挺然無所污。其視失節之臣，已不啻麟鳳之與犬豕矣。及其拔賊中，赴行在，肅宗拜拾遺，未幾竟以直言去官。乃客秦州，入隴蜀，遂寓居草堂。適嚴武鎮蜀，奏爲檢校工部員外郎。或去或來，不離草堂者僅五載焉。夷考子美平日所作諸詩，雖當兵戈騷擾流離之際，道路顛沛凍餓之餘，其忠君一念，炯然不忘。故其發而爲詩也，多傷時悼亂，痛切危苦之詞，憂國愛民，至誠惻愴之意，千載之下讀之者，尚能使之憤懣而流涕，感慕而興起。則子美之忠，終始不渝又如此，非特不污賊中之一節爲然也。且自子美草堂以來，以全蜀之盛，歷代之豪族富家，高甍巨桷，歌臺舞榭，蔽雲日而出風雨者，不知其幾萬億，今皆消滅殆盡，寂無名稱。獨子美區區一草堂，而爲後世之所景慕，興葺游觀，愛賞之不忘，名將與天地相爲悠久。孔子所謂『誠不以富，亦祇以異』者，子美殆近之歟。嘗讀子美詩有所謂百花潭者，今訪諸草堂之側無此潭，豈歲久而湮塞歟？獨浣花溪在今草堂東北，即青羊宫西來所過橋下溪是也。

薛瑄，字德温，號敬軒，河津人。永樂進士。能詩，有《薛文清集》。

按：百花潭、浣花溪均在今草堂之前，此文誤以爲在草堂之側，至以青羊宫西來橋下之磨底河爲浣花溪，則尤誤。（見《草堂地形圖》）

劉球謂今茅茨如舊，而益之以享堂、憇亭、門廡、垣藩者，昔獻王王蜀，興其廢而大於前也。此亦足見洪武時建修之規模。

劉球《謁少陵杜先生草堂記》：（前略）至是方固欲詢是方之俗，亦不可不求是方先賢往哲之流光遺潤，以博其見聞，增益其所未逮。故登西山而想伯夷之風，臨湘流而誦屈原之賦，過殷墟而繹箕子之疇，必將有得於心。至使命於蜀，則少陵杜先生草堂不可無其迹，游迹草堂，亦豈無得哉？蓋先生之文辭冠於唐，越於六朝兩漢，卓然成一家。於三百篇之後，凡習爲詩者，皆知其然。至其處溷世能不污其行，隳其高，其清類伯夷；無日不懷其君，憂於國，其忠類屈原；閔人窮倫圮，汲汲欲拯而叙之以復古初，其慮世類箕子；有是道而未遇知當朝，復更世變，未及施諸用，窮亦至矣。惟其窮，故其道施於文者愈光。成都浣花溪草堂，其守道固窮之地也，距先生六百餘年而幸造焉。求其所謂萬里橋、百花潭、雪峰、錦里之勝概固在，而先生不可作，無由觀道德而聆教誨。然徘徊滄浪之涘，榿林籠竹之間，閱景物而誦其詩，玩其雅澹之音，而得其類伯夷者，亦足以勸己廉；沉潛其憂憤感激之詞，而得其類屈原者，亦足以隆君敬；探其陳古諷今之意，而得其類箕子者，亦足以資民治。一行而三得者，謁草堂之謂也。草堂作於唐者毁於唐，復於宋元者毁於宋元。今茅茨如舊，而益以享室、憇亭、門廡、垣藩者，昔獻王王蜀興其廢而大於前也。時謁草堂者，永康侯合肥徐公安、兵部侍郎錢塘柴公車也，陪謁者行人司行人閩南楊永、欽天監五官挈壺正屯留申九寧、士人祥符齊欽也；欲往謁而尼以事者，工部郎中廣德談信也；謁退而記於石者，禮部主事安成劉球也。

劉球，字球樂，別字廷振。永樂辛丑（一四二一）進士，拜儀曹主事。有《兩溪文集》。

弘治十三年（一五〇〇），鍾蕃、姚祥、吴廷舉復重修，前引水横貫爲橋，以通往來，榜曰『百花深處』；後則爲草堂，最後爲少陵書院。是爲元代草堂書院廢後之重建，明代草堂建築以此次規模爲大備。

楊廷和《重修杜工部草堂記》：成都草堂，唐杜子美舊居之地也。堂屢廢矣，輒新之者，重其人也。子美出處，具在本傳，堂之興廢，亦各有記載，不復以云。今日之舉，則巡撫相藉而成，故劍南之詩遂爲南渡之鉅子。蜀在西南天末，非左思之賦、少陵之詩，不能移其觀於中土，豈非相藉哉？百年以來，自曹能始而後，蜀竟陸沉，再經喪亂。其名迹之幽邃者，固不必論。即工部草堂古今屬目，去萬里橋不數里，先生往尋之，蜀人無知其處者，徘徊於荒烟蔓草之間，得浣花殘碣（即何宇度所刻杜甫遺像），尺寸推移，故地始出。先生如遇故人於萬里之外，歡叫欲絶。此等情緒，與務觀何異，詩那得不佳？（後略）

朱嘉徵，字岷左，又字止溪，海寧人。順治進士，康熙十年任四川叙州推官。與黄宗羲善，宗羲

《南雷文集》有《朱止溪墓志銘》。

按：黄宗羲爲明代遺民，富有民族思想，由此題辭足見蔡毓榮之重建草堂亦由朱氏有以啓之。

康熙《成都府志》：浣花溪在府城西南五里，一名百花潭，本朝康熙七年（七字似爲十字之誤），成都府知府冀應熊大書『浣花溪』三字鐫石。

康熙二十六年（一六八七），李祖輝更爲屋三楹，供何氏所刻杜甫遺像。

周燦《方伯李公重修少陵祠堂記》：益州城南有杜公草堂，其創建始末詳見前志。宋丞相吕汲公鎮蜀，始繪圖勒石，今亦茫然無可考。茲則明何公宇度所摹，國初方伯金公始重新祠宇，仿斯圖稍擴大之，前堂所供者是。而碑石仍置之荒草間幾二十年矣。余丁卯（一六八七）夏，奉命視學西川，是秋典試者，爲許時庵同館、林玉叢民部。一日，同方伯李公陪游斯地，偶見前石，不勝感嘆！雖何公所摹，未知與李公孰優？其自稱爲家藏遺紙，質之世傳聖賢圖罔異，是尤爲近真者隨謀所以妥置之。時庵舉首曰：『此兩先生責也。』會予以分校東西，奔馳不遑。客冬，李公慨捐清俸，命經歷蘿公董其事，爲堂三楹，繪斯像於其中，成夙志焉。余惟有唐詩人不啻千百輩，獨杜公以忠君愛國之忱，雖顛沛流離，一飯不忘，深得聖人事父事君之義，故千古之下稱爲詩聖，不獨以四韵五言見長也。吕公之意，亦欲使後世瞻其肖形，識其中藴，知風雅宗盟其大本固自有在。今李公轄蜀幾五年，政簡民安，復以暇日睠念遺蹤，表彰前哲，非徒懷古情深，其訓示來學亦猶夫吕公之見也。余坐觀厥成，竟未效尺寸之力，聊志數語，俾後世之人知公惓惓於斯舉，共相勉勵云。

周燦，字皇公，臨潼人。順治進士，康熙二十六年（一六八七）任四川學使。

案：李方伯爲李祖輝，奉天鐵嶺人，康熙二十五年（一六八六）任四川布政使。《成都縣志》誤橫橋以通草堂，復以游人喧囂，乃移建草堂之前，崇禎末并草堂毁。

嘉靖十六年（一五三七），邵經濟於祠東復建新亭，名存梅亭，并鑿池其中。

杜朝紳《存梅記》：錦江之濱有杜工部祠，祠後有亭，亭東西有梅。亭以工部故，古今重焉；梅以亭故，古今游者又争重焉。植蒔或亦遠矣，清姿奇氣，盎溢堦檻，增勝乎亭者也。嘉靖乙未冬，玉泉邵子以工部郎守成都，聲實相望，契晤後先，瞻其亭隘朽欲新之。惻惋梅下曰：『工來新其亭，勿翦伐厥梅。』又曰：『新其亭基，隆乃宏構，詳乃規制，拓乃幽邃，勿翦伐實難，改卜則良。』於是卜之乎祠之東，爲亭相向，鑿池其中，蓋翬如洞如，舊亭得以不毁而梅存矣。二江顧子、浣溪范子相與董其事，號於游而知之者。味江杜朝紳氏曰：『邵子於是乎可謂仁矣！愛物，仁之施也。物與何有而愛必及之？感乎其外也，必動乎其中也；足乎其中也，必流乎其外也！』《易》曰：『君子體仁，足以長人。』言長人者仁也。凡政切近會者也，胡取乎往且遠？推愛乎往且遠者寡矣，胡有於物？愛其人及於物，仁之事也。事以舉廢則周，文以飾史則雅，因舊以圖新則不費。周以正典，雅以賁治，不費以謹度支。一物存而三善具，仁之術也。且工部弗究於施，羈旅於蜀，寄物適情，有如梅焉。動興東閣，索笑巡檐，亦甚愛矣。而之劍、綿，之涪、萬，歲無寧居，欲草堂有梅不可得。數百年有梅，邵子實存之，豈非工部後之言梅者歸邵子？《詩》曰：『勿翦勿伐，召伯所茇。』於是乎又有仁聞焉。抑詩有之，惟其有之，是以似之，謂身有之而後似之也。《説命》曰：『若作和羹，爾惟鹽梅。』謂有之似之而後用罔不適也。邵子，西浙人，名經濟，可無負於梅，是故其仁存梅。嘉靖歲丁酉（一五三七）秋七月望後，浣花溪主立石於新亭之陰。

杜朝紳，江原人（今崇慶縣），見《崇慶縣新志》。本姓劉，即劉誠穆之父，當時頗負文名。

邵經濟，仁和人，成都府知府。

嘉靖二十二年（一五四三），劉大謨、王侍御又復於沿池加以欄檻，架橋爲屋，引百花潭水流其下，榜其門曰『草堂別館』，并於百花潭上修建一亭，名百花亭。

劉大謨《草堂別館記》：草堂規制頗狹隘，嘉靖乙未，鄒侍御和峰欲改闢之。時成都守邵經濟以亭之東西有梅樹在，不忍傷焉。乃度其東隙地，對峙二亭，中爲横池，號其亭曰存梅。厥工垂成，值以憂去。越六年辛丑（一五四一），余與合川王侍御間過草堂，謂通判徐璣曰：『有之莫可廢也，無之莫可舉也。茲亭若池，功虧一簣，可委之榛莽而弗顧邪。』璣遂鳩材僝工，沿池加以欄檻，橋其上而屋焉。更引百花潭水流於下，植荷數本，凡亭之未備者咸葺而新之。清秋雨霽，余邀合川爲落成之會。合川曰：『存梅之稱若猶未盡，盍改圖之。』余輒扁其東向之亭曰『懷古』，西向之亭曰『息機』，橋之東楣曰『百花橋』，橋之西楣曰『萬里別橋』。其中兩楣，東曰『錦江春漲』，西曰『玉壘秋横』，總以草堂別館榜其所從入之門。蓋皆取諸少陵詩中之句，亦實草堂目中之景也。合川喜而洗爵酌以謝曰：『聿睹斯館，美哉輪奐，可歌可游，且去祠頗遠，諠譁狎侮，邈不相及。今復錫以嘉名，草堂勝概，豈不若益之而愈美，拓之而愈廣乎？』傅守應祥翼而趨曰：『別館之名，巍乎博哉！凡亭橋之所標署，皆包羅於內，義名攸當。其視「存梅」之義，奚啻什百千萬哉！然實者名之主，名者實之賓，有其實無其名，尚可後日名之；有其名不著其實，恐其爲日既久，名遂湮没，而弗傳矣。今以別館易存梅，使不有以載筆，後人將奚考，而欲名之永存得乎？』礱石固請，於是漫爲之記。

劉大謨，字東阜，儀封人。進士，嘉靖中四川巡撫，曾主修《四川總志》，并創百花亭於百花潭上，而自爲之記。大謨尚有《百花亭記》，已佚。

嘉靖二十五年（一五四六），張時徹又復重修，引流爲池，易甃以石，規模壯麗，增於故昔，并置守祠人之田。

張時徹《重修杜工部草堂記》：杜工部子美祠，在成都郭西五六里許，即其所咏草堂者是也。蜀獻王之始封也，見祠隘且就圮，曰是足以妥靈而虔祠乎？遂拓而新之，事在方正學碑中。嘉靖丙午（一五四六），乃余實來，去獻王幾二百祀，則圮猶昔也。余乃使知府馬九德、長史李鈞游緇啓於今王，爲言祠事，王輒報諾。乃遂闢廓廡，起甍棟，引流爲池，易甃以石，規模壯麗，增於故昔。蓋十之六七，費白金三千有奇，經時日歲有奇。人曰：『是舉也，見今王繩武之孝焉，尚賢之誠焉，風後之烈焉，非恭儉樂善，其孰能之？』張時徹曰：余於子美，蓋傷志士之不遇云。初子美貧不能自振，客吴越齊楚間，如長安，舉進士，不中第，困疐矣。明皇饗郊廟，獻賦三篇，帝奇之，稍稍鄉用。因數上賦頌，遂高自稱道。且言先臣恕、預以來，承儒守官十一世，迨中宗時，祖審言以文章顯。臣賴緒業，自七歲屬辭，且四十年。然衣不蓋體，常寄食於人，恐一旦填溝壑，惟天子哀憐之！若令執先臣故事，拔泥塗之久辱，則臣之述作雖不足鼓吹六經，至沉鬱頓挫，隨時敏給，揚雄、枚皋可企及也。有臣如此，其忍棄之。會禄山亂，天子入蜀，子美避走三川，已又自鄜來奔，爲賊所得。乘間脱走，上謁鳳翔，拜右拾遺。先與房琯爲布衣交，琯之敗陳濤斜罷相也，子美力辭伸雪，觸帝怒，瀕死乃免。然帝自是益不甚省録矣。時所在寇掠，子美家寓鄜而彌年艱窶，嬰孺至餓死。已出爲華州司功參軍，會關輔饑，輒棄官去之秦州，采橡栗負薪以自給。流落劍南，結廬成都西郭。會嚴武節度劍南東西川，往依焉。武以世舊遇待甚隆，因表爲參謀檢校工部員外郎，而子美傲誕，嘗兒侮之。會武卒，帳下亂，子美遂往來梓夔間。已又出瞿塘，下江陵，泝沅湘，登衡山，因客耒陽死焉。始子美懷奇服異，俯視時輩，謂功名可立致，不屑屑脂韋取容，而逢時百罹，瑣尾流離，曾不能自糊其口，乃竟窮餓以死也。悲夫！人之議子美者曰：『放曠不自檢，好論天下事，高而不切。』今諦觀其詩，皆洞悉事理，察知閭閻，謂高而不切，是耶非耶？至其所效用，恒以稷契自許，故其詩曰：『世人共鹵莽，吾道屬艱難！』又曰：『勳業頻看鏡，行藏獨倚樓。』此其所自傷悼亦云至矣！使其遘雲龍之會，而遭三五之期，以彼其志與才，必能以功業行實光顯於時。即不能以功業行實光顯於時，乃其所自稱許揚雄、枚皋之文，協之金石，被之管弦，以格郊廟，以和神人，其孰得而少之耶？何至間關流落，自糊其口之不得，而乃竟窮餓以死也！故曰：『余於子美而傷志士之不遇也。』後人有論者曰：『子美之爲人，其清類伯夷，其忠類屈原，其慮世類箕子。於乎！其幾矣！其幾矣！』有司進曰：『祠成矣，宜有守祠之田。』則與守祠者田。又曰：『是宜有麗牲之碑，與春秋饗祀之辭。』遂叙子美之事迹而系之以辭曰：『江之水兮洋洋，發岷山兮導華陽。莽川原兮膴膴，雲霞爛兮如繪如組。東有濯錦兮西有浣花，都之人兮梁燕，曷之親兮沙鷗。思公兮祀公，考鼓兮鏗鳴鐘。雲冠兮蕙服，乘鸞兮駟鵠。公來兮不言，公去兮心煩冤。酹桂酒兮奠瓊巵，生不及兮心相知。翼我兮迪我，公不然兮我心則邪！』

張時徹，字維静，號東沙，鄞人。嘉靖進士，四川巡撫。有《芝園定集》《明文範》。

嘉靖末，王忠復建一草亭於祠内，題曰『乾坤一草亭』，面對百花潭水。

陳文燭《建浣花草堂記》：浣花草堂，杜工部舊居也，楊文忠公記之詳矣。余入蜀游也，因嘆曰：『有唐至今，赫赫盛哉！向無以茅爲亭者。』乃鍾祥劉公庠、安陸楊公并、番禺王公原相、餘姚周公思克、肥鄉張公思忠、長洲杜公詩、平定甄公散，命經歷王忠創爲之，而題曰『乾坤一草亭』，俾當年所營茅屋千載如新也。余坐其中，見層軒所面即百花潭水，而幽澄入户，足消客愁者。又瀷鶒飛鳥，時相上下。風月之夕，則榿林翠竹作嗚嗚聲，如垂老之别，無家之嘆，忠臣義士聞者，泪不可禁。亭外老樹，飽歷霜雪，其凌霄之狀，若俯挺之子而小之。流落光景，咸在亭中。假令子美有知，當驚二三公知己於百世之後矣。嗟乎！當時之亂，遠依嚴武，在唐上元間，公有大不得已者。方其茅屋爲秋風所破，嘆曰：『安得大廣廈，更被天下寒。』真壯士哉，可以許稷契矣。後世奈何以詩人之雄槪子美哉。王忠聞余太息，就溪水滌硯，請余記之，俾修亭者無忘誅茅之意云。

陳文燭，字玉叔，沔陽人。嘉靖（一五二二—一五六六）進士，四川按察使。有《二酉園詩文集》，在成都、潼川、夔府工部草堂皆有記。

萬曆時，何宇度又加修葺，於百花潭上舊有洲上亭、跨水橋亭易名爲『浮槎』『滄浪』二亭。然與喻汝礪記（見前）及陸游筆記草堂中之滄浪亭（見附編），名雖同而地址各别。

何宇度《益部談資》：杜少陵勝國加謚文貞，祠在浣花溪上云，即草堂舊址，人多以草堂呼之。祠後堂匾陳方伯鎏書，即『萬里橋西一草堂』。棟宇尚未傾圮，蓋監司郡邑常宴會處。予稍爲之修葺，鎸公遺像及本傳於右，榜署皆用公詩。

又浣花溪中，一洲横出，下即百花潭也。舊有洲上亭一，跨水橋亭一，名皆無謂。予易以『浮槎』『滄浪』二榜，及增益竹樹於上。子美有靈，當亦稱快。

何宇度，字仁仲，安陸人。萬曆間（一五七三—一六二〇）官夔州通判、華陽縣令。

陳鎏，字雨泉，吴人。嘉靖進士，四川布政使。工詩善書。

并勒杜甫遺像及本傳於石。

何宇度《題杜少陵遺像》：浣花溪上，工部草堂在焉。俎豆雖存，而宋元以來碑刻，寂無存者。予先司寇公故藏有公遺像一紙，質之世傳聖賢圖譜罔異。予因取而勒諸石，并增易公本傳於其上，樹之祠中，俾千載懷古之士登斯堂者，宛然奉公謦欬，補成都一典故云。宇度識。萬曆壬寅孟夏月楚後學何宇度勒石。

查何氏所刻杜甫遺像，蓋即臨元時趙孟頫所繪者，明洪武時劉崧曾題絶句一首，解縉又書長歌一篇，王士禎《居易録》、施閏章《蠖齋詩話》，俱載其事。

劉崧《題趙子昂畫杜陵戴笠圖》絶句（見《題咏編》）跋云：右草堂杜拾遺戴笠小像，吴興趙文敏所畫。

解縉《題趙松雪畫杜陵戴笠圖》首云：『碧雞坊裏春風顛，浣花溪邊晴日暄。』（全詩見《題咏編》）

王士禎《居易録》：趙松雪畫杜子美戴笠圖，深衣烏帽，加竹笠其上，脚躡芒鞋，昂首袖手，若行吟之狀，下方有『趙子昂氏』及『松雪齋』二印，上有劉崧子高題絶句（詩見《題咏編》），自跋云：『右草堂杜拾遺戴笠小像，吴興趙文敏所畫，往年余得之高安劉氏。他日與□□徵士觀畫於桃源山中，因持以歸之，并題識於上云。洪武庚申秋仲珠林生劉崧書。』解春雨又題七言長歌一首，書法精勁，類邢太僕。末題前翰林解縉書，詩不見本集。予生平所見，唯故友宋荔裳所刻秦州像，何宇度所刻成都浣花草堂像，皆石本，蓋皆臨松雪畫，而風神不及遠矣。

施閏章《蠖齋詩話》：西昌蕭伯玉太常舊藏杜陵圖，高可盈尺，純用白描，而神采高寒，趙文敏筆也。劉公子高題句，解縉春雨又書長歌其上。此詩既佳，而解集失載，字體作大字行草，遒潤有法，絶非世所傳解書體也。時以趙畫、劉解兩公題爲三絶。余官湘西，從蕭氏孟昉見之，賞異作詩，蕭輒欲見贈，不受。及歸田，再贈，始受之。時一展對，如揖浣花老人也。

萬曆三十九年（一六一一），鍾惺游浣花溪，見州上亭題曰『百花潭水』，并見祠内工部石刻像。

鍾惺《游浣花溪記》：出成都南門，左爲萬里橋，西折纖秀長曲，所見如連環、如玦、如帶、如規、如鈎，色如鑑，如琅玕，如緑沉瓜，窈然深碧，瀠洄城下者，皆浣花溪委也。然必至草堂而後浣花始有專名，則以少陵浣花居在焉耳。行三四里爲青羊宫。溪時遠時近，竹柏蒼然，隔岸陰森者盡溪，平望如薺，水木清華，神膚洞達。自宫以西流匯而橋者三，相距各半里。舁夫云通灌縣，或所云江從灌口來是也。人家住溪左則溪蔽不時見，稍斷則復見溪，如是者數處，縛棘編竹，頗有次第。橋盡，一亭樹道左，署曰緣江路。過北則武侯祠。祠前跨溪爲板橋，一覆以木檻，乃睹浣花溪題榜。過橋，一小洲横斜插水間如梭，溪周之，非舟不過。置亭其上，題曰『百花潭水』。由此亭還，度橋過梵安寺，始爲杜工部祠，像頗清古。不必求肖，想當爾爾。石刻像一，附以本傳，何仁仲别駕署華陽時所爲也。碑皆不堪讀。鍾子曰：『杜老居，浣花清遠，東屯陰奥，各不相襲。嚴公不死，浣溪可老，患難之於友朋大矣哉！然天遣此翁增夔門一段奇耳。窮愁奔走猶能擇勝，胸中暇整可以應世，如孔子微服主司城貞子時也。』時萬曆辛亥（一六一一）十月十七日，出城欲雨，頃之霽。使客游多由監司郡邑招飲，冠蓋稠濁，磬折喧溢，迫暮趣歸，是日清晨，偶然獨往。楚人鍾惺記。

鍾惺，字伯敬，竟陵人。萬曆進士，博學工詩，與同里譚元春評選《古詩歸》《唐詩歸》，其説詩以幽深孤峭爲鵠，當時號爲竟陵體。

王嗣奭來成都亦見石刻像。

仇兆鰲《杜詩詳注》引李鄴嗣曰：王公右仲少有異才，長通文史，尤嗜杜少陵詩。嘗夢至草堂，與杜公對酒談詩。後知涪州，以事赴錦官城，拜少陵祠下。仰瞻遺像，髣髴夢中。及里居，遂詮次其詩，名曰《杜臆》，多前人所未發者。

王嗣奭，字右仲，鄞縣人。萬曆二十八年舉人。有《密娛齋集》。

天啓《成都府志》亦具載之。

天啓《成都府志》：杜甫祠浣花溪上，宋吕大防建，祠後堂匾布政使陳鎏書「萬里橋西一草堂」字，楚人何宇度爲之修葺，鎸公遺像及本傳於石，榜署皆用公詩。

此明代草堂自朱椿重建後，歷正統、弘治、嘉靖、萬曆，代有葺補或擴充之概略。入清兵亂後，始全部盡毁。

第四期　清初至民國時的草堂（約三百年）

清康熙十年（一六七一），蔡毓榮來川，於草堂寺（即梵安寺）西訪得草堂遺址，僅見荒池瓦礫，乃與金儁、冀應熊倡議重修。蔡尋去，羅森來，乃完成修建之事。

蔡毓榮《重修杜少陵草堂記》：少陵入蜀十一載，凡兩至成都，先後四載。其作草堂以居，始於上元，成於寶應。會嚴鄭公尹蜀時，命駕過之。其再至草堂也，以鄭公再鎮故。自唐迄宋元祐，復作草堂以祀先生者，則自丞相吕汲公鎮蜀始也。明季寇訌，旻天疾威，獨燀於蜀。魚鳧之壤，化爲劫灰，即無論兹堂松竹矣。余辛亥（一六七一）春奉命入蜀，於役之暇，極目郊坰，過浣花溪游草堂寺，訪草堂遺址，在寺西數十武，薙草披荆，以入荒池，斷碑猶存焉。追思先生與鄭公堂中脱冠相對時，知己意氣爲何如哉？當唐之世，方鎮皆得群召賢豪知名之士奏爲參伍。先生以省掖舊臣，流離劍外，托身幕府，白首爲郎，遇亦窮矣。及鄭公没而不能一日安於草堂也，然後嘆知己之難，而府中暇日之不可復得也。嗟乎！古之君子入則事親，出則事君，出處不忘朋友，此詩人之旨也。恤窮阨之士，延遺佚之老，廣洛下詢，以裨軍國，此賢大夫帥兹土者之事也。登堂也，仰先生之風，因慕鄭公之義，斯汲公即堂以祀先生之意乎？游覽之餘，悄然動容，謀之藩臬諸君，亟圖經始，方鳩工而得代歸楚。越明年壬子（一六七二）夏，以落成來告，請一言爲記。余惟一歲之中，往來荆益，入蜀則誦將赴成都之什，歸楚而咏江臨望幸之章，徘徊兩地，竊有感於君臣朋友之際也。於成都草堂之成，尤欣慰焉。是役也，雖自余爲始，實爲大中丞羅公成之。中丞，今之吕汲公也。昔汲公設草堂繪先生之像時，胡學士宗愈知成都，遂刻詩於石置堂壁，今堂成而詩尚闕。風雅未墜，行有嗣學士而起者，聊志歲月，以俟後之君子。

蔡毓榮，遼東錦縣人。康熙九年（一六七〇），任川湖總督。

按：文中『草堂遺址在寺西數十武，荒池斷碑猶存』，則清初重建草堂，依然是百年前在梵安寺旁所建草堂的舊基，百年間并無變遷。

羅森《重建杜少陵草堂碑記》：宦游有祠，麗諸膠序，鄉先達之善蓋一國，澤延五世者，没亦登於其社。至流寓未聞有享也！若非其砥柱風節，扶輪大雅，流連綿摯於君親友朋之際，精神所存有曠代相感者，曷克令地以人重，至滄海星移而過其當日所栖遲，低徊不能去，且尸而祝之不能忘耶？子美先生世籍襄陽，後徙鞏。父令奉天，生公於杜曲。官固不甚顯，大都久家於奉。其入閬而往來左蜀諸郡，則僑居浣花溪上時。成都尹裴冕爲築草堂，節度嚴公武每載酒相遇於此，表公參謀，工部員外郎賜緋。未幾，楊子琳亂蜀，公奔梓、夔、嘉、戎，下峽入耒陽矣。迨宋元祐間，吕公大防以丞相來鎮，遂更新其宇而繪像於中，則祠所繇始。迄於有明，而直指高安熊公、郡守西浙邵君、節度中州劉公，遞爲式廓，增勝遺址，故碣至今存云。夫世固蔑不知先生者，然或以爲曠達不群，想見於詩酒之際。惟深知先生既悲其生不逢辰，而佩服其性情之得正，置躬不斷斷乎不苟於當世也。方三禮成而獻賦，經緯黼黻之略，已被主知，而見忌於執政。旋以房公琯之罷相疏留見黜，從此遷謫流離，遭掠陷寇，幾於靈均之卜居長沙之賦鵩矣。雖兩入節度幕，而前後居此不數年，迺今而遂得有千載也。且數年間，驚魂竄擾，至拾橡、樵蘇以自給，泛宅浮家，無復相顧，所稱側身天地飄飄一沙鷗者。慕縱壑之魚，嗤求穴之螘，噫！亦重自傷已！顧公之於蜀，特以爲寄焉耳，而精神即全注於蜀。今讀其所上節度早説謂：亥月抵卯非雩時，徵求無名數囚繫不疏决，吏不問民疾苦，歲荒札，皆連帥大臣務也。兩川説謂：西山食糧勁卒四千，加以堪戰羌子弟二萬，足備吐蕃。而八州未靖，弊緣尅減。宜明賞罰，申哀恤，致其驩欣，先自羌始。其於攻復三城式遏之畫甚備。又謂：蜀土肥，而豪右兼之轉富。流冗之氓，近丐鄉村，遠漂州縣。豪家受賃罷民田，其子弟出，官長手下村正不敢示文書率賦。又論巴蜀安危，首在哀疲民、安反側，重以維城磐石之義，而輔以舊惠重臣。即所咏地形天險，須仗出群材，是皆公之睠睠玆土，而洞見夫邊防國計民瘼者，深有當於予心。竊以爲古今同治，猶可諷切乎千載下有事於蜀之君子，宜蜀之有以永其報也。祠久將廢，維總制楚蜀蔡公倡助經始，會予奉命來撫，踵爲捐俸而屬其事於藩長金君、臬長宋君，越明年（一六七二）春仲而落成。於是鳥革翬飛，黝堊丹漆，奕奕具舉。登堂肅拜，蘧蘧然先生在焉。先生有知，今而後可無愁春雨而嗔録事矣。其共捐貲以勷厥成者，蜀省郡首錢受祺等，邑令戴弘烈等，而董工庀事寺僧超濟也。既礱石紀歲月，侑之歌以祀焉。歌曰：大雅長留映北埏，文章有神道義傳。致君每願堯舜前，許身肯讓稷契賢。身世蜉蝣羈旅緣，憫時憂國何流連？知公忠愛佛時肩，志懸北闕籌西川。開寶越今祀已千，萬里橋西别有天。誅茅構亭浣花偏，遲公羽旆仍回旋。公英爽兮在山川，地迥江深落照圓。公心事兮哀中原，天涯兄弟旅魂牽。庇公廣厦士無寒，劚藥撲棗比隣便。擬公行樂主賓歡，花邊立馬竹厨烟。芳菲不改爲公妍，細麥柔桑官柳眠。公看物候亦依然，鶯簧燕語雜嗁鵑。公謁來乎咏短篇，月滿沙村雪滿船。吹笙伐鼓聲淵淵，明德維新俎豆虔。采蘩翦韭押豚豜，郫筒香釃丙魚鱻。公其樂胥憑几筵，穀我粱益萬斯年。

羅森，字約齋，大興人。順治進士，累官四川巡撫，康熙十三年吴三桂軍入川，森降之。

按：嘉慶《四川通志》不録此文，而易以張德地，當有所諱。考張德地康熙三年巡撫四川，此時早已去蜀矣。

金儁《重建杜工部祠堂碑記》：蓋聞不朽之業有三：立德尚矣，其次立功，其次立言。夫所謂言者何？《易》之於天道也，《書》之於政事也，《禮》之於軌物也，《詩》之於性情，而《春秋》之於褒貶也。其言咸造其極，有功世教。逮至後世，著作日繁，標奇騁異，然而旨趣既殊，純駁乃判。若夫言而傳，傳之而不朽者，非有功於世教不能也。世之讀少陵詩者，見其豪逸若五陵少年，悲壯若燕趙烈士，渾噩若周鼎商彝，爛然古色，莊嚴若千官朝列，劍珮鏘然。信乎極立言之大觀矣。余謂公自獻《三禮賦》後，即遇禄山之亂，自秦之蜀，涕泣奔馳，舉平日忠君愛民之意，一皆發之乎詩。是其言乃有德者之言，有功於世教之言，豈一切騷人韵士所可彷彿其萬一哉。公於寶應二年入蜀，時裴冀公冕爲成都尹，爲卜西郭浣花溪上，營草堂居之，迎妻子家焉。間嘗至外邑，去來於斯五六載。是以崎嶇羈旅之中，繾綣於蜀之草堂，一篇之中三致意焉。余昔以時遠地遥，草堂固不可得而見；及涖治蜀都，私幸獲覩先生之遺址。歲辛亥（一六七一），從大中丞蔡公跨馬出郊，遵萬里橋西泝而上，過百花潭，求所謂草堂者，榛蔓瓦礫，一望凄迷。傍有老僧稽首曰：『此杜公草堂地也，相傳爲其讀書咏歌遨游栖息之所，舊有祠，今廢。』余低徊久之。澄江未改，紅蕖翠篠之遺猶有存者，而草堂固不可得而見也！夫前賢之迹弗彰，地主之責也，吊古有餘憾焉！爰承蔡公命，剪棘搆祠，不侈彫鏤，不事丹艧，體公儉也。懸額設像，從衆慕也。後之君子賡浣花溪水之句，懌然神往，庶於是祠焉遇之。

金儁，遼東遼陽人。康熙八年（一六六九）任四川布政司。

當開始修建時，掘地獲見何宇度所刻杜甫遺像斷碑，王邦鏡、王濼、朱嘉徵皆親見其事。金儁遂重摹刻石，并塑甫像，儁與王邦鏡又有《草堂先生像贊》，冀應熊并大書『浣花溪』三字勒之碑。

金儁《題少陵先生遺像》：少陵先生閱今數百載，讀書懷古之士莫不想慕其高風。昌黎云『事有曠百世而相感者，余不自知其何心』，殆先生之謂邪？成都草堂，其卜居地也，楚焰秦烽，衰爲瓦礫，乃埋滅淹漬之餘，當年豐采不與刼灰同泯，掘地得石，則公之小像宛在焉。噫！是殆以慰後世思慕之情歟？時方葺公祠，是像適若有俟而出，賓客父老咸慶，以爲因感之所至。余惟恐殘碑斷碣傳之不久也，臨摹既成，命諸剞劂。嗟乎！文雅風流，百世不没，忠君愛國，萬祀猶生！觀者其比諸尼山之履，豐沛之劍可也。時大清康熙壬子歲（康熙十一年）清和月吉旦，蜀藩使三韓金儁沐手謹題。

王邦鏡《草堂先生像贊》：草堂先生，世之所謂詩史者也。卜居浣花溪，草堂是營，不知歷幾興廢矣。崇禎末季，祖龍一炬，三紀於兹。諸當事始謀復建之，而不能髣髴其遺容。畚鍤初施，忽得斷碣一片，繪先生之像於上。兵燹之餘，全軀具存，一塵不染，斯亦其靈之不昧者矣。乃作草堂先生贊曰：『温然而腴者其貌邪？□□（此二字當是『然而』二字）感者其神邪？以君爲伊周之傳，而功未勒於鼎吕，以君爲巢許之侣，而官實授乎拾遺，吾□□□將遇其人於沅湘之濱，遇其神於蓬瀛之嶼，不□然何其忠愛之情，歷艱辛而彌著；山澤之癯，出塵土以猶新也邪？時大清辛亥歲（康熙十年）陽月之吉，皖桐後學王邦鏡敬題。

王㴶《蜀游記略》：秋日偶出游，西望群山，日光雪色，皎然奪目。出南門，登萬里橋，又憶少陵『西山積雪』『南浦清江』之句，不勝涕泪一身之感。西至昭烈惠陵，荒土一坏，左舊有諸葛武侯祠已廢，有唐柳公綽碑。訪浣花溪、百花潭。潭在草堂寺前，西爲少陵草堂遺址，惟存荒祠斷碑而已。公下令禁止昭烈陵樵采，命所司重建諸葛祠、少陵草堂。此康熙十年（一六七一）華亭王㴶所記，時在蔡毓榮幕中。

黄宗羲《朱岷左先生近詩題辭》：岷左先生示余出蜀歸田之詩，命題數語。余維山川文章相藉而成，故劍南之詩遂爲南渡之鉅子。蜀在西南天末，非左思之賦，少陵之詩，不能移其觀於中土，豈非相藉哉？百年以來，自曹能始而後，蜀竟陸沉，再經喪亂。其名迹之幽邃者，固不必論，即工部草堂古今屬目，去萬里橋不數里，先生往尋之，蜀人無知其處者，徘徊於荒烟蔓草之間，得浣花殘碣（即何宇度所刻杜甫遺像），尺寸推移，故地始出。先生如遇故人於萬里之外，歡叫欲絶，此等情緒，與務觀何異，詩那得不佳？（後略）

朱嘉徵，字岷左，又字止溪，海寧人。順治進士，康熙十年任四川叙州推官。與黄宗羲善，宗羲《南雷文集》有《朱止溪墓志銘》。

按：黄宗羲爲明代遺民，富有民族思想，由此題辭足見蔡毓榮之重建草堂，亦由朱氏有以啓之。

康熙《成都府志》：浣花溪在府城西南五里，一名百花潭。本朝康熙七年（七字似爲十字之誤），成都府知府冀應熊大書『浣花溪』三字鎸石。

康熙二十六年（一六八七），李祖輝更爲屋三楹，供何氏所刻杜甫遺像。

周燦《方伯李公重修少陵祠堂記》：益州城南有杜公草堂，其創建始末詳見前志。宋丞相吕汲公鎮蜀，始繪圖勒石，今亦茫然無可考。兹則明何公宇度所摹，國初方伯金公始重新祠宇，仿斯圖稍擴大之，前堂所供者是，而碑石仍置之荒草間幾二十年矣。余丁卯（一六八七）夏，奉命視學西川，是秋典試者爲許時庵同館、林玉叢民部。一日，同方伯李公陪游斯地，偶見前石，不勝感嘆！雖何公所摹，未知與李公孰優？其自稱爲家藏遺紙，質之世傳聖賢圖罔異，是尤爲近真者隨謀所以妥置之。時庵舉首曰：『此兩先生責也。』會予以分校東西，奔馳不遑。客冬，李公慨捐清俸，命經歷羅公董其事，爲堂三楹，繪斯像於其中，成夙志焉。余惟有唐詩人不啻千百輩，獨杜公以忠君愛國之忱，雖顛沛流離，一飯不忘，深得聖人事父事君之義，故千古之下稱爲詩聖，不獨以四韵五言見長也。吕公之意，亦欲使後世瞻其肖形，識其中藴，知風雅宗盟其大本固自有在。今李公轄蜀幾五年，政簡民安，復以暇日睠念遺蹤，表彰前哲，非徒懷古情深，其訓示來學亦猶夫吕公之見也。余坐觀厥成，竟未效尺寸之力，聊志數語，俾後世之人知公惓惓於斯舉，共相勉勵云。

周爍，字星公，臨潼人。順治進士，康熙二十六年（一六八七）任四川學使。

案：李方伯爲李祖輝，奉天鐵嶺人，康熙二十五年（一六八六）任四川布政使。《成都縣志》誤以爲李世傑。考世傑三度官蜀，最早在乾隆三十六年，後於周爍亦有八十餘年，特爲訂正。

康熙三十五年（一六九六），王士禎再度來川時，亦見此所供石像。

王士禎《秦蜀驛程記》：成都張太守、叙州譚太守、遵義王太守、永寧衛王郡丞，招集浣花草堂，拜子美石刻像，嘉靖間何宇度所摹也。祠前增一亭，竹則參天拂雲，不啻鉅萬，皆壬子（一六七二）所未見。所惜溪水甚細，不可以航。讌罷由祠東支徑入草堂寺。

王士禎，字貽上，號阮亭，又號漁洋山人，新城人。順治進士，仕至刑部尚書。曾於康熙十一年及康熙三十五年兩次來蜀，卒謚文簡。所著有漁洋三十八種。

左峴游草堂，并將杜甫史實及杜甫在成都時草堂情况撰爲一記，仇兆鰲注杜詩曾采用之。

左峴《杜工部草堂記》：嗚呼！杜少陵當天寶之亂，干戈騷屑，間關秦隴，崎嶇巴蜀，於成都浣花里種竹植樹，結廬枕江，縱酒賦詩，與田父野老相狎侮，彼其心曷嘗須臾忘故國哉！思家宵立，憶弟晝眼，憂盜賦縱横，睠懷宗國而每飯不忍忘君，一篇之中三致意焉，千載而下讀之者有餘悲也！考公於肅宗乾元二年己亥十二月自同谷入蜀，至成都，依成都尹裴冕以居，至次年改元上元元年庚子，是歲始營草堂。間嘗至新津、青城。而三月，李光弼已代冕，所謂主人爲卜林塘者，非必盡出於冕也。王司馬携營茅屋資相訪，則曰：『憂我營茅棟，携錢過野橋。』王録事許草堂資不到，則曰：『爲嗔王録事，不寄草堂資！』蓋其旅次未安，資斧不快，而經始之艱且劬也如此。時公先寓居草堂寺中，高適寄詩所謂『傳道招提客，詩書自討論』者是也。上元二年辛丑，以嚴武爲成都尹，竹裏行厨，花邊立馬，自此逢迎，得有主人。堂垂成於次年，改元寶應元年壬寅。而是年建巳月乙卯，上皇崩，丁卯，肅宗崩。秋七月，嚴武召還，爲二聖山陵橋道使。公送至綿州。未幾，徐知道亂，遂入梓州。冬，復歸成都，迎家至梓。冬十一月，往射洪縣南之通泉縣。時嚴武入朝，遂游東川依高適，而公已去草堂矣。代宗廣德元年癸卯，自梓往祭房相國於閬州。是年除京兆功曹，道阻不赴。二年甲辰春，復自梓往閬。嚴武代高適爲節度使，再鎮蜀，春晚遂歸成都。六月，在武幕中，武表爲節度參謀檢校工部員外郎。幕中多不合意，故有《晚晴懷西郭茅舍》之作。至次年，改元永泰乙巳，即辭幕府歸浣花溪草堂。四月，嚴武卒。郭英乂代武。英乂武人，粗暴無能刺謁。公流落劍外無所依，即於五月舍草堂南下。自戎州、渝州，旋寓居雲安、夔州矣。是時公雖在蜀已七載，而居草堂者不過三四歲，又此三四歲之中，經營卜築已費其大半，及斷手於寶應年，而是秋即在梓閬間，往來梓閬幾三載，公詩所謂「三年奔走空皮骨」者也。及武再鎮，留院中半年，歸浣花溪不逾時即離之而去已。然公雖流離困頓，自成都往梓閬，復往雲安、夔州而并州故鄉之感，時刻廑於懷，《遣弟占歸檢校草堂》則曰：「東林竹影薄，臘月更須栽。」《寄題草堂》則曰：「爲念四小松，蔓草易拘纏。」《送韋郎歸成都》則曰：「爲問南溪竹，抽梢合遇墻。」《懷錦水居止》則曰：「雪嶺界天白，錦城曛日黃。」形諸篇什，其惓惓不忘如此。公卜居浣花里，地名百花潭，與草堂寺相近，因名草堂，今寺與草堂相近，疑恐非舊址，然《卜居》詩有曰「浣花溪水水西頭」；《狂夫》詩有曰「萬里橋西一草堂，百花潭水即滄浪」；《堂成》詩曰「背郭堂成蔭白茅」；《出郊》詩曰「時出碧雞坊，西郊向草堂」；《懷居》詩曰「萬里橋南宅，百花潭北莊」。讀其詩，弔望其山川里居，而草堂背成都郭，在西郊外，萬里橋西，百花潭北，浣花水西，歷歷如舊。公當日歸草堂時出西郊，自南郭而言之，則草堂在萬里橋西；自西郭而言之，則草堂在萬里橋南，故互文曰橋西橋南也。明皇使吴道子繪蜀道圖，歸索其畫，曰：「無有。盡在臣腹中。」及明皇入蜀，而所遇山川城邑，無不按圖悉肖。今去公千載，陵谷幾變遷，而江村白沙之路，竹翠椒丹，橘刺藤梢。雖其一草一木，亦盡態極容，形於楮香上，有公詩，即草堂如見。余竊怪楊升庵修《全蜀藝文志》，而於杜詩寥寥止數首。夫以杜之九鑽巴火，三蟄楚雷，其大半所作，豈獨爲瞿塘、岷峨生色，乃多抑而不載。黄魯直在涪州盡書子美夔州之詩而刻之於石壁，世有君子，當同是心也。

故友左君湘南登康熙庚戌（一六七〇）科進士。初任龍巖令，後補蜀之威州，故於蜀中形勝古迹多留意焉。再知陳州，升部郎，見余注杜，囑之曰：「少陵千載詩宗，注家林立，往往彼此譏彈。子箋此集，恐具目者且四面而環攻之矣！」後衡文東粤，振拔孤寒，高出從前學使。歸里時，克捐餘資，以佐剞劂之不逮。此書告成，甫寓目而旋逝世。噫！表韵事於先賢，撫遺文而嘆息，草堂一記，考據精詳，真堪流傳藝苑矣。歲在甲申（一七〇四）鞠月，仇兆鰲附記。

雍正十二年（一七三四），果親王入川，題『少陵草堂』四字勒之石，今尚存。

果親王，名允禮，康熙第十七子。雍正十二年赴泰寧，送達賴喇嘛還西藏，道經成都，題『少陵草堂』四字，十三年回京。

乾隆十三年（一七四八），何明禮收集草堂記載及一切故事，撰成《浣花草堂志》一書，草堂之有志自此始。

何明禮《浣花草堂志序》：巴蜀山水之奇，若岷嶓沱潛及峨眉、青城、瞿塘、灩澦諸名區，載在經籍無論已。其在錦里，若江之濯錦也，城之芙蓉也，山之武擔，石之支機，坊之碧雞，宅之花藥，池之洗墨，臺之草玄，亭之載酒，學之石室、禮殿，樓之海棠、散花，皆嘗資學士之謳吟。而追溯風雅者，恒於花溪草堂低徊不能去焉。夫花溪草堂悉徵於杜，其詩曰『竹寒沙碧浣花溪』，曰『百花潭水即滄浪』，曰『萬里橋西一草堂』，而世或以任氏浣衲之説爲疑，又或以橋南潭北，是一是二，訖無定論，則甚矣援古稽今之不容已也！間嘗數過其地，一逕野花，孤村春水，依然江流之舊痕也；榿林礙日，籠竹和烟，依然背郭之故宇也。蜻蜓上下，鸂鶒沉浮，林塘之幽致如昨，雨裛紅蕖，風含翠篠，青郊之勝概猶留。憶江上之詞源，碑碣林立，數溪邊之物色，鴻纖雜陳。所謂伊人，則有若蓮花漂衣者，彩色題箋者，且有一腔忠血隨潭水以長流，鴻才碩德望柴門而投止者；更有擅丹青之絶藝，闡清净之微言者，斯皆隨地而呈，附驥以顯。至於踵事增華，唐宋而後，易茅茨而梁棟，丹其楹焉，刻其桷焉，高其閈閎，厚其墻垣，松竹匝布，花卉羅列，鎸公遺像而瞻禮焉。雖秋高風怒，無復卷挂林梢，長夜沾濕之苦。今起杜老於今日，其有不灑然順適而樂户牖之永可安者乎？無如其室則邇，其人已遠，水花風葉，寂寞風騷，徒深涕泗再拜之悲耳！閩甌有章鄭君，吾師石幢夫子令嗣也。嘗與共事府乘，諷余據所見聞别志之，以備邦國外史。爰以暇編輯舊聞，類分一十有六，卷署以八，凡關溪與堂者，謹備而述焉。庶幾其地存，其詩存，其遺像存，其景物存，其每飯不忘君之心因之俱存，而凡密邇休光咏歌大雅者，皆得因之以著。斯即未至其地者，咸將於故紙堆中，想見其人而呼之欲出也。客有以好事嘲余者，余曰：『俎豆斯存，聊以此代守祠灑掃之役所欣慕焉。』乾隆戊辰（一七四八）仲冬，蜀崇慶何明禮希顔序。

何明禮，字希顔，崇慶縣人。乾隆二十四年解元，與羅江李調元、廣漢張邦伸爲同年，後客死山東。所著多散佚，惟《浣花草堂志》獨存。

乾隆三十八年，士紳并請以草堂作爲少陵書院，以梵安寺餘産作爲學生膏火，議未果行。（見《附編》金雋《重修草堂寺記》）

案：草堂在元時曾附設一書院，曰草堂書院，至明初已不復存。明弘治中重修草堂時，始於祠後爲屋三楹，稱曰少陵書院，以後記載皆未道及。清康熙十一年重建草堂，蔡毓榮、羅森、金雋作記，皆未稱并建書院。至乾隆三十四年林雋任成都縣，邑人始請以工部草堂作爲少陵書院，即以寺中所餘之産，撥充膏火之資。林雋謂此寺歷今數千百年，載在志乘，與草堂故址相連，古刹名賢，當共傳之不朽。因面謝邑人，其議遂寢。至林雋作《草堂記》時，已在乾隆五十七年中，經二十四年，書院卒未成事實。杜玉林重建草堂在乾隆四十四年，對於書院亦未叙及。又乾隆石刻草堂圖所載甚備，亦未見有少陵書院。獨怪吴省欽氏作《潼川草堂書院記》稱：『今成都草堂寺之西，少陵書院爲草堂故址。』省欽以乾隆三十七年任四川學使，其説似應有據，但查林雋此記，草堂當時并無有少陵書院，草堂亦未改少陵書院。吴氏蓋以成都少陵書院歷史上的名詞，以爲潼川草堂書院的根據。至乾隆時董誥《成都府圖》所載有少陵書院，則是一種保存歷史古迹的用意。嘉慶中，張人龍任成都縣，建芙蓉書院，記謂：『成邑向有少陵書院，頽廢數十年，不可復矣。』則更屬模糊之詞。

乾隆四十四年（一七七九），杜玉林又重加修建，并貯銀二千兩於成都群署，以作歲修之費。

杜玉林《重建草堂記》：成都草堂爲先賢少陵公遺迹，千載勾往，以一登斯堂爲幸。壬辰春日，余奉命來川主郵政，訪草堂舊址，面溪背郭，竹木陰翳，境地幽勝。登堂謁公像，榱桷蠹壞，不蔽風雨，悵然久之。方欲稍爲葺治，以金川之役，馳驅徼外，不暇及也。然一念之心，輙怦怦不寧。奏凱後，復綜理銷舟，迄兹蕆事，爰以重修草堂諗同官，僉謀胥協。經始於戊戌（一七七八），冬十月歲杪工竣，除腐易朽，疏泉築亭，邃室修廊，境兼奥曠，蔭嘉樹，俯澄湍，形釋心凝，灑然塵表。是役也，余初以數千百年名迹荒蕪日甚，無以妥公靈，爲官斯土者之責，期剪荆榛，闢户牖，高明爽塏，典型如在是矣。諸君子志益勤，規劃益閎且遠，賦心畫意，杳渺不盡。余始念固不及此。諸君子蓄懷古之幽情，樂承年之嘉會，亦非徒侈游觀之美也。己亥夏五月，余蒙恩擢刑部侍郎，還朝有日矣，念經營草堂規制大備，倘不爲歲修計，曷由垂久！因貯銀二千兩於成都群署，囑太守王君徐圖之，嗣是昭垂奕祀，後之君子同此向往之心也，振興大雅，實厚望焉！行李戒途，謁别公像，謹識其顛如此。

杜玉林，字凝臺，一字曲江，金匱人。乾隆進士，累擢四川鹽驛道。乾隆四十四年任四川布政司。

乾隆五十八年，福康安再任四川總督時，培修梵安寺，於草堂亦加以修飾，并撰長聯懸於草堂。

福康安題草堂聯見《題咏編》。

福康安，字瑶林，富察氏，滿洲鑲黄旗人，大學士傅恒之子。乾隆四十一年曾任四川總督兼成都將軍，五十八年復任四川總督，嘉慶元年卒，謚文襄。

其時復繪有《少陵草堂圖》，泐石置之壁間，圖中建築，規模大備，爲清代之最。

按：圖内大門臨江，外有長垣。入門直進，歷階爲草堂。左廓外西折，長廓相連，有慰忠祠。長廊南有碑亭，祠西有板橋渡水，祠西北角有乾坤一草亭。再進入大廳，左有竚暉亭，右有含翠軒。再進入長垣，左有横屋臨水，西接裛香亭；右垣外有不受署齋，自成小院。院東曠地有聽籟閣。再進入少陵祠，祠左有錦江春色樓，樓西小山有看雲亭；祠右有混迹亭，東出渡小樓，有抱流亭，俯青山房等。特據圖補記如上。

據《成都縣志》：慰忠祠舊在城南草堂寺左，後移建北門外。乾隆三十八年，兩金川平定後，四川按察使顧光旭建，祀陣亡滿漢文武員弁兵勇。慰忠祠置在草堂中，本屬不倫不類，幸而曇花一現，已成陳迹。

但至嘉慶十五年，陶澍典四川鄉試，又感草堂之零落。

陶澍《蜀輶日記》：萬里橋西六七里許，至草堂寺。寺創自齊梁間，其西即杜公部祠。檤林松徑，窈然而深，修竹尤多，高幾三四丈。祠前屋宇虚敞，略如京師西苑景概，而丹青零落，草木不剪，斷橋流水，寂然無聲。祠創康熙中，其後杜廉訪玉林稍擴之。乾隆間，福康安自西藏歸，駐此數月，於是雕梁峻宇，豁然改觀。今二十餘年矣，漸就蕪落。按公以乾元中依裴冕居此，後嚴武鎮蜀，復居於此。其詩言草堂者百數十首，所謂百花潭、浣花溪者，皆在祠之左右。古今名迹，芬於人口，乃生前大庇空懷，吾廬獨破；没後千餘年，始有此一片雪錦，而荒草頽垣無人收拾，轉不若鄰居梵舍金碧輝煌。益嘆詩人之窮，不獨秋風茅屋足發吁嘆，而風雅零落得毋益主者之羞乎。

陶澍，字子霖，號雲汀，湖南安化人。嘉慶十五年典四川鄉試。

嘉慶十七年（一八一二），常明、方積、曹六興乃更續修，於祠中造像，樹栗主祀甫。祠前之堂，題曰『詩史』。由前門經大廳、詩史堂以至祠堂，左有露稍風葉之軒、春水舍、竹齋、水檻、恰受航軒、草亭等，右有獨立樓、水竹居、碑亭等。共約建九十餘楹。漢陽朱鼎繪杜公草堂圖，亦刻之於石，若與乾隆少陵草堂圖兩相對照，則建築之因革損益，可以得其大凡。現在草堂建築的規模，猶是嘉慶年間的基礎，圖中一一可以覆按。

曹六興《成都草堂工部祠增寺僧歲修經費碑記》：百花潭北草堂，有唐工部檢校員外郎杜公祠。迤東爲草堂寺，初名梵安寺，唐大曆中節度使崔寧妾冀國夫人捨宅所建也。其先爲杜公舊宅，詳見唐鄭暐《蜀記》，宋葛琳《浣花亭》詩注引用之。祠剏始於宋吕大防，明初蜀獻王重建，方孝孺爲文記其事。明末毀於兵，寺亦廢。國朝康熙十年（一六七一），工部尚書張公德地巡撫四川，以杜公遺迹所繫，屬成都府知府冀公應熊開建土宇於草堂之東，使寺僧超濟董之，推官朱公嘉徵撰記勒碣。其言曰：寺之興廢久矣，地以人重，因名草堂寺。寺之不廢，特以草堂故也。乾隆四十二年（一七七七），按察使杜公玉林爲公後裔，倡議重修，復集金二千兩存爲經費，輾轉耗匱。富察文襄郡王福康安鎮蜀，駐節草堂，有司加以藻飾，極一時木土之盛，不二十年傾圮殆盡。蓋寺僧苦車馬之煩，剳而棄之，不爲修治，故寺僅存而祠日以荒也。今總督兵部尚書佟伊公鎮蜀之三年，時和年豐，百廢俱舉，以先賢勝迹爲名流所景行，與同官僚屬議修之。大府各出俸錢，同官皆相約寄貲，使六興董其事，鳩工庀材，相度區畫，堂廡亭閣，位置略具。其中爲草堂，顏曰『詩史』，譾集之所也。左爲『獨立樓』，右爲

『露梢風葉之軒』，堂東有徑，達草堂寺西隅，堂西之簃曰『春水舍』，曰『竹齋』。其南大廳三楹，左右廊各五楹，引西北隅溪水入注西南而環其前，以橋度之，春秋佳日，可泛以舟也。堂之北爲公祠，其門曰『藥蘭花徑』。前有小橋，橋西有閣，曰『水檻』。分東西隅之水，由水檻繞花徑而東匯爲池，廣可二畝，叢篁萬竿，水碧如玉，小艇經橋下行可達於祠，祠三楹，造像樹栗主，祀杜公。以宋秘書監渭南伯陸公配之。祠左一亭，書公《卜居》《堂成》二詩刊版嵌諸壁。亭北有屋，覆果親王書碣。祠右一軒如舟，曰『恰受航軒』。北爲草亭，草亭北爲臺，曰『春風啜茗』。登臺望舍北水田，一碧無際。周遭短垣，竹木陰翳。三面皆水，水曲各壘小山，雜植花果之屬。榿林籠竹，猶見吏隱之風韵焉。經始於嘉慶十六年（一八一一）七月，落成於十七年（一八一二）正月，費金五千五百餘兩，計造屋九十楹有奇，小橋二、官舫二、小艇一、簾幙几榻之具咸備。以屬草堂寺僧謹啓閉，躬灑掃。且以金五百兩畀寺僧爲歲時補葺之貲，使顧名思義，永護此堂，毋忘杜公舊宅之本，毋負前巡撫張公建寺之意，庶幾寺與堂合，藉杜公以不朽也。或以舊志引吳中復冀國夫人一碑文稱，夫人濯僧衣，百花湧出，因以百花名潭，後人遂疑寺在堂先，草堂因寺而築，不知百花潭見於公詩『經營上元始，斷手寶應年』。公詩且詳紀其歲。而崔寧鎮蜀、任氏捨宅在大曆以後，相距八載，中復附會其說，舊志誤引之，不如鄭暐《蜀記》所載爲可據也。爰考工部建祠之原，草堂名寺之所自，臚叙新築祠屋之制，爲之記而碣於石。

曹六興，江西新建人。成都府知府、四川按察司。常明，滿洲鑲紅旗人，姓佟伊，嘉慶十五年由湖北巡撫升任四川總督。

同時，楊芳燦請以陸游配享。

楊芳燦《重修少陵草堂以渭南伯陸子配饗記》：嘉慶十有七年（一八一二），歲在壬申，芳燦薄游成都，適方有堂方伯暨同官諸公重修少陵草堂落成。仲春之月，偕余及夔州通判譚君光祜、孝廉嚴君學淦謁其祠。將涓吉日，以中牢祀先生。余請以宋渭南伯陸子放翁配饗。或曰：『以陸配杜有説乎？』余曰：『以其心迹之同也。釣臺嚴先生祠，以方雄飛、謝皋羽諸公配之，此志也。』或曰：『太白游於蜀，高、岑官於蜀，并祠可乎？』曰：『諸公先生友也，比肩并祀，客主無别，屈居其下，則先生之心未安。』或又曰：『唐以後言詩者，莫不以先生爲宗，宋之眉山蘇氏，明之新都楊氏，不亦可乎？』曰：『二公蜀人也。祠墓所在，魂魄是依，有尸而祝之者矣。先生與放翁，則皆寓公也。放翁寓蜀久，其依范致能也，猶先生之依嚴季鷹也；其爲參議官也，猶先生之檢校工部員外郎也，其迹同。及其去蜀也，不能忘蜀，署其稿曰劍南，輕衫短帽，夜夜眉州，見之篇什，形之夢寐，其心同。至於愛君憂國，每飯不忘，發而爲詩，忠憤欝結，其大節亦無不同。斯舉也，渭南之幸也，亦少陵先生之願也。』方伯曰：『然。』因屬余作文，屬孝廉爲之贊，而謂譚君曰：『放翁嘗僉判夔州矣，子爲後進，亟以八分書之毋辭。』書成，鐫之石，陷於祠廡之右壁，爲草堂故事。贊曰：『欝作詩史，顛爲放翁。溪沙浣白，衫雪乾紅。梁父吟成，竹廊祠逸。蟬翼秋心，漚波春日。百花潭北，萬里橋南。寓公兩代，心香一龕。代産偉人，賢哉地主。石湖季鷹，風今轍古。一家桑苧，千佛莓苔。拜鵑客在，射虎人來。』

楊芳燦，字蓉裳，無錫人。乾隆拔貢。好爲詩，工駢文，有《吟翠軒初稿》。曾主修《四川通志》。

方積，字有堂，定遠人。嘉慶十四年任四川布政使。有《敬恕堂集》。

嘉慶《四川通志》亦具載之。

嘉慶《四川通志》謂：杜甫宅即草堂，在縣西南五里。康熙十年，巡撫張德地（當爲羅森）、知府冀應熊修建；乾隆四十四年，按察使杜玉林重修，後復傾圮。嘉慶十七年，總督常明、布政使方積、知府曹六輿續修。堂廡宏整，中祀少陵，并以放翁陸子配享。

至道光十七年（一八三七），陸文傑復刻陸游遺像於石以配杜甫，且爲詩并跋以識其事。

陸文傑《放翁先生遺像》詩及跋，詩見《題咏編》。跋云：此三十一代祖務觀公遺像也，江蘇王君之佐刻笠履圖，供『思陸龕』中。文傑補官震澤時，曾以拓本見貽，藏之行篋，日久失去。今晤趙君桂宣於成都，亦有是拓。前謁少陵祠，見公配享在側，少陵公有塑刻諸像而公獨無，意殊歉然，喜得此本，屬楊君靈重摹刻石，於公生辰供奉草堂。并志一律，較之『思陸龕』，似更親切耳。道光壬寅冬日裔孫文傑謹識。

其後毛隆甫游成都，記浣花草堂在成都西門外五里，百花潭側，入寺西偏小門，循粉墻而入，復折西登階而上，則大廳三楹，直上歷階，則工部之遺像在焉，旁以陸務觀配。

毛隆甫《吟鳳醉月軒筆記》：浣花草堂在成都西門外，百花潭側，今寺正殿供佛，有僧二百餘人。入寺西偏小門，循粉墻而入，修竹參差交映。復折而西，登階而上，則大廳三楹，皆明窗净几。階下東偏有樓，曰『獨立樓』，樓西偏有屋一椽，名不記憶。堦下有牡丹、芍藥各一叢，木筆杜鵑、梅花均紛列左右。廳側有小齋曰『竹齋』。由廳後而進，則歷小板橋，橋下即百花潭水所由來也。旁亦有竹，直上歷階，則工部之遺像在焉。旁以陸務觀配。有楹聯云：『旁人錯比揚雄宅，日暮聊爲《梁父吟》。』可稱雅切。東偏有小軒不可坐，頹敗之極。西偏則『恰受航』。由『恰受航』而西，則跨水爲樓，闌干曲曲，下映清流，魚吹碧波，龜漾蓮葉，覺塵心爲之一洗。循闌干而後，則爲小阜，修篁參天，深處有一草亭，亦有石牀置其中，此殆亦秋風茅屋之意。此間較武侯祠更爲幽静，亦有燕會，第梢减耳。故余常至其處，輒低回流連而不能去。豐城毛隆甫。

道光十八年（一八三八），李惺有草堂之游。

李惺《草堂游記》：道光十八年（一八三八）正月朔有十日，蓋立春日也。先立春三日，蘇鼇石、多時帆、周藹餘、王春綬、張曉瞻、尹實夫諸公有昭覺之游，至是游於草堂，則何一山學使及余與焉。席間分韵，各繫以詩，諸公樂甚，余亦樂甚。或謂風日清美，水木澄鮮，加之賓主唱酬，故有可樂。余謂樂固無乎不在，要惟治世而後得以遂其樂，非是則雖有可游之境，可游之候，可與同游之人，或未必能游，游亦未必樂。即以此堂言之，唐上元元年剏自杜公，公之居此曾不六稔。其入蜀也，以安史之亂；其去蜀也，以楊子琳之亂；其轉徙梓閬間也，以徐知道之亂。世不幸而厄於兵，公不幸而生於亂世，求如我輩之遭際太平，從容觴咏，萬不可得，然則公之居此樂耶否耶？且夫亂世厄於兵，治世亦不諱言兵也，要必力袪其亂。去年夏，涼山夷人竊擾馬邊等處，時帆廉使躬督我師，自雷波至於越嶲，延袤七百餘里，穿脇洞腹而出。其間巉巖斗絶，往往腰絙而上，林深箐密，石棱如利刃，行帳或不得水，則取積雪爇之，廉使歸而鬢之黑者畢白。當是時，鼇石方伯運籌於內，徒卒之徵調，芻粟之委輸，符檄之往來，日不暇給。藹餘、春綬、曉瞻、實夫四觀察，亦且同心旅力，交相折衝。八月出師，至十一月而師旋。時一山學使到稍遲。余則局外人也，然身爲蜀民，又未嘗不私憂竊計，日拭目以望捷音之來。夫人當無事之時，不知無事之樂，其以無事爲樂者，必其未始無事者也。譬此身初無疾病，偶爾違和，便覺不適，一旦霍然，則又大適。以今日計之，距蕆事時才數十日耳，前後相較，勞逸頓殊，則今日亦霍然之一候也。可游則游，夫亦焉往而不樂哉？雖然，無事誠可樂也，又正不徒以無事爲樂。病者既知病之爲患，又知受病之由，勢必不樂其身之再病，兢兢焉杜漸防微，而其所以調攝而保護者更無不至，至并不覺其可樂，而其樂乃相引於無窮。然則今日之游固今日之樂，以今日之得遂其樂，尤欲後此之長有其樂，而諸公之所以樂者更有在己，而余之所以爲樂者亦可知矣。諸公分韵之作，名章秀句，交映互發。余以謭陋，僅集杜公詩成五律三首。顧盛會不常，既覺未罄所懷，重以方伯之命，又不能以不文謝也，作《草堂游記》。

李惺，字伯子，别號西漚，墊江人。嘉慶進士，主錦江書院，有《西漚全集》。

何紹基、顧復初亦先後撰有聯語。

何紹基聯：『錦水春風公占却；草堂人日我歸來。』

何紹基，字子貞，號蝯叟，道州人。進士，咸豐二年任四川學政。

顧復初聯：『異代不同時，問如此江山，龍蜷虎卧幾詩客；先生亦流寓，有長留天地，月白風清一草堂。』

顧復初，字幼耕，一字子遠，長洲人。諸生，何紹基邀之來川，歷應四川諸大府幕。

同治十一年（一八七二），吴棠刻《杜詩鏡銓》，以其版留存草堂，并爲聯懸之廡下。

吴棠《刻杜詩鏡銓序》：《杜詩鏡銓》二十卷，楊西龢先生撮各家箋注，爬羅抉剔，博采而得所折衷，俾杜公惓惓忠愛之隱，節解章疏，洗發呈露，秋帆尚書以爲少陵功臣，詢非虚語，余誦之心折久矣。戊辰奉命承乏兩川，公餘之暇，過城南草堂，瞻拜遺像，慨想流風，恍一一於詩遇之。今年春，校刊四史蕆事，念東南兵燹以後，公集版毁無存，爰覓善本付梓，并取張上若先生《工部文集注解》二卷附後，讀詩者息衆説之紛拏，仰光燄之萬丈，而杜公真切深厚之旨益昭然若揭焉。工既竣，遂以是書藏之草堂，用廣流傳。并集公『吏情更覺滄洲遠，詩卷長留天地間』二語爲聯，懸廡下，以志欽企云。同治十一年壬申六月總制四川使者盱眙吴棠序。

吴棠，字仲宣，盱眙人。同治七年任四川總督，開辦四川尊經書院。有《望三益齋集》。

至光緒十年（一八八四），丁寶楨復添置杜祠基金，并以黄庭堅配享。祠内三龕，中爲杜甫，東爲黄庭堅，西爲陸游，并添刻黄庭堅遺像碑。黄雲鵠有《黄山谷先生小像跋》，王闓運有聯語，吴克讓、劉行道皆有記。

《署成都府爲捐置杜祠祭祀基金暨添祀黄魯直先生詳請立案文》：署四川成都府爲詳請立案，以垂久遠事。案照四川成都府城外，向有草堂寺、杜公祠。自憲臺涖蜀，始行春秋二祭，并於祭日，率屬醵金爲會，以志向往。本年春祭，蒙憲臺力謀久遠，捐銀四十兩，司道府縣亦各捐集，共得九七平足銀五百兩，統交成都府發商生息，每年計息銀五十兩，春秋二季交納，以之分辦祭品，綽有餘裕。應由府飭縣届時領取承辦，期無廢墜。此項本銀，無論何時何任，不準提用。謹將捐銀銜名、數目具文呈請憲臺鑒核批示立案，以垂久遠，實爲公便。卑府更有請者，杜公祠旁列陸先生務觀神龕，既非附祀，又非門人，屈之旁座，於義未協。擬將放翁神龕移之正面之西，再添黄先生魯直神龕於正面之東。查黄先生爲涪州别駕，蜀士慕從講學，《宋史》稱其詩得法杜甫，則照陸先生之例，與杜公鼎足而三，尤屬德鄰不孤，合併聲明。爲此備由另文，乞照詳施行。光緒十年（一八八四）五月。

丁寶楨，字稚璜，貴州平遠人。光緒三年任四川總督，光緒十一年卒於任。

黄雲鵠《跋黄山谷先生小像》：先文節公以涪州别駕安置戎州，寓蜀最久，風節人所共知，生平詩法一遵杜文貞。光緒甲申，大府援陸放翁附祀之例，列公位於杜公左方，特舉亦公義也。雲鵠世系爲公三十九代裔孫，譜牒昭然，不敢引嫌自匿，尤不敢忘大府表彰前德之盛意，謹摹公像，立石座前，用申忻仰，并識緣起於後。

黃雲鵠，字祥人，蘄州人。光緒時任至四川按察使。

王闓運聯語：『自許詩成風雨驚，將平生硬語愁吟，開得宋賢兩派；莫言地僻經過少，看今日寒泉配食，遠同吴郡三高。』

王闓運，字壬秋，湘潭人。光緒五年主講四川尊經書院。著有《湘綺樓集》及《湘軍志》等。

吴克讓《浣花草堂附祀黃涪翁、陸放翁記》略云：浣花草堂祀唐杜文貞公，由來舊矣。歲在甲申（一八八四），蘄春黃翔雲、鍾祥黃澤臣兩觀察以江西之詩派，感南渡之詞人，屬籍可稽，騷壇□□，商之制府丁文誠，以涪翁、放翁附祀左右。（文係駢偶，字多剥蝕，故未全録）

吴克讓，新津人。光緒十年作記。

劉行道《浣花草堂附祀黃涪翁陸放翁記》：（前略）成都西南浣花草堂者，杜少陵之故居也。宅枕江湖，堂圍鶯柳，沙溪數頃，水衆四縣。在昔花徑藥欄，野店縮山瓶之酒；竹天藻雨，元戎飛小隊之旌。賓主皆賢，詩詞盡美，不其盛歟。自唐亡寶鏡，宋啓珠囊，涪翁再來，蘇門嗣響，欒（音巒，聚集而加以選擇之意）屐幾兩，扶藤一枝。院闢丁東，攬烏尤而戾止；茗煎濕瀑，眤凫諸而游遨。三徑莓蕪，茅屋則秋風更破；一雙鸂鶒，蓉江之春水流澌。病橘、枯棕，觸少陵之多感；雪林、屏石，悵蜀道之囊（音霏，紛細之貌）微。南渡以還，放翁倅郡。維時江山半壁，甲楯頻年。四十白頭，身老錦城之歲月；一生青眼，心馳幕府之賓僚。故苑冬青，梅龍之相看已老；祠堂春草，杜鵑之羈怨安歸？此兩翁者，實工部之流亞，韵府之桀英也。後人祀杜公於草堂，以涪翁、放翁附焉，禮也。（後略）

劉行道，字士志，達縣人。光緒時舉人，富有民族思想，爲中國同盟會會員，歷任四川高等學校、四川通省師範學校歷史教師，及分設中學主任。宣統二年卒於北京。有《永思堂詩文集》。

光緒三十四年（一九〇八），周善培又於草堂寺通草堂内牆上大書『草堂』二字，以碎瓷砌成之。并應地方人民之要求，計劃於草堂之後，闢一郊外公園，包括草堂與草堂寺在内，辛亥革命周氏離川，未得實現。（見《杜甫浣花草堂考》）

周善培，字孝懷，諸暨人，時任四川勸業道。

直到宣統末，祠内像龕，祠前堂宇，以及左右亭榭池臺，皆仍嘉慶時重修之舊。年年人日，游人競入其中，瞻覩遺像。平時亦有拓石刻遺像碑及楹聯者。

入民國後，草堂迭經頹壞，均由地方人士籌款培修，其中以民國十八年重建詩史堂及二十三年重建三賢堂（即工部祠）爲較著（見《杜甫浣花草堂考》）。後來草堂寺及草堂爲軍隊駐地或某某機關住所，禁止游人觀覽，祠宇窗户，均被折毁，以至上穿下漏，無以蔽風雨，杜甫塑像至以斗笠覆之。曾延年有《工部草堂被兵折毁，寺僧以束草覆遺像》詩：

茅屋秋風昔所哀，草堂今只見蒿萊。洗兵夢覺人何處，遺像塵封迹已灰。

堂中所懸楹聯，亦盡以作薪火之用，今惟何紹基一聯尚存。其間雖間有補葺之者，然不足以抵償損失之大。此清初至解放前草堂興廢之概略。

以上第三四期采用史料，重在草堂建築，明清兩代文獻足徵，六百年間大小修建可考者，計十二次（明代八次，清代四次）。其間以明代弘治及清代乾嘉兩次建築規模爲較備，亦即現在草堂的基礎。乾嘉兩圖石刻具在，歷歷可指。連一二兩期合計，草堂重建培修，見諸記載者共十七次。

綜計杜甫之死至今已一千一百餘年，草堂之廢而後興者數四，蓋由杜甫愛人民之情深，而人民之愛杜甫者亦厚。試考玄宗之行宫，嚴武之節署，今皆舊迹無存，而杜甫一間茅屋，尚留人間，遺像儼然，士女瞻拜。取甫之詩讀之，當時風景尚歷歷如在目前。解放後祠宇重振，茅屋一新，水竹清幽，曲廊回抱，文物光燦，詩卷香飄，人民之疾苦既銷，杜甫之憂懷亦釋。從此浣花溪上，聖地長存，來萬國之參觀，聚億衆之歡舞，人民歌聲振蕩世界，杜甫精神，照耀千載。萬里橋西宅，萬里江清；百花潭北莊，百花錦簇。此正是今日草堂的景象。

第三編　益州草堂寺、梵安寺、冀國夫人祠

兹編將古代益州草堂寺與梵安寺及冀國夫人祠可靠史料，分别叙述。因此三處，與杜甫草堂皆有牽涉，過去異説紛紜，淆混莫清，特詳爲分析，各還其本來面目，列爲附編，以與草堂史略，相互參證。惟徵引資料，不免稍繁，爲了去僞存真，解決數百年來錯綜復雜的懸案，不得不分類批判，以期得到比較明確的結論。

一　益州草堂寺

古草堂寺又稱益州草堂寺，距杜甫草堂約隔三里，其地址約當今杜甫草堂之東北，青羊宫之西北，羅家碾之南，發現古代建築大型石礎之處，即在磨底河與浣花溪之間，距成都城較杜甫草堂約近三里。盧求、趙抃所記甚明。

盧求《成都記》：草堂寺，府西七里，浣花亭三里，（《蜀記》：浣花亭在梵安寺，其先爲杜甫舊宅。）寺極宏麗，有名僧履空居其中。杜員外居處逼近，常恣游焉。（李德裕《益州五長史真記》：益州草堂寺注云：《成都記》：草堂寺，府西七里，去浣花亭三里。）

按：記中『草堂寺，府西七里』，證以《蜀記》『梵安寺去城十里』，則兩寺相去恰爲三里，此爲兩寺距離最明確的記載，亦即唐代遺留下唯一可據的史料。知此則兩寺地址各異，歷史各别，可以

完全肯定。後來混兩寺爲一談，以及草堂寺與草堂比鄰而居諸異説，均可不攻自破。又草堂寺廢没後，其故址雖不可確考，然以《成都記》《蜀記》所記，兩寺方位距離，再證以古今地形道里，則寺址約當今羅家碾之南，亦即在磨底河與浣花溪之間。故草堂寺又有浣花溪寺之稱。（見《草堂地形圖》）抗戰期中，高氏於羅家碾之南，修建味精醬園，掘地得大型石礎，知爲古代大建築故墟。當時曾約金陵大學、武漢大學教授前往考查，以無石刻文字，未經鑒定。郊外大建築，多爲寺廟，此地適當新西門與草堂通道之間，與《成都記》所載草堂寺方位道里相近。草堂寺自晉宋以來，歷史甚久，規模較大。（史載蕭惠開曾於此閲三千沙門。）此地或爲其故址所在，姑存疑以待續考。

趙抃《玉壘記》：草堂鹿苑，府右七里，浣花三里。物色邃清，沙門履空居之。甫草堂杖履初齒梵游。（似有脱文）

按：《玉壘記》所記與《成都記》所載内容，完全相同，不過字句稍異。杜甫《送閭丘師兄》詩：『我住錦官城，兄居祇樹園。地近慰旅愁，往來當丘樊。……飄然客游倦，始與道侶敦。夜闌接軟語，落月如金盆。』詩中首稱『大師銅梁秀』，則非俗僧可知。『居祇樹園』則非小寺可知。至於往來地近，夜聞軟語，則交誼非泛可知。《成都記》所謂『居處逼近，常恣游焉』，與此詩所述恰合。又詩中有『天涯歇滯雨，粳稻夜不翻』之句，説明時當夏令，已在草堂定居之後，更屬相符。但此詩與《酬高適見贈》詩均未記寺名，至於僧名，僅稱俗姓閭丘師兄，寓居古寺是否草堂，往來大師是否履空，本難臆定。但當年西郊附近，規模較大的古寺，只有草堂寺。與草堂相距三里，則初到寓居草堂寺，其後與履空時相過從。《成都記》中所載當必有據。盧求作

《成都記》，在杜甫歿後，不過數十年，或由搜訪簡編（《成都記序》），或據故老傳聞，皆屬可信。惟杜甫在成都有關寺廟之詩，只有兩首，都未載寺名。千載以後，不敢强作解人，姑存此説，以備參考。

兩説皆以杜甫之浣花草堂距草堂寺近，故甫常往游，此杜甫草堂與草堂寺所在各異之明證。趙抃《玉壘記》又説：『公寓沙門復空（當是履空之誤）所居。』

按：此謂甫初來成都時，暫寓之寺即草堂寺。然杜甫《酬高適》詩『古寺僧牢落，空房客寓居。』只稱古寺，未指明爲草堂寺。趙氏推測爲草堂寺亦有理由：一、因草堂寺距浣花溪近，故暫寓草堂寺中，即易卜選浣花溪之地；二、甫居浣花溪，亦常往草堂寺游，蓋已與履空相識之後；三、甫詩謂『古寺僧牢落，空房客寓居』，其寺當必先甚宏大，後漸衰落，以此三者，故趙氏之説亦非完全臆斷。

至草堂寺創建時代，當遠在晋宋之間。考晋代鳩摩羅什於長安城南子午谷譯經之逍遥園始名草堂寺，蜀之草堂寺，當必依此而創立。梁蕭綱謂周顒昔經在蜀，以蜀草堂林壑可懷，乃於鍾山仿作草堂。

梁簡文帝蕭綱《草堂傳》：汝南周顒，昔經在蜀，以蜀草堂林壑可懷，乃於鍾山雷次宗學館立寺，因名草堂，亦號山茨。（《文選》孔稚珪《北山移文》李善注所引）

明楊慎據此以爲蜀之草堂始自梁時，然周顒在成都，是在宋孝武時，周顒在鍾山仿作草堂，亦在宋廢帝時。

《南史·周顒傳》：顒字彦倫，少爲族祖郎所知，解褐。海陵國侍郎、益州刺史蕭惠開賞異顒，携入蜀，爲厲鋒將軍，帶肥鄉、成都二縣令，仍爲府主簿。……隨惠開還都。宋明帝頗玄理，以顒有辭義，引入殿内，親近宿直。

道宣《續高僧傳·釋慧約傳》：齊中書郎汝南周顒爲剡令，欽服道素，側席加禮。於鍾山雷次宗舊館造草堂寺，亦號山茨，屈知寺任。

又《草堂傳》中所稱『林壑可懷』，當必有深樹之林，陰森之壑，非數年所能植成者，是又當早於宋孝武帝時，其爲晋宋之間可知。

至隋時尚有高僧旭上，

釋道宣《續高僧傳》：隋益州草堂寺旭上者，不知何許人，少居草堂，唯以禪誦爲業，餘無所營。蜀土尤尚二月八日、四月八日，每至二時，四方大集，馳騁游遨，諸僧忙遽，無一閑者，而旭端坐竹林，泊然冥想，瓶水自溢，爐香自然。諸人城西看了，相從參之。旭儼然不動，等同金石。三日之後，方復如常。四衆敬而異之。故睹如朝日之初出，因共目之爲旭上也。年九十八。

唐有無相大師。

段文昌《菩提寺置立記》：蜀城正南，當二江合流之上，萬井聯甍之内，獨有岡阜，回拖數里，地形含秀而高坦。……至德二年（七五七），長史盧元裕奏置此寺，以菩提爲號焉。先是，僧衆、鄉黨、耆舊，相厥林野，將興塔廟，徘徊凝睇，漠然無所，乃諗於草堂寺無相大師以質之。大師傳繼七祖，於坐得三昧行，以不思議之知見，破群心之蒙惑，遂指兹地宜開法門。……長慶二年（八二二）記。

段文昌，字墨卿，臨淄人。少曾依韋臯在蜀，爲校書郎。長慶時爲西川節度使。太和六年，復爲西川節度使，太和九年卒於蜀。

李德裕謂：『益州草堂寺列畫前長史一十四人，代稱絶筆。』

李德裕《前益州五長史真記》：益州草堂寺列畫前長史一十四人，代稱絶筆。余嘗於數公子孫之家，獲見圖狀。乃知草堂繪事，靡不造真者。……余以精舍甚古，貌相將傾，乃選其功德尤勝者五人，摹刻於寺之廳所。……太和四年（八三〇）閏十二月十八日。

李德裕，字文饒，趙人。太和四年爲劍南西川節度使。武宗時封贊皇伯，謚衛公。有《會昌一品集》。

晚唐時李洞有《吊草堂禪師詩》。

杖履疑師在，房關四壁空。貯瓶經臘水，響塔隔山鐘。乳鴿沿苔井，齋猿散雪峰。如何不見性，倚遍寺前松。

至宋則止趙抃《玉壘記》道及，以後則不復見諸載記。此千餘年來之古寺，不知何代廢没，并故址亦不可確考。直至清初，蔡毓榮於梵安寺廢後重建，竟易梵安寺之名爲草堂寺，於是草堂寺之名因而復活。

按：陸游《謁杜少陵草堂祠》詩：『結廬浣花里，終隕耒陽鄉。至今草堂寺，名與山水長。』是南宋時已有呼梵安寺爲草堂寺者。由此可見，益州草堂寺，南宋前已不存在，否則陸游詩不至有此。

二　梵安寺

梵安寺原爲杜甫舊宅範圍，後崔寧妾任氏居之，始捨爲寺，名梵安寺。唐鄭暐《蜀記》、宋任弁《梁益記》所載甚明（見前）。地在浣花溪側，内有任氏祠，即冀國夫人祠，與現在杜甫草堂相接。歷唐、宋、元、明及清初，皆稱之爲梵安寺。

唐韓鄂《歲華記麗》説：冀國夫人祠在梵安寺。

宋葛琳《和運使浣花亭》詩謂：錦城十里外，居然景物異。旁瀠浣花溪，中開布金地（即指梵安寺）。杜宅歸遺址，任祠載經祀。

楊損之等有《梵安寺浣溪四老倡和詩》稱：子美堂鄰願爲約。

宋末祝穆《方輿勝覽》謂：梵安寺在成都西南，與杜甫草堂相接。

元費著《歲華紀麗譜》謂：四月十九日，浣花溪佑聖夫人誕日，出笮橋門至梵安寺。

明成化《草堂八景詩碑》有云：蘭若招提古梵安，草堂相近枕江干。百花潭净浮烟雨，萬竹堂開歷歲寒。

《寰宇通志》：梵安寺在府城西南五里，寺近浣花溪，與杜甫草堂相接。

明嘉靖《四川總志》謂：梵安寺，治西南五里，人呼爲草堂寺。

明天啓《成都府志》説：梵安寺，俗呼草堂寺。

清康熙四年修《成都府志》亦説：梵安寺，俗呼草堂寺。

但因梵安寺與杜甫草堂相接，俗遂呼梵安寺爲草堂寺。

自明代楊慎引梁《草堂傳》以牽合杜甫草堂，已使人發生模糊觀念。其後何宇度謂崔寧重修草堂寺，及隋前爲桃花尼寺，故立異説，更引人入五里霧中。至清初蔡毓榮於梵安寺廢後重修，竟悍然易名爲草堂寺。朱嘉徵爲作《益州草堂寺碑記》，謂『地以人重，因名草堂寺』，此爲梵安寺變爲草堂寺移花接木的顯著痕迹。從此杜甫草堂之側，人只知有草堂寺，而不知其爲梵安寺之化身。自錢謙益雜糅衆説，紛然淆亂，穿插錯綜，不可究詰，於是種種異説，由之而生，以訛傳訛，賢者不免，三百年來，幾成考古之謎。兹歸納衆説，有下列幾種誤解。

（一）關於梵安寺與古草堂寺的混淆

有謂梵安寺即古草堂寺者，如朱嘉徵、林儁皆以今之草堂寺（即梵安寺），爲旭上尊者駐錫之所，誤認梵安寺爲古代益州草堂寺。

朱嘉徵《開建益州草堂寺碑》：益州西郊十里梵安寺古刹也，亦名浣花溪寺，不知創自何代。唐至德間，杜少陵築室其西，自題曰草堂。夫寺之廢興久矣。今地以人重，因名草堂寺，然古碣無考。閩中曹能始先輩志曰：『唐益州草堂寺，旭上人少居寺，一以禪誦爲業，餘無所營。蜀土風俗，二月、四月之八日，四方大集，馳戲游遨。諸僧輒匈匈，旭上獨坐卧林中，水月交融，瓶水自溢，率以爲常。諸人合掌敬異之，同參諸佛子，望若朝日初升，咸目之爲旭上，稱尊者。年九十八歲。』初，冀國夫人微時，爲僧浣衲，溪中百花俱滿，僧即旭上尊者也。溪由是名，其寺蓋在杜公之前矣。稽草堂之興也，《唐書》曰：『肅宗上元元年，公至成都，居浣花溪寺。』公詩『古寺僧牢落，空房客寓居』，蓋公嘗寓寺中矣。上元元年冬，裴冀公冕出牧，爲公卜築浣花溪。公詩『浣花溪水水西頭，主人爲卜林塘幽』，主人者何，裴冀公也。草堂凡三年而後成。公詩『經營上元始，斷手寶應年』，寶應元年四月，代宗即位，蜀有徐知道之亂。公詩『畏人成小築』，遂往梓州，又至閬州。廣德二年春，還草堂，賦《四松》《水檻》《營屋》諸什。是年欲依郭英乂，其人驕縱不可託，作《茅屋爲秋風所破歌》，略曰：『安得廣廈千萬間，大庇天下寒士俱歡顏，風雨不動安如山。』夏六月，劍南節度使嚴武狀爲工部郎，參幕中軍事。永泰元年，公自院中賦《去矣行》《歸溪上》，四月下渝去蜀矣。公詩『五載客蜀郡』是也。夫公之居草堂五年耳。其後旭上尊者幾何年，寺所由來又不知幾何年，千載而下，特以草堂故不廢，豈不然哉。初，余癸卯春訪浣花溪草堂遺迹而記之。再閱歲，重游其地，見招提締構方新，老衲澹公揖余入曰：『此爲唐季草堂寺者也，寺建於唐盛於明，毁於甲申之變。恭遇龍飛之三載甲辰（一六六四），楚蜀底定，烟火萬里，咸獲寧居，凡隸西川梵宇，所在興復，祈以佑國壽民爲務。益州太守冀渭公首展龍象力，豎不二門，有翼其楹，如翬斯宇，延僧董之，永觀厥成矣。寺當草堂之西南數十武，又西南爲百花潭，浣花溪其西偏也，地勢平曠，古木周遭，極望殿堂，不事刻飾，闊狹就裁，如杜公時。』僧行密，法名澹竹，臨濟三十二世孫，天童和尚二世法嗣也，請余爲文勒之碣以垂永久。爲之頌曰：攝提之紀，龍携帝建。承陽起事，武功載寧。匪戰則克，維皇之霧。承帝之德，宏啓宇京。億萬斯年，聖壽日增。康熙十年（一六七一）。

朱嘉徵籍履見前下編。

按：朱氏此文，既稱梵安寺爲古刹，不知創自何代，又引曹學佺之説，以爲旭上住居之草堂寺；又説任氏爲僧浣衣，此僧即旭上。查旭上爲隋高僧，何以至大曆時尚在。傳稱旭上年九十八，自唐武德元年至大曆元年，已近一百五十年，任氏何能爲旭上浣衣。其尤誤者，改題梵安寺爲草堂寺，相沿至今，人只知有草堂寺，不知有梵安寺，而且以新改題之草堂寺即認爲古之益州草堂寺。雍正、嘉慶兩次所修《四川通志》，皆仍朱氏之誤，竟没梵安寺名，而題爲草堂寺。雍正《通志》謂宋代始賜名梵安寺，其毫無根據，與明何宇度謂國朝賜名梵安寺相同。此皆未考梵安寺之來源，是由杜甫宅變爲任氏宅，任氏宅變爲梵安寺之歷史，因而引起後來種種誤解。

林儁《重修草堂寺記》：從來盛衰有數，興廢在人。得其人則廢者可興，衰者轉盛，此理固確然可信也。成都南郊之草堂寺，即古梵安寺，爲旭上尊者卓錫之所。草堂之名見於五代，旁即杜工部草堂，洵爲錦城名勝。迨明季毁於兵燹，我朝康熙初，郡守冀公應熊與淡竹和尚從而新之。百餘年輾轉相傳，漸不善於經理，以致寺田日削，廟宇日頹。余於己丑歲調任成都，甫下車，邑士紳僉謂：『寺院蕭條，終成荒落，請以工部草堂作爲少陵書院，即以寺中所餘之産，撥充膏火之資。』余以此寺歷今數千百年，載在志乘，規模宏敞，風景幽佳，林木葱蘢，望之鬱然深秀，且一帶碧沙流水，與草堂故址相連。古刹名賢，當共傳之不朽，此地有靈，當必有與之者，况損此益彼，余不爲也。因而面謝邑人，其議遂寢。越明年，余以内艱去任，旋復於役金川，從軍六載，往來於關山戎馬之間，寺之興廢不遑顧也。嗣因廉使杜公玉林有重修草堂之舉，頓改舊觀，而寺之殿廡荒凉，猶復頹然如故。制府文公慨勝地之將湮，喜斯人之可託，爰命昭覺寺僧道魁兼主之。師於入寺後，再續禪燈，頓開覺路，人天共悦，僧衆欽依。不數年苦力清釐，寺産悉歸其舊。又數年銖積寸累，存積更饒。於是鳩材庀工，大加修建。至戊申以迄辛亥落成。計費萬金以外，成屋八十五間，門宇宏開，經樓雄峙，寶坊金界，光徹琉璃，更有加於昔者。而刹竿幢影，復掩映於榿林叢樹之間，從此寺與堂均稱佳境矣。此舉不募一錢，不貸一粟，獨肩其任，成此巨工，謂非師之功行卓越而能若是乎。嗚呼，事之興衰莫不存乎其人，不益信哉。惟願後之主斯寺者，有修無壞，俾琳宫紺殿，歷久常新，克纘前功，毋隳舊業，是又不能不深望於後之人也。余因兩寺僧徒之請，而以余所知者記之。乾隆五十七年（一七九二）壬子歲二月中浣，住持道魁謹同兩堂大衆公立。

林儁，順天大興舉人，乾隆四十一年（一七七六）官四川鹽茶，分巡成都水利道。

又如明之楊慎、曹學佺，清之陶澍、陳矩、趙熙，引蕭綱《草堂傳》，誤認今之草堂寺（即梵安寺）爲梁時蜀之草堂寺。

楊慎跋：李洞《吊草堂禪師》詩：『杖履疑師在，房關四壁空。貯瓶經臘水，響塔隔山鐘。乳鴿沿苔井，齋猿散雪峰。如何不見性，倚遍寺前松。』按：草堂寺在成都，《文選》李善注引梁簡文帝《草堂傳》曰：『周彦瑜昔在蜀，以蜀草堂寺林壑可懷，乃於鐘山雷次宗學館立寺，因名草堂，亦號山茨。』蓋蜀人謂草屋曰茨。成都之郊，地名亦有蠶茨，今訛爲蠶絲矣。唐李太白客游有懷故鄉，以草堂名其詩集，見於尤氏、鄭樵書目可考也。杜子美客蜀亦居草堂。今人徒知杜之草堂，而不知太白之草堂。又止知唐之草堂名天下，而不知實始於梁也。因綴志詩并及之。

楊慎，字用修，號升庵，新都人。正德六年（一五一一）殿試第一，以直諫謫戍雲南永昌衛，還蜀卒，年七十二。明代記誦之博、著作之富推第一，詩文集外，雜著至一百餘種，并行於世。

按：楊氏此文，意在説明草堂之名歷史甚久，杜甫草堂亦因草堂寺而命名，并未説梵安寺即古之草堂寺。惟文中説『杜子美客蜀亦居草堂』，此是説杜子美客蜀亦居草堂寺，還是説杜子美之居亦名草堂。語意含混，致啓後人誤解。

曹學佺《蜀中廣記》於少陵草堂條下，引《高僧傳》『旭上居草堂寺』。又載楊慎引《文選注》云：『蕭齊周顒昔經在蜀，以蜀草堂林壑可懷，乃於鐘山雷次宗學館立寺，因名草堂寺。』又云：『蜀人語草爲茨，成都令周顒既歸金陵，乃仿蜀草堂寺遺意，於鐘山之麓築草堂，亦曰山茨，不忘蜀也。』可知蜀之草堂著名久矣，子美因其地而卜築。

按：此書意在廣爲搜羅，然毫無抉擇，既引楊慎梁草堂寺説，又引何宇度前代爲桃花寺説，最後又引《高僧傳》旭上尊者居草堂之事，雜引傳説，結果并無定見。

陶澍《蜀游日記》：草堂寺創自齊梁間，其西即杜工部祠。（全文見前）

陳矩《重修草堂寺藏經樓記》：天下清净吟嘯之地以人而傳者，莫盛於蜀，蜀莫盛於草堂。蓋草堂爲蕭梁古剎，又李太白、杜少陵游咏之所，樓殿巍峙，水木清華，頗適暢游。自唐迄今，宦游詞人時止其間，徒知艷羡工部，不復識太白遠游有懷斯寺，曾以草堂名其詩集，尤氏、鄭樵書目可據也。寺創自何代，志乘、碑石及姚氏瑩《草堂記》亦不能確指。按：《文選》注梁簡文帝《草堂傳》曰：『汝南周顒昔經在蜀，以蜀草堂林壑可懷，乃於鐘山雷次宗學館立寺，因名草堂，亦號山茨。』足證寺創於梁，太白、少陵因寺以名集，千餘年來鮮知之者，良可慨也。寺中藏經樓乃純廟（乾隆廟號）勅建。是時財阜民樂，佛像經典，多金書玉縷，故建及斯樓。步經百餘，柱欹礎墊，鑿枘消脱，飄風零雨，顛壓可危。心泰方丈慮之，節衣省食，并祈士夫居民共醵萬餘金，復其舊而加崇麗焉。心泰一日來云，樓已落成，又云寺相傳始於梁，因以舊得六朝景明四年善業泥造如來佛相奉之，心泰迎入寺中，建木塔供養。心泰本族子，自幼祝髮，皈心净土，釋典博通，今年已近七十，又能復此鉅業。如心泰者，裴氏休所謂其出家之雄乎，乃喜而爲之記。光緒丙午（一九〇六）。

陳矩，字衡山，貴州人，井研縣知縣。

趙熙《草堂寺記》：庚申重九，觴於草堂，或討事故，初哉何代，作而曰：廊下石稱梁建，確乎？余曰：『周顒在蜀，以草堂寺林壑可懷，乃於鐘嶺雷次宗學館立寺，名草堂，亦號山茨。詳梁簡文帝《草堂傳》，事在齊武帝永明初，誰其神者預知後有梁也。又孔稚圭曰：「草堂之靈。」稚圭卒齊東昏永元三年（五〇一），亦烏知後有梁也。』然則齊寺乎？曰：『顒爲厲鋒將軍帶肥鄉、成都令，實隨益州刺史蕭惠開，以宋武帝大明中（四五七—四六四）入蜀，下距齊隔四帝也。』然則宋寺乎？曰：『宋時林壑可懷，負郭非山區比，林壑之成必久。惠開閲三千沙門，名無所失，其盛亦非旦夕而集。宋孝武去晋僅逾三十年，時姚秦鳩摩羅什講經草堂寺，準唐開元、宋嘉祐寺例，蜀寺之作，必同姚秦。』客嘻曰：『是開自有晋矣，荒哉粱代云也。』余曰：『寺之名昉東漢，然漢元狩元年張騫使大夏，見蜀布、邛竹杖來自東南身毒國，去邛西可二千里。姚秦法顯求戒律至西域，懸絙過新頭河，河上人言：古老傳彌勒菩薩立像在佛泥洹後三百許年，當周平王時，便有沙門賫經律東渡此河者。如若言耶，則漢明帝未夢金人，蜀早通天竺，蜀中流傳佛法，亦遠當蠶叢、開明，全支那學佛皆後蜀區，金行晋室奚以云。』於是張幼荃、蕭佛意皆喜，進觴曰：『蜀國者，佛國也。是匪賓戲，凡號佛學者宜有間。』幼荃乃出所藏石琢自雲南之山，瑩瑩其輝，廖子才督工鎸之，俾佛意揭諸壁。趙熙記。（庚申即一九二〇年）

趙熙，字堯生，别號香宋，榮縣人。清翰林，官御史，工詩文詞，有《香宋集》《榮縣志》。

有謂草堂寺前代爲尼居，名桃花寺，隋文帝始易以僧，及崔寧重修草堂寺者，如何宇度、王士禎及明天啓、清康雍嘉慶諸志等。

何宇度《益部談資》：武侯、工部二祠之中有寺，一名草堂，一名中寺，前代爲尼居，名桃花寺，隋文帝始易以僧。唐大曆中，崔寧鎮蜀，以冀國夫人任氏本浣花女，遂重修之，繪任氏真於其中。會昌中欲毁寺，夜聞女子啼泣之聲，中止。已而禱雨有驗，本朝賜名梵安寺。

王士禎《秦蜀驛程記》：草堂寺，古桃花寺也。

天啓《成都府志》全抄襲《益部談資》。

康熙《成都府志》全抄襲天啓《成都府志》。

雍正《四川通志》又全抄襲康熙《成都府志》。

嘉慶《四川通志》又全抄襲雍正《四川通志》。

按：何氏此文，牴牾甚多，於梵安寺、草堂寺相混之外，又横插一桃花寺，重重矛盾，糾纏不清。既説梵安寺一名草堂寺；又説隋以前名桃花寺，然則此寺即非齊梁時之草堂寺；又説本朝賜名梵安寺，然則明以前此寺究名桃花寺，抑名草堂寺；又説崔寧鎮蜀始重修之。既不明唐、宋、元以來梵安寺之歷史，而妄稱梵安寺名爲本朝所賜。又明知崔寧當時有所建築，已接問題邊緣，而不追求任氏捨宅爲寺之歷史，竟武斷爲崔寧重修草堂寺，種種錯誤，不可勝舉。其渲染神話，更無論矣。此書後人相沿引用，皆仍其誤。

查杜詩《江畔獨步尋花》七絶句中有『黄師塔前江水東，春光懶困倚微風。桃花一簇開無主，可愛深紅愛淺紅』一首，趙次公云：『黄師塔紀眼前之實也。』陸游《老學庵筆記》云：『余以事至犀浦，過松林，甚茂，問驛卒此何處，答曰：「師塔也。」蜀人呼僧爲師，葬所爲塔，乃悟少陵黄師塔前之句。』師塔既爲僧塔，則黄師塔所在，當時必爲一廢寺。又云『桃花一簇開無主』，則此廢寺疑即古桃花寺。細繹前後詩意，此寺當在草堂東南江水曲處，亦即浣花溪邊，故何宇度與梵安寺誤混爲一寺。是否確實，尚待探考。

甚有謂梵安寺爲浣花溪寺及中寺者，如朱嘉徵、何宇度等。

朱嘉徵《開建益州草堂寺碑》：益州西郊十里梵安寺，古刹也，亦名浣花溪寺，不知創自何代。（全文見前）

何宇度《益部談資》：武侯、工部二祠之中有寺，一名草堂，一名中寺，前代爲尼居桃花寺。

按：梵安寺之歷史，朱嘉徵、何宇度二人最混淆不清，漫無定説。朱氏既以梵安寺爲古刹，以爲隋時旭上駐錫之所，今又謂亦名浣花溪寺，不知創自何代。梵安寺因在浣花溪側，或當時有稱之爲浣花溪寺，并不是梵安寺又有一名叫作浣花溪寺。何氏之誤，亦同朱氏。因明嘉靖時，張時徹曾在梵安寺東建一武侯祠，而梵安寺即居工部、武侯二祠之中，或當時人有呼梵安寺爲中寺者，亦不是梵安寺又有一名叫作中寺。

（二）關於草堂寺與杜甫草堂名稱的牽混

有謂今草堂寺鄰近杜甫草堂而得名者，如薛瑄、朱嘉徵、彭端淑、彭肇洙等。

薛瑄《游草堂記》：草堂寺蓋自子美之草堂而得名也。（全文見前）

朱嘉徵《益州草堂寺碑記》：今地以人重，因名草堂寺。（全文見前）

彭端淑《浣花草堂志序》：寺何以名，由後人重修草堂，因以名寺。（全文見《浣花草堂志》）

彭肇洙《浣花草堂志序》：注杜者引孔稚珪草堂之靈實之，又引李贊皇《益州草堂記》牽合隨心。子美何人，裴公卜築，取寺額以名其居可乎？寺之後草堂而借名也，此又不待辨矣。（全文見《浣花草堂志》）

彭端淑，字樂齋，丹棱人，雍正進士，仕至肇羅道，掌錦江書院最久，有《白鶴堂集》。

彭肇洙，字遵泗，端淑之弟。

按：草堂寺歷史久遠，早在晋宋之間，雖與杜甫草堂同在西郊，畢竟有相去三里的距離（見《草堂地形圖》），絶不能牽强附會，混爲一談。朱氏以下諸人，大抵根據薛、朱兩氏之説，認梵安寺爲草堂寺，雷同附和，混淆史實而不知其非。

有謂杜甫草堂因居近古草堂寺而命名者，如錢謙益、顧宸、李文煒注杜詩，皆引蕭綱《草堂傳》，以爲杜之

草堂因草堂寺而命名，左峴、閔鶚元均仍其說。

錢謙益《杜詩箋注·狂夫》詩下引蕭綱《草堂傳》及李德裕《益州五長史真記》，謂草堂寺自梁有之，杜甫卜居浣花里，近草堂寺，因名草堂。以舊志（即何明禮《浣花草堂志》）載梵安寺俗呼草堂寺爲大誤。

顧宸《辟疆園杜詩注》亦引《草堂傳》，謂『甫卜居浣花里，近草堂寺，因以命名』。仇注杜詩，即用顧説。

李文煒《杜詩通解》謂『杜工部卜居浣花里，近草堂寺，故名草堂』。

左峴《杜工部草堂記》亦同錢、顧諸人説。（全文見前）

閔鶚元《浣花草堂志序》謂：『因其近梁之草堂寺，故以名其居焉。』（全文載《浣花草堂志》。）

更有將草堂寺與杜甫草堂混而爲一，復認爲祠在寺前，模棱兩可者，如《邊州見聞録》之説。

《邊州見聞録》：草堂寺者，工部草堂也，祠在寺前。

按：杜甫當時草堂側近，并無宏大的寺宇。（一）盧求《成都記》載『草堂寺，府西七里，去浣花亭三里』。趙抃《玉壘記》『草堂鹿苑，府右七里，浣花三里』。是古代草堂寺去城七里，杜甫住居之浣花亭去城十里。此爲杜甫草堂與古代草堂寺相隔三里之明證。（見《草堂地形圖》）（二）杜詩中凡南鄰、北鄰及黄師塔、黄四娘家，無不一一見諸題詠。又『日出籬東水』『南江繞舍東』『舍南舍北皆春水』『堂西有笋别開門』，草堂四圍，皆説之甚明。又『地偏相識盡，雞犬亦忘歸』『不教鵝鴨惱比鄰』『鄰雞還過短墻東』『肯與鄰翁相對飲，隔籬呼取盡餘杯』，四鄰人家皆已道及，而獨不見有寺宇，此爲杜甫草堂當時側近無有寺宇之明證。（三）古代益州草堂寺，歷史甚久，規模甚大，又有林壑可懷。杜甫之卜居浣花溪，初營一畝，漸推廣至一頃有餘，如果當時側近有宏大之寺宇，杜甫草堂必不能推廣至一頃有餘。此爲古代草堂寺必不能與杜甫草堂同在一處之明證。

又按：杜甫先在秦州，擬置西枝草堂，未成而入蜀。後來流寓夔州，又置有瀼西草堂。其東屯高齋，亦稱草堂。由此可見杜甫一生，寓居三處，都名草堂。同時岑參在長安終南，有雙峰草堂。（見《岑嘉州詩集》）又杜甫《詒徐卿覓果栽》詩中，所謂果園坊，在少城北，亦名草堂。（見《草堂地形圖》）岑參《題徐卿草堂》詩有『復居少城北，遥對岷山陽』之句，又可見三人同時遠近三處同名草堂。又杜甫在藍田有《崔氏東山草堂》詩，《某夜宴左氏莊》詩有『春星带草堂』之句。又李白亦以草堂名其詩集。（見李陽冰《草堂集序》）足見當時草堂之名，已成風尚，不必强求其原，轉滋附會。

凡此混亂，皆由不知梵安寺爲杜甫舊宅，任氏捨宅爲寺即名爲梵安寺。古代益州草堂寺與杜甫草堂，尚隔三里，渺不相涉。自康熙十年重修梵安寺時，誤改題爲草堂寺，而後人亦皆以草堂寺呼之，乃至遠如明之楊慎，近如清之趙熙，號稱博雅者，亦竟以梵安寺爲古之草堂寺，而梵安寺之名遂湮没無聞。兹爲考核史實及澄歷史懸案計，不得不辨正其誤，以供參考。

附案：錢謙益對於杜甫草堂，漫無定見，雜引衆説，往往引起後人之誤解，前已略加辨正，兹再將其箋注杜詩《狂夫》章全文録出，并後來之誤解其箋注者，一一辨正於下。

錢氏《草堂》下箋注云：《北山移文》李善注引梁簡文帝《草堂傳》曰：『汝南周顒，昔經在蜀，以蜀草堂寺林壑可懷，乃於鐘山雷次宗學館立寺，因名草堂，亦號山茨。』所謂草堂之靈也。李德裕

《益州五長史真記》曰：『益州草堂寺，列畫前長史一十四人。』注引《成都記》云：『在府西七里，去浣花亭三里。』草堂寺自梁有之，故德裕記又云：『精舍甚古，貌像將傾。』甫卜居浣花里，近草堂寺，因名草堂。志云：『寺枕浣花溪，接杜工部舊居草堂，俗呼爲草堂寺。』此大誤也。又《百花潭》下箋注云：《寰宇記》『杜甫宅，在成都西郊外，地屬犀浦縣，接浣花溪，地名百花潭』。舊注引冀國夫人事，即崔寧之妾任氏也。宋人任正一《游浣花記》：『百花潭見於杜詩，非由冀國而得名也。』陸游筆記：『四月十九日，成都謂之浣花遨頭，宴於杜子美草堂滄浪亭，傾城皆出，自開歲宴游，至是日而止。蜀人云，雖戴白之老未嘗見浣花日雨也。』『大曆中，崔寧鎮蜀，以任氏本浣花人重修草堂寺。』故蜀人因百花潭之名附會其説耳。薛濤亦家於潭旁，以潭水造紙爲十色箋。李義山詩『浣花箋紙桃花色』，又可謂潭因薛濤得名也。

錢氏引《成都記》以證益州草堂寺在府西七里，去浣花亭三里，因謂甫卜居浣花里近草堂寺。但此所謂近，尚隔三里，錢氏遂由近之一字，將古之益州草堂寺與梵安寺混而爲一，以爲梵安寺即古之草堂寺，此誠大誤。蓋由不明浣花亭在梵安寺，梵安寺爲杜甫舊宅改變所致。舊志載梵安寺俗呼草堂寺，此晚明時之事實，歷有記載。錢氏反以舊志所載爲大誤，蓋錢氏未嘗至成都，故妄爲此説。又後段謂大曆中崔寧……重修草堂寺，不知其所修者原爲崔宅，後乃捨而爲梵安寺。此全抄襲何宇度《益部談資》之文，與何氏同一錯誤。錢氏之注，時人每推崇之，其謬誤處影響最大，故略辨之。

又後人引用錢氏之説，於錢氏所引書後，錢氏增加語句，亦誤認爲原書語句。又錢氏引甲書，後續引乙書，但未出乙書之名，後人遂以乙書所説誤爲甲書。蓋由前人寫文未加引號，以致後人生出許多誤解，兹略舉數條於下：如引《草堂傳》後『所謂草堂之靈也』，誤以爲《草堂傳》之文。如引《成都記》後『草堂寺自梁有之』，誤以爲《成都記》之文。如引陸游筆記『未嘗見浣花日雨也』，下接『大曆中……重修草堂寺』數句，乃《益部談資》之文。因未舉出書名，後人遂誤以此數句亦爲陸游筆記之文，兹亦附帶辨正之。

三　冀國夫人祠

冀國夫人爲崔寧妻任氏，祠在梵安寺内。當大曆三年崔寧入朝，楊子琳自瀘州突攻成都，任氏散家財募兵數千人捍衛成都，擊退楊子琳，繼又捨宅爲寺。任氏於地方有保衛人民之功，於寺又爲大施主，任氏死後故爲立祠寺中，并繪其像，稱爲冀國夫人。任氏爲浣花里人，故亦稱浣花夫人。至元代又尊之爲佑聖夫人。任氏於四月十九日生，故每年逢任氏生日，都人皆遨游浣花溪三日。（見上編引《蜀記》）五代宋元，浣花之游極盛，記載較多。

唐韓鄂《歲華紀麗》：冀國夫人祠在梵安寺，每歲孟夏十有九日，都人仕女出城羅拜祠下。

韓鄂，昌黎人，著有《歲華紀麗》。

張唐英《蜀檮杌》：前蜀乾德五年四月十九日，王衍出游浣花溪，龍舟新舫，十里綿亘，自浣花溪至萬里橋，游人仕女，珠翠夾岸。

張唐英，新津人，熙寧中仕至殿中侍御史，有《蜀檮杌》八卷。

景焕《野人閑話》：蜀後主時，城内人生三十歲，有不識米麥之苗，每春三月、夏四月，多有游浣花及錦浦者，歌樂掀天，珠翠填咽，貴門公子華軒彩舫共賞百花潭上。至諸王功臣以下，皆各置林亭，異果名花，充溢其中。

景焕，一名樸，五代末成都人，自稱匡山處士，善畫工文，與歐陽炯爲忘形交。

任正一《游浣花記》：成都之俗以游樂相尚，而浣花爲特甚。每歲孟夏十有九日，都人仕女麗服靚妝，南出錦官門，稍折而東（東字當爲西字之誤），行十里，入梵安寺，羅拜冀國夫人祠下，退而游杜子美故宅，遂泛舟浣花溪之百花潭，因以名其游與其日。凡爲是游者，架舟如屋，飾以繪彩，連檣啣尾，蕩漾波間，簫鼓咏歌之聲喧鬨而作。其不能具舟者，依岸結棚，上下數里，以閲舟之往來。成都之人於他游觀或不能皆出，至浣花則傾城而往，里巷闃然。自旁郡觀者，雖負販芻蕘之人，至相與稱貸，易資爲一飽之具，以從事窮日之游。府尹亦爲之至潭上，置酒高會，設小戲競渡，盡衆人之樂而後返。

田况《四月十九日泛浣花溪》詩，有句云：『十里綺羅青蓋密，萬家歌吹綠楊垂。畫船叠鼓臨芳溆，綵閣臨江泛羽巵。』

葛琳《和運使浣花亭》詩：『井絡西南區，成都號佳麗。錦里十里外，居然景物異。旁縈浣花溪，中開布金地（指梵安寺）。杜宅巋遺址，任祠載經祀。』

陸游《老學庵筆記》：四月十九日，成都謂之浣花遨頭，宴於杜子美草堂滄浪亭，傾城而出，錦繡夾道，自開歲宴游至是日而止，故最盛於他時。

按：陸游爲宋代愛國詩人，其所記浣花遨頭，爲浣花之游轉而爲紀念杜甫較早的記載，與唐代以來浣花之游迥異。至後來人日草堂之游（詳後），則更有深長的意義。

莊季裕《雞肋篇》：成都浣花自城去僧寺凡十八里，太守乘綵舟泛江而下，兩岸皆民家，交絡水閣，飾以錦繡。每綵舟到，有歌舞者鈎簾以觀，賞以金帛。以大艦載公庫酒，應游人之家，計口給酒，人支一升。至暮遵陸而歸。

莊季裕，宋清源人，著有《杜集援證》《雞肋篇》等。

費著《歲華紀麗譜》：四月十九日，浣花佑聖夫人誕日，出笮橋門至梵安寺，設宴於後廳。登舟觀諸軍騎射，倡樂導前，泛流至百花潭觀水嬉競渡，官方民船，乘流上下，或幕簾水濱以事游賞，最爲出郊之盛。

世人又故奇其説，謂夫人微時爲僧浣衣，湧出百花，浣花溪、百花潭皆以此名。自宋吴中復、任正一有此記載，後人遂深信之。

吴中復《冀國夫人任氏祠碑記》：夫人微時，以四月十九日見一僧墜污渠，爲濯其衣，頃刻百花滿潭，因名曰百花潭。

吴中復，字仲庶，興國永興人，進士，仕至龍圖閣學士，熙寧中出知成都。

任正一《游浣花記》引其傳曰：此冀國故事也，冀國姓任，本溪上小家女，任媪嘗禱於神祠，夢神人授以大珠，覺而有娠，明年四月十九日而生。女稍長，奉釋氏教甚謹。有僧過其家，瘡疥滿體，衣垢敝，見者心惡，獨女敬事之。一日，僧持衣從以求浣，女欣然濯之溪邊，每一漂衣，蓮花輒應手而出，里人驚異，求僧，亦不知其所在。因識其處爲百花潭。會崔寧節度西川，微服行民間，見女心悦之，賂其家，納以爲妾。寧妻死，遂爲繼室，累封至冀國。既貴，每生日即來置酒其家，艤船江上，訪漂衣故處，徘徊終日，後人因之，歲以爲常，且即寺之東廡作堂祠之。余自爲兒時，得於傳聞如此，顧未嘗一至其處。今歲之夏，以事留成都，而適及是日，與二三友觀焉，訪冀國遺迹，漫無可考，獨有吴仲庶所作《祠堂記》，與余昔所聞於爲兒童時者，大抵略同。

祝穆《方輿勝覽》：浣花溪在城五里，一名百花潭。唐冀國夫人任氏女，少奉釋教，一日僧持衣求浣，女欣濯之溪邊，每一漂衣，蓮花應手而出。驚異求僧，不知所在。因識其處爲百花潭。

《山谷詩外集・老杜浣花溪圖》『百花潭水濯冠纓』句下，史容注云：『百花潭事，蓋節度使崔寧妻冀國夫人家於浣花溪上，夫人初爲童兒，有異僧過其家，遍身瘡穢，夫人奉之甚謹，僧持敝衣謂曰：「爲我濯此。」夫人即就溪浣之，蓮花隨出潭中，及貴，俗呼百花潭。』

史容，號薌室居士，青神人，宋寧宗時人，仕至太中大夫。所注《山谷詩外集》，有嘉定元年（一二〇八）錢文子序。

明《寰宇通志》：浣花溪在府城西南五里，一名百花潭。按吴中復《冀國夫人祠碑記》：『夫人微時，見一僧墜污渠，爲濯其衣，百花滿潭。』

《明一統志》全抄襲《寰宇通志》。

嘉靖《四川總志》全抄襲《明一統志》。

何宇度《益部談資》：『百花潭口舊有任氏一碑，立於風雨中，予令人滌去苔蘚讀之，乃宋熙寧年間吴中復撰并書也。字半漫滅，略可成誦。云夫人微時，見一僧墜污渠，爲濯其衣，百花湧出，因而名焉。杜少陵、薛濤皆買居潭側。

曹學佺《蜀中廣記》，抄《方輿勝覽》及嘉靖《四川總志》。

康熙《成都府志》又雜抄嘉靖《四川總志》。

吴中復碑記所述，自《寰宇通志》起，《明一統志》、嘉靖《四川總志》，至康熙《成都府志》，以及後來志乘，皆相沿轉載，承認其說。八百年來，神話流傳，文人又故爲渲染，以迎合世人好奇心理，而百花潭、浣花溪由古代勞動人民製造彩箋而得名的歷史遺迹，反爲所掩，應特予辨正，以正觀聽。百花潭之名，早在任氏以前，任正一《游浣花記》亦已辨之，但不爲後來修志者所留意。

任正一《游浣花記》後段云：余按《唐書》，大曆中，崔寧自蜀入朝，留其弟寬守。楊子琳自瀘州襲之，寬戰力屈，寧妻任素驍勇，出家財募士得千人，設部隊自將以進，子琳懼引去，蜀賴以全。止以姓見，初不載其封冀國及爲何許人，其嘗捍入寇，以功得封，史家略而不書，尚或有之。至其家世，實不知所據。杜子美詩曰『百花潭北莊』，又曰『百花潭水即滄浪』，其來久矣，非由冀國之功。歲即其祠致禮焉，因相與朋聚爲樂，非謂其爲此邦之人，及嘗自爲僧漂衣之異也。而或者因百花潭之名附會其說，務爲夸誕，蓋不足憑。

至四月十九日浣花溪之游，吴中復以是日爲任氏浣僧衣之日，任正一以爲任氏生日，其説微異。後世大抵沿用任正一之説，而楊慎《蜀志補遺》又以三月三日爲浣花夫人任氏生日。

楊慎《蜀志補遺》：浣花溪有石刻浣花夫人像，三月三日爲夫人生辰，傾城出游。

查成都西郊及泛浣花溪之游，歷代皆有改變：據旭上傳，是隋時西郊之游，在二月八日與四月八日。唐大曆以後，至宋元兩代，皆借任氏之故，改在四月十九日。據楊慎説，則明代又改在三月三日。明末任氏祠毁，入清西郊之游則改爲人日，以高適與杜甫有『人日題詩寄草堂』之唱酬。惟浣花溪水，明清以來漸小，不能行舟，百花潭亦淤爲沙灘，人日之游，只能看梅，大游江觀競渡，則改在望江樓，爲四月八日與五月五日，非復唐宋時浣花溪之游。但西郊之游，改爲人日，藉以紀念杜甫，大游江觀競渡改爲五月五日，則各有其重大意義。

又查任氏祠原在梵安寺内之東偏，任正一説即寺之東廡作堂祠之。明末毁後，清初未重建。至光緒十二年（一八八六），黄雲鵠始於梵安寺與杜甫草堂之間新建一宇，題曰浣花祠，塑任氏像以祀之。譚光祜有集句聯云『褰裙逐馬有如此，翠羽明璫尚儼然』，懸之龕右。俞樾亦有長聯云：『新舊書不詳冀國崇封，但傳奮臂一呼，爲夫子守城，代小郎破賊；三四月歷數成都盛事，且先遨頭大會，以流觴佳節，作設帨良辰。』俞氏蓋於楊慎之説，以三月三日爲任氏生日。黄雲鵠於新建任氏祠，并有碑文説明立祠之意。

黄雲鵠《重建唐冀國夫人任氏祠碑記》：志載，成都浣花溪有石刻浣花夫人像。又宋任正一《游浣花溪記》云：每歲孟夏十九日，都人出錦官門，入梵安寺，羅拜冀國夫人祠下。夫人任氏，溪側人，初微後貴，歿後，土人建祠祀之。稗官家載其逸事甚夥，語多不經，要以正史爲斷。考《舊唐書》，成都節度使崔旰入朝，楊子琳乘虚突入成都，旰妾任氏魁偉果幹，出家財募兵，自帥擊之，子琳敗走。朝廷加旰尚書，賜名寧，任氏封夫人。又《唐書》云：『大曆中，崔寧自蜀入都，留弟寬守。楊子琳自瀘州襲之，寬戰力屈。寧妻任氏出家財募士，自將以進，子琳懼，引去，蜀賴以全。』二史之言如此。《禮》：能爲民捍大災、禦大患者，歿則祀之。方崔旰遠覲，子琳襲攻，寬戰力屈，若非任氏募士自將擊之，賊安能退，城安能全，朝廷之符印，闔城百姓之身家安能保，崔寧覲還，無地可歸，眷屬名節，性命掃地，更不待言矣。維時唐室正苦藩鎮多故，令叛賊據城，朝廷又增西顧憂，分兵轉餉所費不貲，賊能遠滅與否，城能即復與否，旁郡邑能不蔓及與否，尚未可知。而任氏以一女子，臨危不懾，一戰却賊，所全實大。蜀民世世祀之，宜矣。其他所稱夢珠誕降，浣衣蓮出，及捨宅爲寺諸軼事，皆可置勿論。即力保危城一節，允堪廟食兹土，爲後來民牧之妻若妾能相夫子以護國保民者勸。光緒十二年（一八八六）丙戌九月朔二日，楚北黄雲鵠記。

唐冀國夫人力保危城，帥師戰勝，不獨一時士女感再生之德，直爲千古巾幗增光，姬姜吐氣。志載錦官門城外梵安寺側有祠，今久廢，每讀史緬其遺烈，輒神往不置。光緒戊寅冬，雲鵠奉命還蜀，閑居八年，游衍浣花溪、百花潭之間，不知凡幾百次，屢思爲夫人建祠不果。丙戌夏，大府奏擢臬篆，秋祭杜公至草堂，商之同人及方丈心泰，擬於寺之西，杜公祠之東，擇隙地建夫人祠一楹。家澤臣觀察時方守益州，欣然與雲鵠分任創建之費。九月朔，遂觀厥成。是舉也，未知於古人報功、章別、昭激勸、修廢墜、闡幽潛之道有合否？姑書以諗後賢。月三日黃雲鵠再書。

案：黃氏重建浣花祠，只説明報功之意甚是，惟既引任正一《游浣花記》，則當知百花潭在冀國夫人祠對面。然黃氏在五年前認百花潭在草堂下游五里之寶雲庵前，於庵内立石碑曰古百花潭（見《草堂地形圖》），并建百花亭榭，以佐成其説。亭落成時且爲二律詩并序。序云：『前宦蜀八年，不知百花潭所在，歲庚辰（一八八〇）二月游城南，詢土人知在此地。流連周覽，意若有會，移居屢月，暑退還城。却念此地當錦城西南上游，群溪會流處，宜建亭榭以資拱護，壯觀瞻。謀之諸大府及紳耆，欣然醵助。明年（一八八一）二月落成。同人以事起於僕之移居，命鐫《郊居雜詩》補壁，用志一時泥爪，復留題七言二律以志異時之别，後有作者目笑存之幸矣。光緒七年（一八八一）辛巳二月谷雨後三日，書於潭上之寶雲庵。黃雲鵠。』此直歪曲事實，有意作僞，明知其説於歷史無據，乃託爲詢之土人，且其詩中又有『水曲危亭乍復茅，緣江路熟俯青郊』及『滄浪水接百花潭，重來臨水結茅庵』等句，是不惟將百花潭移在寶雲庵前，抑且將杜甫草堂亦移在寶雲庵附近。查黃氏所到之處，皆喜渲染古迹，意固可嘉，惟此舉則是擅改古迹，貽誤後人。以其與杜甫草堂有關，故不得不辨正其失。

第四編　草堂書目上

《集千家注分類杜工部詩》二十五卷

宋東萊徐居仁編次　臨川黄鶴補注　元皇慶元年壬子（一三一二）建安余氏勤有堂刻本　二十四册

首載傳序碑銘一卷，注杜詩名氏一卷，黄鶴撰《年譜》一卷。是書以南宋徐居仁分類編次二十五卷本爲主，而以黄鶴補千家注分屬之，共分七十二門。第一紀行，以《北征》篇爲首。所引注杜詩諸家名氏，始韓愈、元稹，終以文天祥、謝枋得、劉會孟，共一百五十六家。楊蟠《觀子美畫像》後有『建安余氏勤有堂刊』牌記，分類總目後有鐘式『皇慶壬子』及鼎式『勤有堂』兩印，目録後隔行下方有『皇慶壬子余志安刊于勤有堂』十二字，二十五卷後亦有此十二字，但此本已被鏟去。目録及第一卷第二行均題『東萊徐居仁編次』，三行題『臨川黄鶴補注』，他卷則無存。每半頁十二行，每行二十字，小黑口，雙魚尾。此書雖爲元代坊刻，然寫刻得精，國内現存無多，實爲可寶貴之本。

案：建安余氏勤有堂書業，遠在北宋時，葉德輝《書林清話》具詳其事。余氏刻《分類千家注杜詩》前一年至大辛亥，并先刻楊齊賢集注、蕭士贇補注《李翰林集》二十五卷，以後明正統翻刻時，亦尚存『建安余氏勤有堂刊』木記。

《集千家注分類杜工部詩》二十五卷附《文集》二卷

宋東萊徐居仁編次　臨川黄鶴補注　元至正二十二年（一三六二）廣勤堂印行本　三十册

案：是書原爲元仁宗皇慶壬子（一三一二）建安余氏勤有堂所刻，後余氏書業衰落，板歸葉氏廣勤堂，廣勤堂挖去鐘式木記内『皇慶壬子』四字，易以『三峰書舍』四字，鼎式木記内『勤有堂』三字易以『廣勤堂』三字，於元順帝至正二十二年（一三六二）印行，又附刻文集二卷。目録後及卷二十五末頁，原有未經鏟去『皇慶壬子余志安刊於勤有堂』木記一條，此本亦已鏟去。

又一部

元廣勤堂本　殘存卷十七、十八兩卷　一册

十七卷鳥獸蟲魚、十八卷花草竹木。有『横雲山人』白文方印，又有『華亭王氏藏書』朱文方印，又有『稽瑞樓』白文方印。

案：横雲山人係康熙時華亭王宏緒之别號。宏緒著有《明史稿》《横雲山人集》。稽瑞樓係清常熟陳揆之樓名，揆藏書甚富，與愛日精廬張金吾相埒。

又一部

元廣勤堂本　殘存《序目》一卷　一册

傳志序詩後有『廣勤書堂新刊』牌子、集注工部詩名氏及門類後有鐘式、鼎式兩印，與前兩部同爲一刻。

《集千家注批點杜工部詩集》二十卷、《文集》二卷

宋廬陵劉辰翁會孟評點　元廬陵高樹蘭楚芳編集　元至大元年（一三〇八）雲衢會文堂刻本　九册

首大德癸卯（元成宗七年，公元一三〇三年）冬，廬陵劉將孫尚友序，次目録，目録後有雲衢會文堂戊申（元武宗至大元年，公元一三〇八年）孟冬刊碑記，次《杜工部年譜》，次元稹撰《墓志銘》，次王洙《序》及王琪《後記》，次王安石《序》，次胡宗愈《詩碑序》，次歐陽修詩、王安石贊，次韓愈《題杜子美墳》、李觀《補杜子美傳》。此二篇文未録，只載題目，并録劉會孟駁此二篇爲僞作語。又次蔡夢弼《詩箋跋》，又次雙行字，附《苕溪漁隱叢話》二則，朱子、章國華集注杜詩跋，次仍單行録劉會孟集中評論杜詩語十三則。

全書題目後及第一卷第二行皆題『須溪先生劉會孟評點』，他卷則無此行。文集第一卷第二行亦題

『須溪先生劉會孟評點』，但文中却無圈點批評。全書有補遺十九條。每半頁十四行，每行二十四五六字不等，以二十五字者爲多。

案：此書爲江安傅沅叔先生所藏，《雙鑑樓善本書目》稱此書缺十四、十五、十六三卷，此部所缺，與之相符，每卷首尾皆有『江安傅氏』『雙鑑樓』『藏園』各種收藏印記。又有『安樂堂藏書記』朱文長方印，安樂堂爲清宗室胤祥藏書之印。葉昌熾《藏書紀事詩》謂：『怡府藏書之印曰「怡府世寶」，曰「安樂堂藏書記」，曰「明善堂覽書畫印記」。』陸心源《皕宋樓藏書題跋》謂：『絳雲樓（錢謙益藏書樓名）未火以前，其宋元精本，大半爲毛子晉、錢遵王所得，毛、錢兩家散出，半歸徐健庵、季滄葦。徐、季之書，由何義門介紹，歸於怡府。乾隆中，四庫館開，天下藏書家皆進呈，惟怡府之書未進，其中爲世所罕見者甚多。怡府之書藏之百餘年，至瑞華以狂悖誅，而其書始散落人間。聊城楊紹和、常熟翁叔平、吴縣潘文勤、錢塘朱修伯得之爲多。』據此則是書原出錢、毛，後歸怡府，最後始爲江安傅氏所得。沅叔先生甚珍襲之，每卷前後都加蓋印記。此外尚有『華亭張興載字坤厚號甄山考藏』白文大方印、『河北王氏子敭收藏書畫』朱文方印、『繡雲山房』『心史齋主』朱文方印。尚有數方，因模糊不能辨識。

又案：此編年千家注本與勤有堂分類千家注本，在元明兩代最爲通行，而此本翻刻尤夥。其標名有題『集千家注批點杜工部詩集』者，有於批點下增加『補遺』二字者，有并『批點』二字皆削去者。又有題『千家注杜詩全集』者，有止題『杜工部詩』『杜工部詩集』『杜子美詩集』，或『杜詩集注』者，更有題『須溪先生批點杜工部詩集』者，凡此皆係翻刻時隨時易名。其於須溪批點有全載者，有削去圈點，只存評語者；於注有全録者，有略加删削者，有删削甚多，或只存題下注者。其板刻，每半頁由八行、九行，以至十三行、十四行皆有，更有十四行本而中又雜以十三行者。其書第一頁第二行原題『須溪先生劉會孟評點』，然翻刻之本，多將卷首劉將孫序、須溪評杜十三則、須溪駁韓愈、李觀僞作語及《漁隱叢話》、朱子跋語，一并割去，并須溪評點一行，亦并削去，改題校刻人名氏，或又添『臨川先生黄鶴補注』一行。種種訛雜，則不惟不知此書之集注者爲誰，抑且不知評點之人爲誰矣。

查此書卷首劉將孫序中叙述此書之編注爲高楚芳，甚爲明白，惟各翻刻本將此序割去，以致來歷不明，疑竇横生，兹特將劉序節録如下：『先君子須溪先生，每浩嘆學詩者各自爲宗，無能讀杜詩者，平生屢看杜集，既選爲興觀，他評注尚多，批點皆各有意，非但謂其佳而已。高楚芳類粹刻之，復删舊注無稽者、泛濫者，特存精確必不可無者，求爲序以傳。楚芳於是注用力勤，去取當，校正審，賢他本藉吾家名以欺世者甚遠，相之者吾門劉郁云。大德癸卯（一三〇二）冬廬陵劉將孫尚友序。』乾隆中，四庫開館時，只據明代翻刻本，題爲『集千家注杜工部詩集』者，《提要》云：『不著編輯人名氏，宋犖謂杜詩評點自劉辰翁始，元大德間有高楚芳者，删存諸注，以劉評附之，此本疑即楚芳編也。』蓋當時怡府之書未進呈，館臣未獲見此本前劉將孫序，故作如此推測云。又孫星衍平津館所藏元刊十一行本，亦有劉將孫序，所記序後木刻五方印記，一二兩方不可辨識，三方爲『廬陵劉氏』，四爲『將孫』，五爲『尚友』，與本處所藏十四行本全同。

又案：劉會孟、劉將孫、高楚芳之事迹，《宋史》《元史》皆不載，兹摘録陳繼儒、劉須溪評點九種書序及《四庫提要·劉須溪集》《養吾齋集》文如後：

陳序云：

劉須溪先生集有百卷，其子尚友亦能文，予所見記録七十篇及批評杜詩、《世説新語》止矣。先生名辰翁，字會孟，以太學生壬戌（一二六二）廷試，言濟邸無後可慟，忠良戕害可傷，風節不兢可憾，大忤賈平章（即賈似道），置丙第。以親老請濂溪書院山長，薦居史館，除博士，固辭。丙子（一二七六）宋亡，託游方外，蓋殿講歐陽巽齋（名守道）之弟子，信國文文山之友，文忠江萬里之幕客也。文文山謂巽齋之門，非將則相。又有《與架閣劉會孟書》，視其師友，先生故是磊落忠孝人，非止於異書中作自了漢者。

《四庫全書總目提要·劉須溪集十卷》云：

宋劉辰翁撰。辰翁字會孟，廬陵人。須溪，其所居地名也。少補太學生，景定（宋理宗年號）壬戌廷試入丙第，以親老請濂溪書院山長，江萬里、陳宜中薦居史館，除太學博士，皆固辭。宋亡，遂不復出。辰翁當賈似道當國，對策極言『濟邸無後可慟，忠良戕害可傷，風節不競可憾』，或爲似道所中，以是得鯁直名，文章亦見重於世。所作詩文，專以奇怪磊落爲宗，其於宗邦淪覆之後，惓懷麥秀，寄託遥深，忠愛之忱，往往形諸筆墨，其志多有可取者，固不必概以體格繩之矣。（全祖望《宋元學案》巽齋門人下列博士劉須溪先生辰翁，次文天祥後，所載略與此同。）

《四庫全書總目提要·養吾齋集三十二卷》云：

元劉將孫撰。將孫字尚友，廬陵人，辰翁之子，曾爲延平教官、臨江書院山長。辰翁以文名於宋末，蹊徑獨闢，别自成家，將孫頗習父風，故當日有小須之目。

案：《養吾齋集》，吴澄爲作序，稱『予與尚友善，素喜其文文辭』。集中又有《汪水雲復索西湖一曲櫂歌》一首，是吴草廬、汪水雲皆爲劉將孫之友。《養吾齋集》中更有《高楚芳墓志銘》一首，略云：『前十二年免先君子之喪，出謝吊客，及門芳所兄弟止於家，再宿去。』是楚芳爲盧陵人，將孫之弟子。又云：『芳所名崇蘭，字楚芳，甲子題鄉薦（甲子當是甲戌之誤。甲戌爲度宗咸淳十年，當公元一二七四年），遇吾黨講文，亹亹終日。得先進筆墨，傳寫襲玩不少置。』又云：『綜理靡密，酬應坌至，他人謂排遣不暇者。方聚佳士校《杜詩注》刻本如日課，其所當固然。』此正值楚芳編集《千家注杜詩》之時。劉會孟之卒在大德元年，將孫免喪出謝吊客當在大德三四年間。及至大德七年，高楚芳注本已刻成，將孫始爲之序。雲衢會文堂翻刻是書，則在至大元年，僅後於初刻五年，是爲翻刻本之最早者，故尚存將孫此序。楚芳刻此書時，尊重師門，故只題『須溪先生劉會孟評點』，而編注工作，又有劉郁助之，故未獨出己名，賴有劉將孫序，世人始知源委。以後翻刻各本將劉序割去，不知此書之編注爲高楚芳，遂生後人之惑。又明清兩代，《分門千家注》（即涵芬樓《四部叢刊》本）及《王狀元百家注》，皆沉晦不顯，欲窺宋人舊注者獨賴此書。此書編次與注之簡净，亦較勝於勤有堂《分類千家注》本，因此翻刻甚多，名稱歧出，兹故求其大略，以供參考。

《集千家注批點杜工部詩集》二十卷、《文集》二卷

宋盧陵劉會孟評點　元高楚芳編　元至元三年丁丑（一三三七年）刻本　卷中篇頁，間有爲明代配補者　十册　北京圖書館代購

此元刻大字本劉會孟批點杜詩。首有至元丁丑虞集序，稱『得蜀郡所刻《集千家注批點杜詩》，遂因

其舊本重刻以傳』。前有《杜甫年譜》，無劉將孫序。虞序題『重刊集千家注批點杜工部詩序』，目録及各卷詩首題皆無『重刊』二字。次行題『須溪先生劉會孟評點』。詩首《游龍門奉先寺》，終《過洞庭湖》。每半頁八行，每行十六字，寫刻俱精，邊欄雙綫，上下黑口，雙魚尾，清末聊城楊氏海源閣所藏即係此本，但未稱有虞集序。楊氏所藏有『毛晋』『席鑒』『張月霄』等印記，草堂所藏首頁有『表章經史之寶』朱文大方印，又有『水西山樵』朱文小瓢式印。

《集千家注批點補遺杜工部詩集》二十卷

宋劉會孟評點　元高楚芳編　元明間刻本　二十册　北京價購

首《杜工部年譜》，次附録元稹《杜工部墓志銘》、《新唐書·杜甫傳》、王洙《杜工部詩史舊集叙》。次目録，目録首行題『集千家注批點補遺杜工部詩集』，目録次行題『須溪先生劉會孟評點』，三行題『臨川先生黄鶴補注』。次詩，第一卷第二行只題『須溪劉會孟評點』，無『黄鶴補注』一行。以下各卷『劉會孟評點』一行亦無有。書名亦無『補遺』二字，惟第七卷首行書名上多『新刊』二字。每半頁十行，每行二十三字，注雙行，字數同，上下黑口，邊欄雙綫。每卷中句旁載會孟圈點，注雙行。『洙曰』『希曰』『夢弼曰』等字，皆用墨圈。卷末尾有『書林後學詹以樂謄録』一行。

《集千家注批點杜工部詩集》

劉會孟評點　元高楚芳編　元刊本　殘存卷三至五三卷　一册

有劉會孟評語及句旁圈點。每半頁十四行，行二十六字，夾注雙行，字數同，上下小黑口，雙魚尾，邊欄單綫。此與江安傅氏《雙鑑樓書目》及《學部善本書目》所載略同。此本曾爲日本人藏過，有朱筆和文批點。卷五末有跋，稱此書爲元大德刊本。但無首卷，據此殘存三卷，與會文堂本全同。此本與前會文堂及大字本俱用編年體，注文并同，皆出高楚芳之手。楚芳係以劉會孟批點本，删取舊千家注本以附益之。凡各卷中詩句下，或詩末未出姓名者，皆係會孟評語。此本與前會文堂及大字本，皆於句旁備列會孟圈點，以後明代玉几、明易等本，則削去圈點，故只稱『集千家注杜工部詩集』，但補遺則各本皆有，附刻於每卷之後。會文堂本、大字本各卷補遺共十九條，此本則增至二十五條，玉几等本又增至三十條，皆係翻刻時所爲。惟此本於『須溪先生劉會孟評點』後一行，妄添『臨川先生黄鶴補注』一行，是誤以高楚芳之注爲黄鶴注也。此後陳所序刻本亦仍此誤。首頁有『省心閣珍藏』『合肥李氏藏書』朱文方印，『北皮亭劉氏所藏秘笈』朱文長方印，『丁未』朱文小方印。

又一部

宋劉會孟評點　元高楚芳編　元刊本　殘存一至十二卷　六册

前有陳恒安跋，稱是書原爲陳衡山所藏，其跋云：『卷首有日人「森之」朱文方印，蓋即森立之，爲著名鑒藏家。蒓齋先生（黎庶昌）在東瀛刊《古逸叢書》時，有獲之森氏者。衡山翁（陳矩）曾隨黎使日，是書當得諸訪書之時。帙中朱墨鉤乙，又有頂批，大率爲日人所爲。』是書首卷序跋目録佚。半頁十四行，行二十五字，亦偶有十三行者。七卷首更有空白四行。又森立之著有《經籍訪古志》，鑒別板刻亦甚精。惟此書裝裱甚劣，板刻在元人所刻杜詩中，亦屬平平。

又一部

宋劉會孟評點　元高楚芳編　元明間刻本　八册

卷末尾亦有『書林後學詹以樂謄録』一行。

《讀杜愚得》十八卷

明古剡單復撰　天順元年（一四五八）江陰朱熊重刻本　十六册　北京價購

卷首有洪武壬戌（一三七二）單復自序，江陰朱善慶原刻楊士奇撰序，天順元年善慶之子朱熊重刊并跋。《四庫全書》列此書入《存目》中，《提要》稱此書前有宣德九年黄淮序，此本無之，或重刻時割棄歟？

前録元稹《杜工部墓志》、《新唐書·杜甫傳》、單復《重定杜子年譜詩史目録序》《杜子世系考》。

自序謂：『初讀杜子美詩，茫然莫知其旨意，注釋者維衆，率多著其用事之出處耳。或有指其立言之意者，又復穿鑿附會，作詩之旨意卒莫能白，深竊疑焉。於是屏去諸家注，止取杜子詩反覆諷咏，似略見大意，亦未昭晰。既又得范德機氏分段批杜詩，觀之恍若有得，向所謂莫知而可疑者始釋然矣。暇日輒取杜子長短古律詩讀，每篇必先考其出處之歲目、地理、時事，以著詩史之實録；次乃虚心玩味，以《三百篇》賦比興例分節段，以詳其作詩命意之由，及遣詞用事之故，且於承接轉换照應處略爲之説。其諸家注釋之當者取之，而删其穿鑿附會者，庶以發杜子作詩之意旨。積久成帙，題曰「讀杜愚得」。蓋取愚者千慮，必有一得耳，非欲多上人也。』其書編年，首《望岳》，終《過洞庭》。每首詩下皆仿朱子《詩集傳》例，注有『賦也』『興也』『比也』等字。其解説亦仿朱子説《詩》例，先注釋，後説明其大義。

《四庫提要》云：『單復，字陽元，會稽人。《千頃堂書目》作嵊縣人，洪武中爲漢陽河泊官。』又云：『一名復亨，舉懷才抱德科，授漢陽知縣。』

《杜工部集》五十卷

宋建安蔡夢弼編集　明正德八年（一五一三）歙縣鮑松刻《李杜全集》本　白文無會箋　九册

四川圖書館移存

首《新唐書·杜甫傳》、元稹《杜工部墓志銘》、孫僅序、王洙《杜工部詩史舊集序》、王安石《杜子美後集序》、胡宗愈《成都草堂詩碑序》、紹興癸酉魯訔《編次杜工部詩序》，後附嘉泰甲子蔡夢弼傅卿跋，又開禧紀元富沙雲衢俞成元德跋，次趙子櫟《杜工部年譜》、魯訔《杜工部年譜》。自第一卷至第四十九卷，按年編詩，第五十卷《逸詩拾遺》《外集》一卷。酬唱、附録題『海陵卞圜集』『惟無詩話二卷』。

案：蔡夢弼《草堂詩箋》原爲五十卷，宋代原刻本不可多見。此本係蔡氏編本，削去會箋，只刻杜詩正文。卷數次第一依蔡氏之舊。考蔡氏五十卷本之編次，當以此本爲最善，如各家杜詩注本引蔡氏跋中『杜詩十門』句，文義錯誤不可通，此本作『杜詩十稔』，文義甚爲明白，是其證也。每半頁十行，每行二十字，字體疏朗，頗有元人刻書風格。江陰繆荃蓀所藏即是此本，其《藝風樓藏書記》云：『杜詩分五十卷者，止《草堂詩箋》本，而報贈詩另爲一卷。此本亦分五十卷，每卷一行標某年某地所作，均與草堂本同，無注，無報贈詩，字畫工整，似爲明初刻本，各家書目亦未見著録。』是書第一卷首頁頂上有朱筆批校云：『光緒癸未，就友人假得士禮居所藏影宋抄王洙原叔編校二十卷本，與此異者甚多，次序亦大殊，惜止三卷（第一、二、三），因屬表姪方怡觳録此上。能静手記。』能静是天放樓主人趙烈文之號。有『天放樓』朱文大方印，有『陽湖趙烈文字惠父號能静僑於海虞築天放樓收庋文翰之記』朱文長條印，又有『査子公鼎私印』白文方印、『世留堂印』朱文大方印。

又一部

與上部全同　首序傳年譜　册闕，只存八册

末有鮑松刻《李杜全集》識語云：『昌黎韓子文起八代之衰，於詩獨推李、杜，其言蓋屢見於集中。晦庵朱子集諸儒之大成，教人學詩必先看李、杜，如古人習本經，本既立，方可次及諸家。二公於李、杜亟稱如此，則夫有志於詩者可不知所趨向哉。顧二公之集箋注叢出，使其平易正大之詞反若艱深隱度之語，學者滋惑，往往以李、杜藩籬爲窺，良可慨也。齋居之暇，偶得二集於吾宗先達燕齋先生之裔孫文儒，李集則有文附焉，鎸如其舊，而杜集則伐去其箋解，鳩工梓行，讀者於此反復諷咏而有得焉，則知二大儒之言爲不我欺，抑不負燕齋珍藏之善也。工完爰述鄙意於後，以諗夫學詩者云。大明正德八年歲次癸酉仲秋朔日，古歙後學棠樾鮑松謹識。』

此書前一部此後序缺，《藝風藏書記》稱爲明初刻本，未記正德年號，當亦缺此後序，不知爲鮑松所刻者。又此序稱『杜集則伐去其箋解』，即是削去蔡夢弼之會箋，而獨存夢弼所編之正文。但此本所據蔡氏會箋，實較黎庶昌《古逸叢書》所刻本爲勝，閱黎本者即當以此本校之。

《須溪批點選注杜工部詩》二十二卷

宋廬陵劉會孟評點　明正德四年己巳（一五〇九）東川黎堯卿刻本　後附趙東山《類選杜工部詩》一卷，盧伯生《注杜工部詩》一卷　四厚册　北京價購

首有羅履泰序云：『舊見《後村詩話》中評王、楊、盧、駱，證以杜詩，頗有貶數子意，嘗疑後村誤認杜詩爲貶語。一日須溪談此，先生因出所批本示僕曰：「吾意正如此。」時《興觀集》未出也，惟末章僕有欲請者，客至而罷，每自恨賦遠游，病索居，望先生之廬，有不能卒業之愧。今《興觀集》行，不載此，每念復見先生所示本不可得，族孫祥翁得以示僕，視六絶句批語，則若所見也。其舅氏彭鏡溪又詮摘舊注，不失去取，刻之以便覽者。』卷二十二末有黎堯卿跋云：『杜少陵詩，縱横開闔，隱隱蛟龍在空，變化倏忽，誰得而踪迹之，恨舊注坌見，探公心曲者尠。頃居秣陵，乃得劉須溪批本讀之，如獲珙璧，續見趙東山五言批

評，又復明備，不揣并虞伯生七言注，統三子合爲一編，以便檢閲，其缺解質以全集補之。噫！騷壇亦幸矣。東川黎堯卿跋。」後有『廷表』及『癸丑進士』墨刻印記。卷二十三題『增趙東山類選杜工部詩』，末頁跋云：『東山詩選，有朝省、宴游、感時、羈旅、閑適、宗族、朋友、送別、哀悼、登眺、感舊、節序、雜賦、天文、禽獸、題咏等十六色，統若干首，入劉本者不區別矣，縱餘一首亦題篇端，以見公批勘精到之意，覽者其注意焉。歲己巳重九跋。』天一閣著録本與此全同，惟多湘江廬綸後序，此本蓋脱落耳。據羅序此本爲彭鏡溪所刻，與《興觀集》微有出入，其注語亦爲彭鏡溪采入。彭氏所采，較高楚芳所采爲大略，蓋以須溪評點爲主故也。此本又爲黎堯卿據彭鏡溪本翻刻，而以趙東山、虞伯生二家所評注者合刻之，又於卷二十四增虞伯生注杜工部詩題下注云：『虞公原集有紀行、懷古等篇目三十二色，半入劉本，兹不析。』蓋虞、趙原書皆分類，劉本則爲編年，今此録虞注本，亦不依門類分析之。《須溪評點》二十二卷，每卷首頁次行題『須溪劉辰翁批點』，三行題『元虞集伯生注解』，四行題『東山趙子常批評』。半頁十一行，行十八字，夾注雙行，字數同。須溪批語上加一『批』字，墨方圍。句旁有圈點，板心上有『雲根書屋之記』，雙行篆刻六字，板心下列有『紹續箕裘，永寶無斁』，雙行篆刻八字。又據黎堯卿跋後印記有『廷表』二字，廷表當是堯卿之字。又復稱『癸丑進士』，癸丑爲弘治六年。又跋述合刻三子之書時在己巳，己巳當爲正德四年。《天一閣書目》又有《孟浩然集》二卷，劉辰翁評點，正德甲子黎堯卿序。考正德無甲子，甲子或係丙子之誤，丙子爲正德十一年，是此書之刻，當早於《孟浩然集》前七年。《四庫提要》於諸子彙要下稱：『黎堯卿，忠州人，弘治癸丑進士。』與此正和。有『冲和』二字白文長方印，是明代水泥印。又經錢曾、惠棟及清末潘祖蔭諸家藏過，有『虞山錢遵王藏書』朱文長方印，『惠定宇手定本』『紅豆書屋』朱文方印，有『鄭盦』白文方印。

《杜詩趙注》二卷

元休寧趙汸子常注　明正德九年甲戌（一五一四）廣平府刊本　二册

所注只五律。半頁八行，行十八字。首有正德甲戌吴郡都穆序及會稽董玘序。都穆序云：『昔之注杜詩者，予藏凡十數家，黄鶴注最下而最盛行。予所取惟劉會孟之《評點》、單元陽之《愚得》、董養性之《選注》，此外又有張伯成《演義》、趙子常《類選》。伯成之注善矣，然惟律詩七言，子常所注亦惟五言律，視注家尤爲簡當，而時取劉氏評語附之。子常名汸，新安人，仕元行樞密院都事，洪武初預修《元史》，不仕而歸，學者稱東山先生。書板刻在廣平府，金陵何君任父爲府同知，近考績來京，求序於余，漫而識之如此。』董玘序云：『杜詩不易注，亦不易選，楊伯湧《唐音》不編杜，山谷欲取西川、夔門峽詩箋以數語，竟不就。此編出東山趙子常氏，獨取杜五言律分類附注，詩家謂可與七言律虞注并傳，而未有梓之者，近始梓於鮑氏。然予嘗聞長老先生言，虞注亦後人依託爲之者，非伯生所自注。若此編所選雖略，然不爲纂説曲喻，篇才數語而意象躍如，庶幾善注杜者，其出子常氏無疑。子常名汸，歙休寧人，工古文辭，尤邃於諸注，居東山，學者稱東山先生。鮑氏名松，字懋丞，亦歙人。』

案：趙汸經學出於資州黄澤，詩古文辭出於仁壽虞集。經學於《春秋》尤深，所著甚富。此所批選杜五言詩，亦甚簡明易讀。都穆字元敬，吴縣人，弘治十二年進士，仕至禮部郎中，加太僕少卿，有《金薤琳瑯》《南濠文跋》《南濠詩略》等。

《杜少陵集》十卷

明岷州張潛編　明正德七年（一五一二）山西宋灝校刻本　白文楷書無注　八册

首有王雲鳳序，第一、二卷五古，第三卷七古，第四卷絶句，第五、六卷五律，第七、八卷七律，第九卷附録，第十卷襍文。王雲鳳，字應詔，梁榆人，所著有《虎谷詩文集》，此序集中未載。有『石倉』『石倉藏書之印』『金憲臣印』白文方印，『豫章曹氏』『心隱氏』朱文方印，『懷德堂』朱文方印。『石倉』係明侯官曹學佺之號，曾任四川按察使，所著有《蜀中廣記》，明亡殉難。『懷德堂』係清嘉慶時陝西路德潤生之章。

《杜工部詩》二十卷

宋劉會孟評點　明嘉靖時刻本　有明人朱筆過録采山翁批　十册　瀘縣殷懋德先生捐贈，四川省圖書館交來

此書是從高楚芳本録出，删去楚芳所集之注，獨留題下注及劉會孟評語，但無會孟句旁圈點，卷後亦有補遺。每半頁九行，每行十七字。卷首粘有明人過録采山翁批朱筆跋語，兹照録如下：

嘉靖丙辰四月北上，舟中閲過舊注不合者凡十餘處，姑識之，他日細評以爲何如。更閲不合益甚，不知彼誤邪？吾偶然有見歟？内所評皆偶爾信筆，未必無可采，然未盡確也。他日歸田當商之。

隆慶戊辰九江舟中。此刻多訛字，舟中無善本正之，既經披閲，不棄之耳。

客有談詩者，又談地理，余曰：『知詩即知地理。』客請問。余曰：『俟公思之。』余又嘗與客看蘭花，曰：『此花亦具地理。』客未達。

杜詩有正體，有變體，有戲作，有漫作，既備各體，又兼諸家之長，于鱗選唐詩序，憒憒。杜七言律兼王、李，王、李不能兼杜。

以上數則，皆家司空采山翁批閲杜詩手澤也。其本爲蘇城杜啓集注，所選皆七言律，注多庸妄可笑，翁細細條駁，又間以己意，發前人所未發。朱墨點竄，又三四過，字皆如蠅頭許大，想見先輩讀書一種細心高興處，其可敬可愛也。

七月之杪，暑退初凉，過翁重孫在秋溪上宛園，偶於案上見此帙，爲之躍然驚喜，因借携歸對録之，猶以未得見翁所閲杜老全集爲恨也。溥識。

編者案：此書朱筆過録采山翁批語，跋尾署名溥，是否即明季張溥，因手邊無書，有暇待考。

《集千家注杜工部詩集》二十卷、《文集》二卷

宋廬陵劉會孟評點　元高楚芳編集　明嘉靖十五年丙申（一五三六）明易山人校刻本　白棉紙印十二册　四川省圖書館移存

此書係元刻《集千家注批點杜工部詩集》本削去劉會孟句旁圈點，只存句下及篇末諸評。首載王洙、王安石、胡宗愈、蔡夢弼四家序跋。高楚芳原本有劉將孫序，此本亦未録入。高氏所編對於舊千家注

略有删削，一時頗稱簡净。此本刊刻亦甚精工，每半頁八行，每行十七字，夾注雙行，每行字數亦同。以後許自昌、毛晋及清代怡親王明善堂所刻，皆以此爲藍本，但刻印皆不及此本之精工。

又一部

殘存詩集卷二、卷三、卷四、卷五、卷八、卷九，共六卷，文集二卷　全四册　福州價購

《集千家注杜工部詩集》二十卷、《文集》二卷

明嘉靖十五年丙申（一五三六）玉几山人校刊本　白棉紙印　二十四册　四川省圖書館移存

此本與明易山人本原係一刻，板框大小及行款、字數無一不同。惟明易本每卷書名後一行題『大明嘉靖丙申明易山人校刻』，此本則題『大明嘉靖丙申玉几山人校刻』爲異，錢塘丁氏《善本書室藏書志》已定此兩本爲一刻，謂爲書板歸坊，隨時易名也。

陳乃乾《室名别號索引》『休寧曹道號玉几山人』，未審即是刻此書人否。

又一部

八册　上海文史館寄來

《集千家注杜工部詩集》二十卷、《文集》二卷

校刻人姓名一行缺　十二册　成都價購

此本與前玉几、明易兩本款行、字數悉同。惟玉几、明易一行空白，未列校刊人姓名。

又一部

十二册　白棉紙印　上海文史館代購

又一部

缺文集二卷　二十册　北京價購

《杜工部集》殘存二卷

明關中許宗魯編　明嘉靖五年（一五二六）刻本　二册　白文無注　李一氓先生捐贈

此本白文杜詩，殘存第一、第六兩卷。第一卷古詩，第六卷五言排律。王洙等序皆不載，只附録《新

唐書·杜甫傳》、元稹《杜工部墓志銘》。首有許宗魯序，云『予此篇類析其體而取次於編年』，惟序末『皇明嘉靖五年柔兆閹茂相月望日關中許宗魯序』一行，已被挖去，蓋書賈欲以此書充元刻本也。每半頁十二行，行二十二字，白口單邊，中縫下有『凈芳亭』三字，兩册皆有朱筆圈點，批語亦甚多。是書有『琴塢舊廬』『登蔬堂印』『徐氏有懷堂印』朱文方印，又有『津逮樓藏書』白文方印。琴塢係屠倬之號，清錢塘人。

許宗魯，字伯誠，一字東侯，陝西咸寧人，正德十二年進士，仕至副都御史，有《少華》《陵下》《遼海》《歸田》等集。

《集千家注批點補遺杜工部詩集》二十卷

十册　明嘉靖九年（一五三〇）刊本

卷首有嘉靖九年石亭陳沂重刊杜詩序，云：『近世刻本競出，王九之復取千家注本刻於家，豈曰多乎哉？』是此本爲王九之所刻，陳沂爲之序云。末又有正德十三年胡纘宗後叙。目録第二行題『須溪先生劉會孟評點』，三行題『臨川先生黄鶴補注』。每半頁十二行，行二十三字。首頁前又粘貼李一氓先生手跋云：『《集千家注批點補遺杜工部詩集》二十卷，半頁十二行，行二十三字，明嘉靖九年重刊本，有陳沂序，末有正德十三年胡纘宗後叙，知是本重刊，蓋據正德本。北京圖書館藏正德十四年劉氏安正堂刊本，亦有補遺。成都草堂别藏一本，無年代，考定爲元明間刊本，亦有補遺。兩書行格均與此書同，可推知出於一源。陳沂序嘉靖九年，《天一閣書目》及丁氏《善本書室藏書志》均仍著録，據補遺恐自明始。全書僅卷之一補兩目，之三補三目，之四補四目，之六補二目，之八補一目，之十三補一目，之十五補二目，之十七補六目，計八卷共補十九目。惟卷十七所補有四目，應分列卷之六、之七、之八、之十四。蓋原書刊刻時一據元本，別於注釋偶有添綴，遂隨卷末，不成次序也。有元大德癸卯劉將孫叙，此本當爲其祖本，惜無元本可借核對。一九五六年重裝，因志，一氓。』

案：胡纘宗後叙云：『古今注杜詩者衆矣，其最善者，曰劉會孟，曰單元陽，曰董養性，曰虞伯生，曰趙子常。劉、趙其庶乎？單、董、虞亦不可誣也。其他吾無取焉。諸集盛行而會孟本獨少傳，金生鸞學杜者也，若有得於會孟，故獨重刻云。鸞予隴西人。正德十有三年秋九月九日，可泉子胡纘宗叙。』後有『世甫』及『戊辰進士』墨刻印記。據胡氏此叙，是爲金鸞刻本作，非爲王九之刻本作。此序亦載胡纘宗《鳥鼠山人集》，稱『杜詩批注後序』。考纘宗字孝思，一字世甫，又號可泉，隴西天水人，正德戊辰進士，曾守四川嘉定及潼川，官至右副都御史，有《鳥鼠山人集》十四卷。錢謙益《列朝詩集》小傳稱：『金鸞在秦時，從天水胡世甫中丞學制科業，及來建康，乃習歌詩。』是金鸞爲纘宗弟子，金鸞刻杜詩，故纘宗爲之作序。此本據陳沂序乃王九之所刻。半頁十三行，行二十三字。胡氏後序則半頁十一行，行二十二字，板框亦較全，書稍小，字體亦不同。《天一閣書目》及丁氏《善本書室藏書志》所載陳沂序刻本杜詩，亦未云有胡纘宗後序，顯係此本所載胡纘宗後序，原在金鸞刻本之後，書坊誤載入此本之後也。又查陳沂字魯南，號石亭。其先鄞縣人，徙家南京，正德十二年進士，官至太僕寺卿，有《遂初齋拘虛館集》。陳沂序此書，在嘉靖五年，是成進士後十年矣。

《杜詩單注》十卷

明濟南陳明輯　明嘉靖十一年濮州景姚堂刻本　四册

卷首有錢塘楊祐序，云：『劉辰翁、虞集、趙汸之徒，各以所見爲杜注釋，甲可乙否，無由適從。國初刻單復氏，參伍錯綜，以意逆志，撰《讀杜愚得》，獨爲集大成云。嘉靖中，歷下陳僉憲明采其注五七言律者，彙爲十卷，天水胡公（即胡纘宗）見而韙之，命刻於濮之景姚堂。刻之二年，而江陵李子炯爲濮守，貽書祐曰，是不可不序，乃追論其所由刻如此。嘉靖十一年錢塘楊祐書於濟南之夢韓堂。』次載單復自序。每半頁八行，行二十二字，注雙行，每行字數同。中縫下有『景姚堂』三字。全書共十卷，現存五言律七卷、七言律一卷，後缺。《天一閣書目》有《讀杜愚得》十八卷，又有《杜詩單注》十卷。《浙江省圖書館善本展覽目録》：『《杜詩單注》十卷，明陳明輯，嘉靖十六年胡氏景姚堂刻本，八行，二十字。』即係此本，惟本處所藏實八行二十二字，稱二十字者，想係『十』字下誤脱『二』字。

《杜詩》八卷

明無錫邵勳編次　嘉靖二十一年（一五四二）洪都萬虞惇於無錫縣齋冰玉堂刻本　白文無注　四册

是書與李詩合刻，稱《李杜詩集》。前八卷李詩，後八卷杜詩，皆白文無注。杜詩首五古，次七古，次五律，次七律，次五絶，次七絶。各體之中，又分紀行、述懷等類五十餘目，是據許宗魯本重編次者。卷首有嘉靖壬寅萬虞愘刻《李杜詩集序》，云：『大梁李公有李刻，關中許公有杜刻，皆失其注，余因其二本，命庠生邵勳訂其訛，間增其逸，彙而并刻，題曰「李杜詩集」。嘉靖壬寅十月後學洪都萬虞愘書於無錫縣之冰玉堂。』後有邵勳《刻李杜詩後序》，云：『近得李、許二公所刻二家詩，獨存本文，但其刻本各出豫雍之地，未能并行。吾邑君侯楓潭萬公，乃命勳校補舛遺，分其體類，復録二家諸賦，各冠卷端，刻之縣齋。嘉靖壬寅冬十月，無錫庠後學邵勳書。』又有明正德己卯大梁李濂《刻李白詩序》，云：『余刻白詩十二卷於沔陽，共詩九百六十四首，而賦、書、表、贊、頌、雜文不與焉。』又有許宗魯《刻杜工部詩序》，云：『予刻是編，類析其體，而取次於編年。嘉靖五年關中許宗魯序。』李詩前只録宋祁《李白傳》、劉全《白碣記》，杜詩前只録宋祁《杜甫傳》、元稹《墓志銘》，各家序文皆不載。

《杜律七言注解》二卷

元仁壽虞集注　明嘉靖二十六年丁未（一五四七）熊賓暘郟縣退省堂校刻杜律二注本　二册　江蘇省博物館籌備處贈送

首有嘉靖丁未同知汝州會稽章美中序。分紀行、述懷等二十三類，仿朱子《詩集傳》例，每篇只説明其大義。是書又稱『杜律虞集注』，實即元進士金谿張性伯誠所著之《杜律演義》，《四庫提要》辨之甚詳，書坊欲此書之廣銷，始託名於虞集耳。每半頁九行，每行二十字，白口單邊，雙魚尾，末頁有『嘉靖丁未秋九月刻於郟縣之退省堂』木記。北京圖書館所藏正德三年刻本，前有黄淮序，此本未載。有『朱彝尊印』『渤海陳氏家藏』朱文大方印，『嘉興姚綬』『碧梧紅豆』朱文小方印，『吴趨』朱文小圓印，『寶齋所藏』『夏儼閲』白文方印，『雙芝堂藏書印』白文長方印。

姚綬，字公綬，嘉善人，明天順八年進士，仕至御史，有《雲東集》。朱彝尊，秀水人，號竹垞，康熙時應博學鴻詞，授檢討，有《曝書亭集》。

《杜詩選》六卷

明新都楊慎、禺山張含共同批選　明嘉靖時刻本　白棉紙印　三册　四川省圖書館移存

此本每卷第二行題『禺山張含愈光批選附增注』，第三行題『升庵楊慎用修批選附增注』。每卷詩注中或稱張禺山云，或稱含云，或稱升庵云，或稱《升庵詩話》云，又間采前人蔡夢弼、劉辰翁之評注語。升庵有兩條引其師李文正東陽之説，禺山亦有一條引其師李空同夢陽之説，又有采及同時人薛君寀之説。共録杜詩二百四十四首，首《龍門奉先寺》，終《小寒食舟中作》，略依年代先後爲次。每半頁八行，每行十八字，夾注字數亦同。句旁略有圈點。張含，字愈光，永昌人，正德二年舉人，李夢陽弟子，工詩，所著有《禺山集》。升庵謫戍雲南，與之甚善。此本批注雖不多，然甚精確。首頁有『隆昌張氏刻梓家塾』長方木記，是此書即隆昌張氏依據禺山、升庵兩人選注批點之本而刻於蜀中者。傳本甚稀，舊爲渭南嚴氏藏書，今歸四川省圖書館。有『瓊華仙史』『天倫樂事』『渭南嚴氏』朱文大方印，『何紹基印』『祖銘』朱文方印，『晋緯之印』『晋錫桐印』『吕紹武印』白文方印，『晋永清印』白文小方印，『萬卷書樓』『吕氏家藏』朱文長方印，『晋長齡讀本』朱文小方印。

《杜詩通》十六卷

明高郵張綖撰　隆慶六年壬申（一五七二）刊本　六册

首有侯一元、侯一麟序，又有張綖子守中識語，末有張鳴鸞跋。守中序稱：『先大夫著《杜詩通》十六卷，嘉靖辛亥歲，素庵先叔尹定海，携行篋中，會臨海舉人胡子重民借録，及覲回，胡亦出任山東，相繼淪没，原本遂失傳焉，迄今二十餘年矣。歲壬申，不肖以職事分巡浙東，歷台，郡學諸生有胡承忠者，揖而進曰：「此先大人所著杜詩也，敢以獻諸行台。」不肖且喜且悲，有若神授者，乃託進士張鳴鸞、侯一麟，正其魯魚之誤，捐俸鋟梓。』又稱：『清江范德機批點杜詩共三百十一篇，皆精深高古之什，蓋欲合《葩經》之數。先大夫南湖公暇日，取清江所選杜詩爲之注釋，證事釋文，悉加考究，以合杜子之本意，題曰「杜詩通」。』本處所藏，原刻只八卷，另有八卷是鈔配者。前副頁有李一氓跋云：『《杜詩通》十六卷，明張綖撰，隆慶刊本，傳世極罕。在京市爲成都草堂收得半部：一、二、三、四、五、九、十、十一、十二各卷。一卷前并有缺頁，適覓得明紙，因假北京圖書館藏本，請書手鈔補八卷，合爲全集。張氏别著《詩餘圖譜》，有萬曆、崇禎本行世，并重刻《秦淮海集》，裝成略記如上。』《四庫》列此書《存目》中，《提要》云：『綖字世文，《千頃堂書目》作世昌，疑傳寫誤也。高郵人，正德癸酉舉人，官至光州知州。是編因清江范德機批點杜詩三百一十篇，每首先明訓詁名物，後詮作意，頗能去詩家鈎棘穿鑿之説，而其失又在於淺近。《本義》四卷皆釋七言律詩，大抵順文演義，仍不能窺杜之藩籬也。』此書注釋，蓋略仿朱子《詩集傳》例，與單復、邵寶所注，命意皆同，又與僞虞注、趙汸注，皆爲一時初學讀物。

《杜工部分類詩》十一卷、《賦》一卷

明廣陵李齊芳編　明萬曆二年（一五七四）李氏自刻本　白文無注　六册　福州價購

首有萬曆甲戌廣陵潘應詔啓明序，李茂年伯高跋，兩文前頁皆缺。又有序稱：『李參軍子繁，雅好古今名家集録，凡所檢閲，摘奇勝者梓之成帙。至《杜少陵集》，猶加訂正，梓其全書，名曰「杜詩分類」。』後半頁殘缺，作序人姓名未詳。全詩分類，首紀行述懷，終送别襍賦，與元勤有堂《分類千家注》略同。惟削去舊注，只印正文。目録中脱印卷之八、卷之十一兩行。賦只一卷，則題賦卷一；詩卷十一，則題卷十一下，皆校勘疏略之過。字體用楷書，訛誤字亦多，明刻本之劣者。

《杜詩鈔》八卷

明宣城梅鼎祚禹金選　萬曆六年（一五七八）寧國府刻本　七册

是書與《李詩鈔》合刻，稱『唐二家詩鈔』。《李詩鈔》四卷三本，《杜詩鈔》八卷七本，合爲十本。首有萬曆六年巴郡蹇達汝上《唐二家詩鈔序》，又梅鼎祚《自序》及《唐二家詩總評》，末有史元熙跋。半頁八行，行十六字，白口雙邊，中縫下方有『鹿裘石室』四字。梅鼎祚字禹金，宣城人，國子監生，有《鹿裘石室集》。蹇達字子上，號理庵，巴縣人。嘉靖四十一年進士，仕至兵部尚書，有《鳳山草堂集》。《明詩綜》作字子修，《四川通志》作字子上，此書序作字汝上。

《千家注杜詩全集》二十卷、《文集》二卷

宋廬陵劉會孟評點　元高楚芳編　明萬曆九年辛巳（一五八一）隴西金鸞刻本

首王洙《杜工部詩史舊集序》、王安石《杜工部詩集序》、胡宗愈《成都草堂詩碑序》、蔡夢弼《杜工部草堂詩箋跋》，次黄芳仲實《重刊杜詩全集序》，次附元稹《杜工部墓志銘》、宋祁《唐書·文藝傳》，次《杜工部年譜》，次《千家注杜詩全集目録》，次《千家注杜工部文集目録》，王洙序及各卷皆冠『重刊』二字。詩句下及篇末載劉會孟評語，有補遺二十五條。黄芳序云：『舊注凡數十家，惟此本詳實，不爲臆説，須溪劉會孟批點亦極平婉，其他分類、補注、選注、演義等皆祖之，而龐雜迂衍，吾無取焉。隴西金生鸞從吾游，憫此集久湮於世，請刻以傳。萬曆辛巳重刻，嶺南黄芳仲實序。』據此序，則金鸞所刻係據舊本重刊，并無增改，其所據舊本尚在玉几、明易本之前，因其所録補遺只二十五條，與本處所藏元明間刻本同，未若玉几等本之增至三十條也。有《年譜》、元稹《墓志》、宋祁《傳》，亦與元明間刻本同。但卷中無『須溪先生劉會孟評點』及『臨川先生黄鶴補注』二行，句旁圈點亦皆削去。每半頁十一行，每行二十二字，考元刊本有半頁十一行，行二十二字者，則此本似即從元刊本重刊，惟此本校勘粗率，訛誤之字太多。全書有朱墨藍三色批點，每卷有『一泯過眼』朱文長方印。

考金鸞（一作『鑾』），字在衡，隴西人，隨父宦，僑居建康，善詩歌詞曲，有《徙倚軒集》。此本當即刻於建康者，惟前正德十三年胡纘宗序稱：『金生鸞學杜者也，若有得於會孟，故獨重刻云。』正德十三年距萬曆九年，計六十三年，豈金鸞前後兩刻此書歟？兩本行數、字數雖同，而字體迥别，纘宗所序，蓋似刻

於秦隴者。考金鸞年歲到九十餘始卒，前後兩刻此書，似亦可能。惟此本黄芳序又稱：『金生鸞從吾游，憫此集久湮於世，請刻以傳。』并未提及金鸞先有此書刻本，而黄芳又似爲金鸞之師，豈金鸞到八九十歲時，尚有其師存在耶？姑俟他日細考。

《杜律》二卷

明餘姚孫鑛月峰評　萬曆二十一年（一五九三）刻本　一册

首有孫鑛自序，詩首七律，次五律。孫鑛，字文融，號月峰，餘姚人，萬曆二年進士，仕至南京兵部尚書，有《月峰評經》及《居業編》等。

《集千家注杜工部詩集》二十卷、《文集》二卷

宋廬陵劉會孟評點　元高楚芳編　明萬曆三十年壬寅（一六〇二）長洲許自昌玄祐校刊本　十二册

每半頁九行，每行二十字。

又一部十二册

北京中國科學院賀昌群館長捐贈。

又一部六册

江蘇省博物館籌備處贈送。

又一部八册

《杜詩虞注删》二卷

明臨眴馮惟訥汝言撰　明萬曆四十三年（一六一五）刻本

首有馮惟訥序，云：『余不能注杜詩，芟《演義》舊冗自便耳。無錫邵二泉《杜律鈔》亦摘《演義》要者，余亦仍之，間有評語或異義，率簡快，得説詩法。今兹尚草具定，後當叙簡帙，以演義爲首，余修此故也。次須溪評，次虚谷評，次二泉評注。二泉注可入正文内入，其有與舊説異而勝者入，其可并存者附諸後。嘉靖丙申八月廿日馮惟訥叙。』後有馮珣跋，云：『杜詩一代宗工，而注七言者無如元虞伯生氏，後世學者多因之，然不能無繁衍支蔓之病，非以意逆志者也。先光禄公少時嘗删去其冗雜語，詮次成帙，而采集諸家評説附諸其後。若因虞又若不因虞者，而卒未數以己意參之。删注於嘉靖丙申，迄今八十年，復加讎校，以付剞劂云。萬曆乙卯不肖孫珣謹識。』

馮惟訥，字汝言，臨朐人，嘉靖戊戌進士，官至江西布政使，特進光禄寺卿，有《光禄集》，曾選《古詩紀》行世。

《杜工部分體全集》六十六卷

明海鹽劉世教少彝編校　明萬曆四十年（一六一二）劉氏合刻《分體李杜全集》本　白文無注

六册　福建省圖書館代購

首萬曆壬子姚士麟《分體全集序》，舊集序、傳、墓志，黄鶴《杜工部年譜》。卷末附劉鑒《合刻分體李杜全集後序》。全書編次，首賦，次五古，次七古，次五律，次七律，次五言排律、七言排律，次五言絶句、七言絶句，附聯句、闕題兩種，末雜文。

世教，萬曆二十八年舉人，官至知縣，有《研寶齋集》。士麟，字叔祥，亦海鹽人，國子監生，與胡震亨同學，有《蒙吉堂詩集》。

又一部

十六册　缺卷末劉鑒後序　江蘇省博物館籌備處贈送

有『安璿之印』『海上安生』『安璿』『蒼涵』『字孟公』白文方印。又五古一，後有跋云：『余家藏書甚富，先大令甲申殉節，圖籍散佚，即韓柳李杜詩文，亦不復留，後爲諸生，頗厭棄時藝，好讀古，追思舊藏，不勝悵惘，遂易杜李於上有，乞韓文於元壘，買柳集於延陵，極慘澹經營之苦，亦極涵咏丹黄之樂，如對四良友，朝夕與之，上下千古，何可頃刻離耶？所憾年漸老，相暱無幾時，而又先亡去讀書子，百歲後願納棺中，以當三良之殉。設臨殁時無可受此託者，當學荆溪吴孝廉問卿，取黄大癡富春山圖於卧榻之側，付諸祖龍一炬矣。康熙廿年大歲辛酉清和，梁溪之膠山孟公安璿題於潔園，時年五十二歲。』

《杜工部七言律》

明江夏郭正域批選　明萬曆四十五年丁巳（一六一七）烏程閔齊伋刻《杜詩韓文》三色套印本

二册　北京價購

卷首有自序，末有閔齊伋跋云：『先生而前，惟劉須溪時寄此意，是用取先生所手校於南雍者，更付之梓，而黛書劉語以附云。』有『毛貢之印』白文方印。

郭正域，字美命，江夏人，萬曆十一年進士，仕至禮部侍郎，謚文毅，有《批點考工記》及《黄離草》等。

閔齊伋，字寓五，烏程人，世所傳朱墨字板、五色字板謂之閔本者，并其所刻。清順治十八年尚在，時年已八十二，當卒於康熙時。

《杜詩選》六卷

明新都楊慎選評　附劉會孟評點　明天啓間烏程閔氏刻《李杜詩選》朱墨套印本　二册

首有吴興散人文仲閔暎璧序。此書與《李詩選》合刻，總稱《李杜詩選》。《李詩選》前有成都楊慎題辭，二書皆是楊慎同張含所批選者，此本但録楊慎評語，又附以劉會孟評點，以至鍾惺、譚元春等十八人。《四庫提要》據楊慎序，認李詩爲禺山張含所選，又謂杜詩凡二百四十餘首，前後無序跋，多載劉辰翁及慎評，其去取殊無別裁，蓋閔氏以意鈔録，取配李氏并行耳。

案：杜詩爲楊慎、張含同評選，嘉靖時刻，四庫館中當時未見，故未著録。此本所録諸人之評，則爲閔氏所添，四庫館人當時只見此本，故意杜詩爲閔氏鈔録，取配李氏并行。嘉靖時刻楊慎、張含共同選評之本，本書目已於前著録。

《杜子美詩集》二十卷

宋廬陵劉會孟評點　明錢塘楊人駒編輯　明天啓四年（一六二四）小築刊劉須溪批點九種本　十

二册　北京圖書館代購

卷首有大德癸卯廬陵劉將孫尚友序，劉須溪《杜詩總論》十三則，每卷首行題『杜子美詩集卷之幾』，次行題『劉辰翁會孟評點』。詩二十卷，首《游龍門奉先寺》，終《過洞庭湖》。各篇中除劉須溪評語圈點外，於詩題下及詩後亦間録魯訔、黄鶴、蔡夢弼、王洙、趙次公各家注語。每半頁九行，行二十字。

案：明陳繼儒有《劉須溪評點九種書序》，稱：『須溪先生集有百卷，予所見記鈔七十篇及批評杜詩、《世説新語》止矣。武林楊人駒得《老》《莊》《列》、李長吉、蘇子瞻、王孟班馬異同，裒爲九種，而辛稼軒詞、陸放翁集，則待訪焉』云云。今此本前無陳序。又劉將孫《養吾齋集》有《刻長吉詩序》，云：『先君子須溪先生於評諸家，最先長吉，蓋乙亥（德祐元年）避地山中，無以紓思寄懷，始有意留眼目、開後來，自長吉而後及於諸家。』是須溪評點諸家自李長吉始。陸放翁集批選本，涵芬樓有影印宋刻，在《四部叢刊》内。批點杜詩自劉辰翁始，宋濂則譏辰翁所評如夢囈語，錢謙益尤嗤之，王士禎不以謙益爲然，於辰翁及嚴滄浪兩家之説，皆有所取。阮元作《杜詩集評序》，於辰翁之説亦有取焉。人之嗜好不同，固不可以相强也。

又一部

六册　重慶市圖書館交來

《杜詩鈔述注》十六卷

明莆陽林兆珂撰　明萬曆時林氏衡州刻本　十六册　福州價購

此書爲林兆珂官衡州時所刻，卷首有莆陽林兆珂孟鳴序。全書分體選注，首五古，次七古，次五律，次七律，次絶句。每半頁八行，每行二十字，楷書。兆珂并刻甫在衡州時所作諸詩於衡州，其後官安慶，又刻《李詩鈔述注》十六卷。

林兆珂，字孟鳴，莆田人，萬曆二年進士，仕至安慶府知府。

《杜工部詩集》二十卷

明常熟毛晋重訂　明崇禎三年（一六三〇）毛氏自刻本　六册

首有劉將孫序、《杜甫傳》及王洙、王安石、胡宗愈、蔡夢弼四家序跋。劉序及《杜甫傳》係新補刻者，餘序及詩皆仿明易、玉几本重雕。每半頁九行，每行二十字。詩二十卷，首《龍門奉先寺》，終《過洞庭湖》，無文集二卷。

毛晋初名鳳苞，字子晋，世居虞山東湖，積書八萬四千册，構汲古閣以藏之，校刻書亦多。

《杜詩胥鈔》十四卷

明德州盧世㴶編　明崇禎四年（一六三一）刻本　六册　四川省圖書館移存

盧世㴶自稱於杜詩近四十餘讀，乃手彙爲帙，名曰《杜詩胥鈔》。取杜甫《别李八秘書》句云『乞米煩佳客，鈔詩聽小胥』之意。又謂『余於子美無能爲役，第充胥史之任而已』。卷首有靳於中序一篇、《大凡》一篇、《餘論》一卷，分體編次，無注，於杜全詩約删去十之二三。《餘論》一卷，分論杜各體詩，甚有深到之見。此書舊爲渭南嚴氏所藏，有『賁園書庫』朱文方印，賁園即渭南嚴雁峰氏舊日藏書處，今爲四川省圖書館。盧世㴶，字德水，一字紫房，德州人，天啓五年進士，仕至監察御史，明亡不仕，清順治十年卒，年六十六。所著有《尊水園集》。田雯得其所藏《離騷》《南華讀本》，設位以祭之，并爲之作《盧先生世㴶傳》。

《杜詩通》四十卷

明海鹽胡震亨孝轅撰　清順治七年庚寅（一六五〇）秀水朱茂時校刻本　六册

卷首序、論、傳略、年譜、目録。詩分體編次，每首於上欄外加以品題，分神品、妙品、能品、具品四種，劣者則書删字，亦有不標品名或『删』字者，則在可删可存之列。於詩句旁加圈點或墨擲，句下或篇後加以批評，引鄭繼之善夫之説最多，亦偶有引楊慎者，故訓箋釋間亦及之。是書與《李詩通》合刻，稱《李杜詩通》。《李詩通》前有秀水朱大啓及朱茂時序，大啓序謂：『海鹽胡子孝轅於學爲博，時時著書，一日出手定李供奉、杜工部詩集示余，且謂「李杜大篇，寄意深婉，何可無爲通」，故於舊注間參而伍之，務探其源委，復爲之臚次其體，佐以評隲，語無弗衷。蓋胡子有三唐五季詩統籤之輯，積二十年而後成，而於李杜詩尤加意訓纂，將謀諸梓，命名《李杜詩通》，屬餘系之以序。』茂時序稱：『先君子（謂朱大啓）於三唐人詩尤好李青蓮、杜少陵兩編，嘗謂「李之飄逸，杜之沉鬱」，未可偏廢，惜其深意眇指無能發之者，後得孝轅先生箋，嘆賞不已，屬不肖亟傳之。曾不數年，先君子見背，孝轅先生亦從岱宗之游，且遘喪亂之餘，子宣子復持李杜詩集過余，曰：「父書尚在，曷謀所以鋟諸，是君家司寇公（指朱大啓）之志也。」遂與宣子排纘讎校，爰割饔粥之産，以佐剞劂之費。庚寅歲（順治七年）秋月朱茂時謹跋。』

震亨，字孝轅，又號遯叟，海鹽人，萬曆二十五年舉人，仕至定州知州，藏書甚富，所著有《唐音統籤》一千卷。

《杜詩分類》五卷

明汝南傅振商星垣編　清順治八年（一六五一）東海杜漺子濂修補明刻本　十册　白文無注

首有萬曆癸未汝南傅振商序，又有梁清標、梁清寬兩序，係補刊時所作。半頁十行，行二十字。《四庫》著録此書，列入《存目》，《提要》云『振商，字君雨，汝陽人』。

又一部　六册

首有萬曆癸丑傅振商序，末有雍丘周光燮跋，稱『汝南傅公君雨直指畿南，畀燮重梓杜詩，去注釋而從其類』云云。第一卷第三行有『東海琅槐杜潄子濂重梓』，皆與前一部同，惟無梁清標、梁清寬兩序。

《杜詩分類》五卷

明汝南傅振商星垣編　清中州張縉彦、古燕谷應泰輯定　清順治十六年己亥（一六五九）刻本　四册

賀昌群館長捐贈

卷首有張縉彦序、谷應泰序，萬曆癸酉傅振商原序、梁清標序、梁清寬跋。編次首五古七古，次五絶七絶，次五律七律，分體之下，復又分類，如元勤有堂本之分紀行、述懷等目，以七古與歌行分爲兩體，以《彭衙行》入歌行體，又《新婚别》一詩，不與《無家别》《垂老别》等同編入時事類，而另編入姻戚類。全書只録杜詩正文，惟於題下略加解釋。各篇目録中縫下有『還讀齋』三字。《天一閣書目》：《杜詩分類》五卷。引西陵亮明齋主人識云：『杜工部詩，凡箋疏丹黄多屬蠡測，甚至矯枉穿鑿，幾没作者本意，玆集恪遵古本，依題分類，不尚詮釋，繡梓精工，考訂詳確，庶幾工部真色常存天壤間，識者自辨。』有『東山外史肖岩沈氏藏書之印』朱文方印，『沈閬崐印』白文方印。浙江圖書館有明萬曆年刻本，每半頁十行，行二十字。

《唱經堂杜詩解》四卷

清長洲金人瑞批選　清順治十六年己亥（一六五九）金昌刻本　四册　成都西南民族學院移存

此《杜詩解》四卷，列入《聖嘆外書》中。首有順治己亥矍齋聖瑗才子書小引，又有瞿齋金昌長文第四才子書序，蓋以《莊》《騷》《史記》爲第一、二、三才子書，以杜詩爲第四才子書也。金昌係金人瑞之族兄，而又以師禮事人瑞者。

《杜詩分類集注》二十三卷

明無錫邵寶二泉撰　清初金陵讀書堂刊本　十二册

目録及每卷首行皆題『邵二泉先生分類集注杜詩』，次行、三行題『錫山過棟汝器箋』『三吴周子文岐陽序』『琅琊王元弼良輔重訂』『繡州沈廷植中立校梓』，首卷副頁又題『宣城梅定九編訂』。全書先分體，首五古、次歌行、次五絶、次七絶、次五律、次七律，每體之中又復分類，皆以紀行爲首。每首皆先注『賦也』『比也』『興也』等字，次解釋句義及故實。又次串説全篇大意，仿朱子《詩集傳》例，取便初學。過棟序云：『當弘正之際，邵文莊公以詩鳴海内，取工部之詩手自鈔録，悉加訓詁，品列類分，井然不紊，考之國史，參之家乘，事則核而不訛，詞則直而易解，取喻顯而無艱深之病，據理近而寄牽合之嫌。而賦、而比、而興，咸法考亭氏之遺。余友周君岐陽以明經取上第，兩試嚴邑，鳴琴之暇，鋟諸梨枣，杜詩之有文莊，毛詩之有考亭，其爲羽翼功等耳，然微岐陽周君錂而廣之，焉能户誦人習哉！』又萬曆壬子周子文序稱：『邑先達文莊邵二泉先生詩鳴弘正間，酣嗜是業，一遵考亭六義之例，分類而集注之，不佞鳩工繡梓，自癸未以至壬辰（萬曆十一年至萬曆二十年），然後底績。』末署『萬曆壬辰周子文題』。

《辟疆園杜詩注解》十七卷

清梁谿顧宸修遠撰　清康熙二年（一六六三）吴門書社刻本　八册　賀昌群館長捐贈

五律十二卷，詩六百二十七首；七律五卷，詩一百五十一首。五律首有李壯序、李贊元序、畢忠吉序。七律首有嚴沆序及《杜子美年譜》。評校諸人，有王士禎貽上、顧有孝茂倫、劉體仁公勔、程可則周量、李贊元望石、畢忠吉致中、李壯蠖庵等二十六人。

又一部

缺李贊元序　八册　價購

《箋注杜工部集》二十卷

清虞山錢謙益撰　清康熙六年（一六六七）泰興季振宜静思堂刻本　八册　上海文史館代購

卷首有錢謙益《草堂詩箋原本序》、季振宜序、《注杜詩略例》、《少陵先生年譜》，附録元稹《杜工部墓志》、《舊唐書·杜甫傳》、樊晃、孫僅、王洙、王琪、胡宗愈、吴若各序，唱酬題咏，諸家詩話。略例有云：『今據吴若本識其大略，某卷爲天寶末亂作，某卷爲居秦州、居成都、居夔州作。』又云：『杜集之傳於世者，惟吴若本最爲近古，題下及行間細字，諸本所謂公自注者多在焉，而别注亦錯出其間。余稍以意爲區别，於自注者用朱字，别注則用白字，從《本草》之例。若其字句異同，則一以吴若本爲主，間用他本參伍焉。』又云：『杜詩昔號千家注，大抵蕪穢舛陋，如出一轍，其彼善於一二家，趙次公以箋釋文句爲事，邊幅單窘，少所發明，其失也短；蔡夢弼以捃摭子傳爲博，泛濫躇駁，昧於持擇，其失也雜；黄鶴以考訂史鑒爲功，支離割裂，罔識指要，其失也愚。余於三家截長補短，略存什一而已。』錢氏此本對於舊注廓清之功甚鉅，然其偏執處亦甚多。其最得意者爲發現玄宗肅宗新舊兩派之衝突，然輒以此説全部詩，亦太膠執。至所稱吴若本爲何本，洪業《杜詩引得序》曾作十疑以詰之。

又一部

十六册　北京價購

又二部

各十六册　北京價購

又一部

十册　成都價購

又一部

六册　缺錢序　成都西南民族學院贈送

又一部

四册　殘　江蘇省博物館籌備處贈送

又一部

八册　上海文史館卓葆亭先生捐贈

卷中有朱黄筆細圈，書眉上多録沈歸愚評語，卷首副頁有卓葆亭先生歷年跋語，兹并録之如下：

此三十年所購，近已不可得矣，宜珍惜之。甲子七夕學齋識。

三十八年正月，林蓮莽君惠贈。書頭丹黄細字，爲林九香先生所題，君之遠祖也。藏物見遺，心感無既。己丑人日密叟。

此書補處熨平匀，今無此能手矣。密叟又識。

蓮莽在光緒甲辰年入鄞縣學，與予同案，距今五十年矣，每見此册，如晤故人。一九五三年十二月葆亭識於上海。

余得此册，置於案頭，忽已七年，晨夕晤對，宛如良伴，今將捐獻與成都杜甫草堂，頗有墜雨秋蒂之感，爰題數語以志離合因緣。一九五五年十二月十五日卓葆亭題於上海衛國新村。

首頁有『趙氏種雲仙館藏書印』『秀幹堂包氏漢塘』朱文方印，『名山秘閣之藏』『惟書是寶』『葆亭經眼』白文方印。副頁上又有『卓氏葆亭』『密廬』等白文方印。密廬即卓葆亭先生之號。

《輯注杜工部詩集》二十卷、《文集》二卷

清吴江朱鶴齡長孺撰　清康熙九年（一六七〇）金陵葉永茹刻本　八册　上海圖書館交换

卷首有錢謙益序，附朱氏跋語，朱氏自序，附録《舊集序》、《舊唐書·杜甫傳》、《杜工部年譜》、元稹《杜工部墓志》、《凡例》十一則，卷末附《杜工部集外詩》《杜詩補注》，文集卷末附宣州沈壽民後序。凡例稱：『杜詩編次，惟《草堂會箋》覺有倫理，不若從此本爲稍便。宋人注杜詩，惟趙次公、黄鶴、蔡夢弼三家得閲其全，注中有當者悉録之，餘則僅存大略。』

案：清初注杜，錢、朱并稱，錢爲分體，朱爲編年，錢考史事，雖有獨到之處，然甚多偏執，朱則較

爲平允。

此書後有墨筆跋云：『潘力田先生有《觀物草堂杜詩博議》一書，發明不少，朱氏注往往取之而不表其姓字。鈕玉樵云，盛秦川記於爛溪之遂初堂。』

又一部

十二册　過録翁方綱、錢熙載批點　詩集卷首全缺、卷末缺，《杜詩補注》文集缺沈壽民後序　江蘇省博物館籌備處贈送

又一部

詩集卷首缺錢序及附録舊序，卷一缺目録，文集缺沈壽民後序　八册　賀昌群館長捐贈

《杜詩論文》五十六卷

清武進吴見思齋賢撰　清康熙十一年壬子（一六七二）常州岱淵堂校定、吴郡寶翰樓刻本　十册　成都價購

卷首有吴興祚序。凡例首列章法、句法、字法諸論，目録一卷亦編定年代，首《游龍門奉先寺》，終

《過洞庭湖》，共詩一千四百四十八首。

又一部

有朱筆、墨筆批點　十册

又一部

常州岱淵堂校定、天德堂刻本　殘七册　賀昌群館長捐贈

《思美堂杜詩闡》三十三卷

清華亭盧元昌文子撰　清康熙二十一年壬戌（一六八二）書林孫敬南刻本　八册　初印精本　原係孫慕韓藏書　北京價購

卷首有自序、魯超序。詩編年，始《登兖州城樓》，終《聶耒陽致酒肉》。此書與《杜詩論文》，皆隨文串解，無甚發明，然亦便於初學。

又一部

乾隆七年（一七四二）重刻本　八册　賀昌群館長捐贈

《苦竹軒杜詩評律》六卷

清天都洪仲仲子撰　康熙八年（一七〇九）刻本　四册

首有康熙己酉黄生序，順治壬辰洪仲選杜題語，康熙乙丑洪力行跋。此書專講杜詩之字法、句法、章法與格律，一至四卷選五律，五、六兩卷選七律，全詩皆有圈點。後有副頁李一氓先生跋云：『右《杜詩評律》六卷，徽州洪仲撰，清康熙刻本，其書其人，《歙縣志·藝文志》《人物志》均不載，殊可怪也。洪序著年順治，蓋成書當在明季，可爲揣斷。此書世不多見者，以當時即流傳有限，致縣志亦失之，惟參訂之黄生，則爲明清大家。黄氏又名琯，字超溟，又字扶孟，號白山，所交多并時名士，如王煒、龔賢、屈大均等。江天一抗清兵敗，乙酉就義南京，黄首唱集貲賻其家，想見其爲人。所著《字詁》一卷，《義府》一卷，曾鎸板行世。《一木堂詩集》十二卷，乾隆間列入禁書，《杜詩説》十二卷，則仇兆鰲多采之以入《杜詩詳注》。一九五七年夏游黄山，過屯溪市上見此書，爲成都草堂收得之。李一氓記。』

《杜工部詩説》十二卷

清歙縣黄生白山撰　清康熙三十五年丙子（一六九六）一木堂刻本　四册　四川省圖書館移存

卷首有康熙丙子黄生《自序》、《杜詩概説》、《杜詩説》、《凡例》。首五古，次歌行襍體，次五律，次七律。五律、七律皆又以詩之高下分爲甲乙兩集。次五七絶，次五言排律，後附諸體、近體，云：「諸詩不在選列，故但録其評釋辨證諸説爲一卷，以附編末。」

又一部

四册　北京價購

有『黄節』白文方印、『燕室』朱文方印。黄節字晦聞，廣東順德人，有《蒹葭樓詩集》。

《讀書堂杜工部詩集注解》二十卷、《文集注解》二卷

清滏陽張溍上若撰　清康熙三十七年（一六九八）讀書堂原刻本　十二册　四川省圖書館移存

卷首有太原閻若璩序、商丘宋犖序、張溍遺筆，附張榕端跋語、《杜氏世系考》、元稹《杜工部墓志》、《新唐書·杜甫傳》。此書以圈點評解爲主，略摘取《千家注》附於評語之後，標稱原注。遺筆謂：「以許

自昌校刻《千家注》披閱一過，心目爽然，合修遠五七律注、孝轅注及文莊舊注，參以己意，酌裁楮上，解悟較多。照錢牧齋注又閱杜一匝，疑者解十之九，兼采朱長孺杜注，疑難盡豁。』有『雙藤書屋藏書印』朱文方印、『景氏劍泉收藏圖記』白文方印。

又一部

清道光二十一年辛丑（一八四一）滏陽張籛重刻讀書堂本　十二册　四川省圖書館移存

有張籛重刻序及道光二年張縉玄孫璇跋。

又一部

刊刻年代同上　殘存十二册　成都薛志澤先生捐贈

又一部

只存《杜文注解》二卷　原刻本　二册　賀昌群館長捐贈

《杜詩會粹》二十四卷

清蕭山張遠邇可撰　清康熙時刻本　十二册

内詩二十三卷、賦一卷。首有康熙乙丑太倉王揆序及校閲人顧宸等姓氏，次《凡例》，次《世系》，次《舊書本傳》，次《年譜》，次元稹《墓志銘》，次康熙戊辰作者自序。其《凡例》云：『少陵詩注不下百家，得朱長孺而備美，然滲軼尚多，兹更詳爲采奪，庶不至掛一漏萬。錢虞山注以唐史證唐事，當日情緒畢見。然多牽合附會，取其確切者著於篇。詩集必當編年，使人知其居何地，值何時，歷何職，其情其事，瞭若指掌。集中悉從《草堂詩會箋》，間有不合，稍爲訂正。長篇必分段落，眉目方自清楚，前人無從拈出，兹附大意於各段之下，一覽了然，兼悟作法。』《四庫提要》别集類列此書於《存目》下，云：『張遠字邇可，蕭山人，由貢生官縉雲縣教諭，朱彝尊《曝書亭集》有《送遠之桂林》詩，即其人也。是書采諸家之注而成，故曰會粹，其分析段落，訓釋文義，頗便初學，然不免尋行數墨。詩依年譜編次，與諸本互有異同，考核亦未詳審。

《杜詩解意》四卷

清上海朱瀚、嘉定李燧同撰　清蒼雪樓刻本　四册　蘇州價購

前後皆有缺頁。卷首《七言律總例》《杜詩辨贋》。朱瀚、李燧，康熙時人。此本是道咸間翻刻者，中

間詆毁杜詩處甚多。其不滿意者，則概以爲贋。自鄭善夫、王慎中、郭子章、胡震亨後，此爲攻杜最烈之書。

《杜詩詳注》二十五卷

清鄞縣仇兆鰲滄柱撰　清康熙五十二年（一七一三）原刻初印本　二十八册　北京價購

卷首康熙三十二年《進呈表》、《自序》、《新舊唐書·杜甫傳》、《杜氏世系》、《杜工部年譜》、《凡例》二十則。子目爲《杜詩會編》《杜詩刊誤》《杜詩編年》《杜詩分章》《杜詩分段》《内注解意》《外注引古》《杜詩根據》《杜詩褒貶》《杜詩僞注》《杜詩謬評》《近代注杜》《近人注杜》《杜賦注解》《杜文注釋》《詩文附録》《少陵大節》《少陵曠懷》《少陵謚法》《少陵逸事》。全詩總目録自第一卷至第二十三卷，共計杜詩一千四百三十九首，第二十四卷賦贊，第二十五卷文集，及元稹《杜工部墓志銘》、樊晃、孫僅、蘇舜欽、王洙、王安石、王琪、胡宗愈、黄庭堅、王彦輔、吴若、鄭印、李綱、魯訔、趙次公、郭知達、蔡夢弼、宋濂各記序。目録尚有第二十六、第二十七卷《諸家論杜》，第二十八卷《諸家咏杜》，第二十九卷《諸家仿杜》，第三十、第三十一卷《諸家集注》。注云嗣出。今通行本於二十五卷後，又附録二卷，分《逸杜附録》《咏杜附編》爲上卷，《杜詩補注》《論杜附編》爲下卷，於原定總目只仿杜、集杜二類未印出。清乾隆三十八年修《四庫全書》時，除當時錢謙益、朱鶴齡兩家之書在禁止外，其餘如黄生、張縉、張遠、吴見思、盧元昌、紀容舒、浦起龍各家之注，均在《存目》之列，惟仇氏此注獨見著録，亦可見此書之較爲詳備。

又一部

十四册

又一部

十四册　第一二兩册裴鐵俠鈔配　成都價購

又一部

武陵貢院前三餘堂刻本　十四册　重慶市圖書館寄來

又二部

同上　各十四册　北碚圖書館寄來

又一部

芸生堂重刻本　十四册　成都價購

《杜詩提要》十四卷

清歙縣吴瞻泰東巖撰　清康熙時山雨樓刻本　四册　北京價購

卷首有汪洪度《序》《自序》《評杜詩略例》《舊唐書·杜甫傳》《詩總目》，卷末有羅挺東萬後序。略例有云：『初以杜詩則名書，丙子秋持以質吾師田山蘿先生，先生曰：「子之評杜簡牘不煩，片言析理，予以提要易子書名，遂從之。」』又云：『初欲依單注編年之次，不分古今體，然此集乃瞻泰一己所得，簡其要以爲讀本，非工部全書也，故仍分體以便於讀。而各體之次序，則本之於單爲多云。』又云：『老友黄白山生、汪子鼎洪度、王名友棠、余弟漪堂瞻淇，晨夕析疑，凡所徵引，悉署其賢。』按：瞻泰尚有《陶詩彙注》四卷，成於康熙四十四年，《四庫》列入《存目》中。此書《四庫》未之録。有『黄節』白文方印、『蕪室』朱文小方印。

《杜律虞注》二卷

題虞集撰　清康雍間侯官高兆遺安草堂刻本二册　賀昌群館長捐贈

是本依年編次，與明嘉靖時熊賓暘刻分類編次本不同，蓋皆張性所編之本，而書坊隨時改竄，仍託名於虞集耳。首有楊士奇序。有『傭書堂藏』『侯官鄭氏藏書』朱文長方印，『注韓居士』『黄恭之印』白文方印。注韓居士爲侯官鄭傑，葉昌熾《藏書紀事詩》：『鄭傑字人傑，侯官人，乾隆貢生，其藏書之所曰注韓居。』

《讀杜心解》六卷

清無錫浦起龍二田撰　清雍正二年（一七二四）浦氏寧我齋刻本　十二册　上海文史館吴公望先生捐贈

卷首《題辭》、《發凡》、《兩唐書・杜甫傳》、元稹《杜工部墓志》、《總目》、《杜氏世系表略》、《少陵編年書目譜録》、《讀杜提綱》。此書分體之中又各自編年，賦及雜文皆散入各詩之後，雖題六卷，而卷首分上下二卷，不入卷數。卷一分子卷六，卷二分子卷三，卷三分子卷六，卷四分子卷二，卷五分子卷五，卷六分子卷二，實爲二十六卷，總一千四百五十八首。有清六合汪少溥、清河陶伯治共同朱筆過録山陽魯一同批語。舊爲盱眙吴氏藏書，卷首有吴炳祥手跋。

又一部

八册　北京價購

有各色筆過録魯一同批點及山陽潘彝覆校語。

又一部

十二册　賀昌群館長捐贈

又三部

各八册　成都價購

《杜工部五言詩選直解》三卷

清四明范廷謀撰　清雍正時稼石堂刻本

卷一前有范廷謀再識云：『杜詩頓挫沉鬱。沉鬱者其意，頓挫者其法，不得其意則法無從得。余枕籍杜詩三十餘年，甲辰需次歸京師，挈男城、侄坊從律從徹，互相訂釋，各出新奇，多所啓發，倉卒成帙，其間不無影響疑似之處。丁未羈迹三山，取公年譜讎對之，爽然若失，於是苦心焦思，無間晨夕，以意逆志，怳與浣花老人晤對几席間，不覺融會貫通於心胸，向之所謂新奇，均屬隔膜矣。脱稿後名其編曰醒疑，遂質之千波江先生。先生曰：「古今注杜猶如聚訟，未有若斯編之意法兼得確切簡易者，洵足爲學詩津梁，當以直解名篇而問於世。」因付之剞劂氏，大方君子勿以訓詁見誚則幸矣。廷謀再識。』

案：范氏此編本係五卷，稱《杜詩直解》，前三卷五律，後二卷七律。本館所藏，只有五律三卷。

《知本堂讀杜》二十四卷

清休寧汪灝紫滄輯　乾隆時刻本　殘存首二册

前有康熙四十三年汪氏自序，又有《讀杜凡例》十則，稱是書字畫一遵《全唐詩》及仇少宰進呈之本，《凡例》有云：『讀法與舊解全不相襲者曰另眼，全詩中偶有數語别解者曰參権，解亦猶人而逐字體會靈神者曰着意。』全書各篇詩中遇有此三種者，即標於詩題之上，全書皆刻有圈點，皆抵皆讀八股文之法。有『江源福川氏』白文方印。

《集千家注杜工部詩集》二十卷、《文集》二卷

元高楚芳編　清乾隆七年（一七四二）怡親王胤祥明善堂刻本　十二册　北京文史館邢之襄館長

捐贈

此與明易山人本、許自昌本同，惟用楷書寫印。卷首舊集序，卷末附元稹《杜工部墓志》《新唐書・杜甫傳》。有『宜秋館藏書』白文長方印、『李氏振唐』白文方印。

《杜律通解》四卷

清慈水李文煒撰　清乾隆七年（一七四二）萃華堂刻本　四册　四川省圖書館移存

卷首有李基和序、曹掄彬序及自序、凡例、核訂姓氏。

《杜詩偶評》四卷

清長洲沈德潛確士撰　清乾隆十二年（一七四七）賦閑草堂刻本　二册　四川省圖書館移存

有朱筆眉批。

又一部

蘇州掃葉山莊重刻賦閑草堂本　二册　西南民族學院贈送

《杜律啓蒙》十二卷

清任邱邊連寶撰　清乾隆四十一年丁酉（一七七六）刻本　四册　四川省圖書館移存

卷首有戈濤序、校對姓名、凡例、元稹《杜工部墓志》、年譜、仇兆鰲《杜詩詳注序》。詩首五律，次七律。

又一部

道光十四年甲午（一八三四）墨稼齋重刻本　一册　賀昌群館長捐贈

《杜詩直解》六卷

清沈寅、朱崑補輯　清乾隆四十年乙未（一七七五）刻本

是書與《李詩直解》合刊，稱《李杜直解》。首有大興朱筠序，又有沈曇序，稱『舍姪芝珊（沈寅字）歸自京，忽出《李杜直解》，云得之於市肆故紙堆中，而簡端不題年月名氏，意必好古之士所手定爲讀本，故於兩家詩集未及其全，而要其訓詁箋釋，博而能當，簡而能明。爰與友人朱子源一（朱崑字）及芝珊補其遺亡，校其舛訛而付諸梓。』朱崑、沈寅亦各有序。杜詩前惟載王洙記，餘均不載。

《杜詩集説》二十卷

清嘉興江浩然孟亭撰　清乾隆四十八年癸卯（一七八三）嘉興江壎刻本　十二册

卷首馮浩序、張九鉞序、舊集序及志傳、朱鶴齡《杜工部年譜》，卷末附録集外詩一卷。編次依年代先後，注釋節約仇注，詩後則附仇、朱及邵長蘅、查慎行各評語。

又一部

十二册　北碚圖書館寄來

《杜工部集》二十卷

清真州鄭澐編　清乾隆五十年乙巳（一七八五）玉勾草堂原刻初印本　十册　上海文史館代購

卷首志傳集序。卷一至卷八，古詩四百一十五首；卷九至十八，近體詩九百八十九首，并附録詩四十八首。卷十九表賦記説讚述十五首。卷二十策問文狀表碑志十七首，附録諸家詩話、唱酬、題咏。前有鄭澐序、元稹《墓志》、《舊書·文苑傳》。鄭序稱：『杜集槧本不下數十百家，箋釋注解，言人人殊。余少嗜杜詩，手鈔口誦，恒以一編自隨，中年汩没簿書，有此事遂廢之感。武林山水勝地，量移來此，因病得閑，稍理故業，取舊本之善者刊爲袖珍板，勞人僕僕舟輿，便行篋也。箋注概從删削，以少陵一生不爲鉤章棘句，以意逆志，論世知人，聚訟紛如，蓋無取焉。乾隆四十九年真州鄭澐書於有美堂。』卷首書名一頁，題『玉勾草堂藏』，并有『玉勾草堂』朱文方印。又每册首副頁及每卷首頁皆有『玉勾草堂』朱文方印。

案：此本即據錢謙益箋注本，删去箋注，只印杜詩正文及校語。其卷數次第與所録傳序詩話等，皆依錢氏之舊。序中所稱舊本之善者，即謂錢本。箋注概從删削，即删去錢氏之箋注也。錢書在乾隆時係禁書，故序中未敢明言，只稱爲舊本之善者而已。

鄭澐，清儀徵人，字晴波，號楓人，乾隆舉人，召試中書，仕至浙江糧道，有《玉勾草堂集》。

此書有『順天傅氏長恩閣藏書印』『蘇州淵雅堂王氏圖書』朱文大方印，『清河傅氏』『元祐黨人後裔』『傅以豫茂臣氏之印信』白文方印，『傅氏圖籍』朱文圖條印，『節子校訂』『節子讀竟手識』白文長方印，『王鐵夫閲過』白文長方印，『劉墉之印』白文方印，『石庵』朱文方印，『華延年室校藏善本』朱文長條印。每册後副頁有『同治癸亥陽月華延年室重裝』朱文木記。

《杜工部集》二十卷

清真州鄭澐編　同治十一年（一八七二）致一齋重刻玉勾草堂本　十册

又三部　各十册

《杜詩鏡銓》二十卷

清陽湖楊倫西河撰　乾隆五十七年（一七九二）陽湖楊氏九柏山房刻本　八册　成都價購

卷首有畢沅序、朱珪序、周樽序、《自序》、《凡例》、杜工部像、《新舊唐書·杜甫傳》、元稹《杜工部墓志》、《年譜》。卷末附諸家論杜。

又一部

八册　上海圖書館交换

《杜詩注釋》二十四卷

清雲間許寶善穆堂撰　清嘉慶八年（一八〇三）自怡軒原刻，光緒四年丁丑（一八七八）吴縣朱記榮補刻本　六册　四川省圖書館移存

卷首有錢大昕序、自序、《唐書·杜工部傳》、元稹《杜工部墓志》、世譜表略、凡例十一則。自序有云：『晚得張邇可《杜詩會粹》及浦二田《讀杜心解》，考其年譜，詳其時地，其故事出處，一一引證精確，然不無一疏之處，爰取而訂正之。紀年叙次，悉照浦本，其分類處則并之，段落悉照張本，其遺漏處則補之。』凡例又云：『卷中徵引各書，亦較邇可、二田兩先生者爲多云。』

《杜詩集評》十五卷

清海寧劉濬質夫撰　清嘉慶九年（一八〇四）海寧劉氏藜照堂刻本　六册　四川省圖書館移存

首有阮元序、陳鴻壽序、郭麐序、查初揆序、作者自序及例言。評詩十五人：王士禄、王士正、錢燦、又姓陸氏，字湘靈，號圓沙，江南常熟人，順治乙酉舉人。朱彝尊、李因篤、潘耒、查慎行、何焯、宋犖、陸嘉淑、字冰修，浙江海寧人。申涵光、號鳧盟，又號聰山，直隸永平人。俞瑒、字犀月，江南吴縣人。吴農祥、字慶百，號星叟，浙江錢塘人，康熙己未薦舉鴻博。許昂霄、號蒿薗，浙江海寧人。許燦。字衡紫，號晦堂，浙江嘉興人。

有朱墨筆過録《求闕齋筆記》及翁方綱考證漁洋評杜語。全書硃筆圈點。總目後細字録《杜甫年譜》，每詩題上徑將年代標出。每卷首頁有『吴縣單氏桂陰居藏書印』朱文長方印，末頁尾有『單鎖之印』白文方印，第一卷首頁有『康甫手校』朱文小長方印。

又一部　八册

《杜詩趙注》三卷

明休寧趙汸子常撰　清嘉慶十四年己巳（一八〇九）休寧查弘道、桐鄉金集同補校、澄江水心齋刻

本　三册　賀昌群館長捐贈

此係虞、趙二注合刻本，此間所藏則惟趙注。前有魯瑗、潘鐘麟、全集、查弘道各序。又有盧陵楊士奇、三原程相、會稽董玘原序。書題『趙子常選杜律五言注』，分朝省、宴游、感時、題咏等十六類。

又一部

同上校刻本　一册

首卷各序全缺，有朱彝尊過録汪瑗補注。《四庫存目》只有汪瑗《楚辭集解》，未列《杜詩補注》，云瑗字玉卿，歙縣人。

《九家集注杜詩》三十六卷

宋成都郭知達編　清嘉道間翻刻南宋寶慶元年曾噩重刻本　十六册

卷首有郭知達原序，曾噩廣州重刻序，附録清乾隆御製詩。此書原名『新刊校定集注杜詩』，郭知達序稱：『因輯善本，得王文公安石、宋景文公祁、豫章黄先生庭堅、王原叔洙、薛夢符、杜時可田、鮑文虎彪、師民瞻尹、趙彦材次公，凡九家，如假託名氏，撰造事實，皆删削不載。』所謂九家者，王安石、宋祁、黄庭堅三家，是校本，王洙以下六家，始爲注本，非真集九家之注也。中間采録趙次公之注尤多。所謂假託名氏，撰造事實者，指僞蘇注而言。郭氏此本刻於南宋淳熙八年（一一八一），校讎極爲精審。至寶慶元年（一二二五）閩中曾噩用蜀中原本，重刻於廣東漕司，稱爲宋本之最佳者。清代《天禄琳琅書目》及錢曾、黄丕烈、陸心源各家著録，皆極稱之。此書自曾噩重刻後，元明以來皆無翻刻本，長沙葉德輝曾有聚珍板擺印本一部，其《郋園藏書志》云：『若所傳宋本，内府所藏外，黄丕烈《百宋一廛賦注》載所藏本同，今歸常熟瞿氏錢琴銅劍樓。四川無人重刻爲恨，初不知武英殿聚珍板固擺印也。武英殿聚珍板叢書内無此種，不知何故，意者館臣於彙印叢書時未曾編入耶？』此間所藏則爲翻刻本，但未著翻刻時期，首頁有『御覽』二字朱文大方印。近見國内各圖書館藏有此書者，亦只題清刻本，亦偶有題聚珍殿刻本者，惜未能取葉氏舊藏一部對勘之。郭氏此集注稱爲最早之本，亦稱爲最善之本。此本雖係翻刻，然極少流通，亦可稱爲難得之本。洪業等編《杜詩引得》，亦據此書，稱爲清嘉慶刻本。

又一部

十二册　西南民族學院贈送

首頁有『御覽』二字朱文大方印

《藏雲山房杜律詳解》八卷

清藏雲山房一正主人補注　清石閶居士評點　道光八年（一八二八）　北京聚魁齋本　八册　北京圖書館代購

又一部

只有七言律二卷　二册　賀昌群館長捐贈

《杜詩評本》二十四卷

清秀水朱彝尊評　清道光十一年（一八三一）陽湖莊魯駧校　望雲軒刻本　十册　成都價購

卷首原跋、岳良序、莊魯駧序。朱彝尊，字錫鬯，號竹垞，秀水人，康熙時舉博學鴻詞，有《曝書亭集》。

《樹人堂讀杜》二十五卷、附録二卷

清休寧汪灝紫滄撰　銀城胡履亨讀　道光十二年（一八三二）銀城麥溪園刻本　八册

是書即汪灝《知本堂讀杜》，首無汪氏自序，僅存《讀杜凡例》十則。每卷書名第二行仍題『休寧汪灝紫滄輯』，惟增『銀城胡履亨我軒讀』八字，因遂將『知本堂』三字隱没，改稱『樹人堂』，其好名有如此者。銀城，今陝西神木縣。

《歲寒堂讀杜》二十卷

清嘉興范輦雲撰　清道光二十四年（一八四四）嘉興范玉琨校刻本　十册　上海文史館吴公望先生捐贈

卷首有武威張澍序、儀徵吴廷颺序，後有梅華溪居士錢泳跋，又有輦雲之子玉琨跋。邊欄上下及句旁有朱筆過録何義門批，前粘有吴棠手跋一箋云：『向在清河購范氏《歲寒堂讀杜》本，喜其解釋精妙，嗣在川督署中，滇南朱次民觀察携有《讀書堂讀杜詳解》，爲磁州張上若先生溍所著，與此本無異。吾山少孤，其尊人楞阿手録張注，未填姓氏，吾山誤爲家集，當時核訂諸子，所見未廣，遂以誤刊，特志數語以示來者。同治癸酉仲冬，盱眙吴棠識。』又云：『此本硃筆録何義門先生批，楷書精湛，可珍也。仲宣又識。』又粘有吴公望一紙，云：『何焯，江蘇長洲縣人，字屺瞻，晚號茶仙，先世以義門旌，學者稱義門先生。爲諸生即負盛名。清康熙時以拔貢生值南書房，賜舉人，復賜進士，官編修，坐事逮問，尋免罪，直武英殿修書。其學長於考訂，所居曰賚硯齋，多蓄宋元舊槧，參稽互證，丹黄稠叠，評校之書，名重一時，著有《義門讀書記》。此本係從《讀書記》過録全批，硃筆小楷，極爲精湛，外間亦無單行刻本也。一九五四年五月四日，盱眙吴公望識。』

案：范氏此書之誤刻，經盱眙吴仲宣先生指要，甚爲明白，但此本與張本亦微有異。張本評解後有原注，此本則削去之。因范過録張本時，只録張本之評解。又一卷之中，亦偶有一二條爲張本所無者，即范氏所增加之解説也。

又一部

十册

卷首缺張澍及吴廷颺序

《杜詩選讀》六卷

清建城何化南、念棠朱煜志韜同編　清道光二年壬午（一八二二）刻本　五册　成都價購

首有何化南自序、朱煜凡例九則，又節録朱鶴齡《杜工部本傳》。《凡例》有云：『杜集千四百餘篇，兹集僅登十之二三。』又云：『是集原本仇注，其取裁於錢箋、王臆、胡藪、黄説諸家，間有删略，并不注某云。』所圈一以沈選爲宗，首五古、次七古、次五律、次七律、次排律絶句。每篇詩後，列解説評語，疏注典故處，則列於上欄。

《五家評點杜工部詩集》二十卷

清涿州盧坤集編　清道光十四年甲午（一八三四）涿州盧氏芸葉盦刻五色套印本　十册　北京中央文史館葉恭綽館長捐贈

王世貞弇洲紫筆，王慎中遵嚴藍筆，王士禎阮亭朱墨筆，宋犖牧仲黄筆，邵長蘅子湘緑筆。首有盧坤序，係依錢箋本分體編次。

又一部

十册　北京政法學院王利器先生捐贈

又一部

原書八册　缺二册　成都價購

有元和顧復初墨筆批點。

又一部

光緒二年丙子（一八七六）廣州翰墨園重刻芸葉盦五色套印本　十册　四川省圖書館移存

有榮縣趙熙批點。

又五部

同上　各十册　上海市圖書館交换

又四部

同上　各十册

《杜詩律》五卷

清無錫俞瑒犀月原評　丹徒張學仁冶虞參定　道光十六年（一八三六）懷風草閣藏板　六册

首有道光辛卯張學仁自序及凡例。自序謂：『五十後館揚州包氏家，得俞犀月先生本，不箋故實，專以文律求之，無不脉絡貫通，精神焕發，爲注杜最善本。今兼采諸家，參以己意，互爲發明，名曰《杜詩律》，俾後來者知詩律之是求，庶幾可與讀杜。』選詩五百七十首，句旁及題上皆加圈以爲標識。

《杜詩鏡銓》二十卷、《杜文注解》二卷

《鏡銓》，清陽湖楊倫撰。《注解》，磁州張溍撰　清同治十一年（一八七二）盱眙吴棠望三益齋於成都督署刻本　十册　四川省圖書館移存　有滎縣趙熙批點

楊倫九柏山房刻本《杜詩鏡銓》，未有文集，盱眙吴氏取張溍《讀書堂杜詩注解》後《杜文注解》二卷合刻之。

又一部

四册　有元和顧復初批　四川省圖書館移存

又二部

各十册　西南民族學院贈送

又一部

十册

又一部

民國二年廣州登雲閣重刊望三益齋本　十册

又五部

民國十七年成都志古堂重刻望三益齋本　各十册

《杜詩百篇》二卷

清含山張燮承撰　清咸豐九年（一八五九）汲縣賀際盛蘇州校刻本　二册

卷首有賀際盛序。

《杜少陵詩選》一卷

清閩潭游藝子六輯　寶山朱綿生重訂　一册

是書上卷選李詩，下卷選杜詩，合稱《李杜詩選》，前無序，惟末題云：『李杜詩祖，今選規矩整齊者以爲初學入門之法式，内注釋未詳，有典故做情景者略釋之。』

《杜律正蒙》二卷

清永康潘樹棠憩南輯注　同治八年（一八六九）潘氏家刻本　二册

首有道光二十三年永康潘樹棠自序，又有同治八年金華章倬標序，末有章德藻跋。所選純係七律。

《藝南書屋精選杜詩評注》十一卷

清祁陽鄧獻璋硯堂撰　興立堂刻本　二册

《杜工部草堂詩箋》二十二卷，附《詩話》二卷、《年譜》二卷

宋建安蔡夢弼編　清光緒二年丙子（一八七六）巴陵方功惠碧琳琅館廣東翻刻南宋本　二册　四川省圖書館移存

首有番禺陳澧序及方功惠凡例。陳澧序照録於下：『杜工部詩宋人注本，《四庫》著録者，郭知達、黄希二家，蔡氏夢弼注本題曰《草堂詩箋》，又撰《草堂詩話》。草堂者，工部客蜀時所居也。《詩話》，《四庫》著録，其《提要》云：「《詩箋》久佚，近者方柳橋太守得《詩箋》元刻本於南海吴荷屋中丞家。太守好聚書，官粤東三十年，歲歲購藏，凡數十萬卷，而此書爲最，以《四庫》所未有，乃付剞劂，使復流傳於世，錢塘汪養雲大使爲之校讎，刊板甫畢，大使入都還過其鄉，見其友有鈔本《草堂詩話》及趙子櫟、魯訔所撰《杜工部年譜》，乃借抄藏於行篋，返粤以贈太守。此三書《四庫》所收本合爲一册，乃惠定宇所藏。」《提要》以爲希覯之笈，近者浙江三閣所藏《四庫》書復不可覯，今《詩箋》刻畢，而又得此，誠藝林中一段奇事也。太守乃并刻之，而屬澧爲之序。澧與太守大使前年同在書局評論古書，甚相得，又獲見此秘笈復顯於世，爲可樂也，乃爲之述其事云。光緒二年閏五月番禺陳澧序。』

又一部

四册　北京中國科學院賀昌群館長捐贈

《杜工部草堂詩箋》四十卷、《詩史補遺》十卷

宋建安蔡夢弼編　清光緒十年（一八八四）遵義黎庶昌校刻《古逸叢書》本　四厚册

《草堂詩箋》四十卷，覆刻南宋麻沙本，《詩史補遺》十卷，覆刻高麗翻南宋本。每半頁皆十二行。此與巴陵方功惠碧琳琅館刊《草堂詩箋》二十二卷本，皆南宋末坊刻，非蔡氏五十卷之舊本。今查《補遺》本目録前有牌子云：『蔡夢弼嘗集工部詩四十卷而箋注之，取信海内已久，然其間猶有遺逸，觀者不無滄海遺珠之恨。今得黄氏父子《集千家注詩史補遺》，計十一卷，竟梓以傳，非但有以備前編之遺闕，亦所以集詩史之大成歟。』黎氏《古逸叢書叙目》云：『覆麻沙本《草堂詩箋》四十卷，《外集》一卷，《補遺》十卷，傳序碑銘一卷，目録二卷，年譜二卷，詩話二卷。此書前四十一卷宋麻沙本，《補遺》十卷，朝鮮翻刻本，卷中惟題「杜工部草堂詩箋卷第幾」及「嘉興魯訔編次」「建安蔡夢弼會箋」者爲是，餘或稱黄氏，或云「杜工部詩史補遺」，或題「臨川黄鶴集注」「建安蔡夢弼校正」，或單加集注、增修等，皆坊賈妄爲，奪文訛字，不可勝糾。蔡箋繁而寡要，適如錢蒙安《杜詩叙例》所譏，可取者編年本獨此本耳。考陳景雲《絳雲樓書目注》宋板《草堂詩箋》云：「草堂詩有高麗刻本，如《水筒》詩『何假將軍蓋』之句，蓋高麗本作佩，注引李貳師拔刀刺泉事，錢受之謂較蓋字爲穩，宜從之，其爲善本可知。」似未窺見全體，惟翁覃溪復初齋有二跋，論尚允當，今采附卷末。當四庫開館時，覃溪爲纂修官，此箋未經著録，僅收《詩話》一卷，想其獲見全書在《提要》告成後也。』黎氏此書後跋云：『余所收《草堂詩箋》有南宋、高麗兩本。宋本闕《補遺》《外集》十一卷，今據以覆木者，前四十卷南宋本，後十一卷高麗本，兩本

俱多模糊，而高麗本尤粗率，然頗有校正宋本處，即如陳景雲所指「何假將軍佩」，「佩」字宋本原作「蓋」，是其一也，今從高麗本正之。原書每卷首頁第二三行或題「嘉興魯訔編次」「建安蔡夢弼會箋」，或單題「嘉興魯訔編次」，亦間有不題者。《補遺》卷中或題「臨川黄鶴集注」「建安蔡夢弼校正」，或單題「臨川黄鶴集注」，至十卷則又題「嘉興魯訔編次」「建安蔡夢弼會箋」。梓人木邨嘉平病其不一，僅存正補而首卷題名外，餘皆削去，使歸一律，而將行款逐卷移前，費此苦心，不知其與原本不合也。刻成後始知之，已追改不及，附識於此，無令讀者滋疑，黎庶昌記。』後附日本森立之《經籍訪古志》云：『杜工部《草堂詩箋》四十卷（宋槧元修本，海保氏傳經樓藏），無序及跋文。卷首題「臨川黄鶴集注」「建安蔡夢弼校正」，或題「嘉興魯訔編次」「建安蔡夢弼會箋」，各卷題目亦不一，第一卷題「黄氏集千家注杜工部詩史補遺」，或題「草堂杜工部詩」，冠「集注」「增修」等字，或單題「杜工部詩」。每半板十二行，行二十七字，界長六寸五分，幅四寸五分。玄徵貞慎敦樹等字缺筆，格外標記卷數頁數，板式大小廣狹不一，補刊亦頗多，卷有「妙覺寺常住日奥」及「日典」二印。』

案：此本之凌雜訛妄，繆荃蓀《藝風樓藏書記》、傅增湘《藏園群書題記》及洪業之《杜詩引得序》，皆歷舉之，兹不贅録。

又一部

八册　上海文史館劉再庚先生捐贈

有『漢陽張氏銀杏軒藏』朱文長方印。

又一部

八册　賀昌群館長捐贈

又三部

各八册

《王狀元集百家注編年杜陵詩史》三十二卷

宋嘉興魯訔編次　永嘉王十朋集注　清宣統三年（一九一一）貴池劉氏玉海堂影刻南宋本　六册

四川省圖書館移存

此書前無序跋傳志，後有劉氏一跋，述此書之顛末甚詳，兹備録之。跋云：『《王狀元集百家注編年杜陵詩史》三十二卷，宋刻宋印，每半頁十三行，每行二十四字，白口單邊，口上有字數，魚尾下作杜詩，亦作寺一，又作六十家杜詩，一云千家注百家注，口上又云六十家注，種種不同，皆坊本故態。首行作「王狀元集百家注編年杜陵詩史一卷」，次行「前劍南節度參謀、宣義郎檢校尚書工部員外郎、賜緋魚袋杜甫子美撰」，三行「嘉興魯訔編年并注」，四行「永嘉王十朋龜齡集注」，與《天禄琳琅》所載黄氏《補千家注杜工部詩史》截然兩書。彼則黄希、黄鶴補注，此則魯訔、王十朋注；彼則三十六卷，此則三十二卷。予藏元廣勤堂刊《千家注分類杜工部詩》，徐居仁編次，黄鶴補注，則二十五卷。其集注姓氏，載有「嘉興魯訔編注子美一十八卷」「永嘉王氏名十朋字龜齡集注編年詩史三十二卷」，與此正合。其書本魯氏而成，黄注更後於王本矣。凡詩之有關時事者，皆於題下注明，故謂之詩史，所引前人注均各標名，而作白文以别之。據《季氏書目》王龜齡注杜詩三十二卷即此本。書尾有「泰興季振宜滄葦氏珍藏」款一行，下鈐「振宜」朱文方印，前有「季振宜字詵兮號滄葦」朱文大方印，又有「季振宜藏書」小方印可證也。此雖宋時坊本，注有省減，然世所稀有，經歷代藏書家所寶貴，亟爲影刊，并撰札記，考其異同，用饗讀者，佳處當自能審辨耳。其副葉藏印則移刊諸卷尾焉。歲在癸丑暮春之初，枕雷道士識於上海草鞋楚園。』據劉氏跋，此書本係坊間所刻，乃彙集六十家注、千家注、百家注各本而成，託名王狀元以欺世售僞者。然以其係宋刻，故亦爲歷代藏書家所寶重。又杜詩編年雖出於黄長睿，而蔡氏《草堂詩箋》、黄鶴《補注詩史》及此託名王狀元者，皆用魯訔編次。蓋魯訔稍後出，其考訂精核，當必有勝於黄長睿氏者。今黄本、魯本皆已不存，而黄鶴及蔡夢弼五十卷之原本又復難見，則此影刻亦并可寶貴矣。

第五編　草堂書目下

一、杜甫交游李王孟高岑元及配饗黄陸

《李翰林集》三十卷

明正德八年（一五一三）歙縣鮑松翻刻宋咸淳本　八册

首有咸淳己巳（一二六九）江萬里序，次李陽冰《草堂集序》，次宋樂史《李翰林别集序》，次魏顥《李翰林集序》，次曾鞏《李翰林集序》，次李華《翰林學士李君墓志》，次劉全白《翰林學士李君碣記》，次范傳正《翰林學士李公墓碑》，次裴敬《翰林學士李公墓碑》。卷末有咸淳己巳戴覺民跋。樂史序云：

李翰林歌詩，李陽冰纂爲《草堂集》十卷，史又别收歌詩十卷，與《草堂集》互有得失，因校勘排爲二十卷，號曰《李翰林集》。今於三館中得李白賦、序、表、讚、書、頌等，亦排爲十卷，號曰《李翰林别集》。

江萬里序云：

當塗獨以太白故見稱，學有祠墓，有祭文，有亭曰脱韡，無不可以想見其人，及問其詩集乃無有，

蓋漫滅棄毀久矣。後來文學亦有當塗不必刻者，而白集不見刻，豈非恨也。豈士大夫崇其名者，實亦有未至時，由崇道者衆，無所事乎此也。蓋予將去甫及此，廣文戴覺民又能以餘力趣成之，予猶及見集成而去。咸淳己巳三月上澣日，江萬里書。

戴覺民跋云：

予一日與同舍劉辰翁會孟評詩，至太白，會孟曰：『且止。當塗稱太白太白，且其詩安在？』予於是曉然愧於其言，蓋舊刻之不存，雷電取將久矣。予爲學官，修復經始，每每不暇給，抑豈不可後，欲將去此，獨不能爲太白一日之役以藏不朽，孰有如予之汩且陋乎？明日以告古心公（即江萬里），公喟然曰：『歲晚矣，奈何？吾感子之孝，亟成之！』則裨凡費，集衆工，不足則布之諸郡，不兩月而集，集成而公亦赴召矣。或謂：『白雖天才，事不可莊語，少删之其庶幾乎。』孟曰：『不然，近年甫有此論，子美、退之所不敢聞也。詩患不深於情，今人稱脱鞾，脱鞾直偶然，固不自以爲高，高固不可及，彼無所擇，自不害其超然耳。』予愛其言有理，因復識之。是集多趙同舍崇鍳養大所校正。咸淳己巳三月望，天台戴覺民希尹書。

據上兩序，則此咸淳本《李翰林集》，實爲戴希尹所校刻，倡其議者爲劉會孟，籌集款者爲江萬里。江萬里於咸淳二年罷參知政事，以資政殿大學士奉祠，咸淳五年三月末入爲左丞相，故江序稱『蓋予將去甫及此』，希尹序稱『集成而公亦赴召矣』。是此集刻成，江萬里即入爲丞相。劉會孟以景定三年壬戌（一二六二）在太學廷試，忤賈似道，置丙第。江萬里薦居史館，除太學博士，皆不就。會孟子將孫《養吾齋集》中詩序，有『咸淳己巳，年十三，隨侍漕幕』之語，陳繼儒謂『會孟爲江萬里之幕客』（江萬里在罷參知政事後，未入爲左丞相前，似曾任漕運使），則會孟居江萬里之幕，正在咸淳五年，戴希尹與劉會孟爲太學同舍生，咸淳五年則在當塗任學官，三人同在一處，故不兩月即將此集刻成，越六年丙子（一二七六）而宋即亡。

又此集後附刻李詩一首，云：『右李太白題司空山瀑布詩，得之東里周子中，附於卷末。紹熙元年（一一九〇）七月開封趙汝愚題。』是此本係從紹熙本翻刻者。本處所藏則爲明正德八年鮑松翻刻咸淳本，與蔡夢弼編本《杜工部集》合刻，稱《李杜全集》。杜集後有鮑松跋語，已全録入蔡編《杜工部集》白文無注本下。跋中有云：『李集則有文附焉，鐫如其舊。』則此正德刻本，係全照咸淳本翻刻，未加改竄。咸淳刻本今固難得，即此本亦復不可多見。全書每半頁十行，每行二十字，字體及板框、行款均與所刻蔡編《杜工部集》全同。亦有『南疑子拄笏樓藏書』楷字體朱文長方印。

《李太白全集》三十卷

清吴縣繆曰芑校訂　清康熙五十六年（一七一七）吴門繆氏仿刻宋本　雙泉草堂藏板　白文無注　四册　成都價購

第一卷李陽冰《草堂集序》、魏顥《李翰林集序》、樂史《李翰林别集序》、李華《翰林學士李君墓志》、劉全白《翰林學士李君碣記》、范傳正《翰林學士李公新墓碑》、裴敬《翰林學士李公墓碑》。第二卷至第二十四卷歌詩，第二十五卷古賦，第二十六卷至三十卷爲表、書、序、讚、頌、銘、記、碑文。末附宋敏求、曾鞏、毛漸後序三篇。《考異》一卷云嗣出。樂史序云：

李翰林歌詩，李陽冰纂爲《草堂集》十卷，史又别收歌詩十卷，與《草堂集》互有得失，因校勘排爲二十卷，號曰《李翰林集》。今於三館中得李白賦、序、表、讚、書、頌等，亦排爲十卷，號曰《李翰林别集》。

宋敏求序云：

唐李陽冰序李白《草堂集》十卷，云『當時著述十喪其九』，咸平中樂史别得白歌詩十卷，合爲《李翰林集》二十卷，凡七百七十六篇，史又纂雜著爲别集十卷。治平元年得王文獻公溥家藏白詩集上中二秩，凡廣一百四篇，惜遺其下秩。熙寧元年得唐魏萬所纂詩集二卷，凡廣四十篇，因哀《唐類詩》諸編，洎刻石所傳，别集所載者，又得七十七篇，無慮千篇，沿舊目而釐正其彙次，使各相從，以别集附於後。凡賦、表、書、序、碑、銘、讚、文六十五篇，合爲三十卷。

曾鞏序云：

《李白集》三十二卷，舊歌詩七百七十六篇，今千有一篇，雜著六十五篇者，知制誥常山宋敏求字次道之所廣也。次道既以類廣白詩，自爲序，而未考次其作之先後，余得其書，乃考其先後而次第之。

毛漸題云：

臨川晏公知止字處善，守蘇之明年，出翰林詩以授於漸，曰：『白之詩歷世浸久，所傳之集，率多訛誤，予得此本，最爲完善，將欲鏤板以廣其傳。』漸竊謂李詩爲人所尚，以宋公編類之勤，而曾公考次之詳，世雖甚好，不可得而悉見。今晏公又能鏤板以傳，使李詩復顯於世，實三公相與成始而成終也。

繆曰芑題識云：

《李翰林集》三十卷，常山宋次道編類而南豐曾氏所考次者也。歲久訛缺，俗本雜出，增板互異，無所是正，余嘗病之。癸巳秋得崑山徐氏所藏臨川晏處善本，重加校正，梓之家塾。其與俗本不同者，别爲《考異》一卷，庶使讀是編者，不失古人之舊，而余亦得以廣其傳焉。康熙五十六年五月吴門繆曰芑題於城西之雙泉草堂。

陳振孫《直齋書録解題》云：

《李翰林集》三十卷，唐翰林供奉廣漢李白撰。《唐志》有《草堂集》二十卷者，李陽冰所録也。今案陽冰序文但言十喪其九而無卷數，又樂史序文稱《李翰林》十卷，别收歌詩十卷，因校勘爲二十卷。又於館中得賦、序、表、書、讚、頌等，亦爲十卷，號曰《别集》，然則三十卷樂史所定也。家所藏本不知何處本，前二十卷爲詩，後十卷爲雜著，首載陽冰、樂史及魏顥、曾鞏四序，李華、劉全白、范傳正、裴敬碑志，卷末又載《新史》本傳，而《姑孰十咏》《笑矣》《悲來》《草書》三歌行亦附焉。復著東坡辨證之語，其本最爲完善。别有蜀刻大小二本，卷數亦同，而首卷專載碑序。餘二十三卷歌詩，而雜著止六卷，有宋敏求後序，言舊集歌詩七百七十六篇，又得王溥及唐魏萬集本，因裒《唐類詩》諸篇，洎石刻所傳廣之，無慮千篇，以别集雜著附其後，曾鞏蓋因宋本而次第之者也。以較舊藏本，篇數如其言。然則蜀本即宋本也耶。末又有元豐中毛漸題云：『以宋公編類之勤，曾公考次之詳，而晏公又能鏤板以傳於世，乃晏知止刻於蘇州者，然則蜀本蓋傳蘇本，而蘇本不復有矣。』

案：《李太白集》宋刻白文無注三十卷本，今所傳者有兩種，一咸淳本，一繆曰芑仿刻宋本。據陳振孫所稱家藏三十卷本，前二十卷爲詩，後十卷爲雜著者，當爲樂史所編，即丁氏《善本書室藏書志》、繆荃孫藝風樓藏書者，乃蜀刻小字本，而非蘇州原刻也。曰芑既誤認所仿爲真蘇本，《四庫提要》亦謂：『曰芑跋云得臨川晏氏宋本，重加校正，較坊刻頗爲近古。』是提要亦誤信曰芑仿刻爲真蘇本，而不知其爲蜀刻小字本也。蜀刻是轉刻蘇本，曰芑所仿亦甚精，然其中亦有訛誤處，莫友芝《郘亭知見傳本書目》云：『宋茗香有錢孫寶校本，云可校正繆本數十處。』是又當取咸淳本細校之也。

又案：繆曰芑，字武子，吴縣人，雍正元年進士，翰林院編修，有《書杜少陵詩後》詩：『稷契成虚願，詩篇軼衆群。吐辭皆信史，每飯不忘君。汗馬懷諸將，龍池望五雲。千秋惟白也，可與共論文。』附録於此，以見繆氏刻李詩之微意。

《李太白全集》三十卷

吴門繆氏刻本　木瀆周氏藏板　四册　北碚圖書館寄存

序末有木瀆周孝垓平叔收藏小字一行。此本即繆氏所刻，板藏於雙泉草堂，後板歸木瀆周氏，故改題『周氏藏板』，周氏又於序後刻小字一行云。

《李太白全集》三十卷

吴門繆曰芑校訂　清光緒元年（一八七五）湖北崇文書局翻刻繆本　四册　成都價購

又一部

清光緒十四年（一八八八）湖北崇文書局印本　四册　成都價購

又一部

民國元年湖北官書局印本　四册　成都價購

《分類補注李太白詩》二十五卷

唐彰明李白撰　宋楊齊賢集注　元蕭士贇補注　明嘉靖十五年丙午（一五三六）玉几山人校刻本　十二册　蘇州價購

前有寶應元年李陽冰《序》、樂史《後序》、劉全白《碣記》、宋敏求及曾鞏《後序》、元豐三年毛漸校正題識、關中薛仲邕編《李太白年譜》。每半頁八行，行十七字，夾注雙行，字數同。板心刻『李集』二字。卷一古賦，以下各卷樂府詩歌，分類編注。此書前又有明人重刻《唐翰林李太白詩集序》云：『粤自宋敏求以類廣聚《青蓮集》，先後總三十四卷。先是唐寶應初李當塗序《太白集》十卷，謂其著述饒富，惜在當時散佚十九，至咸平中，樂史又裒《青蓮詩》十卷，已從三館纂其雜文，撰爲《别集》十卷，治平已後，又得王溥藏本二卷，并唐魏萬所編二卷，合稱《李翰林集》。其後曾南豐又讎勘敏求編類之失而詳加考次，元豐間，信安毛漸彙而校鋟之，由是青蓮全集大顯於世。顧歷歲滋久，訛謬寖多，余意恨之，奉家大人命，出舊藏善本屬剞劂氏。比訖工，僭附始末於簡端，共播藝林云。」

案：玉几此刻遠不及所刻《集千家注杜詩》，或杜詩原爲明易山人所刻，後板歸玉几，玉几復刻李詩以配之云。

《分類補注李太白集》二十五卷

宋楊齊賢集注　元蕭士贇補注　明萬曆三十年（一六〇二）長洲許自昌校刻本　十册　江蘇省博物館籌備處贈送

前有許自昌《刻李杜全集小引》，所録舊序、碣記、年譜，全與玉几本同。半頁九行，行二十字，板心刻『李詩補注』四字。

又一部

十六册

前有太原王穉登《合刻詩集序》。此與前部係一刻本，惟前部王序缺。

又一部

八册

《李翰林集》二十五卷

宋楊齊賢集注　元蕭士贇補注　明崇禎三年（一六五〇）常熟毛晋重校刻本　八册　江蘇省博物館籌備處贈送

前有陳繼儒《盛唐二大家序》、毛晋《記略》、蕭士贇《序例》、《李白傳》，其餘所録舊序、碣記、年譜，亦與玉几本同。半頁九行，行二十字，板心刻『李詩』二字。蕭士贇《叙例》云：『唐詩大家數李杜爲稱首，古今注杜詩者號千家，注李詩者曾不一二見，非詩家一欠事歟？僕自弱冠知誦太白詩，時習舉子業，雖好之，未暇究也。厥後乃得專意於此，間趨庭以求聞所未聞，或從師以蕲解所未解。冥思遐想，章究其意之所寓；旁搜遠引，句考其字之所原。若夫義之顯者概不贅演，或疑其贋作，則移置卷末，以俟具眼者自擇焉。此其例也。一日得巴陵李粹甫家藏左綿所刊春陵楊君齊賢子見注本，讀之，惜其博而不能約，至取唐廣德以後事及宋儒記録詩詞爲祖，甚而并杜注内僞作蘇東坡箋事，已經益守郭知達删去者，亦引用焉。因取其本類此者爲之節文，擇其善者存之，注所未盡者以予所知附其後，混爲一注。全集有賦八篇，子見本無注，此則并注之，標其目曰《分類補注李太白集》。注成，不忍棄置，又從而刻諸棗者，所望於四方之賢師友是正之，發明之，增而益之，俾箋注者由是而十百千萬焉，與杜詩等，顧不美歟！」

案：蕭氏《敘例》，元至大辛亥勤有堂刻本具載之，明正統時翻刻，并載「建安余氏勤有堂刊」木記。現草堂所藏玉几本、許自昌本皆無敘例。自勤有堂本出，獨毛晉此刻尚載之。丁氏《藏書志》謂元刊本前有至元辛卯中秋粹齋自序，目録末頁板心記至大辛亥三月刊。至大辛亥上距至元辛卯相隔二十年，是蕭氏書成先作序例，後二十年始付刊。據序例稱楊齊賢本博而不能約，爲之節文，擇其善者存之，是蕭氏對於楊氏之注刪削已多。又稱全集有賦八篇，子見本無注，此則并注之，標其目曰《分類補注李太白集》，是此本之以賦一卷移居卷首及書名編次，皆出自蕭氏也。提要謂此書分標門類與繆本目次不同，其爲齊賢改編，或士贇原書無序跋已不可考。蓋提要所據爲通行本，而又爲三十卷。書係出郭雲鵬本之後，以郭氏編次文五卷併入此本之後，未有元刻本蕭氏敘文，故謂原書無序跋不可考也。提要稱此書「徵引故實，兼及意義，卷帙浩博，不能無失，然其大致詳贍，足資考證。」又考齊賢字子見，春陵人。士贇字粹可，寧都人，宋辰州通判立等之子，篤學工詩，與吴澄相友善，所著有詩評二十餘篇及《冰崖集》，俱已久佚，獨此本爲世所共傳云。

《分類補注李太白詩》三十卷

宋楊齊賢集注　元蕭士贇補注　明嘉靖二十二年癸卯（一五四三）吴會郭雲鵬校寶善堂刻本　十六册　江蘇省博物館籌備處贈送

前有李陽冰、樂史、宋敏求、曾鞏各序，及劉全白《碣記》，無薛仲邕《年譜》及毛漸題識，而又有李華所撰《故翰林學士李公墓志》。每半頁八行，行十七字，板心刻有『李集』二字，總目後及卷三十末頁皆有『嘉靖癸卯春元日寶善堂梓行』篆文木記。卷末有郭雲鵬《重刻李翰林集後跋》，云：『是集三十卷，愚合刻別集而成之者，緣舊本注坐繁雜，既仿迪功徐先生古風例，將不切題義者删去已半，且恨文之不載，更以別集編次五卷附於詩後，俾成全書，冀四方觀者庶免瀚漫分散之嘆焉。時工告成，敢識愚意於末簡。若夫述作之旨，諸先哲已詳叙首，不復云。』

案：楊氏集注單行本今不傳，蕭氏作補注，病其太繁，已略加删削。郭氏又據蕭氏之本删削其半，號稱簡潔，又益以徐昌穀評語，於詩之義旨亦更明晰。惟舊注所引之書，往往將其書名略去，今人不知所從出，則太簡之過也。涵芬樓影印即是此本，《四部書録》云：『此從元勤有堂本出，元注太漫，今經郭雲鵬剪裁，較爲簡捷，大小疏行，亦比元刻爲精。』詩二十五卷，先標『楊齊賢集注、蕭士贇補注』，後列『郭雲鵬校刊』。文五卷，則題『分類編次李太白文』，亦未有楊、蕭兩人之名，以楊、蕭注本未有文也。李太白文十卷，原爲樂史所編，題曰《別集》，明時尚有單行之本，此則從《別集》録出，編爲五卷，合詩成三十卷云。

又案：丁氏《藏書志》稱：『雲鵬閩清人，嘉靖己未進士，官刑部主事。查雲鵬刻《曹子建集》後有跋，稱『吴下後學郭雲鵬』。又《河東先生集》每卷尾，偶有『東吴郭雲鵬校壽梓』篆文木印，板心有『濟美堂』三字，是雲鵬原籍閩清而早遷居吴下者，《天禄琳琅書目》且以雲鵬爲書肆賈人，誤也。

又一部

十册

又一部

二十册　北碚圖書館寄存

《分類補注李太白詩》二十五卷、《分類編次李太白文》五卷

宋楊齊賢集注　元蕭士贇補注　明霏玉齋刻本　四册　江蘇省博物館籌備處贈送

此即翻刻郭雲鵬本。每半頁十一行，行二十字，夾注雙行，字數同。繆荃蓀《藝風樓藏書記》著録此書，題明霏玉齋重刻元本。

案：郭雲鵬本詩文卷數連接，此本欲復元勤有堂本之舊。詩只二十五卷，後附文五卷，另起卷數，其寫刻字體形式模仿元人作風，非重刻元本也。

《分類李翰林全集》四十三卷

明海鹽劉世教編次　白文無注　明萬曆四十年（一六一二）夏雲刻本　十二册　江蘇省博物館籌備處贈送

前有李維楨《合刻李杜分體全集序》、王稺登《校刻李翰林分體全集序》、劉世教《凡例》、《新舊唐書·李白傳》、薛仲邕撰《年譜》、蘇軾《碑陰記》。詩以古近體分，賦仍列首，雜著列詩後。

《李白詩》五卷

明新都楊慎選　明天啓間吴興閔氏刻朱墨套印本　三册

此與前《杜詩選》合刻，稱《李杜詩選》。前有吴興散人文仲閔映璧序、楊慎題詞。批點人姓名，除楊慎外，又附録桂臨川、范德機、李東陽、劉須溪、蕭士贇、梅禹金、蘇子由、胡仲任、歐陽永叔、蔣仲舒、胡元瑞、黄魯直、敖子發、嚴滄浪、晁補之、王元美、譚友夏、鍾柏敬，共十八人。

《李太白詩集》二十二卷

宋邵武嚴羽評點　明聞啓祥刻本　四册　重慶市圖書館交存

前有聞啓祥、滄浪、須溪評點李杜詩序，字體板式與楊人駒所刻《須溪評點九種》本同。

《唐翰林李白詩類編》十二卷

明柯氏延平刻本　白文無注　四册　北碚圖書館寄存

前有缺頁，末有華亭楊樞《校定李詩類編跋》。《天一閣書目》并摘録楊樞跋云：『延平刻李詩成，闕文斷簡，未之或正也。乙巳仲秋，雙華柯翁來旬劍水，首覽兹集，慨然曰：「疇昔夢見，非此也耶。」遂手校定之。先是公按楚，夢謫仙授之詩，且屬以刻集，入閩而兹刻僅完，若有冥會而懸待之者，斯亦奇矣。』

《李詩》八卷

明嘉靖二十一年（一五四二）洪都萬虞惇無錫縣齋刻本　白文無注　四册

是書與杜詩合刻，稱《李杜詩集》。前八卷李詩，後八卷杜詩。首有嘉靖壬寅萬虞惇《刻李杜詩集序》，後有邵勳《刻李杜詩後序》，又有明正德己卯大梁李濂《刻李白詩序》。李詩前亦録《新唐書·李白傳》及劉全白《碣記》。

《李詩鈔述注》十六卷

明莆田林兆珂孟鳴撰　明萬曆時林氏於安慶刻本　八册

有萬曆己亥鄣郡吴寥生序。

《李詩通》二十一卷

明海鹽胡震亨孝轅撰　清順治七年庚寅（一六五〇）秀水朱茂時校刻本　四册

此書與《杜詩通》合刻，稱《李杜詩通》。《杜詩通》前已著録。《李詩通》前有秀水大啓君輿序、朱茂時序。大啓序稱：『海鹽胡子孝轅時時著書，一日出手定李供奉、杜工部詩集示余，且謂李、杜大篇，寄意深婉，何可無爲通，故於舊注間參而伍之，各探其源委，復爲之臚次其體，佐以評隲，語無弗衷。蓋胡子有《三唐五季詩統織》之輯，積二十年而後成，而於李杜詩，尤加意訓纂，將謀諸梓，命名《李杜詩通》，屬余係之以序。』茂時序稱：『先君子（即朱大啓）於三唐人詩，尤好李青蓮、杜少陵兩編，嘗謂李之飄逸，杜之沉鬱，未可偏廢，惜其深意眇指無能發之者。後得孝轅先生箋，嘆賞不已，屬不肖亟傳之，曾不數年，先君子見背，孝轅先生亦從岱宗之游，且遭喪亂。今子宣子復持《李杜詩集》過余，曰：「父書尚在，曷謀所以鋟諸，是君家司寇公志也。」遂與宣子排纘讎校，爰割饗粥之産以佐剞劂之費。庚寅歲秋月，朱茂時謹跋。』

《分類補注李太白集》三十卷

民國十年上海涵芬樓據明郭氏濟美堂本影印《四部叢刊》本　十册　成都價購

此書即據明郭雲鵬寶善堂本影印

《李太白全集》三十六卷

清錢塘王琦琢崖輯注　乾隆二十四年（一七五九）寶笏齋刻本　十六册　西南民族學院贈送

前有齊召南序、杭世駿序及王琦自序。卷一古賦，卷二古詩，卷三至卷六樂府，卷七至卷二十五古近體詩，卷二十六至卷二十九表、書、序、記、頌、讚、銘、碑、祭文，卷三十詩文拾遺，卷三十一至三十六附録序志、碑傳、詩文、叢語、年譜、外記。《四庫總目提要》云：『注李詩者自楊齊賢、蕭士贇後，明林兆珂有《李詩鈔述注》十六卷，簡陋殊甚。胡震亨駁正舊注，作《李詩通》二十一卷，琦以其尚多漏略，乃重爲編次箋釋，定爲此本。其詩參合諸本，益以逸篇，釐爲三十卷，以合曾鞏序所言之數，别以序志、碑傳、贈答、題咏、詩文評語、年譜、外紀爲附録六卷，而繆氏所謂《考異》一卷，散入文句之下，不另列焉。其注欲補三家之遺闕，故采摭頗富，不免微傷於蕪雜，然捃拾殘賸，亦足以資考證云。

又一部

殘存三十卷　十四册　西南民族學院贈送

《李太白全集》三十六卷

民國十六年上海中華書局據王注本校印《四部備要》本　十四册　北京價購

又一部

十四册　上海文史館姚紹枝先生捐贈

《李太白全集》三十六卷

民國十三年上海商務印書館據王注本校印《萬有文庫》本　八册　北京價購

《李太白全集》三十六卷

民國時上海商務印書館據王注本校印《國學基本叢書》簡編本　三册

《李太白全集》十六卷

清羅江李調元、南隆鄧在珩同訂　白文無注　光緒九年（一八八三）楚北王鴻儒於彰明補修清廉學舍刻本　六册　成都價購

前有乾隆甲申李調元序、鄧在珩序，道光癸巳池陽徐鳳翔序，光緒九年王鴻儒補修序。

又一部

民國十四年彰明傳寅侯重補王鴻儒補刻本　六册　成都價購

又一部

十册　北碚圖書館移存

《李詩直解》六卷

清沈寅、朱崑補輯　乾隆四十年（一七七五）刻本

是書與《杜詩直解》合刻，稱爲《李杜直解》。首有大興朱筠序，又有沈曇序，説得此書及補輯之源委，已載前《杜詩直解》下。朱崑、沈寅亦各有序。李詩前只載李陽冰序，末載曾鞏後序。

《李詩選》一卷

清閩潭游藝子六輯　寶山朱氏重訂

是書上卷選李詩，下卷選杜詩，合稱《李杜詩選》。《杜詩選》前已著録。

《李詩分韵》不分卷

清末吴縣錢國祥撰　抄本

此與前《杜詩分韵》，共爲十册。

《李太白詩醇》五卷

日本南州近藤元粹評訂　明治三十八年乙巳，即清光緒三十一年（一九〇五）東京青木嵩山堂印本　五册　渠縣人民政協代購

《李白詩》

舒蕪選注　一九五五年北京人民文學出版社排印本　一册　成都價購

《李白》

王瑶著　一九五四年上海華東人民文學出版社排印本　一册　成都價購

《李太白詞》

吴虞校録　民國時成都陳伯完排印本　一册　西南民族學院贈送

《懷園集李詩》

清南楚車萬育撰　清康熙時刻本　三册

是書前八卷集李詩，後八卷集杜詩，集杜詩，前已著録。

又一部

清道咸間重刻本　一册

《青蓮閣集》

清南通馮雲鶴集　清道光二十三年（一八四三）刻本　一册

録李白在山東詩二十七首，後人題咏詩若干首。前有長白岳齡湘岩序、如皋汪承鏞曉堂序，後有江南通州馮雲鶴集刻序。

《王輞川集》四卷

唐太原王維撰　清永康胡鳳丹編校　清同治九年（一八七〇）胡氏退補齋刻《唐四家詩集》本　一册　西南民族學院移存

王、孟、韋、柳四家詩，共六册，附考異評語。

《王摩詰集》六卷

唐王維撰　清光緒十年（一八八四）上海同文書局石印本　二册　成都價購

此係王、孟、高、岑四家合印本。

《須溪先生校本唐王右丞集》六卷

唐王維撰　宋劉辰翁批校　民國十年上海涵芬樓據元刊本影印《四部叢刊》本　一册　北京價購

《四部叢刊書録》云：『此即錢牧齋所稱「山中一半雨」本也。須溪評語皆删入當句之下，明人重刊本則去其句旁之圈點矣。《唐書》言維死，代宗訪其文章，維弟王縉表上十卷。顧千里謂宋時建昌刻本六卷，然則此從建昌本出也。』

《王右丞集》二十八卷

唐王維撰　清仁和趙殿成箋注　民國十六年上海中華書局據乾隆刻本校印《四部備要》本　四册　成都價購

《四庫總目提要》云：『王維集舊有顧起經分類注本，但注詩而不及文，詩注亦間有舛陋。殿成是本初定稿於雍正戊申，成書於乾隆丙辰，定爲古體詩六卷，近體詩八卷，皆以元劉辰翁評本所載爲斷。其别本所增及他書互見者則爲外編一卷，其雜文則釐爲十三卷，并爲箋注，於顧注多所訂正。』

《王右丞集》二十八卷

《孟浩然集》二卷

唐襄陽孟浩然撰　宋廬陵劉辰翁評　明北地李夢陽參　明萬曆時烏程凌濛初雅成朱墨套印本　二册

首有唐天寶初宜城王士源序，稱『孟浩字浩然，襄陽人，天寶四載詔徵京邑，山林之士備至，始知浩然物故。今集其詩二百一十八首，分爲四卷』。末有劉辰翁、李夢陽、李克嗣跋語，又有凌濛初刻此書題識。

《孟浩然集》四卷

唐孟浩然撰　清光緒十年（一八八四）上海同文書局石印本　一册　成都價購

《孟浩然集》

唐孟浩然撰　民國十年上海涵芬樓據明刻本影印《四部叢刊》本　一册　北京價購

《高常侍集》十卷

唐高適撰　清光緒十年（一八八四）上海同文書局石印本　二册　成都價購

《高常侍集》八卷

唐高適撰　民國十年上海涵芬樓據明活字本影印《四部叢刊》本　一册　北京價購

《高常侍集》二卷

唐高適撰　民國二十六年上海商務印書館校印《萬有文庫》本　一册　北京價購

《岑嘉州集》

唐岑參撰　明萬曆時許自昌校刻本　二册　江蘇省博物館籌備處贈送

《岑嘉州集》四卷

唐岑參撰　清光緒十年（一八八四）上海同文書局石印本　二册　成都價購

《岑嘉州詩集》七卷

唐岑參撰　民國時上海商務印書館校印《國學基本叢書》本　一册　北京價購

《元次山文集》十卷

唐元結撰　民國十年上海涵芬樓據明正德郭勳校刻影印《四部叢刊》本　二册　北京價購

《元次山集》十卷

唐元結撰　民國十六年上海中華書局據明刻本校印《四部備要》本　一册　成都價購

《重刻黄文節山谷先生文集》三十卷

宋分寧黄庭堅撰　明萬曆三十一年癸卯（一六〇三）莆田方沆校　荆岑王鳳翔光啓堂刻本　六册　北京圖書館代購

前有嘉靖丙戌西蜀徐岱序。

又一部

六册　成都價購

前有寄漚同治己巳春初在西安闈中手寫跋語。

又一部

六册　市文化局交存

《刻宋黄太史集選》三十二卷

魏郡崔邦亮選　大梁張同德校刻本　十册　江蘇省博物館籌備處贈送

《山谷詩注内集》二十卷、《外集》十七卷、《别集》二卷

《内集》宋新津任淵注　《外集》宋青神史容注　《别集》青神史季温注　清乾隆四十七年（一七八二）武英殿聚珍板本　十册　北京圖書館代購

前有紹興鄱陽許尹《黄陳詩注序》，後有淳祐庚戌史季温跋。

《山谷内集》二十卷、《外集》十七卷、《别集》二卷

《内集》任淵注　《外集》史容注　《别集》史季温注　清光緒二十六年（一九〇〇）義寧陳三立據宋本重刊　雙井祠堂藏板　二十册　成都價購

前有任淵《黄陳詩集序》，《内集》卷末有紹定壬辰黄埒跋，《外集》首有錢文子《薌室史氏注山谷外集詩序》，末有楊守敬《日本訪書志》跋語。

又二部

各二十册　成都價購

《黄山谷全集》

《内集》任淵注　《外集》史容注　《别集》史季温注　民國四年上海蕭易堂據陳三立本縮印袖珍本　十六册　成都價購

又一部

民國八年印本　二十册　成都價購

又一部

民國十一年印本　二十册　成都價購

《山谷詩集注》五十八卷

《内集》任淵注二十卷　《外集》史容注十七卷　《外集詩補》四卷　《别集詩注》二卷　《别集詩補》一卷　山谷年譜附録十四卷

宋黄罃編，清翁方綱校輯，光緒二年（一八七六）盧秉鈞叙府山谷祠堂重刻翁校本　二十册　成都價購

前有乾隆五十三年翁方綱《刻黄詩全集序》，又有南唐謝啓昆跋。

又一部

十六册　成都價購

《黄文節公全集》九十七卷

《正集》三十二卷　《外集》二十四卷　《伐檀集》二卷　《别集》十九卷

同治七年戊辰（一八六八）翻刻乾隆輯香堂本　義寧雙井冲和堂藏板　三十二册　成都價購

前有乾隆乙酉元和宋調元序、長洲沈德潛序、涪陵周煌序，皆題『黄文節公全書』，惟同治重刻此書，劉坤一作序，則稱《黄山谷先生全集》。

《豫章黄先生文集》三十卷

詩十二卷，文十二卷，題跋六卷　民國十年上海涵芬樓據宋乾道本影印《四部叢刊》本　八册

《山谷外集詩注》十四卷

宋史容注　民國二十三年上海涵芬樓據日本元至元二十二年乙酉建安重雕蜀本影印《四部叢刊續編》本　八册　北京價購

又一部

八册　成都價購

《山谷琴趣外編》三卷

宋黄庭堅撰　民國二十五年上海涵芬樓據張氏涉園藏宋刊本影印《四部叢刊三編》本　一册　北京價購

又一部

一册　成都價購

《黄太史精華録》六卷

宋任淵選　民國二十四年上海商務印書館排印本　十册　成都價購

前有任淵序，末有諸宗元跋。

《山谷老人刀筆》二十卷

宋黄庭堅撰　清同治十二年（一八七三）刻本　四册　蘇州價購

《陸放翁全集》

宋山陰陸游撰。《渭南文集》五十卷，宋山陰陸子遹編；《劍南詩稿》八十五卷，宋山陰陸子虡編；《放翁逸稿》二卷，《南唐書》十八卷，附《家世舊聞》《齋居紀事》，共四十八册，清虞山思禮堂張氏重印，民國十年上海涵芬樓據明華氏活字本影印《四部叢刊》本，十二册。北京價購。

《陸放翁集》

民國二十年上海商務印書館校印《萬有文庫》本　二十四册　北京價購

《精選陸放翁詩集》

《澗谷精選》十卷，宋澗谷羅綺選；《須溪精選》八卷，元廬陵劉會孟選，民國十年上海涵芬樓據明刊本影印《四部叢刊》本，二册，北京價購。

《陸放翁詩鈔》

清周之鱗、日本柴升井川同選　日本文久元年即清咸豐十年辛酉（一八六一）日本東京青木嵩山堂刻本　四册　北京圖書館代購

《劍南詩選》六卷

清長洲朱陖選　清康熙二十五年（一六八六）刻本　六册　成都價購

《劍南詩鈔》
清武進楊大鶴選　清康熙二十四年乙丑（一六八五）刻本　四册　江蘇省博物館籌備處贈送

又一部
四册　成都價購

又一部
六册　成都價購

《劍南詩鈔》
清楊大鶴選　清光緒五年（一八七九）善成堂刻本　八册　成都價購

又一部

六册　成都價購

《劍南詩鈔》

清楊大鶴選　民國四年上海朝記書莊石印本　八册　成都價購

《箋注劍南詩鈔》

清楊大鶴選　松江雷縉注釋　民國十九年上海掃葉山房石印本　六册　成都價購

二、有關杜甫方志

《四川郡縣志》十二卷

井研龔煦春熙臺撰　民國三十五年叙府李鐵夫再校精印本　五册　成都價購

《華陽縣志》三十六卷，附《地圖》一卷

邑人林思進、祝同曾等編纂　民國二十二年排印本　十六册　附地圖一册　成都價購

又一部

同上　十六册　市文化館移存

《華陽古迹志稿》

邑人蘇兆奎撰　民國時成都排印本　一册　成都價購

《新都縣志》

大足陳習删纂修　民國十八年排印本　六册　市文化局交來

《綿陽縣志》十卷

崔映棠纂修　民國二十二年排印本　十二册　綿陽縣人民政協代購

《中江縣志》二十四卷

邑人陳品全纂修　民國十九年排印本　八册　市文化局交來

《三臺縣志》

邑人張樹勳纂修　民國二十年三臺排印本　殘存六册　市文化局交來

《陝西通志》一百卷

清劉於義等修　沈青崖纂　清雍正十三年刻本　一百册　陝西省圖書館贈送

《續修陝西省通志稿》二百二十四卷

江蘇吴廷錫等編纂　民國二十三年排印本　一百二十二册　陝西省圖書館贈送

《長安縣志》三十六卷

清桐城張聰賢修　陽湖董曾臣纂　清嘉慶十七年原刻　民國二十五年重印本　六册　陝西省圖書館贈送

又一部

西安文史館贈送

《咸寧縣志》二十六卷

清静海高廷法、江寧沈琮等修　武進陸耀遹、陽湖董祐誠等纂　清嘉慶二十四年原刻，民國二十五年重排印本　八册　陝西省圖書館贈送

又一部

西安文史館贈送

《長安咸寧兩縣續志》二十二卷

長安宋聯奎等纂修　民國二十四年排印本　六册　陝西省圖書館贈送

又一部

西安文史館贈送

《蒲城縣志》十三卷

邑人王學禮纂修　清光緒三十年（一九〇五）刻本　四册　西安價購

《重修鄠縣志》十卷

邑人段光世、王汝玉纂修　民國二十二年排印本　八册　西安價購

《重修華縣志稿》十七卷

邑人顧耀離纂修　民國三十八年排印本　十册　西安價購

《同官縣志》三十卷

湘潭黎錦熙纂修　民國三十三年排印本　四册　西安價購

《續修大荔縣舊志存稿》十六卷

邑人張樹枟、李泰纂修　民國二十六年排印本　三册　西安文物管理委員會代購

《大荔縣新志存稿》十五卷

邑人李泰纂修　民國二十六年排印本　三册　西安文物管理委員會代購

《重修洛陽縣志》二十四卷

清陽湖汪堅纂修　清乾隆十年（一七四五）重修刻本　二十册　洛陽人民文化館代購

《民國鞏縣志》

邑人劉蓮青、張仲友纂修　民國二十六年排印本　殘存十七册　鞏縣人民政府文化館贈送

三、宋元刻本書影

《杜工部集》二十卷書影五張

北宋王洙原叔編，南宋初刻本，原書存上海圖書館。書影五張：一、王洙記。二、近體詩。三、文集。四、五毛扆跋。成都市文化局託上海文物管理委員會主任委員徐森玉先生在上海圖書館選攝。

第一張王洙記，首行題『杜工部集記』，次行題『翰林學士兵部郎中知制誥史館修撰太原王洙撰』，三行下即王洙記正文。

第二張前四行目録，第五行題『杜工部詩卷十一』，第六行題『近體詩一百一十五首』，注雙行，云『此下在成都作』。第七行《蜀相》，第九行隔葉『黄鶴空好音』句下有雙行注云：『介甫云映階隔葉一聯，非止咏孔明，而託意在其中。』

第三張爲第二十卷第一頁之後半頁，前四行目録，第五行乾元元年華州試進士策問五首。

三張每半頁十行，每行二十字，惟板框大小及字畫粗細不同。第一張板框最大，邊欄綫甚細，字體爲歐，筆畫亦甚細。第三張板框較小，邊綫與筆畫皆稍粗，字體亦爲歐。第二張板框更小，筆畫更肥，字體在顔蘇之間，邊欄界綫亦較一、三兩張爲粗。第四、五兩張毛扆斧季跋。

又另一張王洙記末半頁，目録半頁。王洙記末半頁共三行，末題『寶元二年十月王原叔記』。目録半頁，首行『杜工部第一』，次行『前劍南節度參謀宣議郎檢校尚書工部員外郎賜緋魚袋京兆杜甫』，三行『古詩五十首』，四行『奉贈韋左丞丈一首』，五行『贈高三十五書記一首』，六行『贈李白一首』，七行『游龍門奉先寺一首』，八行『望岳一首』，九行『陪李北海宴歷下亭一首』，十行『陪李北海登歷下古城新亭一首』，小注雙行『李邕詩附』。

徐森玉先生對此書有説明如下：

《杜工部集》二十卷，《補遺》一卷，宋王洙編。此蓋兩種宋刻殘本，配以常熟汲古閣毛氏補鈔湊合而成。兩種宋刻殘本者：其一爲卷一首三頁，卷十七至二十及《補遺》。每半頁十行，行十八字至二十一字。其二爲卷十至十二，每半頁十行，行二十字。汲古閣毛氏補鈔者，其所據亦爲兩種不同宋刊本。卷二至九卷、十五至十六，與上前一種宋本同，卷十三至十四，與後一種宋本同。兩種宋本不同處，除每行字數有異外，前一種每卷目録緊接正文，後一種每卷目録正文間多二行：（一）杜詩卷幾；（二）某體詩若干首。前一種刻工姓名有洪茂、張逢、史彦、張由、余青、吴圭、茂先、洪先、張謹、牛實、劉乙、宋道、徐彦、施張、田中、張清、吕堅、王伸、方誠、駱升、葛從、朱賨。後一種刻工姓名有楊茂、言清、言乂、王祐、熊俊、黄淵、楊詵、鄭詢、翟庠。《補鈔》各卷刻工姓名未鈔。兩種宋刻之刻板年代，則可斷定均在南宋初期（十一世紀四十至七十年代）。前一種字體樸拙，又似較早。錢遵王所藏影宋鈔本杜集（《讀書敏求記》未載板本，《愛日精廬藏書志》有影寫宋刊本杜集，有絳雲樓、述古堂藏印），亦係王洙編本。《讀書敏求記》云：『牧齋箋注杜詩，一以吴若本爲歸，此又吴本之祖。』（王書成於寶元二年［一〇三九］，吴書成於紹興三年［一一三三］，而《四庫》所收杜集，首列郭知達編《九家集注》三十六卷本，亦後於此。郭書成於淳熙八年［一一八一］。）據此則此誠爲杜集之祖本矣。末有毛扆斧季跋，稱其父先借宋刊本影鈔一部，後忽獲得所從鈔之宋刻殘本，覆從鈔補，即此本矣。毛扆又稱其父所借宋本，乃王郡守鏤板於蘇州郡齋者，但上述兩種刻工之姓名，彼此無一雷同，諒非刻於一地者，則其所指是前抑後，未敢臆斷。又云先借得之宋本，僅缺卷十九之首二葉及《補遺》『東西兩川説』後段，後來收得時只存三册，倘非其間有所散佚，必當日影鈔時另據別本補鈔。影宋鈔本後歸歸安皕宋樓陸氏（據《皕宋樓藏書志》，未載有缺），後歸日本静嘉堂文庫（據《静嘉堂文庫漢籍分類目鈔》載，缺卷一至三）。然則此固不僅爲杜集之祖本，抑亦爲天壤間之孤本矣！舊爲吴縣滂喜齋潘氏藏書，解放後由上海市文物管理委員會收購，撥交上海圖書館庋藏。成都市文化局重葺工部草堂，搜羅各種杜集，委代選攝書影，并志數語，就正專家。

又周采泉對於此書考查亦有來函，茲摘録如下：

上海圖書館所藏宋刊王洙編次本《杜工部集》，是汲古閣毛扆補鈔本，歷張金吾愛日精廬及潘祖蔭滂喜齋，現存上海圖書館。爲宋刊者，有第一卷目録首三頁，第十、第十一、第十二三卷。每半頁十行，行二十字，不避南宋諱。第一卷三頁與十七卷至二十卷及《補遺》，每半頁十行，行十八字至二十字，板式、行款微有不同，字體及刻工姓名亦迥異，且有構字缺筆。内有自注、原注及荆公、僞蘇兩條，又有樊作某、晋作某，并有荆作、陳作、一作等字樣，與吴若本相同。又北京趙元方所藏錢鈔本與上海所藏毛補鈔本同，也没有吴若後記及樊晃小集序。吴若本有宋刻本，如『新炊間黄粱』，『間』作

『聞』；『握節漢臣回』，『握』作『看』，毛鈔、錢鈔皆没有。又鄧邦述《寒瘦山房鬻存書目》尚有一部全影宋本，上有定府圖記（瞿鳳起先生説定府恐即係明崇禎第三子慈炯，封定王）。

案：徐、周兩先生作此考訂時，此書尚未印出，今商務館已將此書印成，末後載張元濟一跋，對於此書均據避諱字及刻工姓名，斷爲南宋初年刻本，足以訂正毛氏三百年來認爲北宋本之誤。惟此書係兩本配合，張元濟先生斷定一種爲浙江覆嘉祐之本，一種爲吴若本。編者竊疑浙刻之本，乃王祖寧削去僞洙注而重刻於浙江者，非據嘉祐蘇州本覆刻也。吴若本係僞託蔡夢弼本而成，當在南宋之末，非當時實有此吴若也。

《分門集注杜工部詩》二十五卷書影八張

不著編輯人姓名　南宋刻本　原書存北京圖書館

第一張目録第一頁，有孫右宸『前生經眼再來看』朱文長方印、『高氏校閲精鈔善本』朱文方印、『廣圻審定』朱文小方印。第二張《年譜》，汲郡吕大防撰。第三張卷七《居室下堂成》。第四張《卜居》。第五、六兩張《石壕吏》。第七張《登岳陽樓》。第八張《憂集行》。

此書即涵芬樓《四部叢刊》影印底本，板框大小略有差異，舊爲南海潘氏藏書，今歸北京圖書館。南海潘氏《寶禮堂宋本書録》云：『《分門集注杜工部詩》二十五卷，二十八册，以詩題之門類分七十二門，曰日月，曰星河，曰雨雪……曰花，曰草，曰竹，曰木，曰襍賦。詩人吟咏本以抒寫懷抱，其命題與主意未必甚相聯合，而必摘一二字以別其門類，俾各有所隷屬，且有複沓及甚瑣細者，此真坊肆無聊之作。……注詩姓氏總一百四十有九人，以王洙、趙次公、蘇軾、鄭印、杜修可、薛夢符數人爲多。卷首列諸家序跋題辭、墓志銘傳，次《年譜》，撰者吕大防、蔡興宗、魯訔。目録次行結銜「前劍南節度參謀宣義郎檢校尚書員外郎賜緋魚袋杜甫」，板印精絶，亦南宋建陽佳刻也。板式半頁十一行，行二十字，小注雙行，行二十五六七字不等，左右雙欄，板心白口雙魚尾，書名題「杜詩」幾，「杜寺」幾，「杜」幾，「寺」幾，上間記字數。宋諱玄、弦、慎、敦、燉、廓等字缺筆。」

黄氏《補千家集注杜工部詩史》書影六張

宋臨川黄希、黄鶴補注，宋刻本，原書存北京圖書館。

第一張，首行題『少陵先生杜工部草堂詩史傳序碑銘』，次行『建安吴元景秀集銘』，三行『新唐書杜工部傳，宋祁奉敕撰』，四行以下即宋祁《杜甫傳》文，傳中略有雙行夾注，每半頁十一行。

第二張，首行題『黄氏補千家集注杜工部詩史目録』，次行『前劍南節度參謀宣義郎檢校尚書工部員外郎賜緋魚袋杜甫子美』，三行『臨川黄希夢得』，四行『臨川黄鶴叔似』，兩行并列。五行『卷之一』，六行『奉贈韋左丞丈二十二韵』，七行『送高三十五書記』『贈李白』，八行『游龍門奉先寺』『望岳』，九行『陪李北海宴歷下亭』『登歷下員外新亭』。每半頁十一行。

第三張，首行題『黄氏補千家注紀年杜工部詩史卷之一』，次行『杜甫撰』，上亦有全銜，無『子美』二字。三四兩行黄希、黄鶴亦并列，下皆有『補注』二字。五行『奉贈韋左丞丈二十韵』，下有『天寶七年作』五小字。每半頁十一行。

序三頁，一董居誼序，每半頁六行；二吴文序，亦每半頁六行，又有每半頁七行者，未審何人所序。此書《杜詩引得序》考之甚悉，并引昔人著録於前，兹未補録。又録趙氏及《天禄琳琅》《四庫總目》於後，以備查考。《郡齋讀書志》後趙希弁附志云：

黄氏《補千家注杜工部詩史》三十六卷，《外集》二卷，嘉定中臨川黄希夢得及其子鶴叔似所補也。《外集》上卷詩二十九首，下卷《祭遠祖當陽君文》《祭外祖祖母文》《爲閬州王史（使）君進論巴蜀安危表》《東西兩川説》，凡四篇，以《唐書》本傳冠於前，而吕汲公《年譜》附於後云。

《天禄琳琅書目》云：

黄氏《補千家注杜工部詩史》三十六卷，前篇載吴元集録傳、序、碑、銘、詩、記，鶴自訂甫年譜辨疑，并集注杜詩姓氏，有董居誼、吴文序。考黄希字夢得，宋孝宗乾道二年進士，官終永新令。楊萬里曰：『夢得之學，奄有古今，晚年作詩，慕少陵句法，有《補注杜詩》，按剔微隱，皆前人所未發，未成而卒。子鶴續成之。重訂年譜，名曰《黄氏補注杜詩》。』是當日此書之成，已爲名流所推重。其於詩之有關時事者，皆於題下注明，故謂之詩史。所引前人注皆爲標名，而出於希鶴父子之手者，亦書名别之。董居誼字仁夫，臨川人，孝宗淳熙間進士，充賀金國生辰使，悉得其國中事宜以歸，遷四川制置使。吴文、吴元無考。松陽氏藏本未詳何人，内有紅筆校正處，頗爲精核。

《四庫總目》云：

《黄氏補注杜詩》三十六卷（内府藏本）。宋黄希原本而其子鶴續成之者也。希字夢得，宜黄人，官至永新令，嘗作春風堂於縣治。楊萬里爲作記，今載《誠齋集》中。鶴字叔似，著有《北窗寓言集》，今已久佚。希以杜詩舊注每多遺舛，嘗爲隨文補輯，未竟而殁。鶴因槧本集注，即遺稿爲之正定，又益以己所見，積三十餘年之力，至嘉定丙子（一二一六）始克成編。書首原題《補千家集注杜工部詩史》，所引注家姓氏實止一百五十一人，注中徵引，則王洙、趙次公、師尹、鮑彪、杜修可、魯訔諸家之説爲多，其他亦寥寥罕見，而當時所稱僞蘇注者，乃并見采綴。蓋坊行原有千家注本，鶴特因而廣之，故以補注爲名。其郭知達《九家注》，蔡夢弼《草堂詩箋》，視鶴本成書稍前，而注内無一字引及，蓋流傳未廣，偶未之見也。書中凡原注各稱某曰，其補注則稱希曰、鶴曰以別之。大旨在於按年編詩，故冠以《年譜辨疑》，用爲綱領，而詩中各以所作歲月注於逐篇之下，使讀者得考其先後出處之大凡。其例蓋始於黄伯思，後魯訔踵加考訂，至鶴父子而益推明之。鈎稽辨證，亦頗苦心，其間牴牾不合者……數十條，皆爲疏於考核。又題與詩皆無明文，不可考其年月者，亦牽合其一字一句，强爲編排，殊傷穿鑿。然其考據精核者，後來注杜諸家亦往往援引爲證，故無不攻駁其書而終不能廢棄其書焉。

《草堂詩箋》五十卷書影三張

宋嘉興魯訔編次，建安蔡夢弼會箋，北京圖書館存殘二十六卷至五十卷，又《外集》一卷，攝來書影三張。

第一張，第二十六卷第一頁《廣德二年自梓再往閬中》。第二張，第五十卷第一頁《逸詩拾遺》。第三張《外集》卷一。

三張皆有「季滄葦圖書記」朱文長方印、「季啓」朱文方印。第一張又有「汪士鐘」「長白敷槎」

『瞿啓文』『瞿秉冲』『鐵琴銅劍樓』等印記。《北京圖書館館藏杜詩書目》云：『《草堂詩箋》五十卷，宋刻本，存七册，卷二六—五十，《外集》一卷。』

又一部書影四張

第一張卷二十四，第二張卷二十六，第三張卷三十九，第四張卷四十一。卷二十四、三十九兩頁皆有『季滄葦』及『榮慶堂大宗伯』等印，卷三十九一頁又多『玉蘭堂』一印。《北京圖書館館藏書目》五：『又一部，存二册，卷二四—二六，三九—四一。』

《集千家注批點杜工部集》書影一張

宋須溪先生劉會孟評點

卷一第一頁《游龍門奉先寺》詩。半頁十三行，行二十三字，注雙行，字數同，句旁有圈點。有『滿漢文學部圖書』朱文大官印，『京師圖書館收藏之印』朱文長方印。

又一部書影一張

須溪先生劉會孟評點，卷一第一頁。半頁十四行，行二十四字，句旁有圈點。

《集千家注杜工部詩集》書影四張

第一張《前出塞》末二首,《後出塞》第一首。第二張卷二十第一頁《千秋節有感二首》。第三張文集卷之一《天狗賦》。第四張文集卷之二《乾元元年華州試進士策問五首》。半頁十四行,行二十六字,句旁有圈點。文集行二十五字,板框較前種寬大。

上列三部書影皆自北京圖書館攝回,原書皆存北京圖書館。《北京圖書館館藏杜詩書目》只注元刻本及元明間刻本。查此書影第一部有學部印,當係清時學部舊藏,繆荃孫《清學部圖書館善本書目》云:『《集千家注批點杜詩》二十卷,唐杜甫撰,元黄鶴注(此誤),元刊本,每半頁十三行,行二十三字,高六寸六分,寬四寸二分,小黑口,雙邊,次行「須溪先生劉會孟評點」。』

又後一部書影四張,疑亦學部舊藏,《學部圖書館善本書目》云:『《集千家注批點杜工部詩》,元刊本,每半頁十四行,行二十六字,高七十分,寬四十五分,黑口單邊,存六之二。』《北京圖書館館藏杜詩書目》云『存十七卷,詩集六—二〇,文集一—六』,與學部舊存之數合。板框大小亦與學部所記相符,惟《學部書目》所載有『批點』二字,此書影則無有,恐係《學部書目》有誤,或他卷大題中亦有多『批點』二字者。

又中一部書影一張,半頁十四行,行二十四字,與日本森立之《經籍訪古志》所載行數、字數相合,但彼本前有大德癸卯劉將孫序,目録後有『雲衢會文堂戊申孟冬刊』木記,傅增湘《雙鑑樓善本書目》所載行數、字數,亦與此本合,目録後亦有『雲衢會文堂戊申孟冬刊』牌子,現北京圖書館所藏此部,未審卷前有劉將孫序，目録後有雲衢堂牌子否？孫星衍所藏十一行、二十二字本，其《平津館鑒藏書籍記補遺》稱前有大德癸卯劉將孫序，序後有『須溪劉氏』『將孫』『尚友父』五木印（二印不可識）。又洪頤煊《讀書叢録》所載元刊黑口本，亦有將孫序，將孫木印，惟稱十一行、行二十三字，稍異二刻，卷係一本，所記字數恐有一誤。至范氏《天一閣書目》及楊守敬《日本訪古志》所載，皆有劉將孫序，但未記其本之行數、字數。以後毛子晋本及楊人駒刻須溪九種本，皆載有劉將孫序。

《集千家注分類杜工部詩》二十五卷書影

宋東萊徐居仁編，臨川黄鶴補注，明正德十四年己卯（一五一九）旌德汪諒重刻廣德勤堂本，浙江圖書館攝寄。半頁十二行，行二十字。首紀行上《北征》，全與廣勤本同。卷首有正德己卯濮陽李廷相序，稱：『旌德汪諒氏以鬻書名京師，間獲《杜詩千家注》一帙，凡若干卷，蓋勝國時物也，乃捐貲鋟諸梓，且正余言以傳。』又有嘉靖元年西充馬龠跋云：『余寓興隆寺，無書可讀，乃借舊館人汪諒氏《杜詩》二十五卷，序跋姓氏一卷，年譜一卷，目録一卷，文集二卷，訛舛殊甚，蓋即坊本而加於梓者也。因輒校正以歸汪氏，俾改刻焉，恨無别書可考，尚有未盡正者。』案：嘉靖元年壬午，上距正德己卯，僅隔三年，是此書在正德時刻成，又經馬龠校正而始印行者。馬氏跋稱有《文集》二卷，故知所據爲廣勤堂本，清人著録中尚有認此本即廣勤堂板，而不知爲汪氏翻刻者。得此序跋，可證其誤。

《集千家注杜工部詩集》二十卷書影

明萬曆時睢陽黄陞於陝西刻本，浙江圖書館攝寄。每半頁八行，行十七字。卷首行出書名，次行題『睢陽後學黄陞校』，三行題『五言古詩』。詩首《游龍門奉先寺》。前有黄陞《重刻杜工部全集序》，及王洙、王安石、胡宗愈、蔡夢弼四序，又有黄芳仲實序。黄陞序稱：『蔡夢弼取唐宋諸本參校，彙集編次，歲年仍嘉興魯氏之舊。黄仲實氏稱其詳實，良是。不佞觀風兹土（時黄陞巡按陝西），獨此地無有梓以傳者，因出篋中舊本，考以諸家本，逐體詮次，正其亥豕，互存者標之，逸散者補之，於分體中不失編年遺法。使讀之者由各體以詳按軌則之變，亦即由各體以究稽歷履之實，衡驗諸本，此其近便。爲捐俸授梓，貽三原會吴江沈琦、臨晋李栖鳳，勗工告成事。』是黄陞此本，即據金鑾萬曆七年刻本而改編者，故以黄仲實序附於王洙等四序之後。金氏所刻本，高楚芳編集爲編年體，黄陞則改編爲分體。以五古冠首，而於須溪評點、楚芳集注，仍未改變，只於高氏編年千家注本之外，又增一分體千家注而已。但近人有誤認此本即金鑾本者，不知此本係據金鑾本改編，而非金鑾原本。又金鑾於正德時，曾在關中刻有此書，天水胡纘宗爲之序，越六十年又在江南重刻，黄芳爲之序。黄陞改刻此書時，不據正德所刻而據萬曆所刻，亦可見正德所刻在萬曆時已不可得矣。

《杜律注解》二卷書影

明晉江黄光升撰，明萬曆十一年癸未（一五八三）蜀夏鐙重刻本，浙江圖書館攝寄。詩首頁第二行題『葵峰懋昭子光昇著』，以《早朝》七律一編列首。前有萬曆四年丙子方沆序，稱：『温陵大司冦注杜律七言上下二卷，上元會林君朝介（名大黼）刻之金陵。』又稱：『昭中君公長子也，名喬棟，嘗稱詩於青溪社中。』此部則係萬曆十一年癸未蜀夏鐙重刻，首亦有方沆序，又有喬棟識語及夏鐙重刻跋。跋云：『上下律解百篇，其訓諦，其旨晰，其説杜陵心事，千載如見，特翻刻之。洮陽公署。』

《讀杜詹言》二卷書影

明莆田謝傑漢甫撰，萬曆二十四年丙申（一五九六）刻本，浙江省圖書館攝寄。首有自序，力辨虞注之誤。書名詹言，蓋取《莊子》『小言詹詹』之意。又有《少陵紀》，凡選七言律百五十首。

《杜詩攟》四卷書影

明唐元竑撰，《四庫全書》抄本，自北京圖書館文津閣舊藏本攝回。是書《四庫》著録，《提要》云：『元竑字遠生，烏程人，萬曆戊子（萬曆十六年，公元一五八八年）舉人，明亡不食死，論者以首陽餓夫比之。是編乃其讀杜詩時所作劄記，所閱蓋《千家注》本，其中附載劉辰翁評，故多駁正辰翁語。元竑所論，雖未必全得杜意，而刊除附會，涵泳性情，頗能會於意言之外，勝舊注之穿鑿遠矣。』《四庫》於元明人注杜本，除高楚芳一種外，僅録元竑此書，亦足見此書之不務穿鑿附會也。

杜詩宋元本考

一　杜詩之散佚與裒集

《杜甫集》據唐宋人舊説，初爲六十卷，其後始行散佚。但所謂六十卷本，時人皆未之見，其果有此本與否，實屬可疑，今先據舊説而詳論之。唐潤州刺史樊晃《杜工部小集序》云：『文集六十卷，行於江漢之南。甫嘗蓄東游之志，竟不就。屬時方用武，斯文將墜，故不爲東人之所知。江左詞人所傳誦者，皆公之戲題劇論耳。曾不知君有大雅之作，當今一人而已。今采其遺文，凡二百九十篇，各以事類分爲六卷，且行於江左。君有子宗文、宗武，近知所在，漂寓江陵，冀求其正集，續當論次云。』宋翰林學士王洙編《杜甫集》記云：『甫集初六十卷，今秘府舊藏，通人家所有稱大小集者，皆亡逸之餘，人自編摭，非當時第叙矣。搜裒中外書，凡九十九卷（古本二卷，蜀本二十卷，《集略》十五卷，樊晃序《小集》六卷，孫光憲序二十卷，鄭文寶序《少陵集》二十卷，别題《小集》二卷，孫僅一卷，《雜編》三卷）。除其重複，定取千四百有五篇，凡古詩三百九十有九，近體千有六。……又别録賦筆雜著二十九篇爲二卷，合二十卷。意兹未可謂盡，他日有得，尚圖益諸。寶元二年十月，王原叔記。』

綜上諸説，樊晃疑江漢之南有《正集》《大集》，故題其所撰曰《小集》；蘇舜欽亦疑有《正集》，故題其所裒録者曰《别集》；王洙以其所見本，皆亡佚之餘，人自編摭，非當時第次，疑當時已有編定完善之本。但此三人皆未親見六十卷本之書。

又《舊唐書·杜甫傳》云：『甫有集六十卷。』《新唐書·藝文志》題：『《杜甫集》六十卷。』鄭樵《通志》亦題：『《杜甫集》六十卷。』則劉昫、歐陽修諸人，一似親見其書者，然細核之，則皆非有確據。《新唐書》於宋仁宗慶曆四年開編，嘉祐四年完成，曾公亮表上其書。列傳爲宋祁作，紀、志爲歐陽修作。王洙編《杜集》書成在寶元二年，先於《新唐書》開編前五年，王洙已未見六十卷本之《杜集》，宋祁、歐陽修何從而得見之？且杜詩有宋子京本、歐陽修本，是宋、歐二人尚皆訪求散佚，安能獲見其全書耶？又《崇文總目》之編次，在景祐元年開始，慶曆元年完成，宋庠、王洙、歐陽修同與其事。《崇文總目》題《杜甫集》二十卷，則無六十卷本可知。此二十卷本疑即蜀本，因王洙序《杜集》，次蜀本二十卷於古本二卷之後，於樊晃、孫光憲、鄭文寶諸本之前，是蜀本先於樊晃等本也。蘇舜欽所謂今所存之二十卷，當亦即此蜀本，因舜欽之先亦係蜀人也。又王洙編《杜集》，亦正是其在崇文館編目時。崇文館所聚已括三館秘閣所藏之書，《杜甫集》只有二十卷，歐陽修與王洙同在館中，當皆知之，其編《藝文志》時，又何從而復得六十卷本？由此可知，《新唐書·藝文志》題《杜甫集》六十卷者，係從舊説著録，非實有其書也。

鄭樵生南宋時，又未任館閣校書之役，得以見天禄秘藏，其所作《通志·藝文略》題《甫集》六十卷，尤是鈔襲舊文，未加考正，不足怪也。

至劉昫、張昭遠等所編之《舊唐書》，則是因吴兢、韋述舊史增損以成，體例雖善，然先後繁略不均，又多舛誤之處，如《杜甫傳》中説杜甫謁肅宗於彭原；嚴武卒，甫游東蜀，依高適；又説甫於永泰二年卒，皆與事實不符。王洙《杜集》序，於注中皆一一駁正之。至其《經籍志》，則取開元時所編之書目而成，以後并未續補。其序云：『廣明初，再陷兩京，其時遺籍，尺簡無存，後來省司購募書二萬餘卷，及遷都洛陽，又喪其半，平時載籍，世莫得聞。』據此，則唐時館閣所藏之書，至昭宗末年已散失幾盡，乃至普通載籍，皆無存在者。劉昫於石晋時又安得見有六十卷本之《杜集》耶？是則《舊唐書·杜甫傳》所云『甫有集六十卷』者，亦係從舊説也。

查六十卷本説之最早者，當爲樊晃。晃《杜工部小集序》云：『文集六十卷，行於江漢之南。』晃時爲潤州刺史，遠居江東，其説六十卷，當是得諸傳聞。所謂江漢之南即四川與江陵等地也。然在四川方面，王洙所見蜀本止二十卷，以後宋祁修《新唐書》即在成都任内，如果四川有六十卷本之《甫集》，即當著入《杜甫傳》中，何故反將《舊唐書》『甫有集六十卷』句删去，可知四川方面并未有六十卷本之《杜集》也。至江陵方面，元稹任江陵士曹參軍約有五年，稹又極推崇杜甫，如果其地有六十卷本《杜集》行世，稹必先獲見之。其作《杜工部墓志》云：『予嘗欲條析其文，體别相附，與來者爲之準，特病懶未就爾。』是稹所見，亦是散亂未加編整之稿，如當時果有六十卷本行世，則稹必著於所作之《杜甫墓志》文中。由此可證江陵方面亦未有六十卷本之《杜集》也。據王洙所收九種本中，有孫光憲序本二十卷。孫光憲係蜀人，爲荆南高季興從事，則光憲所序二十卷本，即得之兩湖南北等地也。又鄭文寶序二十卷本，文寶爲南唐舊臣，後仕宋爲陝西轉運使。文寶所録，當係從江東及陝西所得，亦只有二十卷本。推樊晃六十卷本之説，以爲甫在江漢之南，歷時甚久，又聞甫之子漂寓江陵，疑必有《正集》《大集》行世，或存在其子孫手中，故云：『冀求《正集》，續當論次。』而不知江漢之南，皆未有此六十卷本之《大集》《正集》。是晃所謂六十卷者，實係傳聞之誤也。

再考大曆五年，甫死潭岳途中，旅殯岳陽。後四十餘年，其孫嗣業始遷其柩，歸葬偃師。則此四十年中，其家子孫奔走衣食，飄泊無定，既不能如岑參之子，以參遺文貯之筐篋，留待杜確而編次之；族人中又未有如李陽冰其人者，於李白死後，爲之編其遺集，則其稿之散佚，亦可知已。因此我之推測：自甫死後，其稿即已散佚，并未有編定之六十卷本。乃以樊晃傳聞之誤，後來諸人遂沿襲之而不加考察，竟謂爲真有此六十卷之本耳。然以甫在蜀之久，蜀人感受之深，江漢之間當必有裒集其文者，則所謂二十卷之蜀本，雖不完備，乃實爲《杜集》最早出之本也。

然唐人文集有多至數十百卷，今無隻字存在，甫之詩又何以經亡佚後，歷今千有餘年，尚巍然巨帙存耶？此其原因有二：一、甫之詩多陳述人民疾苦，每一篇出，即流播於外，民間收録之者必多。故蘇舜欽云：『昌黎韓綜官華下，於民間傳得號《杜工部别集》者，凡五百篇。』又於長安獲一集於王緯主簿處。王安石在鄞，於孫處士正之處亦得二百餘篇。又胡宗愈稱甫所游歷處，好事者往往刻其詩於石，是其證也。二、甫之詩不與人同，最易識别。故蘇舜欽又云：『皆豪邁哀頓，非昔之攻詩者所能依倚，以知亦出於斯人之胸中。』王安石《杜工部詩集後序》云：『每一篇出，人知非人所能爲，而爲之者惟其甫也，輒能辨之。』又云：『觀之，予知非人所能爲而爲之實甫者，其文與意之著也。』可見甫之詩雖不爲時人所重，而其感時憫事，念切生民，自有其深入人心不可磨滅者在。故舜欽又云：『念其亡去甚多，意必皆在人間。』謂雖零章隻句，人亦必拾而藏之。此甫之詩所以雖經散佚，又得復搜集而成爲一千四百餘篇之巨帙也歟？

然甫平生所作，當不止此。觀甫於天寶九載《進雕賦表》稱：『自七歲所綴詩筆，向四十載，約千有餘篇。』計其後所歷更多，所作之詩，當更多於前數倍或至十倍。故韓愈調張籍云：『平生千萬篇，金薤垂琳瑯。流落人間者，太山一毫芒。』則是甫之詩，在元和時已亡佚甚多。白居易所見才千餘篇，元稹所見亦未編次之殘稿。中晚唐詩人如韓愈、張籍、元稹、白居易、杜牧、李商隱輩，皆力尊杜甫，獨於其集未加搜輯而編定之，真可惜也！

幸而至於北宋，文章風會一變，言杜者日多，績學之士始廣爲搜集。今計仁宗朝王洙所據九種本外，尚有唐之顧陶《唐詩類苑》本，晉開運二年官書本；稍後則有蘇舜欽《别集》本，王安石《四家詩選》本，以及宋子京本，歐陽永叔本，宋次道本，蔡君謨本，蘇子瞻本，黄山谷本，陳無己本，張文潛本，晁以道本，陳浩然本，崔德符本，鮑欽止本，最後則有徽宗朝之黄長睿本。長睿録甫之詩，凡千四百四十七篇，多於王洙本者四十有二。李綱序云：『長睿父官洛下，與名士大夫游，裒集諸家所藏，是正訛舛；又得逸詩數十篇參於卷中。及在秘閣，得御府定本校讎，益號精密，非世所行者之比。』是甫之詩，自王洙本後，以黄長睿本最稱完備。然黄本今不傳，獨王洙本猶幸偶存於世。蓋王洙本自寶元二年編定後，嘉祐四年得王琪君玉刻之姑蘇郡齋，且爲《後記》云：『近世學者，争言杜詩，愛之深者，至剽掠句語，迨所用險字而模畫之，沛然自以爲絶洪流而窮深源矣。又人人購其亡逸，多或百餘篇，少數十句，藏弆矜大，復自以爲有得。翰林王君原叔，尤嗜其詩，家素蓄先唐舊集，及采秘府、名公之室、天下士人所得有者，悉編次之，於是杜詩無遺矣。』晁公武《郡齋讀書志》亦云：『本朝自王原叔後，學者喜觀杜詩。』蔡寛夫《詩話》云：『國初沿襲五代之餘，士大夫皆宗白樂天，故王黄州主盟一時。祥符、天禧之際，楊文公、劉中山、錢思公專喜李義山，故崑體之作，翕然一變。景祐、慶曆後，天下知尊尚古文，於是李太白、韋蘇州諸人，雜見於世。

杜子美最爲晚出，三十年來學詩者，非子美不道，雖武夫女子皆知尊異之。李太白而下，殆莫與抗。文章隱顯，固自有其時哉。』

是甫之詩至北宋仁宗朝，始漸顯於世。神宗熙寧、元豐之後，學杜之風，乃始大行。甫之集，自甫死後即行散佚，亦自仁宗朝王洙編定之後，始有完善之本；後雖有增補者，亦不過百之一二，以後言《杜集》者莫不以是爲宗；是則王洙對於杜詩之搜集，不惟大有功於前人，亦且大有利於後人也。

二　各本之編次與校訂

杜詩編次之體例，宋時約分三種：一曰分體；二曰分年；三曰分類。太原閻若璩云：『自有杜詩以來，流傳於天壤之間者，不知其幾千萬本；而其本有編年，有編體，有編類。編年者，讀之得以考其辭力之少而鋭，壯而肆，老而嚴焉。編體者，讀之得以見其律切而骨格復存，疏散而纖穠備焉。編類者，讀之則上而朝章國典，世變升降，以下至一木一卉、羽毛鱗介之微，無不畢肖焉。』是三者之編次，皆各有其所長也。今且就三種之沿革本末分述之：

分體編次，此説發之元稹。稹云：『予嘗欲條析其文，體别相附，與來者爲之準。』此分類之説也。其後王洙編《杜集》，即用此例。其《記》云：『凡古詩三百有九，近體千有六，起太平時，終湖南所作，視居行之次，若歲時爲先後。』明胡震亨《杜詩通序》曰：『王洙取古詩、近體，分爲二類，約略其所作之時先後之。』是王洙於分古近二體之下，又各依年代先後，以爲次序。蘇舜欽謂：『今所存二十卷，古律錯亂，前後不倫，俟尋購僅足，當與舊本重編次之。』是舜欽亦欲用分體之例加以重編也。以後吴若、郭知達所編本，皆沿此例。又胡震亨編《杜詩通序》云：『讀杜詩即不可不稍知歲月，然亦何至每首必定其所作之年，强爲穿鑿，而於體例多紊乎？今仍依古本，分體爲編。』後來錢謙益箋注杜詩，亦用此例。其《略例》云：『今據吴若本，識其大略，某卷爲天寶未亂作，某卷爲居秦州、居成都、居夔州、居湖南作。』以後鄭澐玉勾草堂刻白文本亦用之。惟浦起龍編《讀杜心解》，於分體之中，又各自編年，雖嫌繁碎，尚亦無傷。然竟以賦與雜文散入詩後，故不免爲作《四庫提要》者所譏也。

分年編次，其議發自蘇軾。黄長睿校定《杜工部集》，即用此例。李綱爲之序云：『杜詩舊集，古律異卷，編次失序，不足以考公出處及少壯老成之作。故秘書郎武陽黄長睿，乃用東坡之説，隨年編纂，以古律相參，先後本末，皆有次第，然後子美之出處及少壯老成之作，燦然可觀。』又趙子櫟云：『呂汲公大防爲《杜詩年譜》，其説以謂次第其出處之歲月，略見其爲文之時，得以考其辭力，少而鋭，壯而肆，老而嚴者如此。』晁公武《郡齋讀書志》云：『呂微仲在成都時，嘗譜其年月。近時有蔡興宗者，再用年月編次之，而趙次公者，又以古律雜次第之。』又魯訔編次《杜工部詩序》云：『余因舊集，略加編次，古詩、近體，一其先後。』又云：『離而序之，次其先後，時危平，俗孅惡，山川夷險，風物明晦，公之所寓舒局，皆可概見，如陪公杖屨而游四方，數百年間，猶對面語。』胡震亨云：『王洙取古詩、近體，分爲二類，後趙次公、黄長睿及吾鄉魯泠齋又合而一之，參考其先後之序，臨川黄鶴又加詳辨焉。』後蔡夢弼亦用此例。其《草堂詩箋跋》云：『博采唐宋諸本，杜門十稔，聚而閱之，重復參校，仍用嘉興魯訔編次先生用捨之行藏，作詩之先後，以爲定本。』此則黄長睿、蔡興宗、趙次公迄魯訔、黄鶴、蔡夢弼，皆用編年之體也。惟錢謙益謂：『梁權道、黄鶴、魯訔之徒，編次先後，年經月緯，穿鑿曲説，爲近於愚。』《四庫提要》亦謂：『魯訔、黄鶴諸家，穿鑿字句，鉤稽歲月，率多未安。』然依年編次，可考見其人一生之事迹，究爲完善之本。清初朱鶴齡注《杜詩》，不用錢説，而仍遵蔡夢弼例，其《凡例》云：『《杜詩》編次，諸本互異，惟《草堂會箋》，覺有倫理，蓋古律體制，間有難分，時事後先，無容倒置，不若從此本爲稍便也。』後來仇兆鰲、楊倫諸家，編注杜詩，皆準此例。

分類編次，此例略見之樊晃，其編《工部小集序》云：『各以事類，分爲六卷。』是其凡也。北宋時陳浩然繼之，南宋時徐居仁又繼之。温陵宋誼序陳所編校杜詩云：『陳君浩然授予子美詩一編，乃取其古詩、近體，析而類之，使學者悦其易覽，得以沿其波而討其源也。』徐居仁亦以門類編杜詩爲二十五卷。後有分至七十二門者，舉凡天文之星月雲雨，時令之春夏秋冬，地理之山川都邑、陵廟園亭，人事之燕别酬贈、慶悼游行，以及時事、軍旅、文章、音樂、書畫，乃至鳥獸蟲魚、花草竹木，無不各從其類，條而析之，雖嫌繁碎，亦實爲初學求捷效者之至便也。宋末分門集注杜工部詩，元時勤有堂所刊《千家注分類杜工部集》，皆用此例，但仇兆鰲、浦起龍則嚴斥之。仇謂：『分類始於陳浩然，元人遂區爲七十門，割裂可厭。』浦謂：『編杜者編年爲上，古近分體次之，分門爲類乃最劣，蓋杜詩非循年貫串，以地繫年，以事繫地，其解不的也。』明清兩代用此例編杜者亦絶少矣。

編次方面談竟，兹再説補遺及校訂兩事。

杜甫詩因亡佚甚多，自宋仁宗朝王洙編定本後，尚有搜集其亡佚者：英宗治平中，裴煜以遺文九篇刊附集外；神宗元豐時，宋誼序陳浩然編校《杜詩》又云：『世之所傳者，尚有遺落而不完，處士孫正之得所未傳者二百篇，而丞相荆公繼得之，又增多焉。及觀内相王公所校全集，比校二公，互有詳略。』（案：王安石在鄞，得孫正之本在皇祐元年，其作集《後記》在皇祐四年，後於王洙本十三年。）胡震亨《杜詩通序》云：『王安石嘗益二十餘篇，黄鶴本亦有新添數什，皆王洙舊本所無。』徽宗朝，黄長睿校定杜詩，又得逸詩數十篇，參於卷中，增多於王洙本四十二首。南宋時，吴若、卞圜、員安宇、趙次公、郭知達、魯訔、黄鶴、蔡夢弼皆續有增補。《草堂詩箋》則録補逸之詩爲一卷，附諸卷末，清初錢、朱兩本皆從之。仇兆鰲始依年補各卷中，不另置卷末。至續搜之詩，亦有僞託，或以他人詩誤入者，《滹南遺老詩話》云：『世所傳新添杜詩四十餘篇，吾舅周君卿嘗辨之云：「惟《瞿唐懷古》《呀鶻行》《惜别行》爲杜無疑，自餘皆非真本，蓋後人依仿而作。」』朱鶴齡駁之曰：『新添詩固多贋者，然《滹南》之説，恐亦未然，如《别嚴二郎》《客舊館》《呈路十九》《遣憂》《巴山愁坐陪鄭公》《秋晚》《放船》《避地》等詩，皆非子美不能作。』余謂續補之詩，雖有贋作，然與其過而廢之，無寧過而存之，但仍以附諸卷末爲當耳。

在未有刻板以前，展轉鈔寫，其訛誤脱落之處必多，如《歐陽公詩話》謂：『陳舍人從易得《杜集》舊本，文多脱誤，《送蔡都尉》詩「身輕一鳥」，其下脱一字，後得一善本，乃是「身輕一鳥過」。』楊大年讀杜詩，至『霜濃木石』下亦脱一『滑』字是也。又因人自意爲改補，其是非疑似，頗難明辨。吴若《杜工部集後記》云：『世之出異意、爲異説以亂杜詩之真者甚多，此本雖未必皆得其真，然求不爲異者也。』故王洙搜集衆本，相互參校，於字句之有不同者則兼存之。其後王琪刻之蘇州郡齋，當時亦云：『義有兼通者，亦存而不削，閲之者固有淺深也。』又云：『子美博聞稽古，其用事非老儒博士，罕知其自出，然訛缺甚多，後人妄改而補之，非原叔多得其真，爲害大矣。』此可見王洙當時聚集衆本參校之勤，其兼存異義者，尤見用心之公、選擇之慎也。蔡寬夫《詩話》云：『今世所傳子美集本，翰林王原叔所校定，辭有兩出者，多并存於注，不敢徹去。至荆公爲《百家詩選》，始參考擇其善者，定歸一辭，如「先生有才過屈、宋」，注云「先生所談或屈、宋」，則捨正而後注；「且如今年冬，未休關西卒」，注云「如今縱得歸，休爲關西卒」，則刊注而從正。其采擇之當，固亦可見矣。惟「天闕象緯逼」，「肉駿碨礧連錢動」，則直改「天闕」爲「天閲」，「肉駿」爲「肉騣」，以爲本誤耳。』此則王安石遇字句不同之處，則定歸一辭，或直改其字，此似失之太專；因所改之處，未必盡善，如改『天闕』爲『天閲』，黄山谷校本則已謂『天閲』不如『天闕』。又黄氏《多識録》云：『參校用天闕，蓋指龍門也，後人妄改爲天關，荆公又改爲天閲，皆非。』似此直改之字，若無他本存在，則後人遂以安石所改之字，誤爲工部原作矣。此則安石直改歸一之法，實不如王洙并存之法爲善也。然王洙編校本出後，其子欽臣即有刊誤一書。又黄長睿《杜子美詩箋次序辨》云：『王原叔集杜詩古詩，甫《與章梓州》詩及《游惠義寺》等，皆在武初尹之前，律詩則在初尹之後，二者必有一誤。據王序，武歸朝廷，甫浮游左蜀，往來非一，則律詩所序是也。古詩《田父美嚴中丞》一篇次序誤矣。原叔以召補京兆功曹不赴，欲如荆楚，在嚴公初尹前，非是；蓋律詩《寄巴州》注云：「時甫除功曹，在東川。」在武初尹之後，故誤也。政和四年八月觀《杜集》二序，因正之。』又《跋洛陽所得杜少陵詩後》云：『政和二年夏，在洛陽，出上陽門，於道北古精舍壁間敝篋中，得所録子美詩集，頗與今行槧本小異，如「忍對江山麗」，印本「對」乃作「待」；「雅量涵高遠」，印本「涵」乃作「極」，當以此爲正。若是者頗多。因持歸校所藏本，是正頗多。』李綱序黄所校《杜集》云：『長睿没十七年，予始見其親校集二十二卷於其家，朱黄塗改，手迹如新。』此可見黄長睿所校本之精密也，獨惜其本今已不傳耳。又《漫叟詩話》云：『《秋雨嘆》「禾頭生耳黍穗黑」，今所行印本皆作「木」。《齊民要術》云：「秋雨甲子，禾頭生耳。」「木」當作「禾」。』兹所謂今行印本，即王洙本也。然王洙本自王琪於蘇州鏤板後，僞洙注及增注本亦相繼而出，蘇州本又先後有閩中、浙中、蜀中之翻刻，其訛誤當亦由此滋生。故胡元任云：『先君子手校老杜集，所正訛誤甚多。』以是至於南宋，『刊誤』『正誤』『正謬』『正異』之作，繁然起矣。

至校讐之例，自王洙發其端以後，吴若、蔡夢弼則更爲詳審。其所引之本，均稱其姓或著其代以别之，而又括其例於所作序跋中。如云：『凡稱樊者，樊晃《小集》也；稱晋者，開運二年官書本也。』『曰歐者，歐陽永叔也；曰宋者，宋子京也；王者，乃介甫也；蘇者，乃子瞻也。』等是。蔡氏復參以蜀碑及諸儒之定本，各因其實以條紀之，是又因王洙之例而推廣之者也。

茲再總括言之：杜詩自甫死即散佚民間，至北宋搜集其本，乃略稱完備。編次之各例，亦以北宋所創，遂爲後來編注者之所宗：分體則仁宗朝寶元二年之王洙本也；分類則神宗元豐時陳浩然之本也；分年則徽宗朝黄長睿之本也。至補遺則有英宗治平中之裴煜，鏤板則有嘉祐時之王琪，增注則又有政和中之王彦輔。若校讐之例，王洙則存異義於注中，王安石則擇善而定歸一辭。又胡宗愈刻詩碑於成都，黄庭堅寫詩石於大雅，潘閬、李元白集其句爲《詩篇》，吕大防考其歲爲《詩譜》。餘若北宋人之校杜評杜，見諸詩話、筆記中者，則尤不可勝數。至南宋百餘年中，爲訓釋者雖日見增多，事考核者雖日見精密，然穿鑿支蔓，附會僞撰之作，亦雜出其間，誠不及北宋時人於杜之功爲深且鉅也。

三　現存全集板本與鈔本

甲　王洙編《杜工部集》二十卷本

晁公武《郡齋讀書志》題《杜工部集》二十卷,《集外詩》一卷,云:『集有王洙原叔、王琪君玉序。』陳振孫《直齋書録解題》云:『《杜工部集》二十卷,王洙原叔搜裒中外書九十七卷,除其重複,定取千四百有五篇:古詩三百九十九,近體千有六,分爲十八卷,别録雜著爲二卷,合二十卷,遂爲定本。王琪君玉嘉祐中刻之蘇州,且爲《後記》。元稹《墓志》亦附綴二十卷之末。又有補文九篇,治平中太守裴集刊附集外。蜀本大略同,而以遺文入正集中,非其舊也。』陸心源《儀顧堂題跋》云:『南渡後,原叔孫祖寧又刻於浙中,見《中州集》卷二,浙本前有王祖寧序。』是王洙編本先刻於蘇州,次刻於蜀中,又次刻於浙中。今蘇本、蜀本二刻皆不可見,惟浙刻尚有毛氏鈔配本二部,後歸歸安陸心源氏,後歸吴縣潘伯寅氏。陸氏《儀顧堂題跋》云:『影鈔《杜工部集》二十卷,《補遺》一卷,每葉二十行,每行二十字,後有嘉祐四年王琪序。宋諱,嫌名皆缺筆,蓋從嘉祐本傳抄者。卷八以前皆古詩,卷九至十八近體詩,卷十九、二十雜著,補遺詩五首,文四首,一一與《解題》合而無注。蓋即原叔編而王琪刻者,《杜集》最初之本也。』陸氏又載是書後附毛扆手跋云:『先君昔年以此編授扆曰:「此《杜工部集》乃王原叔洙本也。余借得宋板,命蒼頭劉臣影寫之,其筆畫雖不工,然後宋本抄出者;今世行《杜集》不可以計數,要必以此本爲祖也。」宸受書細讀，方知先君所借宋刻，乃王郡守鏤板於蘇州郡齋者，深可寶也。後二十餘年，吴興賈人持宋刻殘本二册來售，其缺處悉同，乃即先君當年所借原本也，急購得之。又二十餘年，有甥王爲玉者，教導其影宋甚精，覓舊紙從此本影寫足成之。』是毛氏所藏，一爲毛昔時影鈔之本，一爲毛宸鈔配之本。今陸氏所藏毛氏影鈔本已歸日本岩崎，而潘氏所藏鈔配本，則歸上海圖書館，今已由商務印書館影印入《續古逸叢書》中，張元濟先生曾有一跋，叙選此書源委甚詳，此係兩種本子鈔配成全書，兩種本子皆南宋初紹興時所刻。又錢氏絳雲樓亦藏有影宋鈔本，後歸昭文張金吾氏。張氏《愛日精廬藏書志》云：『凡詩十八卷，雜著二卷，後附遺文九篇爲補遺，元稹《墓銘》附二十卷末，均與《直齋書録解題》合，蓋即王原叔編定本。《杜集》以吴若本爲最善，此又若本之祖，蓋從宋雕本影寫者。絳雲樓、述古堂俱有印記。』錢曾《讀書敏求記》謂：『《杜工部集》二十卷，太原王琪取原叔本參考之，鏤板於姑蘇郡齋，且爲《後記》，附於卷終，而遷原叔之文於卷首。箋注《杜集》者以吴若本爲歸，此又若本之祖也。予生何幸，於墨汁因緣有少分如此。斯文未墜，珠囊重理，知吾者不知何人？蓬蓬然有感於中，爲之放筆三嘆。』録此以見毛子晋、錢遵王對於此本之珍重有如此者！惟錢氏所藏，未題影鈔或宋刻，此書後序昭文張氏，據昭文張氏所記，則此書即係絳雲樓所藏影宋鈔本，但不知絳雲樓當時係從毛氏影鈔，抑另據一宋刻影鈔耳？後陳蘭麟《帶經堂書目》亦有此書，恐即得自昭文張氏。今毛氏影鈔已歸日本，鈔配本現存上海圖書館，而錢氏、張氏所藏，今只存半部，現歸北京圖書館。陳氏藏書多半罹於火，今北京圖書館的錢氏鈔本，不知曾由昭文張氏又經過陳氏手否？又聞南京鄧邦述今藏有此書，須再訪求之。

乙　郭知達《九家集注杜詩》三十六卷本

前有郭知達序云：『杜少陵詩，世號詩史，自箋注雜出，是非異同，多所牴牾，致有好事者掇其章句，穿鑿附會，設爲事實，託名東坡，刊鏤以行，欺世售僞，有識之士，所爲浩嘆。因輯善本，得王文公安石、宋景文公祁、豫章黄先生庭堅、王原叔洙、薛夢符□、杜時可田、鮑文虎彪、師民瞻尹、趙彦材次公，凡九家。屬二三士友，各隨是非而去取之。如假託名氏，撰造事實，皆删削不載。精其讐校，正其訛舛，大書鋟版，置之郡齋，以公其傳，庶幾便於觀覽，絶去疑誤。若少陵出處大節，史有本傳，及互見諸家之序，兹不復云。淳熙八年八月。』後曾噩於寶慶元年重刻於廣東漕司。《直齋書録解題》云：『蜀人郭知達所集《九家注》，世有稱東坡《杜詩故事》者，蓋妄人依託，以欺亂流俗，書坊輒勦入集注中，殊敗人意，此本獨削去之。福清曾噩子肅刊板五羊漕司，最爲善本。』蜀刻原本，今已不存，曾氏所翻刻猶存清内府，《四庫全書總目・别集類》已著録之。《提要》云：『宋人喜言杜詩，而注杜詩無善本，此書集王洙、宋祁、王安石、黄庭堅、薛夢符、杜田、鮑彪、師尹、趙彦材之注，頗爲簡要。振孫稱噩刊板五羊漕司，字大宜老，最爲善本。此本即噩家所初印，字畫端勁而清楷，宋板中之最佳者。振孫所言，固爲不虚云。』《天禄琳瑯書目》云：『郭知達《集九家注》三十六卷，前知達序，後曾噩序。此書爲成都郭知達所輯，知達與彦材同鄉里，故所輯之注，首王文公而終之以彦材，蓋以彦材之注爲盡善也。其於依託名氏，撰造事實者，皆删削不載，亦可謂博采而取其至精者矣。其書刻於宋孝宗淳熙八年，至理宗寶慶元年，曾噩爲廣南東路轉運判官，重爲校刊。《序》稱：「蜀士趙次公爲少陵忠臣，蜀本引趙注最詳，所恨紙惡字缺，不滿人意，兹摹蜀本刻於海南漕臺，會士友以證其脱誤云云。」是噩之刻是書，集諸僚友，精其校讐，固非苟焉付剞劂者，故字畫端整，一秉唐人，而刻手印工，又皆爲上選。』清高宗題一長歌云：『平生結習老於詩，老杜真堪作我師。書出曾録實郭集，本仍寶慶及淳熙。九家正注宜存耳，餘氏支離概去之。適以遺編搜四庫，乃斯古刻見漕司。希珍際遇殊驚晚，尤物闇章固有時。重以琳瑯續天禄，幾間萬遍讀何辭。』又於乙未仲春題云：『兑氏之戈和氏弓，續增天禄吉光中。浣花眉列新全帙，金粟身存舊卷筒。尤物寧論顯與晦，逢時亦有蹇兮通。武英棄置今方出，絜矩人材默惕衷。』是書因郭氏選擇之精，曾氏刊刻之善，已爲清内府所珍重者如此。錢曾述古堂亦有是書，題爲《新刻校正集注杜詩》三十六卷，目録一卷。其《讀書敏求記》云：『淳熙八年郭知達以杜詩注牴牾雜出，因輯善本，得九家注，讐校鋟板於成都。寶慶乙酉曾噩重摹刊於南海之漕臺，開板宏爽，刻鏤精工，乃宋本中之絶佳者。』又歸安陸氏亦藏宋槧殘本，其《儀顧堂續跋》云：『《新刊校定集注杜詩》存卷六至十一，凡六卷，每卷後有寶慶乙酉廣東漕司鋟板一行，每葉九行，每行大字十六，小字雙行，板心有字數及刊工姓名，《百宋一廛賦》所謂：「九家注杜，寶慶漕鋟。自有連城，蝕甚勿嫌。」祇存五十五葉。此本尚存六卷，可以壓倒百家矣。』其爲錢遵王、黄蕘叟、陸心源所推重者又如此。陸氏又云：『噩字子肅，福建閩縣人，紹熙四年進士，官至廣東運判，寶慶二年卒。《萬姓統譜》以爲字噩甫固誤，《書録解題》以爲福清人，亦誤。』又蘭陵陳氏帶經堂亦有此書，注云明柯堯叟藏。又是書乾隆時曾用聚珍板擺印，惟未收入《聚珍板叢書》中。葉德輝《郋園藏書志》云：『《九家集注杜工部詩》三十六卷，《四庫全書總目·集部·别集類》著録，注内府藏本。《提要》云：「宋郭知達編，蜀人，前有《自序》，作於淳熙八年。又有曾噩重刻序，作於寶慶元年。」據欽定《天禄琳琅書目·前編·宋板集部》内所載者即此本。九家者：王洙、宋祁、王安石、黄庭堅、薛夢符、杜田、鮑彪、師尹、趙彦材也。宋陳振孫《書録解題》稱此爲杜詩善本，福清曾噩刻板五羊漕司，字大可考，最爲善本。但自曾噩刻板後，元明以來無翻刻，世所傳宋本内府所藏外，黄丕烈《百宋一廛賦》注載所藏本同，亦詳《百宋一廛書録》，今歸常熟瞿氏鐵琴銅劍樓，向以無人重刻爲恨，初不知武英殿聚珍板固擺印也。《武英殿聚珍板叢書》内無此種，不知何故？意者館臣於彙印叢書時未曾編入耶？杜詩舊注善本，無過此九家，後來盛稱《千家注杜詩》，實則不滿百家，其爲夸大之辭，不及此之精審簡要，斷可知矣。』

丙　黄氏注《杜詩》三十六卷本

是書《天禄琳琅書目》題《黄氏補千家注杜工部詩史》，云：『宋黄希、黄鶴《補注》三十六卷。前載吴元集録傳序碑銘詩記，鶴自訂《年譜辨疑》，并集注杜詩姓氏，有董居誼、吴文序。考黄希字夢得，臨川人，宋孝宗乾道二年進士，官終永新令。楊萬里曰：「夢得之學，奄有古今。晚年作詩，慕少陵句法，有《補注杜詩》，搜剔微隱，皆前人所未發，未成而卒。子鶴續成之，重訂《年譜》，名曰《黄氏補注杜詩》。」是當日此書之成，已爲名流所推重。其與詩之有關時事者，皆於題下注明，故謂之《詩史》。所引前人注，皆各標名，而出於希、鶴父子之手者，亦書名别之。董居誼字仁夫，臨川人，孝宗淳熙間進士，充賀金國生辰使，悉得其國中事宜以歸，遷四川制置使。吴文、吴元無考。』《四庫全書總目提要》則題《黄氏補注杜詩》三十六卷，内府藏本，云：『黄希原本，而其子鶴續成之者也。希宜黄人，官至永新令，嘗作春風堂於縣治，楊萬里爲作記，今載《誠齋集》中。鶴字叔似，著有《北窗寓言集》，今已久佚。希以杜詩舊注，每多遺舛，嘗爲隨文補緝，未竟而殁。鶴因取槧本集注，即遺稿爲之正定，又益以所見，積三十餘年之力，至嘉定丙子始克成編。書首原題《補千家集注杜工部詩史》，所列注家姓氏，實止一百五十一人。注中徵引，則王洙、趙次公、師尹、鮑彪、杜修可、魯訔諸家之説爲多，其他亦寥寥罕見，而當時所稱僞蘇注者，乃并見采擷，蓋坊間原有《千家注》本，鶴特因而廣之，故以《補注》爲名。其郭知達《九家注》，蔡夢弼《草堂詩箋》，視鶴本成書稍前，而注内無一字引及，殆流傳未廣，偶未之見也。書中凡原注，各稱某曰，其補注則稱希曰、鶴曰以別之。大旨在於案年編詩，故冠以《年譜辨疑》，用爲綱領；而詩中各以歲月注於逐篇之下，使讀者得考見其先後出處之大致，其例蓋始於黄伯思，後魯訔等踵加考訂，至鶴父子而益推明之。鈎稽辨證，亦頗具苦心，其間牴牾不合者，亦有數十條。然其考據精核，後來注杜諸家亦往往援以爲證云。』案《四庫》所録，即内府藏本。黄氏《補注》成於宋寧宗嘉定九年，後於蔡氏《草堂詩箋》十二年，當時通行已有《編年千家注杜詩》及《王狀元集百家注編年杜陵詩史》。蔡氏則依魯訔編次，只是分卷不同；黄氏則照當時通行《編年千家注》本，而更考核史實，爲之補注，即《簡明目録》所云：『以補《千家注》本之所缺，故以《補注》爲名。』其分三十六卷，亦係從舊《千家注》本之分卷也。至《天禄琳琅書目》又云：『書中所引至文謝及劉辰翁，蓋宋末始成。』則係二十五卷本，以徐居仁編次爲主，而以黄鶴注散附之。蓋坊間所爲，非黄氏三十六卷本之舊也。此三十六卷之宋刻本，明清間《絳雲樓書目》《季滄葦藏書目》皆有之。絳雲樓書已毁於火，季氏之書已不知歸何處？今幸清内府所藏宋刻尚存北京圖書館，以及《四庫》鈔本猶可見耳。

丁　蔡夢弼《草堂詩箋》五十卷本

蔡夢弼，字傅卿，建安人。其《草堂詩箋自跋》云：『我國家設科取士，詞賦之餘，繼之以詩。詩之命題，主司多取是詩。惜乎世本訛舛，訓釋紕繆，有識恨焉。夢弼因博采唐宋諸本，杜門十稔，聚而閲之，重復參校，仍用嘉興魯氏編次先生用捨之行藏，作詩歲月之先後，以爲定本。每於逐句本文之下，先正其字之異同，次審其音而反切，方求作詩之義以釋之，復引經子傳記以證其用事之所從出。離爲五十卷，目曰《草堂詩箋》。凡校讐之例：題曰樊者，樊晃《小集》也；題曰晋者，晋開運二年官書本也；曰歐者，歐陽永叔本也；曰宋者，宋子京本也；王者乃介甫也；蘇者乃子瞻也；陳者乃無己也；黄者乃魯直也。刊云一作某者，係王原叔、張文潛、蔡君謨、晁以道及唐之顧陶本也。又如宋次道、崔德符、鮑欽止，暨太原王禹玉、王深父、薛夢符、薛蒼舒、蔡天啓、蔡致遠、蔡伯時皆爲義説。其次如徐居仁、謝任伯、吕祖謙、高元之，暨天水趙子櫟、趙次翁、杜修可、杜立之、師古、師民瞻亦爲訓解。復參以蜀石碑、諸儒之定本，各因其實以條紀之。至於舊德碩儒，間有一二説者，亦兩存之，以俟博識之決擇。宋嘉泰甲子建安三峰東塾蔡夢弼傅卿識。』其書題嘉興魯訔編次，建安蔡夢弼會箋，首列傳序碑銘，其《自跋》低二格，附魯訔序後。又有《草堂詩話》二卷，題建安蔡夢弼集録。又附刻趙子櫟、魯訔兩人所編《杜工部年譜》。後又有開禧元年雲衢俞成元德父跋，蓋蔡氏因魯訔編次而會箋，俞成元爲之校讐者也。惟魯氏編本分十八卷，蔡氏則離爲五十卷，其采取舊注，每多撮合而加以疏理，并未標出各家姓氏，故謂之《會箋》，朱長儒稱其有倫理者也。此書《四庫全書總目》不著録，蓋當時未見此書。但邵懿辰《四庫簡明目録標注》謂傳是樓有宋板《草堂詩箋》五十卷，《外集》一卷。又稱《季滄葦書目》有《草堂詩箋》二十卷，云宋魯訔撰，并謂《季目》所題，乃見卷首冠以魯訔所撰《年譜》而誤也。又稱《存寸堂目》有宋板蔡氏《詩箋》五十卷，《詩話》二卷，趙氏《年譜》一卷，魯氏《年譜》一卷。又查《絳雲樓書目》亦有宋板《草堂詩箋》十册，不知編《四庫書目》時何以未收得此書？涵芬樓有宋刊本，存三十三卷，係季滄葦舊藏；又存二十一卷，係周九松舊藏。江安傅氏雙鑑樓有殘存宋刊三十五卷，云：『每半葉十一行，每行十九字，注雙行二十五字，爲涵芬樓及烏程蔣孟蘋所舊藏者。邵位西《四庫簡明目録標注》又云：「傳是樓、存寸堂皆存五十卷完本；又峽石蔣寅昉購得禾中金氏舊藏鈔本《草堂詩箋》五十卷。」莫友芝《郘亭知見傳本書目》云：「湘潭袁芳瑛有配全宋本，常熟瞿氏亦有鈔本《草堂詩話》二卷。」此五十卷本《草堂詩箋》，《四庫》雖未著録，而各家所藏尚可考索者也。』又常熟瞿氏亦有宋刻殘本二十六卷，云：『題嘉興魯訔編次，建安蔡夢弼會箋。原書五十卷，附《外集》一卷，今存卷第二十六至末。每卷標明作詩時地，案年編集。卷五十爲《逸詩拾遺》，《外集》爲倡酬附録。其二十七卷後有雲衢俞成元德父校正一行，他卷或有或無。每半葉十一行，每行大字十九，小字二十五。』是瞿氏不僅有鈔本《草堂詩話》，并藏有殘本二十六卷也。又現北京圖書館藏有宋刻殘本卷二十六至五十，與瞿氏同，未審即瞿氏所藏否？至黎庶昌《古逸叢書》影印《草堂詩箋》四十卷，云覆南宋麻沙本；又影印《杜工部詩史補遺》十卷，云覆高麗翻南宋本，每半葉皆十二行。又巴陵方功惠碧琳琅館刊《草堂詩箋》二十二卷，云得於吴荷屋，因刻之廣東。此三本皆宋元時坊刻，非蔡氏五十卷之舊本。江安傅沅叔先生辨之甚詳，其《藏園群書題記》云：『宋刻原爲五十卷，無所謂《補遺》，黎刻本書四十卷，後別出補遺十卷，於是魯氏編年之意全失，此一異也；宋刻與黎刻，自卷一至卷十九，次第相符，下此則顛倒混淆，逐卷參差，此二異也；宋刻每卷標題《杜工部草堂詩箋》，嘉興魯訔編次，建安蔡夢弼會箋。黎刻於書右，或加增修，或加集注，或改題《黄氏集千家注杜工部》，或題《黄氏杜工部草堂詩箋》，其下或單題蔡氏，或單題魯氏，或題臨川黄鶴集注，歧見雜出，不可致詰，此三異也；黎刻卷七第十二葉，卷十第十葉，卷十二第七葉、第十葉，其注文視宋刻無一字相合，此四異也。此外佚字脱文訂正者又數千焉。德化李椒微師言藏有宋本殘帙，又言别藏宋刻十二行本，與高麗本正同。據此推之，則十一行者爲宋代之初刻，十二行者乃坊市之陋刻。凡卷第淆亂，注文脱失，標題錯出，皆自此坊刻始，高麗本即從兹出。黎氏所見必十二行本，宜其凌雜謬妄如出一轍也。又考光緒初元，巴陵方柳橋翻宋本於粤東，言宋本得之吴荷屋家，爲卷二十有二，蓋亦未完本也。檢卷七、卷十、卷十二各葉注文，其妄補與高麗正本同。疑宋時初刻，歲久殘缺，坊賈率意足成，於是一覆於朝鮮，再覆於扶桑，三覆於羊城，謬種流傳遍海内外，世人以爲源出宋刻，遂珍爲善本，不敢啓口而致疑耳。』又考繆藝風《藏書記》有《杜工部詩集》五十卷云：『杜詩分五十卷者止《草堂詩箋》本，而投贈詩另爲一卷。此本亦分五十卷，每卷前一行標某年某地所作，均與《草堂》本同。無注無投贈詩，字畫工整，似爲明初刻本，各家書目未見著録。』案此五十卷無注本，四川圖書館亦藏有此書，題建安蔡夢弼編集，每半葉十行，每行二十字。蓋全從蔡氏原本翻印，惟未將會箋刊入，然藉此猶可見蔡氏本之真面。如蔡氏跋中『杜門十稔』，黎刻誤爲『杜詩十門』則不可通，以後各家轉載，皆同此誤。又黎刻『王原叔』誤作『張原叔』，『方求作詩之義以釋之』，脱一『求』字。似此錯誤，不勝枚舉，而此本皆無脱誤。似此五十卷之會箋本雖不能配全，然得此五十卷之無注本，亦可見蔡氏原刻校勘之精審也。

戊　《王狀元集百家注編年杜陵詩史》三十二卷本

貴池劉氏玉海堂有宋刊本，劉氏又於宣統三年影刻印行。首卷第三行題嘉興魯訔編年并注，四行題永嘉王十朋龜齡集注，并無前人序跋傳志等文。末後劉氏有一跋，述此書之顛末甚詳，兹備録之。《跋》云：『《王狀元集百家注編年杜陵詩史》三十二卷，宋刻宋印。每半葉十三行，每行二十四字。白口單邊，口上有字數，魚尾下作杜詩，亦作寺，一又作六十家杜詩，一云千家注百家注，口上又云六十家注，種種不同，皆坊本故態。首行作《王狀元集百家注編年杜陵詩史》一卷；次行前劍南節度參謀宣義郎檢校尚書工部員外郎賜緋魚袋杜甫子美撰；三行嘉興魯訔編年并注；四行永嘉王十朋龜齡集注。與《天禄琳琅》

所載黄氏《補千家注杜工部詩史》截然兩書：彼則黄希、黄鶴補注，此則魯訔、王十朋注；彼則三十六卷，此則三十二卷。予藏元廣勤堂刊《千家注分類杜工部詩》，徐居仁編次，黄鶴補注，則二十五卷。其集注姓氏，載有嘉興魯訔編注子美詩一十八卷，永嘉王氏名十朋，字龜齡，《集注編年詩史》三十二卷，與此正合。王書本魯氏而成，黄注更後於王本矣。凡詩之有關時事者，皆於題下注明，故謂之《詩史》。所引前人注，均各標名而作白文以別之。按《季氏書目》：王龜齡《注杜詩》三十二卷即此本，書尾有「泰興季振宜滄葦氏珍藏」款一行，下鈐「振宜」朱文方印，前有「季振宜字詵兮號滄葦」朱文大方印，又有「季振宜藏書」小方印可證也。副葉并有「真賞」朱文葫蘆印、「華夏」白文、「方文石太史珍藏圖書」朱文長方印。卷首目録有「乾學」朱文、「徐健菴」白文聯珠小方印。每卷有「商邱宋犖收藏善本」朱文長方印、「緯蕭草堂藏書記」朱文長方印，知爲前朝無錫華氏、華亭朱氏，我朝泰興季氏、崑山徐氏、商邱宋氏所遞藏。中有拙翁文府楷書木戳，似日本人所鈐，或曾流入海外者。予前刻淳熙本《李翰林集》，此雖宋時坊本，注有省減，然世所希有，又經歷代藏書家所寶貴，亟爲影刊，以儷《李集》；并撰札記，考其異同，用饗讀者，佳處當自能審辨耳。其副葉藏印，則移刊諸卷尾焉。歲在癸丑暮春之初，枕雷道士識於上海草鞋楚園。」據劉氏跋，此書本係坊間所刻，乃彙集《六十家注》《千家注》《百家注》各本而成，託名王狀元以欺世售僞者，然以其係出宋刻，故亦爲歷代藏書家所寶重也。又杜詩編年雖出於黄長睿，而蔡氏《草堂詩箋》、黄氏《補注詩史》，及此託名王狀元者，皆用魯訔編次，蓋魯訔稍後出，其考訂精核當必有勝於黄氏者。今黄本、魯本皆已不存，而黄鶴及蔡夢弼之原本又復難見，則此影刻亦并可寶貴矣。

己　《分門集注杜工部詩》二十五卷本

是書不著編者名氏，分七十二門，并録集注杜詩姓氏一百四十九人，又附載吕大防、蔡興宗二家所撰《年譜》。其首載諸家序記傳志，内有温陵宋誼所作陳浩然編校杜詩序云：『唐之時以詩鳴者最多，而杜子美迥然特異，相望數千載之間而獨得古人之大體。其詞曲而中，其意肆而隱，雖怪奇偉麗，變態百出，而一之於法度，不幾於古之言志而咏情者歟！惜乎遒人之不見采，而子美不見知於上，愈窮而愈工，然世之所傳，尚有遺落而不完。頃者，處士孫正之得所未傳二百篇，而丞相荆公繼得之，又增多焉。及觀内相王公所校全集，比於二公，互有詳略，皆從而爲之序，故子美之詩僅爲完備。今兹退休田里，始得陳君浩然授予子美詩一編，乃取其古詩近體，析而類之，使學者悦其易覽，得以沿其波而討其源也。予因其請而爲之序云。元豐五年二月序。』《四部叢刊書録》云：『《分門集注杜工部詩》二十五卷，卷前列王原叔等序記傳贊，次門類集注、姓氏年譜。每葉十八行，每行大二十字，小二十六字，上下黑綫口。《集千家注分類杜工部詩》，元勤有堂刊行，題東萊徐居仁編次，臨川黄鶴補注。此本無撰人名氏，門類集注亦與元槧不同，集注姓氏止有徐居仁名，是尚在黄鶴《補注》之前，誠罕見之秘帙也。』案分類編次，自樊晃《小集》後，即以宋元豐時陳浩然所編之二十四卷本爲最早出，故此本特載宋誼所撰序一篇，以見分類編次之所本也。以後東萊徐居仁即依陳本改編爲二十五卷；此本分卷恐即用徐居仁本，而所析門類先後或仍依陳浩然本。因元勤有堂所刊分類二十五卷本及日本所藏宋紹定時所刊二十五卷本，皆題徐居仁編次，而以紀行類冠首；此則紀行列第十一卷中，而以屬於天文之月星雲雨等列前，正宋誼序中所謂使學者悦其易覽之意也。故惟將徐居仁名列入集注姓氏中，而不著編次人姓名，是蓋坊間所刻而故爲蒙混者也。中間訛誤甚多，所列集注姓氏中，或列郡名，或不列郡名，歧見雜出，而西蜀趙次公、趙彦材則列爲二人，似此之類，不一而足。蓋此本與《王狀元百家注》本，皆坊賈射利者所爲，其出書皆在宋郭知達本之後，而在蔡夢弼、黄鶴本之前，故其書并未引及黄、蔡兩家之説，而凡郭本所采者皆載及之。又此兩本注釋全同，其脱誤處亦同，蓋皆從舊《千家注》出，惟一依年編次、一分類編次差異耳。又此本集注姓氏列入王狀元名，則此本是又稍後王狀元本也。宋人喜注杜詩，今多不傳，賴郭知達、黄鶴諸本之采輯，尚可略窺其崖略，然郭知達本、黄鶴本宋刻極爲難得，此二書有玉海堂、涵芬樓之影印，亦可據此以見宋人舊注之一斑也。此本宋刻原爲南海潘氏所藏，今歸北京圖書館。

庚　《集千家注分類杜工部詩》二十五卷本

《天禄琳琅書目・元板・别集類》著録此書，題宋徐居仁編次，黄鶴補注，二十五卷。載傳序碑銘一卷，注杜詩姓氏一卷，《年譜》一卷，云：『陳振孫《直齋書録解題》曰：「《門類杜詩》二十五卷，稱東萊徐居仁編次，未詳何人云云。」是《門類》係徐居仁所編，而集千家注之名則自黄鶴爲之。書分七十二門，所列諸詩姓氏，始韓愈、元稹，終之以文天祥、謝枋得、劉會孟，共一百五十六家。其曰千家注者，蓋夸大之詞耳。黄鶴字叔似，臨川人，所著有《北窗寓言》，見《江西志》。書中門類後有「皇慶壬子」鐘式木記、「勤有堂」鑪式木記，傳序碑銘後有「建安余氏勤有堂刊」篆書木記，詩題目録及卷二十五後，皆别行刊「皇慶壬子余志安刊於勤有堂」。按皇慶壬子爲元仁宗皇慶元年，前余氏所刊《李太白集》係至大辛亥，與此刻僅隔一年，蓋欲以李杜詩集并行於時，故刻手、印工亦復相等也。』又一部篇目同前，後附文集二卷，云：『此書即前板，惟將傳序碑銘後「建安余氏」篆書木記剷去，别刊「廣勤堂新刊」木記，門類目録後鐘式、鑪式二木記尚存，而以「皇慶壬子」易刊「三峰書舍」，「勤有堂」易刊「廣勤堂」。其詩題目録後別行所刊之「皇慶壬子余志安刊於勤有堂」十二字雖亦劖去，而卷二十五後所刊者，當時竟未檢及，失於削補；所增附之文集二卷，槧印草草，較之前二十五卷，亦不相類，此拙工所爲，雖欲作僞，亦安能自掩也耶？』又一部云：『此本與前第二部爲一時槧印之書，其卷二十五後雖亦無「皇慶壬子余志安刊於勤有堂」一行，乃用別本黏接，非由板中鑱去，係後之鬻書者知其作僞未周，又從而彌縫之耳。』又一部云：『篇目同前記，此書乃以前板重加翻刻，故將建安余氏前後所列之名盡爲削去，其「廣勤書堂新刊」木記，亦復不存，惟以鐘式木記中之「三峰書舍」四字易刊「汪諒重刊」，而鑪式木記之「廣勤堂」則仍其舊。汪諒無考。書中注字本小，一經翻刻，筆畫未免較肥，然紙質、印工，實出前二部之上。』常熟瞿氏亦有元刊本，《鐵琴銅劍樓藏書目録》云：『此即皇慶元年余氏勤有堂刊本，後廣勤書堂得其板，附以文集二卷，故所刊字迹迥異，而目録後及卷二十五末葉原有「皇慶壬子余志安刊於勤有堂」一條，亦已鏟去不存。余氏歷宋及元世，以刻書爲業，勤有堂亦相承弗替。是本與《分類補注李太白詩》同時刊行，繕刻清朗，檢校無訛，雖出後印，亦足貴也。』錢唐丁氏亦有元刊本，其《善本書寶藏書志》云：『《集千家注分類杜工部詩》二十五卷，元廣勤堂刊本，東萊徐居仁編次，臨川黃鶴補注。書中所列諸注姓氏，自韓愈、元稹至文天祥、謝枋得、劉會孟共一百五十六家。卷首標杜工部傳序碑銘，又集注姓氏，又集注門類，又《年譜》一卷，則鶴所撰也。碑銘卷後有「廣勤書堂新刊」六字木記，門類後有「三峰書舍」四字鐘式木印、「廣勤堂」三字鼎式木印，當是皇慶壬子以後所刊也。』又一部云：『明汪諒翻元刊本，前有傳銘序跋題記一卷，黃鶴撰《年譜》一卷，注詩姓名一卷，韓愈、元稹題唐賢，王禹偁至謝枋得題宋賢，劉會孟題時賢。元時有數刻：一爲建安余氏勤有堂，目録後有「皇慶壬子」鐘式木印、「勤有堂」鼎式木印；一爲廣勤書堂新刊，有「三峰書舍」鐘式木印、「廣勤堂」鼎式木印，又有「至正戊子潘屏山刊於圭山書院者」。此爲明汪諒所翻，行款、字數與元刊無異，惟筆畫稍肥耳。刷印用明時官牘殘紙，頗多古趣。汪諒乃金臺書估，柯氏《史記》、張氏《文選》皆其所刊者。又聊城楊氏《楹書隅録》著有元本《集千家注分類杜工部詩》二十五卷，附文集二卷，云：『李、杜詩元時建陽書坊均有分類集注之本，李集宋春陵楊齊賢子見集注，元蕭士贇粹可補注，杜集即此本也。卷首題東萊徐居仁編次，臨川黄鶴補注，蓋分類、分卷俱依居仁之舊，注則以叔似喬梓原本爲主，而續有補益，故書黄氏所輯，注家止一百五十一人，而郭知達《九家集注》成於淳熙辛丑，蔡夢弼《草堂詩箋》成於嘉泰甲子，或在其前三十餘年，或十餘年，殊未引及；此本姓氏中則知達之九家及夢弼均已采列，并以時賢劉氏會孟殿之，凡一百五十六人。每半葉十二行，行大二十字，小二十六字。楊蟠《觀子美畫像》詩後有「廣勤堂新刊」木記，卷之二十五後有「壬寅年孟春廣勤堂新刊」一行。按元有兩壬寅，一大德六年，一至正二十二年，此又不知爲大德、爲至正也。自宋以來，惟杜集注者至多，而爲後人所改駁者亦惟杜集最甚。伏讀《四庫全書總目・集千家注杜詩提要》云：「編中所集諸家之注，真贋錯雜，多爲後來所抨彈，然宋以來注杜諸家，鮮有專本傳世，遺文頗賴此書以存，其篳路籃縷之功，亦未可盡廢云云。」洵稱篤論。顧《四庫》著録者猶是劉須溪批本，諸注皆高楚芳所附入，已删節十之五六。此本乃當時完帙，雖譌舛誠不能免，而去古未遠，援據詳博，要爲注杜諸家之鼻祖也。特今世所見，悉明人從楚芳本覆出者，視楚芳本又多謬誤，正如俗翻東坡詩之百家集注，全非本來面目矣。此本頗不數覯，《四庫總目》亦未之收載也。同治癸亥四月東郡彦合主人購於都門寓邸并識。』又長沙葉啓勳藏有元刊明印本，其《拾經樓紬書録》云：『庚午春日爲先世父考功君校刻《書林清話》，知建安余氏書業衰於元末明初，其皇慶壬子所刊《千家注分類杜工部詩集》，原有「皇慶壬子余氏」木記者，其板後爲葉氏廣勤堂所得，遂將「皇慶壬子余氏」木記劓去，别刊「廣勤堂新刊」木記，其鐘式、鑪式二木記尚存，而以「皇慶壬子」四字易刻「三峰書舍」，「勤有堂」三字易刻「廣勤堂」，目録後「皇慶壬子余志安刊於勤有堂」十二字雖已劓去，而卷二十五後猶未劓補；并别刊文集二卷附印以行，故其字迹與全書迥異。迨明其板又爲金臺汪諒所得，削去「廣勤堂」三字，而以「三峰書舍」四字易爲「汪諒重刊」。惟全書久印低損，故較初印本筆畫稍肥矣。癸酉秋九余從道州何氏東洲草堂收得此本，全書圖記均經剜補，以後附有文集二卷，知非廣勤堂印本，即汪諒印本。蓋書估欲僞充余氏勤有堂本以欺世，差幸不知此中源委，故未將文集割棄，尚有踪迹可尋耳。據聊城楊氏《楹書隅録》元廣勤堂本云：「卷首楊蟠《觀子美畫像》詩後有『廣勤書堂新刊』木記一行，此本於此處既未剜補，又無此一行，已知其爲汪諒得板印行之本。旋從縣人袁氏卧雪樓見一殘本，其卷二十五後『正德己卯春正月吉日金臺書院汪諒重刊』一行，尚未被賈人剜去，乃賤值收之，取與此本比勘，益證此爲明時汪諒印行之本矣。全書每半葉十二行，每行大二十字，小廿六字，首題東萊徐居仁編次，臨川黄鶴補注；蓋分類分卷，俱居仁之舊，注則鶴有所補益也。《四庫全書總目》著録《劉須溪評注》二十卷本，諸注皆高楚芳所附入，已删節十之五六，此乃當時完帙，又爲勤有堂原本，頗不數覯，誠秘笈也。」』案勤有堂、廣勤堂所印，原爲一刻，《天禄琳琅書目》及葉啓勳氏辨之甚詳，惟錢唐丁氏謂元時有數刻：一爲建安余氏勤有堂，一爲廣勤堂新刊；又謂廣勤堂當是皇慶壬子以後所刊，此由不知廣勤堂之板即勤有堂之板，而誤以廣勤堂另有新刊之板也。又聊城楊氏見廣勤堂本有『壬寅年孟春廣勤堂新刊』一行，而不知壬寅爲元大德六年，抑至正二十二年？此亦誤以廣勤堂本爲新刊，而不知壬寅即至正二十二年，上距皇慶元年壬子，恰已五十年，此時值余氏勤有堂書業衰頽，其板遂爲葉氏廣勤堂所得，故另補刊『廣勤堂新刊』一行耳。惟金臺汪諒本，《天禄琳琅書目》

以爲重刻，長沙葉啓勳則認爲仍是一刻，以爲廣勤堂板後復轉歸汪諒，故汪本所印筆畫稍肥。然以吳興劉氏所藏廣勤堂本，已覺刷印稍遲，遠不及故宫所藏勤有堂本之筆畫清朗；若再歷百餘年，其板當更模糊不可讀，而現在汪本雖筆畫稍肥，而反較爲清朗。由此測知明金臺汪諒本則係重刻，葉氏《紬書録》題爲元刊明印，恐誤也。又歸安陸氏有元至正戊子潘屏山圭山書院刊本，其《儀顧堂元槧黄鶴注杜詩題跋》云：『《集千家注分類杜工部詩》二十五卷，次行題東萊徐居仁編次，三行臨川黄鶴補注，次集注杜詩姓氏，次目録，卷二十五後有「至正戊子潘屏山刊於圭山書院」一行。每葉二十四行，每行二十字，小字雙行，每行二十六字。居仁仕履未詳，杜詩分門編類始於居仁，故首題居仁名，見姓氏，建安蔡夢弼名亦在姓氏中，集注曾采及，惟郭知達注不及一字耳。』陸氏又有元至正戊子積慶堂刊本，其《皕宋樓藏書志》云：『《千家分類杜工部詩》二十五卷，元刊元印本，東萊徐居仁編次，臨川黄鶴補注。楊蟠《觀子美畫像》詩後有「積慶堂刊本」木印，是頁板心有「至正戊子二月印」一條。每葉二十二行，每行二十字，所載傳序碑銘詩贊，皆與勤有堂刊本同。』案：積慶堂及潘屏山所刻，同在至正戊子，爲元順帝至正八年，上距元仁宗皇慶元年約三十七年，當是翻刻勤有堂本。陸氏所藏現已歸日本静嘉文庫，清内府舊藏勤有堂、廣勤堂、金臺汪諒各本，現亦不知歸何處？前故宫博物院圖書館所印故宫善本書影，尚有勤有堂所刻本，現北京圖書館所印《杜詩書目》未見此書，惟有積慶堂本，此本當是清時學部圖書館所藏者，而故宫所印勤有堂本，此本當是清時學部圖書館所藏者，而故宫所印勤有堂本，亦似無有矣。獨怪《天禄琳琅書目》所載勤有堂、廣勤堂、汪諒等本甚多，四庫編目時何以未之著録？而其時私家藏本亦多，疆吏亦未之有采進者，亦只如蔡夢弼《草堂詩箋》於他本著録内道及之耳。此勤有堂刊本，涵芬樓尚殘存十二卷，其《燼餘書録》云：『存目録卷三之九，卷十八、十九，卷二十四、二十五，餘均佚。』至丁氏所藏廣勤堂及汪諒本，今在江蘇圖書館，吴興劉氏及瞿、楊兩氏所藏，恐亦尚在國内。又前清學部所藏，尚有朝鮮大銅活字本，題『纂注分類杜詩』，然此係從明本翻印，今亦有殘卷存北京圖書館，日本秘府亦藏有勤有堂刻本一部，并記於此。

辛　《集千家注杜詩》二十卷本

是書《四庫》著録，《提要》云：『不著編輯人名氏，前載王洙、王安石、胡宗愈、蔡夢弼四序。所采不滿百家而題曰千家，蓋務夸摭拾之富，如魏仲舉《韓柳集注》亦虚稱五百家也。其句下篇末諸評，悉劉辰翁之語。宋犖謂：「杜詩評點自劉辰翁始，劉本無注，元大德間有高楚芳者删存諸注，以劉評附之。」此本疑即楚芳編也。編中所集諸家之注，真贋錯雜，亦多爲後來所抨彈，然宋以來注杜諸家，鮮有專本傳世，遺文緒論，頗賴此書以存，其篳路藍縷之功，亦未可盡廢也。』聊城楊氏《楹書隅録》亦著録有元刊《集千家注批點杜工部詩集》二十卷，云：『按《天一閣書目》著録是書，有大德癸卯廬陵劉將孫序云：「先君子須溪先生每浩嘆學詩者各自爲宗，無能讀杜詩者。有高楚芳類粹刻之，後删舊注之無稽者、泛濫者，特存精確必不可無者，求爲序以傳。是書净其繁蕪，可以使讀者得於神，而批評標掇足使靈悟，固《草堂集》之郭象本矣。楚芳於是集，用力勤，去取當，校正審，賢他本草草藉吾家名以欺世者甚遠，相之者吾門劉郁云。」而《四庫全書總目提要》僅據宋犖之言，疑爲楚芳所編，又謂前載王洙、王安石、胡宗愈、蔡夢弼四序，而不及將孫，是當日采進者乃明人覆本。蓋明刻如玉几山人、長洲許自昌等本甚夥，皆無將孫序也。此本以《年譜》冠首，目録及卷一前標題須溪先生劉會孟評點，皆明刻所無，紙墨古雅，洵屬元時舊雕，惟將孫序亦闕失者，則俗賈割去欲充宋槧耳。是書專主須溪評點，故楚芳删附諸注，僅存其半，殊未若

《分類集千家注》本之詳，然《分類》本所采須溪語絶寥寥，正宜合觀，庶可參證。同治癸亥楊紹和識。』又云：『每半葉八行，行十八字，有毛晋私印、愛日精廬藏書各印。』常熟瞿氏鐵琴銅劍樓所藏元刊《集千家注批點杜工部詩》二十五卷，云：『題須溪劉會孟評點，不著何人編輯。須溪子將孫序謂高楚芳以舊注删訂重刊，詩中舊注俱各標名，其不標名及圈點，皆須溪筆。』又錢唐丁氏所藏，則爲明嘉靖刊本，題《集千家注批點補遺杜工部詩集》二十卷，須溪劉會孟評點，云：『是書元槧本無「補遺」二字，題須溪先生劉會孟評點，前爲大德癸卯劉將孫序云：「先君子平生屢看杜集，既選爲《興觀》，他評論尚多，批點皆各有意。高楚芳類粹刻之，後删舊注無稽者、泛濫者，乃特存精確不可無者，求爲序以傳云。」據序當爲高楚芳所編，每卷後有補注刻葉。此本乃明嘉靖九年石亭陳沂序，稱近世刻本競出，王九之後，後取《千家注》刻於家，前載《杜工部年譜》一卷，目録卷一，與元槧同，特無將孫序耳。《天一閣目》收藏此書。』又宜都楊守敬《日本訪書志》有《集千家注杜詩》二十卷，文集二卷，云：『首有元大德癸卯劉將孫序，次目録，前題須溪先生劉會孟評點，次附録各家序跋，及須溪《總論》，次《年譜》，以下惟卷一題會孟評點（文集卷一亦有此題），餘卷并無之。據將孫序，知此本爲高楚芳所編，蓋楚芳删次各家之注而附以會孟評點也。其詩亦分類編次，而與魯訔、黄鶴本皆不甚合，明代白陽山人金鸞、許自昌等所刻，皆從之出而并遺劉將孫序，遂不知編此本者爲何人？朱竹垞竟謂出之蔡夢弼，尤失考矣。《四庫》著録本但稱前載王洙、王安石、胡宗愈、蔡夢弼四序，知其所見亦明刊本。蓋此四序原在附録中，明刊本删存此四序，并劉會孟《總評》十一則盡删之，篇中評語竟不題會孟名，其爲庸妄，何可勝言！《提要》引宋犖謂杜詩評點自劉辰翁始，劉本無注，元大德間有高楚芳者，删存諸注及劉評附之，此本疑即楚芳所編也。是則國朝唯宋牧仲得見此本（《天禄琳琅》所收亦白陽山人本）。今又二百餘年，余始從日本得之，以印證牧仲之説，亦一快也！《提要》稱篇中所集諸家之注，真贋錯雜，蓋指僞東坡注而言，不知此編絶不載東坡注，劉將孫已明言之。《提要》未見劉序，又未暇細核全書，故意此《千家注》中必有東坡注，遂漫爲此説也。』又云：『余又藏一本，每半葉十二行，行亦二十三字，序文每行減一字，板幅亦略縮小，亦爲元刊，而摹印在後，且塗抹滿紙，遠遜此本，附記於此。』按此書原稱《集千家注批點杜工部詩集》，明時於每卷後增入補注，或一二條，乃至十餘條，於是有稱《集千家注批點補遺杜工部詩集》者；又有删去劉將孫序及須溪《總論》十三則，序跋只存王洙、王安石、胡宗愈、蔡夢弼四篇，而書名則稱《集千家注杜工部詩集》者，則明時玉几山人、明易山人、許自昌諸本是也。據劉將孫序，則此二十卷本既非會孟所編，亦非高楚芳所編，因序中只言會孟批點而不言其編次，而高楚芳又只因會孟所評之本，節取舊注附入之，是楚芳只對於舊注加以去取，亦未嘗編次爲二十卷也。則此二十卷之《編年千家注》本，必出於會孟及楚芳之前，而會孟但取正文而評點之，刻之者亦只刻正文及劉氏評點，將孫序所謂『他本草草藉吾家名以欺世』者也。楚芳始删取舊注而附入會孟評點之本中，其於僞蘇注不録，所謂無稽者；師古《詳説》則翦去繁蕪而約取之，所謂泛濫者；故將孫謂其用力勤、去取精、校正審，稱爲《草堂集》之郭象本也。但著録家皆題爲楚芳所編，似不若題爲楚芳輯注之爲當也。此本因裁翦舊文頗稱簡净，以故明人翻刻之者甚多，但往往任意割棄移易，中惟以玉几山人、明易山人本爲最善，《天禄琳琅書目》謂爲明刻之精工者。但此兩本皆題明嘉靖丙申校刊，行款、筆畫無不一一相同。惟一作『玉几山人』，一作『明易山人』四字不同耳。錢唐丁氏謂爲當必書板歸坊，隨時易名也。天禄琳琅藏有此刻數部：有題明易山人者，有題玉几山人者，有割補明易山人款一行者，有玉几山人校刊上有補迹者，天禄琳琅編目時，謂爲是坊賈去其年號以贋宋本也。又有空此一行，亦未别刊姓氏者，編目時謂爲必是明人書賈欲僞作宋槧，嫌其名而掩之也。又莫友芝《郘亭知見傳本書目》稱明易山人爲明陽山人，查莫氏書目多本於邵懿辰《四庫簡明目録》標注，今檢《邵目》，則仍爲明易山人。現西安文史館所輯《杜工部在長安時》資料中所附《杜詩書目》，亦題明陽山人，下云《藝風堂藏書記》，今檢《繆藝風藏書記》亦作明易山人。又楊守敬《日本訪書志》又稱白陽山人，云：『《天禄琳琅》所收，亦白陽山人本。』今查《天禄琳琅書目》只有明易山人本，并無白陽山人本，此恐是莫、楊兩氏偶然誤記耳。又是書日本尚有元大德戊申雲衢會文堂刻本，又有問津堂本，詳見癸節内引日本島田翰《古文舊書考》。

壬　《門類增廣十注杜工部詩》二十五卷本

常熟瞿氏藏有宋刊殘本六卷，其《鐵琴銅劍樓藏書目録》云：『不著何人編輯，卷首題劍南節度參謀宣義郎檢校工部員外郎賜緋魚袋杜一行。其書分類，每類分古律體，後來徐居仁編《千家注杜詩》，亦依之分類。原二十五卷，今存卷一、卷二紀行述懷門，卷七居室鄰里題人居室田圃門，卷八皇族世胄宗族外族婚姻門，卷九仙道隱逸釋老寺觀門，卷十四時門，凡六卷。自一二兩卷外，板心及每卷首行皆爲作僞者剜改，今爲是正之如此。諸家之注俱出宋人：坡云者，東坡有《老杜事實》，朱子謂閩人鄭昂僞爲之者也；趙云者，西蜀趙次公字彦材，注有《杜詩正誤》者也；薛云者，河東薛蒼舒，有《續注杜詩》者也；又薛云者，薛夢符有《廣注杜詩》者也；杜云者，城南杜修可，有《續注杜詩》者也；杜田云者，字時可，有《詩注補遺》，舉其名以别於修可也；鮑云者，縉雲鮑彪，字文虎，著有《譜論》者也。又有新添集注等目，各家成書以外之説，不專一人；集注者，采他書之注也。詩篇每首後，俱有切音。每半葉十二行，行大字二十二，小字夾注三十。宋諱殷、鏡、徵、讓，字有減筆。是書各家書目俱未著録，舊爲吴中袁氏藏本，卷中有袁與之氏袁褧印，袁尚之氏袁季子汝南袁褧諸朱記。』案：此本係出郭知達本後，因郭氏書所采王安石、宋祁、黄庭堅三家是校本，王洙至趙次公六家乃注本，故其書亦題《新刊校定集注杜詩》。此書增入薛蒼舒、杜修可二家，而又削去師民瞻，或即以師氏與王洙并入集注中歟？然既曰十家，而又有集注新添等目，體例已爲不純，又復將郭氏所削去之僞蘇注攙入其間，可謂無識之甚。題曰增廣者，謂其書所集之注增多於郭氏之本也。曰門類及分爲二十五卷，係采用徐居仁之本；瞿氏反以後來徐居仁亦依之分類，可謂前後倒置矣。此本視南海潘氏所藏《門類集注》本、劉氏玉海堂藏《王狀元集百家注》本，尤爲坊間陋刻。今北京圖書館有殘本六卷，恐即爲瞿氏舊藏本也。

癸 《集千家注分類杜工部詩》二十五卷本

此書明清兩代著録家皆不載，惟日本《古文舊書考》著録此書，題紹定槧本，附元槧本數通，島田翰辨之甚悉，然其説錯誤頗多，兹備録於下，再爲駁之。島田翰云：『《集千家注分類杜工部詩》二十五卷者，宋東萊徐居仁所編，而臨川黄希及其子鶴所補注也。鶴之補注，在就居仁排纂《千家注》本，取父及己説補續之，非謂取他説補居仁所未及收，而其二十卷本，即元高楚芳就《千家注》本間加删略，而附之以其師劉辰翁評批者也。是説也，予讀内府之書，然後始得之矣。《四庫總目》謂：「坊行原有《千家注》本，鶴因而廣之，其郭知達《九家注》、蔡夢弼《草堂詩箋》，視鶴本成書稍前，而注内無一字引及，殆流傳未廣，偶未之見。」則妄甚矣。御府儲藏舊刊覆宋本，題《集千家注分類杜工部詩》，署東萊徐居仁編，其書雖不過殘本十五卷，惟其體例則可考據，其不載注文，蓋從《千家注》本所録出也。御府又收一通，蓋元皇慶壬子刻本，而分卷二十五，亦題東萊徐居仁編次，臨川黄鶴補注，而先大夫所獲，則宋紹定辛卯婺州刻本，其分卷題署，并與御府元本同。夫宋本既題曰徐居仁編，而宋本、元本亦并徐氏、黄氏聯署，徐氏名在黄氏前，而黄氏則方補注，是徐氏之必在黄氏先，編次之必出於徐氏，黄氏補注之必在補續徐氏編次本也，確然明矣。且御府舊刊本從宋本緐雕，其題名則《千家注》本之大名，夫惟無注語，可知其從《千家注》本録出，而署名則獨居仁一人，不署黄氏名，是兹二十五卷者，徐氏原帙而爲未經後人改編者也，亦必昭然矣。夫鶴之書成於嘉定丙子，婺州之刊板在紹定辛卯，其間不過十餘年，即是書當最得其真者矣，而其所載諸説，則昌黎韓氏以下七十五家至鳳臺王氏而止。王彦輔增注成於政和初，是則徐氏之編成，蓋在政和、紹興間，政和之與嘉定，其相距又幾歲？若鄭昂、魯訔皆卓卓可觀，而是書俱不援引；且七十五家皆標其姓，希及鶴説，則稱希曰、鶴曰，由是言之，鶴未嘗加增减於徐氏書，無論郭知達《九家注》、蔡夢弼《草堂詩箋》，即精審如鄭、魯二氏亦未之有補增也。於是可見鶴之《補注》，取父及己説補之，非謂取他説補之也。秘府元皇慶壬子余志安勤有堂刻二十五卷，所引彦輔以下增入極多，如迄劉辰翁，是宋末重雕時所攙入，皇慶刻本即據此，故劉辰翁名上題曰時賢，是不啻失徐氏之舊，又已非黄氏之舊矣。二十卷之書視皇慶本，其注本頗有删略，以劉辰翁評語散附句下篇末，是元大德中高楚芳所爲也。秘府收大德戊申雲衢會文堂刻本，卷首有大德癸卯冬須溪子廬陵劉將孫尚友序曰：「先君子須溪先生平生屢看《杜集》，既選爲《興觀》，他評注尚多，批點皆各有意。高楚芳類粹刻之，復删舊注無稽者、泛濫者，特存精確必不可無者，求爲序以傳；楚芳於此注用力勤，去取當，校正審，賢他本草草藉吾家名以欺世者甚遠，相之者吾門劉郁云云。」是二十卷本則出於高氏也。宋槧本缺首尾序跋，首有目録，次集注姓氏，目録末有「紹定辛卯趙氏素心齋鏤刻施行」十三字，題《集千家注分類杜工部詩》卷之一，次行「東萊徐居仁編次，臨川黄鶴補注」，二行聯署；次行「紀行上」三字，又次行「古詩四十首」五字，又次行「北征」二字，以下記注文左右雙邊，半板界長七寸一分，幅五寸五釐，十二行爲半板，行則二十一字，小字雙行，二十五六字，楮墨極精，尤爲可喜。秘府元槧凡七八通，其二十五卷本則一通而已。首有傳序碑銘，詩門類目録，集注姓氏及《年譜》，體式略與宋本同，目録後記「皇慶壬子勤有堂」，卷尾有「皇慶壬子余志安刊於勤有堂」木記。其二十卷本有問津堂本、雲衢會文堂本等數通，而皇國舊刊本皆以問津、會文二本爲藍本，其出於宋本者，即上記殘十五卷本一通而已（原本二十五卷）。』案：島田翰根本錯誤在於以黄鶴《補注》所據本爲徐居仁之分類本，謂鶴未嘗加增減於徐氏書；又誤以勤有堂刻本以題東萊徐居仁編次、臨川黄鶴補注聯署者爲黄氏之真本，故以紹定所刻與勤有堂同，而又早於勤有堂，當更爲黄氏之真本；殊不知黄氏《補注》本爲編年，不是分類，故有題作《詩史》者，清内府所藏三十六卷本，乃爲黄氏之原書也。因宋末元初間，分類之本盛行，而編年之本不甚著，故黄氏《補注》本出後，書坊即以黄氏補注散入分類本中，以圖推廣銷售，元初勤有堂本及南宋紹定本，皆此類也。又據所載自昌黎韓氏以下至鳳臺王氏而止，謂此爲徐氏之真本，斥《四庫提要》之説爲妄，以爲鶴所據者，即此集七十五家説之分類本，并未援引他説以補之，故除七十五家之外，只有希曰、鶴曰之補注也。此不惟不知黄鶴本爲編年，而亦不知徐氏本只分類編次爲二十五卷，并未有七十五家之集説也。杜詩在北宋時只有鄧忠臣僞王洙注及王彦輔增注二種，其他各本只有校語，或偶有一二箋釋者，如黄山谷本、鮑欽止本是也。所謂七十家者，果指何人之注歟？南宋初僞洙注盛行，於是續注、廣注、補遺、正異、正謬之書競出，而坊間集注之風，亦由此盛行，所謂六十家、七十五家、百家、千家之注本，皆夸大其名，虚張人數，按其所録，大多就元祐以來詩話、筆記只要有一二語涉及杜詩者，皆列其名；甚者僞託前人，妄造語句，以圖人數之多，藉以欺世求售者，此一時坊賈之惡習也。由此可知，日本所藏集七十五家説之本，亦坊行之陋本也。又日本舊刊覆宋無注本，題東萊徐居仁編次，據島田翰説，大名題千家注，是從《千家注》本録出者，此亦是采諸人之説，附入徐氏本中，而冠以千家注名，非徐氏之舊也。惟此宋紹定本國内藏書家皆未著録，藉此可知南宋末年書坊多一種坊刻本耳。

四　現存選注、批評及詩話本

甲　劉須溪《批點杜詩》二十卷

此書聊城楊氏有元刻本，每半葉八行，每行十八字。成都工部紀念館所藏，首有虞集一序。又一部明初刻本，首有羅履泰序云：『舊見《後村詩話》中評王、楊、盧、駱，證以杜詩，頗有貶數子意。嘗疑後村誤認杜詩爲貶語。一日須溪談此，先生因出批本示僕曰：「吾意正如此。」時《興觀集》未出也。惟末章僕有欲請者，客至而罷。每自恨賦遠游，病索居，望先生之廬，有不能卒業之愧。今《興觀》行，不載此，每念復見先生所示本，不可得；族孫祥翁得其本以示僕，視六絶句批語，則昔所見也。其舅氏彭鏡溪又詮摘舊注，不失去取，刻之以便覽者。』天一閣著録本則附刻虞、趙二注，前亦有羅履泰序，後有東川黎堯卿跋云：『杜少陵詩，舊注坌冗，探公心曲者尠，頃居秣陵，得劉須溪批本，續見趙東山五言批評，又復明備，不揣并虞伯生七言注，統三子合爲一編，以便檢閲，其闕解質以全集補之。』又有湘江盧綸後序。瞿氏《鐵琴銅劍樓書目》亦著録此書云：『題須溪劉辰翁批點，元虞集伯生注解，東山趙子常批評。前有羅履泰序，後有黎堯卿跋。』案：劉辰翁字會孟，宋太學生，宋亡不仕，學者稱須溪先生。其批點杜詩，蓋取興觀群怨之旨，故名之曰《興觀集》。高楚芳輯其評語，删取舊注，稱爲《集千家注批點杜詩》。須溪之子尚友爲之序者，即前篇所述之本是也。羅履泰所序本則爲彭鏡溪所刻，雖偶摘附舊注，但以須溪所評爲主，故題《劉須溪批點杜詩》，或題《須溪先生批點杜詩》，此黎堯卿所以與虞、趙二注合刻之也。阮元序《杜詩集評》謂：『評杜者自劉辰翁須溪始；辰翁鋪陳終始，排比聲韵，不事訓詁，最得論詩體例。元大德間高楚芳粹刻須溪評點，附列諸注，頗稱爲善本，然已失辰翁本意矣。』又明正德間隴西金鸞單刻須溪評本，謂之《杜詩批注》。胡纘宗可泉爲之序云：『古今批注杜詩者衆矣，其最著者曰劉會孟，曰單元陽，曰董養性，曰虞伯生，曰趙子常。劉、趙其庶乎，單、董、虞亦不可誣也，其他吾無取焉。諸集盛行，而會孟獨少傳；金生鸞學杜者也，若有得於會孟，故獨刻云。』《涵芬樓燼餘書録》有《須溪批點杜工部詩注》元刊殘本十八卷，云：『半葉九行，行十八字，小注雙行，字數同，卷首序目及卷四、五、六均佚。』又有明天啓四年楊人駒輯刻劉須溪批點九種本。

乙　《杜律注》二卷

是書《四庫總目》著録，《提要》云：『舊本題元虞集撰，是編所注杜詩凡七言近體一百四十九首。首載楊士奇序，稱其解《題桃樹》一篇，瞭然於仁民愛物之旨，深得杜意，必伯生所爲，然歐陽玄撰集墓碑，不載其有此書，觀其詞意，亦皆淺近。考元趙汸學詩於集，而所注杜詩，乃無一語及其師。董文玉爲趙注作序，亦疑虞注之非真，然不云實出誰手。案曹安《讕言長語》稱：「元進士張伯成著《杜律演義》，曾昂夫作傳有此名，又有《刊誤》，惜其少傳，往往誤以爲虞伯生。」李東陽《懷麓堂詩話》亦云：「徐仲軒以道嘗謂予曰：《杜律》非虞伯生注，宣德初已有刊本，乃張姓某人注，渠所親見。」合二家之言觀之，則此注實出張伯成手。王士禎《池北偶談》謂：「伯成名性，江西金溪人，嘗著《尚書補傳》，吴伯慶有挽詩云：箋疏定合傳杜律，志銘誰與繼唐碑。」此尤可爲明徵也。』又明《文淵閣書目》有《杜詩邵庵注》一册，案《元史》：『虞集字伯生，宋丞相允文五世孫也；宋亡僑居臨川，與弟槃同闢書舍爲二室，左室書陶淵明詩於壁，題曰陶庵；右室書邵堯夫詩，題曰邵庵。世稱邵庵先生。』故《文淵閣書目》稱集所注爲《邵庵注》也。傳是樓有《杜律虞注》二卷，《天一閣書目》有《杜工部七言律詩》二册，云：『元虞集注，明楊士奇序。』又有《杜律演義》二卷云：『元張性撰，序殘闕。』是此書或題虞注，或題張性《杜律演義》，二刻固并行也。明弘治中，謝省《杜詩長古注解》即用虞氏注杜之法，王弼序云：『杜詩之注至千百家，若近代虞紹庵注杜律，實用文公注《三百篇》法，先訓詁而後章旨，蓋他家所不及；今先生之注，又用虞法而益精以覈者也。』又明陳與郊《杜律注評》二卷，《提要》謂：『是編因元張性《杜律演義》，略施評點，每首皆有旁批，注文亦時有塗乙，大致皆劉辰翁之緒論也。』又趙統《杜律意注》二卷，專釋七言律，其凡例稱所見杜詩惟《虞注》二卷，《提要》謂：『雖頗有所校正而漫無考證。』又顔廷榘《杜律意箋》二卷，《提要》謂：『是編取杜甫詩七言律一百五十一首，先用疏釋，次加證引，名曰《意箋》。蓋取以意逆志之義，其譏僞虞注之草草持論良是，然核其所解，與僞虞注正復相等。』録此數家，即可見僞虞注在明代勢力之大也。

丙　《杜工部五言律詩》二卷

瞿氏《鐵琴銅劍樓書目》著録此書，云：『題元趙汸子常注，前列《舊唐書·杜甫傳》一篇，舊有董文玉序，已失；卷分上下，分朝省、宴游、感時、羈旅、閑適、宗族、送別、哀悼、登眺、朋友、感舊、節序、天文、禽獸、題咏十五類，板刻楮印俱精，明刻中僅見者。案嘉靖中章美中重刻《杜律二注》序云：「關中舊本有虞、趙二注本最爲詳明，支分句解，挈旨探原，宛然朱子釋《詩》家法。」此殆即關中本也。舊爲懷清堂藏書。』《天一閣書目》引明嘉靖丁未章美中序云：『讀杜者容有以文害詞，以詞害意，而於少陵作詩之本旨，多或昧之。惟伯生、子常二注，最爲詳明，支分句解，挈旨探原，宛然朱子釋《詩》家法，故不讀杜不可與言詩，不考二注不可以讀杜。偶閲關中舊本，虞、趙二注類爲一編，而中州文獻地，未有是刻，方與牧伯蓮塘崔君議改梓之，而郟令賓暘熊子慨然捐俸舉之，刻成書此，以識歲月。』絳雪樓有趙東山選《杜詩五言律》四册，吴氏拜經樓題《杜律五言注解》三卷云：『元趙汸注，商山吴氏七松居刻本。』案《明史·儒林傳》云：『趙汸字子常，休寧人。從黄澤游，得《春秋》之要；復從虞集游，獲聞吴澄之學。築東山精舍，著述其中，學者稱東山先生。』故有題趙東山選云。

丁　范梈選《杜子美詩》六卷

文淵閣有《杜詩范選》五册，《絳雲樓書目》有元板范德機《批點杜詩》六册。案《元史·虞集傳》云：『其交游最厚者曰范梈。梈字亨父，一字德機，清江人，卒年五十九。所著詩文多傳於世。梈持身廉正，居官不可干以私，蔬食飲水，泊如也。吴澄嘗曰：「若梈者，可謂特立獨行之士矣。」爲文志其墓，以東漢諸君子擬之。』明洪武中單復注杜詩，即本范梈之旨，其《自序》云：『初讀杜子美，茫然莫知其旨意，注釋者雖衆，率多著其用事之出處耳。或有指其立言之意者，又復穿鑿附會，作詩之旨意，卒莫能白，深竊疑焉，於是屏去諸家注，止取杜子美詩反覆諷咏，似略見大意，亦未昭晰。既又得范德機氏分段批抹杜詩觀之，恍若有得，向所謂莫知而可疑者，始釋然矣。暇日輒取杜子美長短古律詩讀，每篇必先考其出處之歲月、地理、時事，以著詩史之實録；次乃虚心玩味，以《三百篇》賦比興例，分節段以詳其作詩命意之由，及遺辭用事之故，且於承接轉换照應處，略爲之説；其諸家注釋之當者取之，而删其穿鑿附會者，庶以發杜子作詩之旨。積久成帙，題曰《讀杜愚得》，蓋取愚者千慮必有一得耳，非欲多上人也。』《天一閣書目》有《杜詩單注》十卷，又有《讀杜詩愚得》十八卷，單復《自序》皆同。《四庫存目》亦題《讀杜愚得》十八卷，傳是樓有《杜律單注》十卷。蓋書坊兩刻之，亦藉以射利耳。又臨川董益亦有《杜詩選注》，叙稱：『觀舊注如魯訔、黄鶴雖頗詳悉，病其附會穿鑿，徒牽合引據，而於作者之情性，略無見焉。遂校勘諸本，略加删補，必求以著明作者之初意，分門歸類，共爲七卷，庶於初學之士或少助焉。』又明張綎南湖《杜詩五言選序》云：『清江范德機先生批選杜詩，共三百十一篇，皆精深高古之作，蓋欲合《葩經》之數，標點分節，悉有深意。太史公云：古者詩三千餘篇，孔子删之爲三百五篇，皆弦歌之，以求合《韶》《武》《雅》《頌》之音。然則清江《杜選》，其亦有志取於斯耶？惜世罕見其編。余家藏舊本，暇日爲訂其舛訛，釋其大義，刻之郡齋，用貽同志。觀者精思妙悟，觸類而長之，由清江之意而逆杜子之志，以上遡三百篇之旨，詩道盡在是矣。』綎又有《杜詩通》十六卷，《本義》四卷，《四庫存目提要》謂：『是編因清江范德機批點三百十一篇，每首先明訓詁名物，後詮作意，頗能去詩家鉤棘穿鑿之説，而其失又在於淺近。《本義》四卷，皆釋七言律詩，大抵順文演意，均不能窺杜之藩籬也。』

戊　《杜詩箋》一卷

《杜詩箋》，舊稱黄庭堅撰，《説郛》有刻本。案庭堅作《大雅堂記》，略云：『由杜子美以來四百餘年，斯文委地；文章之士，隨世所能，傑出時輩，未有升子美之堂者，况室家之好耶？余嘗欲隨欣然會意處，箋以數語，終以汨没世俗，初不暇給。雖然，子美詩妙處乃在無意於文。夫無意而意已至，非廣之以《國風》《雅》《頌》，深之以《離騷》《九歌》，安能咀嚼其意味，闖然入其門耶？故使後生輩自求之，則得之深矣。使後之升大雅堂者，能以余説而求之，則思過半矣。彼喜穿鑿者，棄其大旨，取其發興於所遇林泉人物、草木魚蟲，以爲物之皆有所託，如世間商度隱語者，則子美之詩委地矣。』錢大昕云：『黄山谷不注杜，嘗謂今人讀杜詩，至謂草木蟲魚皆有比興，如世間商度隱語然者，此最學者之病。』據此則庭堅未嘗注杜，《説郛》所據本，乃好事者鈔録詩話、筆記中所載庭堅之語而成之耳，然此猶勝於假東坡名揑造《故事》之書也，故并列之。

己 《杜陵詩律》一卷

《天一閣書目》著録元書《杜陵詩律》一卷，宋紙烏絲闌鈔本，云：『是編元至治浦城楊載仲弘氏得之工部九世孫杜舉，杜舉得之甫門人吴成、鄒遂、王恭，爲篇四十有三，爲格五十有一。仲弘以授鄒縣孟惟誠，孟因參校增注，復取仲弘集中律詩數篇，附刻於後，以見法不難守而詩可傳世爲不誣也。楊載自有序，其詩五首，京兆杜本跋，孟惟誠有序并識後，又莆人鄭初題并序。』仇兆鰲《杜律重寶辨》云：『元人楊仲弘少游成都，謁杜工部祠，有主祠者乃公九世孫杜舉也。因問曰：「先生所藏《詩律重寶》不猶有存者乎？」舉曰：「吾鼻祖審言以詩鳴世，公子閑生甫，又以詩鳴，至於今源流益遠矣。然甫不傳諸子，而獨於門人吴成、鄒遂、王恭傳其法；今子自遠方來，敢不以三子所授者與子言之。」按仲弘憶記此事在英宗至治壬戌年，上距代宗大曆間，約計四百五十載，其世次應不止九代；且詩法所載杜律五十一首，注釋議論，皆膚淺寡識，未窺作者之意，況《宗武生日詩》，言詩是吾家事，言熟精《文選》理，豈可云詩法不傳於子乎？』按此書係明人僞作，固不待辨，以各家書目有著録者，故并及之。

庚　《草堂詩話》二卷

是書《四庫》著録云：『宋蔡夢弼撰。此書皆論説杜甫之詩，曰草堂者，甫客蜀時所居也。凡二百餘條，皆采自宋人詩話、語録、文集、説部，而所取惟《韵語陽秋》爲多。《宋史·藝文志》載方醇道集諸家《老杜詩評》五卷，方銓續《老杜詩評》五卷，陳振孫《書録解題》載莆田方深道續集《諸家老杜詩評》一卷，又載《杜陵發揮》一卷，今惟方深道書見於《永樂大典》中，餘皆不傳；然深道書瑣碎冗襍，無可采録，不及此書之詳贍。近代注杜詩者，徵引此書多者不過十餘則，皆似未見其全帙。此本爲吴縣惠棟所藏，蓋亦希覯之笈矣。』案《四庫》編目時未獲見《草堂詩箋》，故以此書爲僅存，今所存《草堂詩箋》本，皆附載此書。又常熟瞿氏有鈔本二卷，亦係單行者。

辛　《諸家老杜詩評》五卷

《四庫存目提要》云：『方深道撰，晋江人，官奉議郎，知泉州。舊本題曰元人。案是編見陳振孫《書録解題》，確爲宋人，題元人者誤也。其書皆彙輯諸家評論杜詩之語，別無新義。』《讀書敏求記》云：『方深道取其兄《類集老杜詩史》，益以洪駒父已下詩話凡八家，編次成帙，魚山《箋注》頗有采取於此焉。』案《直齋書録解題》：《諸家老杜詩評》五卷，續一卷，云：『莆田方深道集。』《宋史·藝文志》方深道作方道醇，續作五卷題方銓，與此稍異。《四庫存目》係兩淮馬裕家藏本。

壬 《苕溪漁隱叢話前集》杜甫九卷、《後集》杜甫四卷

《四庫總目提要》云：『宋胡仔撰。仔字元任，績溪人，舜陟之子，官至奉議郎，知常州晉陵縣；後卜居湖州，自號苕溪漁隱。其書繼阮閱《詩話總龜》而作，前有《自序》，稱閱所載皆不録；二書相輔而行，北宋以前之詩話大抵略備矣。然閱書多録雜事，頗近小說，此則論文考義者居多，去取較爲謹嚴；閱書分類編輯，多立門目，此則惟以作者時代爲先後，能成家者列其名，瑣聞軼句，則或附録之，或類聚之，體例亦較爲明晰；閱書惟采摭舊文，無所考正，此則多附辨證之語，尤足以資參訂。故閱書不甚見重於世，而此書則諸家援據，多所取資焉。』案此書成於紹興十八年，《前集》六十卷，題杜少陵者九卷；《後集》四十卷，題杜子美者四卷。云：『余纂集《叢話》，蓋以子美之詩爲宗，凡諸公之說，悉以采摭，仍有標目。』所引元祐以來詩話、筆記之說，約五十家。又嘗稱其先君子手校老杜集，所正舛誤甚多；書中亦嘗引其父三山老人語録之說。又云：『子美詩集，余所有者凡八家：《杜工部小集》則潤州刺史樊晃所序也；《注杜工部集》則内翰王原叔洙所注也；《改正王内翰注杜工部集》則祖寧也；《補注杜工部集》則學士薛夢符也；《校定杜工部集》則黃長睿伯思也；《重編少陵先生集》并《正異》，則東萊蔡興宗也；《注杜詩補遺正謬集》，則城南杜田也；《少陵詩譜論》則縉雲鮑彪也。不知余所未見者更有何集？繼當訪之。若近世所刊《老杜事實》及李歜所注《詩史》，皆行於世，其語鑿空，無可考據，吾所不取焉。』由此可見仔之於杜，學有淵源，而其搜羅杜集，較之晁、陳兩書目所列尤多，其不取僞蘇注及李歜注，亦足以見其去取謹嚴，故《提要》謂諸家援據，多所取資也。若阮閱《詩話總龜》，計有功《唐詩紀事》，所録關於杜甫者不多，兹不列入。

癸　《文苑英華》及《唐人萬首絶句》

《文苑英華》一千卷，《四庫提要》稱：『宋太平興國七年，李昉、扈蒙、徐鉉、宋白等奉敕編，續又命蘇易簡、王祐等參修，至雍熙四年書成，宋四大書之一也。』中録杜詩二百四十餘首。查王洙所編杜集成於寶元二年，上距雍熙四年，約五十二年。是書所載杜詩，必從崇文館舊藏二十卷本録出，其中字句不同處，多足以資參考。選録杜詩者以唐之顧陶本爲最早，顧本南宋時尚存，今則不可復見；則此《文苑英華》所據早於王洙之書，亦可謂舊本之一，足以爲校勘之資也，故特著之。

又宋洪邁《唐人萬首絶句》百卷，《四庫提要》云：『邁於淳熙間録唐五、七言絶句五千四百首進御，後復補輯，得滿萬首，爲百卷，紹熙三年上之。』是編所録杜甫五、七言絶句詩一百三十九首，其與集本字句異同，有足資參考處，亦并列之；至若姚鉉之《唐文粹》，郭茂倩之《樂府詩集》，孫紹遠之《聲畫集》，方回之《瀛奎律髓》，所録杜詩無多，兹不具列。

五　論宋元明治杜風尚之轉變

杜詩由北宋至元明，其間風尚之轉變，約可分爲三個時期：一曰編校時期。蓋由杜詩初顯，人人始從事搜集，各以所得，條次編校，此北宋時然也。二曰注釋時期。編本既定，則有待於注釋，於是稽考史實，辨正名物，廣注集注，由是繁多，此南宋時然也。三曰評選時期。注釋既多，讀詩者厭其繁蕪，乃約取精華，專求作者性情與其詩之妙處，於是評選之風勃興，此元明時則然也。兹再約略言之：搜編杜詩，自唐樊晃六卷本開始後，宋初有孫光憲序二十卷本，鄭文寶序二十卷本；至仁宗時，王洙始聚集九種本，除其重複，得詩千四百有五首，分體編次爲二十卷，此一時也。神宗元豐時，陳浩然又分類編爲二十四卷；徽宗時，黄長睿又用編年法，分爲二十二卷；南宋初，徐居仁又分類編爲二十五卷；吴若分體，蔡興宗編年，皆分爲二十卷；紹興二十三年，魯訔又編年分爲十八卷，此一時也。孝宗時，郭知達集《九家注》，分體編爲三十六卷；寧宗時，蔡夢弼編年分爲五十卷，黄鶴亦就《編年千家注》本分爲三十六卷，此又一時也。惟門類集注引王彦輔本，稱四十九卷，晁《志》題趙次公編注本爲五十九卷，皆疑有誤，彦輔就王洙原本增注，不應分爲四十九卷之多；趙次公就僞洙注本作注，或係二十卷本，或係三十六卷本，亦不應擴爲五十九卷，著録家已疑其有誤。明《世善堂書目》稱趙次公注二十卷，或是其實也。至《王狀元百家注》分爲三十二卷，師古《詳説》分爲二十八卷，方醇道《類集詩史》分爲三十卷，則由作注者或書坊編纂之人任意分卷而已。綜而論之，分體編次以王洙本爲始，以後則以吴若本爲著；分類編次以陳浩然本爲始，以後則以徐居仁本爲著；分年編次以黄長睿本爲始，以後則以魯訔本爲著。此則編次之大凡也。

王洙編本係裒集九種本而成，然在王洙編校前而爲王洙未采及者，則有唐之顧陶本、晋開運二年官書本；與洙同時或稍後者，則有蘇舜欽《别集》本，孫僅本，王安石本，宋祁、歐陽修、蔡君謨、黄庭堅、宋次道諸人本；再後則有張文潛本，晁以道本，陳無已本，陳浩然本，崔德符、鮑欽止之校注本，黄長睿之校輯本，以及胡宗愈《詩碑》本，王欽臣《刊誤》本，蔡興宗《正異》本，又有稱錢唐舊本及吴越人寫本者。南宋初則又有梁權道、卞圜、員安宇等之校補本，其所搜集，或有軼出王洙本之外者；又因當時各人所集之本，字句亦有參差，其得諸民間展轉鈔寫者，又往往多訛誤脱落之處，由是除搜補遺佚外，而又詳勘字句，校正異同，甚至有臆爲改補者。至其校之善者，除王洙本外，亦惟有郭知達氏所采王安石、宋祁、黄庭堅三家以及吴若、鮑欽止二本而已。此校補之大凡也。

王洙編本嘉祐四年刊行後，至哲宗時僞洙注即出；政和間王彦輔增注亦成，迄南宋高宗時，續注、廣注、補遺、正謬之作繼起，於時注杜之風日增月盛，《西清詩話》稱：『都人劉克窮該典籍，嘗注杜子美詩。』洪駒父《詩話》亦云：『余嘗見一老書生，自言注杜詩，取而觀之，注「紈袴不餓死」二句云：「冠上服本乎天者親上，故稱冠，譬之君子；袴下服本乎地者親下，故稱袴，譬之小人。」雖不爲無理，然穿鑿甚矣。』此可見一時風氣之盛，人人競欲注杜也。宋濂云：『杜子美詩，注者無慮數百家，務穿鑿者謂一字皆有所出，泛引經史，巧爲傅會，楦釀而叢脞；騁新奇者稱其一飯不忘君，發爲言辭，無非忠君愛國之意。至於率爾咏懷之作，亦必遷就而爲説；子美之詩不白於世者五百年矣。』此其言雖似太過，然足以見當世之流弊有如此者！今就《千家注》中舉其可稱數者約得十五六家：曰鄭昂《音義》，曰洪慶善《辨證》，曰蔡興宗《正異》，曰薛夢符《廣注》，曰薛蒼舒《補遺》，曰杜修可《續注》，曰杜田《正謬》，曰魯訔《校注》，曰鮑彪《譜論》，曰趙次公注，曰師古《詳説》，曰杜仲高《發揮》，曰師尹，曰余夔，曰杜定功，曰吕祖謙。中以趙次公爲最善，以後錢箋、朱注尚多采取之。至集合各家之注而成一書，如九家、十家、百家、千家之屬，其可稱數者亦約有三家：一郭知達《集九家注》，此係取王安石、宋祁、黄庭堅三家校本及王洙、薛夢符、杜田、鮑彪、師尹、趙次公六家注本而成，選擇甚精，而已亦未妄加評論。二蔡夢弼《草堂詩箋》，此書采取各家校注，較郭知達本爲詳博，然多融會各家之説而串解之，不皆出各家之名姓，故號其書曰《會箋》，謂會各家之説而箋釋之也。三黄鶴《補千家注》，此蓋就當時《千家注》本而詳考史實，爲之補注，於原書各條後加希曰、鶴曰以別之，此其集注本之善者也。若《千家注》本之稍可取者，則元勤有堂本及高楚芳本而已。此南宋時注釋之大凡也。

注釋之弊既出，於是避實趍虚，棄繁就簡，而評選之風作矣。其始也，劉會孟竊取山谷及朱子説詩之意，於詩之虚處，體會涵咏，以求得作者之情性，於學詩者始有啓發開悟。虞伯生、趙東山、范德機皆承其風，或批選七律，或批選五律，於是學詩者皆樂其簡易可從；又或指陳作詩之法，舉例以明，或探述作者之意，各析章句，如元好問之《杜詩學》，俞季淵之《杜詩舉隅》，楊士弘之《詩格》，劉應登之《杜詩句解》，黄鐘之《杜詩注釋》，劉霖之《杜詩類注》，申屠致遠之《杜詩纂例》，曾巽申之《韵編杜詩》，皆此類也。至傅若川又類輯楊仲弘、揭曼碩、范德機所解而成《杜詩類編》，是皆爲初學詩者計也。明時繼之者則有單復之《讀杜愚得》，張綎之《杜詩通》，趙統之《杜律意注》，顔廷榘之《杜律意箋》，陳與郊之《杜律注評》，董益之《杜詩選注》，謝省之《杜詩長古注解》，王繼楨之《杜律頗解》，温純之《杜律一得》，趙大綱之《讀杜測旨》，郝敬之《批選杜詩》，錢孺穀之《小瀛洲杜詩》，郭正棫之《批點杜工部七言律》，杜啓之

《集注杜工部七言律》。各家所見淺深雖殊，然皆無甚可取，誠以摭實者雖繁，尚有足資參考處，憑虛者則往往逞一人之私見而已。至若楊慎、張含、鄭善夫、王慎中、王世貞、胡震亨輩所評，於杜詩輕肆詆毀，妄施塗抹，雖索瘢摘瑕，有微中處，然適足以亂人耳目；惟唐元紘所作《杜詩攟》，則係指摘《千家注》之誤，《四庫總目》著録之。此元明兩代評選之大凡也。又據明人周弘祖《古今書刻》所録隆慶以前各省官刻之書，杜詩有内府刻、蘇州刻、湖廣按察司刻；《杜詩集注》有都察院刻、常州府刻、四川布政司刻；杜詩五言白文，保定府刻；《杜詩類選》，廣平府刻；李杜白文，常州府刻、徽州府刻；《讀杜愚得》，常州府刻；《杜律虞注》，常州府刻、徐州府刻、衢州府刻、河南府刻、福建書坊刻；《杜工部詩》，建寧府刻；《杜律趙注》，福建書坊刻；《杜詩范注》，武昌府刻；《劉須溪批點杜詩》，河南府、重慶府刻；《杜詩選注》，趙府刻；《杜詩注解》，山西布政司刻；《杜律》，鳳翔府刻；《草堂游咏詩》，四川布政司刻；《李杜千家詩》，雅州府刻。此就當時所刻之本，亦可見其風會之所向也。若《文淵閣書目》尚列有《杜浣花集》《杜草堂集》《杜詩發微》《杜詩集箋》《杜詩解》《杜詩節齋解》，今其書皆亡，則無由知其撰述之人及其書之内容矣。

六　辨僞注及千家注之訛誤

今且先辨僞洙注。考王洙編本初刻於嘉祐四年，原無注，止有公自注及校語，如一作某、或作某之類。王琪後記云：『如原叔之能文稱於世，止作《記》於後。』則王洙未作注可知。晁公武《郡齋讀書志》云：『皇朝自王原叔後，學者喜言杜詩，世有爲之注者，率皆淺鄙可笑，有託王原叔者，其實非也。』陸氏《儀顧堂題跋・影宋鈔王洙本杜詩跋》云：『原叔未嘗注杜詩，觀王琪《後記》可知。今通行本《九家注》《十家注杜詩》所采王原叔注，實元祐間秘閣校對鄧忠臣字慎思所作，見《中州集》卷二引吴激彦高説。浙本前有王祖寧序，備言其祖未嘗注杜詩，與《讀書志》及吴彦高説合。』查元好問《中州集》卷二『祝太常簡』條云：『簡字廉夫，宋末登料，國初仕至太常丞兼直史館，有《嗚嗚集》行於世。其《詩説》有云：「予政和丁酉任洺州教官，是時括蒼鮑慎由欽止出所注杜詩，説『天王守太白』，守讀如狩於河陽之狩；『高秋登寒山，南望馬邑州』，馬邑州在城北界。予檢《唐書》志，實應元年徙馬邑州於鹽井城，欽止爲有據矣。舊注馬邑屬雁門，與杜子美作詩處全無關涉，後人遂謂王原叔謬於牽引，不知原叔初不注杜詩；予識其孫彦朝，彦朝不説杜詩非其大父注，蓋彦朝不學，見流俗皆讀舊注，因而認有。可嘆！可嘆！」好問常以此問趙禮部。趙云：「廉夫前輩必不妄，試更考之。」今日見吴彦高《東山集》，有《贈李東美詩》，引云：「元祐間秘閣校對黄本鄧忠臣字慎思，余柳氏姨之夫；今世所注杜工部詩，乃慎思平生究竭心力而爲之者，鏤板家標題，遂以託名王原叔翰林，兩王公《前、後記》初無一語及此注，而《後記》又言：『如原叔之能文，止作記於後。』則原叔不注杜詩爲可見矣。舉世雷同，無爲辨之者。宣和近貴李東美有才藻，善行書，且喜作小楷，所寫《杜集》，精密遒麗，有足嘉賞，嘗爲作古詩一篇，紙尾因記鄧公事，後人聞此，其誰不疑？然予少時目擊，不可不識，姑以告李侯，非求於後人也。」彦高此説，正與廉夫合，近歲得浙本杜詩，是原叔之孫祖寧所傳，前有序引，備言其大父原叔未嘗注杜詩。廉夫、彦高益可信，故併記於此。』工詩又《中州集》卷一『吴學士激』條云：『激字彦高，宋宰臣栻之子，王履道外孫，而米芾元章婿也。工詩能文，字盡得其婦翁筆意，將命帥府，以知名留之，仕爲翰林待制。』是彦高與廉夫皆北宋末人而留於金者，所言當得其實。又《復齋漫録》云：『早時金碗出人間，鄧忠臣乃引茂陵玉碗爲據；少陵豈以玉碗爲金碗哉？蓋指盧充幽婚事也。』此皆説明王洙本無注，而注乃鄧忠臣所作也。至洪駒父《詩話》乃云：『世所行注老杜詩云是王原叔，或云鄧慎思所託，甚多疏略，非王、鄧書也。』是又以世所行洙注，不惟非王原叔作，亦且非鄧慎思作。查《直齋書録解題》有鄧忠臣《玉池集》十三卷，云：『考功郎湘陰鄧忠臣慎思撰。熙寧三年進士，坐元符黨廢不用，崇觀間卒。平生著述至多，嘗和杜詩全帙，又嘗獻《郊祀慶成賦》及《原廟詩》百韵，裕陵喜之，擢爲館職。』又《續文獻通考》有鄧忠臣《同文館唱和詩》十卷云：『同文館本以待高麗使人，元祐間忠臣等同考校，即其地爲試院，因録同舍唱和之作，彙爲一編。其相爲酬答者，史臣而外，爲張耒、晁補之、蔡肇、耿南仲、柳子文、李公麟、孔武仲等十一人。』是忠臣亦能文之士。陳氏稱和杜詩全帙，恐即注杜詩之誤聞；忠臣此注恐即作於成進士後，書之成或即在元豐、元祐之間，其時正值王安石提倡杜詩，承其學者無不惟杜是尚；其書之印行亦即在紹聖、元符之際，因黄庭堅卒於崇寧四年，已曾見其書也。忠臣此書因成書甚速，故疏陋紕繆之處實多，不獨《廣注》《續注》《正謬》《正異》

之勒爲專書者多所匡正，即當時詩話、筆記中舉其疏陋，正其謬誤，亦復不少。如張戒《歲寒堂詩話》補注杜詩三十餘條，胡仔《苕溪漁隱叢話》稱：『余據舊聞，補王洙注所未及者二十餘條。』又云：『近世有小説《麗情集》，首叙子美因食牛肉、白酒而卒，此無據妄説，不足信；今注子美詩者亦假王原叔内翰之名，謂甫一夕醉飽卒者，無乃用小説《麗情》之語耶？』洪駒父《詩話》亦舉其紕繆甚者云：『佛經稱善巧方便僧璨、惠可二祖師名，故詩云：「何階子方便。」又曰：「吾亦師璨可。」注乃云：「子方田子方，璨可詩僧。」顧愷之小字虎頭，維摩詰是過去金粟如來，故《乞瓦棺寺顧愷之畫摩詰像》詩卒章云：「虎頭金粟影，神妙獨難忘。」注乃云：「虎頭僧像，金粟金地崇飾。」此殊可笑也。』王直方《詩話》云：『近世有注杜詩，注「甫昔少年日」，乃引賈少年；「絶域三冬暮」，乃引東方朔三冬文史足用；「寂寂繫舟雙下泪」，乃引賈誼不繫之舟；「但看古來盛名下」，乃引《新唐書·房琯贊》云：「盛名之下爲難居。」真可發觀者一笑。』此皆舉僞洙注之失者也。然此書在北宋末即已大行，雖鳳臺王彦輔《增注》不能與之比擬。此其故有二：一、彦輔之名遠不及王洙，世人震於王洙之名，故不辨真僞，而一意崇信，雖有疑其僞者，亦未有公然指斥。二、杜詩號稱難讀，洙注首出，亦屬詳明，《千家注》中所引洙注亦居十之七八，又況每一著述踵成者易，創始者難，如子美詩之博大，其始爲之注，豈能免於疏陋紕繆之失耶？故趙次公號爲少陵忠臣，亦止據洙注而爲之補正；郭知達《集注》，選擇甚精，而注本亦以王洙爲首。晁公武雖疑非王原叔作，而亦著録之；迄至清人注杜，尚有引其説者，足以見其雖鄧忠臣僞託，而其書亦自有其不可廢者在也。

至僞蘇注則純係杜撰，非僞洙注之可比，郭知達序所謂：『有好事者撰其章句，穿鑿附會，設爲事實，託名東坡，刊鏤以行，欺世售僞，有識之士，所爲浩嘆。』《直齋書録解題》云：『世有稱東坡《杜詩故事》

者，隨事造文，一一牽合，而皆不言其出，且其詞氣，首末如出一句，蓋妄人僞託以欺世亂俗者，書坊勦入《集注》中，殊敗人意。』趙與時《賓退録》云：『有俗子假東坡名注杜詩。』葛常之《韵語陽秋》云：『時有妄人，假東坡名作《老杜事實》一編，無一事有據。』朱子跋云：『章國華以所集注杜詩示予，其用力勤矣。然其所引《東坡事實》者，非蘇公作；聞之長老，乃閩人鄭昂尚明僞爲之，所注事皆無根據，反用杜詩見句增減爲文，而傅其前人以爲鄭昂僞作。』查鄭昂有《杜詩音義》，書頗詳實，决不爲此無稽之談，朱子所云，恐亦係傳聞之誤也。又章國華集注當在孝宗乾道時，但不知爲六十家注或千家注之本耳。又有所謂李歜注《詩史》者，《苕溪漁隱叢話》云：『余觀注《詩史》是二曲李歜述其自叙云：「歜上書之明年，言狂意妄，天子不加鑊樵，全生棄逐嶺表，東坡先生亦謫昌化，幸忝門下青氈，又於疑誤處援先生指南三千餘事，疏之編簡，聊自記其忘遺爾。」然三千餘事，余嘗細考之史傳小説，殊不略見一事，寧盡出於異書耶？以此驗之，必好事者僞撰以誑世，所謂李歜者，蓋以詭名耳。其間又多載東坡語，亦當是僞撰。近時又有箋注東坡詩句者，其集刊行，號曰《東坡錦鏽段》者，亦隨句撰事牽合，殊無根蒂，正與李歜注《詩史》同科，皆不可信也。』又云：『近世所刊《老杜事實》及李歜所注《詩史》皆行於世，其語鑿空，無可考據，吾所不取焉。』

兹再談《千家注》本，自北宋時王安石、黄庭堅盛推杜甫後，兩家友朋及其門下，無不皆讀杜詩，故自元祐以來，詩話、筆記其對於杜詩之評論及考訂語句甚多，因此書賈射利之徒，遂采入僞洙注中，由僞洙注二十卷而擴爲三十六卷，或仍標王洙注，或逕稱六十家、七十五家、百家、千家，或又有託王狀元名者，或有依徐居仁編次爲《分類千家注》者，或有依魯訔編次爲《編年千家注》而稱爲《詩史》者。按其所列姓名至多時，亦不過一百五十六家，此一百五十六家中如韓愈、楊蟠、孫何有咏及杜甫之詩，各録爲一家；元稹作《墓志》，録爲一家；張逸、宋誼有序，録爲一家；江西詩派中人，王氏門人有語句在詩話、筆記中者，皆一一摘出，各稱爲一家。趙彦材、趙次公本一人而録爲二家。又因急於求售之故，采擇不精，訛誤百出，有非洙注而誤標洙曰者，有實洙注而上不標洙曰者；有係兩人之注而誤合爲一條者，有引同姓之人而分辨不清，如師尹、師古二人，有時稱師曰，或稱師先生曰，則未知爲何人？而又僞託前人名，如曾鞏曰，劉敞曰，王十朋曰。按其所解，皆膚淺無意義。其尤足厭憎者，引僞蘇注滿紙充斥，所以後人對於《千家注》痛駁醜詆不遺餘力也。然余謂《千家注》本，在今日亦有可寶之處，以宋人注本亡佚殆盡，賴有《千家注》本尚可尋求一二，今且以郭氏《九家注》本爲主，而於《千家注》中再采及薛蒼舒、師古、杜定功等之説，又以郭本與《千家注》本之相同者，參互對勘，則前所謂可稱數此十五六家之注，亦可略得其梗概。因此《千家注》本雖謬，亦在所不可廢者矣。

附唐宋元明各本年代先後及存佚表

書名卷數及編注人姓名	編注或鈔刻年代與地點	備考	存佚
《杜甫集》六十卷		《舊唐書》甫傳、《新唐書》志、樊晃及王洙序	佚
古本二卷		王洙引	佚
蜀本二十卷		王洙引，崇文館著録，疑即此本	佚
《集略》十五卷		王洙引	佚
錢唐舊本		見《苕溪漁隱叢話》	佚
吴越舊鈔本		見《苕溪漁隱叢話》	佚
樊晃《杜工部小集》六卷		王洙引，蔡夢弼引，又見《宋史》	佚
顧陶《唐詩類選》二十卷本	以上唐時編本	蔡夢弼引，又見陳振孫《書録》	佚
晋開運二年官書本	五代晋時	蔡夢弼引	佚
孫光憲序二十卷本	北宋初年	王洙引	佚
鄭文寶序《少陵集》二十卷	北宋初年	王洙引	佚
張逸序蜀本《子美詩》十卷		《門類集注》引	佚
《别題小集》二卷本		王洙引	佚
李昉《文苑英華》本	太宗雍熙四年編	録杜甫詩約二百四十首	存
潘閬《杜詩句》一卷		見《宋志》	

書名卷數及編注人姓名	編注或鈔刻年代與地點	備考	存佚
孫僅序《杜工部詩集》一卷	真宗時	王洙引，《門類集注》引，今存孫僅一序	佚
蘇舜欽《杜子美別集》本	仁宗景祐中編	今存蘇舜欽序一篇	佚
王洙編《杜工部集》二十卷	仁宗寶元二年編成，仁宗嘉祐四年王琪刻於蘇州	汲古閣毛氏藏，清代著録家已未見此書	存
裴煜補遺文九篇，題曰《集外詩》	英宗治平中刊附蘇州本後	南宋初蜀中有翻刻本	佚
明末汲古閣毛氏影鈔蘇刻本		此本爲歸安陸氏所得，現歸日本岩崎静嘉文庫	存
明末絳雲樓錢氏影鈔本		此本後爲昭文張金吾所得，今未知歸何處	存
《杜工部詩後集》，王安石編校本	仁宗皇祐四年《四家詩選》本	郭知達引，蔡夢弼引，又見陳《録》	佚
宋祁校本	仁宗時	郭知達引，蔡夢弼引	佚
歐陽修校本	仁宗時	蔡夢弼引	佚
蔡襄校本	仁宗時	蔡夢弼引	佚
宋次道校本	神宗時	蔡夢弼引	佚
吕大防編《杜工部年譜》	神宗時	吕大防考訂本佚，年譜今載《分門集注杜詩》内	存
陳浩然編《分類杜詩》二十四卷本	神宗元豐五年	今存宋誼一序，見《門類集注》本	佚
鄧忠臣《僞洙注》二十卷本	哲宗時	原書雖佚，今散見九家注、百家注、千家注中者甚多	佚
蘇子瞻本	哲宗時	蔡夢弼引	佚

書名卷數及編注人姓名	編注或鈔刻年代與地點	備考	存佚
胡宗愈草堂詩碑本	哲宗元祐五年刻	蔡夢弼引，今存胡宗愈《詩碑序》一篇。	佚
黄庭堅大雅堂石刻本	哲宗元符三年刻	今存黄庭堅《石刻杜詩記》一篇	佚
黄庭堅校本	哲宗時	郭知達引，蔡夢弼引	佚
張文潛本	哲宗時	蔡夢弼引	佚
晁以道本	哲宗時	蔡夢弼引	佚
陳無己本	哲宗時	蔡夢弼引	佚
王欽臣仲至《杜詩刊誤》一卷	哲宗時	見晁《志》，《宋史》誤作薛蒼舒。	佚
崔德符校本	哲宗時	蔡夢弼引	佚
鮑欽止校本（《宋志》：《杜詩標題》三卷，疑即此本）	徽宗時	蔡夢弼引，王圻《續文獻通考》：『鮑慎由注杜詩及文集二十卷。慎由，龍泉人，字欽止。』	
王彦輔增注《杜工部詩》二十卷	徽宗政和三年	今存王彦輔序一篇	佚
鳳臺子《和杜詩》三卷		見宋志	
蘇軾《老杜事實》			
黄長睿校定《杜工部集》二十二卷本	徽宗政和中編成，高宗紹興六年刻	李綱有序，見《東觀餘論》	佚
吴若校定《草堂全集》二十卷本	高宗紹興三年建康府學刻本	吴若有《後記》一篇	佚
徐居仁編《門類杜詩》二十五卷本	南宋初年	蔡夢弼引，《門類集注》引，又見陳《録》	佚

書名卷數及編注人姓名	編注或鈔刻年代與地點	備考	存佚
《集注草堂杜工部詩外集》一卷，卞圜補輯本	南宋初年	以下三家所補，蔡夢弼輯爲《逸詩》一卷，附刻全集後，又見《浙江通志》	佚
員安宇補輯本	南宋初年	見《宋志》	佚
梁權道編校《杜工部集》本	南宋初年	錢、朱二注引	佚
卞大亨《改注杜詩》三十卷	南宋初年	見王圻《續文獻通考》	佚
蔡興宗編《杜甫詩》二十卷并《正異》	南宋初年	蔡夢弼引，又見晁《志》	佚
洪興祖《辨證》二卷	南宋初年	見《宋史》	佚
鄭昂《杜少陵詩音義》	紹興元年	《門類集注》引	佚
僞洙注三十六卷本	南宋初年	見《宋史》	佚
重刻王洙編二十卷本	紹興初年刻於蜀中	裴煜遺文九篇，散入各卷，見陳《録》	佚
改正王內翰《杜工部集》			
王祖寧重校刻王洙編二十卷本	紹興初年刻於浙中	見歸安陸氏《儀顧堂題跋》，又見《漁隱叢話》	佚
薛夢符《補廣注》二卷	紹興時	郭知達引，蔡夢弼引	佚
杜田《補遺正謬》十二卷	紹興時	郭知達引，蔡夢弼引，又見《宋史》	佚
鮑彪《譜論》十卷	紹興時	郭知達引，《門類集注》引，蔡夢弼誤以《譜論》爲鮑欽止撰	佚

書名卷數及編注人姓名	編注或鈔刻年代與地點	備考	存佚
趙子櫟《杜工部年譜》	紹興時	蔡夢弼引	佚
杜修可續注二卷	紹興時	蔡夢弼引	佚
胡仔《苕溪漁隱叢話前集》杜甫九卷，《後集》杜甫四卷	紹興十八年	録元祐以來及南宋初詩話、筆記有關杜詩者四十餘種	存
趙次公校注正誤五十九卷	紹興時	郭知達引，蔡夢弼引，又見晁《志》，明《世善堂書目》作二十卷	
劉克莊《杜子美詩集注》		蔡正孫《詩林廣記》引《西清詩話》	佚
薛蒼舒補遺五卷續注補遺八卷	紹興時	蔡夢弼引，又見《宋史》	佚
章國華《集注杜詩》		見朱晦庵題跋	佚
魯訔《編注杜詩》十八卷附《年譜》	紹興二十三年	蔡夢弼編本即依此，惟分卷不同	佚
吕祖謙《三大禮賦注》		《絳雲樓書目》有宋刻本，錢箋已全采取之	佚
莊綽《杜集援證》		見陳孝先《雞肋編跋》	佚
杜旃《杜詩發揮》一卷	紹興時	見陳《録》	佚
陳禹錫《杜詩補注》		見《陳後村先生大全集》	佚
杜定功	紹興時	《門類集注》引	佚
洪咨夔《杜詩注》		見《杭州府志》	佚
師尹	紹興時	郭知達引，蔡夢弼引	佚
師古《杜詩詳説》二十八卷	紹興時	蔡夢弼引，又見《宋史》	佚

書名卷數及編注人姓名	編注或鈔刻年代與地點	備考	存佚
陳餘《千集杜詩》		見《真西山集》	佚
杜詩六十家集注本		見《王狀元百家注杜陵詩史》內	佚
二十家注杜甫集二十卷本		見《述古堂》及《也是園書目》	存
杜詩千家注七十五家本		見島田翰《古文舊書考》	存
《王狀元集百家注杜少陵詩史》卅二卷	宋刻本	見《季滄葦書目》，後歸貴池劉氏，劉氏有影宋刻本	存
《門類集注杜詩》二十五卷	宋刻本	舊藏南海潘氏，現歸北京圖書館	存
郭知達《集九家注杜詩》三十六卷	南宋曾噩重刻於廣東	《四庫》著録清內府藏，又有聚珍板擺印本	存
《門類十家注杜詩》二十五卷	宋刻本	舊存歸安陸氏	存
蔡夢弼《草堂詩箋》五十卷	宋刻本	清代各藏書家多有殘存本	存
又《草堂詩話》二卷	宋刻本	《四庫》著録	存
《黄氏補千家注杜詩》三十六卷	宋建陽刻本	清內府藏，《四庫》著録，絳雲樓、季滄葦皆有宋刻本，現北京圖書館有此書	存
《分類千家注杜詩》二十五卷	宋紹定時刻本	見島田翰《古文舊書考》	存
《少陵詩總目》		見《遂初堂書目》《漁隱叢話》	
洪邁《唐人萬首絶句》		録杜詩一百三十餘首	存
《詩史書辨》		見尤袤《遂初堂書目》	佚
陳應行《杜詩六帖》十八卷		仿白孔六帖之例	佚
方醇道《類集杜甫詩史》三十卷		見陳《録》及《宋史》	佚

書名卷數及編注人姓名	編注或鈔刻年代與地點	備考	存佚
《老杜詩史》十卷		見《也是園書目》	
方深道《諸家老杜詩評》五卷		《四庫存目》	存
方銓續《諸家老杜詩評》五卷		見《宋史》	佚
曾季輔《杜詩句外》		文文山爲作序，見《文文山全集》	佚
林越《少陵詩格》一卷	《四庫全書》鈔本	《四庫》著録	佚
文天祥《集杜詩》四卷		載《文文山先生全集》内	存
趙汝談《杜詩注》		見《續文獻通考》及《杭州府志》	佚
謝枋得《批點子美詩》			
《元好問杜詩學》一卷		明《文淵閣書目》，《菉竹堂書目》題三卷，又見錢大昕《補元史藝文志》	佚
《分類千家注杜詩》二十五卷	元仁宗皇慶元年建安余氏勤有堂刻本	此板後歸廣勤堂，附刻文集二卷，明汪諒刻本同	存
《劉須溪評點杜詩》二十卷	元刻本	無注，有劉須溪圈點，天一閣有明刻本，後附虞、趙二注	存
高楚芳《編年千家注杜詩》二十卷	元刻本，前有劉將孫序	明時玉几山人、明易山人、許自昌等本皆從此本翻刻，削去劉將孫序	存
虞集《杜詩注》二卷	明刻本	此注爲張性伯成僞託，又稱《杜律演義》，《四庫存目》題《杜律論》。	存

書名卷數及編注人姓名	編注或鈔刻年代與地點	備考	存佚
趙汸《杜詩注解》四卷	明刻本	天一閣有《杜律》二注本，又吳氏七松居刻本	存
楊載《杜陵詩律》一卷	明刻本	天一閣有鈔本，乾隆時顧龍振輯刊《詩學指南》本	存
范梈《批選杜詩》六卷	元刻本	一題《南湖杜詩五言選》	存
俞浙《杜詩舉隅》	明刻本	明洪武中宋濂有序，見錢大昕《補元史藝文志》	佚
申屠致遠《杜詩纂例》十卷		見錢《補元史藝文志》	佚
傅若川《杜詩類編》三卷		《傳是樓書目》有《杜詩類編》三卷，見錢《補元史藝文志》	佚
劉應登《杜詩句解》		見錢《補元史藝文志》	佚
黄鐘《杜詩注釋》		同上	佚
劉霖《杜詩類注》		同上	佚
曾異申《韵編杜詩》十卷		同上	佚
楊維楨序《詩史宗要》		仇引	佚
黄庭堅《杜詩箋》	明《説郛》刻本	此係後人采集而成，非黄氏所親撰，故列此	存
《杜詩發微》		見《明文淵閣書目》及《菉竹堂書目》	佚
《杜詩節齋解》		同上	佚
《杜詩集箋》		同上	佚

書名卷數及編注人姓名	編注或鈔刻年代與地點	備考	存佚
《杜詩補注》		同上	佚
《杜詩解》		同上	佚
《杜草堂集》		同上	佚
《杜浣花集》		同上	佚
蔡夢弼編《杜工部詩集》五十卷	明初刻本	《藝風堂藏書記》著録此本，四川圖書館亦藏有此本	存
單復《讀杜愚得》十八卷	明宣德時朱善慶刻本	《四庫存目》《天一閣書目》有《杜詩單注》十卷，又有《讀杜愚得》十八卷	存
張綖《杜詩通》十六卷、《本義》四卷	明隆慶刻本	《四庫存目》	存
楊慎、張含《批選杜詩》六卷	明嘉靖刻本，又闟齋伋刻硃套本	四川省圖書館有嘉靖刻本	存
郝敬《批點杜詩》四卷	山草堂集本		存
謝省《杜詩古律選注》	明弘治刻本	仇兆鰲引《天一閣書目》有《杜詩長古注解》	存
趙大綱《讀杜測旨》二卷	明嘉靖刻本	《天一閣書目》作《杜律測旨》	存
顔廷榘《杜律長箋》二卷	明嘉靖刻本	《四庫存目》	存
董益《杜詩選注》七卷	明刊本	《天一閣書目》著録	存
姚鳴鳳《杜詩類集》	明刊本	《天一閣書目》著録二册	存
林兆珂《杜詩鈔述注》十卷	明衡州刻本	《四庫存目》	存
《白文分體杜工部集》	明正德時刻本		存

書名卷數及編注人姓名	編注或鈔刻年代與地點	備考	存佚
《纂注分類杜詩》	明萬曆時朝鮮活字本		存
黄光昇《杜律注解》二卷	明萬曆時蜀夏鏜刻本		存
杜啓《杜詩集注》	明嘉靖刻本		存
汪瑗《杜律五言辨注》五卷	明萬曆刻本	與李白合刻，稱《李杜五律辨注》五卷	存
顧明史《杜詩選》六卷			存
錢霈穀《小瀛洲杜詩》六卷	明萬曆刻本		存
温純《杜律一得》二卷	明萬曆刻本		存
王維楨《杜律頗解》	明萬曆刻本		存
邵寶《杜少陵分類詩》二十卷	明萬曆周氏序刻本	舊藏錢唐丁氏，今歸江蘇圖書館	存
又《杜詩鈔》二卷	明刻本	天一閣著録	存
傅振商《杜詩分類》五卷	清順治間張縉彦、谷應泰輯定刻本	《四庫存目》	存
趙統《杜律意注》二卷	明天啓刻本	《四庫存目》	存
胡震亨《杜詩通》四十卷	清康熙刻本		存
陳與郊《杜律注評》二卷	明刻本	《四庫存目》	存
唐元竑《杜詩攟》四卷	《四庫全書》鈔本	《四庫》著録	存
郭正棫《批點杜工部七言律》	明閔氏三色套印本	北京圖書館有此書	存
楊德周《杜詩類注》八卷	明刻本	《四庫存目》題『杜詩解』	存
又《杜詩水中鹽》四卷		見《北京圖書館書目》	存

書名卷數及編注人姓名	編注或鈔刻年代與地點	備考	存佚
劉士教《分體校杜工部全集》六十八卷	明萬曆間刻本	李杜合刻單行本	存
盧世㴶《杜詩胥鈔》十四卷、《餘論》一卷	明崇禎四年刻本	四川圖書館有此書	存
張璁《杜律訓解》二卷		見黃虞稷《千頃堂書目》	存
南大吉《少陵純音》十卷		同上	存
謝傑《杜律箋言》二卷		同上	存
馮惟訥《杜律刪注》		同上	存
徐常吉《杜七言律注》二卷		同上	存
蕭鳴鳳《杜律選注》二卷		同上	存
周旋《杜詩質疑》		同上	存
熊釗《杜甫詩注》		同上	存
賴進德《李杜詩集》三卷		同上	存
伊乘《李杜詩句圖》		同上	存
王象春《李杜詩評》二卷		同上	存
邵博《五律集解》		仇兆鰲引	存
周甸《會通杜釋》		同上	存
劉逴《杜詩類選》		同上	存
唐汝詢《杜詩解》		同上	存
王嗣奭《杜臆》		同上	存

書名卷數及編注人姓名	編注或鈔刻年代與地點	備考	存佚
王道俊《杜詩博議》		同上	存
鄭侯升《杜詩卮言》		同上	存
申涵光《説杜》		同上	存
沈起測《杜少陵詩》	康熙時門人曾安世刊點學圃集本		存
李長祥、楊大鯤《杜詩編年》十八卷	明崇禎刻本	北京圖書館杜詩書目題清初刻本	存
許巖光批釋，陳繼孺箋注《唐杜文貞公七言律詩》四卷	康熙時刻		存

此編以宋元兩代所校注之本爲主，明人所著，多承元習，故亦附入此表。

雲生文録

世界觀釋名

世界烏乎昉，烏乎竟！目極橫際，則曠閬無垠，不知幾億兆京垓之道里也。思窮豎表，則荒昧難稽，不知幾億兆京垓之年歲也。意者太極之初，渾渾無名；陰陽剖判，靈質攸分；星凝氣聚，乾端坤倪；函以真空，攝以恒星；星星相攝，空空相函；環流無端，樞筦具秩；凝散翕闢，變化消息；緐衍孳生，遷嬗無極，厥爲世界哉！然溯其原，則質點匪殊，精靈爲一；六合同體，古今一息；洞闢玲瓏，纖無閡隔。析其委，則萬族之生，有倫有類，有分有數；各適其天，毋相逾越；體之巨細，命之修短；相距相差，至不可算。孰爲世界耶？孰非世界耶？抑有世界耶？抑無世界耶？蓋就其同者觀之，無所謂世界也；就其異者觀之，物各有世界也。吾烏乎觀，吾烏乎名，然吾人非圓顱方趾、含齒戴髮之人類，居於此太陽系所統第三星球者乎！今第假此星球爲世界也，儻可得而觀之乎！海天淼冥，水與星沓；出日入月，具含萬象；雷電閃爍，颸風飈勃；大波軒然，震山盪嶽，世界奇觀也。昆侖光氣，熊熊魂魂；吐納霞景，呼吸乾靈；華嶽千尋，濟州九點；巨靈贔屭，高掌遠蹠，世界瑋觀也。巴黎都市，羅馬皇宮；殿宇崔巍，飛甍拂鬱；埃及金塔，古迹峥嶸；黄石公囿，奇景明絢，以及阿房、未央、建章、長樂、銅雀、章臺、隋宮、艮嶽，其結構之崇閎，載籍猶有傳者，世界麗觀也。海陸珍産，百怪瑰奇；珠宫貝闕，的礫晶瑩；栴檀沈桂，穠郁熙芬；珊瑚之生，水母之目；女蘿之根，蜃市之結；潮汐之候，電磁之吸，世界妙觀也。吾人將何以觀之哉？華嚴世界，樓閣千層；極樂國土，壽光無量；清浄湼槃，摩訶般若；空潭月色，海印天痕，釋氏之觀也。提挈陰陽，驂駕日月；内守黄庭，上飲玉津；蓬萊方丈，連翩翱翔；閬苑玉京，游賊無方，道家之觀也。鯤耶？鵬耶？大瀛海耶？天地卑耶？山澤平耶？内籀分籀，互相推耶？唯心唯物，俱同出耶？哲學家觀也。沈浸穠郁，采掇菁英；旁皇邃初，與道爲鄰；墜淵没天，格高論深；超之象外，得乎杳冥，文學家觀也。吾人又何以爲觀哉？將駕汽船，乘飛艇，周歷海空，盡大地萬國山川國土，政教風俗文物而遍觀之，然不能盡入而挈以行也。將逃濁世，入深山，結跏趺坐，超萬有，離名相，以證悟其所謂不生不滅、光晶靈瑩之主觀者乎，亦難强人盡同之也。然則吾人果何以爲觀哉！吾思之，吾重思之，其惟輯百國之文，挹群言之要。凡世界政教學術大勢所趨，國家社會教育實業綱領所在，山川名勝偉人哲士之軼聞，海邦政客精闢閎深之譚論，無不深探痛述，顯著臚陳，而有以使吾人一唱三嘆，歆羡而神往者；有以使吾人悽然以悲，愴然而涕下者；又有以使吾人惕焉憤恨，思集群策群力，急圖所以自存而捍禦之者。此其爲世界觀也，固將以使吾人有世界觀念也。非探之幽幽，索之冥冥，以求諸太陽系外，星球未成立以前，而消耗吾人心腦於無用之地也。欲吾人但能反己自厲，發憤爲雄，鋭志研精，協圖猛晋。政治則綱目恢張，風紀清肅；規模宏遠，國體具立。學術則文理密察，專切精深；元元本本，殫見洽聞。實業則工廠林立，百貨充斥；肆别隧分，闤城溢郭。教育則庠序如林，俎豆莘莘；群材輩出，各奏厥能，以至舉國，人知自貴；道德相尚，禮義相矜；詐虞不萌，獄訟衰息；庶物具阜，貨財豐殖；盜賊不驚，疆土日闢；物樂其生，人安其業。庶國本强固，邦交共輯；玉敦珠盤，王會萬國；禮教大同，烽烟永息；夏海晏静，乾坤寧謐；妙麗瑋奇，攬之而足；二氏諸家，索之而得；諸天循軌，虚空自如；萬有各正，大小玄同；旁薄無邊，彌綸無罅；天人一觀，法我俱化。觀至此乎，深矣遠矣，莫能名已。

宋明理學之流別

宋明諸儒因矯正隋唐經學蕪蔓之弊，倡爲身心性命修己治人之學。或求諸身心，或研諸事理，雖派别有殊，要皆各具苦心，力求自信。其於辯義利，析理欲，爲善去惡，身體力行，欲人人以作聖爲歸，使儒家大公至公之道得大明於天下，則諸儒未之有異也。故研此學者，必須具有切實作人之念，然後細求諸家所得，反身體認，乃爲有益。若徒較其短長，騰諸口説，非惟於己無益，其弊較之隋唐更有甚也。今且先述其緣起。

當唐五代時，儒學衰敝已極，朝政不綱，士行無耻，其時有思想之人物，皆趨向於釋氏。惟昌黎韓氏因讀五經孔孟之書，有見於仁義之道，然其《師説》《五原》諸文，於天人之奥，性命之微，尚多有所未發。宋承前弊，頗欲矯正士風，廬陵歐陽修始力尊韓氏，崇儒黜釋，而力猶未逮。其時惟范仲淹憂樂天下之懷，矯厲風節，力圖至治，拔孫泰山、張横渠於微時，延胡安定主蘇學，雖立朝日短，其志未伸，然由此大儒輩出，而宋明兩代之學因以興焉。兹惟舉其最著各家，略見流别。

黄黎洲、全謝山編《宋儒學案》，皆以胡安定爲首，以師儒之道由之立也。安定名瑗，字翼之，泰州人。初與孫明復、石守道同學泰山，攻苦食淡，十年不返。後南歸教授，主講蘇湖，分經義、治事兩齋教人，倡爲明體達用之學。其後太學設立，亦取則於蘇湖，而胡安定、孫明復亦同時主講太學，其弟子皆彬彬有禮讓人望之者，不問而知其爲安定先生弟子也。

稍後則有道州周茂叔敦頤，世所稱濂溪先生者也。濂溪所著有《通書》《太極圖説》，啓示性命之原，闡明天人之奧，以主靜無欲爲作聖之旨，而要歸於一誠，如曰『主靜立人極。誠者，聖人之本，聖誠而已矣』皆是。『或問：「聖可學乎？」曰：「可。」「有要乎？」曰：「一爲要。一者，無欲也，無欲則靜虛動直，靜虛則明，明則通，動直則公，公則溥，明通公溥，庶矣乎。」』此乃無欲爲作聖之基也。又曰：『思則睿，睿作聖。思者，聖功之本，不思則不能通幾，不睿則不能無不通。』此又以思爲入聖之門也。明道、伊川少時嘗從之游，令其尋孔顔樂處，所樂何事。及明道返時，稱其弄月吟風以歸，有吾與點也之意，則先生之教人，使人滌蕩塵襟，活潑心源可知矣。此黄山谷所以稱濂溪如光風霽月也。

明道先生姓程名顥，字伯淳，河南人，生平充養和粹，門人交友從之數十年，未嘗見其忿厲之容，嘗謂：『百官萬務、兵革百萬之中，曲肱飲水，樂在其中，萬變皆在人，其實無一事。』又謂：『天地之常，以其心普萬物而無心；聖人之常，以其情順萬事而無情，故君子之學莫若廓然而大公，物來而順應。』此可見其所得也。其學以誠爲本，謂：『仁者渾然與物同體，義禮智信皆仁，與物無對，大不足以明之，天地之用皆我之用，放之四海而準。』又謂：『切脉可以觀仁。』又謂：『醫書言手足痿痺爲不仁，此言最善名狀。盖屬於一體，則血脉流通，痛癢相關，故謂之仁。如氣脉不相屬，痛癢不相關，故謂之麻木不仁。』此其孔門仁字之義，體認最爲親切。其高弟謝上蔡以有知覺、識痛癢爲仁，桃仁、杏仁，仁有生意者爲仁，皆本於此。又謂：『窮理盡性以至於命，三事一時并了，元無次序，不可將窮理作知之事。』其謂『仁者以天地萬物爲一體，不可以窮理專屬於知』，已啓後來象山、陽明一路。又認道器爲一，形上形下，莫非天理，下學上達，工夫一貫，見解最爲融徹。又自謂『吾學雖有所受，天理二字却是自家體貼出來』，是其學雖出於濂溪，而實自己體認之功多也。

伊川先生名頤，字正叔，明道之弟。年十八，游太學。時安定以顔子所好何學論試諸生，得伊川所著，遂任以學職。伊川性嚴整，治學務爲精察，以主靜窮理爲主，有曰『涵養須用敬，進學則在致知』，此其鵠也。其主敬之説，則有：『所謂敬者，主一之謂敬；所謂一者，無適之謂一。但存此涵養，久之自然天理明。』又曰：『一者無他，只是整齊嚴肅，則心便一，一則自無非僻之干。』又曰：『入道莫如敬，未有致知而不在敬者。』其窮理之説，則有：『問：「學何以有至覺悟處？」曰：「莫先致知，致知則思，一日而愈明一日，久而後有覺也。」』『問：「何以致知？」曰：「在明理，或多識前言往行，多識則理明。」』又曰：『隨事觀理，而天下之理得矣。』又曰：『窮其理，然後可以致知，不窮則不能致也。窮理亦多端，或讀書講明義理，或論古今人物，別其是非；或應接事物而處其當然，皆窮理也。積習既久，然後豁然有貫通處。』『問：「致知先求之四端，如何？」曰：「求之於性情，固是切於身。然一草一木皆有理，須是察。」』又曰：『所務於窮理者，非道須窮了天地萬物之理。又不道是窮得一理便到，只是要積累多後，便自然見去。』凡此皆窮理之説，爲後來朱子所祖者也。然伊川主敬，亦非心中有個敬在，如曰：『忘敬而後無不敬。』則不待東坡打破，而自己早打破之也。至窮理之説，亦曰：『向外馳尋，只是教人在事事物物上明得此天理，則自能會觀其通，所謂由博反約是也。』觀其自序《易傳》曰：『體用一源，顯微無間。』又曰：『性即理也，天下無性外之物。』又曰：『冲漠無朕，萬象森然已具，未應不是先，已應不是後。如百尺之木，自根至枝葉，皆是一貫。』又曰：『問：「鳶飛戾天，魚躍於淵，莫是上下一理否？」曰：「到這裏只是點頭。」』則伊川之認識本體亦甚深察也，第不肯以天下何思何慮之境輕以示人耳。

横渠張載，字子厚，陝西郿縣横渠鎮人，人因稱之爲横渠先生。其學以天爲宗，以禮爲本，規模闊大，□□篤實，作《西銘》以釋仁體，作《正蒙》以究宇宙大原。《西銘》謂：『天地之塞吾其體，天地之帥吾其性。』《正蒙》謂：『聚亦吾體，散亦吾體，知死之不亡者，可以言性矣。』又曰：『太虚無形，氣之本體，其聚其散，變化之客感耳。至静無感，性之淵源，有識有知，物交之客感耳。客感客形與無感無形，惟盡性者能一之。』又曰：『散殊而可象爲氣，清通而不可象爲神。』又曰：『一故神，兩故化。』客感客形無常，盖謂氣也；無感無形有主，盖謂神也。此即横渠窮神知化之説也。又有『爲天地立心，爲生民立極，爲往聖繼絶學，爲萬世開太平』之句，可見其志願之宏。又有『言有教，動有法，晝有爲，宵有得，瞬有養，息有存』之句，可見其用力之猛。惟其著《正蒙》時，處處置筆硯，得意即書，或中夜有得，必起書之。明道謂『其如此不熟，蓋其涵之深，實不如明道，而窮理之功，亦不如明道之大本圓融、伊川之條理精密也。其始苦思力索，過於着意者歟？然其虚心處，則爲人所難及。二程謂横渠爲卑行，而横渠則問定性於明道，聞伊川講《易》勝己，遂輟講。又嘗謂：『濯去舊見，以來新意。』至其教學者，初嘗以禮，使其有所據守，伊川亦極稱之。此關中之學所以能羽翼洛學而歷久不敝也。

同時河南尚有邵康節與司馬温公兩派。康節名雍，字堯夫，天資高曠，爲人和易可親。然其致力則在術數之學，著《先天圖》《皇極經世書》，以數解釋宇宙及歷史，至今談術數者恒引之。温公名光，字君實，性情純厚，篤守禮法，生平以不欺爲主，立朝大節可風，致力史十九年，成《資治通鑑》一書。南宋四川之李燾、李心傳，皆承其緒者。至所著《潛虚》，則取法《太玄》。惟不喜孟子，盖其得力在荀卿、揚雄兩家書也。

靖康南渡之際，兩程弟子以上蔡謝良佐、龜山楊時爲最著。新安朱元晦，其學得之延平李侗，侗得豫章羅從彦，從彦即龜山弟子，此一派也。金溪陸子静，學近横浦張九成，而遥承上蔡之緒，此一派也。胡康侯安國從楊、謝游，亦嘗聞學於伊川，傳其子宏，宏傳之綿竹張南軒栻，此一派也。金華吕氏之學，不主一師，然於程氏則關係最密，此又一派也。永嘉之學，肇自薛季瑄、鄭景望，而亦源於程氏，此又一派也。程氏之學，在北宋時已屹然爲大宗，又爲南宋諸家所自出。然兩程所得實不盡同，程氏與横渠及馬、邵諸公又各有異，而皆能捨短取長，不相攻伐。南渡以後，或傳之者各有所偏，而理則以由渾而之析，言則以由簡而之繁，愈析愈紛，則愈不可合，由是派别立、争論起矣。

今先述朱。朱元晦熹，本安徽婺源人，其父韋齋官閩，生元晦於南劍州之尤溪，故遂爲閩人。元晦治學博，材力宏，欲合北宋周、程、張、邵諸家爲一，而其治學之法，則以伊川爲主，其教人以『居敬以端其本，窮理以致其知，反躬以踐其實』三句爲鵠。説理不欲儱侗渾淪，務求精審明辨，有慊於心，如解太極是理，陰陽是氣，離理氣爲二。又有理先氣後之説，推其意，盖謂理猶模型，猶軌轍，模型軌轍出於天，人物所同具，所謂性也，太極也，天理之不可移易者也。氣質之聚散，生命之流行，無不在此型此轍中。合此型此轍者，謂之當理，謂之吉，反之謂之悖理，謂之凶。分而言之，一物有一物之模型，一事有一事之軌轍；合而言之，萬物同此模型，同此軌轍。此型此轍，固因物以顯，然不可謂與物爲一。因物之聚散無常，而理則有常，所以有理氣爲二之説也。此型此轍，亘古常存，而來者莫不由之，所以又有理先氣後之説也。故令學者窮理，必知其所以一本，又必知其所以萬殊，尤必知其不可離、不可混之故，然後窮理之功始盡。觀其論格物曰：『盈天地間皆物也，有是物必有是當然之則，是上帝所降之衷，生民所秉之彝也，近取之身，則心之爲相，其體有仁義禮智之性，其用有惻隱、羞惡、恭敬、是非之情，渾然在中，隨感而應，有則而不可亂也。身爲之物，有口、鼻、耳、目、四肢之用，有親愛、賤惡、畏敬、哀矜之施，有君臣、父子、夫婦、長幼、朋友之倫，有則而不容已也。外而觀於人，則人之理不異於己也；遠而察乎物，則物之理不異人也。極其大，則天地之運、古今之變不能外；盡於小，則一塵之微、一息之頃不能遺也。是所降衷秉彝、有物有則者也。學之爲道，必存此心於齋莊静一之中，窮此理於學思辨之際。自身心性情以達於人倫日用，由天地鬼神以及於草木鳥獸，皆有以見其當然而不容已，與其所以然而不可易，而反之於身以踐其實焉。此學以析之極其精而不亂，合之盡其大而無餘也。』此朱子本伊川之説，而更加詳察有如此者。至其講學之殷，著述之宏，拳拳於明道垂世，宋明理學諸家未有能過之者也。

《禹聲集》序

詩社之興，其昉於魏晉之時乎？鄴下宴游，人多英響，蘭亭、金谷，嗣振清音，雖一時之同吟，斯實會文之嚆矢也。唐宋以降，唱和尤多，高氏有《三宴》之編，漢上有《題襟》之集，皮、陸有《松陵》之吟，楊、劉有《西崑》之什，酬唱之作，先後成集矣。及至月泉海岱，吟有社章，玉山草堂，人繫小傳，始則貴游裙屐之相招，繼則逸民志士之互結，怡情風雅，寄意篇章。逮至復社、幾社之興，賢人君子，思以聲詩拯世，尚名節，持清議，霜風勁節，儼然與明社俱亡。蓋詩也者，所以持人性情，端風教而弼朝政者也。孟子謂《詩》亡然後《春秋》作，豈無故哉？世之治也，人皆涵濡德化，故相與舞蹈咏歌，以揄揚國家之盛。及其衰也，感時艱，悲小己，發爲哀思怨悱之音，以諷其上。詩之道，固與政治相關者也。今禹聲諸子之唱作，正值中國外患内憂孔亟之時，或清芬自悦，或恫瘝在心，不僅如昔人之趁良辰、醉壺觴，鏤月鑱雲，模山範水而已也。其猶有《國風》《小雅》之遺意歟？斯固采詩者所不當廢也。於其梓行，乃爲之序。民國三十五年夏至，崇慶彭舉。

評張森楷先生遺著《史記新校注》

《史記新校注》一百三十卷，合川張森楷先生著。先生字石親，清光緒癸巳科舉人，與井研廖季平、名山吴伯朅、富順宋芸子諸先生同肄業尊經書院。先生獨究心史學，遵義黎純齋署川東道時，曾禮聘署中纂述史籍。民國十四年任成都大學史學教授，尋赴天津，館羅叔問家。十七年夏復轉赴北平，館江安傅沅叔寓齋，皆以讎校史籍爲事。是年秋，卒於北平。

先生所著，有《廿四史校勘記》三百卷、《通史人表》二百四十八卷、《歷代邦交地理沿革》與其他雜著約四十種以上，所刻僅《合川縣志》及《華夏史要》之前數卷。至《史記新校注》一書，尤爲先生精力所萃。其初稿成於民國四年，體例之商榷者則有儀徵劉申叔先生。晚赴平津，復取上虞羅氏、江安傅氏兩家所藏舊本，詳加參校，稿甫定而遂卒，令其哲嗣曉清將此稿索回謀刊，曾印樣張數頁，有《五帝本紀》《三代世表》《孔子世家》《老莊申韓列傳》《廉頗藺相如列傳》等篇。首有先生哲嗣曉清啓事，述先生讎校此書甚爲勞瘁，并有長寧沈與白等序，及先生弟子大足劉可立《刊發樣張緣起》，末有先生《自序》并《例言》，述校勘此書經過亦甚悉。

今考其書所列據校各本，有景日本鈔古卷子本《史記夏本紀集解》一卷，《秦本紀集解》一卷，景日本鈔古卷子本《史記河渠書集解》後半卷，景日本鈔古卷子本《史記殷本紀集解》一卷，景日本鈔古卷子本《史記張丞相傳集解》後半卷，《酈生陸賈傳集解》一卷，宋景祐本《史記集解》，宋刊蜀大字本《史記集解》，宋百衲本《史記集解》及合刻宋監本《史記集解》，元明間寫本《史記集解》，明游明本，正德白鹿書院本，正德建寧本，嘉靖震澤王氏本，嘉靖秦潘本，嘉靖李元陽《史記題評》本，嘉靖王秦柯三刻補配本，湖州凌氏初版《史記評林》本，汲古閣本《史記集解》，明清兩朝刊補南京國子監本，北京國子監本，清同治初金陵書局校勘本，同光間盱眙吴棠仿殿本，《史記》正文校鈔本。其參校各本，則有宋淳化本、景德本、江南本、監本、宋建安本、乾道合刻三家注本、淳熙辛丑本、無爲軍學本、安成彭寅公本、金大定本、元中統本、明注文盛本、元本、盧復本、朝鮮本、皇國本、堀川校本、丹波校本，亦可見其搜羅之富，校勘之勤也。

《史記》一書，自南宋三家注合刻後，《正義》已復不全，《索隱》亦多刪落，爲之校注者又往往不如《漢書》之盛。《隋書·經籍志》，《漢書音注》有十一家，而《史記》則僅三家。高似孫《史略》所舉《漢書音注》雜者有三十六家，而《史記》則止十六家。清代爲《漢書》注者，有杭世駿、陳景雲、錢大昭、沈欽韓、周壽昌、朱一新各家，而單篇隻句之考訂者尤夥，長沙王先謙氏又從而會合爲一書。《史記》則僅梁玉繩一家，次則方苞、張文虎而已。餘如汪越《讀史記十表》、錢塘《史記三書釋疑》、王元啟《史記三書正譌》《秦楚之際月表正譌》、孫星衍《史記天官書考證》等，則又未及全書，至何焯、崔述、錢大昕、王鳴盛、盧文昭、王念孫、趙翼、洪亮吉、洪頤煊諸人，雖皆各有所獲，然皆不專肆力於此書。且此單篇隻句之考訂，亦未薈爲一書，如王先謙氏之《漢書補注》也。近惟日本人瀧川龜太郎所著《史記會注考證》，差爲近之，然又以去取不精，剪裁失當，而又輕於論斷，頗爲識者所譏。先生此書，既薈萃衆本，又詳加校勘，訂正譌誤，爬梳甚精。比輯異同，折衷至當，凡舊本之行款、題銜、諱避、缺改，亦一一備録，纖悉靡遺，雖有間傷繁瑣、略涉附會之處，要皆不足爲此書病也。

《孟子大義》跋

右《孟子大義》一篇，爲吾友唐迪風君所著。迪風，宜賓人，清諸生，性剛介，不肯少阿俗。少年治音韵及周秦諸子，民國十年病目後，始專讀宋明諸儒書，深有所契悟。聞宜黄歐陽師講學南京，乃携家往從焉。所居距内學院二里許，日徒步往來，雖風雨嚴寒不輟，蔬食幾不能繼，意蔑如也。歐陽師雖講印度學，然亦不廢儒，迪風於習唯識而外，仍肆力於儒。十五年返川，益以闡明孟子及象山之學爲己任，任蜀中教育先後十五年，諸生聞而興起者甚衆。今年六月，因事返里，卒年四十五。迪風於學，直截透闢近象山，艱苦實踐近二曲。此篇乃爲諸生所撰講稿，然於孟子之學，已揭盡無餘藴。所著尚有《諸子論釋》、《志學謏聞》、文集、詩集若干種，皆擬陸續刊布。民國二十年十一月崇慶彭舉識。

鄭寅存先生遺詩聯語序

吾鄉先輩，在昔不乏儒雅修明之士，以文章著述流傳於世者，代不乏人。顧有清數百年，俗或趨尚武功，流風餘韵，稍稍衰矣。然其及吾世，若羅芸裳、胡品三、文鼓田、龍心宣、鄭寅存諸先生者，皆卓爾不群，無愧前修，而鄭先生尤以文名。余友劉漢銘，先生弟子也，每爲余言：『先生之文，出入汪魏，力求與震川、廬陵相契合，不屑規規於世之所謂桐城派者之爲之。詩亦清俊，然不多作，蓋先生素性矜慎，雖應酬之作，一字一句，亦必慘淡經營，然後出之，其不苟如此。』今所印遺詩、聯語，乃其子叔寅所裒輯者，印既成，囑余爲之序。余嘗讀歸熙甫《汉口志序》，有謂『夫君子不忘乎其鄉，而後能及於天下』之語。先生與羅文龍諸先生者，余皆得身親其風範，胡先生雖不及見，然新城王晋卿先生爲余道之頗詳，余嘗求其遺著，得其南學課藝文一册。而先生與余尤多過從，而又素悉者也，則今兹所印，雖微叔寅之語，余其可無一言邪，是爲序。民國三十四年乙酉孟夏，邑後學彭舉序。

公祭王光祈先生啓

啓者：自韶濩淪亡，夔襄莫作；新聲代變，淫哇雜興。廊廟多衰亂之音，干龠無發揚之氣。以悲爲樂，嗣宗所嗟；聲厲而哀，竇常流涕。歌音以哭，聽者悽愴；國勢不張，厥由斯故。温江王光祈先生，幼承祖澤，漸濡詩禮；壯游歐陸，篤志琴弦。憤中國之衰微，悼古樂之不復，乃蟄居德國，十有五年。發爲宏篇，數十餘種。志裂金石，操越松筠。擅精音樂之倫，曲解旋宫之妙。審準之確，遠逾京房；考尺之疏，早譏荀勖。東西樂制，榷論錙銖；今古差移，斠詮幽渺。方將收古律於既墜，接正生之微茫，以蕩滌邪穢，澄鏡至清。抗國風於熙皞，躋人民於壽域，豈僅如鄭譯譜龜兹之調，延年變兜勒之曲而已哉。國府望治尤殷，屬興禮樂，明揚側陋，迭賜徵招。而先生畢志鑽研，屢謝勛帛，始終條理，欲集大成。乃竟於本年一月十二日，卒於德國，享年四十有五。波恩城邊，魂依貝氏；萊茵河畔，骨委黄塵。胤嗣無存，宗祧靡續；游魂萬里，饗祀誰親。同人等忝居友朋之列，誼兼公私之痛，爰定於四月十九日午前十時，假南教場成公中學，設位公祭。擬賦大招之篇，敢效寢門之哭，用志悲悼，藉表哀忱。尚祈鴻博君子，大雅達人，翩然戾止，示以禮儀。若更寵以鉅篇，以昭潜德，則死者有餘榮，生者知所勉。本會同人，實企望焉。

悼王君光祈

梗韵全用

世比求近獲，苦憚汲深井。奇犖伊王君，萬里事修綆。資性凡衆殊，拙癡類璞礦。斂退謝華芬，榮名一以屏。星霜逾一紀，異域甘息影。不爲稻粱謀，糲食雜牟麵。軋軋抽繭絲，秩秩掇裘領。元律較銖黍，濮音黜蛙黽。幾聲擬神瞽，哀曼嗤楚郢。鑽仰肆堅高，矢志一何猛。禮樂起廢尪，大義昭若炳。著書五十種，非曰炫才穎。有時論國艱，默默如骨鯁。揮袂陡叫呼，其氣粗而獷。憂思熾如燔，形肌亦枯痟。或時憤不顧，戛戛中腸冷。匿迹鄙管肅，高蹈躡箕潁。甘作松根萎，耻身雜桃杏。或時縈綺思，哀彼閨中靚。馥鬱揚清芬，的皪發玉璟。或時晞孟顏，束帶整中裎。端己深責窮，窔奥如禁省。或時意興高，大噱如蚱蜢。烹牛并啜脂，鬻魚且啖丙。或狂如阮生，安知天地奣。或矜如處子，大德恐一眚。海壖遍游迹，斯人獨忠鯁。每欲浼君歸，鄉序思共靖。君聞輒怒發，兩目遽昭睛。且飲且歌哭，哀樂一時并。嗟嗟羲和車，不爲駐俄頃。枯魚泣驚波，狂飈吹斷梗。哀哉騄驥良，健足未終騁。時值冬春交，乃聞君噩警。疑信復參半，嗚咽聲悲哽。爲開舊日函，展讀燒短檠。點畫翻成新，一讀一回省。憶昔困幽燕，如魚在笭箵。推食飽枵腹，高情逾冉秉。時復趨我談，日昃殊悁悜。蕭齋風雨颼，嚴霜更拆打。燭跋剪西牖，濃茶煮滇餅。瑰論轢古今，枯腸爲之逞。宵分不忍離，只覺喜邴邴。迄今十九年，往事徒悲憬。有如涉巨瀛，童稚操舴艋。有如臨深淵，中夜黯無炅。百思感人心，彳亍殷憂怲。我性殊酸鹹，棄世作書蛃。拜經晞臧生，癖左類杜癭。樂律多所疑，每欲緘以請。懷此竟未達，中心常耿耿。春深百鳥喧，虚堂自幽静。草緑侵階砌，空幌絶人境。夜起窺窗牖，寒月光冏冏。相思無見期，相望徒引頸。惻惻萊茵河，沉沉暮天景。寒食與清明，春蔬誰薦皿。錦官舊朋儕，同茲念不幸。肅肅公祭君，於時夏正窮。牲醴不復陳，寒泉徒芼荇。遺像只虛懸，几筵亦空整。爲君寫此詞，展轉哀思永。出門徒悵望，白日掛西嶺。

彭雲生自編年譜

一八八七　丁亥　光緒十三年　一歲

正月初八丑時，生於崇慶縣北門外十二里羊叉堰老屋。是年五月，縣文廟重修落成。龍杏河發現上游冲下之佛經。

一八八八　戊子　光緒十四年　二歲

自羊叉堰老屋隨母張遷縣城内下南街外祖宅。

一八八九　己丑　光緒十五年　三歲

十二月初二寅時，余弟雲翰生。

一八九〇　庚寅　光緒十六年　四歲

二月，遷下南街張大有居後院。母授余讀《四字經》《孝經》。母績麻綫爲生。

一八九一　辛卯　光緒十七年　五歲

母授余讀《千家詩》《聲律啓蒙》《龍文鞭影》。始上戴與九蘇半積會。

一八九二　壬辰　光緒十八年　六歲

就學黄糖房家韓先生處，讀四書及《詩經》二册。曾祖母傅氏卒。

一八九三　癸巳　光緒十九年　七歲

就學朱全齋先生處。讀《詩經》二册及《書經》《易經》。父在小北街經營紙業及錢莊。

一八九四　甲午　光緒二十年　八歲

就學朱全齋先生處，讀《禮記》《左傳》。始上歐陽奉五蘇半積會。在外祖家覓得先舅父張宗欽所録詩賦及八股文，歸而夜誦。

一八九五　乙未　光緒二十一年　九歲

在家，母授余讀《左傳》。曾祖母傅氏葬。

一八九六　丙申　光緒二十二年　十歲

在家讀《左傳》。八月，父歇業外出。

一八九七　丁酉　光緒二十三年　十一歲

就學同院大有居處王先生。三月二十四日，妹雲翼生。在石觀音姨表兄王有生家得鈔本《近思録》。

一八九八　戊戌　光緒二十四年　十二歲

復遷至對門外祖宅。接戴與九蘇半積會五百串錢。買東門外倪板橋倪姓田四十畝，去錢四百串。縣中擣毁教堂及教民宅。

一八九九　己亥　光緒二十五年　十三歲

就學戴月生先生，開筆作八股文，《講東萊博議》。同學有戴靖伯、劉蓮舫等。外祖母楊氏卒。

一九〇〇　庚子　光緒二十六年　十四歲

就學上南街王宅吴良駿先生處。八股文做全篇，冬初應童子試。遷小東街何姓鋪房，開雜糧業。喜看小說。

一九〇一　辛丑　光緒二十七年　十五歲

復從朱全齋學。遷正東街武廟側蕭九成鋪房。接歐奉五會一千串錢。當某姓田十餘畝。知事趙醴泉開辦學堂。母以銀九兩四錢到成都買《通鑒輯覽》《時務通考》各一部。在縣中復購《四書古注》九種，皆係石印的。

一九〇二　壬寅　光緒二十八年　十六歲

從張健郎先生學。春，再應童子試，縣考頭場獲列第十三名。開絲綫業。外祖父卒。應試時知縣姓申。開始買書。

一九〇三　癸卯　光緒二十九年　十七歲

從張健郎先生學。三應童子試。絲綫業停。識張戒欺、燕鏡湖諸同學。購《困學紀聞》於興文堂。看《隨園詩話》。

一九〇四　甲辰　光緒三十年　十八歲

從張健郎先生學。與鄔德滋、楊揮琴、亢文貞、袁玉堂、安履信共學王公祠并同换帖。母張設館教學。臘月十一辰時侄女高蘊玉生。

一九〇五　乙巳　光緒三十一年　十九歲

四應童子試。母張仍設館教學。當田取回，錢收貨折本。鈔《周易來注》及《奇門遁甲》。在成都購得《書目答問》及《輶軒語》。

一九〇六　丙午　光緒三十二年　二十歲

遷小東街蕭九成鋪房。一月八日，娶妻高氏。四月二十九日，母病卒，學館始停。六月赴青城。十月，赴趙鎮辦黄糖及海椒回縣趕場出賣。冬月二十六日，大舅父卒。是冬葬母於倪板橋塋地。同袁瑞卿合購《十三經注疏》及尊經四史，注疏去十三千五百文，四史去八千文。余更買《十子全書》《杜詩鏡銓》等。（購周姓文當在前一年，購四史、注疏當在後一年。母喪中讀《陽明文鈔》頗有感發。）

一九〇七　丁未　光緒三十三年　二十一歲

經營山貨業，請陳子原爲經理。三月，擬赴重慶辦貨，至樂山因病疸，復返。赴中壩辦棉烟。識印樞垣昆仲。游灌縣，遇楊金山及其弟楊紫鍾。紫鍾係出家道人，善彈琴，住東門外塔子壩。山貨折本，年冬歇業。購三元街周姓舊書鋪書一挑，去錢十千，内有《孫夏峰全集》《吴梅村集》《王陽明文鈔》《陳白沙集》等書。

一九〇八　戊申　光緒三十四年　二十二歲

聘張健郎先生爲翰弟等講文，同學有袁瑞卿及子乾叔。九月三日，翰弟納婦黄氏。識汪溥泉、任伯麟棟卿昆仲，友綿竹蕭公弼。公弼時隨其兄在崇慶縣讀高小，頗爲劉青巖、龍心宣兩先生所器重。讀《莊子》，看《後漢書》及《詩經注疏》。

一九〇九　己酉　宣統元年　二十三歲

同公弼赴成都。考入汪九曲祠法政學堂。時講授者有陳東原、張知竟及井研吴蜀輶先生，吴先生勸我讀《論語》。從事温江曾習之先生，曾先生時任教陸軍小學。識安平、子爲、照古。翰弟經營麻布業。弟婦死。

一九一〇　庚戌　宣統二年　二十四歲

往温江曾先生懷園讀書，同學有先生之二世兄道侯及李信侯、崔干臣。余看《陸象山集》，并操習柔術。八月，病歸。友犍爲鄧慕顔，鄧時住陸軍測繪學堂。十月初六戌時，媳婦劉澤祥生。

一九一一　辛亥　宣統三年　二十五歲

正月，同公弼習拳術於北門外施筱亭姑丈宅。三月，來成都同信侯住堯光寺法政學校。友仁壽許孟璵、安岳謝彦輝、郫縣高無琅。女竹君死。八月，遷下南街張大舅母宅。任《軍聲報》主筆。始就職，值十月一八兵變，即辭職回縣。

一九一二　壬子　民國元年　二十六歲

富順范愛衆同陳範九來崇過訪。五月，翰弟赴重慶住熊克武所辦之隨營學校。六月，住縣東門外白雲庵讀書。七月，赴成都住君平街王秉清家。八月，友人鄧慕顔在大沽蹈海死。九月二十一日，女玉君生。蕭公弼離重慶熊克武，回成都與余同買三郎鎮楊姓山地一段。

一九一三　癸丑　民國二年　二十七歲

三月，考入國學院，從事名山吴伯朅、井研廖季平、儀徵劉申叔諸先生。友鹽亭蒙文通、崇慶楊叔明、潤六兩叔侄，并識銀堅白、楊雁南、陸香初、胡皋如、向宗魯諸同學。友温江王潤瑜光祈，王澤山先生之孫也。六月赴渝，八月返，同公弼、愛衆及翰弟赴竹根灘六合桑園李□□處，臘底始返。翼妹讀棉花街四川女校。友人李信侯卒。

一九一四　甲寅　民國三年　二十八歲

在家自修，時來成都，住四川圖書館韓德滋處。識祝彦和先生，友滎縣李晁父及同鄉劉漢銘。曾習之先生辦孔教扶輪會。余始學爲駢文。翰弟赴榮經業菸。

一九一五　乙卯　民國四年　二十九歲

祝彦和先生及同鄉劉漢銘薦處騾馬市街黎玖生家學館，月薪銀元十枚，男生三、女生二，皆蒓齋先生之孫也。同公弼辦《世界觀雜志》，月出一册，出至六期即停。經費係綿竹傅春吾所負擔，印刷即在傅所辦之探源印刷公司。識張伯堅、李培甫、曾慕韓、阮蕒輝。十月十二日辰時，男鑄君生。

一九一六　丙辰　民國五年　三十歲

林山腴、祝彦和兩先生薦處總府街盧選卿館，月修十四元，至四月因護國之役事辭去。七月二十三日，妹雲翼適印佐卿。八月，翰弟赴渝熊克武部。九月，回縣讀書。識袁煥仙。赴名山車嶺鎮見吴伯堨先生於家，留宿數日。

一九一七　丁巳　民國六年　三十一歲

正月赴省，并往灌縣晤陳相堯。二月十八日，由家來省，雇輿至重慶。三月初一日，出川行道上海。三月二十日抵京，住前門外後鐵廠叙州會館補習法文，擬出國留學未果。八月八日，離京到宜昌晤公弼，搭木船上，中途遇劫，至九月底始到重慶。翰弟送來一百元，雇輿至瀘縣。道不通，仍返重慶，往炮台街重慶聯合中學過年。在北京友成都周太玄、渠縣陳愚生，并識朱青長、趙子章兄弟。翰弟住忠縣。翼妹回家讀書。岳母吕氏卒。

一九一八　戊午　民國七年　三十二歲

正月，由重慶取道遂寧返省。二月回縣。漢銘介紹往中壩省立第二中學伍心言處任課，未去。趙少咸約在家教其子侄，轉薦楊揮琴去。七月，李培甫、林山腴介紹在成都聯中張重民處任教國文。山腴先生復介紹在省立第一中學宋斗文處兼任國文一班。十一月，次男鎔君生。三月，公弼被吴光新部隊認爲民軍奸細槍斃施南。四月初三日，翼妹病死於家。夏，名山吴伯揭先生卒。時聯中同事有吴照華、文藻青、周子高、王伯宜、譚肇文、羅仲渠、余蒼一、紀正三、張□□、祝屺懷、王叔駒、周叔皋、彭昌南、葉伯和等。

一九一九　己未　民國八年　三十三歲

仍任教成都聯中。成都少年中國學會分會成立，有李劼人、胡少襄、周曉和、穆濟波、何魯之、孫少荆、李哲生、李曉舫及余共九人。臘月十四日，父卒於縣北羊叉堰老屋。

一九二〇　庚申　民國九年　三十四歲

仍任教成都聯中。下期復兼任省立第一中學國文一班。時夏斧私爲校長。同事有劉明陽、熊禹治、吴又陵、蕭中侖及文通、道侯、潤六叔侄等。少中分會辦《星期日》刊物一種，發行在昌福館華陽書報流通處陳清安處。正月十一日，遷上南街第一舞臺戲院後面。三月初二日，妻高氏卒。十月，始遷來成都鼓樓南街劉宅後廂房，施姑母及藴愚侄女同來成都，藴愚考入省立第一女子師範八班。臘月二十八日，鎔君死。

一九二一　辛酉　民國十年　三十五歲

上期仍任教成都聯中。下期赴重慶任重慶聯合中學國文二班。熊禹治任聯中校長，劉明陽任教務，劉泗英任訓育，教國文者有唐迪風及文通、叔明等，英文則有張翕洲，數學有羅□□。其他學校川東師範爲張方谷，巴縣中學爲張筱門，皆葉秉誠任川東道尹，陳愚生爲教育科長新换者也。暑期中，川東曾辦講習會，鄧仲瀣、黄日葵、惲代英、曹守一等皆來重慶講演。省立第二女子師範學生反對葉校長風潮幾至半年。臘月，劉湘始委蒙公甫爲校長。公甫先生自川北函聘余爲教務主任。臘月，回成都。七月，汪溥泉擬赴重慶，渡金馬河被淹死。内侄高介欽暑期同余赴重慶，考入重慶聯中二十一班，與唐君毅、曾印佛同學。十二月十九日，曾道侯病卒。

一九二二　壬戌　民國十一年　三十六歲

正月，約周守廉、吴迪生同赴重慶，并携玉君、鑄君及侄女藴愚同行。余同代理省二女師校長伍心言磋商聘人及開學事，守廉任事務主任，迪生任訓育主任，余任教務并兼師四班國文，唐迪風任師五班國文，銀錢會計出納事仍由伍心言掌管。至三月後，蒙公甫先生到任，始全部交出。藴愚轉入師五班，玉君住二女師附小。時附小教員有鄧少琴、謝重開等。下期，楊效春來任教務，王仲和任訓育，開辦高中。招考高中十班及師七班。

一九二三　癸亥　民國十二年　三十七歲

任省二女師國文。暑期赴成都開全川教育改進會，同來有叶德生等。時成都政務由劉禹九第三軍司令部主持。教育廳長則爲向仙喬。開會時，與成都教育界一部分人大起衝突，後由高師及省一中學代表出面負責，繼續開會五日，始終其事。十月，蕭楚女辭省二女師聘。六月二十七日，陳愚生卒。七月，謝又慎卒。是年，二女師國文教習有盧作孚、蕭楚女、廖化平等。内侄介欽赴北京考入藝術專門學校。

一九二四　甲子　民國十三年　三十八歲

任省二女師國文。師四班畢業，招考中三班及師九班，玉君同唐玉仲皆入中三班。暑期同蒙校長赴京、津、滬、杭各地考察教育，并在南京赴中華教育改進會。七月七日，赴南京。全國少年中國學會年會在謝循初宅開會三日，到會各地代表十三人，有惲代英、余家菊、黄仲蘇、涂開輿等。在上海晤左舜生，渠擬留余在上海，余以既應二女師聘，仍回重慶。是年，國文教習有韓文畦、張聞天等。小學主任爲唐轂。

一九二五　乙丑　民國十四年　三十九歲

上期仍任二女師國文。暑期蒙校長辭職，綿竹黃尚毅繼任，余亦同去重慶。下期由盛德滋介紹在順慶聯合中學教國文、歷史。臘月赴上海晤左舜生，加入中國青年黨。除夕到南京晤迪風。晉謁歐陽竟無先生，執弟子禮。鑄君暑假隨余返成都，住第一師範附設小學。

一九二六　丙寅　民國十五年　四十歲

正月，由滬返重慶，仍任省二女師國文，并教重慶聯中。下期開學後一月辭去回成都，紆道大竹訪白道成，道成留教兵士訓練班歷史，臘月始返成都。

蘊愚暑期返成都，考入成都師範大學國文部。內侄高德宣自縣中畢業來省考學校，染病回家即殁。

一九二七　丁卯　民國十六年　四十一歲

由鼓樓南街遷支磯石街羅宅。下期張表方先生聘任成都大學文預科國文，月薪二百元。兼任師範大學國文部文學批評。九月，同唐迪風、李晁父等開辦敬業專修學社。玉君畢業，暑假回成都。九月，同鄉夏渠渠醫士卒，余爲挽聯刻諸墓石。

一九二八　戊辰　民國十七年　四十二歲

任成大預科國文。改敬業專修學社爲敬業學院，院長爲唐迪風。八月二十六日，遷槐樹街。介欽率其妻吉春回川住余宅。□月，蒙公甫先生卒。敬院分文、史、哲三系，教課的人有吴芳吉、劉鑑泉、劉衡如、祝屺懷、趙少咸、龐石帚、蒙文通、曾宇康、曾義甫諸人。

一九二九　己巳　民國十八年　四十三歲

任成大預科國文。下期兼任省立第一女子師範國文。三月，遷仁厚街。冬遷支磯石街楊宅。十二月初四日，曾習之先生卒於故里。

一九三〇　庚午　民國十九年　四十四歲

任成大預科國文兼一女師國文。七月五日，起身赴北京購書，并往天津一行。五月，購包家巷菜園地。

一九三一　辛未　民國二十年　四十五歲

上期仍教成大預科。暑期三大合并。五月二十六日被盜，三十日遷文廟前街董宅，與翰弟同住。五月，集三才會百人公益會。七月二十六日，迪風病歸，卒於宜賓故里。八月四日，起身赴北京，水行，便往宜賓吊迪風喪。抵京即值九一八事變，余擬與内侄介欽同赴東北不果。作《旅燕雜感詩》付印。并在京華印書局印《敬業叢刊》二百份。十二月十三日，見王晉卿先生，執弟子禮。在京時遇同鄉傅沅叔、楊嘯谷及湖南楊樹達、湖北賀履之諸先生。又在文津街北平圖書館翻閱善本書籍，并參加圖書館協會。臘月二十三日始出京，月底返省。

一九三二　壬申　民國二十一年　四十六歲

上期任川大附高中國文。暑假王兆榮任四川大學校長。下期程芝軒先生約兼任華大中文系課。暑期中赴北京住十餘日，轉時并赴開封、洛陽，晤文通及李醴泉、朱少濱、邵次公諸人。一·二八事變辦《國難日報》。七月四日，敬院遷包家巷。蘊愚上期任教中江，下期任教江北。五月九日，吴碧柳卒。□月，劉鑒泉卒。□月，高介欽死於北京。六月五日，井研廖季平先生卒。陰曆七月二十六日，祖父卒。臘月□日，祖母卒。

一九三三　癸酉　民國二十二年　四十七歲

任川大中文系課。賃住文廟前街翰弟處。敬院停辦。玉君任教西城小學。夏，毗河之戰劉文輝退西康，劉湘到成都。張表方先生辦安撫會。

一九三四　甲戌　民國二十三年　四十八歲

任教四川大學教八代文。下期辦中國文學專修科。玉君正月赴重慶，住向宗魯家養病。蘊愚仍教江北治平中學。鑄君夏日同李曉舫先生赴青島，考入天文台測候所。暑期赴重慶，接玉君回省。臘月二十日，玉君卒。

一九三五　乙亥　民國二十四年　四十九歲

仍任川大八代文課。暑期專修科遷商業街一號。遷住商業街三十三號。□月，鑄君回成都，考入成公高中。四月□日，内侄媳歐陽吉春死於北京。魏思謙卒。

一九三六　丙子　民國二十五年　五十歲

上期仍教川大八代文。上期改爲專任教授。暑期專修科停辦。七月十四日游峨眉，八月一日返成都，作《游峨眉詩》四十首。三月，始飼羊三隻。一月十二日，王光祈卒於德國。

一九三七　丁丑　民國二十六年　五十一歲

仍任川大教授兼華大課。暑期赴南京内院法會，并往滬、杭一行。暑期鑄君考入川大史學系。七月□日，鑄君同澤祥結婚。八月，蘊愚同陳敬之在蘇州結婚。下期張頤長川大。十二月，李晁父卒。内院遷江津。識柳詒徵、梁漱溟、湯錫予諸先生。

一九三八　戊寅　民國二十七年　五十二歲

仍任川大教授兼華大課。十月，程天放來長川大。□月，遷東半節巷。八月，同文通、文畦到江津赴内院法會。内侄德坤、德全殉難滕縣。二月二十七日辰時，德淦生。五月七日辰時，隆生。

一九三九　己卯　民國二十八年　五十三歲

上期仍任教川大兼任華大課。八月，川大遷峨眉，遂辭華大聘，隨川大赴峨眉。二月，遷住桂花巷。三月，賣乳羊。澤祥等遷回崇慶縣。三月一日，在成都《新新新聞》登報脱黨。十月一日寅時，孫男輝生。邱味明先生卒於青神中巖寺。陶闓士卒。

一九四〇　庚辰　民國二十九年　五十四歲

三月，辭川大聘，赴大理任民族文化書院經子課程。五月二十四日自成都起身，七月一日始到大理，識沈芷馨、汪典存、羅均任、羅文幹及莫文伯，作懷人詩一百首。五月二十三日辰時，陳剛生。七月，成都被炸。過樂，投訪馬一浮先生。

一九四一　辛巳　民國三十年　五十五歲

上期住大理。二月游雞足山，作詩十三首。八月二十日自大理起程，十月二日抵成都，四日回縣。鑄君上期川大畢業，下期任教縣立中學。九月二十一日（八月初一日）日全食。程芝軒先生（能觀）卒。八月，祝屺懷卒。八月，向宗魯卒。羅文幹卒。十二月，龔向農先生卒。

一九四二　壬午　民國三十一年　五十六歲

任齊魯大學教授。正月二十一日，赴西安買書，三月二十日返成都。暑假住崇。下期轉家來成都，兼教川康農工學院國文。鑄君上期任教福彭女中，下期任教西康省中。暑假同文敦游大明寺、古寺、普照寺等處。正月初九，内兄高壽山卒。臘月二十三日，表兄張濟生卒。十月二十七日亥時，孫女蓉生。識顧頡剛、錢賓泗、劉國均、酈衡叔、高亨、金毓黻諸君。

一九四三　癸未　民國三十二年　五十七歲

仍任齊魯大學教授。韓文畦任西康通志館長，約張怡蓀、文通及余等任編纂，送薪四萬元。鑄君上期任省立圖書館研究職務，下期任教敬中、中華女中。藴愚下期任教西康始陽師範。澤祥四月回江津。翰弟遷住八蠟巷十二號。正月十九日辰七時，宜黄歐陽大師卒於江津内院。族兄彭雨如卒。臘月，内侄女徐卒於成都法國醫院。

一九四四　甲申　民國三十三年　五十八歲

上期任教齊魯大學及甫澄中學，下期回教四川大學兼齊魯大學課。暑假爲修志事赴西康一行，往返四十五日。鑄君上期任教敬中，下期建中，十二月一日入省銀行任三等行員。暑期藴愚回縣任縣女中課，臘月返省。端午節，澤祥自江津回成都。□月，購正金橋墳地。康定返，病疫，始購醫書擬習醫。九月，任棟青卒。在雅安識程穆庵、劉蘆隱。

一九四五　乙酉　民國三十四年　五十九歲

仍教川大及齊大。二月，鑄君調任灌縣省銀行辦事處。藴愚仍教育女中。七月，赴灌縣靈巖訪李浚清。八月，回縣一行。六月六日，孫女墨雲生。四月十三日（三月三日），羅斯福卒。八月十日，日本投降。

一九四六　丙戌　民國三十五年　六十歲

上期仍教川大及齊大，下期齊大遷回，只教川大。鑄君仍住灌縣，澤祥亦同去。藴愚上期仍教縣女中，暑假回成都，下期任教敬中。五月，同文通宴客二仙庵，并同訪蕭文遠診會脉，令請叶心清調治。約文通、太玄等赴崇講學，朱自清、吴雨僧、朱光潛等因事未去，余亦因病未回。唐君毅下期來華大任課。寫字出售，得款二百六十萬元。識劉宏度。

一九四七　丁亥　民國三十六年　六十一歲

上期任教川大及尊經國專、南薰中學，下期任教川大及理學院。二月，在成都美術協會開書展，售出屏、對、條幅等約二百件，收費約七百萬元。八月九日，鑄君同我赴上海、南京、蘇州、杭州一行。七月十一日，返回成都。鑄君留住上海，清理書籍十箱交民生公司輪船運川。在上海晤張表方先生及張君勱、李幼椿，在南京看邵明叔先生病，在杭州訪馬一浮。任參政員名義。十月十日，移住外西解宅，租金半年一百八十萬元。在北巷子被自行車撞傷肋骨，經羅裕生醫治二十餘日即痊。藴愚本年任教縣中。八月，澤祥率輝、蓉、墨雲諸孫回江津。臘月初五，墨雲死。内侄媳羅德芳來省就醫，死於省立醫院。内侄德溥率小孩來住成都。七月，常燕生病死於成都華大新醫院。六、七兩月，成都兩月大雨，毀傷屋甚多。

一九四八　戊子　民國三十七年　六十二歲

仍教川大及理學院。下期東方文教學院遷來成都，兼教其院之課。西康通志館至十二月始停薪。藴愚任鹽亭女中校長，暑期回省一行，寒假回即辭職未去。幼君同澄澄暑假來成都。三月，澤祥率輝、蓉兩孫回成都。輝、蓉皆住少城小學。四月十日，納解宅租金五百八十萬元。十月十日，續租半年，納金元券□□千元。

一九四九　己丑　民國三十八年　六十三歲

仍任教川大兼理學院、東方文教院之課。陳幼孳館長約任通志館纂修，林、向、路三先生爲正副總纂，同任纂修者有怡孫、文通、少琴等。藴愚上期任教建中，下期任教市女中。鑄君五月返成都。十二月十五日，移住東方文教院。鑄君率婦及諸孫回縣。臘月初二□時，孫女崇生。十月一日，中華人民共和國成立。中央政府定都北京。十二月二十八日，成都解放。

一九五〇　庚寅　六十四歲

三月，川大解聘，理學院停辦，只任東方文教院文學史之課。在衛生局登記執行中醫業務。在祠堂街天錫嘏藥鋪行醫。加入中醫師籌備公會第二組，學習地點在柿子巷杜子明宅，組長袁宗漢、陸重隱。同組學習有章怡先、杜子明、楊敏生、羅藴山、周濟民、朱芮堂、周孟堂、叶心清、賴有成、杜瓊書等二十餘人。學習政治。文件爲減租、退押、清匪、反霸及抗美援朝、保家衛國等。

□月，在王家塘自新登記處登記自新。又在成都縣金牛壩公安局登記。藴愚任東方文教學院輔導主任。文敦來任文教院研究。鑄君在崇經小販業。售書與華大，得人民幣一百二十萬元。售《史記會詁》與宇康，得三十萬元。

一九五一　辛卯　六十五歲

一月，患吐血（農曆頭年臘月初七夜），請蕭子德、張仲銘先後診治，三月後始起床，半年始能出房門。上期文教院聘請曾義甫代授，上期文教院停辦。藴愚學習後派在三江中學任教。捐獻書七千册及書櫃三十個與西南民族學院，得贈與人民幣二百五十萬元。又售《黄山谷詩注》《柳河東集》《瀛奎律髓》等十餘部，得人民幣三十萬元。十月，改在光華村派出所學習。技訓隊九月遷來，十二月遷走。十一月二十七日，翰弟病卒，子乾叔、清平内侄婿先後病卒。

一九五二　壬辰　六十六歲

一月一日，在鄉政府群衆大會坦白。三月，改在茶店子派出所學習。先後售《流沙墜簡》《殷墟書契》、詞曲等書，約得五十萬元。上期看醫書，下期看新書。十一月，四川省人民政府聘爲文史館研究員，分組學習。鑄君赴河北任行唐縣省立中學教員。藴愚仍任教三江中學。陳淦一九五〇年回崇慶縣讀縣立女中，一九五一年暑期來成都插入華陽縣女中。今已讀五學期，由隊已升入團。陳剛一九五〇年下期插入新西門第□小學，一九五一年暑期畢業，考入樹德中學，已讀三期，尚爲隊員。文教院舊址上期撥屬高農校管理，下期撥屬省立第一初中。我在此住已四移屋舍矣。